KB144983

더 누드 II *The Nude*

더 누드 II
The Nude

1판 1쇄 찍음 2020년 8월 4일
1판 1쇄 펴냄 2020년 8월 14일

지은이 | 엠피디
펴낸이 | 정 필
펴낸곳 | (주)뿔미디어

기획 · 편집 | 이영은, 심은지, 배지은
표지 · 디자인 | 우 물

출판등록 | 2002년 9월 11일 (제1081-1-132호)
주소 | 경기도 부천시 원미구 소향로17, 303(두성프라자)
전화 | 032)651-6513 팩스 | 032)651-6094
E-mail | dahyangs@naver.com
블로그 | http://blog.naver.com/dahyangs
비북스 | http://b-books.co.kr

값 13,000원

ISBN 979-11-6565-367-5 04810
ISBN 979-11-6565-365-1 04810 (세트)

더 누드 II

the Nude

엠피디 장편 소설

FEEL PREMIUM EDITION

contents

007 24. 적절한 인사말

032 25. 시간을 잃은 사람들

052 26. 마리오네트

073 27. Manic Episode(조증 삽화)

089 28. 딥 섹스(Deep Sex)

110 29. 재의 수요일(Feria quarta Cinerum)

140 30. 포기해야만 보이는 것

173 31. 〈No.4 재의 수요일〉

191 32. 청혼

212 33. 굿 뉴스, 배드 뉴스

234 34. 도주

252 35. 사냥

269 36. 히든 트랩(Hidden Trap)

284 37. 데스 밸리(Death Valley)

306 38. 비아 돌로로사(Via Dolorosa)

337 39. 아저씨, 괜찮아요

354 40. 온전한 자유

370 41. 〈No.5 비아 돌로로사〉

389 42. 더 누드 ― 디 엔드 오브 에로스
                  (The Nude ― The End of Eros)

405 43. 하이퍼리얼, 내 삶의 아이덴티티를 묻다

428 에필로그. 뮤즈(Muse)

434 작가 후기

441 외전 1. 누가 더 변태일까

468 외전 2. 눈꼴시다 그들의 연애 행각

505 외전 3. 150억 광년의 우주

24

적절한 인사말

"어? 어라? 가만있어 봐. 이게 뭐야, 이게?"

컴퓨터 앞에서 달그락달그락 맹렬히 검색을 하던 형식은, 움직임을 멈추고 눈을 커다랗게 떴다. 검색 중에 걸린 문장 하나가 눈앞에서 깜박대고 있었다.

「……전시회를 방문한 관람객들은 〈사랑〉(진우연, 19)과 〈붉은 수국과 분홍색 딸기 무스케이크〉, 〈뫼르소〉를 인상적인 작품으로 꼽았다…….」

진우연.

형식이 인터넷을 샅샅이 뒤지며 찾고 있는 딸의 이름은 생뚱맞게도 '주말에 가 볼 만한 전시회'라는 기사 속에서 빼꼼 머리를 내밀고 있었다. 그는 부들부들 떨리는 손으로 마우스를 움켜잡고 기사의 내용을 찬찬히 확인했다.

신인 화가, 만 19세, 이원미술관 신인 화가 공모전, 이원미술관 전시 중.

이를 지그시 물었다. 동명이인일 수도 있지만, 아무래도 틀림없다. 그는 옆에 놓인 소주병을 입에 대고 꿀꺽꿀꺽 들이켰다. 목이 타들어 가는 것 같다. 형식은 화면 앞으로 다시 고개를 바짝 들이밀었다.

형식은 오래전부터 딸아이 때문에 마음고생을 많이 했다. 어려서 경기를 한 후부터 머리가 살짝 이상해진 듯했다. 밤마다 오줌을 싸고, 묻는 말에 대답도 못 했다. 다른 집처럼 귀여운 애교로 아빠를 살살 녹이는 딸이란 꿈나라 이야기였다.

학교 졸업하면 체육관에서 일이라도 가르치며 데리고 있으려 했더니, 시골 구석에 박혀 있는 이름도 모를 예대에 합격했단다. 돈을 못 준다 했더니 마감일에 500만 원이란 거금을 구해서 바로 등록을 하고 왔다. 형식은 분노로 머리가 새하얗게 변했다.

"뭐? 처음 만난 아저씨? 지랄 염병. 채팅 앱에서 만났겠지."

씨발, 대가리에 피도 안 마른 게 어디서 이상한 짓부터 배워서!

전에도 비슷한 짓거릴 한 적이 있었다. 하필 자신도 회원 가입이 된 곳이라 경찰서에 신고했다가 결국 취하하고 말았는데, 그때 그 빌어먹을 뿌리를 확실히 뽑아 놓았어야 했다.

하지만 일은 예상과 전혀 다른 방향으로 흘러갔다. 딸은 도망쳤고, 500만 원을 줬다는 놈은 무혐의로 풀려났다. 담당 형사와 서장이 절절매며 사과했다는 환장할 소식만 들렸다. 위치 추적 앱으로 쉼터를 찾아냈더니 이번엔 복지사란 년이 나서서 만날 수 없다고 못을 박는다.

대한민국은 진심으로 미친 나라다. 가정 교육을 엄하게 했다는 이유로 애를 빼앗겨야 한다니. 왜 애들 말만 믿고 이래! 애들이 얼마나 거짓말을 잘하는데.

"일단 우연이부터 찾아오고, 그 개새끼를 잡아서 완전히 죽여 놔야 해."

일단 콩밥부터 먹이고, 자식새끼, 마누라, 회사에도 죄다 알리고 인터넷에도 퍼뜨려 아예 매장을 시켜야지. 아니 그 전에, 그 새끼 낯짝하고 좆대가리부터 시멘트 바닥에 갈아 버려야지. 그 정도는 격분한 아버지의 우발적 폭행으로 충분히 정상 참작이 될 것이다. 더욱이 초범이면 집행 유예 이상은 절대 안 나올 것이다. 주변에서 얻어들은 정보로는 분명 그랬다.

잡히기만 해라, 잡히기만.

그는 방학 내내 우연의 거취를 파악하려 안간힘을 썼다. 전화번호도 바뀌었고, 명의까지 돌렸는지 꼬리털 하나 찾아낼 수 없었다. 형식은 딸의 이름을 매일 검색해 보고, 개학 후에는 가끔 학교로 내려가 주변을 얼쩡거렸다. 어차피 24시간 기숙사에만 처박혀 있을 수는 없겠지. 접근 금지 거리만 잘 지키면 경찰이든 검찰이든 찍소리도 할 수 없을 테니까.

그리고 그의 놀랄 만한 인내와 끈기는 결국 열매를 맺었다.

「진우연, 만 19세, 이원미술관, 전시 일정, 작가와의 만남」

검색에 걸려든 낱말들이 눈앞에서 반짝였다.

□ ■ □

미술관으로 찾아간 형식은 기가 막혀 말이 나오지 않았다.

정말 이년은 정신이 나갔다. 아무리 발랑 까지고 뒷구멍으로 호박씨를 까고 다녀도, 어떻게 홀딱 벗은 제 몸을 그려서 사람들에게 보여 줄 수 있을까. 그것도 여자애가, 이렇게 얼룩덜룩 멍든 꼴로, 미친 게 아니고서야.

옆에 있는 두 개의 인물화는 그나마 누드는 아니었다. 모델은 조각상처럼 잘생긴 남자였는데, 반질반질 지나치게 잘생겨서 실존하는 사람처럼 보이지는 않았다. 연예인 아닐까 하는 생각은 들었지만, 이름까지는 알 수 없었다.

눈썹을 천천히 우그렸다. 세 개의 그림이 기묘하게 엮여 있는 것처럼 느껴져서 볼수록 찜찜했다.

불쾌감과는 별개로, 딸은 그림 솜씨가 제법이었다. 얼핏 보면 사진이라 해도 믿을 만큼 잘 그렸다. 그래서 형식은 딸의 그림이 팔리지 않을 거라 생각했다.

사진이 있는데 왜 구태여 사진 같은 그림을 사겠는가. 그는 미술 쪽으로는 아는 바가 없었고, 하이퍼리얼리즘 사조에 대해서는 더더욱 아는 바가 없었다.

형식은 체육관을 직원에게 맡겨 둔 채 매일 미술관으로 출근했다. 미술관 입구나 로비, 딸의 그림 근처에서 얼쩡거리며 우연이 왔는지 살폈다. 제 그림을 걸어 두었으니, 적어도 한두 번은 와서 둘러보지 않을까 싶었고, 운 좋게도 이곳은 접근 금지 구역이 아니었다.

형식은 우연의 그림 앞에 몰려 있는 사람들을 볼 때마다 속이 부글부글 끓어올랐다. 관람객 좋아하시네. 저것들은 점잖은 척하면서 딸아이의 알몸을 샅샅이 구경하는 것뿐이다. 아주 망신살이 뻗친다. 포르노 배우도 아니면서 이 무슨 미친 짓이지. 휘발유를 가져와 그림 앞에 쏟아 놓고 불을 싸질러 버리고 싶다.

"어, 가, 가만. 저 사람……."

토요일 오후, 기둥 뒤의 구석진 의자에 앉아 있던 형식은 관람객 한 명의 뒷모습을 보며 고개를 갸웃했다. 며칠 전, 미술관 문 닫을 때쯤에 봤던 사람이 또 왔다. 실내에서 큼직한 선글라스를 쓰고 있어서 기억이 났다.

그런데 뭔가 좀 이상……하다?

뒷모습이 어딘가 낯이 익다. 모델처럼 키가 크고 자신만큼이나 어깨 근육이 잘 잡힌 사내. 어디서 봤더라? 그가 잠시 고개를 옆으로 돌리는 순간 형식은 저도 모르게 입을 떡 벌렸다.

"맙소사, 저 사람은……."

미끈한 콧날과 반듯한 턱선, 붉고 단정한 입매가 그림 속 남자와 똑같았다.

"가만, 저 그림 모델인가? 정말 연예인……인가? 그림이 있다는 거 알고 온 건가?"

아니다. 연예인 같지는 않다. 보수적인 느낌의 슈트로 몸을 휘감고 허리를 곧게 편 모습에선 자연스럽게 몸에 밴 품위가 느껴지고, 기질이 섬세한 예인이나 인기로 먹고사는 종류의 사람에게선 쉽게 보이지 않는 단호함과 묵직한 힘이 두드러진다. 그래서 젊어 보이는 외관에도 나이를 짐작하기 어려웠다. 부하 직원으로 보이는 사람들이 항상 따라다니는 걸 보면, 아마도 한자리하는 공무원이거나, 규모가 좀 되는 사업체를 운영하는 게 아닐까 싶었다.

혹시 저 사람이 자기 사진을 우연이에게 개인적으로 준 걸까? 그렇지 않고서야 멋대로 자기 얼굴을 그려서 팔도록 놔둘 리가 없잖아?

형식은 눈을 부릅뜨고 그 사내의 뒷모습을 관찰하다 갑자기 입을 벌렸다.

"아! ……혹시 저 사람이?"

맙소사. 드디어 기억이 떠오른다. 그래, 어디서 본 거 같더라니. 경찰서에서 스치듯 보았던, 등을 돌리고 앉아 조사를 받던 그 뒷모습하고 체형이 똑 닮았다. 순간 〈사랑〉이라는 딸의 자화상 제목이 화살처럼 들어와 박혔다.

"……씨발."

짐작은 점점 확신으로 굳어졌지만, 그렇다고 여기서 무작정 행동을 취할 수는 없었다. 형식은 계속 그를 뚫어지게 노려보았다. 그 사내는 사람들이 오가는 홀 한가운데서 돌처럼 굳은 채 딸의 그림만 바라보고 있었다.

"어…… 어?"

형식은 저도 모르게 엉거주춤 일어났다. 낯익은 체구의 작은 여자의 뒷모습이 보인다. 머리를 단발로 깎은 딸아이가 천천히 걸어 키 큰 사내 옆에 나란히 선다.

형식의 입이 천천히 벌어졌다. 주먹이 벌벌 떨리기 시작했다.

씨발, 내가 뭐랬어, 역시 아는 사이였잖아.

딸아이는 한참 동안 키 큰 사내의 곁에 서 있었다. 사람이 많이 오가는 중에 두 사람이 서 있는 공간은 외따로 뚝 떨어진 것처럼 보였다.

딸아이가 천천히 고개를 옆으로 기울인다. 작은 머리가 툭, 사내의 팔에 닿는다. 사내의 몸이 전율하듯 짧게 떨렸지만, 딸을 내려다보지는 않는다. 별다른 인사조차 없다.

딸아이가 손을 내민다. 사내는 꼼짝하지 않는데, 아이는 기어이 사내의 손을 꼭 움켜잡는다. 딸의 어깨가 가늘게 떨리는 것이 보였다. 왜 저러지? 혹시 울고 있나? 형식은 주먹을 피가 나도록 움켜쥐었다.

이제는 확신할 수 있다. 저 자식이다. 500만 원에 딸아이를 꾀어 가출하게 한 개자식이 저 그림의 모델이었다.

"……따라와라."

처음 들어 본 사내의 목소리는 낮고 어두웠다. 사내는 몸을 돌려 전시실 밖으로 성큼성큼 걸어 나갔고, 딸은 눈물로 얼룩진 얼굴을 가릴 생각도 없이 사내의 뒤를 따라 종종 뛰었다. 황급히 따라간 형식은 두 사람이 긴 로비를 지나 복도 끝에 숨어 있는 직원용 엘리베이터로 들어가는 것을 발견했다.

형식은 옆의 계단으로 정신없이 뛰어 올라갔다. 분노로 눈앞이 온통 희었다. 엘리베이터는 꼭대기 층인 7층에 멈춰 있었다. 하지만 7층 복도에는 아무도 없었다.

"대체 어느 방에 처박힌 거야?"

7층은 전시실이 없었고 큰 회의실과 사무실, 통제실 같은 곳만 있었다. 그는 사무실 문을 하나하나 열어 보기 시작했다. 토요일이라 그런지 사무실 대부분은 불이 꺼진 채 문이 잠겨 있었다.

"아. 저긴가?"

한참 헤맨 끝에, 복도 가장 안쪽에 있는 문 하나를 발견했다. 그곳의 창을 가리고 있는 버티컬 사이로 불빛이 흘러나오고 있었다. 여기 직원인가? 좋아, 넌 지금 나한테 현행범으로 걸린 거야. 형식은 이를 악물었다.

"씨발, 넌 오늘 죽었어."

형식이 이를 갈며 방을 향해 다가가는 순간, 두 사람이 달려와 팔을 낚아챘다. 그중 한 사람은 키 큰 사내 근처에서 얼쩡대며 따라다니던 말라깽이 안경잡이였다.

"당신 뭡니까? 누군데 여기까지 와서 이러십니까?"

"여긴 직원 외 출입 금지 구역입니다!"

"놔, 이거 놔! 지금 내 딸이 이 방으로 끌려 들어갔어!"

순간 안경잡이가 날카로운 목소리로 말을 끊었다.

"당신이 진우연 학생 아버지라고? 이봐요! 당신, 지금 딸한테 접근 금지 상태 아냐?"

"얼레? 당신이 우리 애는 또 어떻게 알아?"

안경잡이 놈의 얼굴이 허옇게 변했다. 형식은 마음이 급해서 더 따지는 대신 두 사람의 팔을 힘껏 뿌리치며 으르렁거렸다.

"꼬우면 경찰 불러! 여긴 접근 금지 장소 아니잖아. 이거 안 놔? 죽여 버린다!"

형식은 다시 팔을 붙드는 마른 사내에게 바로 주먹을 휘둘렀다. 별로 힘을 준 것 같지도 않은데 그 말라깽이는 안경이 날아가고 코피가 터졌다. 그가 나동그라지자 옆에 있던 반 대머리 사내는 급히 뒤로 물러나 전화기를 든다. 얼른 전화기를 잡아채서 발로 밟아 버렸다. 대머리 놈은 황급히 뒤로 빠져 복도 끝으로 꽁무니가 빠지게 달려 나간다.

겁날 건 없다. 지금 여기 들어간 새끼는 이제 끝이다. 이렇게 어린애랑 놀아나던 이야기가 직장이나 마누라에게 들어가면 꼴이 어떻게 될까. 부하 직원의 코피나 전화기는 알아서 무마시켜야 할 것이고, 내 앞에서 대갈통을 갈아 가며 빌어야 할 것이며, 집 안을 탈탈 털어 합의금도 내놓아야 할 것이다.

그리고 우연이 이년을 당장 끌고 나와서 차근차근 얘기해 봐야 한다. 딸아이는 예전부터 겁이 너무 많고 소심해서 아빠의 애정과 교육 방식을 잘 이해하지 못했다. 지금이라도 잘 알아듣게 차근차근 이야기하면 된다. 차근차근.

쾅, 쾅, 쿵쾅쾅!

형식은 잠긴 방문을 그대로 발로 걷어찼다. 네댓 번의 격한 발길질을 버틴 후, 문이 바닥으로 주저앉았다.

"……누구신지요."

전시장에서 보았던 키 큰 사내가 차분한 목소리로 묻는다. 선글라스를 벗은 그는 그림보다 차고 무거운 느낌이었고, 딸의 앞을 막아서는 태도는 믿을 수 없을 만큼 침착했다. 딸아이는 그의 뒤에서 새빨갛게 달아오른 얼굴로 발발 떨고 있었다.

책상 위의 명패를 본 형식은 아연해졌다. 뭔가 잘못된 것 같다.

"한이원…… 재단 이사장? 저거 당신이야? 당신이 여기 이사장이야?"

"먼저 물어본 건 이쪽입니다. 당신이 누군지, 그리고 왜 이런 행패를 부리고 있는지부터 먼저 말씀해 주셔야겠습니다."

점잖은 말투를 유지하고는 있지만, 목소리엔 푸르게 날이 서 있었다. 사내들끼리의 힘겨루기에 익숙한 놈이라는 감이 왔다. 다행히, 형식은 저 점잖은 척하는 개새끼의 큰 약점을 쥐고 있었다.

"이 씨발 새끼가, 말이면 다야! 내 딸한테 개같은 짓을 다 해 놓고 뭐? 왜 이러냐고?"

"우연 학생 아버지라면…… 진형식 씨 되십니까?"

"내 이름은 또 어떻게 알고 자빠졌어. 진우연 너 이리 안 와?"

하지만 우연은 말을 듣기는커녕 그 사내의 등 뒤에서 몸을 잔뜩 웅크린다. 화가 나서 머리가 폭발할 것 같았지만, 형식은 최대한 조곤조곤한 목소리로 달랬다.

"우연아. 엄마는 지금 너 때문에 죽기 일보 직전이야. 네 얼굴 한 번만 보고 죽겠다고 매일 헛소리야. 이대로 죽으면 그건 네가 죽인 거나 마찬가지야. 어떻게 하나밖에 없는 자식이라는 게 이렇게 매정할 수가 있어, 응?"

읍소는 통하지 않았다. 우연은 새파란 얼굴로 달달 떨면서도 꼼짝하지 않는다. 형식은 앞을 막아선 사내를 밀치고 딸을 끌어내리다 몸이 뒤로 확 밀렸다. 그는 생각보다 힘이 셌고, 형식은 심한 굴욕감을 느꼈다. 바로 사내의 멱살을 잡았다.

"이 더러운 새끼, 너 500만 원 그놈 맞지? 그때 경찰에 돈 처발라서 입 막았냐? 어린애한테 돈 몇 푼 쥐여 주고 좆질할 때는 좋았지? 씨발, 그게 언제까지 통할 것 같아?"

"아빠! 아니야! 하지 마!"

"꼴에 여기 이사장이야? 잘됐어, 아주 잘됐어. 내가 네 마누라, 애새끼, 신문사에 빵빵 터뜨려 줄 테니까. 요새 잘나가는 새끼들, 여자 문제로 개나 소나 줄줄이 빵에 처박히고 매장당하는 거 몰라?"

그는 놀라지도 않고 대답도 하지 않는다. 그저 형식의 손목을 비틀어 멱살 잡힌 것을 풀더니, 손목을 꽉 잡은 채 우연을 돌아보며 조용히 말할 뿐이었다.

"진우연. 아버지하고 얘기할 게 있으니 좀 나가 있자. 복도에 홍연 아저씨 계시니까 잠시 다른 데 가 있어. 염려 말고."

자신의 말을 깨끗하게 무시하는 차분한 목소리. 어찌나 열이 뻗치는지 저절로 주먹이 올라갔다. 동네에서 쇳덩이라고 소문난 주먹이 붕, 소리를 내며 허공을 갈랐다.

뻑.

묵직한 타격음과 함께 키 큰 사내의 턱이 옆으로 비스듬히 꺾이며 몸이 휘청거렸다. 하지만 그에게 붙잡힌 다른 손목은 쇠 집게에 물린 듯 꿈쩍도 하지 않는다. 허둥지둥 도망치던 딸이 새된 목소리로 고함을 지른다.

"아악, 아저씨! 아저씨 괜찮아요? 아빠! 아빠, 왜 이래! 아저씨, 아저씨!"

"씨발 더러운 새끼야, 손 놔! 한 대 더 맞기 전에 손 놓으라고! 당장 뱃가죽으로 회를 쳐 버릴라……. 진우연! 어딜 나가! 당장 이리 와! 아빠한테 와……."

형식은 욕설을 퍼부으며 다시 주먹을 휘둘렀다. 하지만 두 번째 주먹이 그의 턱에 꽂히기 전에 팔이 훅 꺾이더니 갑자기 몸이 붕 떠올랐다.

"어? 어?"

형식은 무슨 일인지도 모르는 상태로 허공에서 몸이 빙글 돌더니 쾅, 하는 소리와 함께 바닥에 나동그라졌다.

"헉!"

몸이 움직이지 않는다. 비척대며 황급히 일어나려는 순간 등이 구둣발에 밟혔다. 숨이 턱 막힌다. 낮고 써늘해진 목소리가 바닥으로 떨어진다.

"남한테 함부로 주먹질하면 어떻게 되는지 학교에서 안 배우셨습니까, 우연 아버님?"

그야말로 움쭉달싹도 할 수 없었다. 이렇게 순식간에 제압당한 적은 처음이라 형식은 한참 동안 얼떨떨한 상태로 엎어져 있었다. 사내는 코피를 흘리던 직원이 우연을 밖으로 데리고 나간 것을 확인한 후 형식의 팔 하나를 등 뒤로 바투 꺾어 올렸다.

"으악! 아악! 아아아! 사, 살려 줘!"

"조용히 하세요. 딸이 듣습니다."

사내는 포켓치프를 꺼내 그의 목구멍으로 깊이 밀어 넣는다. 흐헉, 컥. 숨이 막혀 미친 듯이 발버둥을 치는데도 바위가 등을 눌러 대는 것 같아 꼼짝할 수 없었다. 컥컥대는 형식의 귓속으로 사나운 목소리가 스며들었다.

"딸한테도 평소에 이런 식으로 주먹질을 하셨나 봅니다."

"쓰버 드르은 스끼, 적번흐증…… 훈증즐, 느, 누어어, 으으!(씨발, 이 더러운 새끼가 어디서 적반하장 훈장질이야, 놔! 놔! 으악!)"

다시 팔이 비틀렸다. 관절이 튀어 나가기 직전에서야 딱 멈춘다. 히이이잇! 비명조차 제대로 나오지 않을 만큼 아팠다. 이 허우대 좋은 새끼는 호신술 하나는 제대로 배운 게 틀림없었다.

"쓰브, 애허그 무슨 드르은 즈으읏…….(씨발, 애하고 무슨 더러운 짓…….)"

"제가 한 짓이라곤 아이가 한강 다리에서 자살하려던 걸 설득해서 살려 내고, 대학 학비와 생활비를 전액 후원해 주고, 당신이 망가뜨린 몸과 마음을 치료해 준 일밖에 없습니다. 이젠 공모전 당선을 축하해 줬다는 이유로 주먹질까지 당했으니 그 일도 추가해야겠군요."

그는 형식이 컥컥대는 것을 멈추고 조용해질 때까지 기다린 후에야 입속에 틀어박힌 것을 빼 주며 말했다.

"자, 제가 우연이에게 무슨 짓을 했는지 설명했으니, 이제 제가 왜 더러운 새끼란 말을 듣고 주먹질까지 당해야 하는지 설명 좀 해 주실까요?"

"……이 더러운 새끼, 말은 또 청산유수네. 이런 뻔드르르한 말로 내 딸을 꾀었냐? 씨발, 채팅 앱에서 만난 거 모를 줄…… 으악, 아, 아악, 놔, 놓으라고!"

짧은 코웃음이 머리 위에서 흩어졌다. 사내는 화를 내지도 않고 흥분하지도 않았다. 등에서 천천히 소름이 올라온다.

"유감인데 완전히 잘못 짚으셨습니다. 저는 우연이를 그날 처음 만났고, 경찰서에서도 그걸 확인해 주셨습니다. 쉼터 복지사님 부탁으로 제가 운영하는 재단에서 우연이를 후원하기로 했던 게 전부입니다. 당신이 상상하던 어떤 일도 일어나지 않았습니다. 고맙다는 인사는 못 하실망정 이 무슨 무례한 추측이신지."

씨발, 이런 새빨간 거짓말을. 형식은 이를 부득부득 갈았다.

아까 우연이를 잡아서 이 새끼 앞에서 실토를 받아 냈어야 했는데. 딸은 겁이 워낙 많아 눈을 한번 부릅뜨기만 하면 제가 저질렀던 짓들을 줄줄이 실토하곤 했다.

더 안 좋은 건, 이놈을 쌍방 폭행으로 몰아가기 어렵다는 점이다. 이 자식은 자신의 공격을 기술로 방향만 바꾸어 제압했을 뿐, 지금까지 주먹 한번 지르지 않았다. 공격을 당하는 과정 중 일어난 순수 방어 행동, 정당방위의 까다로운 조건에 부합할 것 같다. 일이 좆같이 돌아간다. 형식의 목소리가 한풀 꺾였다.

"저 빌어먹을 그림들만 봐도 네놈 새끼가 우리 딸애랑 얼마나 붙어먹었는지 훤히 보여. 내 눈이 옹이구멍인지 알아?"

다시 짧은 비소(鼻笑)가 흩어졌다.

"당신은 아버지에게 맞아서 시퍼렇게 멍든 아이의 몸을 보고 그런 짓을 할 생각이 듭니까? 머릿속이 얼마나 시궁창 같으면 그런 추잡한 상상부터 하게 됩니까?"

"……."

"그나저나 우연 아버님. 이쯤 들으셨으면 형사, 민사 줄줄이 덮어쓰기 전에 얼른 무릎 꿇고 사과부터 하셔야 하지 않겠습니까? 명예훼손죄, 폭행상해죄, 기물손괴죄……. 제가 검사가 아니라 어떤 혐의가 더 쏟아질지는 모르겠습니다만……."

뒤로 꺾여 올라간 팔의 각도가 점점 더 벌어진다. 입에서 거품이 부그르르 몰려나왔다.

"이사장님!"

"전무님, 전무님? 괜찮으십니까?"

경비원들이 뒤늦게 요란한 발소리를 내며 쏟아져 들어왔다. 사내는 그제야 손을 떼고 몸을 일으켰고, 형식이 비척대며 일어나자마자 네 명의 경비원이 양쪽으로 달라붙었다. 이제는 반항할 수 없었다. 형식은 어지간한 싸움에서는 한 번도 밀려 본 적 없었지만 잘 훈련된 경호 직원 네 명과 싸우기엔 턱도 없다는 건 잘 알고 있었다.

눈앞에서 딸을 놓치는 게 벌써 몇 번째인지, 화가 나서 머리가 터질 것 같다.

"괜찮으십니까, 전무님."

조금 전 문 앞에서 만난 동그란 안경잡이가 쩔쩔매며 묻는다.

"괜찮지 않습니다. 많이 아프네요. ……제기랄, 최 실장님도 다치셨습니까? 얼마나 많이 다치셨습니까?"

목소리가 얼음처럼 차가워진다.

"박원주 이사님 바로 호출하시고, 정 박사님께도 연락하세요. 치과 쪽도요. 전치 기간이 꽤 나올 것 같습니다. 최 실장님도 같이 진료받으세요. 아, 그리고 진형식 씨."

사내는 옷매무시를 바로잡고 허리를 곧게 편 후 몸을 돌렸다.

"아무래도 금고 이상 실형을 피하실 순 없을 것 같습니다."

사내의 언사는 여전히 믿을 수 없을 정도로 정중했고, 형식은 대놓고 비웃었다. 미친 새끼, 딸을 끌고 간 놈에게 주먹질 한번 했다고 벌금형도 아니고 금고? 네가 미국 대통령쯤 되냐? 지나가던 개가 웃겠다. 비웃으며 질질 끌려 나가는 그의 등 뒤로 짤막한 인사가 덧붙었다.

"합의는 없으니 별도로 연락하지 않으셔도 됩니다. ……그럼, 살펴 가십시오."

□ ■ □

이원은 의자에 허물어지듯 주저앉았다. 눈앞을 자욱하게 감싸고 있던 안개와 열기가 확 걷힌 기분이었다.

'어린애한테 돈 몇 푼 쥐여 주고 좆질할 때는 좋았지?'

'요새 잘나가는 새끼들, 여자 문제로 개나 소나 줄줄이 빵에 처박히고 매장당하는 거 몰라?'

'저 빌어먹을 그림들만 봐도 네놈 새끼가 우리 딸애랑 얼마나 붙어먹었는지 훤히 보여, 내 눈이 옹이구멍인지 알아?'

그의 비난은 정당하다. 이원은 그동안 필사적으로 부정하고 밀어내고 있었지만, 속에서는 우연을 한껏 탐욕하고 있었다. 조금 전만 해도 한 걸음만 더 나갔으면 어떻게 되었을지 알 수 없었다.

그의 협박은 충분히 위협적이다. 이 관계가 언론에 흘러 나가면 틀림없이 이상한 형태로 왜곡될 것이고, 미현과의 거래는 크게 흔들릴 것이다.

그리고 미현과 결혼을 하건 말건, 나와 우연은 여론의 집중포화를 감수해야 할 것이다. 신이 내린 재능을 이제 막 세상에 드러내기 시작한 아이는 재능을 제대로 꽃피우기도 전에 온갖 루머와 추문으로 얼룩진 채 몰락할지도 모른다.

하지만. 그래도 만약…….

'사랑, 사랑하, 하지 않는 사람하고 무슨 결혼을 해요!'
'아저씨, 사랑해요.'
'……아저씨하고 섹스하고 싶어요.'

이원은 뱃속에서 서리서리 똬리를 트는 목소리를 잠시 방치했다. 불가능한 일에 대한 가정법은 예나 지금이나 꿀처럼 달았다.

저 말대로, 다른 문제들 따위는 모조리 덮어놓고, 회사고 나발이고 다 내버리고, 이 강렬한 욕구대로…… 우연이와 관계를 발전시키면?

이원은 머리를 헤집으며 숨죽여 웃었다. 그랬다간 우연이는 정부라는 낙인이 찍힐 테고, 나는 우연이와 고등학생 때부터 더러운 짓을 해 왔다는, 저자가 만들어 낸 헛소문이 장하게 퍼질 것이다.

헛소문을 만들어 내는 건 한두 명으로 충분하다. 하지만 헛소문을 되돌리기 위해서는 수천 명을 동원해도 역부족이다. 익명의 대중은 무죄 추정이 아닌 유죄 추정의 원칙을 신봉했고, 성과 관련된 루머는 파급력이 크고 오래 회자되므로 무마시키기가 가장 어렵다. 연예인이나 유명 인사의 추문이란 마음껏 씹어도 되는 공공재와 같으며, 익명의 마녀재판과 언론의 왜곡된 부추김에는 자정 작용이 존재하지 않는다.

저 비열한 자는 그것을 충분히 이용할 것이다. 그 건수로 평생 우연을 협박하며 단물을 빼먹겠지. 우연은 나를 어떻게든 보호하고 싶을 테니 협박에 굴복할 수밖에 없을 것이고, 나는 우연을 위해 저자가 원하는 것을 다 들어주어야 할 것이다.

그러면, 모든 게 다시 원점으로, 마포 대교 이전으로 돌아가는 거겠지.

이원은 의자에 깊게 몸을 파묻은 채 두 손으로 얼굴을 감쌌다.

사실 고민할 필요조차 없는 문제다. 이 문제에 대한 결론은 진작 나왔다. 나는 미현이와 결혼해야 하고, 내 손에 유일하게 남은 세경그룹을 확실하게 지켜야 한다.

세경그룹은 아버지의 또 다른 자식이며 당신의 인생 자체이기도 했다. 거대한 회사란 살아 움직이는 생명체와 다름없다. 수만 명의 직원, 그에 딸린 가족들, 그들의 삶과 다시 연결된 다른 이들의 삶, 내가 최종적으로 선택하고 책임지기로 한 것은 무수한 삶으로 짜인 거대한 그물이었다.

이원은 고개를 푹 수그리고 웃었다.

그래. 내가 잠시 미쳤었다.

그는 오랫동안 훈련해 온 대로 강렬한 열망을 누를 수는 있었으나, 인내는 여전히 끔찍하게 고통스러웠다.

더 끔찍한 것은 이 고통스러운 인내가 결코 행복으로 연결되지 않는다는 점이다.

끈적끈적한 신음이 손가락 사이로 흘러 나갔다.

□ ■ □

우연은 와들와들 떨면서 회의실 벽에 귀를 바짝 갖다 붙였다. 아빠와 아저씨가 이야기를 나누는 소리가 모기 날갯소리처럼 들린다. 하지만 아무리 신경을 곤두세워도 내용은 잘 들리지 않는다.

아저씨가 아빠를 순식간에 제압한 것이 믿어지지 않았다. 아빠는 세상에서 가장 무섭고 힘이 센 사람이었다. 주먹에 잘못 맞으면 문자 그대로 죽을 수 있었다. 그런 아빠를, 세상 물렁하다고 생각했던 아저씨가 단번에 제압했다. 우연은 그렇게 비굴하게 엎어진 아빠를 한 번도 본 적이 없었다.

"많이 놀랐지? 이것 좀 먹고 놀란 것부터 가라앉히자."

얼마나 기다렸을까. 아저씨가 들어와 우연의 앞에 무언가를 내려놓는다. 뜨거운 핫초콜릿 한 컵과 도넛 한 상자였다.

……뭐지?

우연은 달달 떨면서 핫초콜릿을 받았다. 오래전 민트코코 카페에서 그랬던 것처럼 두 손으로 컵을 감싸 쥐자 손이 따뜻해지면서 마술처럼 떨림이 가라앉았다. 그리고 그때처럼 다시 눈시울이 아팠다. 핫초콜릿 색깔만 보면 눈물이 나오게 조건 반사가 걸린 것 같다.

"얼른 먹어. 그래야 조금이라도 진정이 되지."

아저씨가 도넛 상자를 밀어 주며 안타까운 목소리로 채근했다. 하지만 우연은 먹을 수 없었다. 하얀 초콜릿이 듬뿍 입혀진 도넛을 한 입 물긴 했는데, 입안으로 단맛이 확 퍼지는 순간 갑자기 울음이 터졌다. 우연은 도넛을 물고 한참 끅끅거렸다.

아저씨가 손수건을 꺼내 우연의 앞으로 가만히 내민다. 우연은 네 귀가 반듯하게 접힌 새하얀 손수건을 내려다보며 멍하니 눈을 깜박였다. 아까는 눈물을 직접 닦아 주셨는데 이제는 그러지 않는구나. 낮게 가라앉은 목소리가 머리 위로 사박사박 떨어졌다.

"……미안해. 내가 잘못했어."

아저씨가 뭘 잘못했는지 모르겠다. 날 피해 다닌 것? 나와 입 맞춘 것? 날 두들겨 패서 밀어 버리지 않은 것? 욕구를 들킨 것? 아니면, 내 눈앞에서 아빠를 바닥에 엎어 버린 것? 대체 그중에서 아저씨가 잘못한 게 뭘까?

하지만 지금 그것을 물어볼 순 없었다. 더 급하게 확인할 게 있었다.

"아, 아저씨, 정말 아빠 고……소하실 거예요? 감옥에 넣으실 거예요? 합의 안 해 주실 거예요?"

"왜? 합의해 주면 좋겠어?"

"네. 꼭이요. 합의를 안 해 주면 아빠는 분명 해코지를 할 거예요. 정말 목숨 걸고 쫓아다닐 거예요."

우연은 새파랗게 질린 얼굴로 애걸했다.

"아빠는 집요하고 무서운 사람이에요. 한번 찍은 사람한테는 무슨 수를 써서라도 보복을 해요. 그래야 사람들이 함부로 못 한다면서요. 그래서 엄마도 저도 도망 못 가고 같이 살았던 거예요."

아저씨의 눈썹이 크게 꿈틀했다. 그는 한참 동안 우연을 내려다보더니 느릿하게 말했다.

"그래서…… 도망 못 가고 계속 같이 살았다고?"

"네."

"……너는 그래도 어른이 되자마자 바로 도망쳤잖아."

"그때야 어차피 죽을 생각이었으니까요."

우연은 아차 싶어 말을 멈췄다. 자신의 대답이 '대가리에 피도 안 마른 놈의 허세'로 비쳤을까 봐 걱정스러웠다.

"어차피 저, 저야 아빠 딸로 태어났으니 도망치다 죽어도 밑져야 본전이에요. 하지만…… 아저씨는 밑져야 본전도 아니고, 진형식 씨 딸로 태어난 것도 아니잖아요."

아저씨는 반박 한마디 없이 조용히 듣기만 한다. 아저씨는 기본적으로 남의 말을 잘 들어 주는 사람이었다. 하지만 지금처럼 말하기 싫은 것을 이야기해야 할 때는, 다른 어른들처럼 말을 끊고 무슨 잔소리나 훈계라도 늘어놓았으면 싶었다.

"그리고 저는 나중에 개명 신청도 하고, 아빠가 못 알아보게 성형 수술도 하고, 아빠가 모르는 깡시골에 꼭꼭 숨어 살 생각이지만, 아저씨는 세경그룹 대표님이잖아요. 저처럼 그럴 수 없잖아요. 그래선 안 되잖아요."

"평생 그렇게 쫓기면서 숨어 살 생각이라고? 그러면서 나한테 합의해 달라고?"

아저씨는 평이하고 담백한 목소리로 물었다. 비난하거나 화를 내는 건 아니었다. 하지만 우연의 어깨는 점점 쭈그러들었다. 분하고 비참해서 땅을 파고 들어가고 싶었다. 나는 왜 우성희 이사의 딸로 태어나지 못하고 진형식 저 개새끼의 딸로 태어났을까.

"아저씨, 우리 아빠하고는 최대한 안 얽히는 게 편해요. 아빠 같은 사람한테는 돈도 빽도 안 통해요. 조금이라도 분하고 억울하면, 목숨을 걸고서라도 보복을 해요."

"……."

"똥은 더러워서 피하지만 미친 개새끼는 무서워서 피하는 거예요. 친척들이 뭐라 하는지 아세요? 사람 하나 콘크리트에 파묻어서 인천 앞바다에 던질 깡 없으면, 형식이 새끼는 건드리면 안 된다고 했어요. 아빠는 그 말을 듣고 되게 자랑스러워했다고요."

하, 아저씨가 드디어 웃었다. 입술을 이상하게 일그러뜨리고 하, 하, 흐흐, 짧게 웃는데, 전혀 웃는 것처럼 느껴지지 않았다.

"그런데 지금까지 어떻게 감옥에 한 번도 안 갔을까?"

"무슨 짓을 해서라도 쌍방 폭행으로 몰아가서 취하를 시키거든요. 취하 안 하면 마누라, 애새끼, 손자새끼들까지 가만 안 둔다고 협박도 하고요. 같이 죽을 작정으로 덤비면 재벌이든 장관이든 다 꼬리 사리게 돼 있다면서요."

"염려 마라. 난 내 몸 정도는 지킬 줄 알고, 경호원도 따라다니니까. 다행히 아직은 아내도 아이도 없고."

"아저씨."

"성형 수술 따위 할 거 없어. 개명해서 숨어 살 필요도 없고. 넌 그렇게 살아선 안 돼."

"……."

"죄를 지을 때마다 계속 잡아서 넣으면 돼. 열 번이든, 백 번이든, 천 번이든. 그때마다 형은 점점 길어질 거고, 그 습관을 버리지 못하면 네 아빠는 평생 감옥에서 썩게 될 거야. 네 남은 시간을 위해서라도 지금 반드시 실형을 받게 해야 해."

우연은 멍하니 그의 갈색 눈동자를 올려다보았다.

안 돼요, 아저씨. 제발, 제발 그러지 마세요. 나 때문에 괜히 아저씨까지 위험을 끌어안고 살 필요는 없잖아요. 입을 떼려는 순간, 아저씨가 단호한 표정으로 고개를 젓는다.

"우연아. 내가 회사에서 하는 일은 이보다 훨씬 번거롭고 위험한 일들이야. 원한도 없이 목숨 걸고 싸우고, 사방 천지가 사이코패스들이지. 싸우지 않으면 피할 수 없고, 죽이지 않으면 등 뒤에서 칼을 박아."

아저씨가 살짝 멋쩍은 표정으로 웃으며 덧붙인다.

"난 이런 일을 너무 오랫동안 해 와서 이젠 아무렇지도 않아. 그리고 나는, 음, 네 생각보다는…… 그래, 좀 잘 싸우는 편이야."

우연은 눈물이 괸 눈을 느리게 깜박거렸다. 입가만 억지로 끌어 올려 웃고 있는 아저씨는 평소와 많이 달라 보인다. 우연은 주변 사람들이 아저씨를 왜 그렇게 조심스러워하는지, 이렇게 조용하고 겸손한 아저씨가 왜 무자비한 경영 자라는 말을 듣는지 조금은 알 것 같았다.

아저씨는 잠시 망설이다가 고개를 숙였다.

"그리고 우연아, 아까 내가 실수했어. 다시는 그런 일 없을 거야. 미안해. 정말 잘못했다."

"뭐가 실수예요? 키스한 거? 그게 어때서요? 키스는 저도 했고, 섹스도 제가 하자고 한 거잖아요! 좋아하면 할 수 있잖아요! 나도 아저씨를 좋아하고, 아저씨도 나를 좋아하……!"

"그만! 우연아. 그만 말하자. 나는 미현이하고 결혼할 거야."

"아, 아저씨도 그 언니도 서로 사랑하지 않잖아요! 안고 싶지 않다면서요. 그런데 아까 아저씨는, 그러니까, 키스할 때, 분명 아래, 아래에……."

우연은 차마 말을 잇지 못하고 입술을 떨었다. 아저씨는 분명 나를 원했다. 아까 아랫배에 닿았던 게 뭔지는 나도 잘 안다. 아저씨는 자위할 때 약혼녀 언니가 아닌 나를 상상하며, 내 이름을 불렀었다.

아저씨의 얼굴로 다시 핏기가 올라오는 것이 보인다. 아저씨는 그 나이를 먹고도 여전히 이런 종류의 이야기를 쉽게 하지 못했다.

"우연아. 남자들은 자극을 받으면…… 욕구는 얼마든지 생겨. 사랑하는 사람이 아니고 처음 보는 사람하고도, 자극만 받으면 얼마든지…… 관계를 가질수 있어. 나도 그래."

"아니에요, 아저씨는 그럴 사람이 아니잖아요."

"네가 나에 대해서 뭘 아는데?"

탁 끊어 내는 차가운 목소리에 우연은 입이 얼어붙었다.

무슨 말이에요. 나는, 아저씨에 대해, 알아요. 잘 안단 말이에요.

하지만 자신만만한 말은 입 밖으로 튀어나오지 못하고 혀끝에서 걸린다. 아저씨의 목소리가 단단하게 굳어 간다.

"우연아. 난 세경그룹을 포기하지 못해. ……지켜야 할 게 좀 많아. 원하는대로 감정을 앞세울 처지는 아니야."

아저씨는 고개를 옆으로 돌리고 눈을 감더니, 꺼져 가는 목소리로 말했다.

"제발…… 이쯤 하자. 나는…… 더 이상 비참해지고 싶지 않아. 부탁할게."

……아, 씨 어떡해.

내가 아저씨에게 최악의 선물을 했구나.

우연은 드디어 깨달았다. 그가 자신의 마음을 직시할 수 있도록 까발리는 데성공했고, 그가 가장 원하는 것을 인정하게 하는 데도 성공했지만, 아저씨는 속이 다 헤쳐지고도 결론을 바꾸지 못했다.

이제 자신을 속이지도 못하게 된 아저씨는, 아내를 사랑한다고 최면을 걸거나, 언젠가 정 붙이고 사랑하게 되리라는 설득조차 하지 못한 채 평생을 살아가야 할 것이다. 아내를 사랑하려고 노력하는 순간마다, 정말 사랑했던 것, 하지만 포기해야 했던 것을 떠올리며 고통을 느껴야 할 것이다.

진실이 항상 행복을 가져다주는 건 아니라는 걸 우연은 너무 늦게 알았다.

나 때문에, 앞만 보고 돌진해 버린 나 때문에.

나 혼자 좋아하고 나 혼자 죽도록 앓다가 끝냈어야 했는데…….

미안해요, 아저씨. 정말 미안해요.

우연은 고개를 숙이고 그가 건네준 핫초콜릿을 마셨다. 눈물을 감추려니 그 방법밖에 없었다.

아저씨는 그동안 내가 우는 꼬락서니를 너무 많이 봐 왔다. 이젠 아저씨도 내 눈물이 지긋지긋할 것이다. 엄마 아빠처럼. 뜨거운 기운이 사라진 핫초콜릿은 끔찍하게 달아서 이제는 썼고, 어쩌면 조금 짠 것도 같았다.

"후원 내용은 크게 달라지진 않을 거야. 무슨 일 있으면 정재경 관장님께 연락하고."

"아저씨, 야, 약속이, 그, 그림 제가 그려 드릴 게 남아 있는데요……."

"안 줘도 된다고 했잖니. 지금까지 받은 그림 세 점만으로도 충분해."

"……하지만, 전 분명 다섯 개를 그려 드리기로……."

"얼른 다른 모델을 구하는 게 좋겠구나."

아저씨는 담담한 얼굴로, 하지만 가차 없이 끊어 낸다. 더는 놀랍지 않다. 저것 역시 아저씨의 얼굴이다. 맡은 것을 책임지고, 뒤에 있는 것들을 지키고, 이성과 의지로 감정을 지배하는 어른의 얼굴이다.

아저씨는 어른다운 어른이 되기 위해 너무 오랫동안 자신을 억눌렀다. 차라리 아저씨가 화를 내거나 흔들리거나 하다못해 우는 모습이라도 보였으면 조금은 안심이 되었을 텐데.

하지만 그런 일이 없으리라는 것을 우연은 알고 있었다. 아저씨에겐 나처럼 철없이 울 수 있는 시간 따위는 오지 않을 것이다.

"이렇게 인연이 금방 끝날 줄은 몰랐구나. 미안하다."

'나하고의 인연이 언제까지 이어질지는 모르지만…….'

불현듯 목소리가 겹쳐진다. 아저씨는 이런 순간이 올 것을 예상했던 모양이다. 이미 몇 달 전, 아저씨는 자신의 마음을 선명하게 인식했고, 그 결말까지 정해 놓고 있었던 건지도 모른다.

"너를 위해 기도하마. 생각날 때마다."

'너를 위해 기도하는 사람이 세상 어딘가에 존재한다는 사실이, 너에게 큰 힘이 되어 줄 거라고 믿어.'

"뭐라고 기도해 주실 건가요?"

"……."

아저씨는 그 질문에 선뜻 대답하지 못한다. 한참 후에야 낯선 얼굴로 더듬더듬 대답했다.

"부모님이든 누구든, 이 세상 어떤 것이든, 너를 괴롭히지 못하기를. 더 이상 네가 아픈 일이 없기를. 차, 차라리……."

'저 아이에게 주어진 고통은 제게 주세요. 너무 힘든 짐입니다. 제가 안고 갈 수 있도록 해 주세요.'

"……내가, 대신 아프기를……."

아저씨는 아마 약속을 지킬 것이다. 앞으로도 긴 세월 동안, 나의 고통을 가져가겠다는 기도를 겁 없이 드릴 것이다.

그리고 아저씨는 모르는 것 같지만, 그 기도는 이미 발현되었고, 오랫동안 아저씨를 잠식할 것이다.

"네 재능이 눈부시게 꽃피어서 세상의 모든 사람이, 수백 년, 수천 년 동안 너를 기억하게 되기를. 세경그룹이나 한이원 따위의 하찮은 이름보다 훨씬 오래 살아남는 눈부신 이름이 되기를."

대답을 이어 가는 아저씨는 어딘가 아파 보였다. 아저씨는 말을 멈추고 마른 침을 삼켰다. 한 번, 두 번, 세 번을 삼키고서야 아저씨는 입속에 들러붙은 말을 간신히 밀어낼 수 있었다.

"너를 진심으로 아끼고 걱정하고 사랑하는 사람을 만나서 오래오래 행복하기를."

'너를 아끼고 걱정하고…… 사랑했던 시간이 기쁘고 행복했어.'

말의 엇갈림을 우연은 따지지 않았다. 이제 그럴 시간이 남아 있지 않았다. 똑똑, 노크 소리가 들린다. 우연은 마지막으로 마음에 남아 있던 것을 물었다.

"아저씨, 그때 생명의 다리에서 왜 저를 구해 주셨어요?"

우연은 그 순간이 그녀에게 주어진 빌어먹을 운명이었다고 생각한다. 아저씨는 어땠을까. 아저씨도 그 순간을 운명이라고 생각할까.

"……연습장을 보고, 투자 가치가 있다고 생각했어. 잘 키우면 하이퍼리얼리즘의 대가가 나올 거라 생각했지."

"지금은 투자 가치가 없어요?"

"리스크가 너무 크면 투자 안 해."

아저씨는 눈조차 깜박이지 않고 대답한다. 물이 스며든 갈색 홍채는 여전히 아름다웠다.

우연은 더 이상 묻지 않기로 했다. 아저씨는 우연을 속이는 일에는 서툴렀지만, 스스로를 속이는 일에는 여전히 능숙했다.

밖에서 노크 소리와 함께 홍연 아저씨의 초조한 목소리가 들린다.

"전무님, 박원주 이사님 오셨습니다."

"가자."

아저씨는 이제 망설임 없이 몸을 일으킨다. 몸을 문 쪽으로 살짝 돌리고 우연을 향해 고개를 조금 기웃, 하는 간단한 동작만으로, 그는 시작도 하지 못한 어떤 감정의 종말을 말하고 있었다. 그의 간결하고 우아한 움직임, 담백하고 부드러운 표정은 이런 순간까지 지독하게 아름다웠다.

컵을 내려놓고 자리에서 일어났다. 끝났다. 이제 할 수 있는 것은 아무것도 없다. 우연은 그를 향해 한 걸음, 다시 한 걸음 다가선 후 깊이 고개를 숙였다. 아저씨, 고마워요, 아저씨 미안해요, 아저씨 행복하세요. 어떤 인사말이 적절한지 우연은 끝내 고를 수 없었다.

"아저씨, 사랑해요."

"잘 지내렴."대다

아저씨는 못 들은 것처럼 빙그레 웃었다.

□ ■ □

토요일 늦은 오후, 교대역 인근은 교통 체증이 극심했다. 기나긴 차량의 행렬은 지렁이처럼 느릿하게 움직였다. 홍연은 운전대를 잡은 채 초조하게 백미러를 힐끗거렸다.

평소처럼 조용히 뒷좌석에 앉아 있던 이원이 한마디 한다.

"최 실장님. 음악이나 토크쇼나 뭐라도 좀 틀어 보시죠. 너무 조용하네요."

홍연은 어리둥절했다. 차 안이 무덤처럼 조용한 것은 사실이었다. 하지만 그건 순전히 이원 때문이었다. 이원은 음악이든 토크쇼든 차에서 시끄러운 소리가 나는 것을 몹시 싫어했다. 더욱이 형식을 고소하기 위해 변호사와 의사들을 만나고 경찰서까지 다녀오는 길이라 더욱 신경이 곤두선 상태일 것이다.

홍연은 눈치를 보며 조용한 고전 음악 방송을 틀었다. 아무 반응이 없어 가요가 나오는 방송도 틀어 보았다. 그래도 좋다는 말이 없어 아나운서와 게스트가 시끄럽게 떠들어 대는 방송도 틀어 보았다. 온갖 시청자 사연이 와왁대며 흘러나온다. 평소의 이원이라면 질색할 방송이다. 그래도 여전히 가타부타 말이 없다.

설핏, 가는 한숨 소리가 들렸다. 다시 백미러를 살펴본 홍연은 황급히 전방으로 시선을 돌렸다.

뒤에 앉은 사내는 손등으로 눈을 지그시 누르고 있었다. 포켓치프도 손수건도 어디로 갔는지, 와이셔츠 소매를 약간 끌어당겨 그것으로 두 눈을 지그시 누른 채 앉아 있다. 허리를 꼿꼿이 펴고, 흐느낌 한 자락 없이, 아니 움직임조차 없이 그렇게 앉아 있다.

시끄럽게 떠들어 대는 아나운서의 목소리 사이사이, 꿀꺽, 꿀꺽 힘겹게 침 넘기는 소리만 희미하게 들린다. 와이셔츠 소매 아래, 절반쯤 드러난 뺨으로 긴 물줄기가 흘러 내려가는 것이 보인다. 하지만 그는 끝내 입 밖으로 어떤 소리도 내지 않았다.

홍연은 라디오 볼륨을 조금 더 높였다. 게스트의 깔깔대는 소리가 커진다. 빵빵대는 오토바이의 경적 소리가 창밖에서 잘게 흩어진다. 햇볕 좋은 가을의 주말 오후, 거리에는 연인들이 흥청거린다. 교통 체증이 길어질 모양이었다.

25

시간을 잃은 사람들

이원은 시간을 잃었다. 서른둘의 겨울에서부터 서른넷의 봄까지, 뭉텅이로 잘려 어느 괴물의 입으로 들어간 것 같다. 아마도 쓰고 시고 딱딱했을 그 시간을 먹어 치운 괴물은, 결국 제대로 소화시키지 못하고 게워 놓았다. 반쯤 소화돼서 흐물흐물해진 시간의 흔적은, 원형을 잘 알아볼 수 없었다. 다만 역겨웠다.

그래서 이원은 그 시간 동안 있었던 일을 잘 떠올릴 수 없었다. 모든 것이 흐릿하고, 더럽고, 혼탁했다. 다만, 괴로웠다.

매일 정해진 일이 넘치게 있다는 것에 늘 감사했다. 그는 매일 아침 약을 먹으며 하루를 시작했고, 약을 먹으며 잠자리에 들었다. 정신이 빠질 정도로 바쁘거나, 위장이 요동칠 정도로 스트레스를 받거나, 비굴해지거나 오만해질 일이 많아서 자신의 아이덴티티를 잊어버릴 정도로 몰아붙여지는 것에 이원은 매일 감사했다.

"그러니까, 조합원님. 현재 가지고 계신 이곳 땅이, 도로하고 접한 이쪽 대지 포함해서 1,000제곱미터, 302평 정도 되지 않습니까?"

Y시 재개발 사업은 빠르게 진척되는 중이었다. 시에서는 용적률을 300%까지 최대로 올려 주겠다는 허가가 나왔고, 설계 변경안도 총회에서 통과가 됐다. 이제는 관리 처분 인가를 받기 위해 정신없이 몰아치고 있었다. 시간이 돈인 싸움이었다.

"구매하신 지는 얼마나 되셨고요? 음, 그리고 구입할 때의 가격은요?"

조합 사무실에서는 조합원 분양과 청산을 위한 법무, 세무 상담이 한창이었다. 긴 회의용 책상 서너 줄에 세경건설에서 보낸 법무사와 세무사들이 좌르르 달라붙어서 개별 면담을 진행하는 중이었다.

23평형을 분양받으려면 여기서 얼마쯤 더 내야 하나요. 아파트 안 받고 청산하면 돈은 얼마 나오나요. 이 답(畓)은 감정 평가액이 얼마나 되나요. 대출은, 이 주비는, 제 상황에서 중도금 융자는 얼마까지 가능할까요. 내용은 각양각색이었지만 결국은 온종일 돈 계산이었다.

"뭐라고? 우리 건물 감평액이 왜 그것밖에 안 돼? 싹 리모델링한 지 3년밖에 안 됐단 말이야!"

"이게 뭔 개소리야! 준주거지에 500평인데 왜 이것밖에 안 나와!"

"씨발, 비싼 땅 사 놨더니 재개발로 묶어서 아무 짓도 못 하게 해 놓고, 10년 동안 이자를 얼마나 쏟아부었는데! 그거 다 물어 줄 거야! 엉!"

아나나 다를까 여기저기서 고함이 꽝꽝 터진다.

이 지역은, 조합원 수는 적었지만 대지 지분이 큰 토박이 지주들이 많았다. 그들의 반발이 만만치 않았다. 감정 평가액은 생각보다 적고 현금 청산 시 세금은 엄청나게 많았다. 현금 청산을 하려다가 세금만 몇억씩 내게 된 이들은 펄펄 뛰며 화를 냈다. 그렇다고 분양을 받자니 30평 안팎의 '코딱지만 한' 아파트들뿐이고, 손에 떨어지는 것은 기대에 한참 못 미치는 푼돈뿐이다. 그들과 싸우고 달래고 설득하고 욕을 먹으며, 세무사들은 아침부터 저녁까지 전쟁을 치르는 중이었다.

"아버님, 감평액은 시세를 충분히 고려해서 조정이 됩니다만, 문제는 세금입니다. 아버님께서 청산하신다면, 현재 기준 양도 소득세만 50% 가까이 이르는데……."

이원은 앞에 놓인 계산기를 빠르게 두드렸다. 그는 CPA 자격증도 있고, 분양이나 청산 관련 법 조항에 대해서도 세세하게 알고 있어서, 조합원들 눈에는 '매우 보통의 세무사' 같았다. 그의 정체를 알고 있는, 조합장을 위시한 몇몇 사람들만 쉴 새 없이 그를 곁눈질했지만, 당사자는 저 식겁한 시선을 전혀 느끼지 못하는 것 같았다.

이 인간이, 정말 제정신인가.

홍연은 이원의 등 뒤에 서서 이 기막힌 상황을 이해하기 위해 고군분투 중이었다. 첫날보다는 많이 태연해졌지만, 그래도 시공사 대표이사라는 인간이 조합원을 대상으로 세무 상담 따위나 하는 상황은 여전히 받아들이기 힘들었다. 정말 미치지 않고서야……. 속으로 중얼대던 홍연은 생각을 멈추고 한숨을 쉬었다.

미치지 않으려고…… 저러는 거겠지.

여기까지 생각이 닿으면 당혹감은 안타까움으로 변하곤 했다.

이원은 틈만 나면 현장을 굴러다녔다. 바빠서 좋았다. 힘든 것은 더 좋았다. 아침에 비몽사몽 일어나서 급하게 옷을 챙겨 입고 출근하고, 아무 생각도 없이 종일 숫자 계산을 하거나 현장을 돌아다니다가 퇴근해서는 졸면서 저녁을 먹은 후 아무 생각도 하지 않고 수면제를 먹고 목욕을 하고 잠에 빠졌다. 그래도 잠이 오지 않으면 '레위기'나 '신명기', '논어'를 소리 내서 읽었고, 그래도 잠이 오지 않으면 자위라도 했다. 적어도 몸은 정직해서, 죽을 만큼 피곤하면 어쨌든 잠은 잘 수 있었다.

그렇게라도 하지 않으면, 이원은 그에게 닥친 후폭풍을 도저히 견딜 수 없었을 것이다. 그는 난생처음 겪어 보았던 감정의 잔해를 어떻게 수습하는지 전혀 몰랐다. 남은 것은 '백번이라도 옳은 일'이라는 당위뿐이었지만, 당위에는 진통 효과가 전혀 없었다.

가끔 우연과 먹었던 무스케이크를 구워 달라고 하기도 했다. 혹시나 하는 마음으로 한 조각 입에 넣었다가 쓴웃음을 지으며 포크를 내려놓는 일이 반복되었다. 밤에 식당에 내려가 라면을 끓인 적도 있었다. 달그락대는 소리에 밖으로 나왔던 송 여사가, 놀란 내색도 없이 못 본 척 조용히 들어가는 것을 보며, 이원은 다시 웃었다.

그때 느꼈던 생생한 맛의 향연은 자취도 없이 사라졌다. 그것은 성냥팔이 소녀의 손안에서 잠시 피어오른 성냥불 같은 것이었다. 우연이 자신의 갑옷을 깨뜨리고 난데없이 들이닥쳤던 순간, 그의 생명력, 혹은 오감이 불꽃처럼 확 살아났던 것에 불과했다. 그것을 알고도, 이원은 고행처럼 그 짓을 오래 되풀이했다.

우연을 위해서 기도해 주겠다는 약속을 이원은 후회했다. 약속을 지키기 위해서는 적어도 하루에 한 번은 그 아이를 생각해야 했다.

잠을 자기 전, 기도실에서 무릎을 꿇고 기도 제목을 떠올리는 순간, 우연에 대한 기억들은 거대한 정원의 백만 송이 꽃처럼 한꺼번에 피어올랐다.

……너에 대한 기억이 이렇게나 많았던가.

기억으로 만들어진 꽃잎은 하나하나가 칼날이었고, 꽃술은 하나하나가 바늘이었다. 이원은 꽃밭에서 벗어나기 위해, 꽃들을 헤치며 오랫동안 걸었다. 꽃밭은 끝이 보이지 않을 만큼 넓었고 사방 눈부시게 반짝거렸다. 이원은 피투성이가 된 다리를 절룩이며 하염없이 걸었다. 많이 아프고, 오래 아팠다.

□　■　□

"전무님, 드디어 어제 날짜로 이주 작업이 마무리됐습니다!"

주택사업부의 정성일 부장이 일어나 떨리는 목소리로 선언했다. 회의장 여기저기서 커다란 박수가 터졌다.

"우와! 축하합니다. 드디어!"

"그야말로 엄청난 속도군요! 대단하십니다! 고생 많으셨습니다!"

의장석에 앉아 있던 이원도 오랜만에 기분 좋게 웃으며 함께 손뼉을 쳤다. 정 부장은 한껏 자랑스러운 얼굴로 덧붙였다.

"이번 주에 기공식 하고 바로 철거, 토목 들어갑니다. 일반 분양관 공사도 같이 진행합니다."

다들 한숨 돌린 듯한 얼굴이었다. 그럴 만했다. 조합원 분양과 현금 청산, 관리 처분 총회, 인가, 이주로 이어지는 과정은, 언제 터질지 모르는 지뢰밭 위를 걷는 것과 같았다.

이 과정은 재개발 사업에서 가장 난코스에 속했다. 조합원들과의 피 말리는 협상, 협박, 자금 끌어대기, 공무원들과의 마찰, 여기저기서 튀어나오는 예상외 변수들로 끝까지 안심할 수 없었다. 물론 준공까지 4년이 넘는 대장정과 PF(자금 조달), 악성 미분양 위협은 여전히 남아 있었지만, 그래도 일단 큰 고비는 넘긴 것이다.

그러고 보니 어느새 봄이 코앞이었다. 이원은 문득 마포 대교 이후 두 번의 겨울이 뒤로 빠져나간 것을 알았다. 시간이 흘러갔다는 것을 인지하는 것은, 사업이 한 단계씩 앞으로 나가는 순간뿐이었다. 그 외의 모든 것은 서른두 살의 겨울, 그 춥던 마포 대교 위에 박제되어 있었다.

가끔 정 관장이나 손 원장, 혹은 최 실장에게 우연의 근황을 보고받았다. 우연은 간신히 좀비 생활에서 벗어나 그럭저럭 학교생활을 시작한 듯했다. 아르바이트는 하지 않고, 무성의하게 상담 치료를 하고, 약을 받아 갔다. 약을 잘 먹는지 아닌지는 확인할 수 없었다. 이제 우연의 곁에는 저녁때마다 직접 약을 먹이고, 혀 밑을 검사하고, 토하지 못하도록 라면을 끓여 먹이는 사람이 없었다.

그림은 더 이상 그리지 않는 것 같다고 했다. 민폐가 되기는 싫었는지 팀별

과제만 하는데 그림 그리는 일은 절대 맡지 않는다고 했다. 신청 학점도 12학점, 11학점, 그 모양이다. 그리고 다시 화려한 밤샘과 파티와 게임 폐인 상태를 반복하는 듯했다.

……그래도 너는 어찌어찌 살아지는 모양이다.

맞다, 살다 보면 살아지고, 살아만 있으면 살아진다고 그랬다.

어차피 이렇게 될 거라고 예상하고 있었다. 나 역시 그냥 이렇게 살아질 거라고 믿었다. 세상이 온통 회색으로 보여도, 가끔 이유도 없이 숨이 막혀도, 사랑하는 줄도 몰랐던 그 아이가 숨 막히게 보고 싶어도…… 어쨌든 이리 멀쩡하게 살아질 거라고.

좌중에서 터진 웃음소리에 이원은 퍼뜩 정신을 차렸다. 보고를 마친 정성일 부장이 자랑스레 V 자를 펼쳐 보이더니 재무금융부의 김우종 차장과 건축사업부의 신윤호 상무를 향해 손가락으로 작은 하트를 날려 보내며 씩 웃고 있다. '이제 돈줄 대는 일과 노가다 시작이니 뒷일을 부탁하오, 나는 먼저 가오.' 하는 뜻이었다. 장난기가 많은 정 부장은 회의 석상에서도 곧잘 개구쟁이 같은 짓을 하곤 했다. 하트를 받은 두 사람이 끙, 신음하며 고개를 절레절레 젓는 것이 보인다. 이원은 싱긋 웃으며 말했다.

"정 부장님, 정말 고생 많이 하셨습니다. 이번 건 맡고부터 1년마다 10년 치씩 늙으셨죠."

"말도 마십시오, 전무님. 이게 전 회장님 때부터 10년 넘게 끌탕이던 사업 아닙니까. 제 머리 하얘진 거 보십시오, 얼굴 하나로 먹고살았는데 손해가 이만저만이 아닙니다."

"염색약 사시는 데 보태게 주택사업부에 상여금 두둑이 보내겠습니다. 다음 차례는 김 차장님과 신 상무님이신데, 두 분은 별 타격이 없으실 것 같아 다행입니다."

이원의 말에 좌중에서 킬킬대는 웃음이 터졌다. 반백의 신 상무는 평생 염색한번 안 하고 터프하게 살아왔다는 자칭 '상사나이'였고, 김 차장은 반 대머리였는데 대머리가 '정력의 증거'라는 소문을 철석같이 믿고 은근히 자랑스러워하는 용자였다.

"그러면, 이제부터 일반 분양 전시관······ 엇."

이원은 말을 끊고 급하게 자리에 앉아 고개를 수그렸다. 책상 위로 갑자기 물방울이 투투툭 떨어지기 시작했다. 갑자기 회의장이 쥐 죽은 듯 조용해졌다.

······제기랄.

이원은 한 손으로 눈을 가린 채 이를 갈았다. 옆에 앉아 있던 홍연이 급하게 일어나 다가온다. 정 부장이 멍하니 입을 벌렸다가 어색하게 너털웃음을 웃었다.

"전무님께서, 어, 조, 좀 피곤하신 것 같습니다."

"······."

"우리 10분만 쉬었다 하지요. 허허허."

홍연은 얼른 회의실 문을 닫고 이원에게 손수건을 건넸다. 흑, 읍, 으윽, 그는 고개를 숙이고 두 손으로 눈물을 거둬 내느라 허둥지둥하고 있었다. 제기랄. 하필 왜 지금 이래! 약을 먹어도 왜. 한참 기다려도 눈물이 멈추지 않자 그는 결국 책상에 이마를 대고 엎드렸다. 얼굴을 감싼 팔 사이로 눌린 소리가 흘러나왔다.

"최 실장님, 나가 계세요."

"전무님. 괜찮습니다, 아무도 없습니다. 그냥, 소리 내서 우셔도 괜찮습니다."

"홍연 씨, 나가 있으세요, 좀!"

홍연은 어떻게 해야 할지 몰라 쩔쩔맸다. 말이 그렇지 어떻게 이런 사람을 떨렁 놔두고 그냥 나가냐. 게다가 주의 깊게 살펴보고 신경 써서 보살피라는 손 원장의 당부도 있었다.

하지만 남아서 뭔가 위로 비슷한 걸 해 드리기엔, 당사자가 너무나 창피해하고 있었다. 아마 지금까지 보여 준 모습만으로도 죽고 싶을 것이다. 홍연은 별수 없이 문을 닫고 조심스럽게 밖으로 나올 수밖에 없었다.

"왜 그래, 전무님 무슨 일이야?"

"어디 안 좋으신가? 왜 그래?"

문밖에서 닥지닥지 모여 있던 사람들이 홍연에게 달려들어 묻는다. 홍연은 진땀을 빼며 최대한 그럴듯한 이유를 주절주절 끌어댔다.

"감정이 격해져서 그러신 것 같습니다. 생각해 보십시오. 전 회장님 때부터 이 건으로 얼마나 고생하셨습니까. 투입한 사업비 회수도 안 되고, 일은 계속 엎어지고, 조합원들은 회사까지 찾아와서 깽판 치고. 말씀은 안 하셔도 속이 말이 아니셨죠. 그런데 무슨 뚝심인지, 기어이 여기까지 끌고 오지 않으셨습니까."

"아, 그건 그렇지, 한 회장님이 일만 잔뜩 저질러 놓고 먼저 가시고, 전무님 혼자 악전고투하면서 예까지 왔으니, 북받칠 만하지."

"그나저나 한 전무 아직 물렁하네. 이 바닥에서 이 정도 일로."

"아, 사적으로야 유하시지만 일에선 또 인정사정없으시잖습니까."

대답을 주워섬기면서도 홍연의 등으로는 진땀이 조르르 흘렀다. 오늘은 이렇게 넘어간다 해도, 앞으로 사람이 많을 때 또 이러면 그때는 어떻게 할지 모르겠다. 그러잖아도 회의 시간에 이 증세가 나타날까 봐 계속 불안해하고 있었는데.

순간 홍연의 전화기가 짧게 울렸다. 문자를 확인한 홍연은 속으로 한숨을 쉬며 모인 사람 앞에 꾸벅 고개를 수그렸다.

"죄송합니다. 중요한 보고는 얼추 끝났으니, 오늘 회의는 여기까지 하신다고 합니다."

이원에게 이상한 증세가 나타난 건, 지난여름부터였다.

"조금 있으면 우연이 생일인데 혹시 선물이라도 보내시겠습니까?"

홍연의 조심스러운 질문에, 눈썹을 잔뜩 우그리고 결재 서류를 노려보고 있던 이원의 표정에 일순 생기가 돌았다.

"벌써 시간이 그렇게 되었습니까? 이거 참."

"……."

"음, 뭘 좋아할까요. 장신구는 잘 안 하는 것 같고, 꽃은 안 좋아하는 것 같고, 옷은 직접 골라야 할 테고, 좋아한다고 컵라면이나 콜라를 보내 줄 순 없고. 큰 인형은 좁은 기숙사에서 처치 곤란일 텐데."

갑작스레 줄줄 쏟아져 나오는 말에 홍연은 황급히 대답했다.

"어떤 선물이 받고 싶은지 정 관장 통해서 물어보셔도 되잖습니까."

"예전에 그렇게 물어봤다가 누드모델 해 달라는 소리를 들었죠. 또 그랬다간 정 관장은 무슨 날벼락……."

빙그레 웃으며 이야기를 늘어놓던 그가 갑자기 말을 멈췄다. 머리를 망치로 맞기라도 한 얼굴이었다. 그는 고개를 흔들더니 덤덤한 목소리로 말을 돌렸다.

"선물은…… 정 관장이 알아서 보내겠지요. 제가 보낼 이유가 없……. 어?"

갑자기 당황한 목소리가 들렸다. 고개를 든 홍연은 어리둥절했다. 그가 눈을 크게 뜬 채 한 손으로 뺨에 생긴 물줄기를 거둬 내고 있었다.

"이, 이게 무슨?"

그는 고개를 돌리고 미친 듯이 쏟아지는 눈물을 어떻게든 수습하려고 허둥거렸다. 그는 당황한 것을 넘어 거의 패닉에 빠진 것 같았다.

"최 실장, 이, 이거, 왜 이러는 겁니까? 홍연 씨, 제, 제기랄. 이거…… 수, 수건 좀."

자신도 모르는 이유를 남이 알 리가 없었다.

그때를 시작으로, 그는 가끔 난데없이 눈물을 보였다. 아무 이유도 없었다. 가만히 앉아서 신문 기사를 읽다가, 홍연과 사무적인 대화를 하다가, 전화를 받다가, 혹은 컴퓨터에서 뭔가를 출력하다가 갑자기 한 손으로 눈을 덮거나 황급히 고개를 돌렸다.

증세가 나타난 후, 이원은 다시 약을 먹기 시작했다. 하지만 증세가 완전히 없어지지는 않았다.

사람들이 모두 돌아간 후, 홍연은 조심스럽게 문을 열고 회의장으로 들어갔다. 그는 여전히 책상에 이마를 댄 채 엎드려 있었다.

"……괜찮으십니까?"

물론 괜찮지 않은 건 안다. 아는데, 뭐라고 물어봐야 할지 난감했다. 나올 대답도 뻔했다.

"괜찮습니다."

숨죽인 흐느낌 사이로 낮은 목소리가 흘러나왔다. 전무님. 홍연의 걱정스러운 목소리에 좀 더 강한 어조의 대답이 달라붙는다.

"저는 정말 괜찮습니다."

나는 충분히 괜찮다. 이원은 진심으로 그렇게 믿었다. 나는 충분히 바쁘고, 일도 충분히 잘해 내고 있다. 해상 공항 입찰 건은 아직 미뤄지고 있지만, Y시 재개발 건은 바로 착공에 들어갈 것이고, 일반 분양도 시작될 것이다. 고맙게도 시에서 용적률을 최대한 올려 주어 분양 세대수가 많이 늘었고, 10년 이상 누적된 매몰 비용 보상 차원에서 일반 분양 물량의 절반을 받기로 했다. 이 정도로 파격적인 조건은 드물다. 담보 대출 규제로 인한 대규모 미분양 걱정은 있지만 어떻게든 될 것이다. 이번에도 어떻게든 버티면.

아 그래. 미현과 결혼할 날도 잡혔다. 5월 15일, 가장 아름다운 계절에 결혼식을 올린다. 모든 것은 계획대로 잘 진행되고 있었다. 그러니, 나는 괜찮아야 한다.

'결혼하시면 축가도 하고, 행사 노가다에 보디가드 다 뛰고요……'

하지만 그런 생각을 비웃기라도 하듯 낭랑한 목소리가 튀어나왔다.

이원은 멍하니 엎드린 채, 자신의 뇌 속을 파고드는 사랑스러운 목소리에 귀를 기울였다. 목소리는 순식간에 죽죽 가지를 치며 사방에서 불꽃처럼 팡팡 터진다.

'부케, 부토니에 자동차 꽃 장식 그런 것도 필요하면 다 해 드리고요. ……결혼기념일에 꽃다발하고 케이크도 보내 드리고요……'

너는 아무 소식도 받지 못할 것이다. 이제 와서 너를 자극하는 것은 현명한 일도, 옳은 일도 아니니까.

'생일, 세례일, 새해 첫날, 밸런타인데이, 블랙 데이, 빼빼로 데이, 크리스마스, 송년 파리, 신년 파리 그런 거 전부 준비해서 축하해 드리고요……'
'초상화 기차게 뽑아서 팬 아트로 조공하고요. 외부 활동 하실 일 있으면 적금 깨서 밥차 조공도 하고요. 베이킹 배워서 케이크, 쿠키, 초콜릿 조공 바치고요.'
'인터넷에 안티 생기면 좌표 찍고 떼로 달려가서 다 밟아 버리고요. 아저씨 골치 아프게 하는 사람 있으면 그 집 앞에 몰려가서 파켓 들고 시위하고 대문에 썩은 계란이랑 토마토랑 던지고요……'

신이 나서 주워섬기는 너의 목소리에는 눈부신 생명력이 넘쳐흘렀다.
네가 발의 족쇄를 풀고 하늘로 날아오를 때, 나는 마음껏 축복해 주고 싶었다. 아, 그래. 그때도 선물을 들고 가겠다고 했던가.

'선물, 제가 원하는 거 말해도 돼요?'
'누드모델…… 한…… 번만 해 주세요, 아저씨.'

"흐으……"

이 빌어먹을 눈물이 왜 멈추지 않는지 이해할 수 없어서 이원은 치를 떨었다.

내 결정은 옳고 합리적이다. 파멸을 피했으니 감사해야 맞고, 기뻐해야 맞다. 백번을 생각해도 이렇게 슬퍼할 일은 절대 아니다.

그러니까, 나는 괜찮다. 괜찮아야 마땅하다.

그래서 이원은 입을 틀어막고 오래오래 엎드려 있었다.

□　■　□

우연은 자신이 양극성 장애나 우울증 따위가 아니라 치매에 걸린 게 아닐까 의심스러웠다. 많이 슬프고, 많이 아프고, 눈물에 젖어서 아무 짓도 못 할 줄 알았는데, 하루하루는 너무나도 멀쩡하게 돌아갔다. 어제가 오늘 같고, 오늘은 일주일 전 같았다.

시간이 흘러가는 감각도 없이 모든 것을 너무 쉽게 잊었다. 친구들과 같이 어울려 다니며 수다를 떨고 컵라면을 먹고 유튜브를 보았는데 그게 어제 일인지 한 달 전의 일인지 구별이 되지 않았다. 수업 따위는 기분이 내키면 들어가고 안 내키면 빼먹고 놀았다.

아저씨와 함께 지내던 시간에 대해선, 아예 기억의 셔터를 내려 버린 듯했다. 전생의 일이었다고 해도 믿을 것 같았다. 대신 싱싱한 감정이나 날카로운 감각이라는 셔터도 같이 내려진 것 같았다. 뭘 해도 심드렁했다. 기쁘지도 않고, 슬프지도 않고, 아프지도 않고, 무섭지도 않고, 심지어 배도 거의 고프지 않았다.

그림을 그리고 싶은 의욕도 없어졌다. 그렇게 미친 듯이 몰입할 수 있었던 게 거짓말 같았다. 연필선 하나 긋기도 싫고, 구도를 잡거나 구상을 하기도 싫었다. 너무너무 싫었다. 동그라미 하나라도 억지로 그려야 한다면 차라리 손목을 잘라 내고 싶을 정도였다. 어떻게 일주일 동안 먹지도 자지도 않고 그 큰 그림들을 그릴 수 있었는지, 진짜 미쳤나 싶을 지경이었다.

아빠는 주변에서 얼쩡대지 않았다. 당연히 얼쩡댈 수 없을 것이다. 지금 '빵'에 처박혀 있으니까!

그날 미술관에서 현행범으로 잡혀간 아빠는 얼마 후 재판에 회부되었다. 재판은 지지부진 질질 끌다가 이듬해 봄에야 1년 3개월 실형이 떨어졌다.

"이런 건 보통 훈방이나 사회봉사, 끽해야 벌금형, 아주 세게 나와야 집행 유예야!"

"세상천지에 따귀 한 대 때렸다고 초범에 금고형 때리는 등신 판사는 없어."

"난 피해자 아빠라고! 당연히 정상 참작이 되지!"

주변의 말만 믿고 자신만만하게 큰소리치던 아빠는 큰 충격을 받았다. 재판정에서 큰 소리를 치며 난동을 부렸다고도 들었다.

예상외로 형량이 세진 이유는 아저씨와 홍연 아저씨에 대한 폭행 말고도, 그동안 엄마와 우연에게 저질렀던 짓들도 다 같이 묶여 들어갔기 때문이라 했다. 쉼터에서 찍힌 영상과 녹취록도 모조리 증거로 제출되었고, 정신과 상담과 진료 기록, 진단서도 올라갔다. 딸에 대한 습관적인 성추행, 접근 금지 명령을 위반했던 일, 딸을 후원하던 재단의 이사장을 이유 없이 전치 8주에 이르도록 폭행한 것이 '빵에 처박히는 데' 큰 역할을 한 모양이었다.

우연은 이 로또 같은 행운을 이해할 수 없었다. 이런 일로 금고형이 나온다는 게 마른하늘에 날벼락처럼 드물다는 건 잘 알고 있었다. 아저씨가 뒤에서 법적으로 가능한 수단은 다 동원했을 거라 짐작했지만, 확인할 수는 없었다. 회의실에서 나온 이후, 우연은 아저씨를 한 번도 만나지 못했고, 목소리조차 듣지 못했다.

아빠가 잡혀간 후, 엄마는 아빠를 풀어 달라는 탄원서를 제출했다. 탄원서를 넣지 않으면 아빠가 출소한 다음에 죽여 버리겠다고 협박했을 게 뻔했다. 하지만 우연은 와들와들 떨면서도 아빠를 꼭 처벌해 달라는 탄원서를 썼다. 아저씨의 노력을 헛되이 하고 싶지 않았다.

경찰서에서 만난 엄마는 그 말을 듣자마자 멱살을 움켜잡고 고함을 질렀다.

'미쳤니? 너 미쳤어? 당장 풀어 달라고 탄원서 써! 너 정말 죽고 싶어?'

'엄마. 그딴 탄원서 써도 어차피 똑같아! 감방에서 나오면 다시 엄마도 패고 나도 패고 죽도록 팰 거야!'

우연은 악을 쓰며 고함을 질렀다. 이 상황에서도 석방 탄원서를 쓰라는 엄마가 이해는 됐지만, 또 한편으로는 극심하게 미웠다.

탄원서를 아무리 감동적으로 써도 아빠는 반성하지 않을 것이다. 대신 나와 엄마, 아저씨에게 이를 득득 갈며 해코지를 하려고 할 것이다. 자신이 전과자가 된 이유를 어떻게든 만들어야 할 테니까. 남을 원망할 이유를 만들어 내는 건, 아빠가 가진 천부적인 재능이었다.

그러면 차라리 아저씨의 말대로 하는 게 낫다. 아빠가 때리면 감옥에 처넣고, 나와서 또 때리면 또 처넣고, 또 처넣고, 또 처넣고. 반복될수록 감옥에 처박혀 있는 기간은 점점 길어질 것이고, 처박혀 있는 동안은 안심하고 살아갈 수 있을 것이다. 혹은 내 흔적을 지우고 잠적할 시간을 벌 수 있을 것이다.

지금 이 순간은 아저씨가 간신히 만들어 준 인생의 짧은 방학이었다. 죽음의 사막을 횡단하던 나는 아저씨의 도움으로 난생처음 오아시스를 만나 그늘에서 잠시 쉬는 중이다.

물론 작은 오아시스나 짧은 방학 따위로는 인생이 헬이라는 사실 자체가 변하지는 않는다. 지옥에서 벗어나기 위해서는 꼭 필요한 조건이 있었다. 딱 한 가지, 아주 중요하고 결정적인 조건.

그것은, 아빠의 죽음이다.

히, 히히. 우연은 얼빠진 얼굴로 한참 웃었다. 물론 하느님은 이런 못된 기도는 들어주지 않으실 것이다. 아빠는 오래 살 것이다. 내가 죽은 다음에도 100년 정도 더 살지도 모른다. 히, 히, 히히히. 아빠가 없는 세상을 상상하면 마약에 취한 것처럼 행복해졌다가, 이성을 찾으면 바로 진창으로 동댕이쳐졌다. 원래부터 진창에 구르던 것보다 높은 곳에서 진창으로 떨어지는 것이 훨씬 아팠다.

우연은 아저씨가 선물해 준 안식기를 그렇게 몽롱하니 흘려보냈다. 정 관장님은 딱 선을 지켜서 할 일만 했다. 근황을 체크하고, 건강 여부를 확인하고, 돈을 보내 주었다. 해 달라는 게 있으면 두 번 묻지도 않고 해 주었다. 심지어 이유조차 묻지 않았다.

애석하게도 우연은 하고 싶은 것이 하나도 없었다. 뇌 속이 하얀 모래로 두껍게 뒤덮인 듯한 기분이었다.

— 우연아, 엄마야.

목소리가 들리는 순간 심장이 크게 조여들었다. 낯선 번호로 걸려 온 전화는 받는 게 아니었는데. 아빠가 감옥에 있다고 방심한 게 실수였다. 반사적으로 끊으려 하자 엄마가 급하게 울부짖었다.

— 우연아, 끊지 마! 할 말이 있어! 1분만!

잠시 망설였다. 바뀐 번호를 어떻게 알아냈는지 모르겠다. 지금 접근 금지 기간 아닌가? 아, 제기랄. 입술을 깨물었다. 정 관장님이 연장하는 걸 놓쳤나? 아니면 그딴 거 무시하고 그냥 전화한 건가? 우연이 혼란스러워하는 동안, 엄마는 전화기를 붙잡고 흐느껴 울기 시작했다. 귓가에서 오리가 꺽꺽대는 것 같았다. 우연은 어떻게 반응해야 할지 몰라 가만히 있었다. 울고 있는 여자는 자신이 전혀 모르는 사람 같았다.

"왜 울어, 엄마?"

진심으로 궁금해서 물었다. 엄마는 대답 대신 엉뚱한 말을 했다.

— 우연아, 엄마 이혼 소송 중이야. 네 아빠가 감옥에 있어도 이혼 소송은 된대. 이런 좋은 기회가 어디 있니.

"어? 어……."

놀라웠다. 엄마에게 그런 용기가 남아 있는 줄은 몰랐다. 혹시 누가 옆에서 도와주고 있는 걸까? 기뻐해야 할까? 힘내라고 해야 할까? 괜찮으냐고 해야 할까? 엄마가 이혼이라니, 머리가 허옇게 물드는 것 같다. 우연은 더듬더듬 물었다.

"호, 혹시…… 세경에서 소송 도와줬어? 변호사…… 같은 거?"

— 어? 어떻게 알……. 아니야, 나 혼자 했어! 도와주긴 누가 도와줘!

엄마의 목소리가 확 높아졌다. 우연은 눈썹을 찌푸렸다. 엄마의 반응을 보니 틀림없는 것 같다. 설마 아저씨가 이런 것까지 뒤에서 몰래 도와주셨을까? 나를 생각해서?

우연이 한동안 말을 잇지 못하자, 엄마가 급하게 말을 돌린다.

— 이혼 판결 나면, 바로 한국 뜰 거야. 외국에 가서, 네 아빠 모르는 데서 숨어 살 거야.

"어디?"

— ……어디든.

잠시 망설이던 엄마는 결국 행선지를 숨겼다. 충분히 이해했다. 아빠에게 내용이 흘러들어 갈까 봐, 혹은 자식이라는 무거운 꼬리가 달릴까 봐. 나중에 자리 잡으면 연락을 하겠다거나 하는 입에 발린 말도 없었다.

— 너도 이제 다 컸으니 앞가림 똑똑히 하고 살아. 예전엔 스무 살만 돼도, 부모 봉양하고 돈 벌고 애들 줄줄이 키우며 살았어.

지금 어떻게 지내는지, 몸은 어떤지, 밥은 잘 먹는지, 엄마는 아무것도 묻지 않았다.

두어 달 후, 엄마는 한 번 더 전화했다. 드디어 이혼 소송이 끝났다는 소식을 전하며, 엄마는 우는 대신 짧게 웃었다. 네가 다 커서 양육권을 가지고 싸울 일이 없어 다행이라고 했다.

희한했다. 엄마는 정말 새로운 삶을 시작할 수 있었구나. 엄마는 정말 아빠한테 벗어날 수 있었구나. 생각해 보면 엄마하고 아빠는 원래 남이었다.

하지만 우연과 아빠는 남이 아니었다. 이건 하느님도 부처님도 해결할 수 없는 저주였다.

나도 외국에서 숨어 살면 괜찮을까? 뭐 해서 먹고 살지? 엄마는 그래도 어릴 때 미국 유학을 했지만 나는 영어 한마디 못 하는데?

우연은 한국 사람이 한 명도 없는 미국 시골이나, 아마존 정글이나, 아프리카 한복판 이름도 모를 나라나, 그린란드 같은 곳에서 살아가는 자신을 상상해 보았다. 말도 안 통하고 돈도 한 푼 없이 그런 곳에 숨어 살면 과연 무슨 일이 일어날까. 한국에서 살 때보다 덜 위험할 것 같진 않았다.

우연은 '조금만 기다려, 엄마가 자리 잡으면 너 데리러 올게.' 라는 말이 나오기를 잠시 기다려 보았다. 혹시라도 그러면 고민이라도 해 볼 것 같았다. 물론 엄마는 끝까지 그런 말을 하지 않았다.

아저씨에게 부탁하면 어떨까. 아저씨, 저 외국에 숨어 살게 해 주세요. 아마존, 아프리카, 그린란드 같은, 아빠는 절대 찾아오지 못할 곳에서, 아무도 모르게 숨어 살게 해 주세요, 하면.

간절히 부탁하면, 아저씨는 끝까지 외면하지는 못할 것이다, 적어도 엄마에게 빌붙는 것보다 훨씬 안전하고 편안할 것이다……, 하는 생각이 끝나기도 전에 우연은 자신의 뻔뻔한 주둥이를 찢어 버리고 싶었다.

"잘 가, 엄마. 외국에선 아빠 같은 이상한 사람 만나지 말고 혼자 편히 살아."

우연은 덤덤하게 인사했다. 엄마와의 마지막 대화치고는 지나치게 건조했지만, 우연은 더 이상 감동적인 말을 떠올릴 수 없었다. 엄마의 격앙된 목소리가 터졌다.

— 외국에 남자 만나러 가는 줄 아니? 누가 남자한테 환장한 줄 알아?

"……."

— 그리고, 내가 누굴 만나서 어떻게 살든, 네가 무슨 상관인데? 너 때문에 이혼 안 하고 버텼다가 인생 작살났는데 엄마 고마워, 엄마 미안해, 그런 소리는 안 하고 어디서 그따위 개소리야. 네가 엄마 인생 손해 배상이라도 해 줄 거야?

김현주 여사는 여전히 변함이 없었다. 그래서 우연은 그동안 마음에 소중히 간직했던 고백을 엄마에게 할 수 있었다.

"무슨 소리야. 나도 엄마 딸로 태어나서 인생 개작살났잖아. 둘이선 재미라도 봤지, 나는 무슨 재미 봤는데? 나야말로 엄마한테 손해 배상 처받고 싶은데 어디 내 앞에서 이빨을 까."

엄마는 울기 시작했고, 우연은 참지 않고 웃었다.

아빠의 출소일은 하루하루 다가오고 있었다. 하루하루는 너무 긴데, 1년 3개월은 우습게도 짧았다.

아빠가 나오면 졸업이고 나발이고 어디로든 도망쳐서 숨어 살아야지. 어차피 접근 금지 기간이 끝나면, 서림예대는 가장 위험한 장소가 될 수밖에 없었다. 졸업은 글렀으니 돈이나 벌자. 어떻게든 되겠지, 또 잡히기야 하겠어, 죽기야 하겠어, 끽해 봐야 죽겠지. 미래가 없는 것처럼 사는 것도 그럭저럭 할 만했다.

우연은 내일을 생각하지 않으려 노력하면서 그날그날을 최대한 즐겼다. 옥상, 주차장 같은 곳에 멍하니 앉아 천금 같은 시간을 마음껏 낭비했다. 돈 한 푼 없는 사람들이 왜 빚까지 내 가며 흥청망청 퍼마시고 노는지 알 것 같았다. 내일이 어떻게 될지 모르니까 그러는 것이다.

학년이 올라갈수록 친구들은 과제에 미쳐 가기 시작했다. 친구들은 학교 근처에 아예 공동 작업실을 하나 마련해 놓고, 밤이고 낮이고 폐인처럼 처박혀서 과제에 몰두했다. 우연은 아무것도 하지 않았다. 당장 내일 어떻게 될지 모르는 사람에게 학점 관리나 취업용 포트폴리오 관리를 하라는 건 개소리였다.

방학 동안은 장학관에서 죽은 듯 지냈다. 장학관은 아저씨의 집과 아주 가까웠지만, 아저씨는 단 한 번도 그곳에 들르지 않았다. 전화번호는 알지만, 전화를 할 수는 없었다. 우연은 그의 목소리가 듣고 싶을 때면 하얀 천장을 향해 '아저씨.' 하고 속삭이듯 불러 보았다.

왜, 무슨 일이니?

낮고 부드러운 대답이 들리는 것 같았다. 얼굴도 목소리도 여전히 생생하다. 우연은 그동안 모아 두었던 재미있는 이야기도 늘어놓고, 뒷담화를 까 대기도 했다. 하, 아하하하. 귓속에서 감도는 아저씨의 웃음소리가 달콤하다. 생각해 보면 아저씨의 저 웃음소리가 좋아서 속도 없이 많이 떠들어 대긴 했다.

"아저씨, 저는 이제부터 1년 3개월, 그러니까 457일 동안 완벽한 자유예요. 고맙습니다."

"아저씨, 지금 세경건설에서 아파트 짓는 거, 기사에 나왔어요. 공사비만 1조 5천억이 훨씬 넘는다면서요?"

"아저씨, 그 많은 돈을 벌면 다 어디에 쓸 거예요?"

우연은 아저씨라면 어떻게 대답할까, 혼자 열심히 상상했다. 만약 내가 환쟁이 말고 천재 이과생으로 태어났다면 '한이원 아저씨'라는 프로그램을 만들었을 텐데. 아저씨의 성격과 말버릇과 아이큐를 반영해서, 가장 아저씨다운 대답이 나오는 프로그램으로. 그러면 컴퓨터 앞에서 종일 수다를 떨 수도 있었을 텐데.

아쉽게도 우연은 천재 이과생이 아니라 그저 그런 환쟁이여서, 대답 없는 허공에 대고 혼자 오래오래 떠들어야 했다.

"아저씨, 아빠가 나올 때까지 300일 남았어요."

"아저씨, 아빠가 나올 때까지 200일 남았어요."

"아저씨, 아빠가 나올 때까지 150일 남았어요."

갓 고3이 된 수험생들처럼, 우연도 달력을 보며 날짜를 하루하루 세기 시작했다. D—데이에 대한 공포는 수험생들보다 훨씬 컸지만, 어차피 할 수 있는 건 아무것도 없었다.

어젯밤에 비가 와서인지, 춘삼월이라는 말이 우습게 영하의 한파가 몰아쳤다. 그래도 우연은 반가웠다. 하늘을 뒤덮고 있던 뿌연 먼지가 깨끗하게 걷혔다. 기숙사 창을 열자 새파란 하늘이 눈앞으로 들이닥친다. 코끝이 쨍, 하고 매웠다. 우연은 서슬 푸르게 날이 선 하늘을 쳐다보며 여느 때와 같이 또박또박 말했다.

"아저씨, 이제 드디어 100일 남았어요."

26

마리오네트

"정 관장에게 보고가 올라왔습니다. 접근 금지 기간이 끝났다고 합니다."

급하게 들어온 홍연이 뭔가를 보고하려다 이원 곁에 서 있는 웨딩 플래너를 보고 멈칫했다. 이원은 그녀가 하나하나 짚어 주는 예복 사진을 무심하게 내려다보며 물었다.

"벌써 그렇게 됐군요. 최대 연장 기간도 이번에 끝난 거죠?"

"예. 문제가 생길 경우 다시 신청하는 수밖에 없습니다."

홍연의 보고가 그답지 않게 사무적이고 간결하다. 물론 정 관장에게 올라오는 정기 보고 자체가 사무적이고 간결하긴 하다.

공평무사한 성격의 정 관장은, 우연을 다른 후원 예술가들과 동일하게 대우하려 노력하고 있었다. 그것을 뭐라고 할 수는 없었다. 다만 이원이 부탁한 우연의 안전과 심리 치료는 신경 쓰고 있었고, 일주일에 한 번씩 꼬박꼬박 근황을 체크해 보고도 하고 있었다.

홍연은 말을 잇지도 않고, 나가지도 않은 채 주변에서 얼쩡거렸다. 이유가 짐작이 간다. 미현이 보낸 웨딩 플래너가 옆에 있기 때문이었다.

이원은 아래 놓인 카탈로그를 물끄러미 내려다보았다. 빨리 결정을 해서 플래너를 내보내고 싶은데, 예복이 마음에 들지 않는다. 하나같이 지독하게 마음에 들지 않는다. 그는 이제 모든 선택이 지긋지긋하고 극도로 피곤했다. 누가 다 정해서 강제적으로 떠밀어 주면 좋겠다.

브로드웨이에서 강행군을 이어 가는 미현과, 일반 분양과 신공항 수주 문제로 몸이 두 개라도 모자랄 이원을 연결하고 있는 것은 우습게도 웨딩 플래너 전수현 실장이었다. 지나치게 친절하고 지나치게 기억력이 좋은 웨딩 플래너는 오작교의 까막까치라도 된 양, '너무 바빠 통화도 제대로 못 하고 있다'는 신랑 신부의 근황을 서로에게 미주알고주알 전하곤 했다.

물론 그녀는 미현이 고른 사람이었고, 전적으로 신부 편이었다. 그러니 지금 자신이 이상하게 반응하면 그 내용은 미현에게 고스란히 흘러들어 가게 될 것이다. 이원은 최대한 태연하게 카탈로그를 밀어 보내며 말했다.

"종류가 너무 많아 고르기 피곤합니다. 미현이하고 의논해서 세 개만 추려서 다시 가져오세요."

전 실장이 실망한 표정을 감추며 밖으로 나가자, 홍연이 기다렸다는 듯, 빠르게 말을 뱉어 내기 시작했다.

"경호 문제에 대해, 추후 방침을 정해 알려 주셨으면 한다고 했습니다. 출소까지 3개월 정도 남긴 했지만……."

"아, 예. 예산을 배정하려면 미리 결정해 두어야겠죠."

"예. 경호팀을 개인적으로 파견하려면 학교 측의 협조도 얻어야 하니까요."

"경호팀 문제는 학교 측과 먼저 의논한 후에 허용되는 선 안에서 진행하도록 하세요. 그쪽은 별일 없죠?"

이원은 최대한 무심한 목소리로 물었다.

"며칠째 또 연락 두절이랍니다."

"왜 또 연락 두절입니까?"

이원의 날 선 반응에 홍연은 한숨을 쉬었다.

"우연이는 모르는 번호는 대부분 받지 않잖습니까. 정 관장 전화도 내킬 때만 받습니다. 정 관장이 사실 애 많이 먹었습니다. 혜진 양에게 연락해서 거취 확인하는 것도 한두 번이죠. 기껏 확인하면 수업 빼먹고 점심때까지 자고 있다고 하고……. 그럼 그럴 땐 사오일 동안 잠 한숨 안 자더니, 요새는 18시간씩 자면서 허리가 아프다고 투덜댄답니다."

이원은 신경을 곤두세운 채 보고를 듣고 있다가 푸스스 웃으며 고개를 흔들었다.

"약 먹으면 원래 잠이 많이 늘어나긴 합니다. 손 원장에게 약 용량 조절을 좀 부탁해야겠네요. 그런 일로 허리가 아프면 곤란하니까요. 어렵게 입학해 놓고 졸업할 생각은 있는 건지 원."

이원은 힘껏 기지개를 켜며 웃었다.

"아아, 결혼 두 번 할 짓이 못 된다더니, 정말 피곤하네요."

"그러게 말입니다, 전무님. 저 같은 결정 장애는 시작도 하기 전에 녹다운이 돼 버릴 겁니다. 저는 평생 연애만 할 운명인가 봅니다. 그나마 사주에 여자 복은 있다고 해서 어찌나 감사한지."

'비혼족 상팔자'라는 신념이 확고한 비서실장은 상사의 결혼 준비를 눈앞에서 지켜보며 비혼 의지를 더욱 불태우고 있는 듯했다. 같은 비혼족이라도 우연과 홍연의 그것은 무게 자체가 달랐다. 그의 신념은 깃털처럼 가볍고 유쾌하며 발랄했다. 그를 보고 있으면 정말 비혼족으로 사는 것이 나름 '상팔자'처럼 보이기도 했다.

"홍연 씨, 난 결정 장애도 아닌데 녹다운 일보 직전입니다. 요새 막 헛것도 보여요."

"예? 그게 무슨 말씀입니까?"

이원은 의자에 푹 파묻혀 고개를 뒤로 축 늘어뜨린 채 웃었다.

"한동안 눈만 감으면 그 아이가 허공에 떠다니더니, 오늘 아침엔 회사 복도에서 보이……."

이원의 웃음소리가 갑자기 다급해졌다. 그가 손을 들어서 눈을 가리는 것이 보였다. 웨딩 플래너를 내보낸 것이 천만다행이었다. 그는 여전히 웃음기 어린 목소리로 말했다.

"홍연 씨, 나…… 결혼하면……."

"예, 전무님."

"이쪽 보고는 이제 그만하세요."

"……예."

"학교 졸업할 때까지 학비와 생활비 정도는 대 주도록 하고, 갈 곳 없으면 과천 아트빌리지에 5년 입주하게 하고요. 2년 전에 신인 공모전에 당선됐으니까요. 그럼 경호 문제도 해결되겠죠."

"예, 전무님."

"여기까지. 나한테는 더 이상 보고할 거 없어요……."

순간 다급한 전화가 울렸다. 정 관장이었다.

— 전무님. 우연 학생이 휴학 신청서를 놓고 나갔다고 합니다.

"그게 무슨 말입니까!"

이원은 벌떡 일어나 전화기에 대고 고함을 질렀다. 정 관장이 당황해 하며 말을 이었다.

— 사감 말로는 책상에 퇴실 신청서, 휴학 신청서가 같이 있었다고 하네요. CCTV를 체크하니 오늘 새벽에 나간 것으로 확인되었다고 합니다.

정 관장답지 않게 목소리가 다급하고 떨렸다.

"휴학이요? 이유가 뭐라고 합니까! 왜 갑자기!"

— 그건 아직 파악하지 못했습니다. 제가 알아본 후에 조치하겠습니다.

정 관장의 전화가 끊어진 후, 이원은 가슴을 힘껏 눌렀다. 재단에 아무 말도 없이 휴학이라니. 대체 이번엔 또 무슨 일이야. 어딜 간 거야. 너는 왜 나를 편하게 해 주지 않니. 대체 왜 이렇게 끝까지! 속이 부글대고 끓어올랐다.

새로 전화가 요란하게 울렸다. 홍연은 흠칫하며 이원을 향해 고개를 돌렸다.

"전무님, 김혜진 학생입니다. 뭐라고 물어볼까요?"

"이리 주세요. 여보세요, 혜진 학생?"

이원은 벌떡 일어나 낚아채듯 받았다.

— 아저씨? 아저씨? 그, 그때 우연이 데려갔던 그 아저씨 맞죠? 저 태워 주셨던? 이거 우연이가 비상 연락처로 등록해 둔 번호인데…….

혜진은 이원의 목소리를 금방 알아들었다. 아저씨! 아저씨! 연거푸 불러 대는 혜진의 목소리는 겁에 질려 있었다.

— 우연이가 어젯밤에 학교에서 아빠를 만났대요.

"뭐? 그게 무슨 말이야! 여보세요! 우연이 아버지는 분명 6월까지……."

— 삼일절 특사로 어제 출소했대요…….

이원의 손에서 전화기가 툭 떨어졌다.

□ ■ □

"엄마, 어디 있냐."

우연은 얼빠진 얼굴로 멀거니 아빠를 바라보았다. 감옥에 처박혀 있을 아빠가 기숙사 문 앞에 서 있는 장면은 꿈에서도 상상하지 못한 그림이었다. 대체 왜 아빠가 여기 있지? 지금이 6월인가? 이건 꿈인가? 혹시 환각인가? 정신병이라도 좋으니 환각이면 좋겠다. 아빠의 말투가 퉁명스러워진다.

"뭘 그리 놀라. 삼일절 특사로 나왔다."

경범죄, 초범, 우발적, 정상 참작, 깊은 반성. 우연은 한마디도 이해할 수 없었다. 그냥 머리가 멍할 뿐이었다. 아빠가 반성이라고? 우발이 아니라 시발이겠지. 기숙사 앞은 분명 접근 금지 구역인데 어떻게? 또 잡혀가도 좋다는 건가?

아, 씨! 접근 금지 기간이 지났나?

……아저씨, 나 어떡해요.

생각은 딱 거기까지였다. 아빠와 시선이 마주친 순간, 몸도 정신도 그대로 얼어붙었다. 아빠가 까딱까딱 손짓한다.

"이리 나와라. ……말로 할 때 조용히 와라."

아빠한테 최면이라도 걸린 걸까. 기숙사 안으로 뛰어 들어가 큰 소리로 도움을 청해야 한다는 생각은 들었지만, 몸은 마리오네트처럼 아빠의 말을 따랐다. 아빠가 교문을 향해 천천히 걸으며 퉁명스럽게 말했다.

"아빠가 그렇게 고생하다 나왔는데, 얼마나 힘드셨느냐 말 한마디 안 해?"

"아빠, 아, 저, 마, 많이, 히, 힘드셔……."

아빠는 몹시 못마땅한 듯 혀를 찼지만, 이내 고개를 저었다.

"됐다. 너도 힘들었을 테니 우리 잊어버리고 다시 시작하자. 너도 스물둘이면 이제 다 컸으니 알 거 다 알 테고, 아빠를 이해할 나이도 됐잖냐."

시작하기는 뭘 다시 시작해. 이해는 무슨 개같은 소리야. 다만 아빠의 반응을 보아하니 자신이 '엄벌'을 탄원했던 걸 아직 모르고 있는 모양이었다.

"엄마 지금 어디 있냐."

"이, 이혼, 이혼했, 다, 면서요……."

"씨발, 대답하라면 대답이나 하지!"

아빠의 목소리가 확 높아졌다. 우연은 저도 모르게 몸을 오그리고 뒷걸음질했다. 아빠에게 맞지 않은 지 벌써 몇 년이 지났는데, 몸에 새겨진 반응은 조금도 변하지 않았다. 그냥 모른다고 할걸. 아무 말도 하지 말걸. 머리가 새하얗게 변하면서 대답이 갈팡질팡하는 것도 변하지 않았다. 다행히, 아빠는 손을 올리지는 않았다.

"그 죽일 년이 아파트를 팔아서 튀었어. 자기 엄마가 해 준 거라 나한테 한 푼도 안 줘도 된다 이거지! 씨발, 내가 20년 넘게 먹여 살렸는데, 그게 말이 돼?"

헉, 입이 크게 벌어졌다. 이혼했다는 말만 들었지, 재산 분할이 어떻게 됐는지는 전혀 몰랐다. 하긴, 도망치는 마당에 찢어 죽이고 싶은 전남편을 위해서 집을 남겨 둘 이유는 없었겠지. 감탄스럽기도 했다. 물론 외국에 나가서 정착할 돈도 필요할 테지만, 이건 '너 엿 한번 먹어 봐라.' 하는 마음이 더 컸을 것이다. 적어도 엄마는 자신보다는 용감했다. 우연은 더듬대며 물었다.

"그, 그럼 아빠 지금 갈 데 없어요?"

"쌍. 내가 잘 데 하나 없을까 봐? ……근데 너도 몰랐냐?"

"네. 기숙사에만 있어서……. 지금 알았어요."

"내 그년 그럴 줄 알았다. 엄마란 게 애를 버리고 집까지 털고 날라? 마귀 같은 년."

"……"

"네 엄마란 년이 원래 그랬지. 그래도 정이 뭔지, 불쌍해서 같이 살아 줬더니 뒤통수를 쳐? 내가 기필코 잡아서 아주 포를 떠서 불에 구워 버려……."

이를 꽉 물고 중얼대는 아빠의 눈은 지글지글 끓어오르고 있었다. 고함을 질러 대는 것보다 훨씬 무서웠다. 토악질이 나올 것 같았다.

엄마가 기회를 놓치지 않고 이혼을 하고, 외국으로 도망친 건 신의 한 수였다. 우연은 아빠가 엄마를 찾으려고 주변 사람과 외가 친척들을 들들 볶을까 봐 두려워졌다.

"아빠, 엄마 찾는 건 포기해요. 엄마 외국 나간댔어요."

"외국? 어디?"

"몰라요. 몇 번이나 물어봤는데 안 가르쳐 줬어."

"또? 너 언제 데리러 온대?"

"그런 말은 안 했어요."

"또?"

"다 컸으니까 앞가림 잘하고 살라고……."

엄마가 절대 돌아오지 않을 거라고 아빠에게 어떻게 납득시켜야 할까. 연락조차 오지 않을 거라는 걸 어떻게 받아들이게 할까. 엄마가 아빠의 손이 닿는 세상에서 완전히 잠적해 버렸다는 걸 알면 아빠는 포기할 수 있을까. 아빠는 웃기는 년, 하며 이를 부드득 갈아붙이더니 툭 묻는다.

"너 전화번호 바뀌었지? 바뀐 번호 대라."

식은땀이 흘렀다. 번호 대면 안 되는데, 절대 안 되는데, 아빠와 연결 고리가 생기면 끝장인데.

하지만 반항할 수 없었다. 지하 고문실로 끌려가 형틀에 묶인 사람처럼 몸이 달달 떨렸다. 아는 것뿐 아니라 모르는 것까지 모조리 실토해야 할 것 같았다.

"버, 번호는······."

우연은 숫자를 하나씩 불러 주며 속으로 피눈물을 흘렸다. 죽고 싶었다. 이렇게 의지가 약하고 겁 많은 자신이 너무 한심한데, 입에서는 저도 모르게 전화번호를 읊고 있었다. 다른 번호를 댈 수도 없었다. 이 자리에서 바로 확인할 게 뻔하니까.

"전화 패턴 풀어서 내놔 봐."

아빠는 우연의 전화기를 받아 번호가 맞는지 확인했다. 번호가 맞자 흡족한 듯 고개를 끄덕인다.

아빠는 최근 통화 내역을 모조리 훑어보고, 엄마와 연락한 마지막 날짜까지 꼬치꼬치 캐물었다. 우연은 아빠가 전화기를 샅샅이 뒤지고 하나하나 눌러 보는 것이 죽기보다 싫었지만, 도저히 입이 떨어지지 않았다.

"용돈 카드 있지? 아빠 다오. 그 쌍년이 아주 싹싹 긁어 튀었어. 일단 어디든 자리부터 잡아 둬야지."

우연은 여전히 찍소리도 하지 못하고 주머니를 뒤져 카드를 내주었다. 용돈을 딱히 절약해서 쓴 건 아니었지만, 그래도 100만 원이 넘는 돈이 들어 있었다. 비밀번호까지 알아낸 아빠는 우연의 지갑 안에 든 현금까지 싹싹 빼내 태연하게 자신의 지갑에 넣었다.

어느새 교문이 코앞이었다. 아빠는 우연을 놓아줄 생각이 없어 보였다. 교문을 나서면 그다음에 일어날 일은 도무지 상상할 수 없다. 그때는 정말 아빠가 가자는 대로, 하자는 대로 질질 끌려가야 할 것이다. 목이 졸리는 것 같다.

싫어, 가기 싫어. 누구든 나 좀 살려 주세요.

제발 나 좀 살려 주세요. 하느님이든, 부처님이든, 지나가는 귀신이라도 좋으니 제발.

교문을 붙잡고 소리를 지르면 달려올 사람이 있을까. 내 목소리가 들릴까. 깜깜한 밤, 다니는 사람도 거의 없는 시골 학교 앞, 과연 누가 달려와 줄까?

아저씨, 나 어떡해. 나 어떡해요. 살려 주세요.

숨이 점점 가빠 오기 시작했다. 우연은 이 전조 증세를 알고 있었다. 여기서 한 걸음만 더 나가면 뭔가가 심장을 쾅, 내리치고, 그다음엔.

"어이, 학생! 지금 어딜 나가? 기숙사 학생은 지금 밖에 못 나가는 거 몰라?"

교문을 막 나가려는 순간 경비 모자를 쓴 아저씨가 손을 저으면서 따라온다. 아아. 세상이 한 바퀴 빙그르르 돌면서 안도감이 확 몰아쳤다. 우연은 저도 모르게 철문을 꽉 잡았다. 아빠가 눈썹을 찡그리며 퉁명스럽게 내뱉었다.

"내가 얘 아빠요. 딸이랑 나가서 이야기 좀 하려고 하는데 그것도 안 됩니까?"

"아, 아버님이시군요. 실례했습니다."

수위 아저씨가 한 걸음 물러서나 했더니 다시 고개를 숙이며 말했다.

"그래도 기숙사 학생이 밤에 학교를 벗어나는 건 금지되어 있습니다."

의외로 수위 아저씨는 완강하게 고개를 저었다.

"조금만 양해해 주십쇼. 몇 년 전에 기숙사 학생 한 명이 친아버지한테 납치당할 뻔한 적이 있다 해서 학교에선 최대한 조심하는 중입니다. 아무래도 학생들 안전이 가장 중요하니까요."

식은땀이 주르르 흘렀다. 내 얘기다. 아빠가 크게 화를 낼 것 같다. 하지만 아빠는 '그런 고약한 일이 있나.' 하며 전혀 다른 사람처럼 혀를 찼다.

"……아이들을 보호하기 위해서라니 할 수 없지. 그럼 넌 들어가서 쉬어."

아빠는 놀랍게도 선선히 우연을 놓아주었다. 지금 수위와 싸워 봐야 문제만 커질 거고, 우연이 엄마에 대해 아무것도 모른다는 것을 알아차린 것 같았다.

"아빠는 어디에 계실 건데요?"

"일단 서울 가야지. 네 외갓집이랑 엄마 친구들 족쳐……. 쭉 만나 봐야지."

외할머니 외할아버지가 돌아가신 게 다행이다. 얼굴 한번 못 본 먼 친척들은 아무래도 좋았다. 아빠는 침을 탁 뱉으며 중얼거렸다.

"늬 엄마 담엔 그 새끼 차례야. 내가 얌전히 당하고 있을 줄 아나 본데."

현기증이 훅 몰아닥쳤다. 안 돼. 아저씨는 절대 안 돼! 입술이 들썩거렸지만, 공포에 얼어붙은 혀는 한마디 반항도 하지 못했다.

"그 새끼가 사람 잘못 봤어. 돈 많다고 옛날처럼 갑질 만질 다 해도 되는 줄 알지."

아니다. 사람 잘못 본 건 아빠다. 아저씨는 갑질 따위 하지 않는다. 아빠의 백 분의 일, 천 분의 일도 하지 않는다. 하지만 우연은 반박하는 대신 어깨를 조금 더 옴츠렸다. 아빠는 수위 아저씨에게 들리지 않게 작은 목소리로 덧붙였다.

"흥, 요새는 소문 한번 잘못 돌면 의원이든 장관이든 모조리 매장이야. 돈 많은 놈이 이기는 줄 알지? 요샌 안 그래. 더 독한 놈이 이기는 거야. 인터넷이 있어서 사람 하나 씹창 내기 쉬워."

"……."

"내가 아주 우습게 보였나 본데, 그 새끼 죽었어. 내가 죽는 한이 있어도 그 새끼는 조지고 죽어. 알아들어?"

우연은 저 말이 허풍이 아니라는 것을 알고 있었다. 엄마나 주변 사람들이 가장 무서워했던 게 바로 저 집요한 복수심이었다. 아빠는 조금이라도 분한 일을 겪으면 철저하게 원한을 갚는 것을 인생의 목표로 삼고 있는 것 같았다.

왜 아빠는 저렇게 악한 쪽으로만 뻗어 나가는 유전자를 타고난 걸까.

"그러니까 너도 헛소리 찍찍 하지 말고 정신 똑바로 차리고, 아빠가 시키는 대로 해. 전화 씹지 말고 꼭 받고."

아빠 역시 애틋한 인사 따위는 없었다. 우연은 멀어지는 아빠의 뒷모습을 멀거니 바라보았다.

시키는 대로 하라고? 뭘 시킬 건데? 아저씨가 고등학생하고 성매매를 했다고 가짜 증언이라도 시키려고?

아빠가 무슨 짓을 할지 장담할 수 없었다. 그리고 우연은 아빠의 협박을 거절할 자신이 없었다.

엄마는 탈출했고, 나는 남았다. 이제 머릿속에는 딱 한 가지 생각밖에 남지 않았다.

도망쳐야 해.

아빠 모르는 곳으로 당장 도망쳐야 해! 평생 메뚜기처럼 이리 뛰고 저리 뛰면서 사는 한이 있어도.

그런데…… 어디로 가야 하지?

"학생. 얼른 기숙사 들어가."

수위 아저씨가 우연의 팔을 끌어당기며 급하게 덧붙였다.

"이태 전에 아빠한테 끌려갈 뻔했던 그 학생 맞지요? 어두울 때는 기숙사 밖에는 되도록 나오지 말아요. 다닐 때 꼭 친구들이랑 몰려다니고."

"아……."

"그때 그쪽 재단에서 기숙사하고 교문에 보안 장치 싹 설치해 주면서, 경비실에도 어찌나 신신당부했는지 몰라. 그런데 대체 어디로 들어왔는지 모르겠네. 아마 어디서 담 넘어 들어온 것 같은데."

아아, 그제야 긴장이 확 풀리면서 다리가 휘청한다. 맞다. 기숙사 통금도 아니고, 밤에 학교 밖을 나가지 말라는 교칙 따위가 있을 리 없잖아. 천만다행이다. 수위 아저씨가 거짓말까지 해 가며 막아 주지 않았으면 나는 지금 아빠에게 질질 끌려가고 있을 것이다. 하, 하하, 히히히. 미친년처럼 웃음만 흘러나온다.

안도감 대신 거대한 좌절감이 몰려왔다. 최고의 보안 장치와 야간 경비까지 있는데 아빠를 막을 수 없었다니.

내 인생은 이제 지옥에 처박힐 일만 남은 건가.

천국과 지옥은 이렇게나 가까이 있었다. 아빠가 없는 세상이 천국이고, 아빠가 있는 세상이 지옥이었다. 아빠가 눈앞에 없을 때는 머나먼 외국이 무서워 보였지만, 아빠가 눈앞에 나타나자, 아마존 밀림과 사하라 사막이 낙원처럼 느껴졌다.

집을 나온 지 2년, 그동안 누렸던 자유는 앞으로 다가올 속박을 더욱 불행하게 느끼도록 만들었다.

잠시 누리다가 뺏기는 자유는, 선물이 아니라 재앙인지도 몰랐다.

□　■　□

며칠 후 세경홀딩스를 다시 찾은 전수현 실장은, 로비 의자에 앉아 짜증스럽게 한숨을 쉬었다.

"대체 결혼할 생각이 있는 거야, 없는 거야? 시간 잡는 게 아주 전쟁이네, 전쟁."

혹시나 해서 30분 일찍 도착했더니 자리에 안 계신단다. 평소처럼 여기 앉아 기다리시라거나, 차라도 한잔 드시겠느냐 권하지도 않는다. 실없이 유쾌한 비서실장도 바짝 날이 서 있었다.

눈치를 보아하니, 메세나재단 관계자 중 한 명이 뭔가 사고를 치고 잠적한 듯했다. 사람들을 총동원해서 수색 작업 중이라는 말이 술렁술렁 오가고 있었다. 궁금하긴 했지만 아무리 오지랖이 넓어도 그것까지 물어볼 수는 없었다. 자신은 일개 웨딩 플래너일 뿐이었다.

아무리 기다려도 연락은 오지 않는다. 대표이사님이 웨딩 촬영을 할 생각이 있는지 없는지도 모르겠다. 이런 식으로 굴러가다간 결혼 당일에 스튜디오, 야외 촬영, 본식 촬영까지 한꺼번에 해치우는 사태가 벌어질지도 모르겠다.

이쪽 업계에 몸담은 지 어언 7년. 처음에 세경그룹의 젊은 총수와 뉴욕에서 승승장구하는 재벌 3세 뮤지컬 배우의 결혼을 맡았을 때 얼마나 기대감에 들떴는지 모른다. 어릴 적 소꿉동무였다가, 남자가 사제가 되겠다는 말에 포기했다가, 결국 돌고 돌아 결혼에 이르게 되었다는 러브 스토리는 얼마나 낭만적이고 달콤했던가.

물론 그 낭만을 그대로 믿기엔 수현이 아는 것이 너무 많았다. 일단 수현 본인부터 결혼 석 달 만에 파경을 맞은 '돌싱'이었다. 다행히(?) 혼인 신고를 안한 상태여서 누가 물을 때면 '바쁘게 일만 하다 혼기를 놓친 미혼'으로 처신할 뿐이었다. 웨딩 플래너가 돌싱이나 비혼이면 그것처럼 곤란한 일은 없으니까.

게다가 부족한 지분으로 위태롭게 대표이사에 오른 예비 신랑과 그 부족한 지분을 끌어온 야심만만한 예비 신부라는 조합에선, 사실 낭만의 니은 자도 찾기 어려웠다. 그저 '이 바닥에 매우 잘 어울리는 거래혼'으로 보였다.

하지만 수현은 이 결혼을 최대한 낭만적이고 아름답게 꾸미기로 작정했다. 세상에 존재하는 아름다운 것들은 어차피 외형뿐이다. 화장발 뒤의 맨얼굴, 천사 같은 아기가 차고 있는 똥 기저귀, 꽃을 화려하고 아름답게 만드는 탐욕스럽고 지저분한 뿌리. 세상에 존재하는 아름다움은 모두 그런 것들과 짝지어져 있다. 특히 결혼이야말로 그렇다.

"그렇긴 해도 이번 신랑 신부는 정말 극과 극이긴 해."

이번 예비 신랑과 신부는, 지금까지 만나 본 커플 중 꽤 특이한 케이스에 속했다. 신랑은 조용하고 튀는 것을 싫어해서 결혼식도 그러기를 바랐고, 신부는 한 번뿐인 결혼식이 최대한 화려하고 인상 깊기를 바랐다.

신부는 '보여 주는 쇼'로서의 결혼 예식에 관심이 많고 요구 사항도 많은 반면, 신랑은 결혼식에 관심도 흥미도 없었다. 테일러 숍에 갈 시간조차 내기 어렵다며 카탈로그만 보고 예복을 고르겠다는 말에 수현은 신랑 들볶기를 포기했다. 그는 연미복이 아니라 수영복을 입으라 해도 알았다고 할 것이고, 비행기에서 낙하산 지고 떨어지며 결혼하자 해도 그러자고 할 것이고, 식을 생략하고 혼인 신고만 하자고 해도 기꺼이 고개를 끄덕일 듯했다.

하지만 두 사람은 싸우지 않았다. 그렇게 대척점에 서 있는데도 전혀 다투지 않는 건 오히려 좋은 일이 아니었다. 신부는 사소한 의견이라도 완벽하게 관철되지 않으면 아랫사람들에게 무섭게 화를 냈고, 신랑은 이견 조율 대신 '그럼 미현이가 알아서 고르라고 하세요.' 하고 신경을 꺼 버렸다. 죽어나는 것은 중간에 끼어 있는 수현이었다.

예비 신랑은 신부와 있을 때는 들뜨고 행복해하는 모습을 보였다. 다정하게 팔짱을 끼고, 정중하게 에스코트하고, 그녀와 시선이 마주칠 때마다 부드럽게 웃어 보였다. 하지만 그 연기는 지나가는 사람의 눈에도 어딘가 이상해 보였다. 특히 스킨십은 심하게 어색하고 서툴렀다.

신부는 신부대로, 그런 신랑의 연기를 보면서 행복해하는 척했다. 그녀의 연기는 너무 자연스럽고 능숙해서 안타까울 지경이었다. 그녀는 신랑 앞에서는 절대로 목소리를 높이는 법이 없었다. 그의 앞에서는 늘 햇빛처럼 눈부셨고, 햇볕처럼 따스했다.

수현은 그 정도면 충분하다고 생각했다. 어차피 외형만이라면 두 사람의 결혼은 충분히 아름답고 풍요로웠다. 결혼 이후 길고 지루하게 이어질 척박한 삶이야, 자신이 상관할 바 아니었다.

"휴⋯⋯. 나도 모르겠다."

수현은 한숨을 쉬며 카탈로그를 뒤적이기 시작했다. 남성 예복은 디자인 변동 폭이 드레스만큼 자유롭지 않아 눈썰미와 패션 감각이 더 좋아야 했다.

예비 신랑은 결혼에 무심해 보였지만, 옷차림이나 사용하는 물건들을 보면 취향 자체는 신부보다 더 고급스러운 듯했다. 다만 그걸 드러내는 걸 즐기지는 않았다. 가장 까다로운 유형의 클라이언트였다.

한참 뒤적이던 수현은 카탈로그를 탁 덮은 후 짜증스럽게 고개를 돌렸다.

"너 뭐야? 왜 남이 보는 거 훔쳐보고 있어?"

순간, 두 칸 옆에 앉아 힐끔대던 자그마한 여자가 어깨를 크게 움츠렸다. 먹고 있던 빵이 주먹 안으로 확 쭈그러져 들어갔다. 수현은 눈썹을 찌푸렸다.

뭐야. ……정신이 좀 이상한 사람인가?

여자는 얼굴이 하얗고 나이가 꽤 어려 보였다. 얼룩진 점퍼 사이로 흰 셔츠 자락이 주르르 삐져나와 있었는데, 그나마 남성용 와이셔츠 같았고, 소매와 목 둘레에는 때가 꼬질꼬질했다.

피부가 희어서 잘 몰랐는데 자세히 보니 입술 근처엔 허옇게 거스러미가 일어나 있다. 머리는 멋대로 뻗친 데다 냄새도 났다. 손등과 팔에는 심하게 긁힌 듯한 피딱지가 여러 줄 앉아 있었다.

휴. 수현은 눈썹을 찡그리며 옆으로 물러앉았다. 괜히 말을 걸었나? 저렇게 맛이 간 사람과는 손톱만큼도 엮이지 않는 게 안전하다. 무슨 짓을 당할지 모르니까.

그나저나 저런 여자가 어떻게 이런 데까지 기어 들어와서 빵을 처먹고 난리지?

대한민국 경찰들은 정신이 이상한 사람들이 왜 이렇게 멋대로 돌아다니게 방치하는지 모르겠다. 더구나 이렇게 큰 회사 로비에, 사람들도 많이 다니는 곳에. 대체 무슨 일을 저지를 줄 알고.

수현은 최대한 조심스럽게, 다정한 목소리로 물었다.

"여기 무슨 일로 온 거예요?"

"만날…… 사람이 있어요. ……꼭 해야 할 말이 있어서요."

"여기 근무하는 사람?"

"네."

"전화해 보지 그래요?"

"제 전화기 꺼 놨어요. 절대 켜면 안 돼요."

"왜?"

"전화기를 켜면, 위치를 추적당하고 말 거예요. 끌려가고 말 거예요. 죽을 때까지 맞고 나서 꼼짝없이 시키는 대로 하게 될 거예요."

정신병자 맞네. 수현은 짜증스럽게 전화기를 들었다. 하지만 신고 번호를 누르려는 순간, 여자가 헛소리처럼 중얼대는 말에 몸이 딱딱하게 굳어 버렸다.

"이원 아저씨도 전화하지 말라고 하셨고요……."

"……뭐? 누구요? 어떤 아저씨?"

"이원 아저씨요. ……한이원."

카탈로그가 바닥으로 툭, 떨어졌다. 수현은 최대한 침착하게 물었다.

"여기 대표이사님? 아는 사람이에요?"

놀랍게도 여자가 고개를 번쩍 들더니 눈을 빛낸다. 네. 고개를 맹렬히 끄덕이는 꼬락서니를 보니 기가 막혔다. 저절로 빈정대는 말이 튀어나왔다.

"왜? 여기까지 왔으면 사무실에 직접 가서 얘기하지 그래요. 아, 사무실이 어딘지는 아나?"

"그러잖아도 25층에 올라갔었어요. 2508호. 그런데 아무래도 안 될 것 같아서……."

어? 수현은 눈을 둥그렇게 떴다. 대표이사실이 그 방인 건 어떻게 알았지?

대표이사는 은둔형 경영자라는 소문이 무색하지 않게, 개인 정보 통제가 심한 편이었다. 대표이사실 역시 용무가 없는 사람은 들어갈 수 없다. 안내 게시판에도 대표이사실의 위치는 적혀 있지 않고, 직원이나 경비도 알려 주지 않는다. 그 말인즉, 한 전무가 용무가 있어서 직접 부른 경우가 아니면 외부 사람이 그 방의 위치를 알기는 쉽지 않다는 뜻이다.

그런데 그 방의 호수까지 정확히 안다?

침이 바작바작 말랐다. 관리인을 불러 내쫓게 하려는 생각은 천리만리 날아가 버렸다. 수현은 혀로 입술을 핥으며 속삭였다.

"나도 한 전무님 알아요. 조금 이따 뵈러 올라갈 건데, 무슨 말인지 내가 전해 줄까?"

새까만 눈에 반짝 빛이 든다. 거스러미가 잔뜩 인 입술이 바르르 떨리는 것이 보인다.

"아, 아줌마는 아저씨하고 어떻게 아는 사이예요? 직원이에요?"

아줌마라는 말에 화를 낼 경황도 없었다. 수현은 최대한 친절한 얼굴로, 바닥에 떨어진 남성 예복 카탈로그를 펼쳐 보였다.

"직원은 아니고 웨딩 플래너."

의도하고 던진 미끼는 아니지만, 찔러 보려는 마음도 없던 건 아니었다. 여자의 눈이 고양이 눈처럼 동그래지더니, 시선이 바로 남성 예복 카탈로그에 가 닿는다. 허옇고 거칠거칠한 입술이 덜그럭거렸다.

"아, 아저씨 결혼해요? 아 맞다. 올해 결혼하신다고 했지. 결혼 날짜 나왔어요?"

"5월 15일. 아, 참, 이건 비밀이에요. 당일까지 기사 나가면 절대 안 된댔으니까."

"신부는 유미현 언니 맞아요?"

여자는 입술을 파들파들 떨면서 물었다.

이거 봐라? 누가 네 언니야?

수현은 눈을 가늘게 뜨고 우연을 노려보았다. 물론 회사의 중역들은 신부가 누군지 알고 있겠지만 이런 여자가 꿰고 있을 만큼 널리 알려진 가십은 아니었다. "어떻게 알았어요?" 하는 말에 여자의 얼굴이 잔뜩 일그러졌다.

"옛날에 약혼한 거 들었어요."

눈이 몽롱해진다. 몽롱하게 젖은 눈이 천천히 찌그러진다. 울 것 같던 여자는 이내 웃기 시작했다. 껄떡껄떡, 숨넘어가는 듯 웃다가 시선을 내려 카탈로그를 멍하니 내려다보았다. 지저분한 손이 책장을 획획 넘긴다.

"이거 멋지다. 이것도 멋지다. 정말 잘 어울릴 거 같아요."

여자는 손등으로 눈을 박박 문지르며 중얼거렸다. 수현은 슬슬 겁이 나기 시작했다.

"대표이사님하고 어떻게 아는 사이예요?"

대답은 나오지 않는다. 대신 눈을 문지르는 행동이 점점 과격해진다. 씨, 이잇, 씨, 흐, 흐으. 여자는 이제 문지르기를 멈추고 눈물이 묻은 손등을 미친 듯이 긁어 대며 욕을 중얼거렸다. 정신이 이상한 건 확실했지만, 그렇다고 그대로 두고 갈 수도 없었다.

"아가씨 이름이 어떻게 돼요? 전해 드릴 말씀 있으면 지금 나한테 얘기해 봐요. 비밀은 지켜 줄게. 그러면 되겠어요?"

여자는 긁던 것을 멈추고 가만히 고개를 들어 올렸다. 한참 머뭇거리던 여자는 입술을 이로 잡아 뜯으며 이름을 대더니 몸을 달달 떨며 대답하기 시작했다.

"조, 조심하라고 해 주세요. 진형식이란 사람이 나와서 이를 갈고 있다고……."

뜬금없는 말이었지만 수현은 잠자코 고개를 끄덕였다. 이제는 저 말이 허튼소리로 들리지 않는다. 여자는 무엇이 그리 분한지, 말을 하다 말고 입술을 짓씹었다. 핏발이 선 눈에서 지저분한 눈물이 지르르 흘러내렸다.

"아저씨한테……."

남은 말이 있는 듯 입술이 달싹거렸지만, 말은 이어지지 않는다. 황급히 입술을 깨물며 다시 손등과 팔을 박박 긁어 댄다. 그래서 수현은 저 여자가 정말 하고 싶은 말이 뭐였는지 끝내 듣지 못했다.

수현은 조용히 화장실로 들어가서 전화기를 들었다.

"안녕하세요, 최 실장님. 전수현입니다. 지금 올라가는 길이에요."

아니나 다를까, 이번에도 최 실장은 한 전무님이 중요한 회의 중이시라, 전수현 실장님께서 추천하는 예복 서너 가지만 카탈로그에 표시해서 놓고 가면 그중에서 골라 내일까지 알려 드리겠다, 어쩌고 한다.

이럴 거라 예상했다. 한 전무는 이번 결혼을 아주 무성의하게 하기로 작정한 듯했다. 문제는, 전무님이 이렇게 나오면 오늘 밤 예비 신부에게 달달 볶이는 건 자신이다. 예비 신부는 한 전무에게 절대로 싫은 소리를 '직접' 하지 않았다.

"네. 결정하신 거 알려 주시면, 바로 테일러 숍 직원을 보내도록 하겠습니다. 어떤 걸 입으셔도 태가 훌륭하실 거예요."

수현은 입술 끝을 한쪽만 비틀어 웃으며 덧붙였다.

"아, 맞다. 그리고 아까 오면서 보니까 어떤 이상한 사람이 로비를 배회하면서 전무님을 찾고 있더라고요. 단발에 키가 작은 여자였는데……."

전화기가 갑자기 조용해졌다. 수현은 예의 바르게 웃으며 말을 이었다.

"요새 세상이 하도 흉흉하다 보니, 이런 사람이 건물 안에서 막 돌아다니면 무섭거든요. 제가 나가는 길에 신고해 드려도 괜찮겠죠?"

— 수현 씨, 전 실장님? 잠깐만요. 그 사람 인상착의 좀 알 수 있을까요?

갑자기 최 실장의 목소리가 다급해진다. 뭔가 탁 걸려들었다는 느낌이 왔다. 인상착의를 애매하게 뭉뚱그려 대답하던 수현은 회심의 한 방을 날렸다.

"이름이, 진우연이라고 했던 거 같아요."

화장실에 숨은 채 로비를 주시하던 수현은 눈을 크게 떴다.

제복 차림의 경비원들이 무슨 급한 연락이라도 받은 듯, 로비 쪽으로 뛰어와 사방을 두리번거린다. 잠시 후 띵, 소리와 함께 고층 전용 엘리베이터가 열리더니, 그곳에서 내린 사람들이 같은 방향으로 정신없이 달리기 시작했다. 발걸음 소리가 귀청을 울릴 정도로 요란했다. 가장 앞장을 선 사람은 '중요한 회의'에 참석하느라 결혼식 준비까지 팽개치고 있던 한이원 전무였다.

"전무님, 저, 전무님, 저희가 찾아서 데리고 올라가겠, 전무님!"

뒤에서 애타게 소리치며 따라가는 것은 동그란 안경잡이 최 실장과 비서실의 다른 직원들이었다. 한 전무가 마주 오는 경비원을 향해 고함을 지른다.

"우연이는 어디 있습니까!"

이제 그는 좌우를 보지도 않고, 경비원이 가리킨 방향으로 달리기 시작했다. 나가지 못하게 막아요. 출입문, 턴 게이트 다 막으세요! 그의 날 선 고함이 로비를 향해 뻗어 나간다. 평소의 그라면 상상도 할 수 없는 모습이었다.

"우연아!"

구석 자리 의자에서 쪼그라든 빵을 꼬약꼬약 먹고 있던 여자가 얼굴을 든다.

"아저씨……?"

입이 멍하니 벌어지더니, 꼭꼭 뭉쳐진 빵 덩어리가 바닥에 떨어진다. 한 전무의 입에서 격한 고함이 터졌다.

"진우연! 지금까지 대체 어디 있었던 거야!"

우연이라는 여자가 비척대며 일어난다. 한 전무의 시선이 얇은 점퍼에 커다란 와이셔츠, 양말도 없이 그대로 드러난 맨다리에 가닿는다. 눈에서 불꽃이 튀는 것 같다. 여자가 얼빠진 얼굴로 더듬거린다.

"아, 아저씨, 나 찾았어요……?"

"당연하지. 내, 내가 너 없어졌다는 말 듣고 기분이 어땠을 거 같아!"

"나, 나를 왜…… 찾았어요? 왜……?"

여자는 덜덜 떨면서 손등으로 눈을 문지르기 시작했다. 아저씨, 미안해, 미안해요. 눈가가 새빨개지도록 박박 문지르는 걸 한 전무가 잡자, 이번엔 다른 손으로 팔을 미친 듯이 긁어 대기 시작했다. 한 전무가 나머지 한 손도 잡아채자 그녀는 두 팔을 잡힌 채 발을 구르며 울부짖었다.

"미안해요, 아저씨. 아빠가, 아빠가 나왔대요. 중간에 나왔어, 어떡해, 아저씨 가, 가만 안 둔다고, 아저씨 미안해. 어떡해요, 아저씨."

사람들이 이상하게 힐끔대며 다가오려는 것을, 관리인들이 달려와 황급히 막는다. 한 전무는 이를 갈듯이 으르렁거렸다.

"그까짓 거 괜찮아. 얼마든지 오라고 해. 얼마든지 다시 처박아 준다고. 2년, 3년, 5년, 10년, 50년, 얼마든지!"

"안 괜찮아요. 아저씨는 몰라. 무슨 짓을 할지 모르는 사람이, 꼭지가 돌면 정말 무슨 짓을 하는지, 아저씨같이 착한 사람은 절대 몰라요."

"우연아!"

여자가 숨을 헐떡대다가 몸을 크게 휘청거렸다. 한 전무는 축 늘어지는 몸을 황급히 부축했다. 그녀는 한 전무의 발에 밟혀 납작해진 빵을 보며 울기 시작했다.

"아저씨, 배고파요, 나 좀 살려 주세요, 나 좀 숨겨 주세요."

어린아이로 퇴행한 듯, 여자는 한 전무에게 매달렸다. 한 전무는 그런 여자를 다른 사람 눈에 띄지 않게 끌고 갈 생각도 못 하고, 흐느적대는 몸을 부축한 채 그대로 서 있었다. 늘 차분하고 침착하던 사람의 등이, 어깨가 우들우들 떨리고 있는 것이 믿어지지 않았다.

"나도 이기적이고 못돼 먹은 부탁인 거 알아요. 나도 이 주둥이를 찢어 버리고 싶어. 미안해요. 앞으로 다시는 안 올게요, 다시는 이런 부탁 안 할게, 그러니까 이번만 제발⋯⋯."

깡마른 몸이 경련이라도 하는 것처럼 부들거렸다.

"아저씨, 무서워. 나는 무서워요⋯⋯."

말은 길게 이어지지 못했다. 한 전무는 그녀를 힘껏 끌어안았고, 작은 몸뚱이는 그의 품에서 으스러질 것처럼 짓눌렸다.

"그만해, 그만⋯⋯."

한 전무는 그녀를 안은 채 헐떡대며 우느라, 간절한 부탁에 끝내 대답하지 못했다.

27

Manic Episode
(조증 삽화)

"천천히 들어요. 많이 있으니까, 천천히."

송 여사는 우연이 허겁지겁 먹는 것을 지켜보며 속으로 혀를 찼다.

2층 서재 탁자 위에는 따끈하게 데운 콩소메와 오트밀, 카스텔라, 딸기 요거트와 부드러운 푸딩 따위가 놓여 있었다. 우연은 바닥에 쭈그리고 앉아 그릇을 끌어안은 채 음식을 먹고 있었다. 음식을 입에 쓸어 넣을 때마다 코에서 시근시근 소리가 났다. 입이 그리도 짧던 아이는 이제 걸귀 같았다.

마음 같아서는 죽이나 고깃국이라도 먹이고 싶었지만, 우연은 편식이 심하고 한식을 싫어했었다. 그나마 양식은 좀 먹는 편이었고, 제일 잘 먹는 건 케이크와 라면이었다. 하지만 며칠 동안 거리를 헤매면서 굶주렸던 사람에게 라면을 끓여 줄 수는 없는 노릇이었다.

교통 카드에 남아 있는 만 원으로 사흘을 지냈다고 했다. 뭘 먹었는지 어디서 잤는지는 제대로 말하지 못했다.

이원은 가만히 앉아 우연을 바라보고만 있었다. 눈가와 코끝이 붉고 숨은 고르지 않았지만, 그래도 말 한마디 없이 차분히 아이를 보고 있었다.

아니, 차분하지 않다. 그는 온 신경을 집중해서 우연을 보고 있다. 그의 시선은 우연의 얼굴, 음식을 줄줄 흘리며 손으로 집어 먹는 모습, 핏자국이 얼기설기 남은 팔뚝에서 벗어나지 못했다.

"아저씨, 아저씨, 아저씨."

우연은 고개를 들더니 겁에 질린 목소리로 속삭였다.

"아저씨. 아빠가 나왔어요. 삼일절 특사."

"그래."

"엄마는 아파트 팔아서 외국으로 갔어요. 이제 안 올 거예요."

"그랬구나."

"아빠가 제 카드 가져갔어요."

"그럼 신고해서 막아야지."

"안 돼요. 절대 안 돼요. 돈 찾게 놔둬야 해요. 절대 막으면 안 돼요. 그럼 날 죽이러 찾아올 거예요."

질겁하는 반응에 이원은 다시 고개를 끄덕였다.

"그래. 그래그래. 신고 안 할게. 절대 안 할게. 걱정 말고 편히 먹어."

우연은 아빠를 만난 후부터 며칠간 있었던 일에 대해 제대로 기억하지 못했다. 자신이 무슨 일을 했는지, 무슨 말을 했는지도 기억하지 못했다. 계속 같은 말을 되풀이하고 있는데 그때마다 여전히 새롭게 겁에 질렸다. 그걸 볼 때마다 속이 녹아내리는 것 같았다.

우연은 아빠를 한 번씩 만날 때마다 큰 폭으로 퇴행하고 있었다. 자유를 얻음과 동시에 거침없이 비상할 것 같던 영혼은 이제 작은 감옥에 완전히 갇혀버렸다. 아빠가 근처에 있을지도 모른다는 공포만이 매 순간 현재 진행형이었다.

"으으, 가려워, 아이 씨 진짜."

우연이 먹다 말고 짜증스럽게 소매를 걷어 올린다. 팔에는 길쭉한 상처가 어지럽게 나 있었다. 세탁을 위해 벗어 둔 와이셔츠의 소매에도 핏자국이 어지러웠다. 우연은 이원의 눈치를 힐끔 보더니 상처 위를 슬슬 긁기 시작했다. 뒤에서 지켜보던 송 여사는 눈썹을 찡그렸지만 나서지 않았고, 옆에 서 있는 민정은 덩달아 손을 움찔거렸다.

이제 우연은 포크까지 집어 던지고 팔과 목을 박박 긁어 댄다. 에구머니 저걸 어째, 송 여사의 목소리가 희미하게 귀에 들어온다. 잠시 망설이는 사이 우연의 움직임은 점점 격렬해진다. 아이 씨, 흐으, 씨이!

"우연아, 그만."

이원이 일어나 팔을 잡았다. 우연은 크게 소스라치더니 잔뜩 겁먹은 표정으로 손을 뿌리치려 흔들어 댄다. 하지만 가늘고 힘없는 손은 이원의 손을 뿌리치지 못했다.

"……아저씨. 가렵고 답답해요. 답답해서, 긁는 거야."

"그래, 많이 답답하지. 알아."

"아저씨가 알긴 뭘 알아요. 난 이렇게 답답해서 미치겠는데! 숨을 못 쉬겠어. 긁고 싶어 돌아 버릴 거 같아! 칼로 박박 긋고 싶어!"

"긁으면 좀 괜찮아져? 시원해지니?"

"시원해요! 터져서 피가 나는 거 보면 정신이 번쩍 나요! 왜 긁는 것도 내 맘대로 못 하게 해요!"

"그럼……"

이원이 소매를 걷어서 팔을 내밀며 낮은 목소리로 말했다.

"여기 긁어. 여기, 긁고 싶으면 여기. 칼로 긋고 싶어도 여기에 해."

꽉 쥔 주먹에 힘줄이 돋아 있었다. 우연은 앞으로 내밀어진 굵은 팔을 가만히 내려다보며 머뭇거렸다. 이원은 한마디 말도 없이, 눈을 가만히 내리깔고 매를 기다리는 사람처럼 조용히 앉아 있었다.

"흐으……."

우연은 얇은 입술을 꼭 깨물더니 손을 내밀어 그의 팔을 긁기 시작했다. 손톱이 짧지 않은지 붉은 자국이 길게 올라오기 시작했다. 씨, 흐씨, 씨! 우연은 무엇이 그리 분하고 화가 나는지 쌕쌕거리며 고부린 손가락에 힘을 주어 긁어 내린다. 처음엔 조심스럽던 움직임은, 점점 빠르고 과격해지더니, 어느 순간이 지나자 발작이라도 하는 것처럼 보였다. 우연이 저도 모르게 자신의 목과 손을 다시 긁으려 하면 이원이 손을 떼어 제 팔로 가져왔다.

사람의 피부는 생각보다 약했다. 얼마 지나지 않아 이원의 팔엔 붉은 자국이 빼곡해지더니 팔뚝 전체가 불그레하게 부어올랐고, 다음에는 붉은 핏줄기가 희미하게 스며 나오기 시작했다. 이원은 눈을 감은 채 돌처럼 꼼짝도 하지 않고 앉아 있다. 핏줄기가 이리저리 모이더니 제방이 터지듯 툭, 모여서 팔을 타고 아래로 주르륵 흘러내렸다.

"아……!"

우연이 몸을 부르르 소스라치더니 손을 멈췄다. 몹쓸 짓을 저지르다 들킨 듯, 하지만 한편으로는 안도한 듯, 복잡한 표정이었다.

무서운 침묵이 내려앉았다. 우연은 떨리는 목소리로 물었다.

"안 아파요?"

"……아파."

"그런데 왜 가만히 있어요?"

"네 상처를 보는 게 더 아파서."

"아저씨, 나는, 내 팔은 안 아팠어. 아무리 긁어도, 피가 철철 나도 안 아팠어."

"……."

"피가 나면, 뭔가 매 맞을 걸 다 맞은 것 같고, 조금 후련하고……."

"그래, 그래."

"그런데 아저씨 팔은 아파……. 흐으, 씨, 왜 이렇게 아파? 아저씨, 미안해, 나 어떡해……."

우연은 그의 팔을 끌어안은 채 바닥에 고꾸라졌다. 어어엉, 흐어어엉. 우연은 그의 팔에 얼굴을 비비며 울부짖었다.

"미안해요, 아저씨. 나 지금 제정신이 아닌 거, 나도 알아요. 미안해요."

이원은 한 손으로 우연의 머리를 쓰다듬었다. 우연은 흐느낄 때 여전히 어깨를 파들파들 떨었다. 팔을 벌려서 그 어깨를 꼭 끌어안았다. 그녀의 몸은 여전히, 여전히 너무나도 작았다. 자신의 팔에 새겨진 난잡한 핏자국이 보인다. 우연이 자신에게 직접 새긴, 그녀와 동일한 상처였다. 이원은 우연의 등을 토닥이며 달랬다.

"아픈 건 괜찮아. 정말 괜찮아. 난 오히려⋯⋯."

이원은 잠시 망설이다가 기어이 속의 말을 토해 냈다.

"이 상처를 한 올 한 올 칼로 더 깊게 그어서 문신처럼 새겨 놓고 싶은걸."

우연이 눈을 크게 뜨며 고개를 드는 것을 보고서야, 이원은 자신이 미친 소리를 했다는 것을 알았다.

자신이 아주 낯설게 느껴졌다.

□ ■ □

'대체 그 아이가 어디로 갔단 말입니까! 실종 신고 한 지가 언젠데! 왜 그 많은 인원을 동원하고도 추적이 안 됩니까! 이러다가 아버지 손에 잡히라도 하면 대체!'

우연이 사라졌다는 보고를 받은 후부터 이원은 제정신이 아니었다. 우연과 관련된 보고가 올라올 때마다 격렬한 분노가 터졌다. 아니, 분노만이 아니었다. 우연과 관련된 감정은 무엇 하나 격렬하거나 광적이지 않은 게 없었다. 회사에서건 집에서건 아무 일도 할 수 없었고, 아무것도 합리적으로 판단할 수 없었다. 그동안 간신히 눌러놓고 있던 무언가가 우연의 실종과 동시에 폭발한 것 같았다.

그리고 한번 폭발하고 나니 그 후로는 아무것도 통제되지 않았다.

그는 자다가도 벌떡 일어나서 혹시 그 아이가 집으로 도망쳐 오지 않을까 기대하며 창을 열어 보았다. 밤늦게 회사에서 돌아와 대문을 열면, 자신의 하얀 셔츠를 입은 아이가 짧은 단발을 나풀거리며 마당을 가로질러 뛰어오는 모습이 보였다. 서재에서 뒹굴뒹굴하며 억지로 어려운 책을 읽다가 꾸벅대고 조는 모습이 보였다. 커다란 인형을 안고 기도실 앞에 주저앉은 모습이 보였다.

그리고 눈을 들면, 꽃밭처럼 화사한 얼룩을 드러낸 나신의 아이가 그림 속에서 손을 내밀며 웃고 있었다.

볼 때마다 심장에 칼이 꽂히는 기분이었다. 그렇다고 그림을 치울 수도 없다. 자신의 영혼은 이 그림에, 아니, 그림 속 여자에게 족쇄처럼 매여 있었다.

이럴 줄 알았어야 했다. 어느 때든, 어떤 방식으로든 후폭풍이 올 거라는 걸 예견했어야 했다. 너를 그렇게 보내는 게 아니었다. 너를 안전하게 보호하고, 수단 방법 가리지 않고 지켜 주겠다 장담하지 않았던가. 관심을 끊을 수 있다고 자신하던 꼴이 우습고 가증스러웠다. 이제는 그날 그녀를 끊어 낸 자신의 혀를 끊어 버리고 싶었다.

아빠와 만난 다음 날 새벽, 우연은 첫 버스를 타고 도망쳤다. 학교 CCTV를 통해 알아낼 수 있는 것은 그게 전부였다. 사람을 푸는 것도 한계가 있었고, 일생이 걸린 결혼과 회사의 사활이 걸린 대규모 일반 분양을 진행하는 그에겐 신경 써야 할 일이 너무나도 많았다. 숨을 쉴 때마다 구토가 올라왔다.

'회사 로비에 우연이가 와 있는 것 같습니다, 전무님.'

보고를 듣는 순간 심장이 멈춰 버리는 것 같았다. 무슨 정신으로 내려갔는지 기억도 나지 않는다. 로비를 향해 달려갈 때, 숨이 막혀 죽을 것 같던 기억만 난다.

'아저씨……?'

퀭하니 초점이 풀린 까만 눈동자가 자신을 올려다본다. 넋이 나간 듯한 얼굴이다. 자해의 흔적 때문인지 흰 소매에는 핏자국이 가득했다.

'아, 아저씨, 나 찾았어요……?'

거칠고 허옇게 뜬 작은 입술이 달싹거린다. 이원은 한마디도 하지 못했다. 누군가 목구멍에 벌건 쇳물을 들이붓는 것 같다.

'아저씨, 미안해, 어떡해요, 아저씨.'
'아빠가, 아빠가 나왔대요. 중간에 나왔어, 어떡해, 아저씨 가, 가만 안 둔다고.'

이원은 과거의 자신을 저주했다. 난 너에게 무슨 짓을 한 걸까. 내가 대체 무슨 짓을.

'아저씨는 몰라. 무슨 짓을 할지 모르는 사람이, 꼭지가 돌면 정말 무슨 짓을 하는지, 아저씨같이 착한 사람은 절대 몰라요.'
'아저씨, 무서워. 나는 무서워요…….'

지저분하게 얼룩진 뺨 위로, 새로 눈물이 흘러내렸다.
순간, 이원은 우연을 포기하려는 모든 노력을 포기했다. 애초부터 의지로 될 일이 아니었다. 그냥, 이것은 이렇게 정해져 있는 일이었다. 태초부터, 우주가 생겨날 때부터 이렇게 정해져 있는 거였다. 안 그러면 이 모든 의지와 노력과 당위가 이리도 무참하게, 이렇게 단숨에 무너질 리가 없다.
이원은 로비에 꿇어앉아 우연을 끌어안았다. 다시는, 이제 다시는 놓치지 않는다. 그는 품에 갇힌 그 작은 몸이 으스러질 정도로 팔에 힘을 주었다. 미친 듯이 쏟아지는 눈물 때문에 눈물로 얼룩진 하얀 얼굴이 보이지 않았다.
그는 그렇게 진우연이라는 거대한 폭력에 굴복했다.

□ ■ □

"아저씨. 정말 고맙습니다."

평온한 목소리가 들린다. 퍼뜩 정신을 차리니, 우연이 아까보다는 훨씬 안정된 표정으로 자신을 가만히 올려다보고 있었다.

"이제 좀 괜찮아? 정신이 들어?"

"……네."

눈에 맑은 빛이 돌아온 게 보인다. 그녀를 짓누르던 절대적인 공포가 천천히 사라지는 것이 느껴진다. 이제야 우연의 무의식은, 그녀가 안심할 만한 공간으로 들어왔음을 인식한 것이다.

얼마나 무서웠을까. 그 며칠 동안, 너 혼자서 얼마나.

이원은 천천히 손을 내밀어 입가에 묻은 음식 부스러기를 닦아 주었다. 우연은 이원의 팔에 새로 생긴 상처들을 가만히 어루만졌다. 미안하다는 말은 나오지 않았다. 미안하다는 말로 감당이 안 될 짓을 했다고 생각하는 것 같았다. 놀라운 그림을 그려 대던 그녀의 손은 여전히 너무 희고 너무 작아서 비현실적으로 보였다.

"아저씨."

"그래."

"보고 싶었어요."

"그래."

"많이 보고 싶었어요."

그래, 다시 대답하려던 이원은 잠시 말을 멈췄다. 자신의 대답은 늘 비겁했다. 우연은 제 감정에 솔직하고 무모하리만치 용감했으나 이원의 비겁함은 한번도 탓하지 않았다. 이원은 우연을 바라보며 빙그레 웃었다.

"사랑해, 우연아."

새까만 눈동자에 찬찬히 물이 스며든다. 동그란 우물 속, 까만 밤하늘에 뜬 별이 맑았다. 이원은 다른 한 손마저 들어 우연의 뺨을 감쌌다. 자신에게만 향하는 그 시선을 더는 피하지 않고 온전히 맞받았다. 목소리가 점점 잠기는 바람에, 그는 허리를 잔뜩 구부리고 속삭였다.

"사랑해."

아…… 하하, 하하하.

우연은 조심스럽게 웃었다. 가는 두 팔이 이원의 목을 감는다. 뺨에 우연의 얼굴이 와 닿는다. 습기가 번지는 것이 느껴진다. 이원은 우연의 허리를 끌어안고 몸을 바짝 붙였다.

사랑해. 사랑해. 우연아, 사랑한다.

뒤에서 문이 닫히는 소리가 들리고서야, 이원은 뒤에 송 여사와 민정이 있었다는 것을 기억해 냈다. 그런데 그들이 있건 없건, 이상할 정도로 아무 느낌이 없었다.

우연이 자신의 삶에 들어온 후부터, 이원은 자신의 삶이, 에고가, 아이덴티티 자체가 계속 붕괴해 가고 있는 것을 느꼈다. 머리채를 잡혀서 질질 끌려가고 있는 것은 진우연이 아니라 한이원이었다.

나는 미현이와 결혼하지 못할 것이다.

나는 우연이를, 눈앞의 이 아이만을 사랑하게 될 것이다.

생명의 다리에서 처음 만났을 때부터 그렇게 정해져서 흘러가고 있던 것을, 왜 지금까지 알아차리지 못했을까.

이원은 자신을 이루고 있던 것들, 자신을 둘러싸고 있던 것들이 눈앞에서 급속도로 흩어지는 것을 느꼈다. 이제는 열두 살이라는 나이 차이도, 너무나 다른 환경도, 서로에게 족쇄처럼 매달린 상황도, 아버지의 유언도, 어깨를 짓누르는 책임감도 너무나 부질없다.

이 괴악한 감정이 끝까지 도달했을 때, 나 자신은 과연 얼마만큼이나 남아 있을까.

우연이 그의 뺨에 얼굴을 바짝 맞대고 알 수 없는 소리를 속삭인다.

"아저씨. 아무리 생각해도 난 지금 조증인 것 같아요……. 아니, 아저씨를 만난 후부터 2년 내내 조증이었나 봐요."

그럴 리가 없다. 지금 우연은 조증은커녕 우울감과 공포에 짓눌려 있었다. 이원은 몸을 꼭 붙인 채 물었다.

"왜 그런 생각을 하니?"

"지금 아저씨하고 섹스를 하고 싶거든요."

"……."

"조증이면, 그렇게 섹스를 하고 싶다면서요. 저는 아저씨하고 매일매일 섹스를 하고 싶었어요."

이제 우연은 이원과 달리 사랑한다는 말을 입에 담지 않았다. 하지만, 그 말은 어떤 고백보다 강렬했다.

이원은 우연의 얼굴을 깊게 끌어당겼다. 하, 하, 아하하. 우연이 뺨을 댄 채 웃는다. 자그마한 입술이 그의 입술에 와 닿았다. 맞닿은 곳에서 메마르고 헐떡대는 소리가 났다.

이원은 그녀의 아랫입술을 지그시 물고 웃으며 대답했다.

"그래……. 실은 나도 2년 내내 조증이었던 것 같아."

□ ■ □

아저씨는 입술을 떼지 않은 채 한쪽 팔로 침실의 문을 열었다. 눈앞에는 그의 침대가 있었고, 그 옆에는 전시회에서 팔렸다던 그림 세 점이 나란히 놓여 있었다. 누웠을 때 시선이 바로 닿는 곳이었다.

아저씨의 침대는 너무 희고 정갈해 몸을 눕히는 것만으로도 죄스럽게 느껴질 지경이었다. 하지만 세 점의 그림은 그 강박적인 결벽을 완벽하게 파괴하는 것처럼 느껴졌다. 아저씨는 저 세 개의 그림을 매일 보고 있었을까. 하루의 시작과 끝을 저 그림들과 함께하면서, 아저씨는 대체 무슨 생각을 했을까.

아……, 흡!

침대에 몸이 기대지면서부터 갑작스레 입맞춤이 깊어졌다. 연막탄이 터진 것처럼 눈앞이 하얗게 물든다.

아저씨와의 키스는 서툰 듯, 급한 듯, 꽤 거칠었다. 하지만 지난번과 다르게 느껴진다. 달다, 깊다, 끔찍하게 달고 깊었다.

목구멍에서 울음인지 웃음인지 헐떡임인지 모를 괴상한 소리가 났다. 아저씨가 한 손으로 허리를 바짝 붙이고, 다른 한 손으로 머리를 힘껏 끌어당긴다. 젖은 혀가 우연의 입속으로 미끈하게 파고들었다.

"……웃!"

아저씨의 혀가 안으로 깊이 밀고 들어온다. 좁은 우리에서 날뛰는 짐승처럼 우연의 안을 힘껏 치받으며 휘젓는다. 그의 가파른 날숨이 뺨에 훅훅 끼친다. 그가 이렇게 강렬하고 탐욕스럽게 반응해 주는 것이, 우연은 기뻤다.

입맞춤은 여전히 부드럽지 못했다. 거칠고 아팠다. 하지만 그의 몸이 맞닿은 곳마다 뻗쳐 오는 간지러운 감각은 무서웠다. 우연의 목에서 기침과 신음과 오열이 뒤섞여 튀어나왔다. 아저씨는 그것마저 남김없이 핥고, 맛보고, 집어삼켰다. 비벼지는 곳마다 감전된 것처럼 찌릿찌릿한 전류가 끼친다. 자극은 입에서 시작되었는데 왜 가슴과 허리와 하반신까지 튕겨 오르는지 모르겠다.

하아……, 아아.

우연은 두 팔로 아저씨의 목을 힘껏 끌어안았다. 눈앞에서 불꽃이 꽃밭처럼 퍼져 나갔다. 우연은 혀를 맞댄 상태로 혀를 움직여 말했다.

아저씨, 좋아, 좋아해, 사랑해, 사랑해.

아저씨는 그 말에 대답이라도 하듯 우연의 혀를, 이를, 입천장의 요철을 문질러 댔다. 입속에서 가슴을 지나 하반신까지 내달리는 찌릿찌릿한 쾌감은 이제 손끝과 발끝까지 곱아들게 만든다. 아저씨의 혀끝이 목젖까지 깊이 파고들자 격렬한 기침이 나왔다. 아저씨는 그 기침마저 모조리 빨아들여 삼켜 버렸다. 으음, 음. 낮고 굵은 신음이 입속에서 엉긴다.

"으읍, 흐으, 아저……, 흡."

늘 상상했다. 아저씨가 입속을 샅샅이 훑고 삼키며, 몸속 깊은 곳까지, 아주 깊은 곳까지 아저씨의 몸으로 꽉 채우는 것을. 상상 속 아저씨는 늘 점잖고 부드럽게 자신을 안았다. 하지만 막상 눈앞에서 얼굴을 한껏 일그러뜨리고 입술과 혀를 뭉개지듯 빨아 대는 아저씨를 보니 별로 가능할 것 같지 않았다.

아저씨의 얼굴은 붉고, 미간은 우그러들고, 날숨은 뜨거웠다. 그의 허리가 지그시 아랫배에 눌린다. 헉, 우연의 몸이 저도 모르게 튀어 오르고, 아저씨는 난감한 듯, 괴로운 듯 눈을 감는다.

후우우, 후우.

그때와 같이 아랫배에 무언가가 느껴진다. 그의 두 다리 사이로 팽팽하게 긴장한, 거대하고 뜨거운 욕구가 허벅지와 아랫배에 문질러진다.

그때와 달리, 아저씨는 몸을 물리고 그것을 숨기는 대신, 몸을 꼭 붙였다. 하아아. 더운 날숨이 우연의 뺨을 길게 간질이며 지나갔다.

이원은 눈을 감은 채 밭은 숨을 다스렸다. 머릿속은 우주처럼 적막하고 평온하여, 가슴에서 끓어오르는 열기만 뚜렷하게 남았다. 오랜 시간 마음속에 찐득하게 괴어 있던 분노와 고통, 애처로움, 자괴감, 두려움, 미안함, 죄책감 따위의 온갖 감정이 생명이라도 얻은 것처럼 꿈틀대며 하반신으로 모여들었다.

허벅지가 뻑뻑해지면서 한 지점으로 피가 엉기는 것이 느껴진다. 돌처럼 딱딱해지는 것도 모자라서, 치솟은 꼭대기가 터져 나갈 것처럼 아프다. 자위를 할 때는 한 번도 느낄 수 없었던 감각. 이렇게 다급하고 강렬한 자극은 처음이어서 이원은 두려웠다.

품에 안긴 작고 가는 몸이 바들바들 떨리는 것이 느껴진다. 하지만 절대 풀어 주고 싶지 않다. 이 몸뚱이를 샅샅이 핥아 맛보고, 깨물어 깊은 자국을 내고, 두 팔로 힘껏 짓눌러 아스러뜨리고, 그대로 삼키고 싶다. 이원은 이 악귀 같은 욕구가 무섭도록 낯설었다. 자신이 아닌 다른 사람이 된 느낌이었다. 아니, 사람조차 아닌 것 같다.

"아저씨, 사랑해. 아저씨, 흐윽, 좋아, 좋아요. 너무 좋……, 하아아."

맞닿은 입술 사이로 힘겹게 중얼대는 말이 흘러나오다가 툭 끊어진다. 이원은 입술을 차근차근 아래로 끌어 내렸다. 핏자국처럼 선명한 입맞춤 자국이 새하얀 목덜미에 타박타박 찍힌다.

"……아!"

봉긋한 가슴과 가느다란 허리의 굴곡이 몸으로 느껴진다. 숨이 받아진다. 헐떡헐떡 새어 나오는 소리가 너무 추잡해서 자신의 입에서 나는 소리 같지 않다. 하아. 미칠 것 같다. 남은 감정은 그것 한 가지였다.

이원은 한 손으로 우연의 가슴을 가만히 더듬었다. 말랑말랑하고 부드러운 살덩어리가 셔츠 너머로 또렷이 느껴진다. 목욕을 시키고 새로 갈아입힌 셔츠는 너무 얇고 부드러워 재앙처럼 느껴졌다. 후우. 머리가 어찔하며 사방이 핑그르르 돈다. 코 뿌리가 욱신거린다.

"아……."

손에 가만히 힘을 주자 우연의 허리가 파르륵 튀어 오른다. 옷에 감싸인 작은 가슴이 손안으로 감칠나게 모인다. 손바닥으로 땀이 스며 축축해진다.

너는 이런 느낌이었구나. 네 몸은 이렇게 믿을 수 없을 만큼 여리고 황홀하고 보드랍구나. 손에 조금 더 힘을 줘 보았다. 아, 아아, 아으윽. 이제 그녀의 몸은 경련하듯 소스라치다가 뻣뻣하게 굳었다.

"아, 이런."

난데없는 거부 반응에 이원은 황급히 손을 뗐다. 우연의 몸은 여전히 딱딱하게 굳은 채였다. 맞다. 우연에겐 안 좋은 기억들이 있었다. 어떻게 해야 할지 몰라, 이원은 손을 뗀 채 잠시 망연자실했다.

우연이 가만히 눈을 뜬다. 하얀 셔츠를 입고 있는 그녀는 얼굴도 유난히 희었다. 붉은 것은 가늘게 물린 입술 한 줄, 목에 가시넝쿨처럼 얽힌 핏자국과 자신이 방금 만든 입맞춤 자국뿐이다. 실처럼 가늘게 벌어진 눈꺼풀 사이로 새까만 눈동자가 말끄러미 자신을 바라본다. 잠시 후, 붉은 입술이 달싹거린다.

"아저씨, 괜찮아."

스스로를 달래려는 듯, 단단하고 비장한 목소리였다.

"아저씨는 괜찮아요. 아저씨만은 나한테 무슨 짓을 해도 괜찮아."

작은 손이 이원의 손을 잡아끈다. 다른 손으로는 셔츠의 단추를 풀어 내린다. 떨리는 손가락으로, 더듬더듬, 첫 번째, 두 번째 단추만 푼 우연은 손을 멈추고 눈을 꽉 감았다.

이원은 눈썹을 찌푸렸다. 미간이 욱신대고 아래가 터질 것처럼 쑤셨다. 셔츠 아래에는 가슴을 가린 하얀 브래지어 하나뿐이었다.

……제기랄.

그는 나머지 단추를 푸는 대신 거칠게 숨을 몰아쉬며 브래지어 안으로 손을 넣었다. 작고 따뜻하며 말랑말랑한 살덩어리가 직접 만져졌다. 으으, 우연이 고개를 비틀며 입술을 깨물었다. 몸이 딱딱하게 경직되면서, 새하얗던 얼굴이 순식간에 새빨개진다. 하지만 거부하는 기색은 털끝만큼도 없었다.

숨이 막혔다. 손끝이 떨리고 숨이 받아진다. 이원은 지금 자신의 모습이 백치처럼 느껴졌다. 이럴 때 긴장을 잘 풀어 주면서 침착하고 부드럽게 이끌 수 있다면 얼마나 좋을까. 하지만 지금 이렇게 버티고 있는 것만으로도 버거웠다.

대체, 이게 무슨…… 망신이지.

이원은 천천히 브래지어를 위로 올리고 드러난 맨살을 손으로 만져 보았다. 난생처음 보는 그녀의 젖가슴은 믿을 수 없을 만큼 희었고, 연두부처럼 매끄럽고 보드라웠다. 한가운데서 느껴지는 갈색 젖꼭지의 선명한 색감, 톡 튀어나와 손가락을 간질이는 이질감에는 머리가 어찔했다.

이원은 한 손으로 작은 가슴을 덮은 채 눈을 감았다. 심장이 터질 것 같다. 대체 이, 이것을 어떻게 해야 할지, 뭘 어찌해야 할지 모르겠다. 그냥, 미칠 것 같았다.

"아으, 아저씨……."

얼굴이 발갛게 달아오른 우연이, 고양이처럼 낑낑거리며 이원의 손을 잡는다. 이원은 양쪽으로 젖가슴을 쥐고 지그시 힘을 주었다. 잡힌 것이 젤리처럼 손안에서 흐트러진다. 이원은 숨을 헐떡이며 한참 동안 가슴을 만졌다. 몸에서 욱신대지 않는 곳이 없다.

"아저씨, 아, 아파, 아파. 잠깐만……."

우연은 이원의 손을 간신히 밀어 내고는 새빨개진 얼굴로 일어나 침대에 기대앉았다. 벌어진 셔츠 사이로 난잡하게 얽힌 상처 자국과 자신이 찍은 붉은 손자국이 보였다. 우연은 빨개진 얼굴로 할딱거리며 시선을 외면했다.

이원은 우연이 입은 셔츠의 단추를 모두 풀고 브래지어를 벗겨 냈다. 그가 만지던 가슴이 환한 빛 아래 고스란히 드러났다. 작지만 예쁜 모양을 가진 새하얀 유방이 아래로 동그랗게 늘어진다. 옅은 갈색을 띤 조그만 유륜이 맺혀 있고, 그 가운데, 조금 더 짙은 갈색의 젖꼭지가 앙증맞은 포도송이처럼 딱 한 알 매달려 있었다.

그걸 보는 순간 머리가 어떻게 되어 버린 것 같았다. 그냥 짐승이 된 것도 같다. 저 작고 말랑말랑하고 이상한 가슴을 억센 손으로 뭉그러뜨리고, 저 젖꼭지를 미친 듯이 비벼 대고 잡아당기고 우연이가 날카롭게 비명을 지르며 자지러지는 모습을 보고 싶었다. 아니, 저 젖꼭지를 입에 넣고 퉁퉁 붓도록 빨아 대다가 그대로 씹어 먹고 싶었다. 저 사랑스러운 몸에 어떻게든, 무슨 짓이든 하고 싶었다.

저 가늘고 하늘거리는 다리를 찢어지도록 벌리고 그 속을 샅샅이 구경하고 싶었다. 추잡하게 빨고 핥고 깨물고 미친 듯이 그 속을 헤집어 대고 내 몸을 저 아이의 턱 끝까지 박아 넣고 싶었다. 그곳에 내 몸이 못처럼 박혀서 빠져나오지 못하게 되면 좋겠다. 저 깊은 곳까지 내 하반신을 한껏 박아 넣고 그대로 질펀하게 뿌리를 내려 버리고 싶었다.

나직하게 속삭이는 소리가 들린다.

"아저씨."

"……."

"하고 싶은 거 있죠."

"……그래."

이원은 작은 포도알 위에 주춤주춤 손가락을 댄 채, 쩍쩍 갈라진 목소리로 대답했다. 세상이 온통 어지러웠다. 우연은 새빨개진 얼굴로 말갛게 웃었다.

"하고 싶은 대로 해요. 아저씨 마음대로. 하고 싶은 거 다 해 봐요."

이 아이는 자신이 지금 어떤 도발을 하고 있는지 전혀 알지 못한다. 그저 마음이 가는 대로, 순수하게 부추길 뿐이다. 세상의 어느 요부보다 도발적으로, 사악하게. 헐떡헐떡, 숨이 밭다. 어지럽다. 페니스가 뻐근하다 못해 허벅지와 허리까지 프레스에 끼인 듯했다. 우연이 우는 것처럼 히득히득 웃는 소리가 들렸다.

"나도 아저씨를 마음대로 할 거예요."

말이 끝나자마자, 이원은 우연의 가슴에 얼굴을 박았다.

28

딥 섹스
(Deep Sex)

아저씨는 무섭도록 낯설었다. 지금까지 아저씨를 많이 봐 왔다고 생각했지만, 잘 안다고 생각했지만, 아저씨의 이런 얼굴은 처음이었다.

아저씨는 침착하지 못했고, 몸의 반응은 맹렬하고 즉각적이었다. 그날 밤에 미현 언니하고 섹스를 할 때도 이렇게 다급했을까. 우연은 아저씨와의 섹스는 딸기 무스케이크처럼 달고 부드러울 것이라 생각했는데 엄청난 착각이었다.

"아저씨. 아, 아아. 사, 살살, 아윽."

아저씨는 셔츠와 브래지어를 벗긴 후부터 계속 젖꼭지에 매달려 있었다. 그곳을 사탕처럼 핥고 젖병처럼 빨고 건포도처럼 씹어 대고 있다. 한쪽 손으로는 다른 쪽 가슴을 터뜨릴 것처럼 주무르고, 비틀고, 잡아당긴다. 아팠다. 이로 깨물고 위로 잡아당기면 비명이 나올 정도였지만, 우연은 입술을 깃씹으며 참았다. 혀가 젖꼭지를 감싸고 끝없이 핥아 댈 때는 가랑이 사이로 전기를 흘려보내는 것처럼 오싹오싹했다.

샅타구니뿐 아니었다. 아랫배, 오금, 발, 등, 목, 혹은 몸의 어딘가가 자꾸 근지럽고 피가 몰리는 것 같았다. 다리가 자꾸 저절로 벌어지는 것 같아, 우연은 힘을 주어 허벅지를 붙이고 허리를 비틀었다.

아저씨가 한쪽 가슴을 움켜쥐고 쥐어뜯다시피 하다가 허리를 더듬더듬 끌어안고 몸을 바짝 붙인다. 아까보다 훨씬 커지고 딱딱해진 살덩어리가 다리에 짓눌린다. 아저씨는 그것을 허벅지에 대고는 허리를 꿈틀거렸다. 하아. 잠시 고개를 들고 길게 숨을 내쉬는 아저씨는 눈을 힘껏 감고 있었다. 가늘게 파르르 떨리는 속눈썹이 믿을 수 없을 만큼 예뻤다.

우연은 눈을 감은 채 다리에 비벼지는 아저씨의 숨겨진 몸을 상상했다. 그날 밤, 비스듬히 앉아 있는 아저씨의 뒷모습, 손에 움켜쥐고 있던, 무섭고 흉측한 어떤 것. 한편으로는 그것을 두 눈으로 똑똑히 볼 수 있으리라 생각하니 격하게 흥분이 된다. 두렵고 떨리면서도 만져 보고 싶어서 미칠 지경이었다.

아무래도 뭔가 이상해. 나같이 더러운 생각만 하는 애는 세상에 없을 거야.

우연은 크게 몸서리를 쳤다.

아저씨는 잠시 머뭇대다가 낮은 목소리로 속삭이듯 물었다.

"잠깐만……. 너무 밝은가? 커……튼을 칠까?"

"아뇨. 난 밝을수록 좋아요."

우연은 단호하게 대답했다. 아저씨의 가려지지 않은 몸을 밝은 빛 아래서 똑똑히 보고 싶었다. 아저씨는 지금 여전히 슈트를 입고 있었고, 자신만 엉망으로 흩어져 있었다. 마음에 들지 않는다. 아저씨는 민망한 듯 고개를 돌리고 중얼거렸다.

"……미안, 정신이 없어서……. 나도 벗을게."

우연은, 아저씨가 누군가의 앞에서 옷을 벗는 것을 정말로 어색해한다는 것을 알고 의아해졌다. 나이도 많고, 섹스 경험도 적지 않은 남자들에겐 부끄러움이나 민망함 따위는 남아 있지 않을 거라고 생각했다. 하지만 아저씨는 서른넷이라는 나이의 절반만큼도 뻔뻔하지 못했다.

섹스 따위는 한 번도 안 해 본 사람처럼, 아저씨는 뒤로 돌아 주춤거리며, 조금은 거북해하며 옷을 벗기 시작했다. 슈트를 벗고, 넥타이핀과 칼라 바를 빼고, 셔츠를 벗는다.

셔츠를 벗자 바로 맨살이 드러났다. 아저씨의 어깨는 생각만큼 넓었고, 어깨에서 등과 허리로 이어지는 자잘한 근육과 굴곡은 예상했던 것보다 훨씬 품위 있고 우아했다.

잠시 망설이던 아저씨는 양말을 벗고 벨트를 푼 후 바지도 벗었다. 이제 몸에 달라붙어 있는 검고 작은 속옷밖에 남지 않았다. 그것까지 벗기는 민망한지 옆으로 비스듬히 몸을 돌려 침대 끝에 걸터앉는데 오히려 그 탓에 속옷을 찢어 버릴 것처럼 부풀어 오른 길쭉한 덩어리가 뚜렷하게 보였다.

우연은 몸을 일으켜 아저씨의 뒤로 가서 목을 가만히 끌어안았다. 너른 어깨 너머, 그 아래쪽으로, 다리 사이에서 부풀어 오른 그것이 크게 요동하는 것이 보였다. 아래로 손을 뻗어 가만히 그것을 만져 보았다. 아저씨의 어깨가, 살짝 벌어진 다리가 벼락이라도 맞은 것처럼 크게 소스라친다. 우연이 그곳을 바로 만져 볼 거라고는 상상도 못 했을 것이다.

하지만 우연은 지금까지 이것을 두 눈으로 보고, 손으로 직접 만져 보고 싶어서 미칠 지경이었다. 2년 전의 그 강렬한 장면을 한순간도 잊어 본 적이 없다. 우연은 손안에 든 것을 가만히 어루만지다가 속옷 사이로 손을 가만히 넣어 보았다.

"우, 우연……, 흡."

아저씨가 입을 틀어막고 신음을 삼킨다. 손에 그것을 쥐는 순간, 숨이 턱 막히는 것 같다. 그것은 그동안 생각했던 것보다 훨씬 크고 길고 굵었다. 돌처럼 딱딱하고, 생각보다 뜨거웠으며, 예상했던 것보다 훨씬 민감하게 반응했다.

우연의 손이 그것을 쓰다듬고 어루만질 때마다, 그의 거대한 몸은 채찍이라도 맞은 것처럼 발작적으로 뒤틀렸다. 우연의 손아귀에 점점 힘이 들어가자, 그는 이를 악문 채 거친 숨을 내뱉었다.

우연은 그의 얼굴을 빤히 올려다보았다. 옆으로 고개를 돌린 그와 시선이 닿았다. 그가 눈을 꽉 감으며 입술을 말아 넣는다. 우연은 손에 힘을 주어 그의 몸을 힘껏 움켜잡았다. 하앗!순간 짧은 비명과 함께 그의 고개가 뒤로 확 꺾인다.

"그, 그만, ······아!"

그가 순간적으로 소스라치며 우연의 손목을 잡았다가 이내 손을 떼 낸다. 그역시 우연이 마음대로 하겠다는 말을 기억한 것이다.

우연이 손을 움직이자, 그가 숨을 헐떡이기 시작했다. 입가에 팽팽하게 근육이 솟는다. 특히 미끄러운 점액이 스며 나온 윗부분을 손가락으로 세게 문지를 때는 비명 같은 신음이 터졌다.

금욕적이고 담백하리라 생각하던 아저씨의 신음은 믿을 수 없을 만큼 끈적하고 음탕했다. 손아귀에 쥐고 있는 것이 점점 더 부풀어 오르는 것이 느껴진다. 아저씨의 발작 같은 떨림은 더 격렬해진다. 땀이 차오른다. 무섭다. 미칠 것같다. 낮고 굵은 신음, 눈을 꽉 감은 채 입을 벌리고 무방비하게 내뱉는 저 신음 소리.

"아, 우연, 아, 잠시만, 하······. 그만!"

그는 뻘겋게 달아오른 얼굴을 한 손으로 가리고 숨을 헐떡대고 있었다. 우연은 잠시 손을 멈추고 그의 앞으로 가서 다리 사이에 앉았다. 보고 싶었다. 똑똑히 그곳을 보고 싶었다. 우연은 그의 치부를 가리고 있던 마지막 속옷을 천천히 끌어 내렸고, 그는 잠자코 우연의 손길을 받아들였다.

"······아!"

우연은 잠시 움직임을 멈추고 그곳을 멀거니 내려다보았다.

이상해. 뭔가 이상하다.

그곳은 그의 아름다운 몸 중에서 유일하게, 그야말로 유일하게 아름답지 않은 부분이었다. 희고 매끈한 상반신이나 팔다리와 달리, 그의 성기는 아주 투박하고 굵으며 몹시 길었다. 그날 밤에 얼핏 보았던 기억보다 훨씬 더 거대했다.

뻣뻣하게 위로 튕겨 나온 그것은, 기억보다는 옅은 빛을 띠고 있었으나 여전히 주변에 비해 시커멓고 탁하게 느껴졌고, 지렁이 같은 혈관도 툭툭 튀어나와 있어서 흉측해 보였다. 위로 솟아오른 붉은 머리는 기름이라도 뒤집어쓴 것처럼 번들거렸고, 돌처럼 단단했으며, 제멋대로 꿈틀거렸다.

도저히 이해가 되지 않았다. 아저씨는 내 손목만큼이나 굵고 길이도 한 뼘 반은 될 것 같은 저런 거대한 살덩어리를 어떻게 바지 속에 티 나지 않게 숨기고 다녔을까.

그것을 둘러싸고 있는 주변도 모두 다 흉하고 징그러웠다. 기둥 아래 둥그렇게 매달린 고환은, 더 어둑하고 탁한 빛깔이었는데, 거친 주름이 한껏 잡힌 채 다리 사이로 축 늘어져 있었다. 매끈하고 가지런하며 단정한 아저씨의 머리카락이나 눈썹과 달리, 성기 위를 뒤덮고 있는 검은 숲은 구불구불하고 난잡하게 얽힌 데다, 한 손으로 덮이지 않을 만큼 넓고 빽빽했다.

이곳은 아저씨에게서 유일하게 아름답지 않고, 거칠고 탁한 곳이었다. 아저씨의 몸은 하느님이 직접 빚고 다듬으셨을지 몰라도 이곳만큼은 어느 추한 짐승에게서 따다 붙인 게 틀림없었다.

얼굴이 붉어진 아저씨가 입술을 들썩인다. 잠시만, 그만, 제발. 우연은 제지하려 안간힘을 쓰는 아저씨를 이해할 수 없었다. 우연은 단호하게 명령했다.

"아저씨, 참아요."

"……!"

그의 눈이 이채를 띤다. 그는 입술을 꽉 말아 넣고 고개를 끄덕인다. 고분고분 순종하는 노예처럼, 수치스러워하면서도 기뻐하는 듯한 이상한 얼굴로 그는 호기심 많은 폭군의 손에 자신의 몸을 맡긴다.

우연은 그의 거대한 성기와 음낭을 쥐고 마음껏 매만지기 시작했다. 성기는 뜨겁고, 고환은 서늘했다. 우연이 그것들을 샅샅이 살펴보고, 만지고, 긁고, 비틀 때마다 그는 몸을 뒤틀며 고통스럽게 신음했다. 하지만 그는 우연의 명령대로 손을 뿌리치지 않고 버텼다.

그날 밤, 아저씨가 했던 것처럼 손으로 움켜잡고 아래위로 움직여 보았다. 아, 흐, 웃, 윽, 아저씨의 헐떡대는 숨소리가 점점 커진다. 그는 고개를 위로 꺾고 눈을 감은 채 탁한 숨을 몰아쉬고 있었다. 손을 아래위로 힘껏 켤 때마다 무방비하게 벌어진 입에서는 끝내 삼키지 못한 비명 같은 신음들이 튀어 올랐다. 온통 붉어진 얼굴로 자신이 주는 쾌락에 속수무책으로 무너지는 아저씨의 모습을 보니 가슴이 미친 듯이 방망이질했다.

우연은 손에 쥐어진 것을 가만히 내려다보았다. 붉고, 탁하고, 번질대는 머리의 한가운데, 아저씨의 안으로 연결된 가늘고 작은 구멍이 보였다. 아저씨의 속에 깊이 숨겨 둔 미지의 세계로 이어지는 통로 같았다. 그 작은 구멍이 입술을 오물거리며 자신에게 무슨 말인가 하는 것 같다.

홀린 것처럼, 우연은 그 구멍에 쪽, 소리가 나도록 입을 맞춰 보았다.

"……우연아!"

당황스러운 목소리가 들렸다. 우연은 고개를 드는 대신 더 깊이 고개를 숙여 그것을 물었다. 아저씨의 그것은 너무 커서 머리 부분만 간신히 들어갔지만 상관없었다. 우연은 아까 아저씨가 젖꼭지를 빨아 댔던 것과 똑같이 그곳을 힘껏 빨아들였다.

"으, 우, 우연아, 자, 잠깐. 아아윽!"

명령대로 견디던 아저씨가 기겁하며 고함을 지른다. 정신이 나간 듯한 목소리였다. 우연도 이런 짓을 하는 자신이 믿어지지 않았다. 하지만 궁금했다. 해보고 싶었다. 아저씨의 격렬한 반응을 보기 위해선 무슨 짓이든 해 보고 싶었다. 아저씨의 허리가 비틀리고 다리가 덜덜 떨리는 것이 느껴진다. 높은 비명이 연속적으로 터졌다.

"아, 제발, 우연아, 아윽, 제발!"

제발 뭘 어떻게 할까요, 아저씨?

하지만 비명을 지르는 입에선 그만두라는 말은 나오지 않았다. 그래서 우연은 아까 아저씨가 자신의 가슴을 짓뭉개듯 주무르고 시뻘겋게 피가 몰릴 때까지 젖꼭지를 빨아 댄 것처럼, 아저씨의 성기를 터뜨릴 듯 주무르고 피가 한껏 쏠릴 만큼 핥고 빨고 깨물어 댔다.

"……!"

우연이 잠깐 눈을 들었을 때, 아저씨는 토마토처럼 시뻘게진 얼굴로, 두 손으로 입을 틀어막은 채 어떻게든 신음 소리를 줄여 보려고 필사적이었다. 하지만 그 노력은 큰 소용이 없어서, 아저씨는 얼마 안 가 격렬하게 몸부림을 치고 그 굵은 목소리로 쇳소리를 내지르기 시작했다.

얼마나 시간이 흘렀는지 알 수 없었다. 아저씨는 이런 쾌감을 처음 겪어 보는 것처럼, 속절없이 휩쓸리고 처참하게 무너지는 중이었다. 하지만 그만두라는 말은 끝내 입 밖으로 나오지 않았고, 그래서 우연은 끝까지 멈추지 않았다.

아저씨의 울부짖는 듯한 신음이 너무 좋았다. 그래서 우연은 황홀경에 빠진 것처럼 붉고 매끄러운 머리를 한없이 매만지고, 문지르고, 핥고, 빨아 댔다. 작은 요구르트병 아래에 이로 작은 구멍을 내서 그 달콤한 것을 한 방울씩 기를 쓰며 빨아들일 때처럼 열심히, 오랫동안, 정성껏 빨았다. 그것은 감질나게 나올수록 오래 빨아먹을 수 있어서 좋았다.

음낭은 아무리 오래 만져도 낯선 느낌에서 벗어날 수 없었다. 덜 익은 새알심이 살가죽 안에서 굴러다니는 것 같았는데 그것을 매만지고 잡아당기고 비틀 때마다 아저씨는 전기 고문이라도 당하는 것처럼 고통스러워했다. 하지만, 아저씨는 그것마저 만류하지 않았다.

"아, 자, 잠깐……."

아저씨가 탁하게 갈라진 목소리로 우연의 얼굴을 급하게 밀어 냈다. 우연이 뒤로 확 밀리는 순간 지금까지 빨아 대던 작은 구멍에서 뿌옇고 진득한 점액이 분수처럼 치밀었다.

"아, 하아, 아아, 으……."

우연은 성기를 꽉 움켜쥔 채 더욱 세게 문질렀다. 아저씨는 그녀의 어깨에 두 손을 얹은 채 고개를 확확 저으며 몸을 떨었다. 정액은 맥박 치듯 간헐적으로, 몇 번에 나뉘어 솟아올랐다. 아저씨의 사정은 생각보다 길었고, 쾌감에 굴복당한 표정을 전혀 숨기지 못했다.

아저씨가 쾌감에 완전히 지배당하는 모습은, 가장 고통스러워하는 모습과 크게 다르지 않았다. 어쩌면 쾌감과 고통을 구별하지 못하는 것처럼 보이기도 했다.

더 이상 정액이 나오지 않는데도, 우연은 미끄러운 점액이 뻑뻑하게 느껴질 때까지, 아저씨의 그곳이 힘없이 쭈그러들 때까지 오랫동안 두 손으로 문질렀다. 아저씨는 시뻘게진 얼굴을 두 손으로 가리고 이를 악문 채 오래도록 헐떡거렸다.

추하다고 느껴져야 마땅할 그 모습이, 왜인지 지독하게 아름답게 느껴졌다.

이원은 고개를 돌리고 미친 듯이 들뛰는 숨을 다스리려 애썼다. 도저히 우연과 눈을 마주칠 수 없었다.

……이게 무슨 미친 짓일까.

우연이 섹스를 말할 때, 이원은 자신이 거절하지 못할 것을 알았다.

그래도, 적어도 부드럽고 따뜻하게 안아 주어야 한다고 생각했다. 힘겹게 도망 와서 숨겨 달라고 한 아이 아닌가. 얼마나 무섭고 지쳤을까. 섹스를 하게 된다면 좀 더 회복이 된 후에, 위로하고 다독이는 마음을 담아 정성껏 사랑해 주고 싶었다.

하지만 이건 아니다. 정말 아니다. 처음부터 처참하게 무너졌고, 혼자 쾌감에 휘둘려 가장 추한 꼴만 보여 주고 말았다. 이런 꼴을 보여 줄 거라고는 한 번도 상상해 본 적이 없었다. 서른넷이나 먹은 남자가, 서투르다 미숙하다 변명할 수 있는 일도 아니었다. 수치심과 자괴감이 폭포수처럼 쏟아져 내렸다.

그는 두 손으로 눈을 가린 채 고개를 숙였다.

이원에게 섹스는 단순한 쾌락의 수단이 아니었다. 그는 몸을 나누고 아이를 낳는 행위는 사랑이 만들어 낼 수 있는 가장 깊은 신뢰와 결속의 형태라고 생각해 왔다. 그래서 성행위는 부부에게는 가장 성스러운 결합이 되고, 욕정만으로 이루어진 성관계는 짐승의 교합과 다를 바 없는 치욕이며 더러운 죄가 된다고 생각했다. 그것은 그의 강박적일 만큼 높은 도덕관념과 연결돼 확고한 신념으로 굳어 버렸다.

지금은……

모르겠다. 아무것도 모르겠다. 인간임을 포기하고 그냥 짐승이 된 것 같았다.

다만 섹스를 왜 사랑하는 사람끼리 해야 하는지, 그 이유만큼은 알 것 같았다. 이런 추한 모습을 밑바닥까지 보여 주고도 부끄러워서 목매달아 죽지 않으려면, 어중간한 호감 정도로는 절대 가능하지 않을 것이다.

우연이 정액으로 범벅이 된 손을 들어 올리며 조그만 소리로 말했다.

"……아저씨, 좀 씻고 싶어요."

"어, 그, 그래. 물 받아 줄게."

이원은 황급히 몸을 일으켜 욕실로 들어가 욕조의 물을 틀었다. 지금 우연을 피할 수만 있으면 무슨 짓이든 하고 싶었다. 시간을 한 시간만 되돌릴 수 있다면, 영혼이라도 팔 수 있을 듯했다.

자박, 자박, 자박.

물이 자르르 쏟아지는 소리 사이로 우연이 맨발로 들어오는 소리가 들렸다. 물소리가 멎는다. 이원은 고개를 돌리지 않았고, 우연은 뒤에서 남은 옷을 벗었다. 옷을 벗어서 욕실 타일에 떨어뜨리는 소리가 뿌연 수증기 사이로 사박사박 쌓였다. 이원은 고개를 돌려 그 모습을 보는 대신 자신이 늘 쓰는 아로마 오일을 욕조에 떨어뜨렸다. 습기에 젖은 향이 두 사람을 사르르 휘감았다.

참방. 참방.

우연은 따뜻한 물에 몸을 담그고 다리를 모았다. 이원이 몸을 돌려 나가려 할 때 우연의 자그마한 목소리가 들렸다.

"아저씨."

"……"

"아저씨."

"······응."

"아저씨도 들어와요. 따뜻해요."

우연은 웃고 있었다. 이원은 저렇게 태연히 웃으며 아무렇지도 않게 말할 수 있는 우연이 미지의 생물처럼 느껴졌다.

"괜찮아?"

"뭐가요?"

우연은 고개를 들고 말끄러미 올려다보았다. 이원은 붉어진 얼굴 감추는 것을 포기하고 툭 물었다.

"아까, 음, 내가 좀······ 이상하지는 않았니?"

"잘 모르겠어요. 이상한 섹스하고 안 이상한 섹스의 기준이 뭔진 모르겠지만, 아저씨가 이상했으면 저도 똑같이 이상했겠죠, 뭐."

"······네가 뭐가 이상해······. 넌 안 했잖아."

"이제부터 하면 되죠."

"······."

"아저씨 창피해요?"

"······."

"아저씨?"

"······음, 조금."

"뭐가 창피해요? 지금 똑같이 벗고 있는데요?"

이젠 될 대로 되라는 마음이 들었다.

"······아까 너한테 아무것도 못 해 주고 끝났잖아."

"끝나긴 뭘 끝나요. 이제 시작이죠."

너무나 솔직한 실토에 우연이 실쭉 웃으며 덧붙였다.

"원래 그런 건 하루에 열 번, 백 번씩 하는 거 아니에요? 이제 시작인 거 아니었어요?"

입이 저절로 벌어졌다. 이젠 창피하다기보다 당황스러웠다. 열 번? 백 번?

대체 저 아이는 성교육을 어떻게 받은 거야? 순간 우연이 조금 붉어진 얼굴로 우물쭈물하며 고개를 돌리는 것이 보인다.

아, 이런. 이원은 우연이 자신의 어색함과 부끄러움을 달래 주려 애써 장난을 치고 있다는 것을 뒤늦게 깨달았다.

……난 나이를 헛먹었어.

우연이 욕조 밖으로 손을 내밀며 부스스 웃는다. 이원은 이제 아무것도 부끄러워하지 않기로 했다. 그는 잠자코 우연의 손을 잡고 욕조 안으로 들어갔다.

첨벙.

더운물이 명치까지 훅 기어올라 왔다. 욕조가 작은 편은 아니었지만 두 사람이 함께 들어가기엔 빠듯했다. 이원에게 가슴까지 닿는 물은 우연에게는 어깨까지 올라왔다. 물결이 찰랑거려서, 아이의 붉게 물든 팔과 오므린 다리가 일렁일렁 찌그러져 보였다. 몸은 노곤해서 늘어지고, 마음도 녹아내리는 것 같다.

다리를 구부려 붙여 몸을 가리고 있던 우연이, 몸을 틀어 이원에게 등을 기댔다. 이원은 우연의 허리를 감싸 안았다. 등과 배가 맞닿으면서 폭 쭈그러든 성기가 꼼지락대는 우연의 엉덩이에 짓눌렸다. 이원은 아프다는 말도 못 하고 황급히 허리를 뒤로 움직였다. 키득키득 웃는 소리가 등으로 번진다. 조건 반사처럼 그곳으로 다시 피가 몰려들기 시작했다.

이원은 뒤에서 우연을 안은 자세 그대로, 어깨에 입술을 대고 앞으로 손을 빙 돌려 양쪽 가슴을 가만히 쥐었다. 아까보다 훨씬 편안하고 부드럽게 어루만질 수 있었다. 왜인지 극단의 부끄러움이 지나갔다 생각하니 오히려 마음이 가벼워지고, 이젠 무슨 짓이든 할 수 있을 것 같았다.

"아저씨 할아버지예요? 왜 이렇게 물이 뜨거워."

어깨와 목덜미까지 발그레하게 익은 우연이 앞에서 투덜거린다. 이원은 웃으며 목덜미에 입을 맞추었다. 며칠간의 먼지와 얼룩이 말끔하게 벗겨진 그녀는, 우유처럼 희고, 머루처럼 검고, 양귀비처럼 붉었다.

우연이 꼬부리고 있던 다리를 앞으로 쭉 편다. 다리 사이에 가무스름하게 모여 있는 작은 둔덕이 보인다. 이원은 천천히 손을 내려 그곳을 가만히 쓰다듬어 보았다. 몸이 거부하는 느낌은 전혀 없었다. 어깨에 입술을 댄 채 부드럽게 손을 놀렸다. 검은 둔덕을 손가락으로 헤치자 짧은 털들이 물결을 따라 말미잘처럼 춤을 추었다.

맞물린 작은 계곡 속으로 조심스럽게 손가락을 밀어 넣었다. 가슴이 크게 요동쳤다. 이물감이 느껴진다. 그 안에서, 작고 아주 말랑한 무언가가 걸린다. 손가락이 그것을 매만질 때마다 입술이 닿은 동그란 어깨가 크게 꿈틀거리는 것이 느껴졌다. 이원은 우연의 발갛게 달아오른 귀를 입술로 물고 속삭였다.

"보고 싶어."

우연이 몸을 일으켜 욕조의 턱에 걸터앉는다. 꼭 오므려 붙인 다리를 이원은 손으로 가만히 쓸었다. 손은 다리 사이의 삼각지 위를 잠시 더듬다가 천천히 그 사이로 들어가 다리를 벌렸다. 감춰졌던 곳이 조금씩 드러나기 시작했다.

이원은 가늘게 숨을 몰아쉬며 다리 사이로 옮겨 앉은 후, 우연의 몸을 마음껏 어루만지기 시작했다. 근육이 거의 느껴지지 않는 보드랍고 말랑한 몸이었다. 뺨과 어깨, 목, 가슴, 허리, 다리, 그리고 다리 사이에 있는 도톰한 두 개의 살덩어리를 탐욕스럽게 보고, 만지고, 입을 맞췄다.

어느새 자신을 누르듯 죄고 있던 다리에서 힘이 빠진다. 이원은 손가락으로 가랑이 사이의 봉긋한 살을 양쪽으로 조심스럽게 벌렸다.

"……"

잠시 움직임을 멈췄다. 숨겨진 곳은 〈붉은 수국과 분홍색 딸기 무스케이크〉를 덮고 있던 옅은 자줏빛, 그 새큼하고 한없이 부드러우며 달콤한 색으로 물들어 있었고, 그 한가운데에는 손톱보다도 작은 봉오리가 수줍게 고개를 숙이고 있었다.

어느새, 주변에는 새큼하고 달큰한 향이 가득했다. 아까 느꼈던 어지러움이 다시 그를 잡아챘다.

이원은 그곳을 오랫동안 바라보았다. 난생처음 보는 여자의 그곳은, 상상해

왔던 그 무엇과도 달랐다. 정말 이상했고, 이해할 수 없는 형상을 하고 있었다. 자기가 알고 있는 그 어떤 형상과도 닮지 않았다. 가슴이 터질 것처럼 두근거렸다.

그는 그곳을 자꾸 덮어 감추려 하는 음순을 양쪽으로 활짝 벌리고, 손가락으로 가만가만 오래 어루만졌다. 자신의 무작하고 야만적인 성기와 달리, 이곳은 너무 작고 섬세하며 은밀한 분위기까지 풍겼다. 숨도 쉴 수 없을 만큼 조심스러웠다.

"아저씨, 뭘 그렇게 열심히 봐요? 처음 봐요?"

"……응."

이원은 눈길도 떼지 않고 대답했다. 이제 부끄러울 것도 없었다. 처음 봐. 예뻐, 정말 신기하고 예뻐. 이원이 낮게 중얼대는 말에, 우연이 다시 묻는다.

"정말…… 처음 봐요?"

"그래."

"지금까지 한 번도 못 봤어요?"

"……그래."

더 이상 뭔가를 묻는 말은 나오지 않았다. 아저씨, 나이가 몇인데 섹스 정말 한 번도 안 해 봤어요? 하는 놀림조차 나오지 않았다. 다만 새근새근 숨소리가 살짝 거칠어진 것만 느껴졌다.

이원은 고개를 들어 얼굴을 보려고 했으나 볼 수 없었다. 우연이 이원의 머리를 꽉 끌어안는다. 이원은 그녀가 다시 울기 시작했음을 알았다. 이원은 이유를 묻는 대신, 고개를 더 깊이 숙여, 눈앞에 자그마하게 솟아오른 봉오리를 입술로 덮어 버렸다.

"아, 아학!"

위에서 다급하게 눈물을 삼키는 소리가 났다. 이원은 우연의 허리를 끌어안은 채, 그곳을 있는 힘껏 빨아들였다.

우연은 다리 사이에 깊이 머리를 박고 있는 아저씨의 정수리를 내려다보며 밭게 숨을 쉬었다.

어쩌면 그럴 거라 생각했다. 아저씨라면, 인기가 없어서가 아니라, 성욕이 없어서가 아니라, 미래에 곁을 지킬 사랑하는 여자를 위해, 그따위 말도 안 되는 짓을 감수할 수 있을 거라 생각했다.

약혼녀 언니와도 섹스하지 않았다면, 그것은 사랑이라는 감정에 대한 아저씨의 마지막 예우였을 것이다. 맞다. 그것이야말로 결벽한 아저씨다운 행동이고, 아저씨다운 방식이었다.

그런데 그 예우를 지금 나에게 바치는 것이다. 인생 전체가 걸린 그 의미를 지금 온전히 나에게만 부여하겠다는 것이다.

아저씨에게 특별한 사람이 되는 것은 기쁘지만, 어쩐지 몹쓸 짓을 하는 것 같다는 생각도 들었다.

나는 아저씨와의 관계에 아무런 약속도 할 수 없는데.

아저씨와의 관계에서는 현재밖에 없다. 미래 따위는 모른다. 모르는 걸 약속할 순 없다.

……나는 어떡해요, 아저씨.

머리는 점점 헝클어지고, 호흡은 점점 거칠어진다. 아저씨의 입술과 혀가 점령하고 있는 그곳에서 아주 낯설고 이상한 감각이 몰려오기 시작했다. 아저씨가 빨고 있는 그곳이, 그 작은 곳이 근지럽다. 미친 듯이 간지럽고 찌릿찌릿한다. 우연은 입을 벌린 채 허리를 구부리고 아저씨의 등을 감싸 안았다.

허벅지가 가려웠다. 저렸다. 저린 것은 이제 아랫배와 가슴과 오금과 발바닥, 발가락, 뒤통수까지 퍼져 나갔다. 물결처럼 온몸을 펄펄 뛰며 돌아다닌다.

"아으, 아윽, 아저씨! 아아아!"

우연은 이원의 등을 쥐어뜯듯 긁어 대며 몸부림을 쳤다. 내 몸이 내 몸이 아닌 것 같은, 이 말도 안 되는 쾌감이 무서웠다.

아까 우연이 멈추지 않듯, 아저씨도 멈추지 않았다. 아저씨는 그 자세 그대로 우연의 허리를 바짝 끌어안았다. 콩알만큼이나 작은 핵에서 극도로 밀도 높은 쾌감이 형성되어 전신으로 해일처럼 밀려 나가기 시작했다. 아주 먼 곳에서, 천천히, 아련히 다가오던 그것은, 어느 순간 바로 발끝까지 닥쳐와서는 몸을 부웅 휘감아 올렸다. 몸을 갈가리 찢어 버릴 듯한 격렬한 쾌감이 하반신을 채찍처럼 후려친다.

"아아악, 아앗, 아아! 아저씨, 흑, 아윽!"

저항할 수 없었다. 터질 것처럼 팽창한 감각이 온몸으로 쫙 퍼져 나간다. 아저씨의 혀가 클리토리스를 핥아 올릴 때마다, 그곳을 힘껏 빨아들일 때마다, 이가 그곳을 잘근거릴 때마다 고압 전류로 그곳을 지져 대는 것 같다. 통제력을 상실한 다리가 덜덜 떨린다. 이 쾌감은 지나치게 과한 자극이었다.

아악, 아아! 아저…… 하아악!

미친 듯이 몸부림을 치며 난생처음으로 절정을 맞이할 때, 우연은 그곳에서 무언가가 저도 모르게 흘러나오는 것처럼 느껴져서 크게 소스라쳤다. 처음 겪는 오르가슴의 쾌감은 무서울 만큼 강렬했고, 우연의 몸은 그것을 감당하지 못한 채 발작처럼 경련했다. 여기서 쾌감이 더해지면 정신이 이상해질 것 같은데, 제발 그만 멈췄으면 좋겠는데. 아저씨는 그 요란한 발버둥에도 그곳에서 입을 떼지 않았다.

하아, 아, 으으, 흐으, 하아.

우연의 그곳이 아저씨의 입에서 벗어난 것은, 우연이 눈을 뒤집고 기절하듯 늘어졌을 때였다.

욕조 턱에 다리를 헐겁게 벌린 채 사지를 늘어뜨리고 밭은 숨을 쉬었다. 아저씨가 아까 당황했던 것 이상으로 당황했다. 섹스가 이런 느낌이라는 것을 처음 알았고, 내 몸에서 이런 쾌감과 자극을 느낄 수도 있구나 하는 생각에 기가 막혔다. 지금까지 몰랐다. 전혀, 전혀 몰랐다.

아저씨는 축 늘어진 우연을 꼭 끌어안더니 다시 욕조 안으로 내려놓았다. 우연은 아무것도 묻지 않았고, 아저씨 역시 아무것도 말하지 않았다. 처음 섹스에서부터 이 지경까지 바닥을 보여 준 판에, 할 말이 있을 리가 없었다.

아저씨가 자신을 물끄러미 바라본다. 저 깊은 갈색 눈동자는 어떤 때는 무서울 정도로 엄숙하고, 어떤 때는 다정했지만 지금처럼 야하고 짐승처럼 느껴진 적은 처음이었다. 몹시 낯선 매력이었다.

아저씨가 가까이 다가앉는다. 페니스가 완전히 발기한 것이 또렷이 보였지만, 불같은 욕정이 한바탕 지나간 눈에는 아까와 같은 광적인 흥분은 없었다. 외려 감정을 겹겹이 두르고 있던 껍질이 폭풍에 산산이 부서져 나가고, 본래의 감정만 선명하고 뚜렷하게 드러났다.

사랑해, 우연아.

아저씨는 흐늘흐늘 늘어진 우연의 몸을 꼭 안고 따뜻하게 입을 맞추었다. 자그락, 자락. 물이 휘감기는 소리가 부드러웠다. 아저씨는 다리에 우연을 앉히고 가슴을 부드럽게 애무하기 시작했다. 이제는 몸이 그것을 달콤하게 느끼고 있었다.

아저씨가 새로 우뚝 일어선 몸 위로 우연을 가만히 끌어다 앉힌다. 엉덩이 사이의 은밀한 살 주변으로 그의 페니스가 꿈틀대는 것이 느껴진다. 우연은 엉덩이를 가만히 들썩였다. 뜨거운 물이 일렁이며 민감한 살을 훑고 지나갈 때마다 두 사람의 입에선 밭은 숨이 튕겨 나왔다.

들어가고 싶어.

욕망에 흠뻑 젖은 갈색 눈동자가 속삭인다. 들어가고 싶어, 네 속으로 깊이, 아주 깊이.

우연은 고개를 끄덕였다. 나도 마찬가지다. 오래전부터 열망했던 것. 자신의 몸으로 아저씨의 비밀스러운 곳을 받아들이고 힘껏 품어 보는 것. 단 한 번도 해 본 적이 없는데, 전혀 두렵지 않다. 흥분해서 미칠 지경이었다. 저 거대한 것을 품기 위해서 내 아래가 으스러져도 좋을 것 같았다.

아저씨가 욕조의 넓은 턱에 걸터앉아 우연을 허벅지 위에 조심스럽게 앉혔다. 엉덩이 사이로 아저씨의 거대하게 부푼 몸이 느껴진다. 아저씨는 눈썹을 약간 찡그리고 페니스의 끝을 입구에 맞추려고 애를 썼다.

"잘…… 안, 들어갈 것 같…… 아프면 말해, 우연아."

아저씨가 미안한 듯 중얼거렸다. 우연 역시 그의 것을 받아들이는 게 가능할까 의심스러웠다. 발기한 페니스를 처음 봤을 때부터 그렇게 생각했었다.

찢어지고 말 거야. 몸이 두 쪽으로 쪼개지고 말 거야.

……그러면 정말 좋겠다.

생각이 굴러가는 방향은 정상적이지 않다. 우연은 그래서 아저씨와의 결합을 향한 이 미친 듯한 열망이, 사랑에 따라오는 정상적인 감정인지 광기인지 구별하기 어려웠다.

아저씨는 허리를 잡고 아주 천천히, 부드럽게 아래로 우연의 몸을 내렸다. 잘 들어가지 않아, 아저씨의 성기가 버티지 못하고 옆으로 꺾여 튕겨 나간다. 꽤 아픈 듯, 아저씨의 미간이 구겨졌다. 우연은 엉덩이를 조금 더 들고 위치를 정확히 맞춰 보았다.

아아, 아저씨가 눈을 감고 깊게 숨을 내쉬는 것이 보인다. 답답했다. 아저씨는 너무 조심스럽다. 확확 고개를 저었다. 싫다, 내가 상상했던 섹스는 이런 게 아니었다. 나는 아저씨의 그것을 품에 넣는 더러운 상상을 너무 오랫동안 해 왔다. 더는 기다릴 수 없을 만큼.

우연은 아저씨의 어깨를 붙잡고 그의 페니스 위로 힘껏 내려앉았다.

"흡, 흐, 으윽."

"아, 아! 아으윽……. 아악!"

동시에 튀어나온 신음은 길게, 혹은 토막토막, 다급하게 이어졌다.

우연은 입을 딱 벌린 채 그대로 몸을 굳혔다. 아팠다. 아랫배 어느 곳에선가 뜨끔, 하며 무언가 터지는 듯, 찢어지는 것 같은 격통이 일었다. 우연의 날카로운 비명에 아저씨가 급하게 우연의 몸을 추스른다. 너무 아파서 우연은 그의 목에 매달려 등을 손톱으로 긁어 대며 비명을 질렀다. 아파, 아파, 아파아! 칼로 아랫배를 깊이 찔린 것 같았다.

제기랄. 아저씨가 낮게 씹어뱉는 소리가 들린다. 아저씨의 허벅지로 붉은 얼룩이 뭉개진다.

"미안해, 아파? 어떡하지? 이, 이걸, 우연아, 미안해. 이럴 줄은 모, 몰랐……. 우연아."

아저씨는 너무나 당황해 했다. 이런 사태가 벌어질 줄 몰랐을까. 우연은 그의 어깨를 이로 꽉 물었다. 아저씨의 몸이 순간적으로 크게 소스라쳤지만, 그는 우연의 허리를 꽉 끌어안은 채 신음 없이 조용히 버텼다.

"해요. 계속해. 아파서 죽어도 좋으니 계속해요."

아저씨의 눈이 커진다. 우연이 무슨 말을 하는지 아저씨는 바로 알아차렸다. 아저씨는 다시 우연과 몸을 붙이고 허리를 힘껏 위로 쳐올렸다.

"아윽, 아악! 하아앗……."

아저씨를 품고 있는 것은 생각보다 훨씬 버거웠다. 다리 사이가 두 쪽으로 쪼개질 것 같았다. 칼에 찔리는 듯한 순간적인 통증은 사라졌지만, 그의 몸을 받아들이고 있는 것 자체가 너무 아팠다.

아저씨가 입술을 깨문 채 진땀을 흘리는 것이 보인다. 우연은 이 아픔이 왜인지 미치게 좋았다. 아저씨와의 섹스가 주는, 이 고통스러운 느낌을 아는 사람은 세상에 나 하나뿐이다. 그리 생각하니 이 격심한 고통도 너무너무 황홀했다.

아저씨를 내 몸에 완전히 박아 놓기 위해서라면 배 속이 뭉그러지고 다리 사이가 몇 갈래로 찢어져도 무슨 상관일까. 그 뒤에 일어날 일 따위는 아무래도 좋았다.

우연은 얼굴을 있는 대로 우그린 채, 안간힘을 쓰며 몸을 들썩였다. 붉은 흔적은 아저씨의 허벅지 위에서 점점 넓게 번지며 뭉그러졌고, 아저씨는 허리를 움직이지도 못한 채 우연의 어깨를 잡았다.

"아프잖아. 아프면, 하지 마, 하지 마……, 우연아. 내가, 내가 좀 서툴러서, 미안해. 아프면 제발 하지 마."

아저씨는 섹스에 능숙하지 못한 것까지 부끄러워하고 미안해했다. 듣기 싫었다. 아저씨의 세상에선 왜 미안해할 일밖에 없을까. 그것은 미안해할 일이 전혀 아닌데, 아저씨는 그것조차 몰랐다.

"아저씨, 계속해요. 괜찮아. 아저씨가 하고 싶은 대로 해! 무슨 짓을 해도 다 괜찮아."

우연은 그의 페니스를 욕심껏 문 채 그의 이마에, 입술에 차근차근 입을 맞췄다. 눈이 한껏 커지면서 영롱한 보석처럼 맑은 갈색 눈동자가 온전히 드러난다. 우연은 즐거웠다. 허리를 애써 들썩이며 살을 문지를수록 저 깊은 곳에서 간지럽고 찌르르한 감각이 모락모락 피어오르는 게 좋았다. 그 감각을 주는 것이 아저씨라는 사실이 더 좋았다. 아저씨가 주는 것이라면 매를 맞아도 자지러질 것이고, 저 흉포한 몸에 아랫도리가 생으로 찢어져도 쾌감을 느낄 것이다.

우연은 그의 귀를 깨물었다. 아저씨의 몸이 크게 요동하며 아래로 훅, 밀려 들어왔다. 우연은 귓속을 혀끝으로 주르르 핥으며 속삭였다.

"이젠 하나도 아프지 않아요. 간지러워요. 그러니까 아저씨, 나를 최대한 아프게 해 봐요."

후우.

아저씨가 어깨를 부숴 버릴 듯 끌어안았다. 얽힌 몸이 물속으로 풍덩, 잠기고, 허릿짓이 격렬해지면서 첨벙대는 소리가 요란해졌다. 물의 저항을 받아 움직임이 느려지자 아저씨는 우연을 욕조 난간에 팔을 괴고 엎드리게 하더니 뒤에서 온몸을 치받듯이 하며 몸을 삽입했다. 질을 채우고 있는 살덩어리가 크고 단단하게 부푼 것이 또렷이 느껴진다. 빠듯한 것을 넘어 그곳이 찢어질 것 같다. 양쪽 젖가슴은 아저씨의 손에 잡혀 터질 것처럼 짓눌렸고, 허리와 엉덩이는 아저씨의 과격한 몸짓에 짓눌려 납작해지는 것 같다.

허으, 후우, 혁.

아저씨의 격렬한 숨소리가 숨 막히게 달다. 이렇게 격렬하고 힘 있게 나를 원할 줄은 몰랐다. 좋다. 아저씨는 지금 이 순간만큼은 완벽하게 나의 것이었고, 나 역시 완벽하게 아저씨의 것이었다.

깊고 은밀한 지점에서 시작된 근지러움이 앞쪽의 한껏 예민해진 봉오리로 이동하더니 그곳에 고압 전선을 꽂은 것처럼 강렬하게 지져 댄다. 아까 아저씨가 물고 빨았던 모든 장소가 터질 것처럼 저리고 가려웠다. 한껏 민감해진 젖꼭지가 꼿꼿이 팽창하며 일어서는 것이 아저씨의 격렬한 애무로 생생하게 느껴진다. 목덜미, 발가락과 손가락, 오금과 허벅지, 그 모든 곳에 강한 전류가 괴어 있는 것 같다.

"아악, 아저씨, 조, 좋아, 아저씨, 악, 흐읏, 아아, 더, 더 세게."

이제 몸이 내 몸처럼 느껴지지 않는다. 손가락과 발가락이 꽉 오므라들었다. 질 안쪽, 아랫배 깊은 곳과 클리토리스가 연결이라도 된 걸까. 이제는 그 작은 곳의 신경이 극도로 예민해진 채 터질 것처럼 부풀어 오르는 것 같았다. 그곳을 점령한 쾌감이 온몸을 지배하는 것 같다. 숨이 도무지 참아지지 않는다. 아저씨가 몸을 박아 넣은 상태 그대로, 한껏 피가 쏠린 클리토리스를 힘껏 문지른다.

"아악! 아아악!"

우연은 비명을 내지르고 팔을 허우적거렸다. 아저씨의 손끝이 그곳을 자극할 때마다 그 지점에 벼락이 꽂히는 것 같다. 조금 전에 겪었던 그 쾌감보다 몇 배는 더 강한 느낌이었다. 아저씨의 성기가 쑤셔 대고 있는 그 안쪽에서 징처럼 울려 대는 쾌감, 클리토리스를 후려치는 쾌감이 빠르게 한 지점으로 모여든다. 발끝, 손끝, 목덜미, 가슴, 먼 데서 은은하게 조여 오는 것처럼 시작된 오르가슴은 이제 한 지점으로 쫙 모여들었다.

펑, 꼭대기에서 뭔가가 터졌다. 눈앞에서 하얗게 별들이 쏟아져 내렸고, 한 곳으로 집중된 날카로운 쾌감이 이제는 온 신경을 타고 치달리며 몸을 갈아 대기 시작했다. 우연의 몸은 쾌감을 감당하지 못하고 다시 한번 발작하듯 경련하기 시작했다. 아니, 아까보다 떨림은 훨씬 심했다.

"아저씨, 아저씨, 나, 나 어떡해. 이상해."

"우, 우연아, 우연아?"

아저씨가 다급하게 몸을 돌려 우연을 끌어안았다. 우연은 몸을 부들부들 떨며 울먹였다.

"나, 나, 몸이 이상해요. 난 몰라, 어떡해, 으흑, 나, 어떡해, 아저씨!"

아저씨는 우연이 극도의 오르가슴에 사로잡힌 것을 알아채자마자 허리를 빠르게 쳐올렸다. 우연은 이 절정이 영원까지 이어지는 것처럼 느껴졌고, 아저씨는 이를 악문 채 맹렬한 기세로 하반신의 성감대를 힘껏 쑤석이고 문질러 댄다. 우연이 그 극상의 쾌감을 온전히, 끝까지, 지나칠 정도로 길게 누려야 했다.

흥분이 서서히 가라앉으면서도, 몸에 남은 희열은 강렬하고 억세며 꼬리가 길었다. 우연은 아저씨의 품에서 오랫동안 몸을 떨면서 정신이 나갈 듯한 쾌감에 휘둘렸다.

떨림이 잦아들 때쯤, 아저씨의 과격한 움직임이 멈췄다. 후으, 흡, 짧고 거친 숨이 우연의 어깨 위에 쏟아진다. 아저씨는 가슴과 배를 우연에게 바짝 붙인 채 허리만 가늘게 꿈틀거렸다.

"아, 우, 우연아, 흐……윽."

아저씨의 표정이 아득해진다. 눈이 감기고, 입이 천천히 벌어진다. 아, 아아아, 흐으. 고개가 천천히 뒤로 꺾이며, 몸이 크게 경련했다.

맞닿은 곳이 미끄러워졌다. 우연은 그 역시 자신과 함께 긴 쾌감의 시간을 마무리했다는 것을 알았다. 그는 우연보다 더 긴 시간 동안 헐떡이며 그대로 몸을 붙이고 허리를 잘게 떨었고, 사정이 끝난 후에도 빠져나가고 싶지 않은 듯, 우연의 질 속에서 오랫동안 머물러 있었다.

……끝났나?

갑자기 온몸에 힘이 빠졌다. 툭, 전기 스위치가 꺼지듯 눈앞이 깜깜하게 변하면서 몸이 앞으로 푹 쓰러졌다.

29

재의 수요일
(Feria quarta Cinerum)

우연은 정신을 차린 후 한참 눈을 깜박거렸다. 자신이 왜 여기 와 있는지, 어떤 상태인지 기억을 되살리는 데 약간 시간이 필요했다.

아 맞다. 우리 섹스했지.

……맞다. 창피해서 어쩔 줄 모르는 아저씨를 붙잡고 별짓 다 했었다.

우연은 눈을 깜박이다가 히죽히죽 웃었다.

나 정말 미쳤던 것 같아. 제정신 아니었어, 정말.

그래. 내가 아마 경조증이라서 그랬을 거야. 살짝 맛이 가서 그랬을 거야.

그렇지 않으면 아까 저질렀던 짓들을 도저히 이해할 수 없다. 사람이 한 짓이라고 믿을 수가 없었다. 그것도, 둘 다 처음이었는데.

아저씨가 사정을 마친 직후, 자신은 욕조에서 기절한 것처럼 잠에 떨어진 것 같다. 아저씨가 어떻게 수습했는지 기억나지 않았지만, 몸에 실오라기 한 올 걸쳐져 있지 않은 꼴을 보면 아저씨도 욕실에서 나와 그대로 뻗은 듯했다. 그나마 누가 볼세라 커튼을 꼭꼭 쳐 놓을 정신까지는 있었던 모양이다.

벌써 저녁때가 됐는지 사방은 어둑어둑했고, 노란 침실 등만 주변을 은은하게 비추고 있었다.

"으음."

옆에서 나른한 목소리가 들린다. 크고 따뜻한 손이 뒤에서 허리를 꼭 끌어안아 바짝 몸을 붙인다. 아저씨였다. 자신과 마찬가지로, 아저씨도 아무것도 입지 않은 채 잠을 자고 있었다.

불면증이라면서 잘도 주무시네.

우연은 그의 눈앞에 손을 살랑살랑 흔들어 보았다. 잠결에도 기척을 느꼈는지, 그가 우연의 몸을 더듬더듬하더니 한 손으로 가슴을 덥석 쥐고 주무르기 시작한다. 하아아아. 가볍게 웃는 듯한, 긴 한숨 소리가 들린다.

"이 변태 같은 아저씨가."

투덜대던 우연은 문득 말을 멈추고 눈을 깜박거렸다.

아저씨, 변태 맞는 것 같다. 세상 점잖아 보였는데, 알고 보니 변태도 이런 상변태가 없다.

……이렇게 기쁠 수가.

우연은 히죽 웃으며 가만히 몸을 돌렸다. 하지만 몸을 움직이자마자 헉 소리가 튀어나왔다. 허리가 녹아내릴 것 같고 온몸이 몽둥이로 두들겨 맞은 것 같았다. 허벅지 안쪽은 빡빡하게 당기고, 안쪽 점막은 쓰리다 못해 죽을 지경이었다. 특히 클리토리스 부분은 공기만 닿아도 절로 비명이 나올 것 같았다. 하지만 한편으로는 개운하고 나른하며 노곤하고 편안한, 뭔가 좀 이상한 느낌이었다.

아저씨는 자면서도 한참 가슴을 만지더니 아예 얼굴을 가슴 사이에 푹 파묻는다. 그러더니 더듬더듬 다른 쪽 젖꼭지를 찾아 물고는 흡족하게 웃는다. 하아. 아, 음. 열에 달뜬 소리가 났다.

바보 변태 아저씨. ……내가 뭐가 그렇게 좋다고.

우연은 저도 모르게 웃다가, 갑자기 저도 모르게 크게 소스라쳤다. 아저씨가 가슴을 더듬는 손이 순간적으로 거대한 바퀴벌레처럼 느껴졌다.

……헉!

우연은 크게 몸서리를 치며 반사적으로 손을 뿌리쳤다. 아저씨의 손이 맥없이 뒤로 튕겨 나간다. 동시에 안 좋은 기억이 동물처럼 튀어 올랐다.

제기랄.

몸은 끔찍하고 혐오스럽던 촉감을 기억하고 있었다. 아빠가 만질 때, 온몸에 벌레가 기어 다니는 것 같던 바로 그 촉감이었다. 지금 저를 만지고 있는 게 아빠가 아니라는 걸 너무나 잘 아는데, 그래도 문득문득 그 재수 없는 감촉이 살아나면 몸이 저절로 소스라치고 구역질이 났다.

우연은 가만히 몸을 떼고 물러앉아 가슴을 감싸 안았다. 그나마 불행 중 다행이다. 만약 아저씨가 의식이 있는 상태에서 이런 일을 당했으면 얼마나 큰 상처가 되었을까.

아저씨의 애정 어린 손길을 마음껏 좋아하지도 못하고, 구정물 같은 기억을 떠올리는 자신이 미웠다. 가슴과 허리에 그 징그럽고 소름 끼치는 감촉이 여전히 거머리처럼 들러붙어 있는 것만 같았다.

빌어먹을. 그쯤 괴롭혔으면, 이제 내 인생에서 꺼져 주란 말이야, 제발!

자신의 몸이 저주스러웠다. 속속들이 미웠다. 몸속을 한이원의 세포들이 모조리 점령했으면 싶었다. 질도 자궁도 혈관도 내장도 근육도, 뇌 속도, 유전자까지 아저씨의 정액으로 채워서 모조리 갈아엎었으면 좋겠다.

아저씨가 옅은 신음을 내며 몸을 꿈틀거린다. 소름 끼치던 느낌이 천천히 가라앉는다.

아저씨, 미안해요. 잊어버리고 싶은데 그게 마음대로 안 돼.

우연은 가늘게 한숨을 쉬며 아저씨의 무의식적인 움직임을 가만히 내려다보았다. 아저씨의 움직임을 초당 100개의 프레임으로 나누어 세세히 기억하고 싶었다.

천천히, 천천히 눈꺼풀이 꿈틀대더니, 긴 속눈썹이 가만히 위로 올라갔다. 황홀하게 아름다운 갈색 눈동자가 나타난다.

"……음?"

어리둥절한 것처럼 몇 차례 깜박이던 눈이 천천히 가늘어진다. 입가에는 한껏 웃음이 담긴다. 잠시 후 억센 팔이 우연의 몸을 확 끌어당겨 안는다.

"……꿈인 줄 알았어."

아저씨가 목쉰 소리로 중얼거렸다. 우연은 키득키득 웃으며 아저씨의 머리카락을 흐트러뜨렸다. 아저씨의 얼굴로 불그레하게 핏기가 몰려든다. 늘 단정하던 머리카락이 여기저기 뻗쳐 있는 것을 보니 그렇게 좋을 수가 없었다.

아저씨가 부스스한 눈을 비비고 기지개를 켠다. 아저씨도 눈을 비비고 기지개를 켠다는 것이 너무나 신기했다.

"몇 시니? 배 안 고파?"

"배고파요. 몇 시지? 어? 저녁 5시밖에 안 됐는데…… 엄청 배고파요."

하긴, 그런 과격한 운동(?)을 했으면 뱃가죽이 달라붙도록 고픈 게 당연하겠지. 아저씨도 비슷한 생각을 했는지 멋쩍게 웃는다.

"나도 배고프다. 그나저나 오랫동안 푹 잔 것 같은데 겨우 5시야?"

순간 아저씨의 휴대 전화에서 요란한 알람 소리와 함께 딱딱한 멘트가 퍼졌다.

―*5시 정각, 입니다. 오늘은, 새벽, 미사가, 있습니다.*

우연은 얼빠진 얼굴로 아저씨를 바라보았다. 아저씨는 알람을 끄고 사방을 둘러보더니 풀썩 웃음을 터뜨렸다. 하, 하, 하하하, 아저씨는 어깨까지 들썩대며 한참 웃었다.

"우연아, 지금 저녁이 아니라 새벽이야."

"네? 그렇게 오랫동안 잤다고요?"

"응. 정말이야. 나도 이렇게 정신없이 잔 게 얼마 만인지 모르겠네."

믿을 수가 없었다. 우연은 그동안 불안해서 잠을 거의 이루지 못했다. 언제 아빠가 찾아올지 몰라 늘 숨이 막혔었다. 이렇게 꿈도 꾸지 않고 달게 잔 게 며칠 만인지 모르겠다.

아저씨는 이불 속에서 한참 뭉그적대더니 끙, 소리를 내며 옆에 놓인 가운을 걸치고 자리에서 일어났다. 으으, 짧게 신음하다 황급히 삼키는 걸 보니 아저씨도 꽤 아픈 모양이었다. 우연은 이불에서 고개만 쏙 내민 채 물었다.

"아저씨, 어디 가세요?"

"응, 새벽 미사에 좀 다녀올게. 너는 여기서 더 자. 나 올 때까지 어디 나가지 말고."

조금 부루퉁해졌다. 지금은 아저씨가 옆에 있어 주면 좋겠다.

"성당에는 일요일에만 가는 거 아니에요?"

"그건 아니야. 주중에도 미사가 있고, 새벽 미사도 매일 있어. 나는 일주일에 두세 번 정도만 정해 놓고 가지만."

"그럼 오늘 하루는 안 가셔도 되지 않아요? 하느님도 하루 정도는 양보할 줄도 아셔야죠. 그렇게 욕심이 사나우셔서야……."

"진우연!"

아저씨의 목소리가 엄해진다. 아저씨는 그쪽 이야기만 나오면 열 배는 예민하고 엄격해졌다. 우연은 눈치를 보며 얼른 말을 돌렸다.

"……라기보다, 이렇게 피곤하고 아픈데 갔다가 몸살 나면, 하느님도 얼마나 마음 아프시겠어요? 만약 하느님이 아저씨를 정말 사랑하신다면 말이에요."

아저씨는 김빠지는 소리로 웃더니 허리를 숙이고 입을 쪽 맞춰 주었다.

"나를 도발하는 건 얼마든지 괜찮은데, 그분은 함부로 도발하시면 안 됩니다, 아가씨."

우연이 입술을 비쭉대며 고개를 돌리자, 이원은 어깨를 어루만지며 부드럽게 달랬다.

"오늘은 재의 수요일이라 꼭 가야 해. 사순초를 봉헌하기로 했거든. 금방 다녀올게."

우연은 고개를 갸웃했다. 성당에 한 번도 가 본 적 없던 우연은 아저씨가 무슨 말을 하고 있는지 이해가 잘 안 되었다.

"재의 수요일이 뭔가요?"

"사순절이 시작되는 날을 재의 수요일이라고 해."

"사순절은 또 뭔가요?"

"사순(四旬)은 네 번의 열흘이라는 뜻이야. 부활절에서부터 주일을 제외하고 40일 전까지의 기간을 말해. 그 기간에는 비아 돌로로사를 생각하면서 다들 경건하고 엄숙하게 지내."

"비아 돌로로사는 뭔가요?"

아저씨의 입가에 가만히 웃음이 걸린다.

"십자가의 길이라고 하는데, 예수님께서 돌아가시기 전에 고난당하셨던 그 과정을 말해. 원뜻은 슬픔의 길, 고난의 길, 뭐 그런 뜻이야."

아하. 우연은 고개를 끄덕였다. 말이 담고 있는 무게에 비해 입에서 굴러다니는 어감은 투명하고 아름답게 느껴졌다.

"어떻게 지내는 게 경건하고 엄숙한 거예요? 웃지도 말고 슬프고 힘든 일만 골라서 하나요?"

"그건 아니지만 신나게 들떠서 즐기는 건 자제하지. 날을 정해서 단식도 하고, 고기도 안 먹고, 금욕도 하고, 음란하거나 나쁜 생각도 하면 안 되고."

아저씨는 말을 해 놓고는 조금 멋쩍게 웃었다. 아아, 하, 하하하. 우연도 함께 웃고 말았다. 어제 그 미친 짓을 해 놓고 금욕이라니, 음란한 생각을 하지 말라니, 아니 이게 무슨 소립니까?

"야한 생각이 나는 걸 무슨 재주로 막아요?"

"그래도 안 나게 열심히 노력해야지."

"노력한다고 생각이 마음대로 되나요? 전 아저씨 생각 안 해 보려고 그동안 별짓을 다 했는데 죽어도 안 되던데요. 꿈에서도 생각나는 걸 무슨 재주로 막나요?"

"……그래. 그건 그렇지."

아저씨는 고개를 끄덕이며 동의했다. 아저씨도 자신과 비슷한 시간을 보냈다는 것을 알게 되자 기분이 조금 좋아졌다.

"그럼 아저씨, 앞으로 40일 동안 저랑 아무것도 안 하실 거예요?"

"음, 그건……."

난감한 듯 미간이 안으로 모여들었다. 두 명의 한이원이 머리와 다리 사이에서 맹렬히 싸우고 있는 듯했다. 우연은 아저씨가 정말 40일간 아무 짓도 안 하겠다는 말이 나오기 전에 얼른 다른 것을 물었다.

"아, 그건 됐고요, 사순초는 뭐예요?"

"사순절에 제단 위에 켜 두는 초야. 간절한 지향을 담아서 하느님께 봉헌하는 거지."

아저씨는 협탁에 놓인 작은 상자에 든 것을 꺼내 보였다. 아무런 무늬도 없는 붉은 양초인데 우연의 팔뚝만큼이나 굵었다.

"아저씨는 무슨 소원을 빌 거예요?"

아저씨는 눈을 내리깔고 입을 다물었다. 아까보다 더 곤혹스러운 얼굴이었다. 예전에는 아저씨가 표정을 잘 감춘다고 생각했는데 이제는 너무 환하게 읽혔다. 우연은 재촉하는 대신 다른 것을 물었다.

"소원을 들어주실 거라 믿어요?"

"……그분이 나를 불쌍히 여기신다면."

아저씨는 희미하게 웃으며 속삭였다.

그의 눈을 물끄러미 올려다보았다. 깊고 풍성하며 비밀이 많은 눈, 수많은 감정을 품고 있는 어두운 갈색은 늘 신비로웠다. 우연은 아저씨가 저 초에 어떤 마음을 담았는지 어렴풋이 알 것도 같았다.

"아저씨, 나도 가서 초 켜고 소원 빌어도 돼요?"

아저씨의 눈이 살짝 가늘어진다.

"빌 소원이 있니?"

"네, 하나 있어요."

아저씨는 눈을 한 번, 두 번, 깜박이더니 빙그레 웃는다.

"물론이지. 네가 초를 직접 올리는 건 아직 안 되지만, 내가 함께 지향을 담아 봉헌하마. 같이 가서 기도하자. 그분께서도 기뻐하시겠구나."

글쎄. 내 기도를 들으면 딱히 기뻐하실 것 같지는 않은데.

하지만 아저씨는 뭐가 그리 좋은지 손까지 비비며 활짝 웃고 있다. 뭐 아저씨가 저렇게 좋아하시면 좋은 거지. 우연은 고개를 끄덕이고는 이불을 확 걷고 발딱 일어났다. 허리와 다리 사이가 쩽, 하고 아팠다.

우연의 알몸을 본 아저씨는 황급히 고개를 돌렸다.

"옷 줄게, 어, 음. 가운이라도 좀 입자."

"어제 다 보셨잖아요. 아저씨 가운 입었다간 방을 줄줄 쓸고 돌아다닐 거예요."

우연은 어정어정 욕실로 걸어가다가 아저씨 앞을 지나가며 힐끔 곁눈질을 했다. 아저씨는 고개를 슬쩍 돌린 채 점잖게 외면을 해 주고 있었다. 아주 웃겼다. 어제 핥고 빨고 별별 짓 다 해 놓고. 우연은 아저씨 바로 옆을 지나면서 가운 앞자락을 확 들췄다.

"왜, 왜 이래!"

속에 아무것도 입고 있지 않은 것은 두 사람이 똑같은데, 아저씨는 몹시 당황스러워했다. 우연은 아저씨의 다리 사이에서 길게 매달려 있는 그것을 앞으로 쭉 잡아당겼다가 탁 튕기듯 놓아 주었다.

"흐읍, 진우연! 너!"

아저씨가 기겁하며 그곳을 감싸고 쭈그려 앉는 것이 보였다. "아저씨는 자면서 나 실컷 만졌잖아!" 우연은 깔깔대며 욕실 안으로 쏙 도망쳤다.

두 사람이 1층으로 내려갔을 때, 송 할머니와 경비원이 나와 인사를 한다.

"오면 바로 식사할 수 있게 2층 거실에 식사 준비 부탁합니다."

아저씨는 조금 어색해하며 말했다. 하지만 송 할머니는 예전과 똑같은 표정으로 우리를 배웅했다. 어제 그 요란한 소리를 못 들었을 리가 없는데, 전혀 모르는 것처럼 행동했다.

"공기가 맑구나."

대문을 열고 나서는 아저씨의 목소리가 맑았다. 그리고 아저씨의 말대로 황사가 누그러져서 오랜만에 하늘도 맑았다. 그래서 조금 쌀쌀하게 느껴졌다.

성당은 집에서 10분 정도 거리라 했다. 우연이 뒤에서 졸랑졸랑 따라가자, 아저씨가 뒤를 돌아 한 손을 내민다. 우연도 손을 내밀자 아저씨는 그것을 귀중한 보석이라도 되는 것처럼 조심스레 감싸 안고 자신의 주머니에 넣는다.

우연은 아저씨가 약혼녀인 미현 언니를 에스코트할 때를 생각했다. 아저씨는 무도회에 레이디를 모시고 가는 시종처럼 정중했고 매우 예의 바르고 다정해 보였다. 하지만 이렇게 손을 꼭 쥐거나, 주머니에 손을 넣어 주거나 하지는 않았다.

아저씨는 이제 남의 눈을 신경 쓰지 않고, 마음대로 손을 잡고 걷는다. 자신의 마음을, 아니, 진우연이라는 이 고약한 운명을 받아들이기로 결정한 것이다.

……알고 있었다. 다시 만나면 이 꼴이 되어 버릴 거라 생각했다.

아저씨에게 약혼은 어떻게 할 거냐고 묻지는 않았다. 파혼하면 정말 회사가 반으로 쪼개지는 거냐, 확인하지도 못했다. 아저씨가 그 언니와 결혼하면 절대 행복하지 못할 거라는 확신과 별개로, 그 문제는 자신이 감히 물어볼 수 있는 내용이 아니었다. 아저씨와 함께 걷는 천국 같은 시간을, 엉뚱한 말로 망쳐 놓고 싶지도 않았다.

그래서 아저씨와 우연은 성당까지 아무 말 없이 조용히 걸었다. 아저씨는 손을 끝까지 풀지 않았고, 주머니 속은 아주 따뜻했다.

"잠시만 여기서 기다려 줄래? 고해소에 잠시 들어갔다 올게."

아저씨는 작은 창고처럼 생긴 방 앞에서 우연에게 말했다. 그러고 보니 앞에 사람이 두어 명 서 있는 것이 보였다.

"고해소에서 뭘 하는데요?"

"그동안 지은 죄를 고백하고, 용서받고 나오는 거야."

"아저씨는 무슨 고백을 하실 건데요? 어제 우리가 잔 거요?"

아저씨는 난처한 얼굴로 쉿, 하고 손가락을 입에 댔다. 하지만 안 물어볼 수가 없었다. 우연은 목소리를 낮춰 조그맣게 물었다.

"왜요? 어제는 사순절도 아니고 재의 수요일도 아니었잖아요."

"음, 그게……."

순간 우연은 기억해 냈다. 여기서는 결혼하지 않고 섹스를 하는 게 죄라고 한다고. 아니 그러면 결혼은 안 했는데 성욕이 폭발하는 이십 대, 삼십 대들은 무슨 재주로 살아?

뭔가 부당하다는 생각이 들었다. 괜히 아저씨를 범죄자로 만든 것 같은데, 여전히 뭘 잘못했는지 이해가 안 돼서 더 억울했다.

우연은 아저씨를 올려다보며 속삭이듯 물었다.

"아저씨는 그럼 저 방에 들어가서 신부님한테 어제 한 일 다 말할 거예요? 저는 어제 밖에 서 있는 애랑 섹스했습니다, 결혼도 안 했는데 같이 잤습니다. 용서해 주세요, 할 거예요?"

"……."

아저씨의 눈이 반쯤 가늘어지며 얼굴에 옅은 그늘이 덮였다. 우연은 눈을 내리깔고 더 작은 목소리로 물었다.

"다시는 같은 죄를 짓지 않겠습니다, 약속할 거예요?"

"우연아."

아저씨의 목소리는 엄하지 않았다. 다만 잠시 괴로운 표정을 짓더니 고개를 끄덕였다.

"미안해. 네 마음을 미처 생각하지 못했다. 다음에 할 수도 있었는데."

아저씨한테 화가 난 것은 아니었고, 아저씨가 잘못한 것도 아닌데, 아저씨는 사과를 했다. 사과를 원했던 건 정말 아니었는데. 하지만 우연은 자신이 바라는 것이 무언지도 정확히 알 수 없었다.

"……가자."

아저씨는 고해를 하는 대신, 우연의 손을 잡고 나와 본당에 들어섰다. 다행이다 싶으면서, 한편으로는 마음이 무거웠다. 아저씨는 누군가를 사랑한다는 이유로 자신을 이루고 있는 것들을 너무 많이 허물어뜨리고 있었다. 우연이 원했던 것도 아닌데, 자꾸 그렇게 되어 가고 있었다.

아저씨는 입구에 있는 작은 물그릇에서 물을 찍어서 성호를 긋더니 앞을 향해 잠시 고개를 숙였다. 우연은 저도 모르게 같이 고개를 숙였다. 잠시 후 고개를 든 아저씨는, 고개를 폭 숙인 채 언제 고개를 드나 열심히 힐끔대고 있는 우연을 보더니, 입을 꽉 다물고는 머리를 헤집듯 쓰다듬었다. 너무 예뻐 미치겠는데 표현을 못 해서 죽을 듯한 표정이었다.

몇몇 사람들이 지나가면서 아저씨와 눈인사를 주고받는다. 다들 우연이 누구인지 궁금해하는 얼굴로 고개를 갸웃하지만, 아저씨는 빙그레 웃으며 묵례만 할 뿐이었다.

우연은 아저씨가 자신을 이 성당에 데려오고 손을 잡고 다니고 옆에 앉히는 것이 어떤 의미인지 뒤늦게, 천천히 이해하기 시작했다. 괜히 따라왔나, 하는 생각도 들었고 따라와서 다행이다, 하는 생각도 들었다.

우연의 옆을 지나가는 아주머니, 아저씨, 할머니들 손에는 아저씨처럼 긴 초가 들려 있었다. 그들은 길게 줄지어 앞에 나가 단 앞에 초를 세우고 불을 켰다. 저 사람들은 어떤 소원을 빌까, 나랑 비슷한 소원을 비는 사람도 있을까, 우연은 잠시 생각해 보았다.

아저씨도 초를 들고 나가면서 우연을 돌아본다.

"……너는 어떤 걸 위해 기도하고 싶으니? 내가 같이 지향을 담아 봉헌할게."

우연은 앞에 보이는 휘장과 엄숙한 제단, 십자가를 보며 잠시 망설였다.

하느님은 나의 기도를 들어주실까? 믿지도 않는데? 좋은 내용도 아닌데?

아저씨는 여전히 다정하고 부드러운 표정으로 웃고 있었다. 아저씨는 기도를 바치면 정말 하느님이 귀 기울여서 들어주신다고 믿고 있다. 우연은 그 믿음을 도저히 이해할 수 없었지만, 그 믿음이야말로 한이원을 한이원이게 하는 가장 중요한 토대라는 건 잘 알고 있었다.

그래. 아저씨가 믿는 대상이라면, 나도 한 번쯤은 무작정 믿어 볼 수도 있지 않을까.

그래서 우연은 감히 한 번도 입 밖에 내 본 적 없는 간절한 소원을, 난생처음으로 말해 보았다. 아주 작은 목소리로, 속삭이듯이.

"……아빠를 데려가 주세요."

아저씨의 눈이 크게 벌어진다. 초를 쥐고 있는 손이 가늘게 떨리기 시작했다.

"그런 기도는……."

우연은 아저씨가 완전히 거절하기 전에 얼른 말을 가로막고 덧붙였다.

"아저씨, 나는 살고 싶어요. 죽고 싶지 않아요. 그러니까 우리 아빠를……."

말이 잠시 목에 걸렸지만, 우연은 하고 싶은 말을 기어이 토하고 말았다.

"기왕이면 내가 아팠던 것만큼 고통스럽게."

이런 기도를 하면 지옥에 가게 될까. 그럼 죽어서도 다시 아빠를 만나야 하는 걸까. 그건 그것대로 끔찍했다.

하지만 우연은 바로 고개를 저었다. 저승의 일 따위는 어차피 아무도 모른다. 지금 발을 딛고 있는 이승에서 살아남는 게 중요했다.

"목숨이 위험할 때 '나 좀 살려 주세요.' 하는 기도는 드릴 수 있잖아요. 그런데 아빠가 살아 있으면, 저는 살지 못해요. 그러니까 그건 저를 살려 달라는 기도인 거예요. 하느님도 당연히 이해하실 거예요. 그렇죠?"

아저씨는 긍정도 부정도 하지 않고 눈을 크게 뜬 채 가만히 서 있었다. 목이 졸아붙어 목소리가 아예 바닥에 달라붙는 것 같다. 아저씨는 초를 내려놓고 다시 자리에 앉았다.

"……그런 기도는 해 줄 수 없어."

"왜요?"

"그런 건 하느님이 원하시는 기도가 아니야."

"……."

이원은 놀라지도 않고 충격을 받지도 않았다. 그런 말이 나올지도 모른다고 생각했다.

우연의 부모는, 특히 아버지는 그녀의 인생에 걸린 모든 문제의 알파와 오메가였다. 우연은 아빠가 인생에서 완전히 사라지지 않고서는 제대로 된 삶을 살 수 없다. 그건 우연도 알고 이원도 알았다. 하지만 그 부탁을 들어줄 수는 없었다.

"우연아, 그건 하느님이 원하시는 기도가 아니야."

이원은 우연의 손을 잡고 조용히 되풀이했다. 이런 말밖에 해 줄 수 없는 자신이 환멸스러웠다. 안전하게 지켜 주겠다는 약속이 어이없이 무너진 마당에, '나 좀 살려 달라'는 절박한 기도조차 안 된다고 말해야 할까.

우연의 맑은 눈동자가 이원을 똑바로 응시한다.

"그걸 아저씨가 어떻게 알아요? 하느님이 그런 기도를 좋아하실 수도 있잖아요."

"……."

"아저씨가 하느님이라 해 보세요. 예쁘고 깔끔하게 정원을 가꿔 놨다 해 보세요. 근데 그 정원에 더러운 바퀴벌레나 해충들이 슬슬 기어 다닌다면 기분이 어떻겠어요? 그것들이 자꾸 새끼를 쳐서 새까맣게 바글바글한다면요?"

"……."

"그럴 때, 저 더러운 벌레들도 사랑하며 키우자는 사람하고, 모조리 박멸시키자는 사람하고, 어느 쪽이 더 마음에 들겠어요?"

이원은 눈을 내리깐 채 조용히 이야기를 들었다. 그 논리가 극단으로 빠져나갔을 때, 600만 유대인들이 죽었다는 사실을 우연은 아직 이해하지 못한다. 그리고 친아버지에게 평생 생명의 위협을 받으며 살아야 할 가련한 아이와 신학 논쟁을 할 마음도 없었다. 우연은 진지한 얼굴로 계속 물었다.

"아, 이것도 한번 여쭤봐 주세요. 우리 엄마 아빠를 만들어 낸 사악한 유전자가 멸종될 기회는 수백만 년이나 있었는데, 왜 하느님은 그냥 내버려 두셨는지. 진짜 이해가 안 돼요."

"진우연이 세상에 태어나야 했으니까."

이원은 툭, 대답했다. 생각도 고민도 없이 반사적으로 튀어나온 말이었다. 우연의 눈썹이 바르르 떨리는 것이 보였다. 이원은 말없이 그 떨림을 지켜보았다.

"……그래 봐야 헛수고하신 거예요. 나는 결혼도 하지 않고, 아이도 낳지 않고, 그냥 이렇게 살다 죽을 거니까요."

"……"

"엄마 아빠 유전자는 이제 나를 끝으로 영원히 지구상에 존재하지 못하게 될 거예요. 나는 그렇게 세상을 아름답게 만드는 데 큰 공을 세울 거예요."

우연은 지상의 악을 멸절하기 위해 불의 검을 빼 든 미카엘 대천사처럼 웃었다.

아저씨는 앞의 제단에 초를 꽂고 불을 붙인 후 잠시 기도를 하고 돌아왔다. 우연은 곁에 앉으며 덤덤하게 웃는 아저씨를 보며, 그가 정말 자신의 부탁을 들어준 게 아닐까 생각했다.

그거면 충분했다. 아저씨가 그렇게 기도를 해 준 이상, 하느님이 자신을 살려 주든, 아빠를 살리고 자신을 죽게 내버려 두든, 아무래도 좋다는 생각이 들었다.

미사의 모든 과정은 엄숙하고 무서우며 낯설었다. 아저씨는 우연에게 성호 긋는 순서도 알려 주고 순서가 바뀔 때마다 소곤소곤 안내했지만 제대로 귀에 들어오지 않았다. 앞에서 무슨 말을 하는 건지, 뭐라고 대답해야 하는 건지, 일어나는 건지, 앉는 건지, 눈을 감는 건지, 뜨는 건지, 하여간 정신이 하나도 없었다.

우연은 아저씨를 곁눈질하며 그가 하는 대로 열심히 따라 했다. 우연이 그를 따라 가슴에 손을 곱게 모으고, 기도문을 따라 해 보려고 더듬더듬하고, 성호를 맞게 그으려고 고개를 갸웃거리며 진땀 빼는 것을 보며, 아저씨는 근엄한 얼굴로 눈가와 입술만 꿈틀거렸다.

말씀 전례 시간이나 신부님 강론 시간에는 아저씨의 얼굴만 보았다. 얼굴만 봐도 은혜롭기 그지없었다. 아저씨의 모습은 이곳에 너무나 잘 어울렸다. 여러 장소에서 보았던 아저씨의 모습 중 여기서 본 모습이 가장 성스럽고 아름다웠다. 어젯밤에 보여 주었던 아저씨의 모습과 극심한 괴리감이 느껴졌지만, 왜인지 꽤 비슷하다는 느낌도 들었다.

지루하면 밖에서 슬쩍 집어 온 주보나 재의 수요일에 대한 작은 안내문을 들여다보았다. 주보에는 한 주간의 일정이나 소모임 공지 같은 내용이 있었고, 안내문에는 아까 아저씨에게 들었던 내용들이 깨알 같은 글자로 적혀 있었다. 물론 대부분은 무슨 말인지 이해하지 못했지만, 아저씨에게 들은 몇 가지 낱말은 눈에 쏙쏙 들어왔다.

「사순절, 예수 그리스도가 돌아가시기 전의, 주일을 제외한 40일.
Via Dolorosa. 고난의 길, 십자가의 길.
그리스도께서 우리 대신 고통받으시고 돌아가시기까지 이어지는 수난의 여정.」

자잘한 글자들은 뾰족한 가시 장식물에 몇 겹으로 둘러싸여 있었다. 고통을 상징하는 그림은 의외로 멋스러웠다. 예수님에 대해선 잘 모르지만, 한 사람을 죽음에 이르게 하는 육체적, 정신적 고통에 대해서는 알고 있었다. 그래서 우연은 궁금해졌다.

……당신은 3일 후에 다시 살아나고 싶으셨나요? 죽음에 이르는 길고 고통

스러운 여정을 다 기억한다면, 다시는 돌아오고 싶지 않았을 텐데?

우연은 어려운 신학적인 내용은 전혀 몰랐다. 다만, 묻고 싶은 것은 있었다.

비아 돌로로사. 슬픔의 길, 고통의 길, 아픔의 길.

나의 비아 돌로로사는 언제 끝나나요?

……과연 끝나기는 하나요? 혹시 죽어야만 끝이 나는 건가요?

우연은 아저씨를 따라 눈을 감고 손을 모은 후 귀를 쫑긋 세웠다. 허공에서 혹시 무슨 대답이라도 들리는지.

아저씨는 어릴 때 하느님의 음성을 들었다고 했다. 자신도 이렇게 간절하게 물어보면 뭐라도 대답을 해 주시지 않을까. 하지만 허공에서는 아무 소리도 들리지 않았다.

미사가 끝나 갈 때쯤, 사람들이 앞으로 길게 줄지어 서기 시작했다. 가운데 서 있는 긴 가운을 입고 있는 신부님이 작은 그릇을 들고 와서 사람들의 이마에 무언가를 그려 주기 시작했다. 돌아 나오는 사람들의 이마에는 시커먼 십자가가 그려져 있었다. 시커먼 그을음이나 검댕처럼 보이는 그 얼룩은 기묘하고 이상했다.

아저씨가 신부님 앞에 서서 이마에 시커먼 표시를 받는 게 보였다. 신부님이 중얼거리는 말은 잘 들리지 않았다. 돌아오는 아저씨를 빤히 바라보았다. 이상했다. 반듯하고 새하얀 이마에 새겨진 시커먼 자국은 죄수들의 낙인처럼 보였다.

"이건…… 뭔가요?"

"재야. 종려 가지를 태운 재를 발라 주는 거야. 고난의 상징이지."

아저씨는 작은 목소리로 대답했다.

"이거 발라 주면서 신부님이 뭐라고 하시는 건가요?"

"사람아, 너는 먼지이니 먼지로 돌아감을 생각하라. 창세기 3장 19절에 이런 말씀이 나와."

멍하니 입을 벌렸다. 덕담치고는 너무 살벌하고 무서웠다. 이마에 검댕을 묻힌 채 엄숙하게 서서 기도하는 아저씨의 모습은, 몹시 낯설면서도 이곳과 너무 잘 어울려서 무서웠다.

우연은 그 표식을 말끄러미 올려다보며 조심스럽게 물었다.

"그럼, 이마의 시꺼먼 표시는 언제 지워요?"

"안 지워. 저절로 씻길 때까지 손대지 않아."

표식은 생동하고 이상했지만, 아저씨는 집으로 오는 내내 그것을 지우지도 않고 건드리지도 않았다. 지나가던 사람이 힐끔대도 신경 쓰지 않는 듯했다.

집에 오니 송 할머니와 도우미들이 나와 아저씨를 맞았다. 사람들은 아저씨 이마의 얼룩에 익숙한 듯, 덤덤한 반응이었다.

2층에 올라가니 탁자에 우렁각시 밥상이 차려져 있었다. 시간 맞춰 막 차려 놓았는지 밥그릇과 국그릇에는 김이 따끈하게 올라오고 있었다.

"아침 먹을까? 배 많이 고프지?"

우연은 고개를 끄덕이며 아저씨를 올려다보다 눈썹을 찡그렸다.

······그런데 이상하다.

여기 와 있으니 이마에 새겨진 시꺼먼 자국이 거슬렸다. 아까 성당에선 잘 어울린다 생각했는데, 여기서는 생뚱하고 이질적인 느낌에 소름이 끼칠 지경이다.

우연은 어제 그의 강렬한 욕망과 민낯을 보았다. 그가 우연을 온전히 받아들이기 위해 스스로를 깨뜨리고 자신의 밑창까지 까발려 보여 주었던 이 장소에서, 저 금욕적이고 엄숙한 표식은 너무나 어울리지 않았다. 하지만 이상하다. 이렇게나 이질적이고 안 어울리는 저 조합이, 아랫배에 불을 지핀다. 아래쪽으로 슬금슬금 근지러운 감각이 고이기 시작했다.

우연은 이 이상한 반응에 대해 이해하기를 포기하고, 솔직하게 말했다.

"아저씨가 많이 고파요."

아저씨는 어제처럼 망설이지 않았다. 한쪽 팔로 우연의 허리를 끌어안고 단

126

숨에 입을 맞춘다. 다른 한 손으로는 셔츠를 밀어 올리고 브래지어 속으로 손을 넣어 가슴을 움켜잡는다. 온몸으로 열이 쫙 뻗쳐올랐다.

아저씨가 빠르게 슈트를 벗고 넥타이와 커프스, 셔츠와 바지까지 벗어 던진다. 그리고 입술을 댄 채 우연을 번쩍 안아 올린다. 침실까지 가는 동안, 두 사람의 몸을 감싸고 있던 것들은 작은 천 조각 하나 남기지 않고 모조리 바닥에 널브러졌다.

아저씨는 등과 팔뚝에 손톱자국을 휘감은 채 섹스를 시작했다. 먼지로 돌아갈 한이원의 몸과 먼지로 돌아갈 진우연의 몸은, 어제 기절할 정도로 즐겼던 것을 말끔하게 잊었다. 두 개의 먼지 덩어리는 새로운 해가 뜨자 새로운 욕정을 만들어 냈다.

우연은 몸을 한껏 벌리고 그의 살을 집어삼켰다. 이제는 아프지 않다. 깊은 속살은 이제 그의 성기를 달고 맛있게 느낀다. 먹이를 줄수록 배고파하는 괴물이 다리 사이에서 아가리를 한껏 벌리고 있는 것 같다. 문득문득, 그런 자신이 징그럽고 더럽다는 생각이 치밀기도 한다. 하지만 펄펄 끓는 열기에 그런 불순물은 순식간에 녹아 버리고, 결국엔 그를 향해 순수하게 정련된 욕구만 남는다.

아저씨의 다리 사이에도 만족을 모르는 괴물이 똬리를 틀고 있다. 그 괴물은 우연의 다리 사이에 자신을 박아 대는 일에만 집중했다. 쿵, 쿵, 콱, 콱, 쩍. 아름드리나무가 몸을 관통하듯 깊이깊이 박힌다. 징, 징, 징. 숨죽이고 있던 클리토리스가 민감해지며 조금씩 부푸는 것이 느껴진다. 그곳에서 시작된 자극과 진동이 이내 전신을 채찍질한다. 아, 아흑, 아앗, 아아악! 우연은 몸을 비틀며 비명을 질렀다.

"아, 아저씨, 더, 더 해, 아악, 아아앗, 흑, 더, 더, 깊이, 더!"

그 모든 과정은 두 사람에게 감당하지 못할 정도의 쾌락을 가져다주었다. 우연은 목이 찢어질 정도로 울부짖으며 매달렸고, 아저씨는 얼굴을 한껏 일그러뜨린 채 큰 소리로 신음했다.

그를 받아들이는 것은 끝까지 버거웠다. 바위처럼 단단하고 팔뚝처럼 굵은 살덩어리가 밑을 찢어 버릴 정도로 헤집어 대는 것은 여전히 고통스러운 일이었다. 하지만 흥분과 자책이 뒤죽박죽 엉긴 얼굴로, 극심한 쾌락에 속절없이 침몰하는 아저씨를 보는 것은 오르가슴 이상으로 좋았다.

우연의 몸은 이제 희열만을 선택해서 감각한다. 고압 전류에 감전된 것 같은 고통은 쾌감으로 완벽하게 전이됐다. 이 감각이 정상이 아니란 건 알지만 굳이 원래대로 되돌릴 필요는 느끼지 못했다. 아저씨의 거대한 페니스가 그곳을 너덜너덜 찢어 버린다고 해도 우연의 몸은 그것마저 기절할 듯한 쾌감으로 느낄 것 같았다.

우연은 다리를 한껏 벌린 후, 아저씨의 허리를 꽉 감아 끌어당겼다. 흐윽! 그의 입에서 억눌린 신음이 터졌다. 긴장한 듯, 초조한 듯, 입에서 뜨거운 날숨이 쏟아졌다.

"……왜?"

아저씨의 갈라지고 잠긴 목소리가 사랑스러웠다. 아래를 찢어질 듯 채운 아저씨가 허리를 추슬러 몸을 더 깊이 밀어 넣는다.

우연은 아저씨에게 힘껏 팔을 뻗어 목에 매달렸다. 다리가 허공에 들리고 몸이 그의 위로 번쩍 올라앉는 순간, 아저씨가 거칠게 고개를 흔든다. 하, 아아, 아저씨, 아아아! 아저씨의 몸이 가장 깊은 곳까지 푹 들어와 박힌다. 굵고 거대한 투창에 그곳을 깊게 꿰인 것 같다. 아니, 목까지 관통하는 것 같다. 쩍, 쩍, 쩍, 소리가 온몸을 후려친다.

아저씨는 얼굴을 일그러뜨린 채 허리를 격렬하게 꿈틀거렸다. 우연은 그의 목에 매달린 상태로 엉덩이를 아래로 힘껏 내리찍었다. 극심한 쾌락에 잡아먹힌 그는 입을 벌리고 큰 소리로 비명을 터뜨렸다.

"흐으, 하아악."

그는 결국 견디지 못하고 비명 같은 신음을 터뜨렸다. 입술을 힘껏 깨물어도 신음은 계속 터졌다. 이 순간은 아저씨가 나를 절대 배려하지 못하는, 자신만의 쾌락을 위한 시간이고, 그 모습은 말할 수 없이 황홀했다.

아저씨의 입술이 달싹거린다. 우연은 그의 입술 앞으로 가슴을 바짝 들이댔다. 아저씨는 입을 크게 벌리더니 한쪽 젖꼭지를 입에 한껏 물고 고개를 흔들어 가며 미친 듯이 빨아 대기 시작했다. 그러면서 손으로는 다른 가슴과 엉덩이를 미친 듯 주물러 댄다. 이 사람은 내가 아는 엄숙하고 이성적인 한이원과 전혀 다른, 재수 없고 음탕한 짐승이었고, 우연은 그래서 이 모습이 견딜 수 없이 사랑스러웠다.

가슴이 짜릿하고 따끔거렸다. 쾌락은 어제보다 훨씬 이르게 찾아왔다. 가는 전기 같은 느낌이 젖꼭지와 클리토리스를 관통해서 오가는 것처럼 찌릿찌릿하더니 아저씨의 손이 닿는 곳에서 쭉쭉 전류가 뻗쳤다. 이제 그 느낌은 아주 미세할 때부터, 선명하게 감지할 수 있었다.

우연은 아저씨가 자신의 가슴을 더 잘 물어뜯을 수 있게 목을 꽉 끌어안았다. 아래와 위에서 동시에 튀어 오른 쾌감이 불길처럼 번진다. 몸이 저절로 자지러지며 뒤로 넘어간다. 아저씨의 헐떡대는 소리와 신음이 온몸을 통해 울린다.

아저씨의 몸에 엉망진창 새겨진 손톱자국이 거슬리면서도 마음에 들었다. 하느님의 아름다운 작품을 이따위로 망가뜨린 나에게 천벌이 내렸으면 좋겠다. 아빠와 다른 지옥에 떨어지기만 한다면 아무래도 좋다. 나의 천국은, 아저씨와 함께하는 이생에서의 시간만으로 지나치게 충분했다.

손톱을 세워 그의 등을 긁었다. 아윽, 그가 입에 유두를 한껏 문 채 숨 막히는 소리를 낸다. 긁었다. 점점 빠르게, 발작처럼 긁어 댔다. 그는 우연의 광기 어린 움직임에 기꺼이 휩쓸렸다. 그는 가슴을 빨아 대며 성기를 더 깊이, 깊이 박아 넣었고, 우연의 몸이 그의 성기를 짜부라뜨릴 듯 조이고 끌어당길 때마다 짐승처럼 몸부림치며 신음했다.

두 사람은 쾌락에 겨운 만큼 고통스러워했고, 고통스러운 만큼 쾌감에 절절 녹아내렸다. 땀에 흠뻑 젖은 아저씨의 얼굴은 쾌감과 고통이 뒤섞여 아름다우면서도 그로테스크했다. 끝의 끝까지 치달아서 그 아득하고 이상한 표정으로, 턱을 덜덜 떨며 사정하는 모습 역시 우연에게 극심한 쾌감을 선사했다. 천상의 하모니를 자랑하는 합창단의 노랫소리라도 지금 아저씨가 짐승처럼 길게 내지르는 소리보다 짜릿하진 못할 것이다.

마지막 절정이 다가온다. 우연은 파도가 밀려올 때마다 비명을 지르듯 신음했다. 질 안쪽의 근육이 멋대로 꿈틀꿈틀 맥동한다. 엉덩이와 허벅지의 근육으로도 쥐가 날 것처럼 힘이 뻗친다. 아저씨의 눈이 커지며 입이 벌어진다. 아아, 흐, 흐으. 그가 눈을 꽉 감고 허리를 부들부들 떤다.

우연은 이 순간 그가 대체 어떤 감각을 느끼고 있을지 미치게 궁금했다. 콩알만 한 클리토리스를 자극하는 것만으로도 정신이 나갈 것 같은데, 그것의 수백 배는 될 것 같은 페니스를, 지금처럼 내 속살로 뜨겁게 감싸 안고, 주무르고, 조이고, 물결치듯 끌어당기고, 깊이깊이 삼켜 넣으면, 대체 아저씨는 지금 어떤 상태인 걸까. 그 거대한 자극을 어떻게 버텨 내는 걸까.

내 속에 아저씨 자신을 쏟아 낼 때는 또 어떤 느낌인 걸까.

흐읍.

더는 버티지 못하는 듯, 아저씨가 가슴에서 입을 떼고는 고개를 뒤로 꺾는다.

그는 우연의 오르가슴이 가져다주는 극렬한 자극을 견디지 못하고 번번이 굴복했다. 멍하니 벌어진 입, 아름다운 갈색 눈동자가 반쯤 뒤로 넘어간 상태로 아저씨가 몸을 뒤틀며 떨기 시작했다. 그의 팔이 우연의 허리를 꽉 끌어안았고, 몸이 크게 푸들푸들 떨렸다. 우연 역시 저도 모르게 경련하듯 크게 몸을 떨었다.

"……흐앗"

두 몸이 맞붙은 빡빡한 틈으로 미끄러운 점액이 울컥울컥 비집고 나오기 시작했다.

그의 사정은 길고 풍성하며 부드러운 떨림을 갖고 있었다. 그의 정액은 허벅지와 아랫배, 엉덩이까지 뒤덮은 것으로도 모자라, 우연의 질 안에서 끝도 없이 넘쳐흘렀다.

하지만 우연은 허전했다. 뭔가 부족하다, 모자란다, 더, 더 받고 싶다는 생각만 강렬하게 들었다.

아저씨가 내 속에 더 많은 것을 넘치도록 채워 넣으면 좋겠다. 아저씨의 정액이 내 속에 얼마만큼 모여야 내장과 혈관과 뇌 속까지 채워 넣을 양이 될까. 수백 번? 수천 번이면 될까? 우연은 목이 말랐다. 이원은 우연의 작은 가슴에 머리를 묻은 채 오랫동안 헐떡거렸고, 우연은 그의 머리를 꼭 끌어안았다. 목이 마른 만큼 힘껏, 아주 힘껏.

"……우연아, 사……랑해."

아저씨의 뺨과 맞닿은 가슴으로 고백이 스며들었다. 우연아, 사……랑해, 하으, 하아, 사, 사랑해, 사랑…… 사랑해. 그가 격하게 숨을 헐떡이며 되풀이한다.

고백이 닿은 곳에서 미끈대는 물기가 흐드러진다. 그 정체가 땀인지, 체액인지, 혹은 다른 무엇인지, 우연은 별로 생각하고 싶지 않아 그냥 눈을 감았다.

아저씨는 고백한 후에 다시 젖꼭지를 찾아 입에 물고 빨았다. 헐떡대며 힘껏 빨아 댄다. 짐승 같고, 변태 같고, 여전히 서투르기 짝이 없는 아저씨는 이제 점잖고 금욕적이며 이성적이고 침착한 인간이라는 껍질을 완전히 벗어던진 것 같았다. 그의 움직임에선 어제와 같은 망설임이나 거침이 느껴지지 않는다. 그래서 우연은 기뻤다.

아저씨가 우연의 몸에 묻어 둔 자신의 몸을 빼지 않아, 우연은 그의 성기를 품은 채 다리를 벌리고 그의 허벅지 위에 그대로 앉아 있었다. 벌어진 다리 사이, 도도록하게 양쪽으로 펼쳐진 음순 사이에서 뾰족하게 발딱 일어난 그곳을, 아저씨가 손가락으로 더듬어 찾아내더니 이내 세게 비벼 댄다.

아악, 아아아! 우연은 비명을 지르며 그의 어깨와 목을 물었다. 물고 핥고 자근자근 씹었다. 더, 더 해요, 더 세게 해! 아저씨는 그때마다 은밀한 곳을 물리고 애무당하고 씹히는 것처럼 이상한 목소리로 신음했다. 헐떡이는 그의 날숨이 고스란히 가슴에 파묻힌다. 아저씨의 땀 혹은 눈물은 빠르게 흘러내렸고, 정액은 느릿하게 빠져나갔다. 그 속도의 차이가 우연은 싫지 않았다.

아저씨의 이마에 새겨진 검은 얼룩도 어느새 흔적만 희미하게 남았다. 눈물 때문일까, 땀 때문일까. 이 역시 나쁘지 않았다.

한참 동안 널브러져 있던 두 사람은 맹렬한 허기를 느끼고 엉금엉금 기다시피 거실로 나갔다. 탁자에 차려진 음식은 싸늘하게 식어 있었다. 우연이 먼저 손으로 갈비 덩어리를 집었고, 아저씨 역시 급하게 성호를 그은 후 그릇에 달라붙었다.

송 할머니의 요리는 늘 맛이 좋았다. 식어도 맛이 좋았다. 두 사람은 말도 하지 않고 갈빗대를 두 손으로 쥐고 푸짐한 살집을 씹었다.

문득 아저씨가 고개를 든다. 크게 벌어진 눈에서 눈동자가 불안정하게 움직인다. 기름기가 묻은 붉은 입술이 가늘게 떨리는 것이 보였다. 엉망으로 뒤엉킨 머리카락, 상처와 애무 자국과 온갖 체액이 덕지덕지 엉긴 기괴한 모습으로, 아저씨가 입을 열었다.

"맛있니?"

"네, 송 할머니 요리는 정말 맛있어요. 아저씨도 맛있죠?"

아저씨는 대답하는 대신 다시 고기를 한 입 먹고, 옆에 놓인 물김치 그릇을 들어 마셨다. 한 모금, 한 모금, 다시 한 모금. 짜지도 않은지 내리 마시더니, 아저씨가 속삭이듯, 낮은 목소리로 대답했다.

"······그래. 맛있네."

아저씨가 한 손으로 입을 가리더니 고개를 숙였다. 아저씨는 그 상태로 반쯤 정신이 나간 것처럼 웃기 시작했다. 우연은 이유를 묻는 대신 한참 기다렸다. 잠시 후 아저씨는 웃음을 멈추고 눈앞에 차려진 음식을 손으로 집어 하염없이 입에 넣기 시작했다. 난생처음 신기한 음식을 먹어 보는 아이처럼, 아저씨는 그렇게 먹었다.

"너하고 먹으니까…… 정말 맛있구나."

우연은 손을 뻗어 그의 눈꼬리를 타고 흘러내리는 짠물을 한참 동안 닦아 주었다.

재의 수요일, 엄숙하고 경건한 금욕과 단식의 절기, 그 첫날 아침이었다.

□　■　□

전무님, 저렇게 그냥 놔둬도 괜찮을까.

결혼식을 코앞에 두고, 정말 이래도 괜찮을까.

식사는 다 하셨을까. 그릇을 지금이라도 가지러 올라가야 하지 않을까.

부르지도 않았는데 올라가면 노여워하시진 않을까.

송 여사는 아래층에서 안절부절못했다. 어제 회사에서 무슨 일이 있었는지 최 실장이 귀띔은 해 주었고, 그동안 이원이 얼마나 힘들어했는지 똑똑히 봐 왔던 송 여사는, 이원의 행동이 아무리 이상해도 최대한 이해하려 노력할 참이었다.

한편으로는 터질 일이 터지고야 말았다는 생각도 들었다. 최근 그의 뒷모습을 보고 있으면 어느 날 갑자기 와장창 무너질 것 같다는 예감이 자주 들었었다. 차라리 올 것이 와 버린 지금이 속은 후련했다.

우연이라는 저 아가씨는 일반적이지 않았다. 지나치게 독특했다. 재벌가의 여자들에게 기본적으로 요구되는 현모양처형 내조나 현명한 파트너십은 털끝만큼도 가져다줄 수 없을 거라는 느낌이 왔다. 미현 아가씨가 이원에게 좋은 배우잣감이라 생각하는 건 아니었지만, 저 여자는 배우잣감은 고사하고 잠시 사귈 만한 연인으로도 당치 않았다. 속에 시한폭탄이 백 개쯤 숨어 있는 것 같았다.

하지만 송 여사는 왜인지 우연에게 자꾸 마음이 갔다. 그녀는 이원을 어려서부터 키웠고, 그 아름답고 섬세한 마음을 가진 아이가 행복하게 살아가기를 진심으로 바랐다.

우연과 고작 두어 달 함께 지낸 송 여사가 보기에도, 두 사람은 도저히 부인할 수 없는 무언가로 단단히 연결돼 있었다. 한 전무는 그것을 알았고, 1년 반 전에 그것을 끊어 냈다. 그를 '한이원'으로 존재하게 하는 것들을 그 아이가 하염없이 파괴하고 있었던 것이다.

하지만 송 여사가 보기에 그를 '한이원'으로 존재하게 하는 것들은 하나같이 그의 등에 얹힌 짐이었고, 발에 매달린 족쇄였다.

이원은 그 짐과 족쇄들을 지키기 위해 필사적으로 노력했다. 그리고 그 노력은 예상대로 부질없었다. 끊어진 것은 저 아이와 엮인 끈이 아니라, 발에 매달린 족쇄였던 모양이다.

송 여사는 가늘게 한숨을 쉬며 2층으로 걸음을 옮겼다. 식사를 차려 놓고 세 시간을 기다렸는데도 이원이 내려오지 않는다. 출근 시간은 벌써 지났다. 식사를 마쳤으면 그릇이라도 정리하면서 오늘 일정이 어찌 되는지 물어볼 참이었다.

하지만 송 여사는 2층 중문을 조심스럽게 여는 순간, 눈앞에 펼쳐진 모습에 쟁반을 놓칠 뻔했다.

거실 바닥에는 두 사람이 벗어 던진 슈트와 셔츠, 넥타이, 속옷들이 줄줄 흩어져 있었고, 두 사람은 가운만 대충 걸친 채 바닥에 앉아 다 식어 빠진 아침을 먹고 있었다. 송 여사는, 아이와 머리를 맞댄 채 손으로 고기를 집어 먹고 있는 저 사람이, 자신이 아는 한이원이라는 것을 도저히 믿을 수 없었다.

이원의 이마에는 재의 흔적만 남아 있었고, 목과 팔다리에는 가는 손톱자국과 불그스름한 키스 마크가 뚜렷했다. 당황스러웠다. 두 사람이 무슨 일을 했을지 몰라서가 아니라 그것을 숨기려는 기색이 전혀 없었기 때문이었다. 그녀가 알기로, 이원은 지금까지 동정이었고, 적어도 재의 수요일에 이런 짓을 할 사람은 절대 아니었다. 더욱이 남에게 이런 모습을 함부로 보일 사람은 더더욱 아니었다.

송 여사는 조용히 문을 닫고 물러났다. 이원은 그녀를 보고도 눈인사조차 하지 않았다.

그곳은 가장 원초적인 본능과 가장 강력한 단 하나의 감정만 존재하는 세계였다.

□ ■ □

"아저씨 회사 안 가요?"

식사를 마친 아저씨는 한참 동안 생각에 잠겼다. 우연은 슬슬 걱정이 되었다. 물론 아저씨가 회사에 안 가고 종일 옆에 있어 주면 좋지만 그래도 우연에겐 일말의 양심이란 게 있었다.

아저씨는 우연을 힐끗 보더니 비장하게 말했다.

"오늘은 안 가. 여기서 너하고 잠이나 자게."

그러더니 침대로 들어가 이불을 뒤집어쓴다. 우연은 입을 딱 벌렸다. 아니 이 아저씨도 땡땡이란 걸 칠 수 있단 말인가?

"정말 안 가도 돼요?"

"안 가. 내가 대표이사야. 누가 나한테 시말서를 쓰라고 하겠어?"

이불 속에서 거만한 목소리가 흘러나왔다. 세상에. 안 어울려도 이렇게 안 어울릴 수가. 갑질은 돈 많다고 아무나 할 수 있는 게 아니었다. 우연은 이불 위를 손으로 꾹꾹 찌르며 말했다.

"이거 한이원 아저씨 맞아요? 뭔가 이상해요."

"음. 나도 내가 아닌 거 같아. ……뭔가 이상해."

아저씨가 이불 밖으로 고개를 내밀더니 입을 매만졌다. 다시 생각에 잠기는 모습은 여전히 어딘가 놀란 듯도 하고, 혼란스러운 것 같기도 했다. 하지만 맛있는 것을 배부르게 먹은 후 나타난 만족스러운 미소는 여전히 남아 있었다.

"뭐가 이상한데요?"

"몸의 감각이, 음, 오감이…… 완전히 새로 태어난 것 같아."

"우와, 그 정도예요?"

우연은 그의 곁으로 꼬물꼬물 파고들며 속으로 웃었다. 난생처음 해 본 섹스가 어지간히도 좋았나 보다. 하긴, 우연도 자신의 몸이 아저씨의 애무에 그 정도로 민감하게 반응할지 몰랐다. 점잖고 금욕적으로 보이던 아저씨의 몸도 그렇게 자극에 약할지 몰랐다. 오감이 새로 태어났다는 표현은 좀 과장인 듯도 하지만, 이해는 갔다.

이불에 묻혀 있으니 다시 졸음이 쏟아지기 시작했다. 미친 듯이 섹스를 하고 죽은 듯이 자고, 또 정신이 빠지게 섹스를 하고 배 터지게 밥을 먹고 나니 다시 졸린 건 당연했다.

하지만 잠을 자는 것도 마음대로 되지 않았다. 우연은, 졸음에 겨워 죽으려 하면서도 자신을 꼭 끌어안고 가슴과 다리 사이를 계속 만지작대는 이 변태 같은 아저씨를 대체 어떻게 해야 할지 알 수 없었다.

그래 봤자 그냥 살덩어리인데 뭐가 이렇게 좋을까.

우연은 자신의 몸이 몹시 싫었는데, 이 몸을 이렇게 좋아하고 사랑하는 아저씨가 이해가 되지 않았다. 정말 좋을까. 정말 이렇게나 좋을까. 두 개의 젖꼭지와 클리토리스는 아저씨가 하도 빨고 핥고 깨물어 대서 뻘겋게 퉁퉁 붓고 따끔따끔한 상태였다. 우연이 아프다고 하니까 빨아 대는 건 조금 참는 모양인데, 그래도 손이 닿으면 아프고 찌릿찌릿해 죽을 것 같았다.

아 진짜, 아프든 찌릿하든 한 가지만 하라고, 한 가지만.

아무리 생각해도 이곳에서 손을 떼게 하는 방법은 한 가지뿐이다.

우연은 아저씨의 아랫배를 향해 더듬더듬 손을 휘저었다. 북슬거리는 뭔가가 손에 감기더니 목표 지점이 바로 손끝에 닿았다. 거기 매달린 것이 워낙에 크다 보니 손을 한 번만 휘둘러도 척, 손에 감겨들었다. 우연은 목표물을 손에 넣자마자 힘껏 움켜잡았다.

"우연아! 하윽!"

아니나 다를까, 아저씨가 기겁하며 손을 뗀다. 아저씨는 자신과 달리, 그곳을 자극하는 일에 믿을 수 없을 만큼 강렬하게 반응했고, 조금도 반항하지 못했다. 우연이 움켜잡고 흔들어 대는 부분은 그 작은 머리뿐인데, 아저씨는 거인의 손에 온몸이 짜부라지기라도 하듯 몸을 뒤틀며 숨넘어가는 소리를 냈다.

"아, 흐으으…… 흣."

한참 후, 아저씨는 항복한 장수가 무릎을 꿇고 굴복하듯, 온몸을 떨며 앞으로 고꾸라졌다. 우연의 손에 뿌연 점액이 차올랐다. 아저씨는 벌어진 다리를 거두어들이지도 못하고 벌벌 떨며 헐떡였다. 우연은 혀를 쏙 내밀며 의기양양하게 비웃어 주었다.

내가 이겼죠? 고작 이럴 거면서 까불지 마시란 말이에요.

우연이 손을 닦고 이불 속으로 들어가자 아저씨가 열적게 웃으며 고개를 돌리더니, 이내 뭉그적대며 옆으로 다가온다. 이제는 그런 모습을 보인 것을 부끄러워하지 않는다. '그렇게 당하고도 아직 정신을 못 차렸어요!' 하는 무언의 잔소리에 그는 아까처럼 가슴에 달라붙는 대신 우연의 이마에 입을 맞춘 후 몸을 바짝 맞대고 다리를 휘감는 것으로 양보한다. 조금도 떨어지기를 원하지 않겠다는 마음이 그 동작 하나에서 투명하게 나타났다.

우연은 똑같이 이마에 입을 맞춰 주었다. 땀을 너무 많이 흘려서 젖은 소리가 났다. 우연의 입맞춤이 끝나자, 검은 얼룩은 완전히 사라졌다. 그 재 가루는 모두 어디로 사라졌을까. 아저씨는 그것을 아는지 모르는지, 말할 수 없이 행복한 표정으로 나른하게 눈을 감았다.

그래, 아저씨는 누군가를 사랑한다면, 이렇게 사랑할 거라 생각했다. 사랑하는 사람하고는 이렇게 행복해할 거라 생각했다. 아저씨는 잘 몰랐던 것 같지만 우연은 알고 있었다.

대체 이럴 거였으면서, 어떻게 그렇게 야멸차게 잘라 낼 생각을 했는지 모르겠다.

물론 야멸차게 잘라 내지 못했다는 건 안다. 모르는 척하면서도 신경은 온통 서림예대 쪽으로 곤두세우고 있었을 것이다. 후견인이 바뀐 다음에도 필요한 것은 항상 바로바로 지원되었으니까.

……엄마의 이혼까지 도와준 건 너무 나간 것 같긴 했지만.

"아저씨 궁금한 게 있어요."

"응?"

"제가 어떻게 지내는지 계속 보고받고 계셨어요?"

"어, 그래. ……네가 매일 땡땡이치고 낮잠만 잔대서 졸업 어떻게 시키나 걱정했어. 메세나재단에 낙제생을 위한 장학금 지급 선례가 생기면 안 되잖아."

아저씨가 가물가물한 목소리로 솔직하게 실토했다. 그럴 줄 알았다. 우연은 킬킬 웃었다.

"고맙습니다. 그런데 저 학교는 당분간 못 다닐 것 같아요. 이럴 줄 알았으면 그런 걱정 안 하셔도 됐을 텐데."

이원은 기운 없이 웃으며 고개를 끄덕였다. 사실 휴학이 아니라 자퇴를 한다고 해도 말릴 수 없을 것이다. 서림예대에 가려고 했던 가장 큰 이유도 아빠에게서 벗어나기 위해서였는데, 이젠 학교가 가장 위험한 장소가 되어 버린 것이다. 그렇게 의욕에 넘쳐서 재미있게 학교생활을 했었는데, 안타까웠다.

"……우리 엄마 도와주신 것도 고맙습니다. 엄마도 많이 고마워하고 있을 거예요."

"응? 무슨 소리야?"

이원은 졸린 눈을 비비며 되물었다. 우연은 고개를 갸웃하며 조그만 목소리로 물었다.

"아저씨가 엄마 이혼 소송 도와주시고, 외국으로 도망치는 루트 주선해 주신 거 아니에요?"

"내가? 나는 모르는 일인데. 왜 그런 생각을……?"

우연은 눈을 동그랗게 떴다. 아저씨가 이걸 모른다고? 그럼 대체 누가?

"하지만, 엄마한테 세경에서 도와줬냐고 하니까 어떻게 알았어? 하다가 바로 아니야, 나 혼자 했어, 했거든요. 눈치를 봐선 틀림없다고 생각했는데."

"흠. 혹시 정 관장이 별도로 도움을 줬나? 엄마가 이혼해서 나가는 게 ……네게 도움이 된다고 생각한 건가?"

아저씨가 길게 하품을 하더니 가물가물하는 목소리로 덧붙였다.

"한번 확인은 해 보마. 엄마가 아니라고 했으니 정말 아닐 수도 있는 거고. 엄마가 도망쳐서 네가 좋다면 그것도 다행인 거고."

우연은 고개를 끄덕이며 아저씨의 가슴에 얼굴을 파묻었다. 엄마에 대한 감정이 결코 좋았던 것은 아니지만, 그래도 자신과 마찬가지로 아빠의 폭력의 피해자였고, 아빠의 뒤통수를 멋지게 후려갈기고 도망쳤으니 축하는 해 주고 싶었다. 앞으로는 엄마를 만날 일이 없다는 것도 큰 선물이었다.

이제 아빠만 없다면.

부질없는 생각을 하던 우연은 고개를 젓고 애써 웃어 보였다.

아니다. 지금 이따위 생각으로 아저씨와 함께 있는 이 순간을 망칠 수는 없었다.

이 순간을 즐겨야 했다. 내일이 세상의 종말인 것처럼 오늘을 누려야 했다. 오늘 행복했다고 해서 내일도 이렇게 행복하리라는 보장이 없으니까.

아저씨의 품속으로 파고들었다. 불면증이 심하다던 아저씨는 우연의 옆에서 지나치게 쉽게 잠에 빠졌다. 그는 혼몽한 와중에도 팔을 한껏 벌려 우연을 꼭 끌어안았다.

그는 사흘 동안 회사에 출근하지 않았다.

뉴욕에 머무르던 미현이 인천 공항에 도착한 것은 4일 후였다.

포기해야만 보이는 것

아저씨가 해외 출장을 간 날은 더없이 화창했다.

트렁크에 짐을 쌀 때부터 우연은 불안해지기 시작했다. 햇빛이 너무 쨍쨍해서 불안했고, 아저씨와 함께 먹은 아침이 너무 맛있어서 불안했고, 이마에 입맞추고, 손을 잡고, 몇 번씩 돌아보며 문을 나서는 아저씨가 너무 다정하고 사랑스러워서 또 불안했다. 저 짙고 부드러운 눈동자가 왜 이렇게 비장하게 느껴지는지 몰라서 불안했다.

우연이 방문 앞에 서서 팔을 긁다 말고 멈칫멈칫하는 것을 보자, 이원은 계단 앞에서 돌아서서 우연을 끌어안고 등을 두드려 주었다.

"긁고 싶으면 내 팔을 긁어. 조금 거슬리고 짜증 나도 내가 올 때까지만 좀 참아 줘, 응?"

"……네."

"옆에 있어 주고 싶은데 정말 급하게 처리할 일이 있어서. 일주일만 기다려 줘. 미안."

아저씨는 아무 말도 하지 않았지만, 우연은 회사가 지금 급박하게 돌아간다는 건 알고 있었다. 동남아 쪽 해상 공항 입찰이 진행 중인데 더 낮은 금액을 쓴 회사가 둘이나 있다는 연락이 왔고, 지금 재개발 진행되는 것도 사람들이 분양 신청을 안 해서 분위기가 몹시 안 좋은 듯했다. 그런데 아저씨는 그런 불안감을 한 자락도 내색하지 않는다. 아저씨의 입술이 이마에 와 닿았다.

"일정을 아무리 당겨도 이렇구나. 불안하면 언제든지 전화하고."

하지만 우연은 전화기를 꺼 둔 채 손도 대지 않았다. 아저씨는 이제부터 전쟁을 치르러 가는 것이다. 나보다 힘들면 힘들지 덜 힘들지는 않을 것이다. 그런 아저씨를 더 힘들게 할 수는 없었다.

게다가 재수 없으면 전화기를 딱 여는 순간, 아빠에게 위치 추적을 당할지도 몰랐다. 아빠의 부재중 전화 표시가 쫙 깔린 꼴도 봐야 할 것이다. 상상만 해도 소름이 끼쳤다.

1층 거실로 살금살금 내려가자 송 할머니나 일하는 사람들이 귀신같이 알아듣고 나와 고개를 숙인다.

"시장하세요 아가씨? 뭐 만들어 드릴까요?"

"뭐 찾으시는 거 있으세요? 도와드릴까요?"

우연은 어물어물하며 복도 쪽으로 자리를 피했다. 저들의 시선을 마주하는 것이 두려웠다. 다들 아저씨의 약혼을 깨 버린 못된 년이라고 비난하는 것 같았다.

물론 우연은 약혼이 깨지는 것이 아저씨가 행복해지는 길이라고 믿었다. 사람들이 돈을 많이 벌기 원하는 이유도 결국은 '행복하기 위해서' 아니던가.

하지만 그와 별개로, 자신이 다른 사람들의 눈에 얼마나 뻔뻔하고 이기적으로 비칠지도 알고 있다. 아저씨 등에 달라붙어 있는 거머리처럼 보이겠지.

⋯⋯변명할 생각은 없다. 아마 나는 거머리가 맞을 것이다.

생각만 해도 눈물이 나왔다. 우연은 저도 모르게 팔에 얽힌 피딱지를 긁으며 벗겨 내다가 흠칫 멈췄다. 아저씨가 왔을 때 좀 더 깨끗한 팔을 보여 주고 싶었고, 전보다는 나아진 모습을 보여 주고 싶었다.

"나, 정말 여기 있어도 되는 걸까."

우연은 불안하고 위축될 때마다 아저씨의 웃음을 생각했다. 그래. 적어도 지금 아저씨는 몹시 행복해하고 있었다. 자신과 함께한 며칠 동안 아저씨가 보여 주었던 모습과 열렬한 반응은 그가 진심으로 행복해한다는 증거였다.

그동안 아저씨는 행복의 조건은 모조리 갖추고 있는데도 불행의 길로만 돌진하고 있었다. 세경그룹의 지배권은 그에게 행복을 더해 주는 요소가 아니라 갉아먹는 요소였다. 우연이 알기로 우 이사님네 남매의 지분하고 아저씨네 지분은 똑같이 45%이고 한 회장님이 키운 건 건설 쪽인데, 그럼 성일호텔 쪽하고 갈라서도 아저씨가 크게 손해 보는 일은 아니지 않을까?

……모르겠다. 내 생각이 너무 철없고 해맑은 거겠지.

우연은 조용히 눈을 감았다. 아저씨가 어떻게 행동할지 전혀 짐작이 가지 않았다.

이 상황에서 아저씨가 미현 언니와 결혼을 강행할 것 같지는 않다.

그러면 복잡한 걸 감수하고 회사를 나누게 될까. 아니면 우 상무님네랑 피터지게 싸워 가며 경영권 분쟁을 하던 한 회장님 때로 돌아가게 될까.

모르겠다. 정말 아무것도 모르겠다. 이런 생각을 하는 자신이 너무 뻔뻔하고 염치없어서, 어떻게 되면 좋겠다, 하는 바람을 갖는 것마저 죄스럽게 느껴졌다.

생각을 접고 천천히 걸음을 옮겼다. 지금 확실한 것은 아저씨와 내가 서로 사랑한다는 것이고, 아저씨는 행복하다는 것이고, 나는 살아 있다는 것이었다. 그것만이 우연이 유일하게 발을 디딜 수 있는 딱 한 조각의 땅이었다.

우연은 자신이 쓰던 1층 손님방의 문을 열어 보았다가 가만히 눈을 깜박거렸다.

방은 자신이 떠날 때와 전혀 달라지지 않았다. 아저씨가 잔뜩 사다 놓은 인형, 분홍색 노란색 천지인 침구와 커튼, 한쪽 벽에 기대어져 있는 100호짜리 하얀 캔버스들과 여러 종류의 물감, 꽃병, 슬리퍼 따위가 가지런히 정리되어 있었다.

유일하게 달라진 것은 화분이었다. 그때는 조그만 싹들만 비죽비죽 늘어져 있었는데, 이제는 화분에서 늘어진 파란 잎들로 벽면이 무성하게 덮일 지경이었다.

"화초들이 많이 자랐지요?"

화들짝 놀라 뒤를 돌아보았다. 송 할머니는 너무 기척 없이 다닌다.

"깜짝 놀랐어요, 할머니! 유령인 줄 알았어요."

"아이고, 미안해라. 전무님이 시끄러운 걸 안 좋아하셔서, 다들 발끝으로 다니는 게 습관이 돼서 그래요. 다음엔 기척을 할게요."

할머니가 다정하게 웃었다. 우연은 미움받아 마땅할 자신에게 이렇게 웃어 주고 있는 송 할머니를 이해할 수 없었다. 하지만 아무리 살펴봐도 가식 같지는 않았다.

"할머니, 식물 잘 기르시나 봐요. 저는 손에 들어온 화분은 몽땅 죽이는데. 물을 많이 줘도 죽고 적게 줘도 죽어요."

"아이고, 그건 저도 마찬가지예요. 이 꽃들은 전무님이 기르신 거예요."

"네?"

"이 방 정리는 내내 전무님이 하셨어요. 다른 사람은 못 드나들게 하시고, 혼자 들어와서 청소도 하시고, 화분에 물도 주시고, 요 의자에 한참 동안 앉아 계시고 그러셨어요."

아아, 그랬구나. 비죽이 웃음이 나오면서도 눈이 시큰해졌다. 바보 아저씨. 이럴 거면서 끊어 내기는 뭘 끊어 내.

"아저씨는 꽃들 잘 기르시나 봐요."

"잘 기르는 정도가 아니에요. 전무님한테 가져오면 얼어 죽은 것도, 말라 죽은 것도 다 살아요. 과일나무를 기르면 열매가 너무 많이 열려서 가지가 부러질 지경이고, 개들도 새끼를 열 마리씩 낳아요. 그래서 전무님이 아무것도 안 키우시는 거예요."

한 걸음만 더 나갔다간 죽은 사람도 살리겠네. 우연은 웃음을 삼키며 물었다.

"왜요? 그럼 더 많이 키우셔야죠."

"일단, 전무님이 손을 대면, 마당이 정글이 돼 버려서 수습이 안 되고, 동물들도 새끼를 너무 많이 낳아서 감당이 안 돼요. 그리고 전무님이 그런 결단을 하게 된 데에는 다 사연이 있답니다."

우연이 귀를 쫑긋하며 눈을 반짝이자, 송 할머니는 아예 옆에 자리를 잡고 앉아 아저씨의 어린 시절에 관해 이야기를 늘어놓기 시작했다.

아저씨는 어렸을 때부터 교감 능력이 좋았다고 했다. 지나치게 좋았단다. 말도 못 하는 아기가 어디가 아픈지, 동물들이 왜 이상한 행동을 하는지, 저 나무가 왜 시들시들 죽어 가는지 조금만 관찰하면 저절로 알게 된다고 했다.

심지어 그가 동물들과 이야기를 나눈다더라 증언하는 이들도 한둘이 아니었다. 너무 외로워서 관심을 끌려고 하는 행동인가 했는데, 실제로 멀쩡해 보이던 강아지나 고양이가 병이 났다며 병원에 데려가 병을 발견하게 한 적도 몇 번 있었고, 새나 나비들도 그를 무서워하지 않고 주변에 잘 날아와 앉는다고 했다.

"지금도 전무님은 당신에게 가장 잘 맞는 직업을 정원사나 고양이 미용사로 생각하신답니다. 아무리 성질이 나쁜 길고양이라도 몇 마디만 설득하면 얌전히 배를 보이고, 시키는 대로 목욕을 하고 털을 깎고 주사를 놓도록 허락한다네요? 그래서 '집사모'라는 길고양이 봉사 단체에선, 전무님을 차기 회장으로 추대하려고 20년 넘게 공을 들이고 있답니다."

"20년이요?"

"네, 전무님이 초등학교 5학년 때부터요."

푸읍. 우연은 폭소를 터뜨렸다. 물론 유기묘 봉사 단체 집사모에서 아저씨가 얼마나 전설 같은 존재였는지는 들어서 알고 있었지만, 우연에게 '한이원'은 '슈트 차림의 사업가' 외에는 상상조차 되지 않는 품위와 중후의 아이콘이었다. 그런 아저씨가 커다란 모자에 헐렁한 멜빵바지 차림으로 가지를 치고 잔디를 깎는다? 앞치마를 두르고 고양이를 살살 달래 가며 목욕을 시키고 털을 민다? 상상할수록 너무 우습고 재미있었다. 하지만 생각해 보면 그만큼 아저씨에게 잘 어울리는 게 있을까, 싶기도 했다.

"동물하고 말을 주고받을 정도면 수의사가 낫지 않았을까요?"

"수의사는 꿈도 못 꾸셨어요. 누가 아프거나 피 보는 걸 그렇게 못 견디시는데 수술 같은 걸 어떻게 하시겠어요. 어렸을 때 충격받은 일도 있고요."

"어떤 충격이요?"

송 여사는 곰곰이 기억을 더듬었다.

그때의 기억이 아직도 생생했다. 한세경 회장님이 어린 아들을 다시 보게 만든 중요한 사건이었지만, 당사자에게는 큰 상처가 되었던 사건이었다.

"전무님이 유치원에 다닐 때였어요. 어렸을 때도 사람을 많이 가리고 외로움을 많이 탔는데 동물을 너무 좋아하셔서 거북이인지 자라인지 두 마리를 키운 적이 있었어요. 거돌이하고 거순이라고 이름을 붙여 주고, 온종일 녀석들 옆에 붙어 앉아서 이름을 불러 주고 이야기를 걸고 먹이를 주면서 어찌나 좋아하셨는지 몰라요."

우연은 속으로 웃었다. 거돌이 거순이라니, 작명 센스도 어지간히 없다 진짜.

"그러다가 유치원에서 현장 학습을 갔다가 다슬기인지 달팽이인지 두 마리 주워 와서 그걸 거북이 어항에 넣어 같이 기르게 되었지요."

처음에는 다슬기가 어느 돌 틈에 숨어 있는지 보이지도 않았다. 이원은 그놈들을 바위틈에서 발견할 때마다 환성을 질렀다.

얼마 안 가 좁쌀만 한 새끼들이 꼬물꼬물 한두 마리씩 돌아다니기 시작했다. 꼬물이들을 볼 때마다 이원은 흥분했다. '많이 먹고 얼른 자라서 아기들도 열심히 낳으렴.' 하며 응원하기도 했다.

그러던 어느 날, 이원은 자신의 수족관에 문제가 생겼음을 깨달았다.

다슬기가 엄청난 속도로 번식하고 있었다. 그것을 인식한 때는 이미 늦었다.

어느 순간부터 작은 수족관 벽에 검은 다슬기들이 다닥다닥 떼 지어 돌아다니고 있었고, 거북이들은 날이 갈수록 괴로워하기 시작했다.

이원은 그제야 당황해서 물을 새로 갈고 다슬기들을 보이는 대로 모조리 잡아 양재천에 놓아주기 시작했다. 거기서 잘 살까 하는 걱정도 되었지만, 수족관의 주인인 거북이 생각을 안 할 수가 없었다.

하지만 깨알만큼 작은 다슬기는 아무리 잡아도 어디선가 끊임없이 계속 나타났고 아무리 물을 새로 갈고 돌을 씻어도 다음 날이면 어디선가 또 나타나 수족관 벽을 타고 기어올랐다. 바위나 돌 틈에 이미 알이 깔려 있다는 뜻이었다. 그것까지 다 잡아내기는 속수무책이었다. 새로운 수족관을 들여서 거북이만 따로 넣어 주는 것 말고는 방법이 없었다.

하지만 송 여사의 건의에 한 회장은 고개를 저었다.

'새 수족관은 됐고, 이원이도 도와주지 말고 한번 둬 봐요. 문제를 어떻게 해결하나 봅시다.'

결국, 어느 날 아침, 물 위로 거돌이가 배를 뒤집고 둥둥 떠올랐다. 이원은 녀석을 끌어안고 하루 종일 울었다. 남은 거순이라도 살리려면 어떡해야 하느냐 묻는 이원에게 아무도 대답해 주지 못했다.

'아주머니, 이제 달팽이랑 거순이는 둘 다 살릴 수는 없는 거죠?'

그날 밤 이원은 눈물범벅이 된 얼굴로 송 여사에게 물었고, 송 여사는 고개를 끄덕였다.

이틀 후, 송 여사는 이원의 부탁대로 수족관의 돌과 장식품을 모조리 꺼내 들통에 쓸어 넣고 푹푹 삶았다. 그곳에 깨알처럼 붙어 있는 다슬기들과 보이지 않는 알들도 폭 삶아졌다. 우렁된장국과 비슷한 냄새가 온 집 안에 구수하게 퍼졌다. 이원은 눈이 퉁퉁 붓도록 울었지만, 끝까지 그 옆에 서서 결과를 지켜보았다.

이원은 간신히 살아남은 거순이를 정성으로 보살폈고, 거순이는 5년을 더 살았다.

거순이가 죽은 후, 이원은 집에 어떤 동물도 들이지 않았다. 동물 관련 봉사활동을 오래 하기도 했지만, 동물을 기르자는 말은 입 밖에도 내지 않았다.

한 회장은 어린 아들의 결단을 몹시 흥미롭게 지켜보았다. 그리고 그때부터 어린 아들의 지나치게 민감한 기질이나 사람을 가리는 습관도 사내답지 못하다고 나무라는 대신 가만히 지켜보았다. 그러다가 아들이 기피하고 싫어했던 사람들이 결국 뒤통수를 치거나 공금 횡령 따위의 문제를 일으키는 것을 확인한 후, 의미심장한 미소를 지었다.

그 후 한 회장은 중요 바이어들을 만날 때마다 이원을 데리고 다녔고, 일찍부터 경영을 가르치기 시작했다. 이원의 사람 보는 눈은 백발백중이라 할 만했고, 인사가 만사라는 신념을 갖고 있던 한 회장은 아들의 혜안을 크게 기꺼워했다.

하지만 이원은 고등학생이 된 후, 하느님과의 약속을 지키겠다며 신학교에 가겠다고 폭탄선언을 했다.

"우와……."

우연은 입을 멍하니 벌린 채 아저씨의 비하인드 스토리를 들었다. 저렇게 여리고 상처도 잘 받는 아저씨가 어떻게 저 큰 회사를 끌고 나가나 싶었는데, 어릴 때부터 그런 싹수는 있었나 보다.

하지만 한편으로는 아버지인 한 회장님이 원망스럽기도 했다. 회장님은 상대방의 마음을 유달리 잘 느끼는 아들에게 경영자로서의 싹수를 보았을지 몰라도, 우연은 상처받은 어린 마음이 너무나 아프게 느껴질 뿐이었다. 자꾸 눈시울이 시큰했다. 우연이 눈이 발개진 채 코를 훌쩍대자, 송 할머니는 우연의 마음을 짐작이라도 한 듯 어깨를 가만히 토닥거려 주었다.

우연은 어린 시절의 아저씨를 상상해 보았다. 달고 향긋한 핫초콜릿이 혓바닥으로 사르르 스며드는 것 같다. 얼마나 사랑스러웠을까. 얼마나 천사 같았을까. 저런 사람을 아들이라는 이름으로 돌보았을 부모님이, 곁에서 자상하게 챙겨 주었을 송 할머니가 몹시 부러웠다. 자신이 너무 늦게 태어나 아저씨의 어린 시절을 못 보고 어른 시절만 보게 된 것이 분하고 억울했다.

아 맞다. 출장 다녀오시면 앨범 보여 달라고 하면 되겠구나.

우연은 그제야 희미하게 웃었다.

띠리릿, 띠리릿, 띠리릿.

밖에서 희미하게 전화벨 소리가 들리더니, 이내 우연이 있는 방으로 인터폰이 울렸다. 인터폰을 받은 송 할머니가 뒤를 돌아 묻는다.

"아가씨, 학교 기숙사에서 전화가 왔다는데요. 기숙사 퇴실 문제하고 휴학 처리 때문인 것 같은데, 받으시겠어요?"

"어? 학교에서 여기 번호는 어떻게 아셨대요?"

우연은 눈을 동그랗게 떴다. 송 할머니가 빙긋 웃으며 말했다.

"예전에 아가씨 모셔 오면서 집 번호로 여기 번호를 등록해 두셨을 거예요. 무슨 일 있으면 이리로 바로 연락 오게 했다고 하셨거든요."

아, 그렇구나. 괜히 또 눈시울이 시큰해졌다. 바보 아저씨, 이래 놓고 야멸차게 끊기는 뭘 끊어. 우연은 얼른 전화를 받았다.

— 전화 받으시는 분 서림예대 회화과 3학년 진우연 학생 맞으십니까?

수화기 너머 담당자는 본인 확인을 마친 후 골치 아픈 이야기를 늘어놓기 시작했다. 기숙사 퇴실 신청과 휴학 신청을 했는데 이런 식으로 하면 처리가 안 된다. 휴학이든, 자퇴든, 기숙사 퇴실이든, 직접 와서 다시 신청을 해야 한다, 어떡할 거냐, 놔둔 짐들은 다 어쩔 거냐, 몇 가지 이야기를 늘어놓던 직원이 문득 말을 멈추고 묻는다.

— 혹시 지금 옆에 누가 있습니까?

"······없는데요."

— 아무도 안 계신 게 확실합니까?

우연은 어리둥절해서 둘러보았다. 통화가 시작되자 송 여사는 방 밖으로 나갔고, 방에는 우연 혼자였다. 없어요. 저 혼자인데요. 대답하기가 무섭게 목소리가 확 바뀐다.

— 목소리 들으니 잘 살아 있는 것 같네. 이렇게 통화가 힘들어서야 원.

귀에 익은 목소리라는 생각이 드는 순간 우연의 눈이 커지면서 몸이 빳빳하게 굳었다. 날카로운 소름이 척추를 쭉 훑고 지나간다.

천의 얼굴, 천의 목소리를 가진 배우.

······빌어먹을.

— 뉴욕에서 얼마 전에 한국에 도착했어. 네년이 정말 그 집에 처박혀 있을까 했는데 아니나 다를까.

······유미현이다.

깨닫기가 무섭게 엉뚱한 소리가 이어졌다.

— 꼬마야, 너 왜 이렇게 전화를 안 받니? 네 엄마가 지금 목숨이 경각에 달려 있는데, 왜 일을 이렇게 번거롭게 만들어?

이게 무슨 소리지? 엄마는 지금 외국에 나가 있을 텐데? 눈앞이 하얗게 변하는 것을, 우연은 고개를 흔들며 버렸다. 목소리가 달달 떨리는 것이 느껴진다.

"어, 엄마가 왜요? 엄마한테 무슨 일이 생겼어요······?"

— 일단 좀 만나서 이야기할까? 우리 할 얘기가 좀 많을 것 같지 않아?

◻ ◼ ◻

눈치채이지 않게 나오는 건 쉽지 않았다. 바람 좀 쐬고 오겠다는데도 다들 따라 나오려고 어찌나 성화인지, 꼬리를 떼고 오느라 몹시 애를 먹었다. 결국 송 여사가 물건 찾을 때 애용하는 소형 발신기를 가방에 매달고, 요 동네를 벗어나지 않겠다고 약속하고서야 대문을 나설 수 있었다.

집 앞 편의점 옆의 지하 카페에 들어서자 안쪽에 앉아 있던 낯익은 여자가 빙긋 웃으며 손을 까딱, 한다. 그 자연스럽고 오만한 손짓에, 우연은 줄에 매이기라도 한 것처럼 주춤주춤 다가갔다. 그녀가 맑은 목소리로 웃었다.

"피골이 상접하다더니, 기름이 반질반질하네. 하긴, 오빠하고 송 여사가 어지간히 잘 거둬 먹였을까."

미현이 빛이 잘 들어오는 창가 자리에 다리를 높이 꼬고 앉아 있었다. 반역광으로 빛을 받은 여자는 오만하고 아름다운 여신 같았다. 칼로 탁탁 자르는 듯한 말투며 동작 하나하나가 더없이 명료하며 당당했다. 아저씨에게 너무 잘 어울릴 만큼.

"일단 좀 앉지 그래?"

미현이 턱으로 맞은편의 카우치를 가리킨다. 그 작은 움직임에서조차 오랫동안 남을 부리고 휘어잡으며 살아온 사람의 힘이 느껴졌다. 우연은 시킨 대로 맞은편에 쪼그리고 앉았다. 미현 앞에서 기가 죽는 게 분하면서도 어깨가 저절로 움츠러들고 시선이 바닥으로 처박혔다.

"오빠한테 전화가 왔더라. 웬일로 뉴욕에 오겠다는데, 그때 내가 한국행 비행기를 타고 있는 바람에 인천 도착해서야 그 메시지를 들었어. 하여간 이런 것까지 손발 맞는 게 하나도 없다니까."

응? 이게 무슨 말이지? 아저씨는 분명 출장을 가신다고 했는데? 외국 출장.

……뉴욕으로, 가신 거였나? 저 언니하고 바로 결판을 내고 오려고?

내가 신경 쓸까 봐 출장이라고 하신 거구나…….

심장이 걸레처럼 쥐어짜이는 것 같다. 역시 결혼을 파기하고 회사를 나누자는 거였을까? 아저씨가 어떤 제안을 준비해 갔을지 우연은 여전히 짐작할 수조차 없었다.

"전수현 실장……. 내 웨딩 플래너가 회사 로비에서 너를 만났다고 하더구나. 오빠가 널 안고 바로 서초동으로 들어온 거라며? 전화 끊자마자 JFK 가서 대기 좌석 잡아타고 들어왔지."

우연은 얼빠진 얼굴로 고개를 끄덕였다. 회사 로비에서 몽롱한 얼굴로 배회하던 것이 어렴풋이 기억난다. 어떤 아줌마가 보여 준 아저씨의 결혼 예복 카탈로그를 구경했던 기억도 난다. 우습게도 그 여자의 얼굴은 전혀 기억나지 않았다.

"저 그런데, 엄마가 위험하다는 말은……."

"너 오빠랑 잤니?"

미현은 우연의 말을 탁 끊으며 치고 들어왔다. 힉, 소리가 나오며 고개가 폭 수그러들었다.

"어라. 정말 잤나 봐. 기가 막혀서. 조금만 일찍 도착했으면 굉장한 구경을 할 뻔했잖아."

미현은 우연의 턱을 손가락으로 들어 올렸다. 신기하고 궁금한 표정이었다. 우연은 필사적으로 시선을 내리깔았다. 뭔가 이상했다. 약혼자가 다른 사람하고 잤다고 생각하면서 어떻게 저런 표정을 지을 수 있을까?

"정말 궁금해서 묻는 건데, 대체 오빠를 어떻게 따먹은 거야? 보통 철벽이 아니었거든. 담백하다고 봐 주기엔 너무 심하게 철벽을 쳐서, 나 정말 오빠가 발기 불능인 줄 알고 심각하게 고민했었어."

미현이 턱을 탁, 튕기듯 놓아 주며 재밌다는 표정으로 웃었다. 머리가 부스러져 나가는 것 같다.

"오빠는 성격이 까다롭고 눈이 굉장히 높아. 그런 사람이 어떻게 너처럼 볼품없고 정신도 이상한 애한테 빠진 거지? 너 지금 조현병 치료받는 중이라며?"

"조현병 아니에요. 그냥, 기분이 좋았다 나빴다 변동 폭이 좀 있는데 심하진 않아요……. 관리만 잘하면 괜찮다고……."

"변이나 똥이나. 괜찮다고 누가 그래? 이원 오빠가? 그 말을 믿었어? 순진하게."

저렇게 더러운 말을 저리도 우아하게 하다니. 우연은 빨개진 얼굴을 푹 숙이며 중얼거렸다.

"……그런 거 잘 몰라요. 엄마 이야기나 얼른 해 주세요."

"모르긴 뭘 몰라. 모가지에 난 자국이나 가리고 말해. 거머리 떼한테 뜯긴 것 같네. 하? 얼굴 빨개지는 거 봐라? 오빠가 그동안 꽤 잘 빨아 줬나 봐?"

"저기 언니, 우리 엄마 얘기나……. 엄마에게 무슨 일이 있나요?"

"누가 네 언니야?"

"그럼 아줌마라고 해요?"

순간 미현은 폭소를 터뜨렸다. 여자의 반응을 종잡을 수 없었다. 화가 난 것 같지는 않은데, 웃는다고 기분 좋다는 뜻도 아닌 것 같았다. 가면이 느껴졌다. 너무 자연스럽고 철통같아서 속을 전혀 짐작할 수 없는 가면이었다.

"좋아. 미현 언니라고 해. 너 같은 애한테 아줌마, 미현 씨 소릴 들으면 네 혀를 썰어 버리고 싶을 테니까. 언니는 그래도 애교로 좀 봐 줄 수도 있겠고."

미현은 소름 끼치는 말을 시원시원 내뱉더니 등을 뒤로 푹 기대고 다리를 꼬았다.

"엄마 얘기보다 먼저 너한테 확인할 게 있는데."

발끝, 손끝이 서서히 차가워지는 게 느껴진다. 이유를 알 수 없는 불길한 예감이 점점 덩치를 키운다. 숨이 가빠진다. 미현의 싸늘한 목소리가 들렸다.

"너 오빠가 왜 나랑 결혼하기로 한지는 알아?"

"알아요."

"안다? 그런데도 이런 짓을 해? 뻔뻔한 거야, 아니면 정말 미친 거야?"

"하, 하지만, 아저씨는 언니를 사랑하지 않는걸요."

아차, 우연은 두 손으로 입을 감쌌다. 이 말은 내가 해서는 안 될 말이었다. 이건 아저씨가 언니에게 했어야 하는 말이다. 아니, 어쨌든 내가 할 말은 아니었다.

와, 하, 하하하, 깔깔깔, 미현은 우연의 말이 떨어지기 무섭게 미친 듯이 폭소했다.

"사랑? 사아라앙? 미친년 째진 것도 입이라고 지껄이는 소리 좀 봐라."

세상에서 가장 한심하고 같잖은 이야기를 들었다는 듯이 그녀는 한참을 웃어 댔다. 우연은 미현이 화를 내며 따귀를 후려치는 것보다 이 비웃음이 백배는 더 굴욕적으로 느껴졌다.

"넌 1년 총 매출이 몇조, 몇십조 단위라는 게 무슨 의미인 줄은 알아? 그런 돈을 휘두르는 대기업 총수라는 건, 사랑하네 어쩌네 하면서 포기할 수 있는 자리가 아니야. 정신이 나간 게 아니고서야."

"……."

"하긴. 겨우 500만 원에 목숨을 버리려고 벌벌 떠는 년이 그런 걸 알 리가 있나."

고개를 숙이고 이를 물었다. 분해서 손이 부들부들 떨리는데 반박할 수 없었다. 저 여자는 허세나 교만으로 저런 말을 하는 게 아니다. 정말, 그냥 사는 세계가 얼마나 다른지, 그 세계에서 '사랑'이 얼마나 같잖고 우스운지 있는 그대로 알려 주는 것뿐이었다.

"그래, 오빠가 왜 '사랑하지도 않는' 여자하고 결혼하기로 했는지, 왜 맘에 드는 여자가 생겼는데도 파혼을 못 하고 있는지 궁금하겠지. 그런데 말이야, 너……."

우연은 멍하니 미현의 얼굴을 바라보았다. 무슨 다른 이유가 있단 말인가?

"너, 한 회장님의 유언에 대해 들은 적 있어?"

유언? 그딴 건 한 번도 못 들었다. 속에서 이상한 예감이 스멀스멀 기어 올라온다. 다시 신랄한 웃음소리가 터졌다.

"거봐. 넌 오빠가 나랑 결혼하는 진짜 이유를 전혀 모르고 있잖아. 그래도 생각만큼 뻔뻔한 건 아니었네?"

귓속에서 잉잉대며 이명이 인다. 불길하다, 뭔가 듣지 말아야 할 말이 튀어나올 것만 같다. 오래전부터 이 순간을 위해 차근차근 준비된 재앙이 툭, 하고.

누군가 귓가에 대고 킬킬대며 속살거리는 것 같다. 그동안 이 정도로 운이 좋았으면 됐잖아, 이제 원래 자리로 돌아가야지, 하면서.

"잘 들어. 오빠는 나와 결혼을 포기하면 세경그룹 총수 자리를 영원히 포기해야 해. 아버지에게 물려받은 건설 쪽 계열사하고 메세나재단 경영권까지 싹! 몽땅! 외삼촌에게 뺏기는 거야."

"네? 그게 무슨 말이에요? 세경건설 쪽 회사들이랑 이원메세나재단은 원래 아저씨 거 아닌가요? 분명 한 회장님이 키운……."

"어머나 저런. 그래서 결혼 깨지면 세경그룹 반반 갈라서 빠이빠이 하면 될 줄 아셨어요? 순진하긴."

"아……?"

"지주사가 뭔지 몰라? 세경홀딩스를 뺏기면 세경그룹 전체를 다 뺏기는 거예요. 홀딩스가 11개 자회사들 지분을 반 이상 갖고 지배하고 있으니까요. 이 무식한 아가씨야."

"……."

"그리고 홀딩스 지분은 엄마하고 외삼촌에게 45%, 오빠와 한 회장님에게 45%, 우리 집안사람들에게 10%로 나뉘어 있어. 입지전적인 사업가였던 한 회장님도 그 10% 주주들을 똥줄 타게 설득해 가면서 간신히 경영권 유지했는데, 새파랗게 젊은 오빠가 무슨 재주로 과반을 확보해? 우리 도움 없이 단 하루라도 가능한 일인지 알아?"

숨이 점점 막혀 왔다. 미현이 가방에서 작은 복사지를 꺼내 눈앞에 펼쳐 든다.

"그리고 진짜 문제는 이 유언장이지. 눈깔이 있으면 한번 읽어 보시죠?"

「한세경의 상속분 (주)세경홀딩스의 보통주 785,500주, 25%의 지분에 대하여
  상속인 한이원은 우성희 이사의 딸 유미현과의 혼인 신고를 필하기 전까지 상속 지분을 행사할 수 없음.」

얼빠진 얼굴로 눈앞에 있는 글자를 하나씩 읽었다. 이게 뭐지? 이게 뭐야? 몇 번을 읽어도 너무 황당해서 내용이 믿어지지 않았다. 위에서 차가운 웃음소리가 들린다.

"왜? 이해가 안 돼? 하긴, 그 정신머리로 뭔들 이해가 가겠니."

"……."

"현재 오빠 지분은 45%가 아니라 20%밖에 안 돼. 나와 결혼한다는 전제로 우리 지분을 당겨쓰고 있는 것뿐이야."

"그, 그런……."

"그런데 지금 오빠 하는 짓 보면, 정말 정신이 나간 것 같고 말이지?"

……어떡해…….

우연은 두 손으로 입을 틀어막고 천천히 허리를 구부렸다.

불길한 예감은 왜 한 번도 어긋난 적이 없을까.

어떡해, 어떡해, 아저씨……. 대체 어쩌려고 그러셨어요…….

나는 이제 어떡해. 대체 나는 뭘 어떡해야 해요?

한 회장님은 왜 아들한테 이따위 유언을 남겼을까. 왜 아무도 나에게 이런 얘기를 해 주지 않았을까. 송 할머니도, 정 관장님도, 손 원장님도, 그렇게 말이 많고 시끄럽던 최 실장 아저씨도.

심지어, 아저씨마저도. 나에게 아무것도 속이지 말아 달라고 부탁하던 그 아저씨마저도.

아저씨에게 이 정도로 선택의 여지조차 없을 줄은 몰랐다. 목줄에 묶여 맨발로 질질 끌려가는 포로와 다를 게 하나도 없었다. 그래서 아저씨는 끝까지 숨긴 것이다. 이것마저 들켰을 때의 굴욕감까지는 도저히 감당할 수 없어서.

생각할수록 기가 막힌다. '아저씨가 행복해지기 위해서는 이 결혼은 하면 안 돼.', '회사를 반반 나눠서 갈라서면 안 돼?' 하던 자신의 목소리가 너무 같잖게 느껴졌다.

아저씨는 잃어야 할 게 어마어마했고, 나는 그저 주둥이만 살아 있는 기생충에 불과했다. 아저씨가 나중에 정신을 차리면, 나 때문에 잃어버린 게 얼마나 대단한 것인지 알게 될 거고, 그때 아저씨의 몸에 매달려 여전히 미친 듯이 피를 빨아먹고 있는 내 정체가 보일 것이다.

우연은 그 '잃어버린 것들'이 나중에 얼마나 큰 원망을 불러일으키는지 잘 알고 있었다. 엄마도 한때 아빠에 대한 사랑이 넘칠 때가 있었다. 하지만 조기 유학을 다녀와 좋은 대학의 영문과에 입학했던 엄마는 가진 것이 많았고, 따라서 '사랑 때문에 포기했던 것들'도 많을 수밖에 없었다. 열등감 덩어리였던 아빠는 그 원망을 도저히 받아들일 수 없었다. 운명적인 사랑이 파탄 나는 첫 번째 단추가 그 '포기했던 것들'이었다.

눈앞으로, 가야 할 길이 천천히 모습을 드러내기 시작한다.

그래. 아저씨는 애초부터 내 것이 될 수 없는 사람이었다. 나는 아저씨가 행복하기를 바랐지, 모든 것을 잃고 내 옆에 주저앉길 바란 건 아니었다. 왕위를 내려놓고 사랑을 택하는 따위의 스토리는 엿이나 먹어야 마땅했다. 더욱이 왕은 재산이라도 남지만, 아저씨는 재산을 물려받지도 못한다. 이건 백번 뒤집어 생각해도 미친 짓이다.

그래. 그냥 덕질, 팬질, 사생질 정도에서 끝났어야 했다. 그 정도가 내가 누릴 수 있는 행복의 최대치였을 것이다.

툭, 툭툭, 툭툭툭.

결국, 눈물이 터졌다. 급하게 고개를 숙이고 손바닥으로 눈을 막았지만 한번 터진 눈물은 정신없이 아래로 쏟아졌다. 우연은 이를 악물고 발을 콱콱 구르며 눈물을 닦아 냈다. 저 여자 앞에서 눈물을 보이다니, 이 머저리 같은 눈깔을 뽑아 버리고 싶다.

우연의 처참한 얼굴을 본 미현은 조금 기분이 좋아진 듯했다. 약간 너그러워진 목소리가 흘러나왔다.

"뭐 지금 네가 찢어 죽일 만큼 밉고 그런 건 아니야. 나도 한때 좋아하는 사람이 있었으니까 아주 이해 못 할 것도 아니지."

"모……리스 첸……? 아직도 사귀고 있는 거 아니에요?"

"씨발, 이건 또 어떻게……. 누가 그래! 오빠한테 들은 얘기야?"

느긋하던 목소리에 다시 파랗게 날이 선다. 과거사처럼 이야기를 돌리려다 정통으로 들켜서 당황한 듯했다.

"아뇨. 인터넷에서, 기사랑 사진 봤어요. 엄청 많이 봤어요."

많은 건 아니고 네댓 번에 불과했지만 아무래도 상관없었다. 미현이 얼굴을 잔뜩 찌푸리고 중얼거린다. 씨발 다 지우라고 했는데 어디서 득달같이 주워 본 거야. 미현이 우연을 노려보며 추궁했다.

"오빠한테 들은 거 정말 아니야?"

"아저씨는 그런 얘기 한 번도 안 했어요. 제가 찾아봤어요."

"하긴, 그 콧대 높은 자존심에 그런 얘길 할 리도 없지."

미현은 얼굴을 구긴 채 고개를 끄덕이더니 잠시 후 표정을 풀고 쿨하게 설명을 시작했다.

"좋아. 뭐, 말하려면 확실히 말하는 게 좋겠지. 그래야 제대로 현실을 보고 처신을 똑바로 하게 될 테니까. 오빠도 어차피 다 알고 있을 테고."

미현이 비웃듯이 키들거린다.

"나는 말이다, 꼬마야. 남녀 관계에서 섹스 문제가 굉장히 중요하다고 생각하는데, 애석하게도 오빠하고 나는 둘 다 성적으로 전혀 끌리지 않아. 솔직히 말하면, 오빠는 남자로서, 결혼 상대로서 성적인 매력이 전혀 없어. 그건 정말 큰 문제야. 그건 엄연한 이혼 사유이기도 하거든."

"……."

"그리고 애초에 난 천상의 테크닉을 가진 정력가를 놔두고, 수도승 같은 사람 옆에서 허벅지에 송곳 박으면서 살 생각은 추호도 없었어. 그나마 너랑 같이 잤다는 걸 보니 아주 고자는 아니었나 보네."

이원은 미현에게 다정하고 정중한 약혼자였다. 하지만 입맞춤 외에는 어떤 성적인 접촉도 없었고, 성적인 뉘앙스가 있는 대화조차 점잖게 회피했다. 결혼

전까지 성관계를 절제하는 것이라기엔 도가 지나쳤다. 어딘가 큰 결함이 있어서 신부가 되려고 했었나 의심스러울 정도로.

반면 모리스 첸은 워킹 페로몬이라는 별명을 가진 사내로, 이원과 여러모로 대척점에 놓여 있었다. 상업적 감각이 뛰어난 공연 기획자였지만 추문에 연루되는 일도 잦았다. 여러 종류의 중독에 쉽게 빠져들었고, 낭비벽이 심했으며, 절제라곤 전혀 없었다. 자극이 없는 지루한 삶을 견디지 못해, 그가 머무르는 곳에선 밤마다 흥청대는 파티가 이어졌다. 도박, 파산, 여자들과의 추문, 폭행 사건에 연루된 적도 꽤 있었다.

하지만 매력적인 외모와 언변, 특히 성적인 매력만큼은 그를 따를 사람이 없었다. 배우자로서는 적절하지 않을지 몰라도, 자극적인 쾌락을 아낌없이 선사하는 연인으로서는 최고점을 받을 만했다. 미현은 그와의 낮과 밤을 기꺼이, 적극적으로 즐겼다.

모리스와 함께 자극이 넘치는 변화무쌍한 일상에 묻혀 있다가, 서울에 와서 이원과 시간을 보내고 있노라면 끔찍하게 지루하고 숨이 막혔다. 깊은 산골 수녀원에 틀어박혀 고행하는 기분이었다. 하루 이틀도 아니고 평생을, 도저히 이렇게 살 수는 없었다. 미현이 모리스와의 관계를 무리하게 유지하기로 결심했던 가장 큰 이유가 바로 그것이었다.

어차피 이 바닥에서 법적 부부란 대부분 허울 좋은 동업자나 동지에 가까웠고, 성욕이나 정서적 만족감은 정부를 이용해 충족시키는 경우도 적지 않았다. 결혼이 재산의 이합집산 도구가 되다 보면 이혼도 쉽지 않기 때문이었다.

우연은 이야기를 들으며 멀거니 눈을 깜박거렸다.

……저 언니는 아저씨에 대해 잘 모르는구나.

금욕적이고 품위 있는 분위기와 달리, 빗장이 풀린 아저씨는 절대 수도승 같은 사람이 아니었다. 머리끝부터 발끝까지 성욕으로만 가득 찬 짐승이라면 모를까. 그는 육체의 자극에 무서울 만큼 탐닉하는 사람이었다. 경험이 부족함을 수치스러워할망정 그 추잡하고 더러운 짓들을 전혀 회피하지 않았다. 섹스할 때만큼은 주변 상황과 뒷일을 생각하지도 않았다. 그는 쾌락을 한계 이상으로 추구하기 위해, 법에만 어긋나지 않는다면 무슨 짓이든 할 수 있는 남자가 틀림없었다.

다만 얼마 전까지는 그 사실을 아무도 몰랐었다. 아저씨 자신까지도.

하지만 그런 말까지 해 주고 싶지는 않았다. 그때 아저씨가 자신에게 보여 주었던 모습은 남에겐 절대 이야기해선 안 될 비밀 중의 비밀이었다.

"하지만 오빠와 결혼하면 호텔 경영권을 영구적으로 확보할 수 있잖아? 포기하는 건 병신 짓이지. 둘 다 갖는 게 불가능한 일도 아니니까. 그래서 모리스에 대해선 오빠한테 암묵적으로 미리 합의를 받은 거고."

저쪽 세상은 정말 이상하다. 상식이 안 통해, 라고 생각하던 우연은 이내 푸스스 웃으며 고개를 저었다.

아니다. 실은 내가 살던 세상도 이상하긴 마찬가지였다. 우리 아빠만 해도 다른 여자들과 그렇게 바람을 피우면서도 엄마에게 당당하다 못해 폭력적이지 않았던가. 애초에 세상은 상식이 통하지 않는 곳인지도 모른다. 그래서 순진하게 상식을 믿던 사람들만 바보가 되어 자빠지는 건지도 모른다.

"그런데 오빠는 몰랐던 것도 아니면서, 왜 이제 와서 일을 뒤집으려고 이래? 오빠가 네년을 근처 오피스텔에 박아 두고 눈에 안 띄게 적당히 즐기면 나도 이렇게 귀찮은 짓 안 해! 그래, 공평하니 좋다 이거야. 괜히 가책을 받을 것도 없고."

……공평하다? 마음이 편하다? 정말 이렇게 생각한다고?

"하지만 집에 너를 끌고 와서 사람들 다 알도록 이 짓거리 하는 건, 나한테 대놓고 엿 먹으라는 수작이잖아. 저번에는 치료 때문이라고 핑계도 대고, 내가 너한테 손댄 것도 있어서 한 번은 넘어가 준 거지만, 지금 이러는 건 나하고 결혼을 때려치우고 회사도 다 팽개치겠다는 말밖에 안 돼."

우연은 눈을 크게 떴다.

잠깐만. 그러면……?

그, 그래. 방법이 없는 게 아니었어.

미현이 격분한 것과 별개로, 심장이 격렬하게 날뛰기 시작한다.

그래. ……아저씨도, 저 언니랑 똑같이 하면 되는 거잖아. 잘하면, 둘 다 가질 수 있잖아. 손해 안 봐도 되잖아.

나, 나를 근처 오피스텔에, 놔두고, 그래, 나, 나도 그렇게 살면……?

물론 아저씨는 이런 방법을 상상조차 하지 않을 것이다.

……아니, 정말 상상조차 하지 않았을까? 생각은 해 보지 않았을까? 이 방법을 몰랐을 리는 없으니까. 다만 아저씨 성격상 도저히 용납할 수 없는 방법이라 포기했던 건 아닐까?

하지만 내가 그렇게 하자고 하면?

갑자기 입술이 벌벌 떨리기 시작했다.

그, 그럼, 나는 소위 말하는 세컨드? 첩? 그런 여자가 되는 건가?

천천히 입을 틀어막았다. 이상하다. 처음엔 굉장히 좋은 방법인 것 같았는데, 아주 몹쓸 방법인 것도 같고, 공평하니 좋을 것 같으면서도, 공평하건 말건 이래선 안 된다는 생각이 치밀기도 했다.

하지만 이거 말고는 선택할 방법이 없으면?

아저씨와 헤어지는 것보다, 아저씨가 회사를 뺏기는 것보다…… 그래도 이 방법이 나은 건 사실 아닌가?

우연이 뒤죽박죽 엉켜 버린 머릿속을 정리하려 애를 쓰자, 위에서 피시시, 비웃음 소리가 들렸다.

"쓸데없이 머리 굴리지 마. 어차피 너는 결정할 권한 따위 없으니까."

"……네?"

"넌 어차피 오빠 옆에 못 있어. 나가서, 오빠 눈에 안 띄게 죽은 듯 숨어 살아야 할 거야."

미현이 차가운 목소리로 덧붙였다.

"죽을 때까지."

□ ■ □

"저, 전무님?"

최 실장은 옆 좌석에 앉은 이원을 부르다가 멈칫했다. 이원은 좌석 시트도 펴지 않은 채, 앉은 자세 그대로 자고 있었다.

회사 로비에서 실신한 우연을 안고 그대로 퇴근한 이원은 사흘 동안 회사에 나오지도 않고 집에 박혀 있다가 뉴욕행 비행기에 몸을 실었다. 그러더니 식사도 거른 채 바로 숙면 모드다.

세상에, 불면증으로 죽을 고생을 하던 전무님이 이렇게 불편한 자리에서, 이렇게 달게 주무실 수도 있구나. 와이셔츠 깃 주변으로 얼핏얼핏 보이는 벌건 자국들을 보면, 사흘 내내 무슨 일이 있었는지 짐작이 안 가는 바는 아니었지만, 홍연은 이원의 이런 모습이 낯설기만 했다.

"……음, 예, 말……씀하세요."

이원은 잠결에서도 남에게 짜증을 내는 법이 없었다. 홍연은 모처럼 꿀잠에 빠진 상사를 깨운 자신이 미웠다.

"미현 양에게 끝까지 답장이 오지 않는데, 만약 공항에 내려서도 연락이 안 되면 어떻게 하시겠습니까? 아파트에 한번 가 보시겠습니까, 아니면 공항에서 바로 한국행 표를 다시 끊을까요?"

눈꺼풀이 무겁게 올라간다. 졸음에 겨운 것이 보였지만 그는 애써 눈꺼풀을 비비고 고개를 흔들었다.

"표는 안 끊으셔도 됩니다. 미현이 아파트에도 갈 필요 없어요."

"그럼……?"

"미현이 말고 만날 사람이 있어요. 거래를 할 사람이."

홍연은 고개를 갸웃했다. 만날 사람? 누구? 무슨 거래? 지금 파혼 문제 때문에 미현에게 가려는 게 아니었나?

홍연의 어리둥절한 반응을 느낀 이원이 눈을 감은 채 부드럽게 웃는다.

"홍연 씨, 난…… 정우건설 사태 이후로 내내 무서워하고 있었던 것 같아요."

"뭘 말씀입니까."

"누군가를 벼랑까지 몰아서 파멸시키는 것, 비열하게 뒤를 캐고, 악착같이 공격하고, 수단 방법 가리지 않고 위협해서 굴복시키는 것. ……혹은, 나와 내 회사 역시 똑같은 방식으로 파멸하는 것. ……전부 다."

홍연은 속으로 혀를 차며 고개를 끄덕였다. 정우건설 사태는 이 사내에게 큰 트라우마로 남았다. 이원은 기업 간, 혹인 개인 간의 힘겨루기에 결코 서툴지 않았고, 그것을 회피한 적도 없었지만, 사실 그런 상황에 대해 늘 두려워하고 도망치고 싶어 했다.

"그런데 그 두려움이 언제 사라지는지 아십니까?"

"글쎄요……? 언제입니까?"

"더 큰 두려움이 생길 때 사라져요."

홍연은 눈을 가만히 깜박거렸다. 이게 무슨 선문답 같은 말인가. 하지만 곰곰 생각하던 홍연은 잠시 후 눈을 크게 떴다. 알 것 같다. 더 큰 두려움. 그가 지금 가장 두려워하는 어떤 것. 생각이 닿는 순간, 이원의 조용한 목소리가 들렸다.

"가장 중요한 걸 잃고 나면, 다른 부차적인 것들을 소유하는 게 별 의미가 없다는 걸 알게 돼요. 그러니 가장 중요한 게 뭔지 알았으면, 다른 것들을 내려놓고 그것부터 지키는 게 맞겠죠."

홍연은 긴장하며 눈을 빙그르르 돌렸다. 이원은 눈을 감은 채 싱긋 웃고 있었다.

"좋은 경영자는 뭘 버려야 하는지 빠르게 결단을 잘하는 사람이라면서요."

머리카락이 쭈뼛 곤두서는 것이 느껴졌다.

"파멸해도 좋다, 얼마든지 비열해져도 좋다, 그렇게 생각하니 이제야 제가 가진 걸 모조리 판돈으로 걸 수 있겠다는 생각이 드네요."

"예."

"……이제 무슨 짓이든 할 수 있을 것 같습니다."

홍연의 등 뒤로 차가운 긴장감이 흘러내렸다. 이원에게 배수의 진이나 모 아니면 도, 방식의 올인은 어울리지 않았다. 평상시의 그는 리스크를 극도로 회피하는 경영자로 정평이 나 있었고, 안전망을 몇 겹씩 두르고 일을 추진하는 것으로 유명했다.

하지만 아주 가끔, 그의 내면에서 승부사의 기질이 발동할 때가 있다. 지금처럼. 그의 내면에서는 이미 새로운 스위치가 눌렸고, 되돌아갈 수 없는 강을 건넌 듯했다. 폭풍 전야였다.

"뉴욕에서 어떤 분과 만나실 예정입니까."

홍연의 조심스러운 질문에 이원은 눈을 감은 채 조용히 대답했다.

"산타바바라 극장의 프로듀서, 모리스 첸입니다."

□　■　□

"자 이쯤에서 본론을 말해야겠구나. 네 엄마 말이야."

우연은 손바닥으로 두 눈을 마구 문지른 후 고개를 들었다. 눈물로 얼룩덜룩한 꼬락서니가 얼마나 흉할지 알지만, 신경 쓸 여유도 없었다.

"엄마 외국 나가신다고 했는데, 무슨 일인데요?"

"전화기 좀 켜서 부재중 전화나 확인해 보지 그러니?"

오랫동안 켜지 않았던 전화기에는 수백 개의 부재중 전화 표시가 붙어 있었다. 옆에서 화면을 들여다본 미현이 피식 코웃음을 친다.

"내가 이럴 줄 알았다. 이럴 줄."

입술이 파들파들 떨렸다.

김현주. 부재중 전화 687통. 진형식 부재중 전화 584통.

우연은 엄마와 아빠를 특별한 호칭으로 저장했던 적이 없다. 애칭도 멸칭도 아닌 딱 이름 석 자. 이렇게 적어 두면 가족이 아니라 완전한 타인처럼 느껴질지도 모른다고 생각했다.

웃긴다. 엄마 아빠는 아무리 밀어내도 남이 될 수 없다. 687, 584라는 숫자가 그것을 생생히 보여 주고 있었다.

천천히 고개를 들었다. 그동안 궁금했던 것이 어렴풋이 윤곽이 잡힌다.

"우리 엄마가 재판에서 이기도록 도와주고, 외국으로 나가게 도와주신 분이 당신인가요?"

"그래도 머리는 좀 돌아가는구나."

"왜……?"

"고맙다는 인사부터 해야 하지 않겠니?"

"이유도 모르고 고마워할 수는 없어요. 그리고 고맙다는 인사는 엄마한테 받으셔야죠."

"아, 그래. 그건 그렇구나."

미현은 목을 뒤로 젖히고 시원하게 웃었다.

"그 부재중 전화가 언제 들어왔는지 확인이나 해 보지 그래?"

우연은 최종 날짜를 확인하고 그대로 굳어 버렸다. 벽돌처럼 차곡차곡 쌓인 부재중 전화와 문자들은, 바로 30분 전까지 이어져 있었다.

"엄마…… 못 나갔어요?"

"응. 어딘가에 처박혀서 숨도 못 쉬고 숨어 있지."

무언가를 예감한 듯, 다리가 와들와들 떨린다. 점점 숨이 가빠지기 시작했다.

"내가 아무 상관도 없는 여자에게 변호사를 붙여서 이혼을 도와주고, 한국인이 전혀 없는 미국 시골 마을에 숙소까지 마련해 준 이유가 뭐라고 생각해?"

"아…….."

"난 도와준 데 대한 합당한 대가를 미리 말했어. 난 네 아저씨나 프란치스코 성인처럼 희생정신이 넘치는 인간이 아니라, 합리적이고 상식적인 보통 사람이거든."

"무슨 대가요?"

"뭘까. 그 대가?"

가만히 눈을 깜박였다. 생각이 멈춘다. 시간도 멈춘다. 이 순간이 극도로 맑고 단단한 유리에 갇힌 것 같다. 미현은 극적인 효과를 만들려는 듯 침묵을 지키다가 생긋 웃었다. 붉고 매끄러운 입술이 달싹거린다.

"오빠 눈앞에서 너를 치우는 것."

천천히 눈만 깜박였다. 전혀 놀랍지 않은 걸 보니 아마 무의식은 그 조건을 이미 짐작하고 있었던 것 같다.

"오빠는 두 가지를 다 가질 수 있는 방법을 알면서도, 나처럼 그 길을 택하진 못해. 너를 세컨드로 두고 회사도 차지하는 대신, 너를 택하고 회사를 포기하겠지. 등신같이."

맞다. 아저씨는 아마 그럴 것이다. 내가 좋아하고, 내가 사랑하던 한이원 아저씨라면, 틀림없이 그럴 것이다.

"그럼 내가 원하는 호텔 경영권도 영영 물 건너가는 거고. 난 그 꼴은 못봐."

"……."

"그래서 네 엄마와 거래를 한 거야. 남편인지 개새끼인지, 거기서 벗어나게 해 줄 테니, 딸을 데리고 외국에 나가라, 연락 끊고 죽은 듯이 살아라. 오빠한테 몰래 첩질하라는 말은 죽어도 안 먹힐 테니, 이렇게 귀찮은 방법이라도 써야 할 거 아니겠니."

너만 없으면 오빠는 얼마 안 가 정신 차리게 돼 있어. 생각보다 굉장히 계산 빠르고 손절 각도 잘 재는 사람이거든. 미현은 심드렁한 얼굴로 말을 이었다.

"물론 늬 엄마는 아주 고맙다고 난리가 났고. 만나면 길바닥에서 큰절도 하겠더라?"

당연하다. 엄마는 아빠에게서 벗어나게 해 주겠다는 미끼를 거절할 힘이 없었을 것이다.

나 역시 마찬가지다. 나와 엄마가 유일하게 공감할 수 있는 단 하나의 감정, 공포심. 온 세상을 꽉 채우고 있는 저 거대하고 무거운 감정 앞에서, 감히 다른 생각을 할 수 있을 리가 없다.

"그런데 공항에 데려가려고 약속 장소에 나갔더니, 네 엄마 혼자 나왔더라고. 네가 같이 가기 싫다고 했다면서."

"저, 저는 그런 말을 한 적이 없어요!"

"그래. 그럴 것 같더라. 너를 치우는 조건으로 엄마를 덤으로 보내 주기로 한 건데, 엄마만 나오니 짜증이 나, 안 나? 대가리가 그렇게 안 돌아가면 그게 아메바지 인간이야?"

미현은 그들의 황당한 정신세계를 마음껏 비웃었다. 어쩌면 일가족이 죄다 이 모양일까. 아비란 새끼는 열등감과 피해망상으로 머리가 돌았고, 어미란 년은 알코올에 뇌가 녹았고, 딸은 말 그대로 뇌가 맛이 갔다.

"어, 엄마는 그래서 지금 어디 있어요?"

"지금 김포 근처의 민박집에 죽은 듯이 숨어 있지. 하루 종일 너한테 전화만 해 대면서."

제기랄. 그래서 이렇게 미친 듯이 전화를 해 댄 거구나.

"엄마는 지금 네 전화 기다리다 숨넘어가게 생겼어. 악귀에게 쫓기는 것보다 남편한테 들키는 걸 더 무서워해. 화장실 가는 거 말고는 방구석에서 나오지도 못해."

"딸 팽개치고 혼자 튀려고 한 여자가 나랑 무슨 상관이에요. 내가 안 가면 어떻게 하실 거예요?"

엄마를 위해서, 라는 협박은 우연에겐 먹히지 않았다. 미현은 쓰게 웃으며 고개를 끄덕였다.

"뭘 어떻게 해. 네 엄마한테 들어간 돈하고 그동안 신경 썼던 것만큼 모조리 받아 내고 신경 꺼야지. 그담에는 네 아빠가 알아서 하겠지. 그러잖아도 네 아빠, 너랑 연락이 끊어지니까 반 돌아 버린 것 같더라."

"그, 그걸 어떻게……."

"사람 붙여 놨지. 오빠가 너한테 빠져서 미친 짓을 하는 동안, 내가 움직였어."

"……으."

"너도 조만간 아빠를 만나겠구나. 네 아빠가 쓰레기인 건 알지만, 사람 집요하게 스토킹하고 찾아다니는 능력은 기가 막히더라. 빨리 뜨지 않으면 꼬리를 밟히지 않겠니."

엄마가 어떻게 되는지는 알 바 아니지만, 아빠의 부재중전화 584라는 숫자는 몸서리가 쳐졌다. 대체 나한테 무슨 할 말이 있다고 며칠 사이에 584번이나 전화를 해 댔을까. 엄마가 어디 있는지 모른다고 분명 말했었는데.

"여기서 질문 하나. 아빠는 왜 너한테 하루에 100통 가까이 전화를 했을까? 엄마를 추적하기에도 시간이 모자랄 텐데."

"왜……죠?"

"네 아빠가, 네가 쓴 탄원서 내용을 알게 됐어."

눈앞이 하얗게 변한다. 맙소사. 이젠 진짜 끝장이다.

"엄벌에 처해 달라고 했다며? 대체 왜 그랬어? 그게 끝까지 숨겨질 줄 알았어? 그거 다 나중에 당사자 귀에 들어가는 거 몰랐니? 너는 매 맞는 마누라나 애새끼들이 왜 죽으나 사나 가해자에 대해 선처를 호소하는지 알 거 아냐."

확 눈물이 치밀었다.

안다. 아는데 그때는 잠시 정신이 나갔다. 아저씨의 말을 믿고 싶었다. 나와서 또 때리면 다시 감옥에 넣고, 또 처넣고, 또 처넣고. 그 달콤한 유혹을 믿고 싶었다.

난 아빠한테 그렇게 당해 놓고, 어떻게 그게 가능할 거라 생각했을까.

참았던 눈물이 툭툭 떨어졌다. 저 여자 앞에서만큼은 울고 싶지 않았는데,

의기양양하게 만들어 주고 싶지 않았는데. 우연은 끅끅 소리를 필사적으로 삼켰다.

결론은 점점 한 가지 방향으로 흘러가고 있다. 새로 알게 되는 정보들은 내가 절대로 아저씨 곁에 남으면 안 된다고 말한다.

나한테 닥치는 일들은 왜 늘 이 모양일까?

맞다. 생각해 보면 내 인생은 아무리 좋은 것을 품어도 죄다 똥으로 만드는 신기한 재주가 있다. 그림 그리는 재능, 사람의 위선과 위악을 까발리는 재능, 천신만고 끝에 온 서림예대, 아저씨, 한이원, 부드럽게 혀에 휘감기는 달콤한 이름을 가진 나의 아저씨까지. 황금 덩어리, 로또 복권보다 더 귀한 그마저도 내 인생에 떨어지자 똥처럼 변해 내 속에서 빠져나가려고 한다.

미현의 혀 차는 소리가 길었다.

"지금 바로 엄마 있는 곳으로 가. 내일이라도 비행기표 수배해 줄 테니까."

"저, 여권이 없는데요……."

"씨발, 지금까지 여권 하나 안 만들어 놓고 뭐 한 거야?"

계획이 틀어진 것을 알게 되자마자 인상이 사납게 일그러진다. 고운 입술에서 저런 말이 튀어나오니 안 어울려야 마땅한데, 우습게도 그것마저 잘 어울렸다. 저 여자는 세상에 존재하는 모든 말투와 모든 표정이 다 어울리는 것 같았다. 그녀를 보니 자신이 세상에서 얼마나 겉돌고 있는지 새삼 알 것 같았다.

가야 한다. 아니, 이대로 갈 순 없다. 아저씨가 얼마나 놀랄까. 얼마나 기가 막히고 좌절할까. 지난번보다 더 지독한 후폭풍이 기다리고 있을 텐데. 아저씨는 이걸 어떻게 감당할까. 나는 또 어떡해, 난 이제 아저씨 없이는 숨도 못 쉴 것 같은데.

우연은 머리를 쥐어 싸고 고개를 수그렸다. 왕왕대는 목소리들이 뒤엉켜 머릿속이 터질 것 같다.

그럼 아, 아저씨한테 한번이라도 말을 해 볼까? 아저씨도 저 언니랑 똑같이 살면 어때요. 나는 그럼 평생 결혼한 아저씨의 세컨드로 살아야 하는 거야? 그건 싫어! 왜? 영영 헤어지는 것보다는 낫지 않아? 싫어, 아냐, 모르겠어. 그럼 엄마는? 엄마는 이번에 아빠한테 잡히면 정말 어떻게 될지 모르는데? 내가 날 버린 엄마를 왜 신경 써야 해? 그렇다고 엄마를 아빠한테 평생 쫓기게 할 거야? 넌 아저씨를 파멸로 몰아넣게 될 거야. 기생충도 모자라 암 덩어리. 그래도, 어쨌든 같이 있는 게 좋지 않아? 싫어, 아니야, 아저씨가 그런 일을 받아들일 리가 없잖아. 그래도 혹시 알아? 아저씨는 너를 사랑하잖아.

……아저씨는 너를 사랑하잖아.

"오늘 당장 구청 가서 여권 만들어 놔. 허튼 생각 말고."

서슬 퍼런 목소리가 생각을 탁 끊어 낸다. 우연은 후드득 몸을 털었다. 허리가 잘려 나간 목소리들은 순식간에 자취를 감추고 사방은 무섭게 고요해졌다.

"여권 나오는 데 일주일도 안 걸려. 오빠 일주일 후에 온다고 했던가? 그 안으로 비행기표 잡아 놓을 테니까, 사람 보내면 아무 소리 말고 차 타고 나와. 알았지?"

"……네."

고개를 끄덕였다. 이제는 아빠에 대한 공포를 이길 힘도 없고, 아저씨를 망하게 하면서까지 옆에서 버틸 염치도 없다. 아무리 상식이 없고 눈에 뵈는 게 없어도, 아저씨 옆에서 버티면 안 되는 상황인 건 잘 알겠다.

"저, 그, 그런데 언니, 아저씨 한 번만 더 보고 가면 안 돼요? 인사도 제대로 못 했는데……."

따악.

갑자기 한쪽 뺨에서 엄청난 소리가 나더니 몸이 붕, 떠서 바닥에 나동그라졌다. 익숙한 타격이었지만 너무 갑작스러워서 아프다기보다 충격이 컸다. 우연은 뺨을 감싸 안고 바닥에서 비슬비슬 뒤로 물러앉았다. 미현은 아무런 표정의 변화도 없이 똑같은 어조로 말했다.

"인사? 대갈통에 총이라도 맞았어? 나 좀 붙잡아 달라고 오빠 앞에서 시위하려고?"

"……."

"비련의 연인 시늉 하면서 날 원망할 거면 여기서 집어치워도 돼. 나야말로 진짜 피해자고, 계약을 어긴 건 내가 아니니까."

계약……이라.

혀끝으로 낯선 말을 슬쩍 감아올리는 순간 우연의 머릿속에 중요한 것이 떠올랐다.

아, 이런. 우연은 황급히 고개를 들었다.

계약. 맞다. 아저씨하고 나 사이에도 남은 계약이 있다.

……그려 주어야 할 그림이 두 개나 더 있는데.

얼굴을 잔뜩 우그린 우연을 향해 미현은 단호하게 명령했다.

"가져갈 짐 잘 챙겨 두고 있다가 내가 부르면 몰래 나오도록 해. 오빠 귀국하기 전에 올 거니까 딴생각 말고."

"……네."

우연은 그녀가 원하는 대로 한껏 비굴해졌고, 미현은 전혀 흡족하지 않은 얼굴로 자리에서 일어서며 내뱉었다.

"오빠 귀에 한마디라도 들어가면, 너도 약속을 깼다는 거로 알겠어."

□　■　□

홍연은 눈을 멀거니 껌벅이며 맞은편에 앉은 상사의 맹렬한 식욕을 구경했다. 불면증 환자답지 않게 비행시간 내내 꿀잠을 자면서 식사를 내리 거르더니, 공항에 내리자마자 식당으로 직행해서 대형 스테이크를 무시무시한 속도로 흡입하는 중이었다.

"아, 최 실장, 이걸 확인한다는 걸 잊었네요. 우연이 어머니 김현주 씨, 이혼 소송을 어디서 도왔는지 혹시 들은 게 있습니까? 우연이는 저나 우리 회사 쪽에서 도왔다고 알고 있는데요."

"금시초문입니다, 전무님."

"음, 혹시 정 관장? 정 관장이 법무팀에 요청을 한 걸까요? 보고받은 건 없는데……."

이원은 고개를 갸웃하며 혼잣말을 했다.

"확인은 해 보겠습니다만, 그럴 리가 없지 않습니까?"

"그렇죠. 정 관장이 그럴 리가."

두 사람은 얼굴을 마주 보고 피시시 웃음을 터뜨렸다.

이원과 홍연이 생각하는 정 관장은 철두철미한 원칙주의자이자, 안전제일주의자였다. 집안이 어려운 예술계 학생들을 돌보는 장학관 관장답게 조심조심 몸을 사리는 태도가 아주 몸에 배었다. 지시받은 일은 철저하게, 바늘도 안 들어갈 만큼 빈틈없이, 가이드라인과 정관, 법규는 백만 볼트 고압선처럼 절대로 밟지 않는 오지랖 제로의 성격. 그런 그가 얼굴 한번 본 적 없는 우연 어머니의 이혼 소송을 도와준다는 건 지나가던 개가 웃을 일이었다.

홍연이 노트북 화면에서 고개를 들고 대답했다.

"정 관장은 모르는 일이라고 합니다. 법원 판결문 조회를 해 보고 알려 드리겠다고 하네요. 잠시만 기다리십시오."

그사이 이원은 종업원을 불러 다른 스테이크를 하나 더 주문했다. 홍연이 놀란 눈으로 멀뚱거리며 바라보는 동안, 이원은 새로 나온 요리와 사이드 메뉴까지 다 먹었다. 피클 한 조각까지 천하 진미를 먹는 것처럼, 눈을 감고 음미하면서. 그의 입가에 머무는 웃음이 낯설었다.

식사가 끝날 무렵 홍연이 눈썹을 찌푸린 채 중얼거린다.

"혹시 전무님, 법무법인 영보라고 들어 보신 적 있으십니까?"

이원은 잠시 갸웃하다가 이내 고개를 끄덕이며 대답했다.

"……아, 기억납니다. 서울고법에서 은퇴하신 차영보 판사님이 몇 해 전에 마포에 개업하신 사무실입니다. 박원주 이사님하고 막역한 사이인 듯하던데……."

홍연의 눈이 둥그레지는 것이 보인다.

"김현주 씨 이혼 소송 대리한 곳이 법무법인 영보입니다."

이원의 손에서 포크가 달그락 소리를 내며 굴러떨어졌다.

〈No.4 재의 수요일〉

거대한 화폭 위로 그의 얼굴이 뚜렷하게 떠오른다.

한때 거대하다고 생각했던 100호 캔버스는 이제 전혀 크지 않다.

처음 아저씨를 그릴 때는 작은 연습장에도 아저씨의 전신을 충분히 그려 넣을 수 있었다.

하지만 이제는 모자란다. 아저씨의 얼굴 하나만으로도 온 세상을 채울 수 있을 것 같다.

사아아아, 사그락, 사악. 탓탓탓.

그의 얼굴을 스케치하는 일은, 반투명 종이를 사진 위에 대고 그리는 것만큼이나 수월했다. 우연은 밑칠이 되어 있는 캔버스에 대담하게 선을 치기 시작했다.

나는 왜 지금 굳이 이 그림을 그리는 걸까? 아저씨는 만나 보지도 못할 텐데?

빚을 갚으려고?

우연은 웃었다. 도망치는 주제에 빚이 무슨 의미가 있는지 모르겠다.

그냥, 이 그림까지 아저씨에게 남겨 놓아야 할 것 같았다. 아저씨가 나에게 만 허락했던 마지막 모습, 아저씨가 나의 마음에 박아 놓은 마지막 발자국, 그 최후의 모습까지 영원히 박제해 두고 싶었다.

우연은 자신의 그림이 기록 사진과 비슷하다고 생각했다. 그의 영혼을 캔버 스에 짓뭉개 발라 가며 뽑아 낸 기록 사진.

아저씨는 그것을 볼 권리가 있고, 봐야 할 의무가 있다.

그사이 팔이 조금 굳은 듯한 느낌이 있었지만, 잠시 머뭇대던 손길은 어느 순간 확 속도가 붙었다. 이렇게 광적으로 솟아나는 선명한 이미지와 폭발적인 집중력은 정말 오랜만이었다. 생각해 보면 아저씨와 헤어진 후로는 이런 감정 이나 열망이 느껴진 적이 없었다.

사각, 사각, 슷슷슷.

고개를 위로 들어 올리고 있는 아저씨의 얼굴이 서서히 윤곽을 드러낸다. 우 연의 의식은 시공을 훌쩍 넘어 그와 함께 있던 공간을 이리저리 배회했다. 생 명의 다리 위에서 길게 펄럭이던 코트 자락, 참 춥던 날, 맵던 바람이었다. 아 저씨는 얼굴이 푸르게 변하면서도 코트와 장갑을 한사코 양보했다. 아저씨가 나의 후원자가 된다는 이야기를 들었을 때, 그 믿을 수 없는 행운에 나는 넋이 나갔고, 후견인 핑계로 아저씨와 만날 때, 통화할 때, 나는 행복해서 숨이 막혔 다.

아저씨와 함께 있을 수만 있다면, 나는 조현병 환자여도 좋고, 조울증 환자 여도 좋았다. 세컨드 소리를 들어도 좋고, 거머리, 기생충 소리를 들어도 괜찮 을 것 같았다. 사람이 아니고 동물이나 벌레나 나뭇잎이나 발밑에서 굴러다니 는 쓰레기가 되어도 상관없었다. 함께 있을 수만 있다면 그의 서재 카펫에 붙 은 먼지벌레로 평생 살다 죽어도 좋을 것이다.

생각해 보면, 처음부터 아저씨가 좋았다. 생명의 다리 위에서 만났을 때부터

174

운명처럼 아저씨를 사랑했다. 아저씨도 그랬다. 운명처럼, 그의 삶이 완전히 부서지고 망가질 만큼 나를 사랑했다.

어떻게 사람은 자신이 아닌 누군가를 이 지경까지 좋아할 수 있을까? 이게 사람이 감당할 수 있는 감정이 맞을까?

깨달음은 너무 늦었고, 아저씨는 너무 높고 멀리 있었다. 모든 것이 까마득히 멀었다. 그래도 나와 아저씨는 기어이 사랑했고, 같은 침대에서 잠들었고, 함께 아침을 맞았다.

기억이 마지막으로 닿은 곳은 새벽빛이 희미하게 들어오는 어두운 성당이었다. 색색의 스테인드글라스, 흰 미사보를 쓴 여자들, 온통 검은 양복을 입고 있던, 엄숙하고 경건한 남자들, 소매와 단이 긴 가운을 입고 있는 신부님들, 제단 위에서 유난히 반짝이던 은색 종, 이마에 새겨지는 검은 십자가, 그의 머리 위로 떨어지는 묵직하고 단조로운 목소리.

'사람아, 너는 먼지이니 먼지로 돌아감을 생각하라.'
'사람아, 너는 먼지이니 먼지로 돌아감을……'
'사람아, 너는 먼지이니……'

맞다. 잠시 누렸던 육신의 기쁨은 먼지처럼 사라지고 이제 고통만 남았다. 먼지로 이루어진, 먼지가 만들어 낸 강렬한 기쁨에 예정된 암울한 미래는 생각보다 금방 들이닥쳤다.

그것에 저항해야 했다. 받아들이면 안 된다. 반드시 기억해야 했다. 나를 위해서 자신을 이루고 있는 것들을 모조리 무너뜨려 준 아저씨를 기억해야 했다. 그 모습을 남겨 두어야 했다. 모든 것을 내주고, 모든 것을 포기한 아저씨를, 너무 위대하고 아름다워 허망하기까지 한 감정이 꽃망울을 팍 터뜨렸던 그 순간을, 반드시 남겨 두어야만 했다.

먼 미래의 나는 혹은 아저씨는, 아니, 그보다 훨씬 먼 훗날의 사람들은 이렇게 말할 것이다. 모든 것이 먼지가 되기 전, 우리의 삶에는 이렇게 눈부신 순간이 존재했고, 나는 그 순간을 캔버스에 박제해 불멸의 생명을 주었노라고.

아저씨가 믿는 하느님을, 우연은 끝내 이해할 수 없었다. 그분은 우리에게 사랑을 주었고, 그 순간을 영원히 박제할 재능도 주었으며, 그것을 먼지처럼 사라지게 만들 운명까지 함께 주었다. 이쯤 되면 사람으로 살아간다는 것이 이상한 것을 넘어 우스워진다.

우연은 넓은 백붓에 검은 아크릴 물감을 듬뿍 묻혔다. 눈앞의 하얀 캔버스에는 이미 아저씨의 얼굴이 꽉 차 있었다. 이제 남은 일은, 정해진 구획에 정해진 번호대로 색칠하는 것뿐이다. 우연에게 그림이란, 정해진 칸에, 정해진 숫자대로, 정해진 색을 채우면 완성되는 정밀한 컬러북과 비슷했다.

ㅁ ■ ㅁ

그림이 완성된 것은 닷새째 되는 날, 출국을 하루 앞둔 저녁이었다.

붓을 내려놓은 우연은 대여섯 걸음 물러서서 완성된 그림을 바라보았다. 이번 그림은 지금까지 나온 작품 중 가장 무겁고, 목이 졸리는 것처럼 강렬했다.

아저씨는 이 그림을 어떻게 생각하실까.

우연은 그림을 커튼 뒤에 감추고 방문을 잠갔다. 두려웠다. 다른 그림을 그렸을 때는, 아저씨의 생생한 반응을 직접 보고 싶었지만, 적어도 이 그림만큼은 아저씨의 반응을 보고 싶지 않았다.

저녁도 먹지 않고 2층 침실로 올라와 전화기를 켜니, 이미 미현에게 문자가 들어와 있었다.

[내일 낮 12시, 잠시 편의점에 다녀온다 하고 집 앞 편의점으로 나올 것.]

[구청에 들러 여권 찾고 바로 인천으로 출발하니 짐 챙겨 둘 것.]

챙길 짐 따위는 애초부터 없었다. 아저씨에게 받은 것은 모조리 돌려드리고 가야 마땅할 것이다. 금 장신구부터 낡은 와이셔츠까지. 우연이 가져갈 수 있는 것이라고는 아저씨와의 반짝이는 기억들뿐이었다.

그래. 자고로 팬질 덕질 사생질에는 애정의 분량만큼 무수한 기념품과 굿즈가 남는 법이다. 우연은 아저씨를 지독하게 사랑했고, 그래서 무수한 기억이 남았다.

……고작 기억만.

눈꼬리로 가늘게 눈물이 흘러내렸다.

옆으로 몸을 돌려 아저씨의 베개의 얼굴을 묻었다. 베개에서는 아저씨 냄새 대신 향긋한 섬유 유연제의 냄새만 났다. 깔끔한 송 할머니가 새삼 미웠다. 아저씨 냄새 좀 며칠 정도만 남겨 주면 어때서. 우연은 섬유 유연제의 냄새가 서러워서, 베개에 고개를 묻은 채 한참 흐느꼈다.

벌써 아저씨가 보고 싶은데, 이렇게 미치게 보고 싶은데, 난 어떡하지.

내일 어느 나라로 가게 될지, 우연은 여전히 알지 못했다. 묻지도 않았다. 어딜 가나 백치 신세가 될 것은 똑같으니까. 엄마는 학생 때 조기 유학이라도 다녀왔다지만, 우연은 영어로 인사 한마디 할 줄도 몰랐다.

자신의 앞에 펼쳐진 색깔은, 어느 추운 겨울날 아침, 한강에서 보았던 풍경과 비슷했다. 짙고 어둑한 남색, 인디고, 그리고 블랙. 나는 이제 겨우 스물두 살인데, 인생에서 남은 일이라곤 더 차고 더 어둡고 더 깊은 곳으로 점점 가라앉다가, 꿀럭꿀럭 발버둥 치며 죽는 일뿐이었다.

……아저씨, 나 이제 어떡해요.

이원은 예정보다 이틀 이르게 귀국했다.

□ ■ □

불을 켜지 않은 채 가만히 걸음을 옮겼다. 새벽 3시. 조용히 2층으로 올라온 이원은 조심스럽게 침실 문을 열었다.

아…….

우연은 자신의 침대에서 곤하게 자고 있었다. 이원은 방문을 잡은 채 길게 안도의 한숨을 내쉬었다.

우연이 얌전히 기다리고 있으리라 믿긴 했지만, 불안한 건 어쩔 수 없었다. 유리처럼 연약하고 극도로 섬세하며 영감으로 가득 찬 눈부신 영혼은 이미 여러 곳에서 균열하고 있었다. 조금만 충격을 가하면 와장창 깨질 것 같고, 사금파리마저 모래처럼 흩어져 날아갈 것 같았다.

침대 곁의 의자에 앉았다. 불을 켜지 않아 깜깜한 방, 정원의 가로등 불빛만 희미하게 흘러들어 와 우연의 옆모습을 비춘다. 그녀는 이원의 자리에서 이원의 베개에 고개를 묻고 자고 있었다.

우연아, 나 왔어.

나 없는 동안 힘들진 않았어? 괜찮아? 외롭진 않았어?

우연아. 보고 싶었는데 잠만 잘 거니? 난 네가 숨 막히게 보고 싶었는데?

살그머니 허리를 굽혀 동그란 이마에 입술을 댔다. 가볍게 대고 떼려 했는데, 그럴 수가 없었다. 이원은 천천히 입술을 내려 우연의 입술을 파고들었다.

"……."

우연이 눈을 뜬다. 새까만 눈동자가 눈앞에서 깜박거린다. 몽롱하던 눈에 초점이 맞춰지며, 눈이 한껏 커진다. 이원은 혀를 욕심껏 안으로 밀어 넣었다. 목마르고 배고팠다. 이 몸을 힘껏 품고 내 몸으로 한껏 채우고 싶었다.

"……아저씨."

맞닿은 입술 속에서 우연이 중얼거렸다. 혀가 꿈틀대는 것이 간지러웠다. 입천장의 가는 무늬가, 혀의 미뢰들이 느껴지는 것 같다.

"아저씨, 아아, 다행이다."

이원은 무엇이 다행인지 이해할 수 없었다. 하지만 묻기도 전에 우연은 다시 말했다.

"아저씨, 보고 싶었어요. 다행이야, 보고 싶었어. 보고 싶었어, 아저씨."

갑작스레 흘러내린 짠물이 입술 사이로 스며든다. 이원은 우연이 왜 우는지 이해할 수 없었다. 자다가 일어난 우연의 눈가에는, 부연 눈물 자국이 겹겹이 남아 있었다. 이원은 자신의 베개가 축축하게 젖어 있다는 것을 뒤늦게 알았다.

"……왜, 왜 우니 우연아. 무슨 일 있었어?"

"아저씨가 보고 싶었어요. 너무, 너무나 보고 싶어서……."

제기랄! 이원은 우연을 꼭 끌어안은 채 등을 다독거렸다. 저도 모르게 목이 메었다. 그래, 그래, 그래. 많이 불안했구나. 이렇게나 간절하게 기다리고 있었구나.

"아저씨 못 볼 줄 알았어. 다시는 못 볼 줄 알았어……."

"못 보기는 왜. 금방 온다고 했잖아. 그동안 많이 불안했니?"

이원은 잠긴 목소리로 우연을 달랬다. 우연은 대답하는 대신 이원의 목에 매달려 흐느껴 울었다. 나, 나 하느님한테 졸랐어, 그냥, 막 졸랐어. 아, 아저씨 보고 싶다고, 너무너무 보고 싶다고……. 아, 다행이야. 고맙습니다, 눈물에 함빡 적셔진 그녀의 목소리가 이원의 귀에 가늘게 파고들었다.

"아저씨, 사랑해, 아저씨, 아저씨, 사랑해……."

이원은 눈을 질끈 감고 품 안의 작은 몸뚱이를 으스러지도록 끌어안았다. 그저 며칠 만에 얼굴을 본 것뿐인데, 눈물이 흘러나올 것만 같다. 이원이 눈과 뺨과 입술에 차례로 입을 맞추자 우연이 젖은 눈을 천천히 들어 올린다. 눈물에 젖은 긴 속눈썹이 애처로워 미칠 것 같았다.

잠시 후, 간절한, 아니, 어쩌면 절박한 듯 느껴지는 속삭임이 흘러들어 왔다.

"아저씨, 지금 나 좀 ……꼭 안아 주시면 안 돼요?"

이원은 잠시 대답을 망설였다. 지금 이 말은 그동안 불안에 시달렸으니 안심할 수 있도록 따뜻하게 안아 달라는 말일까, 아니면 섹스를 하자는 말일까. 우연은 손등으로 눈물을 닦아 내더니, 그를 똑바로 응시하며 덧붙였다.

"……아저씨하고 섹스하고 싶어요. 정신이 나갈 만큼."

□ ■ □

우연이 가는 팔을 올려 이원의 목에 휘감는다. 이원은 입술을 목으로 끌어내렸다. 얇은 티셔츠를 위로 말아 올리자 속옷 한 장 없이 하얗고 작은 가슴이 바로 튀어나온다.

보자마자 열이 끓어올랐다. 이원은 허리를 숙여 그것을 입에 물고 한 손으로 다른 가슴을 움켜잡았다. 만지고 싶었다. 미칠 정도로, 이렇게 다시 보고, 만지고, 샅샅이 핥고, 힘껏 빨고 싶었다. 이 아이도 나를 그렇게 간절히, 정신이 나갈 정도로 원했다는 것을 알게 되니, 가슴이 터질 것 같았다.

이원은 젖꼭지를 힘껏 빨아들이면서, 슈트와 옷가지를 급하게 벗어 던졌다. 칼라 바, 넥타이핀, 커프스가 한꺼번에 바닥에 나뒹구는 소리가 났다. 속옷을 벗자마자, 눌려 있던 음경이 다리 사이에서 튕기듯 치솟아 우연의 허벅지를 건드렸다. 허겁지겁 성기를 비벼 댔다. 귀두 끝은 터져 나갈 것 같고, 몸은 열기에 녹아 버릴 것 같다.

작은 손이 다리 사이를 더듬어 이원의 상태를 확인한다. 이미 모아이 석상처럼 치솟은 해면체 덩어리는 우연의 손에 들어가자 발광이라도 하듯 크게 몸부림쳤다.

"하윽!"

이원은 허리를 비틀며 비명을 질렀다. 흐앗, 흐윽! 우연의 작은 손이 극도로 예민한 머리 부분을 힘껏 움켜쥐고 지배하려 할 때, 이원은 가장 고통스러우면서도 끔찍하게 달고 황홀했다. 저 손에 그대로 쥐어뜯겨 죽어도 좋겠다는 말도 안 되는 생각이 불쑥 치밀었다.

이원은 몸을 돌려 우연의 다리를 벌렸다. 너무 어두워서 은밀한 속살이 제대로 보이지 않는다. 애가 타서 입속이 바작대고 말랐다. 다리를 더 거칠게, 힘껏 벌리고 그 사이에 얼굴을 바짝 들이댔다. 도톰하고 둥그스름한 두 개의 외음부가 만져진다. 어둠에 눈이 익은 상태지만 여전히 어렴풋했다. 이원은 손가락으로 그 아담한 골짜기를 양쪽으로 한껏 까발렸다.

안에서 수줍게 솟아오르는 작은 봉오리가 보였다. 아니다, 수줍지 않다. 그것은 오만하고 암팡지게 그 작은 고개를 바짝 들고 있었다. 머리가 핑그르르 돌았다.

……제기랄.

이원은 그것을 입술로 물고 혀로 핥아 올렸다. 아으, 아저씨, 아저씨이이! 다급한 비명과 함께 가는 두 다리가 파들파들 떨리는 것이 느껴졌다. 아, 정말이지 미치게 그리웠다. 다시 보고 싶었고, 다시 맛보고 싶었다. 닷새 동안 거의 미치는 것 같았다.

우연이 헐떡이는 소리로 묻는다.

"아저씨, 아저씨도 나랑 미치게 섹스하고 싶었어?"

"응."

성기 끝에서 벼락 치는 통증이 일었다. 아아, 이원은 참지 않고 그대로 비명을 내질렀다. 우연의 손은 생각보다 맵고 무자비했다. 이원은 입을 벌린 채 거칠게 숨만 몰아쉬었다. 우연의 나직한 목소리가 들린다.

"많이 하고 싶었어?"

"……그, 그래, 하고, 싶어서, 죽을 것 같았어."

우연의 신음은 웃음소리인지 흐느낌인지 구별하기 어려웠다. 쥐어짜며 비트는 손길은 점점 광포해진다. 흐윽, 흡, 이원이 필사적으로 신음을 삼키는 동안, 우연이 다시 물었다.

"어떻게 참았어? 혼자 했어요?"

이원의 얼굴로 열이 치솟았다. 오래된 연인이나 부부 사이라면 이런 이야기는 자연스럽게 하게 될까. 여전히 잘 모르겠다.

"……혼자 했어."

"호텔에서 내내?"

"……그래."

"다행이네……."

뭐가 다행일까?

생각은 이어지지 못했다. 아악! 갑자기 입에서 비명이 튀어나오며 몸이 크게 고꾸라진다. 우연의 손이 이젠 귀두를 완전히 까발리고 그 속살을 손톱으로 긁어 댄 것이다. 이원은 수술을 하지 않아, 그곳의 감각이 극도로 예민했다. 불에 달군 바늘이 그곳을 집중적으로 후벼 대는 것 같다.

이원은 전기 고문이라도 당하는 것처럼 몸을 비틀었다. 이젠 비명도 나오지 않았다. 그는 입에 물린 클리토리스를 왈칵 깨물었다. 아악! 흐윽, 아흑! 두 사람 모두 한참 동안 몸을 부들부들 떨면서 버텼다.

이성을 지탱하고 있던 선이 끊겼던 건 그 순간이었던 것 같다. 우연이 손에 힘을 살짝 풀며 귀두를 문질렀고, 이원은 순식간에 부풀어 오른 클리토리스를 힘껏 빨기 시작했다. 비명은 신음과 점점 뒤섞이고, 호흡은 점점 빨라진다. 두 사람은 서로의 사타구니에 머리를 박고 몸부림을 쳤다.

아악, 아흐웃, 윽, 흐으읍.

비명 같은 신음은 점점 길고 질척하게 뒤섞였다. 두 개의 몸은 가장 추한 자세로 얽혀 한참 동안 버르적거렸다.

이제 전신의 감각은 모조리 퇴화하고 쾌감 하나만 증폭시켜서 받아들이는 것 같다. 극도로 예민한 귀두 부분을, 아예 사포로 밀어 대는 것 같다. 끔찍하게 고통스러운 쾌감에 신경이 갈려 나간다. 아아, 으윽, 신음이 도저히 눌리지 않는다. 이원은 매 순간의 자극마다 이를 악물고 짐승처럼 울부짖을 수밖에 없었다.

이 순간 이원은 이 작은 아이의 노예였다. 최면이라도 걸린 것처럼, 이 지독한 쾌감에 조금도 반항할 수 없었다.

이원은 헐떡대며 몸을 돌려 우연의 다리 사이에 성기를 단번에 쑤셔 박았다. 쩍. 좁은 속살이 깊이 갈라지며 자신의 성기를 끌어당기듯 감싸 안는다. 아아악! 우연이 비명을 지르더니 다리를 허우적대며 이원의 허리를 힘껏 끌어당긴다. 아찔하다.

쩍, 쩍, 퍽, 퍽퍽, 쩍.

이원은 격렬하게 허리를 꿈틀대며 그 좁은 입구를 헤치고 깊이, 더 깊이 파고들어 갔다. 우연의 부탁이 아니더라도, 황홀해서 정신이 나갈 것 같다. 그녀의 속살은 진흙으로 만들어진 수십 개의 손 같았다. 따뜻하고 축축한 진흙 손들이 물결치듯 꿈틀대며 이원의 음경을 만지고 훑고 긁고 자르르 떨며 쥐어짜듯 자극한다. 머리카락 하나하나, 손톱, 발톱 끝까지 극심한 쾌감에 미쳐 날뛴다.

그녀의 몸의 반응에서, 이원은 광적일 만큼 열렬한 애정과 깊고 무거운 감정을 느꼈다. 목이 비틀리는 것처럼 메인다. 그래. 사랑하는 감정과 사랑하는 행위는 결코 분리될 수 없는 것이 맞을 것이다. 아, 좋다, 너무 좋다, 지독하게, 사랑스럽다. 이원은 이 느낌을 어떻게 표현해야 할지 알 수 없었다. 영혼이 갈려 나갈 듯 황홀하고, 미칠 정도로 사랑스러웠다.

이원은 땀에 젖은 우연의 젖가슴을 두 손으로 둥그렇게 모아 쥐고 힘껏 주물렀다. 이 살은 왜 이렇게 부드럽고 말랑말랑하며, 이 작은 알맹이는 왜 이렇게 사람을 미치게 할까. 네가 가진 모든 것은 지나치게 매혹적이다. 이원은 빳빳이 곤두선 젖꼭지를 비비고 빨고 깨물어 대며, 짐승처럼 허리를 흔들어 하반신을 쳐올린다. 쩍, 쩍쩍, 쩍, 속도가 빨라진다. 악, 하악, 아으으, 흐읏, 아, 아저씨! 가늘고 하얀 허리가 위로 탁탁 튕겨 오르더니 이내 허리를 비틀며 몸을 정신없이 떨기 시작했다.

"아, 아윽, 아저씨, 아, 나 어떡해⋯⋯, 흐윽!"

먼저 절정에 도달한 것은 우연이었다. 우연은 눈을 뒤집고 격렬하게 몸부림쳤다. 얼굴로 열이 확확 몰리고, 손발이 버르적거린다.

"아저씨, 난, 몰라, 너무, 너무 좋아, 몸이 마, 막, 찢어질 거 같아."

"우, 우연아, 괜찮아. 진정해, 괜찮아."

"아저씨, 진정, 하지 마요. 나 너무 좋아, 계속해요. 거, 거기를, 그 속을, 불로 지지는 거 같아. 아, 그런데 좋아, 어떡해."

절정에 다다른 우연은 저도 모르게 쉿소리를 지르며 아저씨에게 매달렸다. 자극이 너무 커졌는데, 아저씨가 이제 그만했으면 좋겠는데, 여전히 밑을 찢어 버릴 것처럼 치밀고 들어온다. 쾌감이 너무 지독해서 죽을 것 같다. 불에 달군 거대한 인두가 클리토리스와 속살을 지져 대는 것 같은데, 그게 쾌감으로 느껴지는 것이다. 눈물이 터져 줄줄 흘러내린다. 고개를 확확 돌렸다. 한 번의 절정이 지나가 민감해진 성감대에 계속 가해지는 자극은 황홀한 것을 넘어 끔찍했다.

하지만 아저씨는 멈추지 않는다. 지금의 아저씨는 우연이 알고 있는 점잖고 배려심 많은 그 사람이 아니다. 그는 미개하고 야만적이다. 짐승 같으며 무지막지하다. 아저씨가 그간 깊이깊이 숨겨 두었던 또 다른 한이원은 아마 가장 짐승에 가까운 인종일 것이다.

우연은 버텼다. 이 감각의 끝이 어디인지, 클리토리스와 연결된 아랫배, 아니 하반신 전체를 통째로 갈아 버리는 것 같은 느낌을 버티고 버틴다.

그래, 맞다. 아저씨에게 원했던 게 바로 이런 것이다. 정신이 나갈 정도의 섹스, 죽을 때까지 사라지지 않을 몸과 마음의 기억을 원했다. 그것은 두 사람이 서로에게 자신을 모조리 내어 주고, 나와 너의 구분조차 무의미할 정도로 완벽하게 하나가 되고, 가장 밑바닥의 치부까지 부끄러움 없이 고스란히 드러내는 순간을 의미했다.

……바로 지금 같은.

순간 우연의 눈이 커다랗게 떠진다. 두 번째, 새로운 감각이 치밀어 오른다. 첫 번째 오르가슴 위에서 새로운 꽃이 피어나는 것처럼, 더 강렬하고 새로운 쾌감이, 더 깊고 강력한 오르가슴이 몸의 여기저기서 폭발하기 시작한다.

아저씨가 빨고 어루만지고 쥐어뜯는 곳마다 넋이 나갈 듯한 쾌감이 폭발한다. 온몸이 클리토리스 점막 같다. 쩍, 퍽퍽, 퍽. 벼락같은 쾌감이 다시 하반신을 관통한다. 쾌감에 몸이 녹아 버린다. 쇳물에 몸이 녹아 버리듯, 이 미친 쾌감은 온몸을 절절 끓이다가 흐물흐물 녹여 버린다. 후우, 후, 후우우. 이제는 아저씨의 숨결이 닿기만 해도, 몸은 좋아서 미쳐 날뛰었다.

흐으, 흑, 흐으으.

우연은 울기 시작했다. 몸이 의지대로 움직이지 않는다. 이제 아저씨의 몸을 밀어 내고 싶어도 그럴 수 없다. 자신의 하반신은, 자신의 팔다리는 의지를 가진 생물처럼 아저씨를 옭아매고, 다리 사이로 이어진 아저씨의 몸을 놓아주지 않으려고 발악을 한다. 아니, 그의 성기를 아예 자신의 살 속에서 녹여서 완전히 집어삼키기를 원하는 것 같다. 우연은 자신의 속살이 이렇게 멋대로 꿈틀거릴 수 있다는 것을 몰랐다. 훗, 흐으, 하아. 아저씨의 신음도 점점 거칠고 높아진다.

……아저씨, 나 그냥 지금 섹스하다가 죽었으면 좋겠어요.

……하느님, 나 좀 이대로 죽게 해 주세요.

하지만 우연은, 이 소원마저 이기적이라는 것을 알고, 짧은 기도를 멈췄다. 생각도 멈췄다. 머나먼 곳에서 몰려오던 극심한 쾌감의 해일이 코앞으로 다가와 있었다.

콰르르, 쏴아아.

"하아아악!"

우연은 이원의 목을 끌어안은 채 비명을 질렀다. 이 미친 쾌감을 감당할 수 없어서, 입을 크게 벌리고 목이 찢어지도록 고함을 질러 댔다. 극한의 절정은 영원처럼 길게 이어졌다.

이원은 우연의 격렬한 꿈틀거림이 진정될 즈음 사정했다. 절정의 여운에 몸부림치던 우연의 몸이, 그 뜨거운 속살이 이원의 성기를 물고 격렬하게 파도쳤다. 순간 고환 안쪽에서 뭉쳐 있던 묵직한 덩어리가 터져 나갔다.

퍽, 퍽, 퍽, 픽, 픽.

사정은 발작과 비슷했다. 이원은 우연의 가장 깊은 곳까지 몸을 박아 넣은 후 허리를 잘게 쳐올렸다. 요도 끝에서 치솟은 체액은 그녀의 몸속으로 깊이깊이 스며들었다. 고통과 쾌감이 거대한 상승 작용을 일으켰다. 극도로 팽창한 몸의 감각은, 폭포처럼 쏟아지는 쾌락에 휩쓸려 다른 일체의 감각을 잊었다.

"후읍, 후으…… 읍."

사정의 순간은 길었다. 이원은 우연의 위에 엎드린 채 허벅지를 떨며 정액을 쏟아 냈다. 음낭 안쪽 깊은 곳에서 생소한 근육이 크게 진동하는 것이 느껴진다. 이제 온몸의 근육과 피부는 격심한 쾌감 한 가지밖에 느껴지지 않는다.

아아, 아아, 하아아. 아아아.

두 사람의 비명이 교차하듯 한참 엇갈렸다. 속살이 뭉개질 듯 단단히 맞물린 틈으로 미끌거리는 점액이 이상한 소리를 내며 밀려 나왔다. 쩍, 쩍, 쩌억,   . 그 불결한 소리마저 음탕하고 야하게 들렸다.

이원은 온몸의 피와 체액이 전부 정액으로 변했으면 좋겠다는 말도 안 되는 상상을 했다. 한 번의 정사로 온몸이 말라붙어 죽어도, 이 사정의 순간이 몇 시간이고, 몇 날이고 이어졌으면 좋겠다는 생각도 들었다.

사정이 끝난 후에도, 우연의 몸은 이원을 놓아주지 않아, 이원은 그 안에서 오래오래 버텼다. 손에 쥐어진 희고 동그란 살덩어리 한가운데, 젖꼭지가 뾰족하게 솟는다. 이원은 허리를 숙여 그것을 입에 물고 자근자근 깨물고. 빨고 핥았다.

"아저씨, 하, 아저씨, 좋아, 아저씨, 좋아요, 너무 좋아."

격렬하게 터질 듯 내달리던 호흡이 천천히 가라앉는다. 하지만 몸에 남은 쾌감의 흔적은 길게 꼬리를 끌었다. 번질번질한 체액을 뒤집어쓴 검붉은 살덩어리가 우연의 몸 밖으로 주르르 끌려 나와 차가운 공기 중에 맥없이 늘어졌을 때도, 팔다리의 근육은 계속 경련했다.

이원은 우연의 이마에 입을 맞추었다. 꼭 감은 눈이 파들파들 떨리고 있었지만, 입가에는 뭐라고 말할 수 없는 흡족한 미소가 배어 있었다.

그래. 네가 아까 원했던 게 이런 거였구나.

……이런 거였구나.

머릿속이 온통 희고, 희다.

두 번째 정사가 시작된 건 10분도 채 지나지 않아서였다.

우연이 숨만 할딱이며 죽은 듯이 늘어져 있는 동안, 이원은 물수건을 들고 와 우연의 다리를 벌리고 자신이 질러 놓은 정액을 수습했다. 아랫배와 허벅지, 엉덩이까지, 계란을 대여섯 개쯤 깨서 흰자만 모아 문질러 놓은 것 같았다.

끈적끈적한 점액에 젖은 검은 수풀은 더 반짝반짝 선명해졌고, 작고 도톰한 두 개의 둔덕 사이에 숨은 클리토리스는 그 핵이 바짝 부어올라 아까보다 훨씬 붉고 싱싱하게 야해 보였다. 세상에 존재하는 그 무엇과도 닮지 않은 이 작은 살덩이는, 볼 때마다 이원을 미치게 만들었다.

그것을 입에 넣고 장난처럼 몇 번 애무하는 동안, 우연 대신 이원이 먼저 발기했다.

이원은 자신의 성욕이 정상적인 범주는 아니라고 생각했다. 매일매일 음란한 욕구가 멈추지 않으며, 일단 풀어놓으면 한두 번으로 끝난 적이 없다. 그의 욕구는 아귀처럼 만족이 없었고, 주인을 만난 지금은 거칠 것도 없었다. 게다가 이원은 불응기조차 몹시 짧았다.

"히익, 아저씨……, 잠깐."

위에서 기운 없이 웅얼대는 소리가 들린다. 이원은 클리토리스를 입에 문 채 물었다.

"힘들어? 하지 말까?"

우연이 잠시 망설인다. 힘들기는 한 것 같았다. 힘들다고 하면 참을 수 있을지 의문스럽기도 했지만 차마 억지로 할 수는 없을 듯했다. 하지만 의외의 대답이 흘러나왔다.

"더 해 줘요. 밤새도록 해요. 하고 싶은 대로 다 해 봐요. 난 아저씨랑 섹스하다가 이대로 죽었으면 좋겠어."

우연의 대답은, 항상 예상과 상식을 뛰어넘었다.

이원은 몸을 일으켜 우연의 다리 사이에 허리를 바짝 댔다. 다시 단단하게 발기한 그것을 검은 수풀에 문지르자 받게 숨을 들이쉬는 소리가 난다.

"아저씨 벌써 이렇게 됐어요?"

어스름한 어둠 속에서도 눈을 동그랗게 뜨고 소스라치는 것이 예쁘다. 다리를 완전히 벌리고 성기를 밑에 대자, 외음부가 저절로 벌어지며 아까보다 통통 부어오른 클리토리스가 도도하게 머리를 내민다. 그 아래로 이어지는 은밀한 장소가 기대에 찬 듯 꿈틀꿈틀 움직인다. 케이크를 물고 오물대는 작고 붉은 입술을 보는 것 같다. 다시 머리가 핑, 돈다.

퍽!

이원은 숨을 크게 들이쉬고 허리를 힘껏 쳐올렸다. 통통하게 부푼 음핵과 연결된 아랫입술이 커다랗게 벌어지며 이원의 음경을 감싸 확 끌어당긴다. 우연의 손목만큼이나 두껍게 팽창한 그것은 우연의 아랫배가 꿈틀거릴 정도로 깊이 들어가 박힌다. 가는 허리가 팡, 튀어 오른다.

"아, 아저씨! 아웃! 아아!"

비명이 높아진다. 하지만 아파하는 것은 아니었다. 우연의 몸은 첫 번째 섹스로 충분히 열려 있었고 한껏 달구어져 있었다. 이원은 성기를 다시 박았다. 거대한 해머로 후려치듯, 단단히 박혀 다시는 빠져나오지 못할 정도로 힘껏, 깊이, 끝까지 박아 넣었다. 보면 볼수록 애가 타서 미칠 것 같고, 들어가면 들어갈수록 늪에 빠지는 것 같다.

우연이 팔과 머리를 격렬하게 흔들며 몸부림을 친다. 이 작은 몸이 부서져 나갈 것 같다는 느낌이 들었지만, 우연은 도리어 그것을 강렬히 원했다. 그녀는 인간이 감당할 수 없는 자극까지 원했고, 그러다가 죽을지 모른다 해도, 그 극한의 쾌감을 남김없이 맛보고 죽어 버리는 걸 택할 것 같았다. 그런 것마저 정말로 그녀다웠다.

"하으읏! 아저, 아저씨! 하으으!"

우연은 이원이 미친 듯이 허릿짓을 하는 동안 두 번의 절정을 새로 겪었다.

이원은 우연의 오르가슴을 이제 확실히 느낄 수 있었다. 자신의 성기를 집어삼킨 따뜻하고 말랑말랑한 속살이 노래하듯 리듬을 타며 꿈틀대기 시작한다. 그때부터 질 안쪽의 근육이 파도가 물결치는 것처럼 크게 일렁대고, 큰북처럼 쿵쿵쿵쿵 무겁게 두들기고, 틈틈이 탬버린처럼 자르르자르르 떨며 간질였다.

이원은 하초에 그런 자극이 밀려올 때마다 저도 모르게 짐승처럼 신음했다. 미끌미끌하게 젖은 점막이 극도로 예민해진 음경을 짓누르듯 감싸 안고 꼼틀꼼틀 조물조물하며 안으로 끌어당기면, 아무리 참으려고 해도, 정신이 그대로 나가 버린다. 촉촉하고 따뜻하면서도 자신을 너무 기뻐하는 듯한 그 감촉이 지나치게 황홀해서, 다시는 이런 느낌을 겪을 수 없을 거라는 생각마저 들게 했다.

이원은 이를 악물고 사정을 최대한 미루면서 우연이 겪고 있는 그 황홀한 오르가슴의 감각을 오래오래 함께 누렸다. 사정을 몇 번이나 조정하고 버티는 동안, 우연에게는 다음번 오르가슴이 휩쓸고 지나갔다. 희고 가는 몸은 땀으로 흠뻑 젖었고, 절정에 치달을 때마다 붉은 꽃 같은 반점이 목과 가슴에 화사하게 피어올랐다. 그 꽃밭 위로, 이원의 몸에서 흘러내린 땀이 함빡 스며들었다.

우연에게 세 번째 오르가슴이 지나갈 때, 그 작고 하얀 얼굴은 만개한 철쭉처럼 붉었고, 그 속살은 이원의 몸을 한껏 물고 흐느끼듯 경련했다. 이원은 이제 이 끔찍한 쾌감을 도저히 버텨 낼 수 없었다.

"흐읍, 으으읏!"

그는 우연의 몸 위에 무너진 채, 오랫동안, 격렬하게 사정했다.

두 사람은 땀과 체액으로 온통 범벅이 된 채 힘껏 끌어안았다. 말이 나오지 않았다. 입술이 떨어지지도 않았고 머리도 텅 비어, 도무지 무슨 말을 해야 할지도 알 수 없었다.

우연이 울고 있는 것이 보인다. 왜 우는지 알 수 없었지만, 묻지 않았다. 자신의 눈꼬리를 타고 흘러내리는 눈물의 이유도 알 수 없어서, 우연에게도 물을 수 없었다.

나는 한때, 오만했다. 그래서 너 없이 살아갈 수 있을지도 모른다고 생각했다.

내가 이 세상에서, 너 말고 대체 어떤 사람에게 이런 희락을 얻을 수 있으며, 너 말고 어떤 사람에게 나의 이런 모습을 보일 수 있겠어.

이 재앙 같은 감정은 인간의 의지로 선택할 수 있는 것이 아니다. 이건 신에게서 강제적으로 주어진 게 틀림없다. 애초부터 이렇게 예정되어 있던 게 아니고서야, 이럴 수는 없을 것이다. 이 감정이 재앙이든 축복이든, 거절할 수 없는 운명이라는 점에서는 동일했다.

"우연아, 사랑해."

이원은 목쉰 소리로 속삭였다.

흐, 흐흐, 우연은 고백을 듣고 웃었다. 웃는 모습은 우는 것처럼 보였고, 눈물은 여전히 그치지 않았다. 이원은 작은 어깨를 꼭 끌어안고 입을 맞추며 속삭였다.

"……우연아, 우리 결혼하자."

32

청혼

이원이 눈을 뜬 것은 해가 뜨고도 한참이 지난 후였다.

눈을 뜨자마자 가장 먼저 느껴진 감각은 통각이었다. 온몸이 아팠다. 전신에 포진한 수백 수천의 근육들이 비명을 질러 대는 것 같았다. 심지어 안구 속까지 극심하게 쓰리고 따가웠다.

생각해 보면 당연했다. 뉴욕으로 가는 날 아침부터 실신 일보 직전이었고, 일정을 당기기 위해 강행군을 한 후, 오밤중에 기어들어 와선 동트기 직전까지 미친 짓을 했다. 몸과 정신이 버텨 준 게 믿어지지 않는다.

옆에서 가늘고 달콤한 목소리가 들렸다.

"아저씨, 계속 잘 거예요?"

꿈인가……?

"아저씨, 계속 잘 거예요? 응? 응?"

입이 저절로 벌어진다. 아아, 하하. 꿈일 리가. 난 이 목소리를 바로 옆에서 들으려고 그 무리한 일들을 강행했는걸.

"아저씨, 고만 일어나 봐요. 나 좀 봐 봐요, 한 번만."

"아저씨이, 나 한 번만 봐요, 응?"

우연이 몸을 흔들며 자꾸 잠을 깨운다. 으으, 으음. 이원은 눈이 떠지질 않아 이불 속으로 자꾸 고개를 처박았다. 내가 불면증 환자가 맞나. 왜 이리 미친 듯이 졸리지. 사람이 행복하면 무슨 호르몬인가 나온다고, 그게 졸음도 유발한다고 누가 그랬지. 아저씨, 아저씨이. 우연은 자꾸 자신을 불렀고, 이원은 해일처럼 밀려드는 잠과 싸워 가며 응, 그래, 응, 애서 대답했다. 눈을 감은 채 더듬더듬해서 안아 주고, 입을 맞춰 줘도, 우연은 자꾸 이원을 깨웠다.

"우연아, 나 며칠간 못 잤어. 조금만 더 잘게."

"잠은 나중에 자도 되잖아요. 나 좀 봐요, 얼굴 좀 보여 줘요, 응?"

이원은 달팽이처럼 몸뚱이를 말고 끙끙 앓았다. 시차 때문에 계속 잠을 설치고 어제도 세 시간밖에 못 잤으면 나중에 자면 안 되잖니. 아, 저놈의 햇빛 좀 어떻게 해 줬으면. 눈이 아프다.

등을 가만가만 어루만지는 손길이 느껴진다. 손가락 끝에 무엇이 걸릴 때마다 이물감과 함께 따끔거리는 감촉이 느껴졌다.

맞아. 깜박 잊고 있었다.

등에는 우연이 남겨 놓은 상처 자국이 있었다.

'아니, 전무님! 이게, 이게 뭡니까! 와이셔츠에 웬 핏자국이……!'

호텔에 가서 슈트를 벗었을 때 홍연이 깜짝 놀라는 것을 보고서야 이원은 등에 상처가 났다는 것을 알았다. 그냥 긁혀서 조금 따끔거리는 거로 생각했는데, 아니었다. 거울로 확인하니 회초리로 맞은 것처럼 길고 날카로운 딱지가 여러 줄 덕지덕지 앉아 있었다. 덧나려는지 붉게 성이 난 부분도 보였다.

보이지 않는 상처는 통증을 주장할 권리도 없었던 걸까. 상처를 보자마자 뒤늦게 등이 자글자글 따가워졌다.

'대체 어디서 이런 상처를 입으신 겁니까? 아픈 것도 모르셨다고요? 이게 웬, 잠깐만 기다리십쇼. 약부터 바르고, 아니 어떻게 이 지경이 되도록 모르실 수가……'

길길이 뛰며 소독 연고를 찾아온 홍연은, 갑자기 무언가를 깨달은 듯 입을 딱 다물고 황급히 시선을 돌렸다.

'됐으니까 약이나 좀 발라 주세요. 등이라 보이지도 않고, 손도 닿지 않네요.'

이원은 덤덤하게 등을 내밀고 있는 자신이 낯설었다. 수치심이 무디어진 걸까. 내 속의 뭔가가 변한 걸까. 알 수 없었다.

아픈 것이 싫지 않았다. 우연의 몸보다는 자신의 몸에 상처가 생기는 것이 훨씬 나았다. 적어도 자신은 피부가 벗겨지도록 놔두지 않고 멈출 수 있었고, 우연은 저보다 나의 상처를 훨씬 아파했다. 이원은 자신의 몸이 우연을 치료하는 도구가 된 것이 기꺼웠다.

"아저씨, 상처가 남았는데, 안 아파요?"

"매일매일 약 발랐어. 금방 낫겠지."

이원은 졸린 상태로 우연의 팔을 끌어당겨 손에 입을 맞추고 팔을 확인했다.

다행이다. 우연이 그간 긁지 않으려 노력했는지, 팔의 상태는 떠날 때보다 상태가 훨씬 양호했다.

저 팔만 제대로 회복된다면 내 팔이나 등가죽이 벗겨져도 상관없었다. 우연이 주는 것이라면 통증마저도 달다는 것을 몸은 이제 알고 있었다.

그랬다. 그 지독한 수치심과 통증마저도 황홀하게 달았다. 어젯밤의 쾌감을 떠올린 몸이 우연과 살이 맞닿자 기뻐하는 것처럼 꿈틀거렸다.

"그치만 이렇게 피딱지가 많이 앉았는데요?"

미안해서 어쩔 줄 모르는 목소리로 우연이 중얼거렸다.

"안 아파……. 음, 조금 아파. 정말 조금."

"……."

"보기 불편해? 옷 입을까?"

우연이 고개를 살랑살랑 젓는다. 한참 동안 그러더니 이내 배시시 웃으며 몸을 착 붙인다.

"……이대로 벗고 계세요. 아저씨의 진정한 멋은 이렇게 벗겨 놔야 알 수 있어요."

"응……. 뭐?"

머리가 띵, 울린다. 우연의 말은 늘 이렇게 거침없이 자신을 후려갈긴다.

"벌거벗은 게 뭐가 멋있어? 보기 흉하지."

"아니, 그게 무슨 말도 안 되는 소리예요? 이런 멋진 몸을 갖고서 흉하다고 하면 그건 범죄예요. 사형감이에요, 사형! 왜 그리스인들이 사람들을 홀딱 벗겨 놓고 조각을 했겠어요!"

우연이 빽 소리를 지르더니 이원의 하반신을 가리고 있는 이불을 홀떡 들치고는, 아침이랍시고 반쯤 발기한 성기를 손가락 두 개로 반짝 들어 올렸다.

"이거 보세요. 엄청 크고, 엄청 굵고, 엄청 길고, 엄청 짙고, 엄청 세죠. 얼마나 아름다워요?"

"진우연!"

이원은 황급히 우연의 손을 잡아떼고 아래를 가리다가 잠시 후 슬며시 손을 뗐다. 난처하다. 어차피 볼 거 다 봤는데 싶다가도, 환한 아침에 대놓고 보여 줄 만한 건 아니라는 생각도 들었다. 뒤늦게, 속옷이라도 좀 입고 잘 걸 그랬나 하는 후회도 들었다.

하지만 아무것도 입지 않고 우연과 함께 같은 이불 속에서 자는 것은 또 말도 못 하게 좋았다. 우연과 맨살이 맞닿을 때마다 자신의 모든 피부 세포가 열렬히 환호하는 것처럼 느껴졌다. 이 말랑말랑하고 보드라운 맨살을 만지며 자는 것이 너무 황홀했고, 그러자니 자신도 아무것도 걸치지 않는 게 공평하다는 생각이 들었다. 민망하고 어색했지만, 우연이 자신의 몸을 매만져 주는 감촉과,

맨살에 시트와 이불이 휘감기는 포근한 감촉이 너무나 좋기도 했다.

그래도 환한 대낮에, 이렇게 흉하게 늘어진 성기를 내놓고 찬사를 받고 있으니 머리가 뒤죽박죽 엉킨다. 조금 으쓱한 기분도 들고 말도 못 하게 창피하기도 했다. 이게 뭘까. 이래도 될까. 나는 과연 어디까지 망가지게 되려나.

걱정과 달리 우연의 목소리는 종달새처럼 종알종알 계속 흘러나왔다.

"하느님은 역시 몰빵을 하신 거예요. 외모도 섹시하고, 힘도 좋은데, 거기 사이즈도 조따 크고……."

"……진우연."

이원은 눈을 비비며 일어나 앉았다. 조따는 또 뭐야. 이런 말을 듣고서도 약 먹은 병아리처럼 졸고 있을 순 없었다. 엄한 목소리에 우연의 어깨가 푹 쪼그라들었다.

"에이, 그, 조, 조따라는 게 뭐 그렇게 나쁜 말은 아니에요. 존나, 조또, 조따, 애들이 가끔 쓰는 말인데, 그게 정말 좆도 크다는 게 아니고, 아, 아니 그게 엄청 큰 건 맞는데, 아, 어…… 그게 아니고……."

이원이 기가 막혀 입만 벌리고 있자 우연이 엉덩이로 곰실곰실 뒤로 돌아가더니 답삭 목을 끌어안는다.

"에헤헤. 아저씨이."

"하, 참. 하, 하하."

기가 막힌 정도를 지나니 웃음밖에 안 나왔다.

"아저씨. 그래도 이 상처는 뭔가로 좀 가렸으면 좋겠죠? 남들이 보면 얼마나 이상하겠어요. 잘못하면 아저씨를 변태로 생각할지도 몰라요. 곰돌이 푸 반창고 있는데 그거라도 붙이고 계실래요?"

이원은 우연의 팔에 뺨을 비비며 열적게 웃었다. 지금 자신의 상태라면 이미 충분히 변태였다. 홍연도 이미 변태로 생각하고 있는 눈치였다. 웃음의 진동이 우연에게로 퍼져 나가는 것이 느껴진다.

"곰돌이 푸 반창고가 더 변태 같을 것 같아. 전공 좀 살려 봐. 신사임당처럼 그 위에 그림을 그려서 덮어 볼래?"

"네? 신사임당이 보디 페인팅을 했어요?"

이원은 다시 웃었다. 등에 붙어서 속닥대는 말 한마디 한마디가 이렇게 눈물 나게 좋을 수가 없었다. 아무 짓도 안 하고 종일 붙어서 이렇게 수다나 떨면 좋겠다.

"어떤 가난한 새댁이 잔치에 갔는데 치마에 얼룩이 튀었대. 지워지지 않는 얼룩인데 하필 그 치마가 빌린 거라지 뭐야."

"네."

"그래서 사임당이 그 치마를 벗어 가져오라고 해서 그 얼룩 위에 멋진 포도 그림을 그려 주었대. 그래서 새댁은 그 그림을 비싼 돈에 팔고 새 치마를 사서 무사히 돌려주었다는 거야."

"불로 소득이네요, 그 새댁. 그 위인전의 교훈은 불로 소득 조장인가요?"

"……맙소사. 그런 말은 대체 어디서 배우는 거야?"

"왜 이러세요. 제가 모 기업 CEO 덕질만 벌써 2년이 넘는다고요, 2년!"

이원은 한참을 웃었다. 우연이 등 뒤에서 더욱 바짝 매달려 몸을 비빈다.

"아저씨."

"응."

"저한테 뽀뽀 한번 해 보세요. 맘에 들면, 신사임당 노릇도 한번 생각해 볼 게요."

이원은 말이 떨어지기도 전에 그 각도 그대로 고개를 옆으로 틀어 입을 맞췄다. 입맞춤은 목이 뻐근할 때까지 이어졌다. 우연은 숨을 할딱대다가 콜록콜록 기침을 하며 항복했다.

"하, 합격! 합격! 그려 드릴게요."

"고맙네. 그럴 줄 알고 내가 집에 물감도 종류별로 딱 준비해 놨잖아? 페이스 페인팅 물감도 있을걸?"

"헹, 누가 모를 줄 알아요? 그거 홍연 아저씨가 사 오신 거잖아요. 무스케이크 그릴 때, 반짝이 형광 물감 대용으로!"

우연이 어깨를 꼭 깨물며 종알거렸다. 아직 할딱거리는 숨소리가 남은 목소리가, 어깨에 박히는 이빨의 감촉이 전신의 성감대로 퍼져 나간다. 이원은 어깨를 움츠리며 말했다.

"넌 왜 그런 것까지 일일이 기억하고 있니? 어쨌든 내 카드로 긁은 거였어. 그건 비용 처리도 안 했단 말이야."

이원의 우물대는 말에 우연은 재미있는지 한참 웃었다.

"아저씨, 사랑해요."

이 맥락 없는 고백에도 가슴이 크게 뛰었다. 이원은 고맙다, 라거나 나도, 라며 무심하게 동조하는 대신, 목을 끌어안고 있는 손을 꼭 감쌌다. 눈앞에 보이는 팔에는 여전히 상처가 빼곡하고, 놀라운 그림을 그렸던 손은 믿을 수 없을 만큼 가냘프고 희었다. 금방이라도 부러질 것처럼.

이원은 고개를 숙여 그 가는 손목과 손등에 입을 맞췄다. 입안에서 끝없이 굴러다니던 말이, 그녀의 하얀 피부에 말없이 스며들었다.

우연아, 우리 결혼하자.

소리 없는 제안에, 대답은 돌아오지 않았다.

어젯밤에 보낸, 동일한 제안에 대한 대답도 아직 돌아오지 않았다.

그때부터 폭발적으로 쏟아진 오열에 파묻혀서 ······아직 돌아오지 않았다.

□　■　□

"아주 작은 캔버스네요."

팔레트를 든 우연이 등 뒤에서 웃었다. 이원은 우연이 그림을 편한 각도로 그리도록 허리를 살짝 앞으로 구부리며 물었다.

"내 등 정도면 작진 않은데. 4절 크기는 되지 않을까? 무슨 그림을 그릴 건데?"

"글쎄요. 사임당처럼 포도 따윌 그려 놨다간 아저씨를 홀랑 따먹어 버리고 싶을 텐데요."

"……음. 기꺼이 먹혀 줄게."

아침 10시는 우연이 작업을 시작하기엔 조금 이른 시간이었고, 침대는 그림을 그리기엔 꽤 어색한 공간이었으며, 아저씨의 등은 그림을 그리기엔 지나치게 이상한 화폭이었다. 하지만 우연은 그런 걸 따질 겨를이 없었다.

……이건, 아저씨에게 주는 다섯 번째 그림이 되는 거겠지.

가늘게 한숨이 흘러나온다. 빚을 남겨 두지 않는다는 건 다행이라면 다행이다. 어차피 도망치는 마당이지만, 찜찜한 기분으로 가고 싶지는 않았다.

우연은 가는 붓으로 몇 번 선을 그어 구도를 가늠한 후, 큰 붓을 들어 면을 채우기 시작했다. 아저씨의 등은 우연이 작업한 100호 사이즈 캔버스에 비하면 턱없이 작았지만, 작업은 훨씬 까다로웠다. 그림판이 자꾸 움직였던 것이다. 최대한 움직이지 않으려 노력하는 것 같았지만, 아저씨가 숨을 쉬거나 말을 할 때마다 등이 조금씩 움직였다.

"움직이지 좀 마세요."

"아. 미안."

하지만 아저씨가 아무리 조심해도, 몸의 어떤 곳에 붓이 닿으면 어깨가 꿈틀거리거나 허리가 튕기듯 비틀거리는 걸 막을 수는 없었다. 바늘에 찔리기라도 한 것 같은 반응이었다.

"음, 미안해, 나도 모르게……. 아, 미안해."

"사과 고만하세요. 이건 뭐 동전만 넣으면 사과가 나오는 자판기도 아니고."

투덜대던 우연은 잠시 후 입을 다물었다. 아저씨의 귀와 목덜미로 불그레하게 핏기가 올라왔고, 등에는 잔 근육이 솟아 있었다. 아닌 척하지만 긴장하고 있는 기색이 역력했다. 움찔, 다시 등이 움직인다.

"……!"

붓이 등의 어떤 부분에 닿을 때, 아저씨는 긴장했다. 날개뼈 근처 오목한 곳이나 척추 주변, 그리고 옆구리와 사타구니로 이어지는 뼈의 오목한 골짜기, 겨드랑이에서 가슴으로 이어지는 양쪽 길에 붓이 닿으면 저도 모르게 허리를 비틀었다.

지금 어떤 상태인지도 짐작이 되었지만, 모른 척했다. 아저씨의 몸이 생각보다 많이 예민한 것이 의외로웠지만, 지금은 그것을 놀릴 시간조차 없었다. 시간은 얼마 남지 않았고, 우연은 다섯 번째 그림을 그려야 했다.

펄이 든 페이스 페인팅 물감은, 아저씨의 피부에 얹히자마자 샤갈의 그림처럼 환상적인 색감을 드러내기 시작했다. 꿈처럼 몽롱하게 느껴지기도 하고, 지독하게 선정적으로 느껴지기도 했다. 놀랍게도, 아저씨의 몸에는 그런 이중적인 색감이 잘 어울렸다.

우연은 그림을 그리며 조용히 입을 열었다.

"아저씨."

"응."

"고마워요."

"……고맙긴."

"사랑해요."

"……그래."

아저씨, 사랑해요, 정말 사랑해요. 반복되는 고백에, 차분차분 대답하는 아저씨의 목소리가 점점 잠기는 것 같다. 우연은 아저씨가 자신을 돌아보지 못하는 이 상황이 참 좋았다. 아저씨는 등을 맡기고 창밖을 바라보며 조용히 말했다.

"우연아. 사랑해."

"……."

"우리 결혼하자."

어젯밤부터 되풀이되는 청혼, 이 대답을 회피할 수만 있으면 얼마나 좋을까. 우연은 어제처럼 격렬하게 오열하지도 않고, 대답도 하지 않았다. 그저 붓질을 멈추지 않고 계속했고, 아저씨는 두 손을 앞으로 모아 쥔 채 차분하게 대답을 기다렸다.

아저씨는 사랑한다는 말 외에는 다른 어떤 부연 설명도 달지 않았다. 네가 힘들었던 시간을 잊게 해 주고 싶다, 원하는 건 뭐든지 해 주겠다, 따위의 말은 입 밖에 내지 않았다. 아저씨는 가진 것이 많은 사람이었지만, 우연의 앞에 그런 미끼를 드리우고 휘두를 생각은 없는 듯했다. 그는 두 사람이 미끼나 합리적인 이유 따위로는 도저히 설명할 수 없는 힘에 이끌려 여기까지 왔다는 것을 알고 있었다.

우연은 빙그레 웃었다. 불그레하게 밑칠을 해 둔 그림 위로 물방울이 툭 떨어진다.

더는 대답을 피할 수가 없겠구나.

약혼녀와 길이 어긋난 아저씨는, 뉴욕에서 그녀를 기다려 새로운 합의를 시도하는 대신 바로 귀국했다. 세경을 버리고 우연을 택하기로 했다는 뜻이었다.

그러니 도착한 날 밤부터, 반지도 꽃다발도 없이 다급하게 청혼을 했겠지. 마음이 바뀌기 전에. 결심이 흔들리기 전에.

하지만 우연은 이제 그의 청혼만큼은 받아들일 수 없었다. 유언장의 내용을 몰랐다면 모를까, 아저씨가 잃어야 하는 것들을 알고서는 도저히 저 청혼을 받아들일 수 없다.

그래, 이건 마음 아파해선 안 된다. 마음 아파할 일도 아니다. 오히려 다행이라고 생각해야 할 일이다.

왜냐하면, 난 애초부터 결혼할 생각 따위 전혀, 털끝만큼도 없었으니까.

우연은 있는 힘껏 웃음을 지은 후, 단호하게 대답했다.

"아저씨, 난 결혼은 절대 하고 싶지 않아요."

아저씨의 몸이 딱딱하게 굳은 것이 느껴진다. 청혼이 거절당할 거라곤 예상치 못한 듯했다.

그랬겠지. 내가 아저씨를 열렬히, 아니 미친 듯 사랑한다는 것을 알고 있었을 테니까.

그럼 아저씨는, 내가 그동안 반복해 온 비혼 선언을 어떻게 생각하고 있던 걸까? 그저 철없는 여자아이의 치기 어린 장담이었다고 생각했던 걸까? 붓질이 한참 이어질 동안, 아저씨는 여전히 돌처럼 굳은 채 움직이지 않았다. 우연은 담담한 목소리로 되풀이했다.

"난 결혼은 절대 하지 않을 거예요. 사랑을 고인 물처럼 썩게 하고 싶진 않아요."

"우연아, 그건 썩는 게 아니라 성숙하고 편안한 사랑으로 바뀌는 거야."

"애정은커녕 관심조차 없고, 보기만 해도 진저리 나는 상태를 요새는 성숙하고 편안한 사랑이라고 하나요?"

아저씨가 가늘게 한숨을 쉬더니 낮은 목소리로 대답했다.

"우연아. 네 부모님의 모습이 일반적인 건 아니야. 그렇지 않은 집도 많아. 죽을 때까지 연인처럼 사랑하고 노력하면서……."

"그런 집은 많지 않아요. 내가 관찰한 세상에선, 절대 많지 않았어요."

우연은 단호하게 말을 끊었다.

아저씨와의 마지막 시간이 될지도 모르는 이 순간을, 우연은 이따위 대화로 흘려보내고 싶지는 않았다. 하지만 그는 모든 것을 포기하고 우연을 선택하기로 했고, 따라서 우연의 솔직한 대답과 마음을 들을 권리가 있다. 그가 힘겹게 설득을 시작했다.

"우연아. 너무 비관적으로 생각할 거 없어. 결혼은 이 힘든 세상에서, 그래도 나만은 어떤 일이 있어도 네 편이 되어 주고, 너만 사랑하겠다는 약속이고, 그 약속을 법으로 보장해 주는 울타리야."

"요즘처럼 이혼이 쉬운 시대에 그런 약속이나 울타리가 대체 무슨 의미가 있어요?"

"……우연아."

"만에 하나, 제가 경조증 때문에 이렇게 아저씨를 미친 듯이 사랑하게 된 거

면 어떡하실 건데요? 그래서 어느 날 갑자기 현타가 와서 이 감정이 확 식어 버리면요?'

넓은 어깨가 들들 떨리는 것이 느껴진다. 하지만 그의 대답은 여전히 침착했다.

"……그래도 내가 약속을 지킬게. 나만이라도 지킬게. 그럼 되지 않을까?"

붓이 허공에서 멎었다. 갑자기 눈물이 분수처럼 치솟아서 아무것도 보이지 않았다.

제발 이러지 좀 마세요. 왜 아저씨가 이런 애걸을 해요.

……아저씨는 지금 저한테 그딴 얘기 함부로 하시면 안 된단 말이에요. 제가 그 말을 믿고, 뻔뻔하고 몹쓸 선택을 정말로 해 버리면 어쩌려고요.

아저씨는 자신의 말을 지킬 것이다. 일단 결혼을 하면, 자신의 손으로는 그 울타리를 절대 허물지 않을 것이다. 죽을 때까지 그 울타리를 지키며 그 안에서 머무를 것이다. 한이원이라는 인간이 생각하는 결혼이란 태산처럼 무겁고 흔들리지 않는 것이었다.

우연의 소리 없는 흐느낌을 느낀 아저씨가 몸을 돌린다. 그의 얼굴은 피로와 괴로움으로 얼룩져 있었다. 우연은 흐느낌을 누르며 더듬더듬 물었다.

"아저씨, 혼자 있는 게 당연한 두 사람이 서로의 곁을 지킨다는 건, 두 사람이 서로 사랑한다는 뜻이라고 볼 수 있어요. 그렇죠?"

"……그래."

"그런데 결혼 후에는 달라지죠. 서로 곁을 지키는 게 당연한 의무가 되잖아요. 결혼이 유지된다는 건, 여전히 서로 사랑한다는 뜻이 아니라, 그저 '이혼할 만큼 증오하거나 불신하지는 않는다'는 뜻으로 바뀌는 거죠. 아니면 엄마처럼 이혼을 꿈도 꾸지 못할 상황이거나. 그렇죠?"

"……."

몇십 년 해로한 노부부들조차 사정은 다르지 않다. 텔레비전에서 보면 노인들에게 가끔 해괴한 질문을 하는 진행자들이 있다. 할머니, 할머니, 다시 태어나도 영감님하고 결혼하실 거예요? 마른 대추처럼 쪼글쪼글해진 그네들은 함빡 웃으며 대답한다. 단호하게, 유쾌하게, 두 번 생각하지도 않고. 미쳤어? 싫어, 혼자 살 거여. 다른 놈 만나야지 왜 저 웬수를? 캭 죽고 말지. 농담을 가장한 그네들의 대답 뒤에는 늘 서슬 푸른 진심이 도사리고 있었다.

"결혼을 하면, 더 이상 곁을 지키려고 노력할 필요가 없겠죠. 사랑을 얻으려고 노력할 필요도 없겠죠. 당연히 존재하는 공기를 얻기 위해 노력하는 사람은 없잖아요."

하여, 사랑은 결국 부패를 피할 수 없게 된다. 이 아름답고 숭고한 감정은 살아 있을 때 향긋하고 달콤한 냄새를 피우지만, 죽어서 썩어 가기 시작하면, 그 악취는 이루 말할 수 없다. 사랑이 썩어 증오로 변질된 집에서 살아 보지 않은 사람은 그 끔찍함을 감히 짐작할 수 없다.

아저씨는 우연의 말에 반박하지 않았다. 대신 조용한 목소리로 새로이 고백했다.

"……언젠가 썩어야만 하는 감정이라면, 같이 썩어 가는 대상이 너였으면 좋겠어."

우연은 눈을 질끈 감았다. 어떻게 사람이 이럴 수가 있을까. 어떻게 사람이 사람을 이렇게까지 사랑할 수 있을까. 아저씨 역시 나만큼이나 어딘가가 고장 나 있는 건 아닐까.

"우연아. 나도 열렬한 감정은 변할 수 있다고 생각해. 광적인 열기는 어느 정도 수그러들겠지. 하지만 노력하면 편안하고 따뜻한 관계를 유지하면서 잘 살아갈 수 있을 거라고 믿어."

"……."

"난 너와의 관계에 이상이 생겼을 때, '우리 인연은 여기까지구나, 잘 가.'라고 산뜻하게 말 못 해. 문제가 생기지 않도록 많이 노력할 거고, 이러지 말고 잘해 보자고, 기회를 달라고 애걸하고 질척댈 거야. 그걸 위해서 결혼이라는 울타리 정도는 쳐 두고 싶어. 그것도 안 돼?"

"……마음이 떠나면 울타리가 무슨 의미인데요?"

"왜 벌써 마음이 뜨는 때를 생각해! 힘들고 무서울 때마다 포기하고 도망칠 생각부터 하지 말고, 같이 노력해 보면 되잖아. 나를 믿고, 너도 자신을 한번 믿어 보면 안 되겠어?"

이제야 뭔가를 예감한 걸까. 아저씨의 목소리가 격하게 흔들렸다.

"내가 너한테 뭘 해 주면 좋겠어? 힘들면 힘들다고 하고, 아프면 아프다고 해. 백 번이든 천 번이든 말해. 도와줄게. 네가 싸워서 이겨 낼 수 있도록, 내가 할 수 있는 건 다 해 줄게."

"아저씨…… 그만해요."

"내가 전에도 말했잖아! 돈이 필요하면 폭포처럼 쏟아붓고, 위험하면 철통같이 지켜 주고, 마음이 불안정하면 평생 약을 써서라도 안정시켜 주겠다고! 무슨 짓이라도 할 테니, 너는 말만 해. 뭐든지, 말만!"

"그만해요, 그만……."

우연은 고개를 위로 쳐든 채 눈을 깜박거렸다. 그는 우연의 어깨에 이마를 기댄 채 입을 다물었다. 숨을 들이쉬고 내쉴 때마다 그 강건하고 넓은 어깨가 크게 출렁거렸다.

아저씨의 불안을 이해한다. 그는 이 사랑이 영원할 수 있다고 믿으니까 이것이 사라질까 봐 불안해하는 것이다. 차라리 사랑이 시간에 따라 닳아 사라지고 썩는 것임을 이해했다면 서글플망정 이리도 불안하지는 않았을 텐데.

생각해 보면 아빠도 늘 그렇게 불안해했다. 자신보다 훨씬 잘나고 가진 게 많았던 엄마의 목에 족쇄를 걸어 옆에 앉혀 놓고, 그것도 모자라 하루에도 열 번씩 그렇게 날개의 관절을 꺾어 댔다.

"아저씨, 꼭 싸워서 이겨 내야만 해요? 힘들면 그냥 숨고 도망치면 안 돼요? 아저씨도 무서우면 맞서지 말고 도망치라고 하셨잖아요. 그건 살기 위해 최선을 다하는 거라고 하셨잖아요."

"우연아. 그건, 그러니까……."

"도망치는 것도 벅차 죽겠는데, 당당하게 맞서야 하고, 힘껏 싸워야 하고, 이겨 내기까지 해야 해요? 왜 저는 승산도 없는 싸움판에 매번 이렇게 질질 끌려다녀야 해요?"

아저씨의 눈동자가 심하게 흔들렸다. 아마도 이런 대답은 예상하지 못했던 듯했다. 깊고 신비로운 고동색, 그 아름다운 눈동자는 이제 고통과 혼돈으로 물들어 가고 있었다.

"어떻게 평생 도망만 치며 살겠어. 포기하면 아무것도 해결되지 않아. 나를 믿고 조금이라도 싸워 줘. 제발 조금만이라도 버텨 줘."

"……."

"나머지는 내가 할게. 내가 목숨 걸고 다 해결할게. 영원한 고통은 없어, 우연아. 모든 폭풍은 반드시 끝나게 돼 있어."

우연은 웃었다. 아저씨가 해결한다고. 목숨 걸고 다 해결한다고. 늘 신중하게 말을 고르던 아저씨의 허황한 장담이 낯설었다.

그래요, 아저씨. 나도 믿고 싶어요. 아저씨가 가진 걸 모조리 날려 버리는 꼴을 모른 척하고, 엄마가 죽거나 말거나 눈을 딱 감아 버리고, 아빠의 표적이 되어서 평생을 이 집에 숨어 살아간다 해도, 이 청혼을 받아들이면 우린 영원히 행복할 거다, 그렇게 해맑게 믿고 싶어요.

그런데 아저씨……

"……죽어도 안 믿어지는데, 나한테 어떡하라고 그래요……."

아저씨는 대답하는 대신 우연을 다시 힘껏 끌어안았다.

"그럼, 나중에, 시간이 흘러서, 안심이 되면, 편안해지면, 나에게 기대도 되겠다, 믿을 수 있게 되면, 그때는? ……나는, 기다릴 수 있어 우연아."

"……나는 그럼 '언젠가는 결혼해야 한다'는 새로운 빚에 쫓기며 살아야 하나요? 평생?"

우연은 이렇게 반문해야 하는 자신이 끔찍하게 혐오스럽고 진저리가 났다. 하지만 아저씨가 자신을 자꾸 갉아 가며 희생하겠다는 말을 더는 들어 줄 수가 없었다. 아저씨는, 나를 만나지 않았다면, 적어도 지금보다는 행복했을 것이다.

아저씨의 목소리가 드디어 눈물에 잠기기 시작한다.

"제발…… 이러지 마라. 왜 그렇게만 생각하니."

"나도 아저씨를 사랑하고, 아저씨도 나를 사랑하는데, 왜 꼭 아저씨가 원하는 대로 결혼해야 하나요?"

"……."

"아저씨가 내 목숨을 구해 줬으니까?"

"……."

"아저씨가 돈이 많아서? 나보다 나이가 많아서? 힘이 세서? 내가 아저씨한테 빚이 많아서?"

"사랑해서. 사랑하니까. 다른 이유는 없어. 네 옆에…… 평생 있고 싶어. 그것뿐이야……."

아저씨는 대답을 잇는 대신 고개를 천천히 천장으로 들어 올린다. 그는 울고 있었다. 자신의 모든 것을 건 청혼이 이렇게 산산이 팽개쳐지는 순간을 한 번도 상상하지 못했던 그는, 이제 무기력하게 숨죽여 흐느끼고 있었다.

우연은 입술을 꽉 깨물었다. 못 버티겠다. 아저씨가 우는 걸 보니, 몸이 통째로 믹서기에 갈리는 것 같다. 나오지 말아야 할 말이 튀어나오려 한다. 미현이 던져 주고 간 거대한 유혹, 공평한 방법이고 서로에게 가장 유익하다고 말하던 그 방법. 아저씨에게도 우연에게도 너무나 달콤하고 강렬한 유혹.

"아저씨……, 결혼하지 않고 그냥 연애만 하면 안 돼요? 사랑이 살아 있는 동안, 최선을 다해서, 열심히 사랑만 하면 안 돼요……?"

결국, 한 끄트머리가 튀어나왔다. 머리가 터질 것처럼 왕왕거린다.

아저씨가 짠물에 잠긴 눈으로 우연을 가만히 내려다본다. 그는 우연의 입속에서 꼬리가 잘린 말이 남아 있는 것을 짐작했다. 그는 그 말을 조용히 기다렸다.

……난 어떡해.

우연은 입술을 깨물었다. 이런 말을 내 입으로 하는 게 맞을까. 이런 말을 하면 아저씨는 반가워할까. 그러면서도 한편으로는 나를 경멸하게 될까. 이런 제안을 기다렸을까. 나는 이제부터 세컨드니 첩이니 더러운 년이니 하는 말을 평생 듣고 살아야 할까.

……웃긴다. 넌 지금까지 더 심한 말을 들으면서 살아왔잖아. 지킬 명예 따위나 있어?

우연은 자신을 마음껏 비웃었다. 자신의 처지에 생각이 닿는 순간, 드디어 입속에 남은 말꼬리마저 빠져나간다.

"아저씨도 약혼녀 언니하고 똑같이 하면 안 돼요?"

"뭐?"

잠시 후 그의 얼굴이 시뻘겋게 달아오르며, 순식간에 분노에 휩싸였다. 그는 우연이 그런 제안을 하리라 상상도 하지 못했던 게 틀림없었다.

"진우연! 너 지금 무슨 말을 하는 거야! 너, 내가 미현이와 결혼하고 너와도 관계를 유지하라는 거야? 결혼이 대체 뭐라고 생각하는 거야!"

그가 격노한 목소리로 고함을 쳤다. 우연은 멍청한 얼굴로 더듬었다.

"아, 아저씨만 손해 볼 필요 없잖아요. 억울하지 않아요?"

"네가 어떻게 그런 말을 할 수가 있어! 네가 평생 어떤 말을 들으면서 살아야 할지 몰라? 네가 어떻게, 네가 어떻게 그런 말을 해!"

몸이 확 끌어당겨졌다. 헉, 우연은 다급하게 숨을 쉬었다. 우연의 몸이 그의 두 팔 사이에서 짜부라질 듯 강하게 짓눌렸다. 그가 쥐어짜는 듯한 목소리로 속삭였다.

"결혼은, 그분의 이름으로 맺어지는 신성한 약속이야. 나는 너 말고 다른 사람과 결혼할 생각이 없어. 너도 절대로 그렇게 살아선 안 돼. 그러니 다시는, 다시는 그런 말 하지 마라. 그런 생각조차 하지 마라. 두 번 다시."

늘 차분하고 침착하던 목소리가 우들우들 떨리고 있었다.

그래. 이럴 거라고 생각했다. 내가 아는 이원 아저씨라면, 내가 좋아하고 사랑했던 이원 아저씨라면.

"그리고 우연아, 나는, ……네가 원하는 사랑 방식도 ……받아들이기 힘들어. 나는 그렇게 불안정한 관계를 견딜 수 없을 거야."

아저씨의 목소리는 이제 형편없이 갈라지다 부서진다.

"태어날 아이를 위해서도, 그런 불안정한 관계는 옳지 않아. 그러니……."

"아저씨, 나는 결혼도 아이도 정말 원하지 않아요. 말했잖아요……."

눈물이 멈추지 않는다. 정말 어떡하면 좋을까. 나로 인해 너무나 많은 것을 잃어버려려 할 이 아저씨를, 나는 대체 어떡하면 좋을까. 아저씨는 필사적으로 말을 잇는다.

"네가 예전에 말했잖아. ……나를 닮은 아이를…… 길러 보고 싶다고 했잖아……."

게다가 아저씨는 이제 비굴하고 비겁해지기까지 한다. 그답지 않은 비굴함과 비겁함에 목이 메었다. 아저씨는 나 때문에 늘 어딘가 붕괴하며 스스로를 잃어 간다.

"아주 잠깐, 아저씨를 꼭 닮은 아기라면 갖고 싶다는 생각을 했었어요. 맞아요."

우연은 그의 팔에서 빠져나와 그의 얼굴을 가만히 쓰다듬었다. 고통에 잠식된 그의 얼굴은 여전히 끔찍하게 아름다웠다.

그래. 사랑스러울 것이다. 아저씨를 닮은 아기라면, 아저씨처럼 깊고 아름다운 갈색 눈동자를 가지고, 아저씨처럼 사랑스럽게 웃고, 아저씨처럼 자라날 보석 같은 아기라면, 내 목숨을 걸고 사랑하며 키울 것 같다.

"……그런데 막 낳았는데, 아저씨 아니고 저를 닮았으면 어떡하죠?"

"……."

"나는 진우연이 머리끝부터 발끝까지 하나도 맘에 들지 않아요. 거울만 보면 망치로 두들겨 부수고 싶을 정도로요. 그런데 그 꼬라지를 빼닮았으면 어떡하죠? 난 무서워요."

"……."

"엄마나 아빠를 닮았으면 또 어쩌죠? 사랑은 고사하고, 아빠 닮은 구석이 눈에 띌 때마다 죽이고 싶어질 텐데요? 엄마가 그랬어요. 내 머리카락 한 올까지 증오스럽다고."

"단정하지 마, 우연아. 안 그럴 수도 있어."

"운이 좋으면 안 그럴 수도 있죠. 기적처럼 엄마 아빠 닮은 애를 사랑할 수도 있겠죠. 하지만 운이 없으면요? 낳고서 아, 망했다, 하는 걸 깨달으면요? 리셋, 그리고 죽이고 다시 시작하나요?"

아저씨의 얼굴이 심하게 꿈틀거렸다. 하지만, 화를 내지는 않았다. 고함을 치지도 않고, 설득을 하지도 않았다.

"……아저씨가 절 위해서 해 주실 건 없어요. 아니, 하나 있긴 있네요."

우연은 입술에 힘을 주어 힘껏 웃었다. 아저씨는 웃지 않았다.

"이 그림이 완성될 때까지 움직이지 않고 가만히 계시다가……."

"……."

"다 그려지면, 아무 말도 하지 말고 나를 한 번만 더 안아 주시는 거예요."

그림이 완성된 후, 이원은 거울 앞으로 가서 그림을 보는 대신 우연을 안았다. 길지는 않지만 과격한 정사가 이루어졌다. 몸을 박아 넣는 동작이 유난히 거칠고 무자비하게 느껴졌지만, 우연의 반응도 만만치 않았다. 이원의 등과 목, 가슴과 귀두 부근에는 새로운 상처가 생겼고, 우연의 양쪽 젖꼭지 주변과 허벅지, 사타구니는 시뻘건 자국으로 흉하게 뒤덮였다. 두 사람 모두, 몸에 남은 실낱같은 에너지를 모조리 쥐어짜 섹스에 쏟아부었다.

하반신을 갈퀴로 긁는 것 같은 끔찍한 쾌감이 전신을 후려갈겼다. 입에서 터지는 거센 신음을 도저히 참을 수 없었다. 아, 아윽, 하아아! 두 사람의 신음이 엉기기 시작하면서 눈앞이 점점 하얗게 물든다. 자신의 허리를 감고 격렬하게 움직이는 우연도 서서히 절정을 맞는 중이었다.

우연의 손이 자신의 머리카락을 움켜잡는다. 통증은 느껴지지 않는다. 아아, 아저씨, 아아악, 아악! 우연은 고개를 뒤로 한껏 꺾고, 가는 몸을 꽃처럼 물들이며 날카롭게 비명을 지른다. 그 높은 비명 소리가 송곳처럼 등줄기를 긁으며 성감을 자극했다. 우리의 신음 소리가 아래층에 혹시 들릴지, 어떻게 들릴지는 죽어도 상상하고 싶지 않았다.

페니스를 감싼 질벽에서 애액이 넘치도록 쏟아지는 것이 느껴진다. 쩔걱, 쩔걱, 쩍, 쩍, 이제 성기 주변뿐 아니라 아랫배, 허벅지까지 반투명한 점액으로 온통 질척질척했다. 절정을 향해 달아오르는 우연의 속살이 잘게 떨리고 꿈틀대기 시작했다. 안쪽의 굴곡진 근육이 물결치듯 요동하고 그곳에 물린 이원의 음경을 안으로 맹렬히 끌어당긴다. 말랑말랑하고 따끈한 젤리가 수십 개의 작은 손으로 변해 한껏 예민해진 귀두와 돌처럼 굳은 기둥을 미친 듯이 긁고 비벼 대는 것 같았다.

사정은 다급했다. 그는 거칠게 헐떡대며 우연의 다리를 두 손으로 활짝 밀어 놓았다. 성글고 담백한 음모의 숲과 도도록한 대음순, 그 안에서 만개한 양귀비처럼 펼쳐진 소음순과 바짝 솟아오른 붉은 클리토리스가 드러났다.

이원은 이 숨겨진 속살들을 볼 때마다 미쳐 버릴 것 같았다. 저 작은 속살은, 손가락으로 힘껏 움켜잡아 흔들고, 입에 넣어 빨아 대고, 자근자근 깨물고, 뜯어 먹어 버리고 싶다는 광적인 욕구를 불러일으키곤 했다. 애액에 질척하게 적셔진 요도와, 한껏 발기한 클리토리스를 문질러 대자 숨넘어가는 듯한 비명이 치솟았다.

"아파 아저씨, 아파아! 더 해요! 더 해! 아파! 더 세게 해!"

우연은 결코 그만하라는 말을 하지 않는다. 이런 반응을 볼 때마다 머릿속 어딘가의 퓨즈가 나가 버리는 것 같다.

시선을 조금 더 아래로 내리자, 자신의 거대한 성기를 팽팽하게 집어삼킨 입술이 적나라하게 보인다. 한껏 발기해 핏줄까지 두드러진 자신의 페니스와 거친 음모는 반투명한 체액에 흠뻑 젖어 더없이 음란하고 더러워 보였다. 우연이 드디어 절정에 도달했는지, 격렬하게 몸부림치며 비명을 질러 대기 시작했다.

"아악, 아저씨! 아아앗! 아아아!"

이원은 이를 악물고 성기를 힘껏 박아 넣은 후 엉덩이와 아랫배에 힘을 바짝 주었다. 허리를 잘게 쳐 대는 동안, 요도에서는 정액이 발작처럼 튕겨 나왔다. 비행기에서 낙하산도 없이 추락하는 듯, 모든 것이 아득하고 소름 끼치게 짜릿했다.

마지막 사정은 마른걸레를 비틀어 짜는 듯 길고 고통스러웠다. 하지만 몸의 감각은 그것을 고통으로 감지하지 못했다. 그저 황홀했다. 끔찍한 쾌감이었다. 그는 입을 벌리고 신음하며 몸을 묻어 둔 채 허리를 떨었다. 잔뜩 예민해진 페니스가, 아니 하반신 전부가 쾌감으로 녹아내렸다. 온몸의 근육과 감각이 미쳐 날뛰다가 단숨에 허물어진다.

아아아……, 하아.

격렬한 정사를 마친 그를 기다리고 있던 것은 무저갱 같은 허탈함과 강렬한 수면욕이었다. 옆에서 할딱대는 숨소리에 섞인 가는 신음은 열에 들뜬 흐느낌과 비슷하게 들렸다.

이원은 우연과 왜 싸웠는지, 자신이 무엇 때문에 절망했는지 어느새 잊었다. 그는 우연을 꽉 끌어안고 그녀의 살 속에 자신의 몸을 묻어 둔 채 의식을 놓았다. 그곳은 지나치게 따뜻하고 숨 막히게 포근했다. 영원히 그곳에 파묻혀 잠을 자고 싶을 정도로.

행복과 절망의 양극단에 다다른 듯한, 죽음과도 같은 잠이었다.

33

굿 뉴스, 배드 뉴스

― 전무님, 전무님! 최홍연입니다! 여보세요!

이원은 이불에 푹 감긴 채, 전화기를 더듬어 잡고 한참 신음을 삼켰다. 아무리 눈을 뜨려 해도 눈꺼풀을 접착제로 붙여 놓은 것 같았다. 전화만 받고 대답이 없자 자신을 찾는 목소리는 점점 높아진다.

― 전무님! 전무님? 이거 한이원 전무님 휴대 전화 아닙니까! 여보세요!

아아, 머리가 깨질 것 같다. 흐으으…… 결국 신음이 새 나가자 수화기 너머의 목소리가 확 튀어 오른다.

― 전무님? 혹시 어디 안 좋으십니까? 정 박사 보낼까요? 전무님! 전무님!

"아, 아닙니다. 아직 시차 적응 때문에…… 으윽."

이원은 대답하다 말고 다시 신음을 삼켰다. 시차 핑계를 대기엔 홍연도 자신의 뒤를 계속 따라다니며 그 무리한 일정을 똑같이 소화하고, 그것도 모자라 자신이 지시한 일 때문에 정시 출근까지 했다. 그래 놓고 자신은 밤새, 아침까지 섹스를 해서 몸져누웠다고는 때려죽어도 말할 수 없었다.

시킨 일이 급한 것도 아닌데 왜 지금 이럴까. 물론 박 이사를 만나 보고, 법무법인 서너 군데와 컨택을 하고, 40명이 넘는 홀딩스 주주와 이사들에게 일일이 전화를 해서 며칠 내로 개별 약속을 잡아 놓으라고 하긴 했다. 아, 그래서 복수하려는 건가. 죽을 것 같다. 깜박, 다시 정신을 놓으며 이불 속으로 고꾸라지는 이원의 귀로 전화기에서 작은 소리가 쟁쟁거리다 툭 끊어진다.

— 큰일이 터졌습니다! 바로 서초동으로 가 뵙겠습니…….

……큰일이라니, 또 뭔가.

이원은 더 이상 버티지 못하고 힘겹게 눈을 떴다. 지끈지끈 울리는 머리를 흔드니 신음이 저절로 나왔다.

간신히 자리에서 일어나 앉은 이원은 주변을 둘러보고 천천히 눈썹을 찡그렸다.

……음? 여긴 어디지? 몇 시지?

창으로 들어오는 빛은 어스름하고 눅눅했다. 뭔가 좀 이상하다. 분명 자신의 침실인데 침실 같지 않다.

그래. 최 실장 전화를 조금 전에 받았는데, 아닌가? 전화받은 직후에 또 잠이 들었나? 최 실장이 한참 떠들었던 것 같은데 기억이 제대로 나지 않는다. 뭔가 큰일이 있다 했던가? 혹시 그 전화가 꿈이었나? 아니 지금이 꿈인가. 현실인지 꿈인지, 밤인지 낮인지 구별이 되지 않았다. 너무 깊이 자다가 일어나서인지 눈앞이 몽롱하고 주변이 온통 환상에 잠겨 있는 것 같다.

……아아, 이런.

이원은 지금 자신이 가벼운 비현실감에 빠진 것을 깨닫고 고개를 푹 떨어뜨렸다. 그동안 스트레스가 심하긴 했었나 보다. 크게 걱정할 정도는 아니지만, 이 상태가 지나가려면 한참 기다려야 한다는 것은 경험으로 알고 있었다.

"우연아……? 우연아!"

잠시 옆을 더듬던 이원은 옆에 아무도 없는 것을 알고 크게 소스라쳤다. 갑자기 현실로 확 끌어 내려진 기분이었다. 이불을 걷어치우고 일어나려는 순간, 새로운 기억이 머릿속으로 사그락, 흘러들어 온다.

'아저씨, 나 편의점에 잠만 좀 갔다 올게요.'

맞다. 잠결에 모기 날갯소리처럼 가벼운 소리가 들렸었다. 방문 앞에서, 가벼운 티셔츠 차림의 우연이 에코백을 어깨에 메고 손을 흔들고 있다.

'으음…… 어디?'
'편의점에 간다고요, 조 앞에.'

우연이 고개를 반쯤 돌린 채 활짝 웃으며 손을 흔든다. 응, 그래, 얼른 다녀오렴. 무슨 일로 가느냐고, 나하고 같이 가면 안 되느냐고 묻지 못한 것은, 잠에 취해서였다. 눈꺼풀이 자꾸 내려가서인지 우연이 손을 흔드는 시간이 유난히 길게 느껴졌다.

후우우.

잠시 옆에 없는 건데도 가슴에 구멍이 난 것처럼 허전했다. 피곤은 좀 풀린 것 같은데 기분도 이상하고, 방이 썰렁하게 느껴진다. 이원은 한숨을 쉬며 일어나 가운을 걸쳤다.

자, 청혼을 거절당했으니, 이제 어떻게 할까.

저절로 신음이 흘러나왔다. 어떻게 해야 할지 감도 잡히지 않는다.

물론 결혼 안 하겠다던 말은 몇 번 들었다. 아이를 낳지 않겠다던 말도 분명히 기억난다.

……그래도 내 청혼은 당연히 받아 줄 거라고 생각했다. 우연이 역시 나를 열렬히 사랑하는 것을 알고 있었기 때문에. 속물 같지만 내가 청혼을 하면, 기꺼이, 고마워하면서, 울면서 받아 줄 거라고 믿었다.

기다려야 할까. 나를 온전히 믿고 의지할 수 있을 때까지 꾸준히 설득해야 할까.

……아니면 내가 포기하고 저 아이의 방식을 받아들여야 할까.

쓴웃음을 지으며 고개를 저었다. 그리도 불안정하고 유리처럼 균열하고 있는 아이라면, 당연히 안정감 있는 지지 기반이 필요하다. 결혼이라는 제도적 울타리든, 경제적 지원이든, 정서적 지지든, 그 모든 것에서.

"웃기는 소리."

이원은 머리를 무릎 사이에 파묻고 길게 신음했다. 안정감 있는 지지 기반을 간절히 원하는 건 사실 우연이 아니었다.

"그냥, 내가 결혼하고 싶은 거잖아. 우연이를 옆에 두고, 내 사람으로 만들어서 안심하고 싶은 거잖아."

청빈과 절제를 삶의 모토로 삼아 살아왔다. 그분의 사랑 외에는 욕심나는 것이 없었다. 세상에 속한 것들은 모두 족쇄와 짐일 뿐이었다.

……그렇다고 생각했다.

나이 서른을 훌쩍 넘겨서야 자신의 내면에도 탐욕이 존재했음을 알았다. 그동안 억눌렀던 것을 비웃기라도 하듯, 탐욕은 무시무시하게 타올랐다. 옆에 두고 평생, 내 마음껏, 욕심껏 사랑하고 싶었다. 원할 때 힘껏 안아 주고, 무서워할 때 단단히 잡아 주고, 내 품 안에서 나만 의지하며 안심하고 웃는 모습을 보고 싶었다. 그것을 위해서는 이제 못할 짓이 없었다. 아무리 추잡하고 비열하며 두려운 일이라도, 너를 위해서는 얼마든지.

"그런데 어떻게…… 어떻게 이렇게……."

탐욕이 강렬했던 만큼, 거절당했을 때의 후폭풍도 무시무시했다. 내색하진 않았지만, 그때 이원을 휩쓸었던 첫 번째 감정은 놀람이 아니라 분노였다.

'네가 어떻게 이럴 수 있어? 넌 나한테 엄청난 도움을 받았고, 나는 너를 위해서 이렇게 많은 희생을 했어. 그런데 어떻게 나한테. 어떻게 ……감히.'

뒤에 덧붙은 감히, 라는 말에 이원은 문득 소스라쳤다.

"이런 맙소사."

고개를 숙이고 머리를 감싸 안았다. 혹시 우연이도 그 '감히'를 느꼈던 건 아닐까.

우연의 불안과 상처를 인정하는 대신, 내가 원하는 방식대로 결혼하자 강요한 것은 결국…….

그의 못나고 포악한 아비가 한 짓과 본질적으로 똑같은 짓 아니었을까.

한참 동안 머리를 박고 있던 이원은 한숨을 쉬며 고개를 들었다.

"일단, ……기다려 보자."

지금 닦달해 봐야 아무 소용이 없다. 적어도 우연이 나를 사랑하는 것은 확실했고, 현재 내 옆에 머무르고 있다. 그것이 유일한 희망이었다.

그러니 기다려 보자. 어차피 내가 해야 할 일들이 있지 않은가. 그 아이를 편안하고 당당하게 내 울타리로 들이기 위해서는, 해 두어야 할 일이 태산처럼 쌓여 있었다.

그러니 내가 해야 할 일들을 차근차근 해 놓으며 기다리면 된다. 옆에서 얼굴을 보고 함께 시간을 보내며 한결같이 사랑하다 보면, 그녀의 마음이 바뀔 날도 오지 않겠는가.

어렸을 때부터 발군의 인내심을 자랑하던 이원이었다. 내색하지 않고 긴 시간 참으며 기다리는 것은, 이원이—좋아하지는 않지만— 가장 잘하는 일 중 하나였다.

……왜 이렇게 안 오지? 아래층에서 혼자 밥이라도 먹고 있나?

이원이 몸을 일으키자 온몸의 관절과 근육에서 요란하게 앓는 소리를 낸다. 팔다리가 물을 잔뜩 먹은 솜처럼 축축 늘어지고, 손이 닿는 곳마다 말라붙은 체액이 버스럭대는 소리가 났다. 구깃구깃한 시트와 축축한 이불은 어떻게 손을 쓸 수가 없었다.

이원은 비틀대며 욕실로 가서 가운의 끈을 풀다가 흠칫 소스라쳤다.

이런. 깜박 잊고 있었다.

정말 정신이 빠졌구나. 어떻게 등에 그림 그려 놓은 것을 잊어버릴 수 있지?

이원은 가운을 벗고 거울에 몸을 비춰 보았다. 드레스 룸에는 전신 거울이 양면으로 배치되어 있어서 등에 그려진 그림을 보는 것이 어렵지 않았다.

"……아!"

등으로 소름이 쫙 치밀며 저도 모르게 입이 벌어진다.

그의 등은 화려하고 강렬한 색과 눈부신 반짝임으로 꽉 차 있었다.

그리고 그곳에 우연이 있었다.

우연은 이원의 등에 뺨을 대고 그의 허리를 꼭 끌어안고 있었다. 깊게 감은 눈, 자잘하게 흩어져 있는 머리카락, 옷 한 자락 걸치지 않은 그녀의 등이 새하얗게 드러나 있었다. 이원은 고개를 갸웃했다.

"이…… 이게 대체 무슨……?"

이원의 등에 있던 상처는 숨겨지지 않았다. 아니, 오히려 상처를 깊이 파헤쳐 놓은 것처럼 덧그려져 있었다. 보기만 해도 눈이 찡그려진다. 가상의 통증마저 느껴지는 것 같았다. 그 상처는 우연의 하얀 등과 어깨, 팔에도 겹쳐져 있어, 두 사람이 같은 상처를 공유하고 있는 것처럼 보였다.

이원은 눈을 깜박이며 그림을 찬찬히 살펴보았다.

우연의 그림은 기본적으로 하이퍼리얼리즘 회화이지만, 초현실적인 분위기도 늘 공존하고 있었다. 물론 그것이 최근 하이퍼리얼리즘의 흐름 중 하나이기는 했다. 하지만 우연은 거기에 인간의 내면까지 날카롭게 짚어 내는 것으로 독자적인 세계를 구축하고 있었다.

하지만 지금 등에 그려진 것은, 그녀의 기존 작품과 많이 달랐다. 일단 초현실적인 분위기가 그림 전체를 압도했다. 펄이 한껏 들어간 보디 페인팅 물감 고유의 특징도 있겠지만, 무엇보다 형광빛을 띤 원색의 약진이 두드러졌다. 딸기 무스케이크 때의 화사한 형광 분홍뿐 아니라, 노랑, 연두, 자주색, 초록, 보라색, 진주 가루를 뿌려 놓은 듯한 흰색까지. 그 신비로운 색들은 그의 등에서 폭풍처럼 뒤엉겼다. 샤갈처럼 환상적이면서 사진처럼 정치하게 묘사된 그림은 그로테스크할 지경이었다.

그리고 그 안에서 우연은, 그의 등을 끌어안은 채…… 울고 있었다. 이원은 이 장면이 너무 난해해서 자신이 여전히 비현실감에 빠진 것처럼 느껴졌다.

왜 우니, 우연아?

……대체, 왜, 왜 우는 거니, 왜 이렇게 슬프게, 왜?

하지만 시선이 옆구리에 가서 닿았을 때, 이원은 퍼뜩 환상에서 빠져나왔다. 그곳에는 다음과 같은 글자가 조그맣게 새겨져 있었다.

「진우연. NO.5」

"……이건 또 무슨 소리지? 이게 다섯 번째 그림이라고?"

그럴 리가 없다. 우연은 계약한 그림 중 세 점밖에 주지 않았다. 굳이 이 그림을 계약 작품이라 우긴다면, 이건 NO.4가 되어야 했다.

이상하다. 차라리 작품 수를 헷갈린 거면 좋을 텐데. 하지만 우연이 제작한 작품의 규모들을 생각하면 절대 헷갈릴 수 없을 것이다.

……불길하다.

이원은 No.5라는 글자를 노려보다가 다시 고개를 갸웃했다. 그 아래로 자그마하게 숨어 있던 다른 글자들이 새로 눈에 띈다.

「Via Dolorosa」

설마, 제목인가?

이원은 미간을 잔뜩 찌푸리고 눈을 깜박거렸다. 비아 돌로로사, 비아 돌로로사. 입속에서 되풀이되면 될수록 머릿속은 오리무중이 되어 간다.

……이게 그림 제목이라고? 이게 왜? 대체 왜?

며칠 전 새벽, 재의 수요일 미사를 다녀왔을 때, 이 말의 의미를 설명해 주었던 기억이 난다. 고난의 길, 아픔의 길이라는 뜻이라 했었던가. 안내문에도 적혀 있었다. Via Dolorosa, 십자가의 길을 따라서, 라는 제목이었다. 사순절의 시작인 재의 수요일에서 수난 금요일에 이르기까지의 여정이 가시 장식에 둘러싸여 있었다.

하지만 그때의 기억과 이 그림과의 인과 관계는 전혀 짐작할 수 없었다. 까발려진 상처, 상처의 공유, 너의 눈물, 그리고 이 그림은 대체 왜 비아 돌로로사일까. 생각할수록 머릿속이 쑥대밭이 되어 간다.

후우…….

이원은 일단 그림을 촬영한 후, 가운을 조심조심 걸치고 아래층으로 내려갔다. 씻고 싶었지만, 물에 닿아서 지워질까 두려웠다. 정액과 애액과 땀이 말라붙은 몸이 더러워서 미칠 지경이었지만 그림이 없는 부분만 수건에 물을 적셔서 대충 씻어 내는 것으로 참을 수밖에 없었다.

이 아인 내가 평생 목욕도 안 하고 살기를 바란 걸까.

이원은 픽 웃음을 터뜨렸다.

"송 여사님, 우연이 지금 어디 있습니까? 점심은 먹었나요?"

"아가씨는 요 앞 편의점에 다녀오신다고 했습니다. 시장하신지 컵라면이라도 드시고 오겠다면서요. 전무님한테 허락받았다고 좀 전에 나갔는데 아직 안 들어오시네요."

"집에 컵라면을 몇 상자 사다 두어야겠군요."

"제가 함께 갈까 했는데 혼자 가시겠다고 하셔서, 관리실 김 씨한테 CCTV로 잘 지켜보라고 했어요. 혹시 위험할지 몰라서요. 편의점에서 컵라면을 고르시는 것까지 확인했다고 하네요."

역시나 세심한 송 여사다운 대처였다. 이원이 쓰게 웃으며 중얼거렸다.

"대체 좋은 집밥을 두고 왜……."

하지만 이원은 어물어물 말을 삼키고 말았다. '몸도 안 좋은데 왜 자꾸 불량식품만 먹느냐.' 하고 잔소리를 해야 마땅한데, '갈 거면 나 일어난 다음에 나도 데려가지.' 하는 생각만 드는 걸 보면 자신도 참 문제는 문제였다.

219

이원은 김빠지는 소리로 웃으며 거실의 카우치에 앉았다. 이런 홑가운 한 장만 입고 1층 홀까지 내려온 건 난생처음이라 몹시 어색했지만, 생각보다 편하기도 했다. 집이잖아. 왜 지금까지 그렇게 불편하게 살았을까. 송 여사도 조금 낯설어하는 눈치였지만, 어색한 기색을 보이며 불편하게 하지는 않았다.

띠르르 띠르르르.

벨이 울린 것은 잠시 후였다. 아가씨가 오셨나 보네요, 하며 얼른 뛰어나가는 송 여사의 뒤를 따라, 이원도 현관 쪽으로 향했다.

"전무님, 좀 쉬셨습니까?"

"아……, 오셨습니까."

기대와 달리 현관문을 열고 들어선 것은, 자신만큼이나 찌든 기색이 역력한 최 실장이었다.

이원은 순간적으로 실망감을 확 드러냈다가 얼른 표정을 지웠다. 아무리 실망했어도 닷새간 잠도 거의 자지 못하고 강행군을 한 후, 하루도 쉬지 못하고 정시 출근 해서 태산 같은 업무를 처리하고 온 수행 비서에게 보여 줄 얼굴은 아니었다.

아니 세상에, 이게 대체 무슨 일이지?

홍연은 홍연대로 입을 떡 벌린 채 돌처럼 굳어 버렸다.

늘 점잖고 품위 있던 상사께서는 지금 부스스한 머리에 가운만 한 장 걸쳐 입고 현관에 서 있었다. 홍연이 이원의 수행 비서로 일한 게 5년이 넘어가는데, 저렇게 자다 막 일어난 모습으로, 그것도 홑가운 차림으로 1층에 내려와 있는 모습은 단 한 번도 본 적이 없었다. 게다가 하반신의 실루엣으로 보건대, 속옷 한 장 걸치지 않은 게 틀림없었다.

목과 빗장뼈 근처의 자국들 역시 뉴욕에서 돌아온 후 새로 생긴 것이었다. 그것은 붉고 흐릿하게 뭉개져 있거나 길고 날카롭게 그물처럼 얽혀 있었다. 맙소사. 입이 다물어지지 않는다. 눈에 보이는 부분이 저 모양이니 숨겨진 곳은 어떤 꼴일지 상상도 되지 않는다.

침실에서조차 점잖게 무게를 잡을 것 같던 상사께서는, 실제론 잠자리 취향이 상당히 파격적인 듯했다. 이원이 뒤늦게 가운을 바짝 여미고 머리를 손으로 정돈했지만, 홍연의 입은 한참 동안 다물어질 줄 몰랐다.

"들어오십시오. ……박 이사님은 뵙고 오신 거죠?"

"네 전무님. 주주들에게도 지금 개별적으로 연락 돌리고 미팅 시간을 잡는 중입니다."

"박 이사님은 뭐라 합니까? 정말 김현주 씨 이혼 소송에 개입하신 게 맞습니까?"

이원은 우연 어머니의 이혼 소송과 박 이사가 연결되어 있는지 알아 오게 했다. 소송할 때 세경의 도움을 받은 듯한 분위기였지만 아무리 생각해 봐도 뜬금없는 일이었다.

"진우연 씨와 어머니의 사정을 듣고, 차 변호사님께 연결해 주셨다네요. 지금 아니면 안전하게 이혼하기도 어려울 것 같았다고……."

이원은 고개를 갸웃했다. 그가 아는 박 이사는 유능하고 현명했지만 쓸데없는 짓은 절대 하지 않는 사람이었다. 게다가 차 변은 이혼 전문도 아닌데?

"박 이사님이 그렇게 인류애가 넘치는 사람은 아니었잖습니까?"

"전무님께 점수 따고 싶어서 그런 거 아닐까요. 전무님께서 우연이 신경 많이 쓰시던 거 알고 있었으니까요."

이원은 팔짱을 끼고 눈썹을 찌푸렸다. 긁어 부스럼이었다. 우연의 어머니는 이혼을 한다 해서 편해지거나 안전해질 상황은 아니었고, 그동안 자신은 우연에게 거리를 두기 위해 필사적이었다. 하지만 다른 이유가 있나 생각하면 그건 또 아니다. 아무 인과 관계가 잡히지 않는다. 골똘히 생각하고 있노라니 홍연의 격앙된 목소리가 끼어든다.

"그보다 전무님, 중요한 뉴스가 두 가지 있습니다. 아까 전화드렸었죠."

아까 통화가 꿈인지 생시인지 구별이 되지 않았는데 꿈은 아니었던 모양이다. 이원은 무거운 한숨이 나오려는 것을 간신히 누르며 자세를 고쳐 앉았다. 이번에는 또 무슨 지뢰가 터진 걸까. 의외의 변수와 문젯거리들이 하도 많이 터져서 듣기도 전부터 머리가 아팠지만, 아랫사람에게 그것을 내색해서 좋을 것은 없었다.

"무슨 일입니까?"

딱딱하게 굳어 있던 홍연의 표정이 조금 이상하게 변한다. 입가가 실룩실룩하면서 눈매가 풀리더니 비죽이 웃음이 흘러나온다. 드디어 그가 손에 둘둘 말아 쥐고 있던 신문을 의기양양하게 쫙 펼쳐 들며 목소리를 높였다.

"짜잔! 일단 이 기사부터 보십쇼, 전무님! 제가 이 기쁜 소식을 전해 드리려고 여의도에서 빛의 속도로 날아온 것 아니겠습니까?"

"······뭡니까, 이건?"

2단 정도의 그리 크지 않은 기사에 빨간 사인펜이 둘려 있고 별과 꽃이 주변에 요란하게 그려져 있었다.

「Y시, S사 반도체 클러스터 입주 확정」

이원은 얼빠진 얼굴로 기사를 들여다보았다.

"Y시······? 이천시가 아니고 Y시 쪽으로 유치가 확정된 겁니까?"

"틀림없습니다. 보십쇼. 확! 정! 입니다!"

지금 세경에서 재개발을 진행하는 구역은 Y시의 구도심 지역으로, 전철과 버스 터미널이 있는 교통 요지였는데, 바로 인근에 120조 원 규모의 반도체 대단지가 들어선다는 것이다.

그동안 S사 반도체 공단의 유치는 여러 지자체에서 오랫동안 열을 올리고 있던 대형 프로젝트였다. 하지만 이천으로 낙점이라는 게 거의 확정된 분위기라 아예 포기하고 있었는데 이 소식은 너무 난데없었다. 홍연의 목소리가 껑충 튀어 오른다.

"전무님, 저희는 대박이 난 겁니다! 대박이요!"

이원은 가만히 눈을 감았다가 다시 기사를 보았다. 아무리 봐도 실감이 나지 않았다.

「Y시, S사 반도체 클러스터 입주 확정」

입주 확정, 확정, 확정.

"저희가 미국에 도착한 날 기사가 났는데, 다음 날 아침부터 양재역 모델 하우스 완전 터져 나가는 중이라고 합니다. 당연하죠! 인구가 최소한 십만 이상이 몰릴 텐데 대규모 아파트 단지가 근처에 없잖습니까. 공단 완공 시기하고 저희 아파트 준공 시기도 비슷하단 말입니다. 투기 지역도 아니니 하이에나처럼 이리저리 몰려다니던 투자자들이 몽땅 쏟아져 들어오는 모양입니다."

"아아……."

"분양률 10%나 되겠느냐, 미분양 물건 회사에서 몽땅 끌어안고 자폭할 거냐 이죽대던 나래 신탁 김 차장 새끼, 고 돼지코 콧잔등에 똥 덩어리라도 던져 주고 싶네요. 우와 속 시원해! 아니 전무님. 얼른 일어나서 춤이라도 추셔야지 뭘 하십니까, 예?"

이원은 입술을 꾹 누른 채 손으로 가만히 입술을 쓸어내렸다. 자꾸 입가가 꿈틀거렸다. 아, 하, 하, 아하하하. 속에서 커다랗게 웃음이 터지려는 것을 참으려니 어깨만 자꾸 들썩거렸다.

대규모 미분양 위협, 조합 내부의 격렬한 싸움, 사업 대행 신탁사와의 밀고 당기기, 자존심을 다 팽개친 비굴한 PF, 그 와중에 이어지던 우 상무의 비리와 파행, 경영권을 둘러싼 소리 없는 전쟁. 한 걸음 디딜 때마다 펑펑 지뢰가 터지고 갈팡질팡 엉망진창이었다.

맞다. 그때 계약을 밀어붙인 것은 완전히 감 하나만 믿고 저지른 도박이었다. 시공비도 통 크게 밀어 넣었고, 일반 분양 물량의 절반이라는 조건도 미친놈 소리를 듣기에 딱 맞았다. 사업 포기까지 몰린 조합에서 수용했으니 망정이지.

그리고 결국 그것이 잭팟으로 터졌다.

그때 그런 승부수를 던졌다는 것이 여전히 믿어지지 않는다. 이원은 자기 자신을 잘 알고 있었다. 직감은 뛰어나지만, 승부사 기질은 없는 경영자. 평소의 자신이라면 절대 그런 무모한 결정을 내리지는 않았을 것이다. 결단의 동인이 무엇이었는지는 여전히 알 수 없었다.

순간 머리가 징, 울리며 어떤 장면이 떠올랐다.

맞다. 그날, 결정을 내리는 그 순간에도 우연이 옆에 있었다. 회의실 창문에 동그랗고 작은 머리가 오락가락하는 게 보였었고, 그 순간 나는 홀린 듯 결단을 내렸다. 왜 그랬는지는 지금도 이해가 되지 않는다. 어떤 확신도 없이, 순전히 감으로, 속에서 치솟는 맹목적인 목소리로 이루어진 일이었다.

그랬다. 그날 우연이는 내 속에 걸려 있던 무언가의 빗장을 풀었다. 그날, 그 짧은 순간, 내 안의 승부사가 튀어나왔다. 하, 하하, 하하하. 이상하게 자꾸 웃음이 나온다.

그 아이는 불확실로 가득한 화약고에 불을 지르고 냉큼 뛰어 도망치더니, 다시 돌아와 내 옆에 와 앉았다. 그 화약이 때가 되어 거대하게 터져 오르는 것을 함께 구경이라도 하자는 듯이. 그 안에 있던 것이, 사실은 폭탄이 아니라 형형색색의 축하용 폭죽이었다는 것을 미리 알고 있었다는 듯이.

이원은 들뛰는 가슴을 가만히 진정시키며 물었다.

"그럼, 또 다른 소식은요?"

"아, 인도네시아 해상 신공항 입찰 건 말입니다. 중국 K사하고 일본 P건설 쪽에서 저희보다 낮은 입찰가를 써내지 않았습니까?"

"그렇죠. 중국 K사하고는 입찰 금액이 7억 달러 가까이 차이가 나지 않았습니까?"

시공비 100억 달러, 한화 12조 원에 가까운 초대형 공사지만 입찰 금액 차이가 8천억 원이 넘으니, 도저히 어떻게 손써 볼 수 있는 상황은 아니었다.

"그런데, 30분 전에 담당자에게 비공식으로 연락이 왔습니다. 저희 세경건설이 최우선 협상 대상으로 선정됐다고 합니다. 전무님."

"······지금 뭐라고 하셨습니까?"

귓속이 윙, 울리는 것 같다. 잘못 들었나? 그럴 리가 없는데? 하지만 홍연의 얼굴은 더 이상 기쁠 수 없다는 듯 활짝 웃고 있었다.

"저희가 인도네시아 해상 공항 최우선 협상 대상으로 선정됐다고요, 전무님! 지금 세경건설은 완전히 광란의 파티 분위기입니다. 이런 날 전무님은 왜 아직도 출근을 안 하셨냐고 난리가 났단 말입니다."

어부지리를 넘어 잭팟이라 할 만한 행운이었다. 최근 1년간, 중국 K사에 악재가 겹치기는 했다. 몇 해 전에 건설한 미국의 해양 박물관의 수조 파열과 인도네시아 대형 호텔의 부실시공이 외신으로 오르내렸다. 외벽 균열, 외장재 탈락 사고, 단열 시공 부실로 인한 대대적인 리노베이션 결정이 내려진 게 두 달 전이었다. 그 일로 인해 결국 최저가를 써낸 K사가 협상 대상에서 제외되었다.

일본의 P건설은 우선 협상자로 지정되기 직전에 급하게 포기 의사를 밝혔다. 회사 대표이사의 부정·비리 사건이 터져 주가가 폭락하더니, 요 며칠 사이에 계열사 매각 소문까지 슬금슬금 퍼지기 시작했다는 것이다.

"그래서 세 번째 입찰가를 적어 낸 저희가 우선 협상 대상으로 선정됐다고 30분 전에 비공식적으로 연락이 온 겁니다. 그쪽에서 오늘 안에 정식으로 우선 협상 의뢰서를 보낼 거라 합니다."

이게······ 대체 무슨 일일까.

이원은 여전히 현실로 돌아오지 못한 듯한 기분이었다. 어떻게 이런 소식이 한꺼번에 올 수가 있을까. 가슴을 지그시 눌렀다. 그동안 머릿속을 친친 얽고 있던 매듭들이 단칼에 잘려 나가는 것 같다. 눈앞이 시원하게 열린다. 길이 이렇게 열릴 수도 있구나. 너무 벅차서 숨이 밭았다.

"어머나 축하해요, 전무님. 아이고 다행이에요, 전무님!"

차를 내오던 송 여사가 떨리는 목소리로 축하의 말을 건넨다. 그동안 이원이 얼마나 힘들었는지 봐 왔기에 송 여사는 감격한 목소리를 숨기지 않았다. 이원은 자리에서 천천히 일어섰다. 심장이 너무 격하게 뛰어 도저히 자리에 앉아 있을 수가 없었다.

"송 여사님, 지금 편의점에 가서 우연이 좀 불러오세요. 라면 좀 그만 먹으라 하고. 저녁때 다 같이 축하 파티라도 하죠."

"예, 그럴게요."

"홍연 씨도 같이 식사라도 하고 가세요."

이원은 다시 자리에 앉아서 탁자에 손을 내려놓았다. 손이 가늘게 떨리고 있었다.

왜 이러지? 너무 좋아서? 흥분돼서 이러는 걸까?

하지만 이내 수그러들 거라 생각한 떨림은 시간이 갈수록 점점 커진다. 송여사는 쉽게 오지 않는다. 이원은 극도의 긴장, 터질 것 같은 흥분을 필사적으로 견뎠다.

아무래도 뭔가 이상하다.

이원은 이제 눈에 띌 정도로 부들부들 떨리는 손을 물끄러미 내려다보았다. 현재 자신의 마음이 빅뱅이 일어나기 직전, 카오스의 초고온 초고압 고밀도 상태처럼 느껴졌다.

"저…… 전무님, 괜찮으십니까?"

"괜찮습니다."

하지만 떨림은 도저히 잦아들지 않는다. 이제 손이 떨리는 것도 모자라 어깨와 다리까지 들들 떨린다. 자리에서 일어났다. 심장이 심하게 두근거려서 견딜수가 없다.

천천히 홀을 돌던 이원은 우연이 쓰던 손님방의 문이 조금 열려 있는 것을 보고 고개를 갸웃했다. 이원은 이 방에 아무도 들어가지 말라고 말해 두었고, 청소도 관리도 직접 했고, 문도 항상 닫아 두고 다녔다. 문이 열려 있다는 건 누가 안에 들어갔었다는 뜻이었다.

"민정 씨, 혹시 저 방에 누가 들어갔었습니까? 아무도 드나들지 말라고 했는데?"

"아, 전무님. 아가씨께서 조금 전에 그 방에서 옷을 갈아입고 나가셨습니다."

"우연이가요? 제가 없는 사이에 이 방을 사용하고 있었습니까?"

우연과 비교적 친하게 지냈던 민정은 웃으며 고개를 끄덕였다.

"네. 전무님께서 안 계시는 동안 계속 이곳에서 지내셨습니다. 식사할 때 말고는 밖에 나오지도 않고 잠도 여기서 주무셨어요."

닷새 동안 내내 여기서 지냈다고?

여기서……, 이 텅 빈 방에서 종일 뭘 했는데?

등으로 천천히 무언가가 흘러내리는 것 같다. 차갑고, 끈적하고 이상한 것이. 휘청휘청하며 방으로 다가갔다. 뒤에서 걱정스러운 목소리가 들린다.

"전무님, 왜 그러십니까. 정말 몸 괜찮으십니까? 정 박사님을 지금이라도 부를까요?"

이원은 대답하지 않았다. 자신이 생각하기에도 지금의 몸 상태는 정상이 아니다. 그는 두근대는 가슴을 누르며 방문을 활짝 열었다.

"……음?"

아무것도 변한 게 없었다. 이원이 늘 정리해 두는 형태 그대로의 깔끔한 모습이었다.

여기서 대체 뭘 했을까? 텔레비전도 컴퓨터도 없는 방인데? 무서워서 전화기는 꺼 두는 아이니 휴대 전화를 갖고 놀았을 리도 없고.

이원은 옷장을 열어 보고, 서랍도 하나씩 빼 보았다. 딱히 달라진 것은 없었다. 탁자를 쭉 보던 이원은 스탠드 아래에 조그마하게 접힌 종이를 발견했다.

「계약 완료.

500만 원 빌려주셔서 고맙습니다. 평생 감사함을 잊지 않고 살겠습니다.」

이원은 작은 종이쪽지를 물끄러미 내려다보았다. 이 인사말은 뭔가 이상하다. 계약 완료라고?

아니다. 우연은 아직 그림을 세 개밖에 그려 주지 않았다. 물론 안 그려 줘도 된다고 했지만, 그것을 '계약 완료'라고 말할 수 있는 건 아니었다.

그것 말고도, 우연과 자신을 연결하고 있던 굵은 줄이 칼로 썽둥 잘린 듯 이상한 느낌이 들었다.

머릿속에서 갖가지 생각이 소용돌이치기 시작했다. 이걸 왜 말로 하지 않고 종이에 적었을까? 내가 자고 있으면 깰 때까지 기다렸다가 말해 주면 되지 않니? 평생 고마움을 잊지 않는다? 넌 왜 헤어지는 사람처럼 이상하게 인사를 하는 거니?

글자가 춤을 추는 것 같다. 속에서 뭔가가 부글부글 끓어오르는데, 시커멓고 무서운 것이, 커다란 소리를 내며 터져 나올 것 같은데, 그게 뭔지 알 수 없다.

우연아, 네가 잘못 알았어. 계약은 끝나지 않았어. 일단 내 등의 그림은 사이즈가 20호가 안 되니 계약작이 아니고, 이걸 합친다고 해도, 그림은 네 개밖에 안 돼.

말해 봐. 넌 왜 이런 인사말을 썼지? 왜 계약이 다 끝났다고 했지?

……넌 대체 왜 이렇게 오지 않는 거야?

이원은 초조하게 방을 돌다가 옷장 문을 다시 열어 보았다. 옷장에는 예전에 우연이 입었던 옷 몇 벌 있었는데, 모두 얌전하게 제자리에 걸려 있었다. 그렇게 애지중지하던 자신의 낡은 와이셔츠도 걸려 있다. 속옷과 양말이 들어 있는 서랍에도 딱히 궐이 난 것이 없었다. 덜커덩, 쾅, 쾅. 서랍을 하나씩 열어 보는 손길이 점점 거칠어진다. 쾌당, 책상 서랍을 열자, 물감과 붓, 종이 팔레트 등이 난잡하게 얽혀 있는 모습이 보였다.

"……뭐지, 이건?"

덜덜 떨면서 서랍을 완전히 빼 보았다. 달라졌다. 자신이 정리해 둔 것과 달리, 서랍 안의 물건은 엉망으로 뒤엉켜 있었다. 대용량 아크릴 물감 중 몇 가지 색깔이 바닥에 굴러 나와 있었고, 주둥이 끝까지 바짝 눌리고 비틀려 짜인 물감들도 많았다.

이원은 그것들을 하나하나 집어 들었다. 블랙. 블랙, 세피아, 반 다이크 브라운, 로 엄버, 번트 시에나, 블랙. 사용감이 있는 물감들은 대부분 칙칙한 갈색이나 어두운 빛깔이었다. 이게 의미하는 건 뭘까. 손이 걷잡을 수 없이 떨렸다.

뒤늦게 책상 위의 메모를 읽은 홍연이 긴장한 목소리로 말했다.

"저, 전무님. 우연이가 그동안 작품을 했던 모양입니다."

"그렇다기엔 완성된 그림이 없지 않습니까?"

이원은 방을 둘러보았다. 방 안에는 그림이 없었다. 2층에도 그림이 없었다. 순간 침대머리 쪽으로 길게 내려진 암막 커튼에 시선이 닿았다.

……제기랄.

이원은 침대 곁으로 성큼성큼 가서 암막 커튼을 옆으로 확 젖혔다. 뒤에서 숨넘어가는 소리가 들렸다.

"저, 전무님!"

이원은 꼼짝도 하지 않고 눈앞을 가득 채우고 있는 거대한 캔버스를 노려보았다.

100호 캔버스를 꽉 채우고 있는 것은 온통 검은색이었다. 아니, 완전히 새까맣다기보다 회색과 갈색이 살짝 섞인, 재의 색과 비슷하게 느껴지는 부드럽고 풍성한 검은색이었다.

그 수렁처럼 깊고 어두운 잿빛 속에서, 자신의 얼굴이 희게 떠올라 있었다.

"이…… 이게 무슨."

이마에 재로 그려진 십자가를 박고 있는 이원의 얼굴은 온통 땀에 젖어 있다. 동공이 뒤로 반이나 넘어간 눈, 의식 없이 벌어진 입, 헐떡이는 날숨이 그대로 느껴진다. 젖은 머리카락, 흔들리는 몸, 매끈하게 윤을 낸 대리석처럼 차고 단단한 백색의 피부, 그곳에 무수히 맺힌 땀방울, 온통 찡그러진 미간과 입가, 팽팽하게 긴장한 어깨, 완전히 넋을 놓은 그 얼굴은 나른하고 방만하면서도 단 하나의 지점을 향해 극도로 집중하는 모습이었다.

설명을 덧붙이지 않아도, 지금 이게 무슨 장면인지는 모를 수 없었다. 이런 맙소사. 홍연이 저도 모르게 중얼대는 소리가 들린다.

"제기랄……."

이원은 한 걸음, 두 걸음 뒷걸음질했다. 두 손이 입으로 올라갔다. 숨이 막힌다. 도저히 보고 있을 수 없다. 차마, 도저히.

엄혹한 사순절, 기나긴 금욕 기간의 첫날인 재의 수요일. 자신은 한껏 쾌락에 빠져 있었다. 정사를 치를 때의 표정은 자신이 생각했던 것보다 훨씬 추했다.

파정의 극렬한 쾌감에 휘말렸는지, 그림 속 사내의 얼굴은 괴이하게 일그러져 있었다. 육체의 자극에 완전히 굴복해 혼이 나간 듯한 모습, 생각이 완전히 휘발될 만큼 극도의 쾌감을 누리고 있는 그 찰나. 땀에 젖어 번질대는 뺨과 벌어진 입술, 눈꺼풀에 반쯤 파묻힌 채 동공이 풀어진 눈. 몸의 격렬한 떨림이 고스란히 느껴지는 듯했다.

얼굴 껍질이 벗겨지는 듯한 수치심과 함께 격렬한 분노가 치밀었다.

……진우연!

네가, 네가 어떻게 나를, 어떻게 나한테 이럴 수 있어?

그림은 남에게 보이는 것을 전제로 한다. 현재가 아니라도, 언젠가는 대중에게 보일 때 생명과 가치를 갖게 되는 게 그림이다.

그런데 이런 모습을 그렸다는 건 대체 무슨 뜻인가. 넌 내 이런 모습을 남에게 보여 주고 싶었던 거냐. 나를 이 지경까지 모욕하고 창피를 주기로 작정한 거냐.

이원은 급작스럽게 끓어오르는 분노를 도저히 주체할 수 없었다.

난 너한테 대체 어떤 의미지? 너에게 한이원이라는 인간은 이렇게 함부로 까발려져도 되는 사람이었어?

더욱이 그를 견딜 수 없게 하는 것은, 자신의 이마에 박혀 있는 재로 그려진 얼룩이었다. 하필 그날, 이마에 이 표식을 받고 정사를 치르는 장면을 그렸다는 것이 대체 무슨 뜻이겠는가.

……넌 내가 가장 소중히 여기는 부분까지 기어이 이렇게 깔아뭉개야 직성이 풀리겠어?

손이 와들와들 떨렸다. 당장이라도 저 캔버스를 박살 내고 칼로 그림을 찢어 버리려야 할 것 같았다. 하지만 뒤로 단단하게 틀이 짜인 캔버스는 주먹으로 후려쳐도 크게 흔들릴 뿐 부서시지 않았다.

"홍연 씨."

"예, 전무님."

대답하는 홍연의 목소리도 우들우들 떨리고 있었다.

"칼 가져와요."

"……네?"

"커터 칼 가져와요! 가위든 뭐든, 당장!"

홍연은 크게 숨을 들이쉬더니 다급하게 말했다.

"저, 전무님. 한 번만 다시 생각해 주십시오. 우연이가 안 좋은 의도로 그린 건 아닐 겁니다. 물어보시면 되잖습니까. 찢기 전에, 제발, 제발 다시 한번만 생각해 주십시오."

"다시 생각하긴 뭘 생각합니까? 이런 그림을 남겨 두라고? 당신 같으면 남겨 두겠어? 그 애 오기 전에 칼 가져와요!"

사람에게는 건드려도 괜찮은 게 있고, 절대 건드리지 말아야 할 게 있다. 건드리지 말아야 할 부분 중에서도, 부끄러워 감추는 부분이 있고, 너무 성스럽고 거룩해서 손을 대면 안 되는 부분이 있다.

우연은 남의 마음속에 숨겨진 비밀의 방을 본능처럼 찾아내서 그것을 그림으로 까발리는 능력이 있다. 그리고 이원은 한때, 우연이 자신의 껍질을 부수고 내면으로 침범해 들어오는 것을 기쁘게 생각한 적도 있었다. 기꺼이 받아들이고 끌어안기로 생각한 적도 있었다.

하지만 이것은 아니다. 이래서는 안 된다. 이원에게는 아무에게도 양보할 수 없는 절대적인 성역이 있었다. 한 걸음, 두 걸음, 그녀는 그곳마저 부수며 들어오고 있었다. 성역을 이따위로 모욕할 수는 없었다. 나를 어디까지 허용할 건지 시험하는 거라면, 용납할 수 없다. 이건 아니다. 여기는 아니다.

"제발, 잠시만 기다리십시오, 전무님! 저, 저 그림은 파손해선……."

이원은 홍연을 확 밀치고 문을 거칠게 열었다. 당장 칼이든 가위든 가져와 저 그림을 북북 긁어내야겠다는 마음밖에 들지 않았다. 다만, 우연의 방에는 칼이 없었다. 칼이나 가위 같은 위험한 문구류는 물론 팔레트 나이프조차 없었다. 자해 위험 때문이었다.

네가 어떻게 나한테 이럴 수 있어. 네가 감히 어떻게 나한테.

심장이 미친 듯이 뛰었다. 저것은 나의 가장 바닥까지 처박힌 치부의 장면이다. 가장 부끄러울 때의 장면을 드러낸 것으로도 모자라 내가 가장 거룩하게 지키던 것을 스스로 모욕했음도 만천하에 까발렸다. 극도의 쾌감에 들떠 넋을 잃은 표정은, 금욕과 고난을 상징하는 재의 표식과 결합하여 말할 수 없이 참담해졌다.

네 재능에 내 이름을 얹고자 했던 탐욕의 대가를 이런 식으로 치르라는 거냐?

어제 내 청혼을 말도 안 되는 궤변으로 모욕한 이유가 이거야?

난 너에게 이따위로밖에 취급당하지 못하는 사람인가?

……난 너한테 대체 어떤 사람이지?

속에서 극렬한 감정이 끓어올랐다. 분노가 수치심을 휘발시키자 맨 밑바닥에 고여 있던 배신감이 날것 그대로 얼굴을 드러냈다.

"제발, 제발, 전무님!"

뒤에서 따라온 홍연이 그의 소맷단을 황급히 붙잡는다. 이원이 손을 확 뿌리치자, 가운의 한쪽 소매가 빠지면서 헐렁하게 휘감고 있던 가운이 반쯤 어깨 아래로 흘러내렸다.

"……아. 이건……."

등의 그림을 발견한 홍연이 새하얗게 질린 얼굴로 주춤주춤 뒤로 물러선다.

이원은 거칠게 가운을 추스르고 홀로 나섰다. 이제 인생에서 이 이상 수치스러운 일은 없을 듯했다.

하지만 2층으로 바로 올라갈 수는 없었다. 현관에는 얼굴이 우유처럼 희게 변한 송 여사가 작은 몸을 와들와들 떨면서 서 있었던 것이다.

"저, 전무님…… 아, 아가씨가…… 아가씨가……."

머릿속으로 이명이 일기 시작했다. 무슨 말인지 듣지도 않았는데 이미 들은 것 같은 기분이 든다. 무슨 말이 나올지 알 것 같다.

송 여사가 덜덜 떨며 예상했던 말을 내놓는다.

"편의점 뒷문에서 대기하던 택시를 타고 도망치셨대요……."

34

도주

빵빵.

편의점에서 앉아 라면을 먹고 있으니, 뒷문 쪽으로 택시가 다가와 짧게 클랙슨을 울린다. 우연은 라면 국물을 들이켜는 척하며 조금 더 꾸물거렸다. 이제 가면 아저씨 집에 영영 올 일이 없다 생각하니 몸이 납덩이처럼 무거웠다. 하지만 1분도 되지 않아 검은 선글라스를 쓴 기사가 창을 열고 우연에게 손짓을 한다.

라면을 내려놓고 뒷문으로 빠져나가 택시 조수석에 올라탔다. 미현은 뒷좌석에 앉아 있었다. 머리를 이상한 자주색으로 물들인 채.

"짐이 이게 다야?"

미현이 눈썹을 찡그리며 물었다. 우연의 짐은 누런 에코백 하나뿐으로, 반나절 후에 출국할 사람의 짐치고는 지나치게 단출했다.

"미친…… . 너 출국할 생각으로 나온 거 맞아? 너 지금 미국 가는 거야. 요 앞에 슈퍼 가는 게 아니고."

"가져갈 게 없어요. ……엄마가 집 팔아서 내 물건들이 어디 있는지도 몰라요. 아저씨에게 받은 건 다 돌려드리고 왔고요."

234

미현은 짜증스러운 얼굴로 혀를 찼다.

저 아이는 세상에 제대로 발을 딛고 사는 것 같지 않았다. 학대하는 부모에게서 간신히 도망쳤나 싶었는데 결국 도로 제자리. 엄마는 집까지 홀랑 팔아서 이제 머물 곳조차 없이 쫓기는 상황이었다. 미현은 지갑에서 5만 원권 대여섯 장을 꺼내 내밀며 조금 누그러진 목소리로 말했다.

"일단 여권부터 찾고, 공항 가면 배낭 하나 사서 필요한 거 몇 가지 집어넣어. 남으면 엄마 몰래 환전해서 비상금으로 챙겨 두고. 네 엄마 하는 꼬라지 보니 나가서도 너 버리고 또 튈 수도 있겠더라."

"……고맙습니다."

우연은 슬며시 눈동자를 굴리며 미현의 눈치를 살폈다. 묻지 말아야지, 물어보면 안 돼, 하며 열심히 찍어 누르던 노력이 무색하게, 입속에서 뱅뱅 돌던 말이 톡 튀어 나가고 만다.

"언니는 이제…… 아저씨랑 결혼하나요?"

"씨발, 몰라서 물어? 그러려고 이 지랄을 하는 거잖아."

미현은 곧 한국을 뜰 우연 앞에서 가면을 벗어 치우기로 작정한 듯했다. 미현은 생각보다 입이 험했고, 우연은 그것이 무척 자연스럽게 느껴졌다. 저 눈부시게 아름다운 여자는 어떤 표정이든 어떤 말이든 정말 자연스러웠다. 매력이라면 굉장한 매력이라고 할 수 있었다. 미현이 한쪽 입술 끝만 비틀어 올리며 웃었다.

"왜? 오빠가 영원히 결혼도 안 하고 너를 찾아 전국 방방곡곡을 뒤질 것 같아? 아, 네에. 너를 찾느라고 정신 나간 꼴을 보고 싶으시겠죠. 아주 지랄 똥을 싸세요."

쏘아대는 미현의 말투는 짜증을 넘어 노기(怒氣)가 가득해서 우연은 한마디도 대거리하지 못했다.

"안됐지만 그럴 일은 없을 거야. 내가 장담해."

"……."

"오빠는 상황 판단이 좋고 손절 빠른 CEO로 업계에 소문이 자자해. 아니다, 하고 결론 내리면 아무리 열심히 추진하던 일이라도 바로 잘라 버리고 잊을 수 있는 사람이란 뜻이지. 사람 잘 보기로 소문난 한 회장님이 왜 아들을 기어이 신학교에서 끌어냈는데. 그러니 너도 그쯤 하고 꿈 깨시지."

……아니야.

우연은 눈을 멀거니 뜬 채 속으로 고개를 저었다. 아저씨는 잘라 버리지 못할 것이고, 잊지도 못할 것이다. 아저씨는 오래전 달팽이와 거북이도, 눈앞에서 죽은 불쌍한 아기도 여전히 잊지 못하고 있다. 나에 대해서도 그럴 것이다. 내가 아저씨를 자르지도 잊지도 못할 것처럼, 아저씨도 그럴 것이고, 내가 정신이 나간 것처럼 아저씨도 그럴 것이다. 저 여자는 아저씨에 대해 완전히 잘못 알고 있다. 그렇게 오래 알고 지냈다면서.

……다행이야.

순간, 갑자기 튀어나온 마음의 소리에 우연은 눈을 커다랗게 떴다.

그래, 다행이야. 저 여자는 그런 거 끝까지 몰랐으면 좋겠어. 어차피 아저씨를 사랑하는 것도 아니잖아. 아저씨를 가장 깊이 사랑하고, 가장 깊이 이해하고, 가장 밑바닥까지 받아들인 건 세상에 나 하나면 충분해. 그렇잖아?

부르르 몸서리를 쳤다. 이따위 생각이나 하는 자신이 가증하다 못해 목을 졸라 죽여 버리고 싶었다.

우연은 건건하게 눈만 깜박였다. 아저씨와 헤어지면 슬퍼서 정신없이 눈물만 나올 줄 알았는데 눈물은 한 방울도 나오지 않는다. 흘러나오는 것은 오로지 이따위 악귀 같은 목소리와 질투, 증오, 자괴감뿐이었다. 우연은 사랑이라는 감정이 자신의 생각과는 전혀 다른 양상으로 썩을 수도 있다는 걸 알게 되었다.

나는 아저씨가 누구하고든 결혼해서 행복하게 사시기를 빌어야 한다. 나 같은 것한테 휘둘리지 말고, 그냥 미워하고 원망하고, 아니 그럴 것도 없이 얼른 잊어버리고, 잘 맞는 사람이랑 결혼해서, 아이도 낳고, 강아지도 기르고, 고양이도 기르고, 마당에 꽃과 나무도 기르면서, 그렇게 행복하게 사시기를 빌어야 한다.

……그게 아니면 행복하다고 세뇌라도 하면서.

아저씨는 그런 거 잘하니까. 제발, 그렇게라도.

"오빠 모르게 나왔지? 이틀이나 먼저 들어올 줄은 몰랐지."

미현의 목소리가 탁 끼어든다. 우연은 말없이 고개를 끄덕였다. 아마 아저씨는 자신이 사라진 이유를 오랫동안 모를 것이고, 어쩌면 영원히 알지 못할지도 모른다.

"오빠가 답지 않게 전화를 꽤 했더라고? 너 때문에 새로운 협상을 해 보려는 거겠지만, 네가 떠난 걸 알게 되면 생각이 달라지겠지."

"네."

"난 오빠 마음이 어느 정도 정리된 후에 만나 볼 생각이야. 머저리처럼 맞불 놓을 생각은 없으니까. 보름 정도면 충분해. 결혼 준비는 그때부터 다시 진행해도 늦지는 않을 거고."

"……네."

"네가 도망친 걸 알면 놀라긴 하겠지. 물론 내가 한 짓이라고 실토할 생각은 전혀 없지만, 놀라는 얼굴은 좀 보고 싶네."

놀라는 정도가 아니겠지. 그 후폭풍을 여러 터진 아저씨가 어떻게 감당할까. 눈 안쪽이 욱신 쑤시는데, 그 속을 읽기라도 한 듯 픽, 코웃음 소리가 들렸다.

"네 코가 석 잔데 누굴 걱정해? 네 코나 자알 닦도록 하세요."

강남에서 공항까지 가는 길은 길고 답답했다. 교통 체증에 걸린 차는 두 사람의 사정도 모른 채 하염없이 기었다. 지루한 얼굴로 휴대 전화를 들여다보던 미현이 툭 말을 던진다.

"이 머리카락 어때? 여왕 마고 콘셉트로 염색한 건데, 예쁘니?"

우연이 얼빠진 얼굴로 고개를 들자 미현이 긴 머리카락을 두 손으로 매만졌다. 자줏빛이 도는 붉은 폭포가 미현의 손길에 따라 크게 출렁대다가 촤르르 흘러내린다. 우연은 자라목을 하면서도 하고 싶은 말은 기어이 하고야 말았다.

"……안 예뻐요."

하, 기가 막힌다는 듯 미현이 웃었다.

"왜? 왜 안 예뻐?"

안 예쁜 데 무슨 이유가 있을까? 안 예쁘다. 그냥 정말 안 예쁘다. 머리에 돼지 피를 쏟아 놓은 것 같다. 하지만 그 말을 그대로 해 줄 수는 없었다.

"크림슨은 잘못 쓰면 천박하거든요."

미현의 얼굴이 갑자기 싸늘해졌다. 하지만 목소리를 높이는 대신 붉은 입술을 이죽대면서 물었다.

"천박이라? 그럼 잘난 네 눈깔엔 무슨 색깔이 고상해 보일 것 같아?"

세피아요, 하고 튀어 나가려는 것을 우연은 황급히 잡아채고 얼른 다른 색을 갖다 댔다.

"피코크 그린……. 공작 꼬리 색이요."

"왜? 왜 하필 피코크 그린이야?"

안 예쁜 데 이유가 없는데, 예쁜 데는 또 무슨 이유가 있을까?

우연은 한숨을 쉬었다. 세상에는 이유를 설명할 수 있는 것보다 설명할 수 없는 일들이 훨씬 많다. 내가 김현주 진형식을 부모로 만난 것도, 학대를 당하게 된 것도, 그림을 잘 그리게 된 것도, 아저씨와 사랑에 빠지게 된 것도 이유를 설명할 수 없는데, 저 색깔이 천박하고 이 색깔이 고상해 보이는 이유 따위를 어떻게 설명하겠느냐고.

"사람 머리카락에는 블루 계열이 없잖아요. 그래서 머리카락에 푸른색이 들어가면 신비해 보이죠. 그중에 피코크 그린이 제일 깊이 있고 신비로운 것 같아요. 차분하면서도 화려하고 정적인 것 같으면서도 동적이고, 금욕적인 것 같으면서도 야하죠."

우연은 되는 대로 이유를 갖다 붙이다가, 그 색의 특징 역시 아저씨에게로 모여드는 것을 알아차리고 입을 다물었다. 지금 머릿속에 든 생각은 모조리 한

이원 한 가지로만 귀결되는 것 같다.

"손톱만 한 게 제법 웃기는 말도 할 줄 아네? 오빠한테도 이런 식으로 살살 긁으면서 환심을 샀던 거야?"

미현은 고개를 까딱, 기울이더니 픽 코웃음을 쳤다.

"어떤 화가 새끼도 내 공연을 보러 와선 너랑 똑같은 말을 하더니만. 하이퍼 리얼리즘계의 거장 어쩌고저쩌고하지만, 실은 늙은 변태 새끼가. 요새 성 추문 으로 존나 고생하고 있는 꼴을 보니 얼마나 속이 시원하던지."

누군지 알 것 같다. 그리고 미현이 그 화가를 빗대서 자신을 까대는 것도 바로 눈치챘다. 우연은 얼굴을 구기며 억지로 물었다.

"······그래서 뭐라 하셨어요?"

"그 머리통에 물이라도 끼얹어 주려고 했는데, 옆에 있던 모리스가 내 손을 잡더니 대신 받아치더라고. 당신 눈깔엔 이 색이 천박해 보여도, 여왕 마고의 머리에 얹히면 임페라토르 카이사르의 몸을 휘감은 토가처럼 위엄 있고 존귀한 색으로 바뀐다고."

"······."

"그때부터 이 색은 내 트레이드 컬러야. 누가 뭐라고 떠들어도 아무 의미 없어."

모리스, 라는 이름을 말할 때, 미현의 웃음이 아련해졌다. 진우연에게 '한이 원'이라는 이름처럼, 유미현에게 '모리스 첸'도 그런 이름인 모양이다. 우연은 부글부글 토할 것 같은 속을 누르며 물었다.

"그렇게 좋아하는 사람이 있는데, 어떻게 싫어하는 사람과 결혼하는 방법을 쓸 수 있어요?"

여자는 선글라스를 벗었다. 표정이 썩 좋지는 않았다. 우연은 본능적으로 뒤로 물러앉았다. 또 따귀를 맞을 것 같았다. 하지만 여자는 피시시 웃으며 순순히 대답해 주었다.

"내가 오빠 싫어한다고 누가 그래?"

"······네?"

"난 오빠가 싫었던 적 없었어. 한 번도. 솔직히 말하면 나한테 과분한 사람이었어. 내 평생 저런 남자는 다시는 만나지 못할 거라고 생각했어. 미칠 정도로 탐이 났지."

"다른 사람을 사랑하는데도요?"

"그래. 오빠는 남자로서가 아니라, 인간으로서 정말 탐이 났어."

"어······."

"모리스는 나와 동류야. 그는 나쁜 남자고, 나는 나쁜 여자야. 밑바닥까지 드러낼 수 있는 사이도 나쁘지 않아."

사실은 궁합이 엄청 잘 맞는다는 게 제일 크긴 했지만. 미현은 쓴웃음을 지으며 덧붙였다.

"오빠에 대해선 좋은 감정뿐이야. 오빠는 우리 속에 있으면서 전혀 우리 같지 않았고, 천상에 존재하는 생물 같았어. 어렸을 때부터 오빠를 보면 행복했고, 옆에 있고 싶었고, 부러웠고, 탐이 났지. 뭐 이것도 어쩌면 사랑인지도 모르지만."

우연은 천천히 고개를 숙였다. 입술이 부들부들 떨렸다. 총알처럼 튀어 나가려는 말을 붙잡아 두기 위해 입술을 피가 나도록 깨물어야 했다.

아니다. 저건 사랑이 아니다. 자기가 원하는 것이면 망가지든 말든 주머니에 쑤셔 넣고 마는 더럽고 이기적인 탐욕일 뿐이다.

아저씨는 정말 저 여자를 견딜 수 있을까? 모리스라는 남자의 존재를 견딜 수 있을까? 이렇게 비참한 결혼 생활을 견딜 수 있을까?

······우연은 자신의 남은 시간보다 아저씨의 남은 시간이 더 두려워졌다.

□ ■ □

"실종 신고는 하지 않습니다. 전화도 하실 필요 없습니다."

문 너머에서 이원의 조용한 목소리가 들렸다. 그, 그래도, 전무님……. 홍연이 욕실 문 앞에 서서 손을 쥐어뜯자 좀 더 단호한 목소리가 흘러나왔다.

"하지 마세요. 우연이는 성인입니다. 자기 의지로 저를 끊어 낸 거고, 자기 발로 우리 집에서 떠난 겁니다."

"어제 혹시 무슨 일이 있으셨습니까, 전무님?"

홍연은 조심스럽게 물었다. 한참 동안 물이 철벙거리는 소리가 들렸다. 대답이 끝내 나오지 않으려는가 하는 찰나, 풀썩 웃는 소리와 함께 더 낮게 가라앉은 목소리가 들렸다.

"……청혼했다가 거절당했습니다."

입이 떡 벌어졌다. 아니, 왜요! 이유가 뭡니까! 툭 튀어나오려는 말을 홍연은 뒤늦게 삼켰다. 청혼을 거절당한 것도 비참한데 그 자존심 상할 이유를 본인의 입으로 되풀이하게 할 순 없었다.

이원이 청혼했다는 뜻은 미현과의 결혼 거래를 엎기로 작정했다는 뜻이었다. 그가 대형 법무법인들과 주주들을 일일이 만나기로 했던 게 그런 이유였나? 그런 결심을 했다는 것도 놀랍지만, 우연의 거절은 더 기가 막혔다.

아니, 사람이 어떻게 그럴 수 있지?

우연은 이원에게 헤아릴 수 없이 많은 도움을 받았다. 이원은 그녀의 목숨을 구해 주었고, 재능을 알아보고 적극적으로 후원했으며, 마음의 상처를 치유하기 위해 할 수 있는 일은 다 했고, 열렬하게 사랑하며 아껴 주었다. 생명의 은인이나 후원자라는 말 따위로는 그의 도움을 도저히 다 표현할 수 없다.

……게다가 우연은 저 결백한 사내의 첫 여자이기도 했다.

그걸 알면서도 거절을 했다고? 그리고 바로 도망을 쳤다? 그것도 그가 가장 치욕스럽게 여길 그림만 한 장 달랑 남겨 두고?

이건, 정말 아니지!

홍연은 우연에 대해 분노와 배신감이 부글부글 끓어올랐다. 제삼자인 자신도 손이 부들부들 떨리는데, 지금 이원이 어떤 마음일지는 상상조차 되지 않는다. 물이 철벅대는 소리가 한참 거칠어지더니 낮게 잠긴 목소리가 다시 흘러나왔다.

"미안하지만 홍연 씨, 이런 부탁 해도 될지 모르겠는데······."

"뭐든 말씀하십시오, 전무님."

"······등 좀 밀어 주시겠습니까."

너무 어이없는 부탁에 홍연은 어리둥절해졌다. 홍연이 얼빠진 채로 대답도 못 하고 있자 다시 조용한 부탁이 이어졌다.

"제가 하고 싶은데, 보이지도 않고 손이 닿지도 않네요."

홍연은 겉옷을 벗고 셔츠 소매를 걷은 후 조심스럽게 욕실 안으로 들어섰다. 욕조 커튼을 걷자 이원이 욕조의 편백목 덮개 위에 팔을 괴고 엎드려 있는 것이 보였다. 홍연은 잠시 눈을 깜박거렸다.

······등에 그려진 그림을 지워 달라는 거였구나.

이원의 등을 끌어안고 있는 나신의 우연은 초현실주의 회화처럼 환상적이고 신비로운 색감을 갖고 있었다. 손톱자국에 덧그려진 상처는 칼로 파헤친 것처럼 지극히 현실적인 묘사여서 더 섬뜩하고 아프게 느껴졌다. 이런 그림을 지워야 한다니 안타깝기 그지없었다.

하지만 이원을 더 이상 만류할 수 없다는 것도 잘 알고 있었다. 그림의 가장자리는 이미 울퉁불퉁하게 지워진 상태였다. 아마 손이 닿는 곳은 최대한 지워낸 모양이었다. 얼마나 힘껏 문질러 댔는지 그림이 지워진 부분은 온통 시뻘겋게 변해 있었다.

홍연은 거품 수건에 바디 워시를 묻혀 조심스럽게 등을 문지르기 시작했다. 이원은 편백목 덮개 위에 엎드린 채 나직한 목소리로 말했다.

"정말 미안합니다. 이런 부탁, 안 된다는 건 아는데······ 마땅히 부탁할 사람이 없네요. 송 여사님께 부탁할 수도 없고."

"괜찮습니다, 전무님. 시간 외 수당만 제대로 주시면 얼마든지요."

하, 하하. 하하하. 이원은 엎드린 채 조금 웃었다.

"시간 외 수당은 얼마를 원하시는데요?"

"전무님께서 아시다시피 제 몸값이 좀 비싸졌잖습니까?"

"그러니까, 얼마요?"

홍연은 천천히 손을 문질렀다. 바디 워시를 잔뜩 머금은 거품 수건에서 뽀얀 크림이 구름처럼 솟아올랐다. 손에 힘을 주어 문지를 때마다 찬란한 색의 덩어리가 일그러지며 벗겨져 나갔다. 아깝다고 여기면 안 된다고 생각하면서도 저절로 탄식이 나왔다. 홍연은 한숨을 쉬며 조심스럽게 대답했다.

"〈재의 수요일〉 그림은 놔두시면 안 되겠습니까. 그렇게만 해 주시면 평생 때밀이로 헌신 봉사 할 각오도 되어 있습니다."

웃음소리가 멎는다. 홍연은 욕실을 가득 채운 수증기에 그만 숨이 막히는 것 같았다.

"폐기하라고 말씀드렸을 텐데요. 나는 이 그림 촬영한 사진도 바로 지웠는데."

"죄송합니다, 아직……."

"등 미는 비용이 싸진 않군요."

"예. 다시 말씀드리지만, 제 몸값이 싸지는 않습니다. 대 세경홀딩스 대표이사님의 비서실장으로서 연봉 6542만 5천 원에 빛나는……."

하, 하하하, 하하하하. 이원은 다시 웃기 시작했다. 홍연은 연봉 협상을 할 때마다 몹시 비굴하고 끈덕지게 달라붙어서 단돈 만 원, 5천 원이라도 더 붙이고야 말았다. 하지만 꼬리에 5천 원이 달라붙은 연봉 이야기만 들으면 이원은 난처하게 웃을 수밖에 없었다.

웃음이 잦아들 때쯤 이원이 차분하게 말했다.

"눈에 띄지 않게 하세요. 제 눈에도, 누구의 눈에도."

"……예."

"그림 네 점, 스케치북, 습작 모아 둔 것, 전부 다."

"예. 전무님."

세경건설의 한이원 전무는 업계에서 합리적인 결정과 빠른 손절로 정평이 나 있었다. 손해가 예상되어 발을 뺀 사업에는 뒤도 돌아보지 않았다. 뚝심이나 미련, 개인적인 집착 따위로 자금을 퍼붓는 일은 단 한 번도 없었다. 부드럽고 다정해 보이는 성격과 달리 경영 스타일은 차고 냉정했다.

우연이라는 아이와도 결국 이렇게 끝나는 건가요?

등을 맡기고 엎드려 있는 한 전무의 어깨가 아주 잠시 들썩인다. 소리는 들리지 않는다. 바짝 긴장한 홍연은 수건을 쥔 팔에 뻣뻣하게 힘을 주었다. 다행히, 경련 같은 들썩임은 단 한 번뿐이었다.

그림이 깨끗하게 지워진 그의 넓은 등에는, 대여섯 줄의 긴 상처만 선명하게 남았다.

□ ■ □

"너, 왜 전화 안 받아. 왜!"

2년 만에 처음으로 만난 엄마의 첫인사는 악에 받친 외마디였다.

엄마는 김포 근처의 작은 민박집, 그것도 집주인이 창고를 개조해서 만든, 함석지붕 단칸방에 숨어 있었다. 그녀는 피골이 상접하고 피부가 꺼칠하게 뒤집힌 우연의 몰골이 전혀 눈에 들어오지 않는 듯, 눈을 새하얗게 홉뜨고 화를 냈다.

"내가, 내가 얼마나 전화를 해 댔는데! 너 때문에 내가 아직 못 나가고 있잖아. 진작 나갔어야 했는데! 얼마나 피가 말라붙었는지 알아?"

"왜 이래? 전화하지 말고 앞가림이나 잘하랄 때는 언제고? 좋아, 그럼 난 안 가. 엄마도 여기서 평생 살아."

우연은 기회를 놓치지 않고 마음껏 협박했다. 미현이 보고 있었지만 하나도 창피하지 않았다.

"아니야 우연아. 미안해. 내가 힘들어서 그랬어. 너 기다리다가 아빠한테 들킬까 봐 너무 무서워서. 내가 일부러 그런 건 아니잖니……."

바로 처량한 목소리가 흘러나왔다. 아빠에게 맞기 직전에 애걸할 때의 목소리와 똑같아서 소름이 쫙 끼쳤다.

"그래그래. 지금이라도 와 줬으니 괜찮아. 엄마가 용서해 줄게. 엄만 괜찮아."

"누가 누굴 용서해! 대체 누가 할 소릴 해!"

속이 콱 막혔다. 엄마를 만난 지 1분밖에 되지 않았는데, 바로 살심이 치밀었다.

이럴 줄 알았다, 이럴 줄. 외국에 나가서 어찌어찌 정착한다 해도, 그곳은 그곳대로 지옥일 것이다. 달라진 것은 없다. '아빠가 죽든지, 내가 죽든지.' 하는 상황이 '엄마가 죽든지, 내가 죽든지.' 하는 상황으로 바뀐 것뿐이다.

다만, 엄마 정도면 싸워 볼 만하다. 엄마가 아빠에게 얻어맞는 것을 오랫동안 지켜보았으면 동병상련이 생겨야 마땅할 텐데, 엉뚱하게도 '엄마 정도라면 나도 해볼 만해.' 하는 생각밖에 들지 않았다. 엄마 역시 우연에 대해서 그렇게 생각할 것이다.

아빠가 없는 곳에 가서도 우리는 힘센 사람은 때리고, 약한 사람은 맞게 될 것이다. 그것은 아빠가 정해 준, 우리 가족이 영원히 벗어날 수 없는 규칙 같았다.

우연은 이런 생각을 하는 자신이 악귀 같았다. 엄마나 아빠와 마찬가지로 자신도 어딘가가 심각하게 망가져 있었다. 아저씨는 사람의 선의를 믿었고, 사랑으로 상처를 치료할 수 있을 거라 믿었지만, 이젠 그런 선량한 믿음마저도 허무맹랑한 낙관주의처럼 느껴졌다.

이리저리 헤매며 짐을 부친 후 몇 가지 장을 보았다. 당장 갈아입을 옷도 없는데 가방에 챙겨 온 것이 연필, 지우개, 연습장 따위라는 게 지금 생각하니 기가 막혔다.

일단 배낭을 사고, 양말과 속옷, 티셔츠 몇 가지를 채워 넣었다. 초콜릿, 과자, 젤리와 껌도 샀다. 혹시 모르니까 작은 생리대를 하나 사고, 휴대용 티슈도 사고, 노란 오리가 그려진 예쁜 물병도 하나 샀다. 그래도 어딜 가든 물은 마실 테고, 컵이 없을 수도 있으니까. 가방에 이것저것 들어가자 조금은 행복해지는 것 같았다.

하지만 그다음엔 뭘 사야 할지 알 수 없었다. 그래서 우연은 책을 샀다. '좋은 생각'이라는 책이었다. 남의 좋은 생각이라도 훔쳐 와야만 이 시간을 버틸 수 있을 것 같았다.

이 상황이 현실적으로 느껴지지 않는다. 그냥 가슴이 답답하고 숨 쉬기 힘들 뿐이었다. 차라리 펑펑 울기라도 하면 속이 후련해질 것 같은데, 몸은 눈물 흘리는 것마저 거부했다.

"여기 비행기표. 머무를 주소하고 연락처는 잘 갖고 있죠?"

짐을 부친 것을 확인한 미현은 엄마에게 티켓 두 장을 내밀며 확인했다. 짜증스러운 표정이 극에 달해 있었다. 따뜻한 연기를 잘하던 사람의 민낯은 생각보다 훨씬 살벌했다.

표를 두 손으로 받은 엄마는 덜덜 떨며 고개를 깊이 숙여 인사를 했다. 고맙습니다, 은혜는 잊지 않겠습니다. 미현은 대답도 하지 않고 우연을 향해 몸을 돌렸다. 붉고 화려한 머리카락이 등 뒤에서 찰랑거렸다.

"잘 가. 가서 잘 살고, 다시는 오지 마. 내가 도와줄 일은 끝났어."

우연은 한참 망설이다 머뭇머뭇 말했다.

"저, ······미안해요."

미현의 움직임이 멈췄다. "미안해요." 우연이 작은 목소리로 되풀이하자, 가늘고 날카로운 웃음소리가 튀어나왔다.

"뭐가 미안한데? 쫓겨나는 건 너야."

멈칫했다. 맞다. 분명 저 사람한테 못할 짓을 한 것 같은데, 생각해 보면 쫓겨나는 건 자신이고, 아저씨의 곁자리를 차지하는 건 저 사람이다. 그렇다고 화를 낼 만큼 당당한 처지도 아니었다. 갈팡질팡하는 우연의 마음을 짐작한 듯 미현이 코웃음을 치며 내뱉었다.

"너한테 그따위 소리 듣고 싶지 않아. 이제 너하고 나 사이엔 미안할 것도 없고, 고마울 것도 없고, 미울 것도 좋을 것도 없어. 아무것도 없어."

우연은 미현의 감정이 증류수처럼 느껴졌다. 저 여자에게 남은 감정은 격렬한 증오나 악의, 경멸이 아니었다. 자신은 그럴 만한 존재조차 되지 못했다. 저 여자는 그저 귀찮은 날벌레를 탁 쳐서 잡거나 쫓아 보냈을 때처럼 홀가분할 뿐이었다.

나를 쫓아내고 아저씨의 옆을 차지한 일에 대해서도 왜인지 크게 기쁘거나 행복해 보이지 않았다. 필요한 프로젝트를 제대로 마무리한 안도감 외에는 아무 감정이 느껴지지 않는다.

잠시 상상해 보았다. 아주아주 먼 훗날에, 2년 전의 마포 대교 위에서처럼, '우연히', 혹은, 내가 극도로 혐오하는 '운명처럼' 아저씨를 다시 만난다면 어떻게 될까?

잠시 서서 생각하던 우연은 고개를 숙이고 힘없이 웃었다.

그때는 아무 일도 일어나지 않을 것이다. 운명의 운명의 운명이 등을 떠밀어 우리를 다시 만나게 한다 해도, 그때는 아무 일도 일어날 수 없을 것이다. 아저씨는 소원대로 단란한 가정에 갇혀 있을 것이고, 그 울타리를 절대 넘지 않을 것이다. 아저씨는 자신이 지켜야 할 선을 가장 잘 아는 사람이고, 그 선을 지킬 굳은 의지가 있는 사람이었다.

우연은 불현듯, 뭔가 이상하다는 생각이 들었다.

우리 세 사람은 모두 조금이라도 더 행복해지기 위해 애를 쓰고 힘든 선택을 하는데, 왜 정작 행복해지는 사람은 아무도 없는 걸까? 세 사람 중 적어도 한 명은 기뻐하는 사람이 있어야 하지 않을까? 단 한 명이라도?

세상에는 이해할 수 없는 일이 많다. 나는 행복해지는 방향을 아는데 막힌 길을 뚫을 힘이 없고, 저 여자는 막힌 길을 뚫을 힘은 있는데 행복해지는 방향을 모르고, 아저씨는 행복해지는 방향도 알고 힘도 있는데 그 길을 택하지 못한다. 그래서 나는 뒤로 도망치고, 저 여자는 엉뚱한 방향으로 힘껏 달리며, 아저씨는 그 자리에서 땅을 파고 무덤을 만들어 누워 버린다.

세상은, 공평하다. 고작 이런 곳에서.

"이제부터 내가 하는 말 잘 들어요."

쨍, 하는 목소리에 생각이 툭 끊어진다. 미현이 엄마에게 몸을 돌리더니 기관총을 쏘아 대듯 경고를 시작했다.

"당신 이혼 소송 도와준 건 박 이사가 개인적으로 도와준 일로 되어 있어요. 메세나재단에서 후원하는 학생의 친모인 당신 사정을 듣고, 하도 딱해서 가까운 차 변호사님에게 부탁한 거라고. 한국에서 도망치는 건 남편이 너무 무서워서 모녀가 자발적으로 한 일이고. 어차피 그건 사실이니까. 안 그래요?"

강제로 보내면서도 그걸 자발적으로 보이게 하고 싶은 모양이다. 여기까지 와서 그게 뭐가 중요할까. 난 이제 아저씨 옆에 있을 수 없고, 엄마와 나는 아빠 손에 잡히면 죽는다는 사실만 덩그러니 남았는데.

미현은 우연을 향해 몸을 돌리고 차갑게 말을 이었다.

"지금부터 나는 두 사람을 몰라. 연락처도 모조리 삭제할 거고, 너희가 나간 것과 아무 상관도 없어. 말 안 새 나가게 하려고 아랫사람 안 시키고 내가 직접 데리고 돌아다닌 거니까, 앞으로는 절대 나한테 연락하지 마. 질척대지도 말고."

"네……."

"만에 하나 내 이름이 오빠 귀에 들어가게 하면, 난 너희한테 들어간 돈을 모조리 회수하고, 너희 주소하고 연락처를 아빠한테 알려 줄 거야. 그러니 알아서들 해."

"아니에요! 그럴 일은 없어요. 절대 없어요! 약속할게요."

엄마가 다급하게 끼어들었다. 그것은 우연과 엄마에게 가장 강력한 위협이었다. 조건 반사와도 같은 반응에 미현은 화사하게 웃었다.

"행여라도 한국에 들어올 생각은 마시고 딸 단속 단단히 하세요. 와 봤자 지옥이에요. 나중에 마이애미로 사람 보내서 확인할 때까지, 절대 연락하지 마세요."

따그락, 따각, 따그락, 반짝이며 물결치는 붉은 머리가 점점 인파에 묻혀 보이지 않게 된다. 우연은 멍하니 비행기표를 내려다보았다. 로스앤젤레스 경유 항공기의 출발 시간은 밤 9시 20분이었다.

"……왜 이렇게 안 나와?"

출국 심사대를 먼저 통과해 안에서 기다리던 우연은 고개를 비쭉 내밀었다. 아무리 기다려도 뒤따라 나와야 할 엄마가 나오지 않는다. 뒤로 돌아가 다시 살펴보니 엄마는 여전히 심사대 앞에 서 있다.

"……?"

엄마의 얼굴은 우유라도 엎질러진 것처럼 완전히 하얀색이다. 손에서 가방이 떨어진다. 심사관 앞에서 여권을 든 채 더듬더듬 무슨 말을 하는데, 정신은 이미 뇌 밖으로 나간 것 같다. 우연과 눈이 마주친 엄마가 황급히 손짓을 해서 우연을 불러들인다. 등 뒤가 근지러웠다.

우연이 다시 밖으로 나오자 엄마가 얼빠진 얼굴로 중얼거린다.

"추, 출국, 금지래……."

"뭐? 그게 무슨 소리야?"

"내가, 내, 내가 지금 출국 금지 상태래! 내가!"

아악! 나 어떡해! 어떡하냐고! 아아악! 엄마의 입에서 찢어지는 비명이 터졌다.

□ ■ □

"그 아파트는 원래 내 거야! 우리 엄마 아빠가 나한테 사 준 내 아파트였다고! 그 거지새끼는 아파트 사는 데 십 원 한 장 못 보탰단 말이야!"

생각해 보면, 엄마의 출국 금지 상태는 당연히 예견했어야 했다. 아파트는 외가에서 사 준 것이지만, 중간에 아빠가 공동 명의로 바꿨다. 아빠가 가장이고, 아빠 혼자 돈을 벌어서 이 집과 생활을 유지하니 당연히 그래야 한다는 협박에 엄마가 굴복했었다.

엄마는 항상 그것을 억울하게 생각했다. 그래서 이혼 수속이 종료되기 전에 아빠의 인감과 신분증을 이용해 아파트를 팔았고, 그 돈을 남김없이 챙겼다. 외국에서 필요한 돈도 돈이지만 간도 크게 그런 짓을 저지른 데는 그런 억울함이 깔려 있었다. 물론, 아빠가 나오기 전에 외국으로 탈출할 수 있으리라는 확신이 없었으면 그런 짓을 저지르지 못했을 것이다.

하지만 아빠 입장에선 이혼한 아내에게 자신의 집을 도둑맞은 것이다.

아빠의 엄벌을 탄원한 외동딸. 자신을 배신하고 이혼한 후 집까지 팔아 도망친 아내.

그가 얼마나 극렬히 분노하고 있을지는 상상도 되지 않았다. 엄마는 아예 패닉 상태였다. 출국장 밖으로 밀려 나온 엄마는 우연을 붙잡고 울부짖었다.

"어떡해야 해? 어떡해? 이거 어떡해 우연아!"

우연은 엄마가 끌어당기는 대로 바닥에 풀썩 주저앉았다. 사고는 자기가 쳐 놓고 나한테 뭘 어쩌라는 건지 모르겠다.

난 어떡하지? 나는 상관없으니 혼자라도 나가야 하나? 영어 한마디 못 하는데? 마이애미가 어디 붙어 있는지도 모르는데? 도착이나 제대로 할 수 있을까? 중간 기착지에서 어떻게 갈아타는지도 모르는데? 숙소의 주소도 연락처도 모르는데?

주소를 알면 또 어쩔 건데? 혼자 갈 수 있을 것 같아? 아는 사람이 아무도 없는 곳에, 생전 처음 가 보는 곳에, 말 한마디 하지 못하면서?

그럼, 이대로 못 나가면 난 어떻게 되는 걸까?

……아빠한테 붙잡혀서 며칠 죽도록 맞고 예전처럼 셋이 함께 살게 될까?

……아니면 늘 두려움에 쫓기면서 혼비백산 도망치며 살게 될까?

어느 쪽이든 지옥보다 끔찍하면서도 실현 가능성이 매우 높은 미래였다.

순간 마음 한구석에서 갑자기 치솟은 목소리에 우연은 크게 소스라쳤다.

'좋아! 난 좋아! 안 나가도 돼! 한국에 있어도 돼! 아저씨를 다시 만날 수도 있어!'

'난 안 나간 게 아니고, 못 나간 거야! 난 도저히 손을 쓸 수 없었어!'

흐, 흐히히히. 미친 듯이 웃음이 터졌다. 엄마가 공항 바닥에 주저앉아 흐느끼는 동안, 우연은 고개를 수그린 채 입을 틀어막고 웃어 댔다. 이런 개같은 상황에서 기쁨에 휩싸인 자신이 칼날 위에서 눈을 뒤집고 껑충껑충 춤을 추는 무당처럼 느껴졌다.

두 사람이 창고 같은 민박집으로 돌아온 것은, 그날 밤 자정이 다 되어서였다.

35

사냥

"오랜만이다, 미현아. ……서울에 들어왔는데도 만나기가 쉽지 않네."

토요일 저녁, 소파에 나른하게 누워 있던 미현은 가사 도우미의 안내를 받으며 안으로 들어서는 사내를 보자마자 그대로 움직임을 멈췄다. 초인종이 울리기에 택배라도 온 줄 알았는데, 난데없이 이원이 손을 들어 보이며 빙긋 웃고 있다. 그것도 단정한 정장 차림에 머리까지 말끔하게 정돈한 상태로.

"이원 오빠? 여, 여기는 어떻게……?"

미현은 당황한 기색을 얼른 감추며 웃어 보였지만, 타이밍을 잃은 웃음은 어색하기 짝이 없었다.

……이게 대체 어떻게 된 일이지?

오늘은 우연을 한국에서 쫓아낸 지 딱 나흘째 되는 날이었다. 우연이 실종된 날, 이원의 자택은 그야말로 발칵 뒤집혔다고 들었다. 미현은 그 소식을 듣고 만족스럽게 웃었다. 이제 슬슬 마이애미로 사람을 보내 확인해 볼 참이었다.

다만, 박 이사를 통해 보고받은 바로는, 이원은 우연을 찾는 것을 바로 포기한 듯하다고 했다. 실종 신고도, 수색 작업도 전혀 하지 않는다고도 했다. 나흘

만에 여기에 찾아온 걸 보면 우연을 포기했다는 말이 맞는 듯했다.

물론 바람직한 방향이긴 했지만, 사나흘 만에 자신에게 돌아왔다는 건 약간 이상했다. 실종된 그 애를 회사 로비에서 발견했을 때는, 그 사람 많은 데서 정신 줄을 놓아 버렸다더니, 섹스 몇 번 하고 정복욕이 충족되니 바로 정신을 차린 걸까? 그냥 며칠 만에 싫증이 난 걸까?

충분히 개연성 있는 가정이었다. 미현의 주변에는 돈과 권력이 넘치는 사내들이 널렸고, 그런 놈일수록 마음에 둔 여자를 기어이 정복하려는 집념이 강했다. 하지만 집념에 반비례하여 섹스가 끝나면 단숨에 흥미를 잃어버리는 경우도 많았다. 미현은 그 개같은 속성을 힘 있는 사내들의 고약한 유전자라 믿어 의심치 않았다.

"여기까지 웬일이야, 오빠? 무슨 일 있어?"

"약혼자를 무슨 일이 있어야만 만나니? 만나러 갔는데 길은 어긋나고, 서울에 왔는데 통화도 어렵고, 계속 바쁘다고만 해서 집까지 찾아온 거지."

하지만, 바람직한 것과는 별개로, 그와 대면하기엔 시기상조였다. 나흘이란, 아무리 이원이라도 감정을 추스르고 정돈하기엔 다소 버거운 시간이다. 재협상에는 비난과 자존심 긁기, 후려치기와 달래기가 고루 포함될 것인데, 이원이 그것에 휘말려 무너지면 협상 자체가 되지 않을 것이다. 늘 침착하던 사내가 이성을 잃고 허물어지는 모습을 보면 통쾌하고 재미있을 것도 같지만, 그랬다간 귀찮아지는 것은 결국 자신이었다.

미현이 한동안 침묵하자 이원이 부드럽게 웃으며 묻는다.

"혹시 내가 여기 온 게 곤란하니?"

"곤란할 리가. 나도 오빠를 얼마나 보고 싶었는데. 하지만 우리 집에서, 그것도 이렇게 늦은 시간에 보자고는 안 했는데."

미현은 말을 하다 말고 잠시 머뭇거렸다. 불청객이라고 면박을 주기엔, 자신 역시 이원의 집에 멋대로 드나들며 행패를 부렸던 전적이 있다.

"……그래. 시간이 좀 늦긴 했구나. 그럼 나 쫓겨나는 거니?"

"물론 내가 그렇게 매너가 없진 않아, 오빠. 앉아."

"아니, 미현이 쟤는 말하는 게 왜 저리 까칠해? 한 서방이 못 올 데 왔나?"

손님을 맞이하려고 뒤늦게 방에서 나온 어머니가 태연하게 한 서방이라는 말을 입에 담는다. 아직 어머니는 두 사람 사이의 일이 어떻게 돌아가는지 모른다. 미현은 입을 비죽대며 내뱉었다.

"……오빠가 약혼녀 집에 와 준 게 처음이라 황공해서 그러지."

"저거 말본새 좀 봐. 약혼자를 2년이나 팽개쳐 놓고 뉴욕에 박혀 있던 주제에. 내가 한 서방이었으면 머리채 잡아끌고 와서 진작 식 올렸어. 그리고 너 왜 한 서방 전화도 안 받아?"

"이사님, 괜찮습니다. 지금이라도 봤으니 됐죠."

"되기는 뭐가 돼. 결혼 앞둔 애가 머리 꼴은 이게 또 뭐고. 어휴, 볼 때마다 식겁해서."

결혼이 깨질까 봐 신경을 곤두세우고 있던 우 이사는, 딸을 뒤늦게 쥐 잡듯 잡아 대기 시작했다. 그사이 최홍연 실장이 따라 들어오며 두 사람에게 고개 숙여 인사를 했는데, 우 이사는 시선도 돌리지 않고 퍼부어 대기 바빴다. 우 이사 역시 딸과 마찬가지로 고용인들의 인사를 제대로 받아 주는 일이 거의 없었다.

"별일은 없었니? 입국한 지 꽤 됐는데 그동안 많이 바빴나 봐."

"뭐, 오빠도 알다시피 나야 늘 바쁘지. 게다가 결혼 준비까지 겹치니 정신이 없네."

두 사람의 대화는 온기도 냉기도 없이 밍밍하게 겉돌았다. 이상한 기색을 눈치챈 우 이사는 안절부절못하며 쩔쩔맸다. 도우미가 곱게 장식된 과일과 쿠키를 내오자 결국 미현이 들어가라 눈치를 주었고, 우 이사는 내키지 않는 듯 자리에서 일어난다.

"날짜도 얼마 안 남았는데 의논할 일이 많겠지. 난 들어갈 테니 둘이 편히 얘기해."

방문이 닫힌 것을 확인한 이원은 여전히 웃음기를 머금은 채 낮은 목소리로 묻는다.

"미현아. 정말 궁금해서 그러는데."

"응?"

"네가 우연 어머니 이혼 소송을 도와준 이유가 뭐니?"

씨발. 갑작스러운 공격에 저절로 욕이 튀어나올 뻔했다. 설마 그년이 나가기 직전에 입을 털었나? 입 털면 내가 일 엎어 버리고 아빠에게 주소 연락처 알려 준다고 분명히 말해 두었는데?

"그게 무슨 소리야? 내가 도와줬다고 누가 그래?"

"최 실장이 박원주 이사님을 뵙고 왔어. 세경홀딩스와 법무법인 영보와의 접점은 박 이사님뿐이라서. 네가 끼어 있을 줄은 몰랐지만."

제기랄. 앞이 노래지기 시작했다. 차 변하고 박 이사하고 친구란 걸 알고 있었구나.

박 이사는 대체 왜 그렇게 미주알고주알 다 털어 버린 거지? 내가 그렇게 입 단속을 했는데? 씨발, 벌써 노망이 처들었나. 하여튼 늙은것들은 믿으면 안 된다니까.

미현은 빠르게 머리를 돌려서 가장 납득 가능한 변명을 생각해 낸 후, 입술을 뾰족하게 내밀고 한숨을 쉬었다.

"……박 이사가 전에 그러더라고. 오빠가 특별히 후원하는 미술 영재 학생이 있는데, 그 아버지가 오빠를 폭행했다가 수감됐다는 거야."

"아하."

"그래서 이 기회에 학생 어머니 이혼 소송까지 함께 진행해서 학생도 아버지의 폭력에서 벗어나게 도와주는 게 어떻겠냐고 오빠한테 건의하겠다 하더라고."

이원은 가타부타 없이 잠자코 듣기만 한다. 진땀이 흘러내린다. 오빠가 박 이사한테 어느 선까지 실토를 받았는지 알 수 없으니 최대한 애매하게 뭉뚱그려야 했다.

"그래서?"

"웃기지도 않아. 오빠가 그 애한테 달에 몇백씩이나 후원하면 그걸로 끝이지, 왜 그 엄마 이혼 소송까지 해 줘야 해? 사람들이 대체 어떻게 생각하겠어? 이 일이 언론에 흘러 나가면 소문이 어떻게 날지 생각 안 해 봤어?"

"아아, 그래서?"

미현은 맞은편에 앉아 무심히 되묻는 사내를 쏘아보았다. 의례적인 미소를 띤 채 업무 보고를 받는 듯한 태도에서는 일말의 온기도 느낄 수 없었다. 이원은 자신을 열렬히 사랑한 것은 아니지만 매우 예의 바르고 정중한 약혼자였고, 이런 태도를 보인 적은 한 번도 없었다. 미현은 일단 부글부글하는 속을 누르며 대답했다.

"그래서 그 건은 회사 차원이 아니라 다른 변호사 통해서 조용히 처리해 달라고, 개인적으로 부탁한 것뿐이야."

"……그걸 왜 굳이 네가?"

"왜냐니. 나라고 좋아서 그랬겠어? 우리 결혼이 더러운 소문에 진창이 되는 꼴을 안 보려고 이러는 거 아니야!"

미현은 날카롭게 받아쳤다. 납득 가능한 설명, 납득 가능한 분노, 하지만 이원은 잠자코 듣기만 할 뿐 여전히 이렇다 할 반응이 없었다. 미현은 저 무표정한 얼굴이 순간 섬뜩하게 느껴졌다.

"그런데, 오빠 지금 나한테 뭐 하는 짓이야? 취조하는 거야, 이거?"

"……취조라니, 궁금해서 물어보는 거라고 했잖니."

"오빠가 나한테 이따위로 따질 때야? 당장 무릎 꿇고 빌어도 모자랄 판에! 내가 왜 오빠 연락도 안 받고 있었다고 생각하는데?"

"왜 안 받았는데?"

이원은 너무나도 담담하게 되물었다. 미현은 드디어 폭발했다.

"누군 눈도 귀도 없는 줄 알아? 오빠가 그 애를 집에 끌어들여서 무슨 짓을 했는지 모를 줄 아냐고! 왜? 접때처럼 후원하는 학생이고, 치료차 집으로 불렀고, 아무 관계도 아니라고 주절대 보지 그래!"

미현은 탕, 소리가 나도록 탁자를 후려치며 고함을 질렀다.

"사실 이 결혼은 나보다 오빠가 훨씬 절실한 거 아니야? 그럼 대놓고 나한테 이러는 건 경우가 아니지. 지금도 우리 도움으로 간신히 자리 지키고 있는 거잖아."

"경우?"

하, 차가운 웃음소리가 들렸다. 미현은 놀라서 잠시 말을 잃었다. 이원은 이상하리만큼 냉정하고 침착했고, 그래서 미현은 새파랗게 날 선 회담장에 끌려 들어온 기분이 들었다.

"미현이 너야말로 나한테 경우를 따질 때는 아닌 것 같은데? 사실혼을 몇 년씩 유지하면서 감쪽같이 속이고 나와 결혼하려는 건 경우에 맞는 짓인가?"

"사실혼? 이건 또 무슨 생트집이야!"

"모리스 챈하고 3년 넘게 동거 중이고, 주변에선 다 공인된 사이라는데 그게 사실혼이 아니고 뭘까?"

차갑게 탁 지르고 들어오는 말에 미현의 눈썹이 확 솟구쳤다.

이거 뭐야? 왜 지금 와서 이래? 지금껏 빤히 알고도 가만히 있다가 왜?

……그걸 건드리면 안 되는 거, 오빠가 더 잘 알 텐데? 그 애도 떠나고 없는데 이게 대체 무슨 짓이야?

미현은 이원이 모리스에 대해 침묵했던 것을 그의 마지막 자존심이라고 생각했다. 진실을 짐작하면서도 확인하지 않고 자존심을 유지하는 것과, 진실을 굳이굳이 확인한 후 비굴함을 감수하는 것은 완전히 다른 일이었다. 미현은 이원이 최소한의 자존심을 지킬 만큼의 지혜는 있다고 생각했었다.

입꼬리가 비딱하게 기어 올라갔다. 이런 식으로 나온다면 나도 사양하지 않는다. 오빠의 자존심을 아주 바닥에 자근자근 밟은 후 다시 시작하면 된다.

하지만 짜증스럽고 귀찮아서 속이 지글지글 끓어오르는 건 어쩔 수 없다. 그나마 모리스를 어르고 달래고 협박해서 인근 스튜디오로 내보낸 것이 신의 한 수였다.

"사실혼 따위의 헛소리 떠벌린 놈이 대체 누구야? 피해 보상 청구서를 수십만 달러 받아 봐야 정신을 차리겠네. 그 아파트에선 나 혼자 살고 있어. 어디서 확인도 안 하고 생사람을 잡아?"

"글쎄. 내가 며칠 전에 직접 들은 이야기하고는 좀 다른데."

이원이 희미하게 웃으며 전화기를 꺼내 음성 파일을 재생했다. 잡음이 꽤 섞여 있었지만, 그곳에서 들리는 것은 분명 모리스 첸의 목소리였다.

— 꽃하고 선물? 매거릿은 볼일 보러 며칠 한국 다녀온다고 했는데? 내가 받아 둘게.

— 직접 전달 요청? 내가 틀림없이 전해 줄 테니 이리 내라고. 아 그냥 같이 사는 남친이 수령했다고 하면 되지 뭘 이리 빡빡하게 굴어. 내가 서명하면 될 거 아냐.

— 동거인 맞다니까? 택배 하나 대신 받는데 사실혼 증명까지 해야 해? 쉿, 새로 이사 온 거 아니고, 일하는 사람도 아니야! 내가 이 집에서 산 것만 3년이 넘어! 이게 무슨 개같은 소리야!

— 너 기사 주제에 왜 이렇게 말이 많아? 너 택배 기사 맞아? 스토커 아니야?

— 내 여자한테 자꾸 집적대면 죽여 버린다. 꺼져 이 개자식아!

미현의 얼굴에서 핏기가 빠져나갔다.

모리스에게 가끔 아파트에 들러서 우편물 관리만 해 달라고 했다. 빈집처럼 보이지 않게. 그런데 아예 집에 퍼질러 있었나?

같이 사는 남친? 동거인? 사실혼 증명? 내 여자?

이 미친 마초 새끼, 개같은 말버릇 기껏 잡아서 고쳐 놨나 했더니. 이런 일이 생길까 봐 그렇게 입조심을 시켰는데.

이원은 재생을 중지시키고 미현을 돌아보았다. 그의 깊은 갈색 눈동자에는 미현이 기대했던 어떤 감정도 존재하지 않았다.

……빌어먹을.

모리스가 저렇게 말한 상황이라면, 아무리 아니라고 우겨 봐야 부질없는 일이었다. 미현은 눈썹을 찌푸리고 팔짱을 끼었다.

"어쩌라고? 지금 오빠가 원하는 게 이 판을 엎고 세경을 포기하겠다는 거야?"

물론 이건 가장 좋지 않은 방향이었다. 판이 뒤집히면 이원은 아버지의 지분과 경영권을 모두 잃지만, 미현 자신도 호텔 경영권을 얻지 못한다. 미현은 이원의 행동이 마음에 들지는 않았지만, 판이 무너지는 것까지는 바라지 않았다. 그래서 꽤 무리수까지 두어 우연을 외국으로 보내지 않았던가.

"미현아. 약혼 전에 복잡한 관계를 정리해 달라던 내 부탁이 부당했다는 생각은 들지 않아. 그럼에도 네가 여전히 모리스라는 사람과 관계를 유지하고 있다는 건, 나와의 결혼 의사가 없다고 해석할 수밖에 없어. 그렇지?"

"그 원인 제공이 어느 쪽이었는데? 성욕이 지나치게 없는 것도 엄연히 혼인 파기 사유야. 세상에 어떤 여자가 고자 수도승하고 결혼하고 싶겠어? 대놓고 몇 번이나 유혹해도 반응이 없는데, 그게 불능 아니면 뭐야?"

참한 약혼녀의 가면을 벗어던졌지만, 이원은 놀란 기색도 없이 짧게 웃을 뿐이었다.

"나는 성욕에 미쳐 있다는 걱정은 자주 했지만, 부족하다는 생각은 한 번도 해 본 적이 없어. 그냥, 너하고 섹스를 하기 싫었을 뿐이야. 오해했구나."

이원의 말투는 지나치게 담백해서 내용과 괴리감이 느껴졌다.

"그리고 관건은 섹스 여부가 아니라 유언장이 효력을 발휘할 수 있는지 여부겠지. 네가 유언장 내용을 정확하게 기억하고 있는지는 모르겠지만."

「한세경의 상속분 (주)세경홀딩스의 보통주 785,500주, 25%의 지분에 대하여 상속인 한이원은 우성희 이사의 딸 유미현과의 혼인 신고를 필하기 전까지 상속 지분을 행사할 수 없음.」

유언장 내용을 한 자 한 자 읊어 내리던 이원은 미현 쪽으로 살짝 몸을 굽히더니, 조곤조곤 속삭이듯 말했다.

"그런데 미현아, 안타깝게도, 내가 며칠 전에 '결혼 대상자가 사실혼 상태였다면 그 유언은 무효가 될 수 있다'는 법리 해석을 받았어. 국내에서 손꼽히는 법무법인 세 군데서."

미현은 자리에서 벌떡 일어났다.

"그게 무슨 헛소리야! 서로 다 알고서도 필요하니까 약혼했던 거잖아! 2년 넘게 우리 지분으로 꿀 빨다가 왜 지금 와서 딴소리야?"

"무슨 말이지? 난 전혀 몰랐어. 내가 네 뒷조사를 하는 것도 아니고 그걸 어떻게 알았겠니? 나는 며칠 전 뉴욕의 네 아파트에 갔다가, 정말 '우연히' 네가 '몇 년간' '사실혼 상태'였다는 걸 확인하게 된 건데?"

이원이 눈을 가늘게 뜨고 웃으며 한 자, 한 자 반복해 오금을 박는다. 미현은 기가 막힌 걸 넘어 소름이 끼쳤다.

저 오빠도 저렇게 뻔뻔하게 거짓말을 할 수 있구나.

띠르르르, 띠르르르, 띠르르.

순간 밖에서 초인종이 울린다. 일하는 사람이 현관문을 열자마자 분노에 찬 고함 소리가 쩌렁쩌렁 천장을 울렸다.

"한 전무! 한이원 이 개새끼 여기 와 있어? 어디 있어! 내가 아주 죽여 버린다!"

□ ■ □

"어떡해, 나 어떡해. 우연아, 우연아, 우리 이제 어떡하면 좋으니!"

엄마는 이불을 뒤집어쓴 채 종일 흐느꼈다. 우연은 이를 악물고 귀를 틀어막았다. 엄마의 전화기로 아무리 검색을 해 봐도 할 수 있는 게 없었다. 출국 금지 풀리면 어떻게 해야 해요? 출국 금지 사유. 인터넷 정보란에 뜬 몇 줄만으로도, 엄마가 아빠에게 고소를 당해서 출국 금지 상태가 되었다는 것은 알 수 있었다.

「범죄의 수사를 위하여 그 출국이 부적당하다고 인정되는 자, 형사 재판에 계속(係屬) 중인 자, 징역형 또는 금고형의 집행이 종료되지 아니한 자, 법무부령이 정하는 금액 이상의 벌금 또는 추징금을 납부하지 아니한 자, 법무부령이 정하는 금액 이상의 국세·관세 또는 지방세를 납부하지 아니한 자……」

우연은 읽고 읽고 또 읽었다. 범죄의 수사, 재판, 3개월, 혹은 6개월, 계속 연장. 기다린다고 풀린다는 보장도 없었다. 출국 금지 조치는 문제를 해결한 후 풀어 달라고 신청을 해야만 풀리는 거였다.

"우연아, 그거, 그거 다시 읽어 봐. 특별히 출국 금지 풀어 주는 케이스 있다고 했잖니."

"출국 금지로 인하여 생업을 유지하기 어렵다고 인정되는 경우, 출국 금지로 인하여 회복하기 어려운 중대한 손해를 입을 우려가 있다고 인정되는 경우, 그 밖에 인도적인 사유 등으로 출국 금지를 해제할 필요가 있다고 인정되는 경우……"

우연은 더듬대고 읽으면서 암담하게 한숨을 쉬었다. 사정을 참작해서 특별히 풀어 주는 경우가 있긴 하지만, 꽤 드문 모양이었다.

바짝 집중해서 듣던 엄마가 몸을 일으켰다. 제대로 씻지도 못한 얼굴과 머리에는 개기름이 좔좔 흘렀고, 입가에는 허옇게 버짐이 피었다. 하지만 눈동자는 놀랄 만큼 반짝이고 있었다.

"그래. 그거야. 출국 금지 때문에 우리는 회복하기 어려운 중대 손해를 입었어. 지금 목숨의 위협을 느끼고 있는데 나가지도 못하고 있잖아."

눈동자가 우연이 있는 쪽으로 빙그르르 돌아가면서 흰자위가 크게 번들거린다.

"목숨을 구해 주는 것보다 인도주의적인 사유가 어디 있어? 우연아, 그거 한 번 알아봐서 신청해 봐. 응? 우연아!"

"아 씨, 내가 그걸 어떻게 해! 누가 아파트 팔아서 튀래? 아빠가 얌전히 당하고 있을 줄 알았어? 돈 돌려주고 출국 금지 풀어 달라고 하면 되잖아!"

"그럼 네 아빠를 만나야 하잖아! 누구 죽일 일 있니? 그것 좀 빨리 알아봐! 좀!"

"나한테 뭘 어떡하라고! 난 그딴 거 몰라! 엄마가 하면 되잖아!"

"나이 스물두 살이나 처먹도록 왜 그걸 몰라!"

"엄마야말로 나이 마흔 넘게 처먹도록 뭐 했어!"

우연은 목에 핏대를 세워 고함을 질렀다.

엄마는 다시 구석에 쭈그리고 앉아 휴대 전화의 검색창을 띄운다. 검색 속도가 몹시 느린지 전화기를 주먹으로 팍팍 치며 안절부절못하더니 한참 만에야 번쩍 고개를 든다.

"우연아. 공탁이란 게 있대. 갚아야 할 돈을 직접 못 주면 공탁을 걸어서 돈을 나라에 맡기는 경우도 있대. 그러면 직접 얼굴 보고 갚지 않아도, 갚은 거로 쳐주기도 하나 봐."

"그런데 우연아, 공탁을 어떻게 걸지? 이걸 누구한테 물어보지?"

"뭐가 이렇게 복잡해. 왜 이렇게 복잡해."

머리를 쥐어뜯으며 중얼대는 엄마는 반쯤 미쳐 버린 것 같았다.

"엄마, 그럼 아까 그 유미현이라는 사람한테 전화하면 안 돼? 일이 이렇게 됐다고, 이거 공탁하고 출국 금지 푸는 거 도와줄 수 있느냐고."

"안 돼! 미쳤니?"

엄마는 찢어지는 소리로 맞받았다.

"절대 전화하지 말랬잖아! 그랬다간 아빠한테 우리 숨어 있는 곳 알려 줄 거라고 했잖아!"

"그럼 평생 여기 숨어 있을 거야?"

"그래, 그, 그러면 그 변호사님, 차영보 변호사님한테 전화해 보면……. 그 래. 변호사니까 공탁 같은 거 하는 방법은 잘 알고 있을 거야."

엄마는 더듬더듬하며 번호를 눌렀다. 하지만 아무리 애타게 눌러도 전화를 받지는 않는다. 지금은 업무 시간이 끝났사오니, 내일 아침, 9시 이후에 다시 걸어 주시기 바랍니다. 지금은 업무 시간이 끝났사오니……. 엄마는 똑같은 멘트가 열 번쯤 되풀이될 때까지 멍청한 얼굴로 계속 전화기를 잡고만 있었다.

우연은 방구석에 쭈그리고 앉았다. 본채와 떨어진 창고를 개조해 민박용 방으로 꾸민 이 별채는, 사방 더럽고 허술하기 그지없었다. 도시가스가 들어오지 않는 곳이라 기름보일러가 돌아가고 있었는데 기름값이 비싸다고 난방 온도는 16도로 고정돼 있었고, 창틈과 문틈으로는 찬 바람이 훅훅 들어왔다. 그동안 청소를 제대로 하지 않아, 구석구석이 음식 쓰레기에 먼지 덩어리였고, 방 한가운데로 이름도 알 수 없는 벌레들이 겁도 없이 기어 다녔다.

엄마는 그때마다 자지러지게 소리를 지르며 우연을 불렀다. 우연은 벌레를 잡아 주는 대신 무릎 사이에 머리를 처박고 귀를 막았다. 멀찍이 떨어진 곳에 있는 본채에는 가는귀먹은 주인 할머니만 살았는데, 엄마가 아무리 소리를 질러도 시끄럽다고 화를 내지 않았다.

아무 생각이 나지 않는다. 뭔가 차분히 생각을 정리하기엔 너무나 많은 일이 폭풍처럼 휩쓸고 지나갔다. 그중에서 우연이 해결할 수 있는 일은 아무것도 없었다. 뭔가를 선택할 여지조차 없었고, 도망치는 것 말고는 할 수 있는 게 없었다.

이러한 파국이 놀랍지도 않았다. 우연은 자신의 인생에서 존재했던 장밋빛 계획들은 항상 베이컨의 회화처럼 처참하게 일그러지곤 한다는 것을 잘 알고 있었다.

……아저씨 말대로 도망치지 않고 두려움과 싸워 보는 게 나았을까?

아저씨를 믿고 뻔뻔하게 그곳에서 버티며 온갖 가책과 자괴감과 위협과 격정과 싸워 보는 게 나았을까?

하지만 아저씨 옆에 남기로 결정을 했다면, 아저씨는 분명 파혼을 했을 것이다.

자, 진우연 대답해 봐. 그래도 네가 아저씨 옆에 빌붙어 있는 게 옳아? 아버지 재산도 상속 못 받고, 대표이사 자리에서도 잘리고, 언제 어디서 튀어나와서 무슨 해코지를 할지 모르는 아빠의 위협에 늘 신경을 곤두세워야 할 텐데?

그래. 아저씨 곁을 떠난 건 맞는 결정이다.

다만 미치게 보고 싶을 뿐이다.

아저씨, ……보고 싶어요.

우연은 무릎을 모으고 두 손으로 감싼 후 고개를 푹 숙였다. 아저씨에 대한 마음은 늘 뜬금없이 자신을 공격했고 상황과 상관없이 고집을 피웠다.

그나마 다행인 것은 아저씨의 집을 나온 후부터 눈물은 전혀 나오지 않는다는 점이었다. 아저씨가 생각날 때마다 눈물이 나오는 대신, 대형 포클레인 바퀴가 가슴을 짓뭉개고 지나가는 것처럼 아프기만 했다. 눈물샘은 어쩌면 눈이 아니라 가슴에 박혀 있는 것 같기도 했다.

우연은 눈물 한 방울 나오지 않는 눈을 힘껏 깜박대며, 머릿속으로 고이는 한마디를 천천히 뇌었다.

아저씨, 사랑해요.

……대체 뭐가 어디서부터 잘못됐는지 잘 모르겠는데, 어쨌든 아저씨, 사랑해요.

그냥, 그게 전부였다. 아저씨, 사랑해. 내가 참, 나도 이 마음이 어디서 왔는지 도무지 이해가 안 되는데, 진짜 사랑해요. 대상마저 잃어버린 이 감정은, 우연의 인생에서 유일하게 남은 것이었다.

"아악! 왜, 왜 전화를 안 받아, 밤 9시밖에 안 됐는데! 왜!"

옆에서 엄마가 전화기를 집어 던지며 얼굴을 감싸고 흐느낀다. 우연은 엄마의 좌절에 반응하는 대신 몸을 바짝 꼬부렸다. 뇌는 엄마의 고함 소리를 인식했지만, 몸은 움직이지 않는다. 어쩌면 뇌와 몸을 연결하는 통신망이 모조리 끊어져 나갔는지도 모르겠다.

우연은 전화기를 붙잡은 채 눈을 감고 고민했다.

만약에, 만약에…….

지금 아저씨에게 전화가 오면 받아야 할까?

그것은 너무나 절실하고 강렬하며 반복적인 유혹이었다. 우연은 이번에도 유혹을 이기려 기를 쓰고 버티다 결국 눈을 가늘게 뜨고 전화기를 다시 켰다. 하루에도 몇 번이나 부질없이 반복하는 짓이었다.

……역시.

생각했던 대로였다. 아저씨에게서 온 전화는 한 통도 없었다. 아저씨는 우연이 집을 나온 후 단 한 번도 전화를 하지 않았다. 홍연 아저씨나 정 관장님을 통해서도, 심지어 문자나 메신저 메시지조차 없었다.

'오빠는 상황 판단이 좋고 손절 빠른 CEO로 업계에 소문이 자자해. 아니다, 하고 결론 내리면 아무리 열심히 추진하던 일이라도 바로 잘라 버리고 잊을 수 있는 사람이 란 뜻이지.'

아저씨가 자신을 찾지 않기로 결론을 내렸다는 것을 알았다. 진작 알고 있었다. 다만, 아저씨가 어떤 마음으로 그런 결정을 내렸는지는 감히, 차마 짐작조차 할 수 없었다.

그래도 만약에, 아주 만약에, 지금이라도 아저씨에게 전화가 오면…….

받아야 하지 않을까? 그때처럼 나를 애타게 찾고 있을지도 모르잖아.

아냐. 이제는 무섭게 화를 낼지도 몰라. 배신감에 치를 떨면서.

아냐. 혹시, 그래도…… 울면서 도와 달라고 하면 다시 오라고 하실지도 몰라.

우연은 그런 생각을 하는 자신이 거머리 쓰레기처럼 느껴졌다. 아저씨의 목소리를 간절히 듣고 싶지만, 그랬다간 두려움에 눈이 멀어 버린 또 다른 진우연이 뻔뻔하게 동정을 구걸할지도 몰랐다. 우연은 이제 자신의 이성이나 자존심, 양심 따위를 전혀 믿을 수 없었다. 갈팡질팡 고개를 젓다가 두 손을 엉성하게 모았다.

아저씨가 믿는 하느님, 정말 계신다면, 저한테 대답 좀 해 주세요.

혹시 아저씨가 천에 하나, 만에 하나 저한테 전화를 한다면, 그 전화 받아도 되나요?

만약에, 정말 만약에, 아저씨가 돌아오라고 한다면, 돌아가도 되나요?

그리고, ……그냥 사랑해도 되나요?

아저씨가 벌써 이렇게 보고 싶은데, 이제 난 어떡해요?

……아저씨에게 전화 한 번만, 딱 한 번만 오게 해 주시면 안 돼요?

늘 그렇듯, 대답은 들리지 않았다. 우연은 신의 존재 증명이 전화벨 소리라도 되는 듯, 끈덕지게 전화기를 들여다보았다.

"……어!"

순간 전화기에 깜박, 불이 들어오더니 손이 부르르 떨렸다. 띠리리리, 띠리리리, 경쾌한 전화벨 소리가 들렸다. 우연은 눈을 크게 떴다. 심장이 미친 듯이 뛰었다. 발신자 번호 제한 표시가 뜬다.

……저, 정말, 아저씨가?

우연은 저도 모르게 황급히 수화기를 귀에 가져다 댔다.

"여, 여보세요?"

— …….

수화기 너머에서는 고요한 침묵이 이어졌다. 잠시 후, 전화가 갑자기 툭, 끊어진다. 우연은 멍하니 수화기를 들여다보았다.

"……아저씨?"

눈이 욱신 쑤신다. 받을지 말지 결정도 안 했는데, 저도 모르게 받고 말았다. 결심이 이렇게 허망하게 무너질 줄은 몰랐다.

아저씨. 하고 싶은 말이 있으면, 한마디라도 하시지 왜 끊으세요?

무슨 말을 하고 싶으셨던 건가요?

기운이 빠져 어깨가 축 늘어진다. 순간, 다시 전화기가 울렸다.

"여보세요! 여보세요?"

— ······.

"아저씨! 아저씨?"

딸깍.

우연은 전화기를 움켜잡은 채 망연자실했다. 아저씨도 당황한 걸까. 내가 이렇게 애타게 부를 줄은 몰랐을까.

새하얀 통화 종료 화면만 멍하니 내려다보았다. 눈 속이 미칠 듯이 쑤셨는데, 눈물길은 바짝 말라서 눈꺼풀을 깜박일 때마다 안구의 껍질이 벗겨질 것만 같았다.

부우우, 우웅.

얼마나 시간이 흘렀을까. 집 옆의 좁은 길로 차가 지나가는 소리가 들린다. 그제야 천천히 정신이 들기 시작했다.

끼이이. 끽.

워낙 허술히 지어진 건물이라, 차 멈추는 소리가 바로 옆에서 들리는 것처럼 시끄러웠다.

······잠깐. 차 멈추는 소리······?

고개를 갸웃했다. 이 집은 상당히 외진 데다, 포장도로도 없이 흙길로 들어와야 하는 막다른 집이었다. 더구나 멀쩡한 본채도 아니고, 창고처럼 허름한 별채 건물인데······.

굳이 이 앞에서 차를 멈췄다고?

갑자기 등 뒤로 소름이 쫙 솟았다. 혹시, 지금 바로 끊어졌던 전화가!

"우욱!"

공포로 위가 크게 요동치더니 이내 내장이 뒤틀리며 구역질이 치솟았다. 아으, 윽, 우연이 배를 끌어안고 몸을 확 구부리는 순간, 차 문이 달칵 열리는 소리가 들린다.

"……엄마!"

황급히 뒤를 돌아 엄마를 바라보았다. 엄마의 눈과 입이 커다랗게 벌어져 있었다. 이불에 묻혀 있던 몸이 들들 흔들리기 시작했다. 두 사람의 느낌은 단 한 가지를 말하고 있었다.

"어, 엄마…… 엄마!"

"우연아, 저, 저, 저기…… 혹시……."

순간 밖에서 매우 익숙한 목소리가 들린다.

"아이고 기사님 감사합니다. 귀찮게 부탁을 드렸네요."

"이 집이 맞나요?"

"예, 맞는 것 같습니다."

"우, 우연아!"

엄마는 새하얗게 질려 이불을 황급히 뒤집어썼다. 맙소사, 맙소사! 아빠가 어떻게 여길.

우연은 벌떡 일어나 허술한 문고리를 걸고 두 손으로 꽉 잡았다. 손이 우들우들 떨리기 시작했다.

'이게 어떻게 된 거야! 대체 여길 어떻게 알고 찾아온 거야!'

'누가 알려 준 거야? 우리가 여기 있는 거 아무도 모르잖아.'

엄마가 눈을 희번덕대며 중얼거린다.

이를 악물었다. 이제 중요한 건, 아빠가 여길 어떻게 알았느냐가 아니다. 문제는 지금 아빠가 이 집 앞에 서 있다는 거고…….

똑똑똑, 똑똑.

"계십니까?"

36

히든 트랩
(Hidden Trap)

"한 전무! 한이원 이 개새끼 여기 와 있어? 어디 있어! 내가 아주 죽여 버린다!"

분노에 찬 고함 소리가 쩌렁쩌렁 울렸다. 미현이 기겁하며 돌아보자 얼굴이 불쾌하게 달아오른 외삼촌이 와이셔츠 단추를 풀어 헤친 채 거실로 뛰어 올라오는 것이 보였다. 우성희 이사가 황급히 팔을 붙잡았다.

"얘! 일혁아, 왜 이래! 너!"

"쌍, 이거 놔! 누나 때문에 집안 망하게 생겼잖아! 누나가 저 새끼 편을 들어서 지금 무슨 꼴이 났는지나 알아? 씨발!"

"상무님, 잠시 진정하세요. 제가 먼저 이야기해 본다니까요. 지금 한 전무한테 이러시면 안 됩니다, 상무님!"

옆에서 진땀을 폭포처럼 쏟으며 만류하는 것은 박 이사였다. 우 상무는 누나의 손을 거칠게 뿌리치며 욕설을 퍼붓기 시작했다. 이원은 천천히 자리에서 일어났다.

"오셨습니까."

"너 이 개새끼. 무슨 개씹창 소릴 하려고 여기까지 왔어! 죽여 버린다 진짜!"

붕, 우일혁 상무가 크게 주먹을 휘둘렀다. 이원은 고개를 뒤로 빼서 아슬아슬하게 피했다. 붕, 붕붕, 주먹질이 거세지자, 홍연이 기겁하며 뛰어와 사이에 끼어들었다.

"전무님! 피하세요, 아니 상무님 이게 무슨, 으악!"

빡! 홍연이 턱을 맞고 멀찍이 나가떨어졌다. 순간 이원이 우 상무의 머리채를 잡고 바닥으로 확 처박았다.

"으악, 씨바……!"

쾌당, 우 상무가 요란한 소리를 내며 바닥에 엎어졌다. 이원은 그의 한쪽 팔을 잡고 뒤로 돌려 경추까지 꺾어 올렸다.

"와아악, 으악, 이 개새, 아악!"

몸부림이 격해지자 이원은 무릎으로 몸통을 찍어 누르고 머리를 다시 바닥에 박았다. 쿵, 쾅, 이마가 마룻바닥에 되우 눌린 후에야 몸부림이 조용해졌다. 뒤늦게 날카로운 비명이 치솟았다.

"이원 오빠! 미쳤어? 지금 뭐 하는 거야?"

"한 서방, 아니, 한 전무, 아니 대체! 무슨 짓이야! 얼른 손 놔!"

"우 이사님, 놓긴 뭘 놓습니까! 먼저 주먹질한 게 누군데요! 이 코피가 안 보이십니까? 전무님도 이빨 다 나갈 뻔한 거 못 보셨습니까!"

홍연이 코피를 휘날리며 달려들어 우 이사와 이원 사이에 끼어들었다. 우 상무가 눈에 핏대를 세우고 누나를 향해 욕설을 퍼부었다.

"씨발, 누나 정신 나갔어? 저 새끼한테 무슨 한 서방이야, 엉! 여자 둘이 아주 집안 말아먹겠다고 작정을 했지! 저 개새끼가 요 며칠 동안 우리 친척들한테 무슨 짓을 하고 돌아다녔는지 알아?"

"글쎄요. 상무님이 직접 말씀해 보시죠. 이렇게 큰소리칠 만큼 자랑스러우시면."

이원이 말을 끊더니 다시 팔을 바투 잡아챘다. 다시 주먹을 휘두르려던 우 상무는 마취도 없이 거세당하는 수퇘지처럼 울부짖었다.

"최 실장하고 폭행 상해 합의하시려면 애 좀 먹으실 테니, 저는 이쯤 물러나 겠습니다."

우 상무가 풀려난 것은, 그의 몸부림이 잠잠해지고 꽥꽥대던 소리도 잦아든 때였다. 미현은 5분 정도밖에 되지 않은 그 시간이 천년처럼 길게 느껴졌다.

뒤늦게 다가온 박 이사가 우 상무를 부축해 일으켰다. 하지만 부축하는 시늉만 했을 뿐, 다시 이원에게 주먹질을 하지 못하게 그의 두 팔을 단단히 붙잡았다. 우 상무의 얼굴은 게진게진 흘러나온 눈물과 침으로 엉망진창이었고 얼굴은 고로에서 달궈진 쇳덩이처럼 시뻘겠다.

"일혁아, 대체 왜 이래? 한 전무가 대체 무슨 짓을 했는데?"

"저 새끼가 내 뒷조사를 했어, 씨발, 내 밑에서 설설 기며 호텔 일 배울 때부터 씨발, 지금까지 계속……."

"상무님, 말씀은 바로 하시죠. 계열사 CEO 직무 역량 평가, 이게 지주사 대표이사인 제가 하는 일인데, 모르셨습니까?"

이원이 차가운 목소리로 말을 잘랐다. 우 상무는 시뻘게진 얼굴로 부드득 이를 갈았다.

저 새끼가 경영 수업을 받는답시고 호텔 쪽에 순환 배치 되었을 때, 아주 혼쭐을 내 준 적이 있었다. 하우스키핑 실습만 반년을 시켰고, 까마득한 아랫사람들 앞에서 온갖 모욕을 다 주었다. 그의 얼굴에 대고 서류 뭉치를 집어 던진 적도 한두 번이 아니었다. 그래도 싫다는 내색조차 못 하고 고분고분 예, 죄송합니다. 시정하겠습니다. 예, 하며 일을 배우던 놈이었다. 우 상무가 보는 이원은, 패기나 도전 정신 하나 없는, 겁 많은 골샌님에 불과했다. 이런 모습은 너무 낯설었다.

"지금까지 취합한 자료와 경영 실적을 보면, 상무님은 경영자로서의 자격을 논하기도 낯부끄러운 수준입니다. 우영석 회장님께서 성일호텔의 펀더멘털을 튼튼하게 잡아 두지 않으셨으면 제가 대표이사가 되기 전에 침몰했을 겁니다."

"그렇다고 한배에 탄 동업자를 이렇게까지 통창에 처박아? 너 혼자만 살자고?"

"혼자가 아니고 2만 명입니다. 동업자가 정신이 나가서 배에 구멍을 내고 있으면 손발을 묶어 놓고, 그래도 계속 뚫고 있으면 바다에 집어 던져야죠. 같이 타고 있는 2만 명은 살려야 하지 않겠습니까?"

"아니, 한 전무, 우 상무한테 대체 무슨 짓을 한 거야!"

"아까 미현이에게 이야기하다 말았지만, 차제에 이사님도 함께 들으시죠. 최근 몇 년간 성일호텔 실적이 왜 그 모양이었는지 이해하실 수 있을 겁니다."

이원은 부드럽게 웃으며 가방에서 서류철을 하나 꺼내 탁자 위에 내려놓았다.

"이게 뭐……?"

미현은 어리둥절한 얼굴로 서류철을 받아 들고 뒤적였다. 익숙한 얼굴이 여기저기서 보이는 사진, 숫자들이 빼곡한 문서, 녹취록, 이라는 이름이 적힌 문서들이 줄줄 이어졌다. 이원의 담담하고 낮은 목소리가 계속 흘러나왔다.

"해외 원정 도박에 32억 횡령, 금지 물품 밀반입, 선물 투자에서 5년 누적 3,500억 순손실, 이를 숨기기 위한 대대적인 회계 장부 조작."

"뭐? 그, 그럼 설마……?"

서류는 두툼했고 종류도 한두 가지가 아니었다. 미현이 미친 듯이 자료를 뒤적이는 동안 우성희 이사는 이마를 짚은 채 소파에 털썩 주저앉았다. 그녀는 동생이 하던 짓을 어느 정도는 짐작하고 있었던 듯했다. 단조로운 목소리가 계속 흘러나왔다.

"불법 성매매, 여직원 성추행 신고 자료 및 합의서 사본."

"이게 뭐야, 이게 뭐냐고!"

"일본 출장 중 마리화나 투약, 증인 진술 녹취록. ……내가 그동안 총력을 다해서 잡아낸 것들이야."

"……설마, 정말 외삼촌 뒷조사를 하고 있었던 거야?"

"다시 말하지만, '경영자 직무 역량 평가'. 이렇게 종류별로 고루고루 걸리기도 힘든데. 놀라울 뿐이야."

담백하고 조용한 말투인데도, 등을 송곳으로 긁어내리는 것만 같았다. 미현은 마른침을 삼켰다. 바늘 뭉치가 목구멍으로 넘어가는 것 같다. 우 상무가 드득드득 이를 갈더니 미현과 우 이사에게 고개를 확 돌리며 쏘아붙인다.

"이거 봐! 내가 이럴 줄 알았어! 누나, 이러니 속 시원해? 동생을 이 지경으로 개 패듯 해서 죽여 놓고, 딸년한테 호텔 떡하니 안겨 주니까 속 시원하냐고!"

하, 하하하, 하. 이원이 갑자기 시원하게 웃음을 터뜨렸다.

"왜 제가 미현이에게 호텔을 넘길 거라고 생각하십니까?"

"뭐? 그, 그게 무슨 소리야?"

"후계자 수업을 한 번도 받은 적 없고. 경영에 대해 제대로 배우지도 않은 뮤지컬 배우에게 대체 뭘 믿고 경영을 맡기라는 겁니까?"

"……웃기는 소리 하지 마! 약속이 틀리잖아!"

미현이 날카롭게 고함을 지르며 일어나는 것을, 이원이 손을 잡아 탁자에 눌렀다.

"귀 멀쩡하니 소리 지르지 마. 그리고 약속을 먼저 어긴 건 너였을 텐데?"

"뭐?"

"이 계약은 시작부터 비열했어. 나는 철저하게 무기력했고, 너는 네가 가진 조커의 힘을 잘 활용했지. 물론 그게 나쁘다는 건 아냐, 다만……."

이원은 미현을 누른 손에 힘을 꽉 주며 차갑게 말을 이었다.

"나도 그 이상으로 비열해질 수도 있다는 걸 알았으면 좋았을 텐데."

이원은 자신에게 쏟아지는 시선을 태연히 받아 내며 천천히 웃었다.

"이 바닥에서의 승자는, 누가 더 오래 살아남느냐, 그리고 누가 더 완벽하게 비열해질 수 있는가가 관건이야. 그렇지?"

네가 나를 사랑하는 아버지를 이용했던 것처럼, 나는 너를 사랑하는 모리스를 이용했다. 미현을 간절히 원하는 모리스는 내가 그녀를 놓아주겠다는 말에 인생 최고의 연기를 해 주었다. 이제는 딱히 비열하다는 가책조차 들지도 않았다. 이원에게 이 거래는 2년 전의 불공평했던 추를 공평하게 되돌리는 것 이상도 이하도 아니었다.

물론 나중에 밝혀진다고 해도 그때는 미현이나 이쪽 집안에서 얻을 수 있는 건 거의 없을 것이다.

"끝까지 가 보자는 거야?"

미현은 이를 드러내며 으르렁거렸다. 그녀는 이원의 공격이 시작되었음을 직감했다. 업계에서는 그의 공격을 '여러 겹의 그물'로 표현하곤 했는데, 정말 거대한 그물에 몰려 사냥당하는 짐승이 된 기분이었다. 방패를 아무리 이리저리 돌려 막아도 다른 방향에서 끝없이 공격이 들어오는 것만 같다.

"꼴좋다. 꼴좋아! 누나, 봤지? 저딴 새끼를 뭘 믿고 동생까지 버리고 그 미친 지랄을 한 거야? 꼴좋다고!"

우 상무가 탁한 소리로 고래고래 고함을 질렀다.

"씨발, 한이원 이 배은망덕한 새끼야. 넌 지금 대표이사 자리를 완전히 걷어찬 거야. 나도 씨발 기분이 좆같지만, 그래도 누나가 지금이라도 나를 밀어주면 깨끗하게 잊어 줄 수 있어. 내가 빵에 들어앉아 옥중 경영 하는 한이 있어도 네 놈 새끼한테 세경홀딩스 안 넘겨!"

우성희 이사와 미현의 얼굴이 처참하게 일그러졌다. 지금 이원에게 뒤통수를 맞았으니 당연히 외삼촌 쪽으로 돌아서야 하는데, 그러면 이제 호텔 경영 일선에 참여하는 것은 꿈도 꾸지 못하게 되는 것이다.

"남이 들으면 상무님이 맡겨 줘서 제가 홀딩스 대표이사 맡은 줄 알겠네요."

이원은 미현의 손을 놓아 준 후, 맑은 목소리로 물었다.

"유언 전문을 기억하시는 분 계십니까?"

"미현이와 결혼해야 지분 상속이 된다고……."

"그렇죠. 정확하게 기억하지 못하실 거라 생각했습니다."

이원은 이제 유언장 사본을 꺼내 들고 그들의 눈앞에 잘 보이게 펼쳐 들었다.

「한세경의 상속분 (주)세경홀딩스의 보통주 785,500주, 25%의 지분에 대하여 상속인 한이원은 우성희 이사의 딸 유미현과의 혼인 신고를 필하기 전까지 상속 지분을 행사할 수 없음.」

"지분을 '상속할 수 없다.' 나 '소유권을 행사할 수 없다.' 가 아니라 '상속 지분을 행사할 수 없다.' 죠. 비슷한 것 같지만 꽤 다른 말입니다. 그렇죠?"

"……."

"지분을 '행사' 한다는 말이 쓰이는 곳은 단 한 군데입니다. 그게 어디겠습니까?"

"주주 총회입니다."

우 상무를 붙잡고 있던 박 이사가 내키지 않는 듯 대답했다. 이원은 싱긋 웃으며 고개를 끄덕였다.

"그동안 내내 생각해 봤습니다. 아버지는 왜 오랜 지인이자 법무팀장인 박 이사님이 아니라 전혀 알지도 못하는 새파란 정서형 변호사에게 유언 공증을 부탁했을까."

박 이사의 표정이 크게 흔들렸다.

"그러다 얼마 전 일련의 사태로 알게 됐죠. 아버지는 박 이사님이 우 이사님을 비밀리에 지지하던 걸 알고 계셨던 겁니다. 그래서 박 이사님께 공증을 부탁했으면, 문구를 고치라고 할 걸 아셨던 거죠. '지분을 행사할 수 없다.', 가 아니라 '지분을 상속할 수 없다.' 로."

이제 그를 둘러싼 사람들은 더 이상 화를 내거나 욕설을 퍼붓지 못했다. 수적으로 크게 밀리는데도 조금도 흔들리지 않고 자기 페이스대로 끌고 나가는 이원을 보니 점점 목이 졸리는 기분이었다. 이원은 좌우를 빙 둘러보며 차분차분 말을 이었다.

"물론 세경이야 어차피 비상장사고, 지분 소유자도 저와 두 분 빼면 40명밖에 안 되고, 그분들도 모두 이사님 집안분들이니 주총이 요식 행위에 불과하다 하겠지만, 그래도 규정은 규정 아니겠습니까."

"……."

"그런데 이 규정대로 해석하면, 저는 주총에서 상속받은 주식을 '지분 행사' 만 못 할 뿐이지 증여하거나 매매할 수는 있습니다. 소유권 행사 제한은 없고,

상속 자체엔 아무 문제가 없었고, 상속세까지 완납한 상태니까요. 의결권이 없는 우선주 같은 경우는 총회에서 '지분 행사'가 불가능하지만, 배당금 수수나 매도, 증여 같은 '소유권 행사'는 당연히 가능하지 않습니까. 그렇죠?"

아무도 대답하는 사람이 없었다. 증여, 매매라는 말이 나오는 순간 박 이사의 얼굴이 허옇게 질릴 뿐이었다.

"미쳤네. 지분 25%나 되는 걸 누구한테 넘긴다는 거야? 아무리 비상장사지만 세경홀딩스 주식 가치 평가액이 얼마가 나올지 알고? 그 엄청난 세금을 생으로 다 물고?"

"물론 내가 그렇게 멍청하진 않지, 미현아."

이원은 빙그레 웃었다. 미현은 모욕을 당한 듯한 기분에 얼굴이 시뻘게졌다.

"만약 내가 PEF(Private Equity Fund, 사모펀드) 법인을 하나 만들어서, 음, 일단 이름을 '이원 PEF'라고 해 볼까? 거기에 내 지분하고 아버지 지분을 현물로 투자한다고 하면? 그건 법으로 막을 수 없는 소유권 행사잖아?"

"아……?"

"그리고 이원 PEF에 다른 주주들의 지분도 현물 투자를 받을 수 있겠지? 물론 다 받을 필요는 없고, 남은 10% 중에서 5.1% 이상만 받으면 될 거고."

박 이사는 한숨을 쉬며 눈을 감았다. 잠시 후 우 상무의 눈이 휘둥그레졌고, 미현과 우 이사는 두 손으로 입을 가렸다.

"그렇게만 되면, '이원 PEF'는 세경홀딩스의 과반이 넘는 지분을 갖는 최대 주주가 되는 거야."

"아, 씨발, 저, 저 개새끼 말하는 꼬라지 좀 봐라, 엿장수 맘대로?"

우 상무의 입에서 쌍욕이 튀어 나간다. 그가 주먹을 움켜쥐고 튀어 나가려는 것을, 박 이사가 필사적으로 가로막는다. 하지만 막고 있는 박 이사의 얼굴도 우씨 집안 사람들처럼 참담했다.

"웃기지 마! 우리 집안 어른들이 오빠 계획에 눈이나 까딱할 거 같아?"

"계획은 아니고……."

이원은 차분한 목소리로 가방 안에서 종이 한 장을 꺼내 보였다. '㈜이원 PEF' 라는 글자가 박힌 용인시 소재 사업자 등록증이 눈앞에서 달랑거렸다.

"이미 했어."

미현은 파랗게 질렸다. 이원의 차분차분한 목소리가 계속 이어졌다.

"내 지분 20%, 아버지 상속 지분 25%, 나머지 10% 지분을 가진 주주들 중 박이사님을 제외한 전원이 이원 PEF로 주식 현물 출자나 매도를 결정하셨어. 며칠 동안 주주 40명을 모두 만나고 신규 법인 수속하느라 굉장히 바쁘긴 했어."

미현의 등으로 소름이 쫙 올라오며 팔다리가 우들우들 떨리기 시작했다. 우연이 도망친 후, 사무실에 계속 출근하지 않았다고 들었다. 그래서 실연의 아픔으로 정신없이 헤매며 방에 처박혀 있는 줄로만 알았다.

그런데 뒤로 이런 대규모 딜을 하고 다녔단 말인가? 저 사람은 정말 감정도 없나? 소문으로만 듣던 한이원의 실체가 이런 건가?

"말도 안 돼! 그럴 리가 없어! 그 사람들이 우리 아버지한테 얼마나 큰 은혜를 입었는데! 그따위로 배신할 리가 없어!"

뒤에서 우 이사의 찢어지는 소리가 터졌다. 이원은 그녀를 향해 고개를 정중히 숙였다.

"그분들도 처음엔 완강하셨습니다. 그래서 제가 지난 2년간 그 고생을 했던 거겠죠. 하지만 제가 맡은 이후에 올라온 실적 앞에서 결국 마음을 돌리셨습니다. 최근 Y시 재개발이나 인도네시아 해상 공항 수주 건으로 점수를 크게 땄죠. 그동안 악전고투하며 버틴 보람이 느껴지더군요."

이원은 미현에게 고개를 돌리고 차분차분 말을 이었다.

"그분들께 솔직히 말씀드렸지. 나는 썩어서 침몰하는 회사 끌어안고 같이 죽을 생각은 없으니, 나에게 지분을 팔거나 이원 PEF에 현물 출자를 해 주지 않으시면, 이 자료를 전부 다 검찰과 신문사에 넘겨서, 피해가 더 커지기 전에 성일호텔 침몰시키겠다고. 그래서 우 상무님이 출소한 후에 산뜻하게 바닥에서 새 출발 하게 해 드리겠다고 했어."

"미, 미쳤어. 오빠 미쳤지……?"

"어차피 그동안 제정신으로 살았던 것도 아닌데 뭐."

"우리 집안 어른들이 거절하면 어쩌려고 했어? 우리가 그 얘기 듣고도 우리한테 말 안 하고 가만히 있었을 거 같아? 정말 아버지 지분이든, 회사든 다 날려도 상관없었던 거야?"

이원은 담백하게 웃으며 말을 이었다.

"지분 확보에 실패하든, 호텔이 침몰하든 내 손에 남는 게 없는 건 똑같잖아. 어차피 이번 딜이 실패하면 난 정말 정원사나 고양이 미용사 하면서 행복하게 살 생각이었거든. 그래서 어떻게 되든 아쉬울 것도 없었어."

모인 사람들은 새파랗게 질렸다. 리스크 회피형 경영자로 첫손에 꼽히던 이원이 자신이 가진 것들을 모조리 판돈으로 걸고 이 미친 도박을 할 거라고는 아무도 상상하지 못했다.

"물론 그분들도 고민을 많이 하셨습니다만, 결국 주식을 저에게 매도해 주시거나 이원 PEF에 현물 출자를 하기로 결정하셨습니다. 호텔의 침몰보다는 그래도 어떻게든 살려서 키우는 게 작고하신 우 회장님의 뜻일 거라면서요."

"……."

"무엇보다 제 약혼자의 사실혼 상태가, 파혼 사유로 합당하다고 생각하셨습니다."

미현은 크게 몸을 휘청거렸다. 눈앞이 노랗게 변하면서 바닥이 빙, 돈다.

씨발, 저 인간이 저렇게 비열한 방법까지 동원할 줄이야.

법원에서의 사실혼 판정은 쉽지 않다. 몇 년 전 동거만으로 사실혼 판정 따위가 나올 리가 없다. 그래서 모리스와의 대화나 소문을 대체 뭐에 써먹을까 했었다. 그랬더니 어른들을 구워삶으려 했던 건가?

끔찍한 꼰대들로 가득 찬 보수적인 노인들에게 저 말이 어떻게 들렸을지, 그들의 반응이 어땠을지 보지 않아도 뻔했다.

모리스와 딸의 관계를 알고 있던 우 이사가 울부짖으며 고함을 질렀다.

"이 나쁜 새끼, 은혜를 이따위로 갚아? 이원이 너, 세경건설이 누구 돈으로 그렇게 컸는지 알면서 이래?"

"성일호텔이 일정 정도 자본금을 투입했다는 건 잘 압니다. 그리고 그 대가로 잘난 아들이 몇 번이나 말아먹을 뻔한 위기를 우리 아버지가 죽을힘을 다해 막아 줬다는 것도 잘 알죠."

부드럽게 속삭이는 목소리가 소름 끼쳤다.

"게다가 세경건설을 키웠던 진짜 자본금은 우리 외가에서 나왔죠. 세경건설은 부동산 재벌이었던 우리 외가의 재산을 모조리 집어삼킨 큰 회사고, 세경홀딩스의 제 지분 20%도 제 어머니의 상속분이란 말입니다. 성일에서 보은을 말하기엔 너무 뻔뻔한 것 아닙니까."

"이⋯⋯."

이번엔 우일혁 상무의 얼굴이 시뻘겋게 변한다. 이원은 차디찬 목소리로 쐐기를 박았다.

"어쨌든 이원 PEF는 이번에 세경홀딩스 지분의 54%를 소유한 최대 주주가 됐습니다. 그리고 저는 이원 PEF의 지분 중 89%를 소유한 최대 주주가 됐고요. 그럼 앞으로 잘 부탁드리겠습니다."

씨발. 미현은 욕설을 삼키며 이를 물었다. 박 이사의 긴 한숨 소리가 뒤늦게 귀에 들어온다.

⋯⋯맞다. 2년 전, 박 이사의 한숨과 걱정을 새겨들었어야 했다.

'미현 양. 그 방법은 다시 한번 생각해 봤으면 좋겠어요. 한 전무는 정말 상대하기 어려운 사람입니다. 차라리 외삼촌을 설득하면 제주나 부산 지점 정도는 가능할 겁니다.'

박 이사는 할아버지가 발탁해서 키운 사람이자 한세경 회장과 대학 동창으로, 두 집안을 잇는 가교 역할을 수십 년간 맡아 왔다. 한때 어머니와 모종의 관계가 있었다는 소문이 있고, 성일호텔을 어머니에게 넘겨야 한다고 강력하게 주장했다가 세경건설로 좌천되기도 했다.

하지만 2년 전, 미현이 이원과 결혼을 통해 호텔 경영권을 확보하겠다는 계획을 듣자, 박 이사는 난색을 표하며 만류했다.

'온건하고 따뜻해 보이지만 적으로서는 굉장히 상대하기 어렵습니다. 한 전무는, 합법적인 선 안에선 그야말로 수단 방법을 가리지 않습니다. 바짝 엎드려서 적의 약점을 샅샅이 조사한 후에 그물을 이중 삼중 쳐 놓고 한꺼번에 죄어들어 가는데, 당해 보면 멘탈이 박살 납니다.'

'이사님, 왜 이렇게 겁이 많아지셨어요? 이번에 그물을 이중 삼중 친 건 오빠가 아니라 저예요.'

미현이 고집을 꺾지 않자, 박 이사는 긴 한숨을 쉬며 충고했다.

'미현 양, 한 전무는 생각대로 움직여 주지 않을 겁니다. 하려면 처음부터 작정하고 빈틈없이 옭아매야 할 겁니다.'

미현은 그의 말대로 한이원이라는 인간을 완벽하게 옭아맸다고 생각했다. 당시 그는 지지 기반이 너무 약했고, 우리의 도움 없이는 아무것도 할 수 없는 상태여서 가능한 일이었다.

나는 그때, 그 천재일우의 타이밍에…….

……협박 결혼이 아닌 협력 계약을 했어야 했다.

그랬다면 그는 믿을 만한 동역자이자, 공동 경영자로 끝까지 남아 주었을 것이다.

다 끝났다. 이원이 오랫동안 준비한 그물은 이미 바짝 죄어졌다. 준비 기간은 길었을지 몰라도 승부는 순식간에 끝났다. 이제 외삼촌이나 엄마나 자신이 할 수 있는 일은 아무것도 없었다. 미현은 입술을 피가 나도록 깨물었다.

"배은망덕 스킬이 멋진데? 우리 덕에 간신히 버티던 주제에 이제 와서."

"아, 요새는 원래 상태로 되돌린 걸 배은망덕이라 하니? 난 통증으로 정신이 오락가락하는 말기 암 환자를 협박해서 만든 유언을 무효로 만들고 내 몫을 간신히 되찾은 것뿐인데?"

"……"

"그리고 파혼 소식은 나보다 네가 더 반갑지 않을까? 아니, 뉴욕에 숨어 있던 남편이 가장 반가워하……."

미현은 찻잔을 쥐고 벌떡 일어났다. 도저히 참을 수 없었다. 촥. 찻잔의 차가 이원의 머리에 그대로 쏟아졌다.

"전무님!"

최 실장이 기겁하며 뛰어오르는 것을, 이원은 손을 저어 막았다. 머리카락에서 불그스름한 액체가 주르르 흘러내려 흰 와이셔츠와 슈트를 흠뻑 적셨지만, 그는 고개를 숙이지도 닦지도 않고 무표정하게 미현을 바라보았다. 미현의 날카로운 고함이 터졌다.

"그래, 이제 속 시원해? 그동안 비굴하게 기고 병신 취급 당하던 거 이따위로 한꺼번에 뒤통수를 쳐 버리니까 속 시원하냐고!"

"아주 시원해."

이원은 여전히 무표정한 얼굴로 대답했다. 그러더니 천천히 자리에서 일어나, 옆에 있는 티포트를 집어 들어 뚜껑을 연 후 미현의 머리 위에 그대로 쏟았다. 좌아아. 머리부터 발끝까지 붉은 찻물로 흠뻑 젖은 미현은 기가 막혀 입만 멍하니 버린 채 말도 잇지 못했다.

이원은 천천히 덧붙였다.

"뉴욕에 갈 때까지만 해도, 너를 만나서 제대로 사과하고, 새로 거래를 제안할 생각이었어. 협력만 해 준다면 적어도 호텔 경영권에 대한 약속만은 지킬 생각이었어. 뮤지컬 그만두고 경영 수업 제대로 받는다는 조건으로."

"그런데……?"

"건드리지 말아야 할 걸 건드렸을 때는, 대가를 치를 각오도 했어야지."

미현은 미지근한 물이 줄줄 떨어지는 머리카락을 뒤로 넘겼다. 무슨 말을 하는지 알 것 같다. 건드리지 말아야 할 것. 작고, 가늘고, 허옇고, 늘 어깨를 움츠리고 있던 아이. 겁먹은 듯한 눈동자만 새까마니 말갛던 그 아이. 대체 저렇게 안목이 높고 까다로운 사람이 왜 그런 아이에게 빠지게 되었는지 도저히 이해가 되지 않았다.

이원은 눈을 조금 내리깔고 조용히 말을 이었다.

"참고로, 박 이사님은 너에 대해 한마디도 말하지 않았어. 나에게 오지 않은 1%의 지분이 박 이사님 거야. 이사님은 적어도 우 이사님께 끝까지 충성스러운 분이셨으니 오해는 없길 바라."

어머니와 외삼촌은 어리둥절한 얼굴이었고, 박 이사의 얼굴은 아예 시커멓게 가라앉았다. 미현은 입술을 꽉 깨물고 있다가 새파랗게 날이 선 목소리로 내뱉었다.

"그래? 그래서? 이제 꼴리는 대로 모조리 쓸어 담았으니, 그 애까지 다시 찾아와서 결혼이라도 할 거야? 연락도 안 될 텐데, 지금 어디 있는 줄이나 알아?"

이원은 대답 없이 쓸쓸하게 웃기만 했다. 독이 오른 미현은 날카롭게 소리를 질러 댔다.

"오빠 마음대로 될 줄 알아? 걔를 데려와서 정신 나간 짓을 하는 건 오빠 맘이지만, 그게 얼마나 큰 스캔들이 될지는 잘 알지? 우리가 그냥 둘 줄 알아? 수단 방법 안 가리고 완전히 매장해 버릴 줄 알아!"

미현은 발을 구르며 악을 썼다. 이럴 수는 없다. 이렇게 눈앞까지, 손에 잡힌 듯이 가까이 있던 것을 말짱 잃어버린다는 것이 실감이 나지 않았다. 이원은 빙그레 웃었다. 웃음 끝은 매우 썼지만, 대답만큼은 확실했다.

"매장당하는 것 따위는 아무 상관 없어. 어차피 늘 무덤에 파묻혀 있는 기분이었거든. 다만……."

너무나 덤덤하고 우울한 대답에, 미현은 말문이 턱 막혔다. 이원은 여전히 미소를 머금은 채 다시 대답했다.

"우연이, 안 찾을 거야."

갑자기 사방이 조용해졌다. 당연히 나와야 할 결말이 이상한 데서 어그러진 것이다. 왜냐고 미현은 묻지 않았다. 물을 수 없었다. 미소를 머금고 있는 이원의 입가가 이상하게 일그러지기 시작했다.

"그 애는 날 떠나는 걸 택했어. 그럼 끝난 거지. 네가 그 아이에게 무슨 말을 했는지 알고 싶지도 않고, 그 아이가 어디 있는지 궁금하지도 않아."

하지만 무너질 듯한 표정은 끝내 무너지지 않았다. 뒤에서 가는 울음소리가 들리기 시작했다. 우 이사가 동생 옆에 주저앉아 입을 틀어막고 어깨를 들먹이고 있었다.

우 이사는 남동생에게 모든 권리를 뺏긴 것을 평생 억울해했고, 이원이 가장 힘이 없을 때를 노려 오랜 꿈을 이루려고 했을 뿐이었다.

이원의 성품이야 온건하고 부드럽기로 소문이 나 있었고, 성격이 불같고 강한 딸에게도 싫은 소리 한번 한 적 없었다. 저 정도면 딸의 비위도 살살 잘 맞춰 가며 살 거라 생각했었다. 일이 이 지경으로 어그러질 거라고는 상상도 하지 못했다.

소파에 앉아 있던 미현도 두 손으로 얼굴을 감싸고 흐느끼기 시작했다. 박 이사의 한숨, 씨발, 꼴 좋아, 꼴 좋다고. 동생 감방까지 보내 놓고, 개털이야. 응, 꼴 좋아 씨발! 우일혁 상무가 내뱉는 욕설만 넓은 거실을 성글게 채웠다.

띠리리리, 띠리리리, 띠리리리.

미현은 눈물을 닦으며 고개를 들었다. 이원의 슈트 안쪽에서 전화기가 울린다. 이원이 내키지 않는 표정으로 전화기를 꺼내 드는 것이 보인다.

"……이건?"

부재중 메시지로 돌리려던 이원이 갑자기 움직임을 멈추었다.

37

데스 밸리
(Death Valley)

"계십니까?"

우연은 몸을 크게 휘청거렸다. 앞이 샛노래지면서 구역질이 치밀었다. 어떡해, 어떡해, 우연아, 나 어떡해. 엄마는 넋이 나간 상태로 덜덜 떨었다. 똑똑, 계십니까. 툭툭툭, 안에 사람 있어요? 점잖게 두드리던 노크 소리는 점점 커지고 신경질적으로 변해 갔다.

"씨발, 사람 있는 거 아는데 왜 대답을 안 해! 엉!"

우연은 문손잡이를 붙잡고 와들와들 떨었다. 쿵, 쿵쿵쿵, 쾅쾅, 쾅쾅쾅. 낡은 문짝이 부서질 듯한 소리를 내며 크게 요동친다.

"야! 문 열어! 거기 둘 다 있는 거 알아. 김현주, 진우연, 이 씨발년들! 당장 문 열어."

우연은 흔들리는 손잡이를 두 손으로 꽉 잡은 채 고함을 질렀다.

"엄마! 전화해! 경찰에 전화해! 엄마!"

"씨발, 말하는 거 봐? 아빠를 엄벌에 처하라고 탄원하더니, 재미 들렸어? 당장 문 열어! 안 열면 들어가서 정말 죽여 버린다!"

방구석으로 몰린 엄마는 이미 정신이 나갔다. 머리를 쥐어뜯으며 울기만 한다. 우연은 이를 꽉 악물었다. 제발 주인 할머니라도 왔으면 좋겠는데, 본채는 여기서 뚝 떨어져 있고, 할머니는 가는귀가 먹은 데다 초저녁잠도 많다 했다.

아니, 차라리 안 오는 게 좋다. 저 인간은 누가 말린다고 순순히 말을 들을 위인이 아니다. 오히려 애먼 할머니가 무슨 짓을 당할지 모른다.

"엄마! 얼른!"

엄마는 전화기를 붙잡은 채 벌벌 떨었다. 이 쌍년들, 신고만 해 봐, 정말 찢어 죽여 버린다! 아빠의 협박이 들릴 때마다 전화기를 든 엄마의 손이 후드드 후드드 떨린다. 쾅, 쾅, 쾅쾅쾅쾅! 문은 부서질 듯 흔들렸고, 손잡이를 필사적으로 붙들고 있던 우연은 그때마다 펑펑 뒤로 튕겼다.

"아빠아! 이러지 마! 경찰에 신고할 거야! 엄마! 빨리 경찰 부르라니까, 엄마아!"

"세상 진짜 잘 돌아간다. 딸년이 애비를 빵에 처박는 시대라니. 말세다, 말세야. 너 지금 문 안 열면 내 손에 바로 죽을 줄 알아! 곱게 안 죽여, 씨발!"

"여, 여보, 잘못했어, 내가 잘못했어!"

엄마는 결국 전화기를 집어 던지고 통곡했다. 아아, 맙소사. 우연은 황급히 문에서 손을 떼고 자신의 전화기를 향해 몸을 날렸다.

"어, 얼른, 신고를, 신고를, 112……."

번호를 다 누르기도 전에 쾅, 하는 요란한 소리가 났다. 간신히 잡고 있던 손잡이가 떨어져 나가면서 문이 활짝 열린다.

쾅, 우연의 심장으로 벼락이 꽂힌다. 우연은 번호를 누르다 말고 그 자리에 고꾸라졌다. 눈앞이 온통 하얘지면서 바로 극심한 공포가 엄습했다. 숨이 막힌다 싶은 순간, 아랫배에 거대한 충격이 일었다. 우연의 몸은 붕, 허공을 날아서 벽에 세차게 부딪쳤다.

"아아악, 여보, 미안, 미안해! 잘못했어! 내가, 내가……!"

엄마가 울부짖으며 비는 소리가 들린다. 아빠는 다시 우연에게 다가와 배를 걷어찼다. 온몸이 마비된 우연은 전화기를 움켜쥔 채 그대로 맞기만 했다. 도망이라도 칠 수 있으면 좋겠는데, 몸이 말을 듣지 않는다. 이상한 일이었다. 우연은 아빠가 주먹을 들어 올리기만 하면, 마취 총에 맞은 것처럼 꼼짝도 할 수 없었다.

"여보, 살려 줘, 미안해, 잘못했어!"

"여보? 째진 주둥이라고 여보 소리가 나와?"

퍽, 퍽, 팍, 쩍!

"아파트 판 거 다 줄게, 시, 십 원 하나, 아악, 안 남기고, 다 줄게, 여보, 악!"

"맞을 일이 아파트 하나만은 아닐 텐데?"

두 사람의 몸 위로 주먹질과 발길질이 우박처럼 쏟아져 내렸다. 네년들이 어떻게 이럴 수가 있어? 평생 뼛골 빠지게 일해서 먹여 살렸더니 대가가 이거야? 딸년은 애비를 빵에 처박으려 안달이고, 마누라는 그사이 이혼 소송에 인감 훔쳐서 아파트 팔고 외국으로 토끼려고 하셨다? 엉?

"내가 잠깐 미쳤었어. 누가 꾀었어, 어떤 변호사가, 우연이가 아는 변호사가, 아악, 악, 살려 줘, 악!"

엄마가 엎드려서 비는 것이 보인다. 우연은 빌지 않았다. 빌 수 있으면 빌 텐데 몸도 움직이지 않았다.

생각하니 문득 이상했다. 엄마하고 우연이 힘을 합치면 그래도 이 지경까지 일방적으로 맞지는 않을 텐데. 아빠는 엄마와 나에게 대체 무슨 최면을 걸어 둔 걸까.

아빠가 우연의 머리채를 휘어잡아 올리더니 주먹으로 뺨을 후려갈긴다. 뺨이 휙 돌아가는데 오히려 머리 껍질이 벗겨질 듯 아팠다. 통증이 느껴지는 감각이 어딘가 고장이 난 것 같다. 뺨을 맞고 있는데 가슴이 아팠다.

엄마가 엉금엉금 기어 방구석으로 도망친다. 왜 도망치기 쉬운 문 쪽이 아니라 방구석일까. 우연은 엄마가 벌떡 일어나 방문을 열고 도망쳐서, 주인 할머니를 깨워 신고라도 하기를 바랐지만, 역시 희망 사항일 뿐이었다. 엄마는 아빠가 고개를 확 돌려 노려보는 것만으로도 머리를 쥐어 싸고 납작 엎드렸다. 엄마가 입은 바지의 가랑이가 축축하게 젖어 드는 것이 보였다.

"씨발, 찢어 죽일 년, 아비가, 그렇게 만만해?"

퍽, 팍, 팍, 쩍, 퍽.

"내가, 널 위해서 그렇게, 고생을, 했는데, 아비가 그렇게 만만해? 엉?"

뜨끈한 무언가가 뺨을 타고 흘러내린다. 아픈 건 모르겠고 그저 가려웠다. 그는 머리채를 놓고 발길질을 시작했다. 학, 헉, 학. 아학. 주먹이나 발이 몸에 와서 꽂힐 때마다 몸이 둔탁하게 흔들렸지만, 비명조차 제대로 나오지 않았다.

"아악!"

하지만 아랫배를 정통으로 걷어차이자, 그때는 입에서 찢어지는 듯한 비명이 터지고 말았다. 배꼽 아래에서 뭔가 터져 나가는 듯한 격통이 치밀었다. 우연은 아랫배를 감싸 안으며 벌레처럼 몸을 말고 바닥을 굴렀다. 다리 사이로 뜨끈한 것이 느릿하게 흘러내린다. 뭔가 잘못됐다는 것을 직감했다.

아빠가 머리채를 잡아 얼굴을 바짝 마주 댄다. 눈이 찌그러져서 아빠의 얼굴이 제대로 보이지 않았다. 다만 코를 찌르는 술 냄새만은 뚜렷했다.

"내가 여기 어떻게 찾아왔는지 궁금하진 않냐?"

"……."

"내가 이럴 줄 알고, 너 학교로 만나러 갔을 때 네년 전화기 받아서 거기에 앱 깔았다. 내가 이럴 줄 알았거든!"

……역시. 내 전화기로 위치 추적을 당했구나.

이렇게 멍청할 수가. 아빠의 성격을 생각했으면, 공항에서 바로 전화번호를 바꾸거나 하다못해 전화기를 버리기라도 해야 했다.

하지만 우연은 그렇게 하지 못했다. 혹시나 아저씨에게 전화가 올까 봐, 지금도 아저씨에게 전화가 올까 봐 전화를 켜 두고 함부로 받는 미친 짓을 했었다.

아빠가 이를 갈며 시근거린다.

"씨발, 내내 전화기가 꺼져 있어서 어디 처박혀 있나 했는데, 며칠 전에 서초동에서 뜨더니, 바로 인천 공항으로 가더니, 며칠 후에 김포 쪽에 뜨더란 말이지? 출국 금지 해 놓은 게 얼마나 잘한 일인지."

……역시.

"하늘이 무심치 않아서 오늘 드디어 발견한 거고."

아빠는 방구석에서 굴러다니던 굵은 나일론 줄을 가져오더니 우연의 손을 뒤로 돌려 무거운 탁자 다리에 단단히 묶어 버렸다.

"여, 여보, 내가 잘못, 콜록, 제발 용서해 줘, 다시는 안⋯⋯."

"주둥이 찢어 버리기 전에 닥쳐라?"

빡! 소리가 들렸다. 우연은 엄마가 어디를 어떻게 맞았는지 볼 수 없었다. 엄마의 비명이 한참 이어지더니 결국 엄마도 우연처럼 조용해졌다. 잠시 후 엄마는 맞은편 탁자 다리에 똑같은 자세로 묶였다.

"더러운 년, 왜 오줌은 싸고 지랄이야! 다시 몇 달 동안 오줌 봉지 차고 다니게 해 줘? 엉?"

"네년이 언젠가 이럴 줄 알았어! 결혼하고서, 바로 알았다고!"

"네년이 연애할 때 입버릇처럼 그랬지. 오빠는 왜 이것도 몰라, 왜 저것도 몰라, 오빠는 왜 이렇게 아는 게 없어! 그때 보지부터 째지 말고 아가리부터 확 째 놨어야 했어!"

"내가 그렇게 만만해? 내가 그렇게 만만하냐고! 대답해! 대답! 내 말이 그렇게 같잖아? 너 왜 이렇게 내 말을 무시해! 이 쌍년아, 대답하라니까!"

우연은 시야가 흐릿해진 눈으로, 아빠가 엄마를 묶어 놓은 상태 그대로 샌드백처럼 두들겨 패는 것을 바라보았다.

아빠는 정말 우리를 죽일 생각일까? 그게 아니라면 어떻게 사람을 저렇게 때릴 수 있을까.

아니, 아빠는 너무 오랜 세월 동안 엄마를 때려 왔다. 엄마를 어느 정도까지 때려도 죽지 않으리라는 것을 아는 것이다.

차라리 엄마나 나, 둘 중 한 명이라도 목숨 걸고 도망치는 도박이라도 했으면 어땠을까. 어차피 맞을 거, 바로 신고라도 했으면.

우연은 눈을 질끈 감았다. 지금 와서야 그게 무슨 부질없는 망상일까.

포기하면 편하다는 말은 맞다. 우연은 포기하고 싶었다. 포기하지 않고 싸우거나, 적극적으로 발버둥 치는 것은, 늘 힘들고 고통스러웠다. 아무것도 해결되지 않아도 좋으니 이제 그만 편해지고 싶었다. 더 살아 봤자 남은 미래가 지금보다 더 나을 것 같지도 않다.

순간 희미하게 어떤 목소리가 떠올랐다. 자욱한 안개 속에서 퍼지는 형상처럼 흐릿하고 습하게 퍼진 목소리였다.

'포기하면 아무것도 해결되지 않아. 나를 믿고 조금이라도 싸워 줘.'

'제발 조금만이라도 버텨 줘. 나머지는 내가 할게. 내가 목숨 걸고 다 해결할게.'

'영원한 고통은 없어, 우연아. 모든 폭풍은 반드시 끝나게 돼 있어.'

아, 제기랄. 하필, 이럴 때. 눈의 안쪽이 뻐근해지나 싶더니 순식간에 눈물이 툭 떨어졌다.

우연은 이를 악물고 뒤로 묶인 팔을 꿈지럭대기 시작했다. 어쩌면 이렇게 포기하지 않으려는 마음조차 그에 대한 사랑의 표현이 될 수 있을 것이다. 이렇게 버텨 보려는 마음도, 그가 베풀었던 사랑에 대한 감사의 표현이 될 수 있을 것이다. 우연은 눈물을 툭툭 떨구며 필사적으로 버르적거렸다.

나일론 끈은 탄력이 없어 강철처럼 손목을 옥죄었다. 손목을 비벼 댈수록 끈과 닿은 부분이 찢어지는 것처럼 아팠다. 손목이 잘리는 것처럼 지독하게 아프다.

그래도, 손만 빼면, 일단, 문만 열고 달려 나가면, 적어도 주인 할머니라도 깨우면.

할머니가 대신 신고라도 해 주면. 제발, 제발 좀 풀려 줘, 끊어져, 좀!

맞고 있는 엄마의 입에서는 이제 아무 소리도 나오지 않는다. 축 늘어진 팔다리, 힘없이 꺾인 고개, 얼굴을 뒤덮은 머리카락은 100년 된 담쟁이 넝쿨처럼 신산스레 엉켜 있었다.

천천히 눈이 감긴다. 다음은 내 차례. 난 엄마처럼 맞으면 아마 살지 못할 것이다.

죽음은, 생각보다 아주 가까이 있었다.

□　■　□

띠리리리, 띠리리, 띠리리.

번호를 확인한 이원의 미간에 날카로운 주름이 잡혔다. 전화기를 쥔 손등으로도 빡빡하게 혈관이 솟아오른다. 그의 주변으로 팽팽하게 긴장한 기류가 훅 차올랐다.

띠리리리, 띠리리, 띠리리.

하지만 그는 전화를 받지 않고 버텼다.

띠리리리, 띠리리, 띠리리.

띠리리리, 띠리리, 띠리리.

벨 소리가 이어질수록 이원의 표정은 점점 일그러졌고, 뒤에 서 있는 사람들의 표정이 기묘해졌다. 거실은 기묘한 긴장감으로 가득 찼다.

"씨발, 뭐 하는 거야! 왜 안 받아! 시끄럽잖아!"

"저, 전무님, 혹시……."

홍연의 조심스러운 목소리가 들렸다. 이원은 뒤도 돌아보지 않고 물었다.

"홍연 씨, 우연이에게 연락 온 거 없었죠."

"예. 전무님."

"미현이 너한테도 없었지?"

미현은 입술을 가늘게 떨다가 고개를 끄덕였다. 어디에서 온 전화인지 알 것 같다. 띠리리리, 띠리리, 띠리리. 이원은 계속 받지 않고 버텼고, 벨 소리는 이 상할 정도로 길게 이어졌다. 이쯤이면 지쳐서 끊을 듯도 한데?

후우.

이원이 긴 한숨을 쉬며 수신 버튼을 눌렀다. 미간에 긴 주름이 깊게 팬다.

"……예."

이원은 짧게 대답했다. 전화기에서는 아무 소리도 들리지 않았다. 이원 역시 아무 말도 하지 않았다. 거실에는 이제 팽팽한 긴장감과 무시무시한 침묵만 감 돌았다.

— …….

아주 가늘고 희미한 신음이 흘러나왔다. 가늘지만 날카롭고 절박한 소리가 토막토막 튀어나온다. 전화기가 멀리 떨어져 있는 것처럼 느껴졌다.

"……!"

순간 이원의 눈에서 불꽃이 튀었다. 하지만 그는 여보세요, 하며 큰 소리를 내는 대신, 입을 꽉 다물고 귀를 바짝 기울였다.

전화기에서는 세 사람의 목소리가 희미하게 흘러나왔다. 내용은 들리지 않 지만, 수화기 너머에 있는 사람이 누구인지는 뚜렷이 알 수 있었다.

미현은 이 사태를 도저히 이해할 수 없었다. 이원의 팔뚝으로 푸르게 혈관이 솟는 것이 보인다. 이원은 한 손으로 수화기를 가리더니 나직하게 말했다.

"홍연 씨, 경찰에게 신고하고, 우연이 번호로 위치 추적 부탁합니다."

"……우연이 지금 한국에 없어."

미현이 날카롭게 쏘아붙였다. 이원은 미현을 돌아보았다. 짙은 갈색 눈동자 에서 인광(燐光)이 튀었다.

"그럼 지금 어디 있어?"

"미국…… 마이애미에 가 있을 텐데……? 한국 사람 하나도 없는."

이원은 감정을 지그시 억누르며 조용히 말했다.

"멀리도 보낼 생각이었구나. 그런데 아무래도 출국을 못 한 모양인데. 일단

291

두 사람이 숨어 있던 곳 주소를 알려 줘."

"내가 왜? 지금 우리를 완전히 개털로 만들어 놓고, 온갖 뒤통수는 다 쳐 놓고 나한테 뭘 바라? 대체 왜 내가 그 아이와 오빠를 위해 협조를 해야 해?"

"유미현, 지금 사람이 잘못될지도 모르는데 그따위 소리가 나와?"

이원의 목소리가 지글지글 끓어오르기 시작했다. 미현은 차게 조소하며 팔짱을 끼었다.

"잘못되든 잘되든 그게 나하고 무슨 상관인데? 경찰이나 쫄랑쫄랑 따라가서 말해 보지 그래?"

"미현 양."

우 상무를 잡고 있던 박 이사가 조심스럽게 말을 끊었다.

"지금은 이렇게 싸우실 때가 아닙니다. 사람이 위험하면 일단 구하고 봐야죠. 나중에 이 사람들이 잘못되기라도 하면 미현 양에게도 크게 불똥이 튈 수 있습니다. 한 걸음만 양보하셔서, 그 여자가 숨어 있었던 은신처를 빨리 알려 주세요."

그러더니 이원을 바라보며 고개를 숙였다.

"전무님, 이 늙은 사람은 어려서 우 회장님이 발탁해서 키운 사람이라, 그쪽 집안 사정을 먼저 생각했던 건 맞습니다. 하지만 작고하신 한 회장님과 오랜 친구로 지냈고, 전무님께서 힘들어하시는 걸 늘 안타깝게 생각한 것도 사실입니다."

그는 간곡하게 다시 고개를 숙였다.

"그래서 두 집안을 최대한 다툼 없이 중재하고 연결하려 애를 썼는데 일이 이렇게 돼서, 저한테 섭섭하고 배신감을 느끼셨을 줄 압니다만……."

"이사님. 용건만 말씀하시죠."

이원의 목소리는 차분하면서도 말할 수 없이 차가웠다. 박 이사는 더 깊이 고개를 숙였다.

"그래도 그동안의 인연을 생각해서, 그리고 2년 넘게 도움을 받으셨던 걸 생각해서, 지금 미현 양이 한 번 더 양보하고 우연 양을 찾는 데 협조해 드리면, 우 상무님 고소 건은 반려해 주시기를 부탁드립니다."

이원은 박 이사의 희끗희끗한 머리를 한참 내려다보았다. 박 이사는 고개를 숙인 채 꼼짝도 하지 않는다.

이원은 박 이사의 말이 허언이 아님을 알고 있었다. 그가 우 이사와 한때 깊은 인연이 있던 사이인 건 맞았지만, 아버지와의 우정도 돈독했고, 아버지와 이원에게 여러모로 큰 도움을 준 것도 사실이었다. 적어도 박 이사의 마음에 음습한 악의가 없었음은 이원이 가장 잘 알고 있었다.

더욱이, 이런 상황에서조차 양쪽을 중재해서, 최대한 양쪽에 도움이 되는 방향으로 마무리하려 노력하고 있지 않은가.

현재 상황은 우 이사 집안의 완패였다. 협상이고 나발이고 끼어들 여지가 전혀 없는 상태였다. 하지만 노련한 박 이사는 이 실낱같은 기회조차 놓치지 않는다.

이원은 시선을 천천히 미현에게 돌리고 보일 듯 말 듯 고개를 끄덕였다.

······씨발. 이게 무슨 상황이야.

미현은 이를 꽉 깨물었다. 죽어도 알려 주고 싶지 않았다. 이원의 마음을 유일하게 사로잡았던 그 이상한 아이가 아비 손에 아예 뭉개져 버렸으면 싶기도 했다.

하지만 그 후폭풍을 감당할 자신까지는 없었다. 그나마 박 이사가 간신히 마지막 협상 자리를 마련한 것마저 헛되이 할 순 없었다. 꽉 물린 입술 사이로 씹어뱉는 듯한 소리가 한 토막씩 튀어 나갔다.

"출국 전까지 그 집 엄마는 김포 쪽 민박집에 숨어 있었어. 내가 아는 건 거기 주소까지야."

주소를 빠르게 받아 적은 이원은 박 이사를 향해 씁쓸하면서도 부드럽게 웃었다.

"아버지가 이사님을 끝까지 옆에 두셨던 이유를 알 것 같네요."

"……."

"그래요, 그럼 마지막 거래를 해 볼까요, 우 상무님."

"지금 와서, 씨발, 대체 무슨 거래를!"

"일혁이 넌 입 좀 다물어 봐! 넌 어째 그 나이를 처먹도록 나댈 때, 짜질 때를 구별도 못 하니, 엉!"

우 이사가 날카롭게 고함을 질렀다. 이원의 웃음이 조금 더 비틀렸다.

"미현이가 얘기해 준 장소가 맞고, 그 아이가 무사하다면……."

"……."

"그리고 상무님이 그간 공금 유용한 것 잘 채워 놓으시고, 저질러 놓은 일들을 잘 수습하신 후에 조용히 일선에서 물러나신다면, 소장 접수를 보류하고 자료 사본을 미현이에게 넘기도록 하겠습니다."

"뭐? 씨발, 왜 그걸 미현이에게 넘겨!"

일혁이 다시 벌떡 일어나는 것을, 이젠 우 이사가 기어이 주저앉힌다.

"정확히 말하면, 고발에 관한 결정권을 우성희 이사님 측에 드리겠다는 겁니다. 나중에 미현이가 배우를 그만두고 제대로 경영 수업을 받고, 실력도 충분히 인정받는다면 호텔 지점 중 한두 곳을 맡길 수도 있겠죠."

"뭐, 뭐가 어째?"

"2년간 저를 도와주었던 대가로, 그 정도면 괜찮지 않을까 싶습니다."

이원은 탁자에 놓여 있던 두꺼운 서류 봉투를 미현에게 밀었다. 미현은 멍청한 얼굴로 그것을 받아 들었다. 무엇엔가 홀린 것 같다.

"늦은 밤에 실례가 많았습니다."

이원은 말을 덧대지 않고 자리에서 일어났다. 우성희 이사가 벽에 기대 있다가 스르르 바닥에 주저앉아 흐득흐득 흐느끼기 시작했다. 우 상무의 입에서도 울부짖음이 터졌다.

"저 씨발, 새끼, 저 배신자 새끼. 흐흐, 흐어어, 거지 같던 새끼가 어디서!"

"……."

"아버지 말이 맞아. 암탉이 울면 집안이 망하는 거야. 여자들이 나대면 안 돼. 이 꼴을 봐, 이 꼴을 보⋯⋯!"

짝!

벌떡 일어난 우성희 이사가 따귀를 후려치는 바람에 우 상무의 악다구니가 멈춘다. 입 닥쳐! 네놈 새끼가 싸질러 놓은 짓이나 생각해! 이 머저리 등신 새끼야, 엉! 우 이사가 이를 갈며 으르렁대는 사이사이, 미현이 히득히득 이상하게 웃는 소리가 들린다.

이원은 뒤도 돌아보지 않고 밖으로 나섰다.

"홍연 씨, 경호팀 호출해서 따라오세요. 저는 먼저 출발하겠습니다."

이원은 여전히 통화 상태인 전화기를 거치대에 얹은 후 바로 시동을 걸었다. 홍연이 다급하게 만류했다.

"전무님, 조금만, 조금만 기다리십시오. 경찰에 신고는 됐고, 한 20분만 기다리면 경호팀과 함께 출발하실 수 있⋯⋯."

"그러면 늦습니다."

꽉 짓눌린 대답이 흘러나왔다. 그의 시선은 비명과 신음, 고함이 희미하게 흘러나오는 전화기에 박혀 있었다.

"사람이 죽는 데는 20분이 아니라, 이삼 분이면 충분합니다."

□ ■ □

제발, 제발, 조금만 더! 조금만, 더!

우연은 미친 듯이 묶인 손을 버르적거렸다. 빨랫줄로 쓰이는 나일론 끈은 끔찍하게 질겼다. 손목을 잘라 내고 싶을 지경이었다.

으으윽, 으윽.

간신히 팔을 빼냈을 때, 손목은 살짝 까진 정도가 아니라 피범벅이 돼 있었다. 아픈 것은 느끼지 못했다. 아빠는 엄마의 머리채를 잡고 주먹질을 하고 있었는데 엄마의 몸은 망그러진 인형처럼 덜렁덜렁 흔들리고 있었다. 이 빌어먹을 장면은 베이컨과 달리의 그림을 뒤섞어 놓은 것처럼 괴이하고 그로테스크했다.

우연은 벽을 타고 살금살금 기다시피 몸을 움직였다. 아랫배는 끊어질 듯 아프고, 하혈이 있는 것도 같고, 다리는 달달 떨렸다.

어차피 문이 열리는 순간 아빠가 발견할 것이다. 바로 본채로 뛰어가서 문을 걸어 잠가야 할까. 할머니가 문을 잠그고 주무시면 어떡하지. 내가 두드리는 소리를 못 들으면 어떡하지. 문까지의 거리가 너무나 먼데 어쩌지. 등으로 진땀이 흘렀다.

아저씨의 목소리가 다시 가슴을 징징 울려 댄다.

'포기하면 아무것도 해결되지 않아.'

맞다. 어차피 포기하면, 나는 여기서 죽거나 아빠에게서 영원히 벗어나지 못하게 될 것이다. 우연은 이를 악물었다.

'나를 믿고 조금이라도 싸워 줘. 제발 조금만이라도 버텨 줘.'
'영원한 고통은 없어, 우연아. 모든 폭풍은 반드시 끝나게 돼 있어.'

가슴 안으로 뜨거운 것이 울컥울컥 치민다. 아저씨에게 기댈 수 있던 시간은 이미 지났지만, 적어도 이 고통스러운 시간이 영원하지 않으리라는 말 하나는 위안이 되었다.

달그락.

문을 여는 순간, 아빠가 고개를 확 돌린다. 눈을 질끈 감고 문을 박차고 뛰어나왔다.

"저, 저년이!"

우연이 도망칠 거라고 생각도 못 한 아빠는 황급히 몸을 돌려 따라나섰다. 우연은 맨발로 달렸고, 아빠는 어둠 속에서 신발을 찾느라 약간 뒤처졌다. 하지만 주인 할머니가 있는 본채까지는 너무 멀었다. 한 걸음 디딜 때마다 아랫배가 찢어지게 아프다. 어떡해, 어떡해. 우연은 배를 움켜잡고 정신없이 뛰었다.

"할머니, 할머니! 사람 살려요, 할머니! 살려 주세요! 신고, 신고 좀⋯⋯!"

아아, 맙소사. 현관문은 잠겨 있었다. 우연은 아주 잠시, 주인집의 현관 유리를 박살 내고 뛰어 들어가야 하나 망설였다. 어떡해. 어떡해! 입술을 깨물며 뒤를 돌아보는 순간, 요란하게 헐떡대는 소리와 함께 고개가 뒤로 확 꺾였다.

"아악!"

우연은 머리채를 잡힌 채 그대로 바닥에 나동그라졌다.

"이 개쌍년이 어디 도망을 쳐? 아주 발모가지를 분질러 버려."

퍽, 퍽, 아빠는 말대로 우연의 다리를 짓밟았다. 비명도 제대로 지르지 못하고 흙바닥에 뒹굴었다.

"신고, 신고, 그놈의 신고, 다시는 그따위 소리 안 나오게 아가리를 아예 지져 놔야 정신을 차리지."

아빠는 우연의 머리채를 잡고 질질 끌고 가기 시작했다. 어느새 문 앞까지 다다랐다. 몸이 돌처럼 굳었다. 이제 저 안으로 들어가서 문이 닫히면, 뭐가 어떻게 될지 몰랐다. 우연은 손발을 허우적대며 뭐라도 손에 잡히는 것이 있나 더듬거렸다.

그래, 희망이 없다는 건 아는데, 정말 편하게 포기하고 싶은데, 그래도 죽을 때 죽더라도, 포기하지 않고 싸워야 할 것 같았다.

그것이 나를 그토록 사랑해 주었던 아저씨에 대한 예의일 것이다. 나를 사랑해 주고, 나를 위해서 눈물을 흘려 주었던, 그 진실한 마음에 대한 예의.

제발, 누구라도 좋으니 나를 좀 살려 주세요.

하지만 아무리 기를 써도 막대기 하나, 그럴듯한 유리병이나 돌멩이조차 잡히지 않았다. 보일러실 옆을 지나가며 문손잡이를 잡고 버텼으나, 주먹질 한 번에 그대로 손잡이를 놓쳐 버렸다.

바닥에 처박히는 순간, 보일러실 앞에 놓인 새까만 기름통이 보였다. 두 번 생각할 것도 없이 그것을 움켜쥐고 일어나 힘껏 휘둘렀다. 기름이 있어서인지 통은 무거웠고, 휘두르자 붕, 하는 위협적인 소리가 났다. 퍽, 소리와 함께 아빠가 나동그라진다.

"저, 저 씨발년이? 오냐, 해봐, 어디 해봐!"

우연은 통을 휘두르면서도 점점 뒤로 몰렸다. 아랫배와 다리가 끊어지는 것처럼 아파서 몸이 마음대로 움직이지 않는다. 팔에 점점 힘이 빠져 간다. 원래도 힘이 약한 데다가 며칠간 제대로 먹은 게 없었다. 휘두를 때마다 입에서 쇳내가 났다.

"아악!"

뒷덜미를 다시 잡혔다. 아빠는 우연의 손목을 비틀어 기름통을 뺏은 후, 우연을 방으로 질질 끌고 들어가 탁자 다리에 다시 묶었다. 아까와 달리 허리까지 친친 묶어 놓고는, 엄마의 허리도 새로 단단히 결박한다.

"우연이 너도 오늘 내 손에 죽을 줄 알아."

"……"

"이게 어디서 겁도 없이 이런 걸 들고 설쳐, 응? 어린애들은 이런 거 함부로 갖고 노는 거 아니야."

아빠가 우연이 휘둘렀던 기름통을 들고 오더니 비죽이 웃으며 이죽거린다. 뚜껑을 여는 순간 석유 냄새가 확 올라온다.

"으읍!"

머리 위로 기름이 콸콸 쏟아졌다. 입으로 기름이 들어가 구역질이 치밀었다. 우연과 엄마의 몸은 기름으로 흠뻑 젖고, 바닥에도 질펀하게 고였다. 아빠가 주머니에서 라이터를 꺼내 드는 순간 엄마가 미친 듯이 고함을 질렀다.

"여보, 왜, 왜 이래! 뭐 하려고 그래!"

298

"……아, 아빠."

"왜, 이제야 겁나? 칼을 한번 뽑았으면 무라도 썰어야지? 어차피 이렇게 됐으니, 우리 다 같이 죽고 끝내자고, 엉?"

눈앞이 천천히 흐려지기 시작했다. 구역질이 자꾸 치솟는다. 지독한 석유 냄새 때문이겠지. 엄마는 미끈대는 기름을 이용해 간신히 팔을 빼내고는, 아빠를 향해 두 손을 비비며 빌기 시작했다.

"하지 마, 하지 마, 여보, 죽을죄를 지었어. 시키는 대로 다 할게, 다시는 이런 짓 안 할게, 제발!"

우연은 천천히 눈을 감았다. 일이 이 지경이 되니 외려 마음이 평온해지는 것 같다.

다만 후회되는 것이 딱 한 가지 있었다.

나는 2년 전 마포 대교, 그 생명의 다리에서 멋지게 번지 점프를 했어야 했다.

거기서 아무도 만나지 말았어야 했다.

……그래서 그를 사랑하지 말았어야 했다.

"자, 다시 한번 말해 봐. 아빠를 경찰에 신고한다고?"

"우연아, 하지 마! 죽어도 안 한다고 해! 제발! 잘못했다고 빌어! 얼른, 우연아!"

엄마는 울부짖었고, 아빠는 손에 들린 라이터를 까닥이며 웃었다. 상황이 정리될 때쯤 항상 보게 되는 승자의 웃음이었다.

우연은 멍하니 위를 쳐다보았다. 어떻게 이 상황에서 웃을 수 있을까. 저렇게 이를 허옇게 드러내고, 저렇게 의기양양하게. 저렇게 비열하게. 뇌의 한 부분이 고장 난 게 아니고서야.

우연은 빙그레 웃으며 대답했다.

"같이 죽는 거 좋아하시네. 아빠 혼자 튈 거잖아."

아빠는 애초에 동반 자살 따위를 할 생각이 없다. 지금 라이터를 켜지 않으리라는 것도 안다. 아빠는 우리가 비굴하게 울면서 비는 모습을 보고 싶은 것뿐이다. 그걸 알면서도 아빠가 길들인 대로 반응할 수밖에 없다. 치가 떨리고 이가 갈린다.

우연은 이를 악물고 내뱉었다.

"불 질러. 맘대로 해 봐."

아빠의 얼굴이 확 일그러졌다. 우연은 입술을 힘껏 끌어 올리며 웃었다.

"이제 무서워하는 것도 지긋지긋하고, 도망치는 것도 지긋지긋해. 그냥 라이터 켜."

"정말 네년 몸뚱이에 불을 놔 봐야 정신을 차리지, 아직도 네가 잘못한 거 몰라? 어디서 큰소리야, 엉!"

아빠가 한 손으로 머리채를 잡아 고개를 확 들어 올리더니 라이터를 코앞에 들이대고 손가락을 까닥거렸다. 허리가 묶인 엄마가 두 팔을 한껏 버르적대며 찢어지는 소리로 울부짖는다.

우연은 멍하니 생각했다.

이상하다. 대한민국 한가운데서 이런 일이 벌어지고 있는데, 대체 사람들은 왜 아무도 와 보지 않을까?

이곳은 혹시 내 환상 속에 존재하는 세계인 걸까? 아니면 이승과 저승 사이에 존재하는 어떤 장소인 걸까? 산 자도 망자도 함부로 접근하지 못하는, 깊고 어두운 죽음의 골짜기 같은.

깊이 심호흡을 했다. 코가 둔해졌는지, 석유 냄새는 더 이상 느껴지지 않았다.

부우우우. 우우우.

끼이익.

아빠의 움직임이 멈췄다. 엄마도 비명 지르던 것을 멈추고 고개를 번쩍 들었다. 지금 이렇게 늦은 시각에, 이렇게 외진 곳까지 들어와 줄 사람이 누굴까.

갑자기 가슴이 미친 듯이 뛰기 시작했다. 호흡이 가빠 온다. 이상한 예감이 든다. 등으로 차가운 것이 주르르 흘러내려 온다.

달칵, 차 문을 여는 소리가 들린다. 툭, 툭, 툭, 툭, 툭. 차에서 내려서 문까지 오는 거리는 몇 발자국이 채 되지 않았다. 하지만 우연은 그게 누구의 발소리인지 너무나 잘 알고 있었다.

희미해져 가는 눈을 애써 깜박거렸다. 아저씨가 여기 와 있다는 게 믿어지지 않는다. 어떻게 알았을까? 내가 위험하다는 거 알고 온 걸까? 여기 있다는 건 어떻게 알고 오신 걸까?

여기 오셔도 괜찮을까?

쾅쾅쾅쾅. 문을 거세게 두드리는 소리가 들린다.

"계십니까?"

"사람 살려요, 살려 주세요!"

생각할 겨를도 없이 엄마의 고함이 터졌다. 빡, 아빠가 그 입을 후려갈기는 것이 보인다.

콰당!

아저씨는 바로 문을 부수고 들어왔다. 우연은 힘껏 눈을 치떴지만, 시야는 여전히 흐릿했다.

"우연아!"

아저씨의 표정이 보이지 않는다. 희미한 인영만 감지할 수 있다. 저 익숙한 실루엣, 저 그리운 목소리.

"우연아! ……하느님, 이, 이게……."

충격으로 덜덜 떨리는 목소리에, 눈에서 뜨거운 것이 욱하고 치솟았다. 바짝 말라붙은 줄 알았던 눈물이, 갑자기 폭포처럼 쏟아져 내렸다.

아저씨는 바로 다가오지 못하고 문가에서 멈춰 섰다. 아빠가 우연의 앞을 가로막고 코앞에 라이터를 들이댄 것이다.

"씨발, 거기서 멈춰! 멈추라고!"

"지금 ……뭐 하시는 겁니까."

"뭐 하는지 안 보여? 씨발, 이년 머리카락에 불 싸질러 버리기 전에 거기서 멈춰."

아저씨의 시선이 빠르게 주변을 훑어 내린다. 바닥을 구르는 석유통, 사방 가득한 석유 냄새, 기름을 뒤집어쓰고 있는 두 여자, 바닥에 쫙 퍼진 기름. 낮게 가라앉은 목소리가 다시 흘러나온다.

"당신 지금 무슨 짓을 하고 계시는지는 압니까? 당신 딸하고 아내 아닙니까?"

"딸? 아비 엄벌에 처해 달라고 탄원서 올리는 딸? 집 팔아서 도망치다 걸린 마누라? 다 필요 없어."

아저씨는 움직이지 못했다. 아빠는 아빠대로 얼굴이 처참하게 일그러졌다. 라이터를 든 손이 부들부들 떨리는 게 보였다.

아빠는 아저씨에 대해 이해할 수 없을 만큼 강한 적개심을 갖고 있었다. 딸에게 나쁜 짓을 했다는 증거 하나 없이 무작정 증오했다. 아빠는 자신보다 우월한 사람에 대한 열등감을 증오라는 감정으로 느끼는 것 같았다.

아빠는 정정당당하게 패배를 수용한 적이 없었다. 어렸을 때도 무슨 게임을 하다가 지면, 이길 때까지 다시 해야 직성이 풀렸고, 백 원짜리 돈내기를 했다가 져도, 무슨 핑계를 대서라도 돈을 주지 않았다고 했다. 공부를 잘하거나 운동을 잘하는 친구들에 대해서는 온갖 악의적인 소문을 퍼뜨렸다. 홀어머니 밑에서 자라 학력마저 변변찮았던 아빠는 그렇게 해야만 다른 사람들에게 만만하게 무시당하지 않는다고 믿었다.

갑자기 엄마가 찢어지는 목소리로 고함을 지른다.

"살려 줘요. 제발 살려 주세요. 신고 좀 해 주세요!"

탁, 타탁, 탁.

정물처럼 꼼짝도 안 하고 멈춰 있던 아저씨가 움직인 것은, 엄마가 소리를 지른 직후, 아빠가 잠시 몸을 돌려 엄마의 얼굴에 주먹을 휘두르던 찰나였다.

껑충, 껑충, 파팟, 우연은 아저씨의 동작이 아주 느린 슬로비디오처럼 느껴졌다.

"저 개같은 년이…… 악!"

아저씨가 번개처럼 달려와 라이터를 쥐고 있는 아빠의 손을 걷어찬다. 아빠의 손에서 튕겨 나온 라이터가 긴 포물선을 그리며 바닥에 떨어진다.

아아악, 엄마가 비명을 지른다. 아빠는 엄마의 발치에 떨어진 라이터를 잡으려 몸을 뻗다가 기름에 미끄러져 바닥에 나동그라졌다. 아빠는 급하게 일어나 엄마의 발치에 떨어진 라이터로 몸을 날렸지만, 라이터를 잡지는 못했다. 아저씨가 그의 머리채를 잡고 벽에 들이박기 시작한 것이다.

쾅! 쾅! 빡, 빠각!

벽이 무너질 것 같은 무서운 소리가 났다. 아저씨의 눈빛은 지금까지 보았던 어떤 눈빛과도 달랐다. 귀신에 사로잡힌 것처럼, 눈빛과 표정에서는 무시무시한 살기가 감돌았다.

"안 돼, 안 돼요, 아저씨! 하지 마세요! 아저씨는 그러면 안 돼."

우연은 목이 터져라 고함을 질렀다. 안 된다. 아저씨가 저러면 안 된다. 다시 눈물이 터졌다. 아저씨는 이를 악문 채 그의 머리를 계속 벽에 후려쳤다. 악, 악, 아악, 어느 순간 코피가 터진 아빠가 피투성이가 된 얼굴로 악을 쓴다.

"너 이 새끼, 이 자리에서 다 죽여 버린다!"

아빠는 간신히 아저씨를 뿌리치고 엄마 발치에 있는 라이터에 손을 뻗으며 몸을 날렸다. 하지만 엄마가 조금 더 빨랐다. 엄마는 그사이 발끝으로 라이터를 당겨 오른손으로 황급히 움켜잡았다.

아빠는 그대로 움직임을 멈췄다. 잠시 후 그가 말했다.

"내놔……. 좋은 말 할 때."

"……"

"지금 내놓으면 아무 짓도 안 하고 용서해 줄게."

순간, 우연은 눈을 의심했다. 엄마가 피투성이가 된 얼굴로, 아주 짧은 순간이지만 씩 웃었던 것이다. 잘못 본 줄 알았지만, 웃음소리는 너무 확실했다. 엄마는 기괴하게 웃으며 고개를 저었다.

"싫어. 미쳤어?"

"싫어……? 지금 웃음이 나? 이 씨발년이!"

아빠는 벌떡 일어나려다 다시 미끄러져 기름 위에서 호되게 굴렀다. 다시 일어난 아빠는 이제 엄마와 마찬가지로 기름에 흠뻑 젖은 상태가 되고 말았다. 아빠는 엄마에게 달려들어 라이터를 꽉 쥔 손을 움켜잡았다.

"내놔, 내놓으라고!"

엄마는 라이터를 감추고 내놓지 않으려 이를 악물고 버텼다. 아빠는 다시 엄마를 후려갈기며 팔을 꺾고 손가락을 펴려고 안간힘을 썼다.

"우연아, 정신 차려."

딱, 쩍, 쩍. 뺨이 얼얼했다. 아저씨가 뺨을 내리치고 있었다. 엄마 아빠가 실랑이를 하는 사이 아저씨는 우연을 데리고 나갈 생각인 듯했다. 하지만 탁자 다리에 묶어 둔 끈이 너무 단단했다.

"칼, 가위 같은 건?"

우연은 고개를 저었다. 무엇이 어디 있는지 아무것도 알 수 없었다. 아저씨는 몇 겹으로 단단히 묶인 매듭을 풀어 보려 했지만, 도저히 짧은 시간 내에 풀릴 것 같지 않았는지, 바닥에 바짝 엎드려 이로 끊어 보려 시도했다. 하지만 빨랫줄로 쓰일 듯한 굵은 나일론 줄이었다. 될 턱이 없었다. 아저씨가 끈을 힘껏 끌어당기며 절망적으로 중얼거렸다.

"대체, 왜 이렇게 단단히 묶은 거야. 손이 괴사할 것 같잖아."

아아, 어쩐지, 손에 감각이 없고 느낌이 이상하더라.

우연은 눈앞에서 벌어지는 모습을 멍청하게 바라보았다. 이 장면이 점점 현실과 붕, 떠서 괴리되는 것 같다. 애초부터 비현실적이었던 장소, 비현실적이었던 상황이었는데, 이제는 시간마저 이상하게 휘어서 흘러가는 것 같다. 현실이 현실 같지 않으니 무섭다기보다 괴기스럽게 느껴졌다.

"이거 놔! 이거 뭐 하는 거야!"

아저씨는 자신의 뒤에 매달려 나일론 끈을 끊어 내려 애를 쓴다. 엄마가 아빠의 한쪽 다리를 온 힘을 다해 끌어안고 있었다. 아빠는 발버둥을 치며 엄마를 떼어 내려 애쓰고 있는데, 엄마의 두 팔은 거대한 프레스처럼 아빠를 꽉 붙들고 놓아 주지 않는다. 아빠의 다른 한쪽 발이 엄마의 얼굴을 사정없이 후려치는데도, 엄마는 꼼짝도 하지 않는다.

우연은 멍청하게 엄마를 바라보았다. 엄마와 시선이 맞닿았다. 엄마는 여전히 웃고 있었다. 입술이 달싹거린다. 뭐라고 말하는지 들리지 않는다. 그저, 소름이 오싹 끼쳤다.

아저씨의 숨이 거칠어진다. 아저씨의 온통 일그러진 얼굴과 땀으로 범벅이 된 이마가 이제야 제대로 보인다.

"제기랄, 왜, 왜 이렇게……."

짜르르…….

찰칵.

엄마의 희미한 웃음소리가 흩어지며, 손에 쥐여 있던 라이터에 불이 붙었다.

38

비아 돌로로사
(Via Dolorosa)

우연은 멍청한 얼굴로 중얼거렸다.

"아저씨, 도망가요⋯⋯."

기름 먹은 아빠의 바지 자락에 불이 붙었다. 아빠는 바짓단에서 손바닥만 하게 너울대는 불꽃을 발견한 순간, 끓는 물에 처박힌 수탉처럼 미친 듯이 고함을 지르며 발버둥 치기 시작했다.

하지만 불티가 어떻게 튀었는지, 이번에는 바닥으로, 그리고 아빠의 한쪽 다리를 으스러질 듯 잡고 있는 엄마에게로 불이 옮겨붙었다. 불꽃은 바닥에서, 아빠와 엄마의 옷 위에서 작은 깃발들이 팔락거리는 것처럼 나부꼈다. 불이라는 게 이렇게 천천히 옮겨붙는 거였던가? 아니, 지금 이 방에서 시간이 이상하게 흘러가고 있는 건지도 모른다. 우연은 아저씨의 어깨를 이마로 힘껏 밀며 소리를 질렀다.

"아저씨, 도망가요. 얼른⋯⋯ 도망가라고!"

"소화기는, 잠깐만, 저기 멀찍이 있는 집이 주인집인가⋯⋯?"

"아 씨, 이딴 시골집에 그딴 게 있을 거 같아요? 얼른 가요, 제발 나가서 신고나 좀 해 주세요!"

우연은 이마와 어깨로 아저씨를 퍽퍽 밀어 대며 울부짖었다. 그의 뒤로 불길이 점점 세를 키우는 것이 보이는데, 아저씨는 아무것도 보이지 않는 것처럼 끈을 푸는 데만 집중하고 있었다.

불은 금방 우연의 발치까지 밀려왔다. 아저씨는 그제야 황급히 일어나 슈트를 벗어 들었다.

"아, 이런, 이게 무슨."

아저씨가 옷을 휘둘러 불길을 힘껏 두드렸다. 펑, 펑, 펄럭, 펄럭, 요란한 소리가 났다. 하지만 기름이 흠뻑 스민 바닥에서 치솟는 불길을 막을 순 없었다. 얼마 지나지 않아 기름을 먹은 슈트에도 불이 붙었다. 아저씨는 그것을 밟아 끄다가 옆으로 집어 던진다. 그리고 옆에서 소리 지르는 두 사람을 보고, 우연을 보고, 그들을 잠식해 들어오는 불길을 보고, 다시 우연을 보았다. 항상 침착하던 아저씨도 지금은 속수무책인 것처럼 보였다.

"잠깐만."

아저씨는 주변을 빠르게 둘러보더니, 두꺼운 이불을 끌고 와 가까이 다가오는 불길을 덮었다. 엄마와 아빠 쪽은 돌아보지도 않는다. 아예 귀가 먹통이 된 것처럼 행동했다.

이불에 눌린 불은 잠시 숨이 죽는 듯했지만 이내 가장자리를 날름날름 핥으며 더 크게 번지기 시작했다. 제기랄, 이불이 기름을 흡수했어. 좌우를 두리번대는 아저씨의 목소리에 초조함이 스며들기 시작했다.

"우연아, 수도는 어디 있어? 싱크대나 화장실 위치가……."

"마당에, 마당에 화장실하고 수도가 있어요."

아저씨는 한참 후 물을 대야에 가득 담아 들고 뛰어 들어온다. 그사이 불길은 이불 위로 훨훨 날아오르기 시작했다. 아빠의 처절한 고함이 터졌다.

"여기 불 좀 꺼! 나 좀 구해 줘! 이봐요 사람 살려, 악, 아아악! 이쪽 불부터 끄라니까!"

새삼 신기했다. 아내와 딸에게 기세 좋게 기름을 붓고 라이터를 켜서 협박하면서, 자신에게는 이런 일이 벌어질 수도 있다는 생각을 한 번도 안 해 봤을까? 아빠 어떻게 자기 운명에 대해 그렇게 자신만만할 수 있었을까?

촤아아!

얼굴로 찬물이 튀는 바람에 정신이 번쩍 들었다. 아저씨는 옷에 불이 붙은 두 사람에게 물을 붓는 대신 우연 앞에 놓아 둔 이불 위로 물을 부은 것이다. 아빠의 절망적인 부르짖음과 욕설이 튀어나오는데, 아저씨는 여전히 눈길 한번 주지 않고 젖은 이불을 뒤집어 우연에게 다가오는 큰 불길을 눌렀다.

"기름에 붙은 불은 물로 끄면 더 번진다. 이렇게 해 놨지만 얼마 못 가. 서두르자."

정말 이상하다. 엄마의 고함 소리, 아빠의 비명 소리는 온통 일렁일렁 찌그러져 들리는데, 아저씨의 목소리만 시원하고 뚜렷하게 귀에 들어온다.

아빠는 자신의 생각과 달리 도망치지 못하고 있었다. 아저씨에게 너무 호되게 맞아 머리가 이상해진 걸까. 아빠는 난생처음 들어 보는 높고 이상한 목소리로 울부짖고 있었다. 아 뜨거, 아 뜨거, 이거 놔! 놔아아! 이 개쌍년, 놔아아!

결박을 풀기 위해 한참 애를 쓰던 아저씨는 결국 자리에서 일어났다. 땀으로 범벅이 된 아저씨의 숨이 거칠었다. 입에서 괴로운 듯한 신음이 샜다.

"우연아. 엎드려."

"……네?"

"고개 좀 바짝 숙여 보자. 몸을 최대한 바닥에 붙여서."

"네."

"팔이랑 등이 좀 많이 아플지도 몰라. 미안해. 그래도 조금만 참자."

우연은 겁먹은 얼굴로 고개를 끄덕이고 몸을 바닥에 바짝 숙였다. 아저씨는 왜 이런 순간에조차 미안하다는 말을 해야 할까. 아저씨의 세상에는 왜 여전히 미안한 일밖에 없을까. 목이 메었다.

이마 위로 부드럽고 축축한 무언가가 촉, 하고 와 닿았다. 급하게 고개를 들었다. 시야를 가득 채운 것은, 메마르고 어둑어둑해 보이는 황무지의 색, 그리고 시커먼 얼룩과 땀과 물방울로 엉망이 된 일그러진 얼굴이었다.

"자, 이제 눈 감고."

그가 우연의 눈을 쓸어내려 감긴 것은, 이미 불길이 그의 등 뒤로 너울너울 치솟고 있을 때였다. 아저씨의 헐떡이는 날숨과 뒤에서 치솟는 뜨거운 열기가 훅 느껴진다.

……이상해.

이 모든 장면이 환각처럼 현실감이 없었다. 특히 이 장면에서 가장 이질적인 것은 아저씨였다. 이런 곳에 전혀 어울리지 않는 사람이 덜렁 들어와 있으니 이 장면이 비현실적으로 느껴지는 것이다.

퍽!

몸이 크게 흔들리면서 생각이 끊어졌다. 퍽, 퍽, 팍. 아저씨가 탁자의 다리를 발로 후려치고 있었다. 허리와 엉덩이 쪽으로 매서운 충격이 연속으로 박힌다. 팍, 빡, 뻑, 쩍, 쩍. 타격음은 점점 빠르고 과격해졌고, 우연은 팔이 비틀리고 부러질 듯한 충격을 꼼짝 않고 버텼다. 견고하게 들리던 타격음은 어느 순간 조금씩 달라지기 시작했다.

쩍, 빠직, 쩍, 쩍.

빠스스.

조금씩 어딘가가 어긋나고 비틀리던 소리를 내던 탁자 다리는 결국 맥없는 파열음과 함께 중동이 부러지고 말았다. 순간 균형을 잃은 탁자가 우연의 머리 위로 쾅, 소리를 내며 부딪쳤다. 눈앞이 깜깜해졌다.

"우, 우연아, 괜찮아? 괜찮아?"

아저씨가 기겁하며 황급히 우연을 끌어냈다. 우연은 등과 팔에 탁자 다리를 매단 채 질질 끌려 나왔다.

"괘, 괜찮아요…… 괜…….."

괜찮지 않았다. 아저씨 얼굴이 잘 보이지 않는다. 우연은 눈앞을 잠식해 들어오는 검은 안개를 걷어 내려 필사적으로 고개를 저으며 버둥거렸다.

하지만 움직인다고 생각하는 것은 뇌에서 일어난 일일 뿐이지, 몸은 사실 움직이지 않았다. 우연은 흐릿한 시야로, 부러진 탁자 다리에 여전히 결박된 몸과 맥없이 질질 끌려오는 다리를 확인하며, 자신이 전혀 움직이지 못하는 상태라는 것을 알았다.

무시무시한 공포가 치솟았다. 차라리 아까처럼 호되게 아팠으면 좋겠는데, 몸의 감각이 어떻게 되었는지 아무런 느낌이 없었다.

의식은 깜박깜박, 오락가락한다. 아저씨의 뒤쪽 머리카락에 불이 옮겨붙는 것이 보인다. 손을 내밀어 저 불을 꺼 주고 싶었지만, 몸이 말을 듣지 않았다. 으윽, 웁. 맨손으로 불을 눌러 끄는 아저씨의 짤막한 신음이 귓가에 스며든다.

……아아?

몸이 허공에 붕 떠오르는 것이 느껴진다. 자신을 속박하고 있던 나무 기둥과 나일론 줄이 드디어 바닥에 팽개쳐지고, 우연의 몸은 아저씨의 어깨에 걸쳐진다. 아저씨의 셔츠는 너덜너덜했고, 등은 맨살이 드러나 있었는데 이미 붉게 부풀어 있었다.

눈앞에 펼쳐지는 장면이 핸드헬드 롱 테이크 샷 영상처럼 흔들리며 이동한다. 방을 떠나기 직전, 가장 마지막으로 본 장면은 어떤 공포 영화보다도 그로테스크하고 기괴했다.

온갖 물건들이 지저분하게 흩어진 방의 한가운데, 검은 기름통이 섬뜩하게 굴러다니고, 방바닥을 핥고 있던 불길은 이제 몸을 한껏 일으켜 펄럭펄럭 긴 소매를 나부끼듯 춤을 추고 있었다.

그 불길의 한가운데, 한쪽으로 넘어진 탁자의 다리에는 엄마가 여전히 허리를 묶인 채 매달려 있었다. 그리고 엄마는 무시무시한 힘으로, 여전히 아빠의 다리를 붙잡고 있다. 눈을 크게 부릅뜨고 입을 한껏 벌린 채, 그악스럽게 소리를 지르며 버티고 있다.

이상해. 저렇게 힘이 센 엄마가 왜 지금까지 아빠한테 맞고만 살았을까.

아빠는, 그렇게나 힘이 세고 거침없던 아빠는 왜 엄마의 손에서 빠져나오지 못할까.

우연은 지금 이런 생각을 하는 자신이 인간이 아닌 이상한 존재처럼 느껴졌다.

"아아아아 으아아아아! 사람 살려, 살려 줘, 으아아악!"

아빠의 처절한 비명은 이제 모깃소리처럼 가늘게 들린다. 어느새 아빠의 팔과 다리, 등, 엄마의 머리카락으로 불꽃이 너울너울 기어오르기 시작한다. 엄마는 고통조차 느끼지 못하는 듯, 입을 크게 벌리고 우는 듯한 얼굴로 활짝 웃고 있었다.

□　■　□

왱왱왱왱, 왱왱왱왱.

삐잇, 삐잇, 삐잇, 삐잇.

홍연이 경호팀을 끌고 찍힌 주소에 도착했을 때, 현장은 이미 소방차와 경찰차의 붉은 경광등 불빛으로 사방 번쩍대고 있었다. 소방차는 아직 불길이 완전히 잡히지 않은 작은 건물에 연신 물을 뿌려 대고 있었는데, 본채 건물과 뚝 떨어진, 창고처럼 보이는 작은 건물은 이미 잿더미가 돼 있었다.

현장은 온 동네 사람들이 다 몰려나온 듯 웅성웅성 야단이었다. 홍연과 경호팀은 사람들을 헤치며 이원을 찾기 시작했다. 없었다. 우연도 보이지 않았다. 전화기는 두 개 모두 전원이 꺼져 있었다.

"우연이는 무사할까요? 설마 전무님이 어떻게 되신 건 아니겠죠?"

민정이 덜덜 떨리는 목소리로 물었지만, 홍연이라고 대답할 수 있을 리가 없었다. 설마 무슨 일이 생긴 건 아닐까? 병원 구급차도 와 있는 걸 보니 이원의 무사를 장담할 수가 없다. 속이 녹아내리는 것 같다.

경찰 두 명이 할머니 한 명을 붙잡고 사건 경위를 묻는 중이었다. 할머니는 귀가 어두운지 질문마다 두세 번씩 물어 댔고, 화통을 삶아 먹은 목소리로 떠들어 댔다.

"초저녁잠이 많아서 일찌감치 뻗어 자는데 현관문에서 시끄러운 소리가 갱갱갱 하는 거라, 시방 언놈의 손모가지가 문짝을 뽀사고 자빠졌지, 몽둥이 주워들고 나가니까, 글쎄 키가 쩌만치 커다란 장정 하나가 야차 몰골을 하고 별채에 불났다고 소방서에 전화 좀 해 달라는 거야. 보니까 창문으로 불이 널름널름하는 게 보이잖어? 자기는 이 환자 데리고 병원부터 가야 한다고 차에 타는데……."

홍연의 등줄기가 빳빳해진다. 키 큰 남자? 그럼 혹시 전무님……?

"차엔 쪼만한 여자가 시체마냥 널브러져 있는데, 그 방에 몇 달 살던, 조금 이상한 여자가 메칠 전에 데리고 온 딸이더만. 온몸이 피투성이에 눈이 뒤집힌 게, 완전히 사람 몰골이 아닌 거라."

시체마냥 널브러져? 피투성이? 그럼 혹시 우연이가……? 바짝 긴장해서 귀를 쫑긋 기울였다. 하지만 나오는 내용은 점입가경이었다.

"그 남자는 더 심했어. 세상에, 옷은 타서 너덜대고 얼굴도 시커멓고 등짝은 아예 시뻘거니 익었더라고. 어이구 끔찍해라. 그런데 그 꼴로 차를 타고 운전해서 나가더라고. 참말로 미쳤는갑다 했지."

맙소사, 머리가 지끈한다. 전무님 제정신이신가?

뒤를 돌아보니 민정도, 다른 경호 직원들도 얼굴이 새하얗게 변해 가는 것이 보인다. 할머니는 이제 손발까지 저어 가며 설명을 이어 갔다.

"정신이 번쩍 나서 얼른 밖으로 나왔는데, 아이고 이게 뭔 일이람. 그 속에서 시뻘건 게 툭 튀어나오는 거라. 온 몸뚱이에 불이 붙어 갖고 바닥에서 데굴데굴 구르는데, 아이구, 살아생전 그런 끔찍한 꼴은 처음이야. 살려 줘, 살려 줘, 불 좀 꺼 줘, 으아아, 으아악, 그 울부짖는 소리가 어쩌면 그렇게 끔찍할 수가."

"그래 간신히 수돗가로 가서 물을 담아 뿌려 줬는데, 옷은 다 타고 온몸이 머리 꼭대기부텀 발끝까지 시뻘거이 익어서 사람의 형상이 아니야. 그래도 질긴 게 사람 목숨이라고, 병원 차 올 때까지 숨이 붙어 있더라고. 방금 병원 차 타고 간 그 남자."

"하지만, 그 방에 들었던 아지매는 탁자에 꽁꽁 묶여서 타 죽었다 안 하나. 어휴 세상에, 내가 원 심장이 벌떡거려서."

홍연과 경호팀은 딱딱하게 굳은 얼굴로 주춤주춤 물러섰다.

……우연의 어머니는 죽은 건가?

이혼과 외국 도주로 인생의 새 출발을 꿈꾸었던 여자. 우연에 대해 비교적 자세히 알고 있던 민정도 하얗게 굳은 얼굴로 중얼거렸다.

"결국, 그렇게 돌아가셨네요. 저희가 조금만 빨리 왔어도……."

"저희도 바로 출발한다고 한 건데, 중간에 내비가 길을 못 잡아서……."

여기저기서 변명 아닌 변명이 흘러나온다. 홍연은 고개를 저었다. 지체한 시간은 고작 15분 남짓이었다. 전무님이 아무리 과속으로 달려 도착했다 해도, 도착 시간 차이는 크지 않았을 것이다. 그 짧은 시간에 이런 일이 벌어진 것이다.

만약 전무님이 그때 서둘러서 먼저 떠나지 않았으면, 일이 어떻게 됐을지는 아무도 모른다.

모인 사람이 망연자실하게 서 있는데 갑자기 홍연의 전화기에 모르는 번호가 떴다.

— 최홍연 실장님이십니까? 여긴 인천 K병원 응급실입니다.

□ ■ □

"……저는 괜찮습니다."

이원은 병실에 혼자서 조용히 앉아 있었다. 물론 그 말을 하는 주인공은, 늘 그렇듯 괜찮은 상태가 아니었다. 그는 환의도 입지 못한 채 상반신 전체에 붕대를 감고 있었다.

늦은 시각인데도 전문의 명찰을 단 담당의가 직접 와서 브리핑을 해 주는 걸 보면, 눈앞의 이 환자가 누군지 알고 있는 모양이다. 그는 이원이 '불행 중 다행히도' 유독 가스를 마신 건 아니고, 3도 화상까지는 가지 않았으며, 화상 부위가 얼굴이 아니라 등 쪽이라 눈에 띄지 않고, 화상 전문 병원에서 바로 응급처치를 한 덕에 흉터가 크게 남지는 않으리라는 어설픈 위로를 주워섬긴다.

"……하지만 당분간 통증은 어쩔 수 없을 겁니다. 수포가 군데군데 넓게 잡혀 치료 기간이 꽤 길 거고, 몇 주 동안은 일상생활이 어려울 정도로 아프실 수도 있습니다. 견디기 어려우시면 진통제를 처방해 드리겠습니다."

"괜찮습니다. 견딜 만합니다."

"전무님! 제발 그렇게 괜찮다 괜찮다 하지 마시고, 아프면 아프다고 말씀을 하세요! 안 아프신 거 아니잖아요."

"저는 정말 괜찮으니 가서 우연이 상태나 보고 와 주세요. 아직도 의식을 못 찾고 있는지."

"전무님? 지금 우연이도 여기 있어요? 혹시 어떻게 됐습니까?"

민정이 급하게 묻자 옆에서 처치하던 간호사가 끼어들었다.

"같이 온 환자분은 아직 의식이 회복되지 않았습니다. 전신에 타박상과 찰과상이 심하고 발목 염좌에 하혈도 계속되고 있습니다."

후우. 암울한 한숨이 일행 사이로 퍼졌다.

"저희가 좀 더 서둘렀어야 했는데, 정말 죄송합니다, 전무님. 그래도 두 분 모두 생명에 지장은 없으시니 불행 중 다행이긴 합니다만, 두 시간 넘게 연락이 안 되어서 얼마나 불안했는지 모릅니다."

"아, 전화기를 놓쳐서 깨지는 바람에 못 받았던 건데, 괜한 걱정을 끼쳤군요."

이원은 창가에 놔둔 전화기를 가리켰다. 전화기는 그냥 떨어뜨려서 깨졌다고 하기에는 믿을 수 없을 만큼 완전히 부서진 상태였다. 홍연이 의아한 얼굴로 고개를 갸웃하자 이원이 덤덤한 목소리로 덧붙였다.

"······우연이를 조수석에 앉히면서 전화기가 떨어졌는데, 모르고 운전을 했다가 바퀴에 깔려서 이 지경이 됐습니다. 걱정시켜서 미안합니다."

이원은 말을 잠시 멈추다가 고개를 들었다.

"김현주 씨와 진형식 씨는 어떻게 됐습니까?"

"김현주 씨는 묶인 상태 그대로 현장에서 사망했다고 합니다. 그리고 진형식 씨는 앰뷸런스에 실려서 조금 전에 이 병원으로 왔다고 들었습니다만, 어떻게 됐는지······."

이원의 어깨가 보일락 말락 꿈틀, 하는 것이 보인다. 홍연의 등으로 천천히 냉기가 흘러내렸다. 방을 나가려던 담당 의사가 뒤를 돌아보더니 어색하게 웃으며 대답했다.

"······아, 그 환자는 다행히, 방금 의식을 회복했습니다."

과연 다행일까?

이원을 따라 중환자실로 면회를 간 홍연은, 제일 먼저 그런 생각을 했다.

과연, 살아 있는 것이 다행일까? 의식을 회복한 것이 다행일까?

그는 '머리끝부터 발끝까지'라는 문자 그대로 온통 흰 붕대에 감겨 있었다. 붕대 사이로 보이는 것은 소리를 지를 때마다 보이는 붉은 입과 두 개의 콧구멍뿐이었다. 눈도 어떻게 되었는지 모조리 붕대에 감겨 있어서, 그는 옆에 누가 왔는지 전혀 알아보지 못했다.

그는 옆에서 기척만 들리면 고함을 질렀다. 진통제, 아아악, 아아아, 진통제 좀 놔 줘, 죽겠어, 죽겠어! 씨발, 사람이 죽겠는데 왜 안 놔 줘어! 간호원, 간호사 빨리 와 봐!

그는 숨을 들이쉬고 내쉴 때마다 고통스러워 발버둥 쳤고, 발버둥 칠 때마다 아파서 울부짖었다. 이미 진통제 허용 용량을 초과했기 때문에 안 된다는 설득 따위는 전혀 먹히지 않았다.

이원이 그를 말없이 내려다보는 것을 보며, 홍연은 조금 섬뜩해졌다. 이원은 형식이 몸부림치며 고통스러워하는 것을, 아무런 기척도 없이, 무표정하게, 오랫동안 내려다볼 뿐이었다. 연민도 분노도 당혹감도 전혀 느껴지지 않는다. 형식은 이원이 간호사인 줄 알고 계속 약을 졸라 대다가 다시 욕설을 퍼붓는다.

홍연은 얌전히 손을 모으고 기다렸다. 이원이 무슨 생각을 하는지 추측하는 것이 두려웠다.

아니 사실은 현장에서 무슨 일이 있었는지 알게 되는 것이 두려웠다. 경찰도 사건 조사를 위해 병원에 들렀다가 형식의 몰골을 보고 말도 못 붙이고 돌아갔고, 이원은 참고인 조사에 응하는 대신 변호인을 통해 경위서와 답변서, 증거자료만 제출하는 중이었다. 이원이 몸을 돌려 복도로 나오더니 무심한 목소리로 묻는다.

"우연이는 어떻다고 합니까?"

"비슷하다고 합니다. 의식은 있는데, 여전히 아무 말도 없고, 반응도 없다네요."

이원은 말없이 고개를 끄덕이며 자신의 병실로 걸음을 옮겼다.

ㅁ ■ ㅁ

우연이 의식을 회복한 것은 형식이 의식을 찾고도 이틀이나 더 지난 후였고, 면담을 허락받기 위해서는 이틀을 더 기다려야 했다. 그나마 불행 중 다행으로 화상은 가벼웠고, 하혈은 얼추 멎었으며, 이제는 팔다리도 조금씩 움직인다고 했다.

하지만 진짜 문제는 그게 아니었다. 우연은 말을 하지 못했다. 아니, 말뿐 아니라 주변의 어떤 자극에도 반응을 보이지 않았다. 하루 종일 벽만 보고 앉아 있다가 밥을 주면 먹고, 졸리면 잤다. 멍한 눈으로 복도를 배회하기도 했다.

다만 이원이 면회를 갔을 때만 반응이 달랐다.

"우연아."

벽을 보고 앉아 있던 우연은, 이원이 부르는 소리에 천천히 고개를 돌렸다.

하지만 눈이 마주치자마자 얼른 고개를 숙이고 만다. 우연의 푸르딩딩하게 멍든 얼굴과 피딱지가 앉은 모습을 본 이원은 주먹을 지그시 쥐고 잠시 말을 멈췄다가 낮은 목소리로 다시 물었다.

"몸은 좀 어떠니?"

우연은 대답하는 대신 몸을 주춤주춤 돌리더니 이원을 등지고 돌아앉았다. 그것도 모자라 무릎 사이에 얼굴을 묻고 귀까지 막는다. 이원은 한참 동안 대답을 기다렸지만, 우연의 등은 점점 더 조그맣게 움츠러들었다.

"우연아. 어머니 돌아가셨어."

이원은 문가에 선 채, 동그랗게 구부린 등에 대고 말했다. 여전히 우연은 꼼짝도 하지 않았다. 하지만 다음 말에서 약간의 반응이 보였다.

"아버지는 살아 계시고. 이 병원에서 치료를 받는 중이야."

자그마한 어깨가 벼락이라도 맞은 것처럼 꿈틀, 한다. 하지만 여전히 돌아보지도 않고 대답도 돌아오지 않는다. 이원은 벽에 대고 말을 하듯 조용조용 말을 이었다.

"어머니 장례식은 아직 못 했어. 경찰 조사가 끝난 후에야 치를 수 있을 거야. 정 관장이 알아서 준비할 건데, 참석하기 싫으면 가지 않아도 돼."

"……"

"너 무사한 거 봤으니 됐다. 얼른 건강 회복하고, 앞으로는 아프지 마라."

문을 닫고 나오는 이원의 얼굴이 너무나 담담해서, 홍연은 그가 작별 인사를 하고 나온 거라는 것을 나중에야 깨달았다.

이원은 그 후로 우연의 병실에 찾아가지 않았다.

□ ■ □

"퇴원하겠다고 말해 두었습니다. 그간 일이 너무 밀려서요. 나머지 치료는 서울에서 받도록 할 테니 수속 부탁합니다."

호출을 받고 병실에 들어가니, 마침 간호사가 이원의 상처를 소독하던 중이었다. 이쪽으로 돌아앉아서 팔 좀 들어 주세요, 하는 간호사의 말에, 이원이 등을 보이며 돌아앉아 두 팔을 들어 올린다.

홍연은 저도 모르게 얼굴을 구겼다. 상반신을 감고 있던 붕대가 풀려 있었는데, 붉게 진피가 드러난 얼룩들은 생각보다 컸다. 표정은 덤덤했지만, 솜이 상처에 닿을 때마다 숨이 짤막하게 끊어지며 어깨 근육이 움찔거렸다.

홍연은 조심스럽게 물었다.

"우연이는 어떻게 할까요? 전무님하고 같은 병원으로 옮길까요?"

처치하는 내내 눈썹 하나 찌푸리지 않던 이원은 우연이라는 말에 대놓고 미간을 구겼다.

"……왜요?"

어이가 없었다. 지금까지 한 짓을 생각하면 당연한 거 아닌가? 멀찍이 떨어져 있으면 걱정돼서 어떻게 살려고? 매일 상태 확인하라고 인천까지 사람 보내서 달달 볶아 댈 참인가?

소독과 처치를 마친 간호사가 붕대를 다시 감기 시작하자 그제야 제대로 된 대답이 이어졌다.

"그때 무사한 거 보고 왔으면 된 거죠. 작별 인사까지 하고 오지 않았습니까."

"……작별 인사요?"

홍연은 그의 얼굴을 멀뚱멀뚱 바라보았다. '얼른 건강 회복하고, 앞으로는 아프지 마라.' 가 작별 인사였어? 대체 그걸 누가 작별 인사라 생각할까?

이원은 고개를 비스듬히 돌려 홍연의 얼굴을 힐끗 바라보더니 내키지 않는 목소리로 덧붙였다.

"제가 도의적으로 도울 수 있는 선도 이 정도까지일 겁니다. 어차피 끝난 사이이니, 제가 옆에 있어 봤자 서로 괴롭기만 할 거고요. 얼굴 안 보는 게 서로에게 나을 겁니다."

기가 막혀서 말도 나오지 않는다. 이원이 우연을 어떻게 생각하는지는 홍연이 아주 잘 알고 있다. 더욱이 우연을 건드렸다는 이유로 우 이사 집안을 작살 내고, 말 그대로 목숨을 걸고 우연을 화마에서 구해 냈다. 그래 놓고 이런 반응은 너무 가식적이다.

홍연의 얼굴을 본 이원이 헛헛하게 웃는다.

"제가 우연이를 많이 염려하는 건 맞습니다. 당분간 신경이 많이 쓰일 거고 걱정도 되겠지요. 하지만 그것과는 별개로 우리 관계는 끝났어요. 더는 왈가왈부하지 않으셨으면 좋……."

말이 멈춘다. 이원은 시선을 문 쪽으로 둔 채 가만히 눈을 깜박거렸다. 울대뼈가 물결치듯 길게 움직였다.

홍연이 닫고 들어왔던 문이 살짝 열려 있었다. 문은 한 뼘 정도 열리더니 그 상태로 얌전히 멈춘다. "왜, 전무님 뵈러 왔으면 들어가 보시지 않고요." 보드랍게 달래는 듯한 목소리는 송 여사다. 송 여사는 아예 이 근처에 방을 잡아 두고 병원에 드나들고 있었다.

"제가 오늘 전무님 퇴원하신다고 얘기는 했어요. 아무 반응도 없어서 못 들은 줄 알았더니……."

송 여사가 난처한 듯이 말끝을 흐렸다. 송 여사는 의외로 우연을 아끼고 살뜰하게 챙겼다.

이원은 고개를 숙인 채 입을 다물었다. 잠시 후, 그는 짧게 한숨을 쉬더니 문틈으로 보이는 그림자를 향해 희미하게 웃어 보이며 손짓했다.

"나 보러 왔으면 들어오지 그러니."

하지만 우연은 여전히 문밖에 서 있고, 대답도 하지 않는다. 이원은 그녀의 짧아진 머리카락과 멍든 팔, 그리고 환자복만 볼 수 있었다.

이원의 얼굴에서 천천히 미소가 사라진다. 그는 이제 살짝 열린 문틈만 바라보고 있다. 아무런 표정도 없이, 예의 익숙한 미소만 띤 채, 꼼짝 않고 그 지점만 바라본다.

홍연은 두 사람의 반응이 모두 정상은 아니라고 생각했다. 이원은 지나치게 태연했고, 우연은 지나치게 두려워하며 회피했다. 다만 고통을 제대로 된 방법으로 표현하지 않는다는 점만은 두 사람 모두 동일했다.

간호사가 물건을 정리하고 나간 후, 홍연도 송 여사와 함께 자리를 피해 주었다. 한동안 어색한 침묵이 이어졌다.

"나 다쳤을까 봐 걱정돼서 온 거라면, 염려 안 해도 된다. 처치를 일찍 해서 흉터는 크게 안 남을 거고, 그래도 거슬리면 수술하면 된다고 하니까."

이원은 다소 껄끄러운 목소리로 먼저 말을 붙였다.

"말도 없이 도망쳐서 일이 이렇게 된 건 유감이지만, 나를 거절한 일로 미안해하지는 않았으면 좋겠어. 나는 결혼해서 따뜻한 가정 꾸리는 걸 원했고, 넌 그걸 거절했을 뿐이니까. 네 말이 맞아. 누구든지 원치 않는 결혼은 거절할 권리가 있지."

문밖에 서 있는 작은 그림자는 여전히 움직이지 않는다. 하지만 우연이 귀를 기울이고 있다는 것은 보지 않아도 알 수 있었다.

"평생 결혼하지 않겠다는 네 결정이 잘못됐다고 생각하진 않아. 어린 나이의 치기라고 생각하지도 않아. 사랑이 끓어오르는 동안 곁에 머무르다가 식으면 미련 없이 정리하는 것도 어떤 사람들에겐 현명하고 좋은 방법이겠지."

"……."

"하지만 우연아, 나는 그렇게 살 수 없어. 난 그런 불안정한 관계를 견딜 수 없을 거야. 그러면 끝내는 게 맞지. 결혼이든, 비혼 동거든 두 사람이 모두 동의해야 하는 거니까."

이원의 긴 독백에도 문밖의 그림자는 꼼짝 않고 서 있기만 한다. 이원은 짧게 웃었다.

"솔직히 말하면, 난 시간을 두고 널 설득하려고 생각했었어. 그러면 네가 결국 허락할 거라고 자신했지. 하지만 네가 남겨 둔 그림을 보고 그럴 수 없다는 걸 알았어. 나는, 너하고 있을 때는 늘……."

이원은 잠시 말을 골랐다. 우연과 함께 있을 때 '한이원'이라는 인간이 어느 정도까지 붕괴하고 해체되는지, 그 낯설고 절망적인 느낌에 대해 어떻게 설명해야 할지 곤혹스러웠다.

"……내가 아니었더라."

이원은 여전히 미소를 머금은 채 고개를 돌렸다. 문밖에 서 있는 아이가 소리 없이 흐느끼는 것을 알았지만, 그것을 보고 싶지는 않았다. 적어도 자신은 우연보다 나이가 훨씬 많고, 이성적이며, 사회에서 오래 버텨 온 성인이었다. 사랑하고, 헤어지고, 다시 사랑하고, 다시 헤어지는 순간을 이렇게 담백하고 이성적으로 넘길 수 있는 힘 역시 나잇값이라 불리는 잡다한 능력 중 하나일 것이다.

"걱정돼서 온 거면 난 괜찮고, 인사하러 온 거면 고맙고. 너도 부디 건강하게 잘 지내렴."

"……"

얼마나 긴 시간이 흘렀을까. 타박, 타박, 타박. 슬리퍼 소리가 길게 늘어졌다. 이원은 점점 작아지는 소리를 들으며 우연이 몸을 돌려 병실로 돌아가는 것을 알았다.

조용히 자리에서 일어났다. 복도로 나가니 어깨를 축 늘어뜨린 우연이 천천히 걸어가는 모습이 보였다. 이원은 한 걸음, 한 걸음, 그녀가 발을 디디며 멀어지는 모습을 보는 것이 고통스러웠지만 눈을 뗄 수 없었다.

저 자그마한 아이는 가도 가도 슬픔과 고통으로만 점철된 기나긴 길을 걷도록 운명 지어져 있는 것 같았다.

그 길을 함께 걸어 주고 싶었다. 힘에 부치면 손을 잡아 주고, 때로 많이 힘들면 안고, 업고 그 길고 힘든 길을 같이 걸어가고 싶었다.

그런데 너는 왜 그걸 거절하고 기어이 혼자 그 길을 가겠다는 거니.

이원은 이제 치솟는 의심을 방치하기 시작했다.

나는 너에게 어떤 의미였을까.

너는 나를 사랑했을까? 내가 사랑하는 만큼 너도 나를 사랑했을까?

혹은 네 걱정대로, 너의 사랑은 경조증 상태에서 성욕이 기승할 때 필연적으로 따라오는 열띤 감정 상태였던 걸까? 그래서 그렇게 단칼에 자르고 떠날 수 있었던 걸까?

우연은 복도 끝으로 자취를 감출 때까지 한 번도 이원을 돌아보지 않았다. 이원은 왜인지 그것마저 그녀답다는 생각이 들었다.

김현주의 장례식은 보름 후, 인천의 한 공원묘지에서 수목장으로 이루어졌다. 부검과 사건 조사가 마무리될 때까지 장례식이 미뤄졌다.

딸은 참석하지 않았고, 어찌어찌 연락을 받은 몇 명의 친척과 전신을 붕대로 감은 전남편만 휠체어에 실려 왔다. 분골이 나무 주변에 훌훌 뿌려질 때, 그는 제대로 나오지도 않는 목소리로 꺽꺽대며 통곡했다. '이젠 다 필요 없다, 나는 살 희망이 없다, 나는 현주를 따라갈 거다.' 하며 발작하듯 울부짖었으나 그녀의 친척들은 고개를 돌리고 귀를 막았다. 그들은 전남편에게 할 말이 무척 많은 듯 보였으나 그의 앞에서 감히 입을 열지는 못했다.

병원으로 돌아온 형식은 딸이 입원해 있는 방으로 찾아갔다.

"엄마가 죽었는데, 네년은 어떻게 오지도 않아!"

머리끝부터 발끝까지 붕대로 칭칭 감고 나타난 아버지를 보고, 우연은 새하얗게 질렸다. 여전히 말 한마디 하지 못한 채, 침대 구석에 몰려 머리를 손으로 감싸고 몸을 잔뜩 오그렸다.

"너 때문에 엄마가 죽었는데, 네년은 왜 장례식에도 오지를 않아! 네가 기름통을 들고 나대지만 않았어도 엄마는 죽지 않았어! 그러고도 숨을 쉬고 밥을 먹어? 네가 사람이야?"

간병인이 황급히 휠체어를 밀고 밖으로 나갈 때까지, 아니 병실로 돌아갈 때까지 그는 계속 소리를 지르며 울부짖었다. 너 때문이야, 너 때문이야! 너만 얌전히 있었으면 엄마는 죽지 않았어!

병실 간호사가 우연에게 황급히 달려왔을 때, 우연은 열 손가락이 하얗게 되도록 시트를 움켜쥐고, 숨도 제대로 쉬지 못한 채 침대에 엎어져 있었다.

□ ■ □

"……퇴원시키세요."

보고를 받은 이원은 이사회를 잠시 중단시키고 옆의 집무실로 들어왔다. 그는 창밖을 바라보며 한참 동안 서 있었다. 입가를 쓸어내리고, 길게 심호흡을 되풀이한다. 시간이 꽤 흐른 뒤에야 그가 낮게 가라앉은 목소리로 덧붙인다.

"우연이는 상처가 크지 않고 통원 치료가 가능한 상태니, 굳이 아버지와 같은 병원에 있을 필요는 없겠죠."

그의 눈치를 살피던 홍연이 조심스럽게 말했다.

"우연이는 여전히 아버지의 그늘에서 벗어나지 못하는 모양입니다. 이제 그 인간은 아무 짓도 할 힘이 없는데……."

"글쎄요. 정신을 망가뜨릴 힘은 여전히 남아 있는 것 같은데요."

"……"

"아기 때부터 사랑과 폭력으로 길들인 아버지와 싸우는 일은, 반항심이나 의지만으로 되는 건 아닐 겁니다. 그녀의 세계에선 아버지가 신과 비슷한 위치일 테니, 세상에서 제일 버겁고 희망 없는 전쟁이겠죠."

맞다. 그 인간은 이제 딸에게 엄마의 죽음이라는 가책까지 뒤집어씌워 새로운 족쇄를 채우는 중이었다. 홍연은 무겁게 한숨을 쉬며 말했다.

"그 인간은 대체 언제까지 다 큰 자식의 정신을 지배하려는 걸까요."

"죽기 전에는 벗어나기 쉽지 않을 겁니다. 아버지가 먼저 죽든, 딸이 먼저 죽든."

부정할 수 없었지만, 우연에게는 너무 암담한 미래였다. 이원은 등을 돌린 채 말을 이었다.

"우연이 치료비는 이쪽에서 정산한다고 해 주세요. 아직 아무 경황도 없을 테니 작은 아파트라도 하나 구해서……. 아니, 내가 그것까지 신경 쓸 일은 아니겠군요. 음……."

눈썹을 찌푸리고 발끝으로 바닥을 툭툭 치던 이원이 고개를 들더니 뒤를 돌아본다.

"……그렇죠. 우연이는 신인 공모전 출신 작가이니, 과천 아트빌리지에 5년간 입주할 권리가 남아 있군요."

표정은 여전히 덤덤했지만, 목소리가 한 톤 정도 올라간 것을 홍연은 바로 알아차릴 수 있었다. 이원은 그것을 인식하지 못하는 듯, 여전히 똑같은 표정으로 말을 이었다.

"아트빌리지는 보안도 괜찮고 예술인을 위한 심리 상담도 제공되니까, 치료 받으면서 조용히 지내기엔 나쁘지 않겠습니다. 우연이가 괜찮다고 하면 바로 그곳으로 들어갈 수 있게 수속해 주세요."

홍연은 속으로 씁쓸하게 웃었다. 신경을 쓰려면 제대로 쓰든가, 끊으려면 확 끊든가, 한 가지만 하라고, 한 가지만. 당신답지 않게 대체 무슨 짓이냐고.

하긴, 그게 말처럼 쉽겠냐만.

한이원 전무는 업계에서 차가운 경영자로 평가받고 있었다. 사업의 진입과 후퇴에 관한 판단이 빠르고 정확했고, 인사(人事)는 냉정했으며, 매몰 비용에 미련을 두지 않았다. 그래서 따뜻한 성품과 예의 바른 태도에도 불구하고 그에게는 인간적인, 이라는 수식어 대신 냉철한, 이라는 수식어가 자주 따라붙곤 했다.

하지만 한이원이라는 개인 모드로 스위치가 켜지면 미련할 만큼 정이 깊고 감정의 꼬리가 긴 사내가 나타났다. 그는 아낌없이 사랑을 줄 줄 알고, 받기도 원했으며, 공감 능력이 뛰어난 만큼이나 외로움도 많이 탔다. 특히 아끼는 대상을 잃는 것을 심하게 고통스러워했다. 한 사람이 이렇게 전혀 다른 두 개의 모드로 살아가는 게 가능한지 이해하기 어려울 정도였다.

이런 사람이 자신의 모든 소유와 미래를 걸고 사랑한 여자에게 버림받았을 때, 거기다 가장 소중한 성역을 모독당했을 때, 과연 어떤 얼굴이 나타날까. 홍연은 조마조마했다. 지금은 저렇게 태연한 척 창밖을 바라보고 서 있지만, 속에서는 재깍재깍 시한폭탄 돌아가는 소리가 들리는 것 같다.

대체 당신 같은 사람이 왜 이렇게 얼토당토않은 감정에 빠지게 되었을까.

당신은 왜 그렇게 지독하게 어울리지 않는 여자를 사랑하게 되었을까.

이원이 유리창에 비친 자신의 얼굴을 손가락으로 문지른다. 뭔가 마땅치 않은 듯했다. 등을 돌리고 있어서 표정이 보이지 않는다고 생각하겠지만 깊이 일그러진 미간과 팽팽하게 긴장한 입술이 유리창에 희미하게 비쳤다.

한참 후, 그가 유리창에서 손을 떼고 천천히 고개를 돌렸다. 얼굴은 다시 차분한 표정으로 돌아가 있었다.

"오늘 회의 마치고 분양 사무실에 들렀다가 인천에 가 보겠습니다. 최 실장님은 먼저 퇴근하세요."

"우연이 병문안입니까? 퇴원 전에 한번 만나 보시려고요? 제가 모시겠……."

"아뇨. 진형식 씨 병문안입니다. 우연이는 만나지 않습니다. 안 오셔도 됩니다."

딱 자른 대답이었다. 홍연은 어안이 벙벙했지만, 이원은 그의 시선을 무시하고 회의실과 연결된 옆문을 열고 들어가 의장석에 앉았다.

"회의 계속합니다."

□　■　□

"몸은 좀 어떠십니까. 위독한 고비는 넘기셨다고 들었습니다."

꾸벅꾸벅 졸던 형식의 간병인은 낯선 목소리에 화들짝 놀라 일어났다. 키가 큰 사내 한 명이 침대 옆에서 형식을 내려다보고 있었다. 짙은 회색 양복 차림의 그는 어깨가 넓고 다리도 긴 편이었는데, 깨끗하고 반듯한 이목에 붉고 선이 단정한 입술까지 합쳐지니 연예인처럼 보였다. 그는 눈을 비비며 일어나는 간병인에게 웃으며 인사를 하더니 들고 온 과일 바구니와 음료수 상자를 내주었다.

간병인이 알기로, 이 사람은 환자를 병문안하러 온 첫 번째 손님이었다. 환자를 찾아오는 손님이라곤 사건을 조사하는 형사인지 검사인지 하는 안경잡이와, 병실 밖에서 유령처럼 서 있다가 소리 없이 돌아가는, 정신이 약간 이상해 보이는 딸뿐이었다.

"씨발. 네놈 새끼가 여기 왜 와? 죽고 싶어서 온 거야? 엉?"

하지만 환자는 첫 번째 문안객을 반가워하기는커녕 냅다 소리부터 질렀다. 남자에게 별다른 반응이 없자 불똥이 간병인에게 튀었다.

"아줌마, 이 개새끼는 왜 들여보냈어? 일 똑바로 안 해?"

간병인은 옆으로 주춤대며 물러앉았다. 옆에 있으면 언제 엉뚱한 벼락이 떨어질지 몰랐다.

환자는 화상이 몹시 심했는데, 상처보다 성격이 더 끔찍하게 느껴질 지경이었다. 약 기운이 떨어질 때마다 욕설과 고함이 쉴 새 없이 쏟아져 나왔고, 참을 필요가 없는 사람에겐 정말 아무것도 참지 않았다. 의사에겐 고분고분했지만, 간호사에겐 반말을 했으며, 간병인에게는 가리는 말이 없었다. 보름 동안 간병인이 세 명이나 갈려 나갈 정도였다.

'거 아줌마 월급 얼마나 받아? 허? 그 정도나 받아? 겨우 똥오줌 치워 주고 휠체어 좀 밀어 주는 일뿐인데? 날로 먹네 정말.'

'하긴 남의 똥오줌 치워 주는 건 아무나 할 수 있는 일은 아니지. 보통 비위론 꿈도 못 꾸잖아. 아줌마는 지금 대단하신 일 하는 거요.'

'씨발, 아프잖아, 빨리 약 가져오라 해! 귓구멍이 터졌어? 왜 빨리빨리 안 움직여, 씨발 네년이 하는 일이 뭔데.'

'아줌마, 왜 내 말 재깍재깍 안 들어? 나 무시해? 내 꼴이 이렇다고 네깟 년이 날 무시하냐고.'

'돈이 아주 썩어 나가는 줄 알아. 세금도 안 내는 짱깨 연놈들한테 이렇게 돈을 퍼 주니까 대한민국이 망하는 거야.'

우습게도, 그 돈을 주는 게 본인이 아닌 걸 뻔히 아는데 저런 지랄을 했다.

그런 소리를 듣고도 이 개같은 환자 옆에 붙어 있는 건, 간병비가 50%나 더 나오기 때문이었다. 조건이라고는 같은 병원 위층에 입원한 딸에게 접근하지 못하게 막아 달라는 것뿐이었다. 그런 웃돈을 내면서도 환자를 잘 보살펴 달라는 요구가 없는 것이 이상했지만, 다행이기도 했다. 저런 말을 한 번씩 들을 때마다 온몸이 부들부들 떨리며 수명이 10년씩 줄어드는 기분이라, 뭔가를 더 잘해 줘야 한다면 돈이고 나발이고 집어치워야 했을 것이다.

하지만 병문안을 온 사내는 욕을 먹고도 태연하게 의자에 앉는다.

"병문안도 못 옵니까?"

"나를 이 꼴로 만든 원흉이 여기 왜 와? 약 올리려고? 나 뒤지라고 고사 지내려고?"

간병인은 속으로 혀를 차며 살금살금 문가로 걸음을 옮겼다. '나를 이 꼴로 만든 원흉'이 어디 한둘이어야지. 죽은 아내, 정신이 이상해진 딸, 간병인들, 간호사, 의사, 그러더니 이제는 병문안 온 손님까지. 저 인간에게는 세상의 모든 사람이 '나를 이 꼴로 만든 원흉'으로 보이는 듯했다.

문을 열고 눈치껏 나가 있으려던 간병인은 흠칫 걸음을 멈췄다. 환자의 딸이 문 뒤에 유령처럼 서 있었다. 딸은 아버지에게 폭행을 당하다가 죽을 뻔했다고 들었는데, 그래도 천륜이 뭔지, 하루에 한두 번씩 이렇게 와서 몰래 아빠의 상태를 확인하고 가곤 했다. 하지만 안으로 들어오는 일은 한 번도 없어서, 간병인은 못 본 척하고 문만 한 뼘 정도 열어 두곤 했다.

병문안 온 사내의 부드러운 목소리가 들렸다.

"고사라니 무슨 섭섭한 말씀입니까. 저는 진형식 씨가 오래오래 사시길 매일 기도하고 있는데요."

환자가 갑자기 조용해졌다. 그는 차분히 말을 이었다.

"병원비 청구 문의는 보험사마다 모두 거절당했다면서요. 스토킹과 살인 혐의로 검찰에서 조사받는 상태니 당연하겠지만…… 그래도 중환자실, 1인실에 이렇게 오래 계셨으니 병원비가 만만찮을 텐데요. 얼른 퇴원하고 직장에 복귀하셔야죠."

병원비, 직장 이야기가 나오자 환자의 턱이 부르르 떨렸다.

"지금 몸 상태가 다소 호전된 듯 느껴지시겠지만, 그건 마약성 진통제가 한계치까지 들어가기 때문입니다. 장기 연용이 금지된 약품이라 조만간 용량이 줄어들 거고, 퇴원 후에는 처방도 잘 되지 않을 겁니다. 만성 통증에 적응하시려면 마음의 준비도 하셔야 할 거고요."

그는 한동안 이런저런 이야기를 늘어놓았다. 전 아내가 처분한 재산은 딸에게만 상속될 것이며, 현재 간병인 비용은 딸의 보호 차원에서 이쪽에서 내고 있었지만, 내일 딸이 퇴원하니, 내일부터 간병 비용도 직접 지불하셔야 할 것이다…….

"그리고 아마 피의자 소환 조사가 있을 듯합니다. 미리 답변을 준비해 두시는 게……."

"씨발, 개새끼, 뚫린 입이라고, 내 꼴이 안 보여? 난 피해자야, 가해자는 너라고! 어디서 구라를 쳐! 씨발 좆같은 새끼야아아아아!"

드디어 환자의 입에서 괴상한 비명이 터졌다.

"현주 앞에 라이터 던져 준 건 너야. 너 때문에 내가 도망을 못 치고 이 상태가 된 거야. 네놈은 무사할 줄 알아? 그러잖아도 내가 너 벌써 검찰에 고소했어! 조금 있으면 소환장 줄줄 날아올 테니 기대하라고! 요새는 재벌 아니라 재벌 할애비라도 빵에 잘만 처박……."

"글쎄요. 두 사람을 스토킹한 것도 당신이고, 때린 것도 당신이고, 묶은 것도 당신이고, 기름을 부은 것도 당신이고, 라이터 들이댄 사람도 당신인데, 제가 기소가 될까요? 전 화상을 입어 가며 당신 딸도 구했는데, 그럼 용감한 시민 표창을 받아야 하는 거 아닙니까?"

"닥쳐 새꺄!"

그가 목에 핏대를 세우며 말을 끊는다.

"그 상황에서 눈 안 돌아갈 사람이 어디 있어? 이혼한 마누라가 전 재산을 들고 튀지 않나, 딸년은 아비를 엄벌에 처하라고 탄원하지 않나."

"그래서 기둥에 묶어 놓고 화형이라도 집행하려고 했던 겁니까?"

"씨발, 난 화재하고 상관없어! 마누라를 죽게 한 건 화재고, 그 원인은 바로 너야. 라이터를 현주 앞으로 던져 준 게 너잖아. 그 말은 쏙 빼먹었겠지, 엉!"

"분명 이렇게 헛소리하실 것 같았습니다. 자기가 한 일 기억 못 하시고."

의자에 앉은 사내는 여전히 차분하게 대답하며 한쪽 다리를 포개고 등을 뒤로 기댔다. 간병인은 이렇게 부드럽고 따뜻한 목소리로 말하는 사내의 얼굴이 너무나 차갑게 느껴져서 의아했다.

"다행히, 사건 정황이 녹음된 45분 분량의 음성 파일이 무사히 복원됐습니다."

"뭐, 뭐? 파일이라니, 그게 무슨 소리야?"

"우연이가 112를 누르려다 당신에게 잡히는 바람에, 단축 번호 1번으로 연결이 됐던 모양입니다."

"뭐……?"

"그게 하필 저였고요."

벼락이라도 맞은 듯, 환자의 입이 크게 벌어지더니 이내 몸이 딱딱하게 굳었고, 의자에 앉은 사내의 말투도 점점 건조하게 변해 갔다.

"저는 그걸 끊지 않고 끝까지 들으면서 주소를 찾아갔습니다. 운전할 때 제 기분이 어땠는지, 아마 도저히 짐작 못 하실 겁니다."

"그, 그……, 씨발!"

"어쨌든 검찰에 가셔서 그 파일을 들으시면, 석유를 끼얹고 라이터를 들이대면서 아내와 딸을 협박했던 게 누군지, 참사를 막으려고 필사적으로 몸싸움을 하고 화상까지 입으면서 사람을 구한 게 누구였는지 기억이 좀 나실 겁니다."

"……."

"그래도 큰 걱정은 안 하셔도 될 겁니다. 유죄 판결이 나와도 수감될 가능성은 크지 않거든요."

"……무슨 말이야?"

"지금 당신 몸 자체가 감옥인데 굳이."

환자의 입이 뻐끔거리는 것이 보인다. 하지만 시커먼 입속에서는 꺽꺽대는 소리만 나오고 어떤 말도 나오지 못한다. 붕대에 친친 감긴 얼굴이었지만, 큰 충격을 받았다는 것을 잘 알 수 있었다.

사실 환자 자신도 알고 있었다. 자신의 미래와, 마약으로 눌러놓은 자신의 몸 상태를 모를 수가 없다. 그는 절대 거울을 보지 않지만, 자신의 몰골이 어떤지 충분히 짐작하고 있을 것이다.

그는 근육이 망가져서 혼자 걸어 다니는 게 거의 불가능하고, 젓가락질도 하지 못해 식사 시중도 들어 주어야 했다. 움직일 때마다 간신히 아물던 피부가 붕대 속에서 툭툭 찢어져 피가 스며 나왔다. 팔다리를 구부리고 펼 때마다, 몸을 조금씩 움직일 때마다, 심지어 소리 내서 웃을 때마다 피부가 터져 나간다. 앞으로 웃을 일이 남아 있기는 할까? 피부는 아마 죽을 때까지 저 상태일 것이고, 통증은 점점 심해질 것이다.

한쪽 눈도 실명 가능성이 있다고 하고, 저 모습으로 외부에 돌아다니는 것도 불가능할 것이다. 성기와 고환도 녹아 붙어서 사내구실마저 끝장난 상태였다. 아니, 사내구실은 고사하고, 아마 평생 소변 줄 신세를 면치 못할 것이다. 몸 자체가 감옥이라는 말이 틀린 말은 아니었다.

진물로 얼룩진 누런 붕대가 눈가에서부터 축축하게 젖어 내려오기 시작했다, 키 큰 사내의 얼굴로 깊은 그늘이 내려앉는다. 그는 잠시 눈을 감더니 깊은 한숨과 함께 나직하게 말했다.

"예전에 일가족 동반 자살에서 유일하게 살아남은 아기가 제 손에 떨어진 적이 있습니다. 그 아이도 당신처럼 전신 화상 환자였죠. ……전 그 아이에게 매일 찾아가서 밤새 기도를 드렸습니다."

"……."

"다들 제가 그 아이를 무사히 살려 달라고 비는 줄 알았지만, 그 기도는 도저히 나오지 않았습니다."

그는 그때의 기억을 떠올리는 것만으로도 꽤 고통스러워 보였다.

"어린아기의 울음소리는 아주 작고 가늘더군요. 밤새 고통스러워하며 우는데, 거미줄처럼 가는 바늘로 온몸의 통각 세포를 모조리 후벼 파는 것 같았습니다. 저는 그 작은 아이의 코와 입을 막아 괴로움을 멈춰 주려는 자신과 매일 사투를 벌여야 했어요. 하지만 그럴 용기까진 없었죠."

"……."

"내가 이 고통을 대신 당하게 해 달라고, 그게 아니라면 이 생명을 거둬 달라고, 제발 당장 이 아기 좀 데려가시라고, 그렇게 밤새 기도하는 게 제가 할 수 있는 일의 전부였습니다."

이제 환자는 완전히 조용해졌다. 간헐적으로 헐떡대는 숨소리마저 멈추자 침묵은 쇳덩이처럼 무거워졌다.

"저는 한 달 내내 그 고통을 함께 겪었지만, 아이의 아픔을 조금도 덜어 주진 못했습니다. ……그리고 아이는 한 달 만에 죽으면서, 제 미각과 숙면을 거둬 갔죠. 저는 우연이를 만나기 전까지 그 상태로, 의무처럼 하루하루를 살았습니다."

천천히 말을 잇던 사내가 긴 한숨과 함께 눈을 뜨더니, 환자를 물끄러미 내려다본다. 할 말이 많은 얼굴이었다. 하지만 그는 말을 덧대는 대신 시계를 확인하더니 바로 몸을 일으켰다.

"무병장수하시기를 매일 기도하고 있습니다. 부디 오래오래 사십시오. 정병원비가 부족하면 찾아오시고요. 치료를 잘 받으셔야 80살, 100살까지 사실 것 아닙니까."

간병인은 문가에서 얼어붙은 채 꼼짝도 하지 못했다. 오래오래 살라는 덕담에 이렇게 소름이 끼친 것은 난생처음이었다.

그는 엉거주춤 서 있던 간병인에게 가볍게 묵례하고 문을 연다. 순간 침대 쪽에서 흐윽, 하는 거친 숨소리가 들렸다.

"흐으, 씨발……."

환자의 몸이 천천히 아래로 허물어진다. 흥건하게 젖은 붕대 사이로 꺽꺽대는 소리가 다시 흘러나오기 시작했다.

"……!"

문에 귀를 대고 서 있던 우연은 몸이 앞으로 확 쏠리며 휘청했다. 갑자기 문이 열린 것이다. 허둥지둥 몸을 돌렸지만 다친 발목이 마음대로 움직이지 않아, 이번에는 몸이 뒤로 쏠리며 벌렁 자빠졌다.

"……우, 우연아!"

아저씨가 황급히 팔을 내밀어 나동그라지기 직전에 아슬아슬하게 손목을 잡는다. 너무 억세게 잡아서 손목이 부러질 것 같다. 아저씨는 잡아 놓고 무엇에 놀랐는지 흠칫, 손에 힘을 푼다. 우연은 몇 걸음 비틀대다 간신히 균형을 잡고 섰다. 아저씨의 얼굴이 순간적으로 크게 일그러졌다가 다시 돌아오는 것이 보였다.

"……아버지 상태 보러 왔니? 걱정돼서?"

고개를 숙이고 발끝만 내려다보았다. 그럴 리가 없다. 하지만 진짜 이유는 더더욱 말할 수 없다. 말을 안 하기 시작하니, 말을 아예 배운 적이 없는 것처럼, 낱말을 입에서 만들어 내는 것조차 너무 어려워졌다.

말이 나오지 않으니 답답했지만, 어떻게 생각하면 편할 때가 더 많았다. 아예 영원히 말을 안 하고 살면 얼마나 편할까. 차라리 벙어리로 태어났으면 아빠에게 맞는 일도 훨씬 줄어들었을 텐데.

대답을 기다리던 아저씨는 시선을 약간 아래쪽으로 돌리며 말을 돌렸다.

"몸은 많이 회복된 모양이구나. 다행이다."

"……."

"병실로 들어가야지. 데려다줄까?"

후우.

이원은 시선을 돌리고 손으로 가슴을 지그시 눌렀다. 답답하다. 가슴이 뻐근하게 죄어들고 목이 졸리는 것처럼 아팠다.

이원은 우연의 병실을 향해 걸음을 옮겼다. 우연의 병실은 위층 가장 안쪽에 있는 1인실이었다. 사박, 사박, 따라오는 소리가 들린다.

묻고 싶다. 내 이야기 들었니. 너 지금 몸은 어떠니. 어떻게 지냈니. 보고 싶었다. 많이 힘들었지. 의지에 반하여 튀어 나가려는 말들은 갓 잡은 생선처럼 혀 밑에서 펄떡거렸다.

하지만 이원은 그 말들을 기어이 잡아 누르는 데 성공했다. 그는 펄떡대는 말을 눌러야 하는 삶을 너무 오래 살아와서, 그것을 무자비하게 짓누르는 데 익숙했다.

우연의 상태에 대해서는 간병인과 최 실장, 담당 간호사, 송 여사를 통해 지나칠 정도로 자세하게 보고를 받고 있었다. 자신과 함께 있을 때, 너무나도 발랄하고 딱 그 나이대 대학생처럼 느껴지던 우연의 상태는, 이제 이해할 만한 회피나 퇴행 반응을 지나 정상 범주에서 너무 멀리 나가 버렸다.

……너를 어떻게 하면 좋을까.

난 이제…… 뭘 어떻게 하면 좋을까.

우연의 시선이 느껴진다. 병실 앞까지 왔을 때도, 그녀의 시선은 짙은 회색 정장으로 감싸인 그의 등만 뚫어져라 바라보고 있다. 따가울 정도로 강렬하고 처절하리만큼 다급한 시선이었다.

"왜? 내 등을 왜 이렇게 열심히 보는 거니?"

"……."

"혹시 그때 내 등의 상처를 봤나? 그래서 신경 쓰여?"

"……."

"괜찮아, 다 나았어. 바로 화상 전문 병원에서 처치를 받아서, 지금은 괜찮아."

고개가 가만가만 돌아간다. 이제 우연은 송 여사나 최 실장처럼 자신이 괜찮다고 하는 말을 믿지 않는다. 새까만 눈동자에 함빡 맺힌 물은, 얕은 눈시울에서 아슬아슬하다. 저것이 터져 내려오면 자신의 심장이 멈출지도 모른다는 뜬금없는 생각이 들었다.

"정말 괜찮아. 다 아물었어."

"……."

"……보여 줘?"

눈이 깜박, 한다. 다행히 함빡 고인 것이 굴러떨어지지는 않는다. 보여 주세요. 깜박, 보여 주세요. 깜박깜박. 우연은 자신이 원하는 것에 여전히 솔직했다.

이원은 병실 안으로 한 걸음 들어가 슈트를 벗고 넥타이를 풀었다. 자신이 제정신이 아니라는 자각은 있었지만, 원하는 대로 다 해 주고 싶다는 낯익은 고함 소리가 이겼다.

그는 얼빠진 얼굴로 주춤대며 다가온 우연의 간병인에게 슈트와 넥타이, 타이핀과 칼라 바를 맡긴 후 단추를 하나하나 풀어 내렸다.

이원은 자신의 등에 남은 상처를 제대로 본 적이 없었다. 다만 제대로 아물어 가는 중이고, 흉터는 의학의 도움을 잘 받으면 몇 년에 걸쳐 점점 희미해질 것이며, 수술을 하면 깨끗해지리라는 말은 기억이 났다.

새로 차오르는 피부의 감각은 기이했다. 믿을 수 없을 만큼 예민하고 낯설었다. 몸에서 가장 민감한 그곳의 피부처럼, 이원은 그곳에 옷이나 물건이 닿을 때 종종 기겁하며 소스라쳤다. 새살이 돋아난 그 부분은 아예 다른 영토가 된 것 같았다. 백배는 더 아프고, 더 간지럽고, 더 따뜻하고, 더 차갑게 느껴졌다.

이원은 셔츠를 벗고 상반신을 드러낸 채 우연에게 등을 돌렸다. 뒤에서는 아무 소리도 들리지 않았다. 이원은 우연의 얼굴을 보는 것이 두려웠다. 우는 표정이든, 놀란 표정이든, 웃는 표정이든, 멍한 표정이든. 그래서 이원은 등을 돌린 채 말했다.

"네…… 그림은, 다음 날 지웠, 지워졌어. ……아니, 지웠어."

이원은 거푸 고쳐 말하다가 입을 쓸어내렸다. 자신이 무슨 말을 하고 싶은지 갈피를 잡을 수 없었다. 목이 다시 잠기기 시작했다.

"계약 하나 남았어."

"……."

"아직…… 계약이 하나, 남았어. 그렇게 바로 지워지는 걸 작품으로 카운트할 순 없잖아. 20호 사이즈도 아니었잖아. 그렇지 우연아? 아직 계약이 하나……."

이원은 이마를 벽에 대고 한 손으로 눈을 가렸다. 네 뜻을 존중하겠다는 의지와 당위는 무참해졌고 본능은 한껏 비열하고 비루해졌다. 그림을 더 이상 안 줘도 된다고 해 놓고, 이런 구차한 말이 튀어나와선 안 됐다. 목에서 이렇게 흐느낌이 튀어나와서도 안 됐다. 이 모든 것이 아이에게 족쇄로 작용하리라는 것을 안다.

하지만 남은 끈이라곤 그렇게 구차하기 짝이 없는 것뿐이었다.

우연은 등을 돌리고 흐느낌을 필사적으로 누르고 있는 키 큰 사내의 뒷모습을 오래오래 바라보았다. 가끔 어깨가 들썩이긴 했지만, 그는 아무런 소리도 내지 않고 버텼다.

그날, 그 무섭던 날, 자신을 안고 나오던 아저씨의 등은 붉게 익어 여기저기 크게 부풀어 오르고 있었다. 이제 다 아물어서 괜찮다고 하는 그때의 흔적은 여전히 참담했다. 해일이 휩쓸고 지나간 마을의 폐허 사진을, 블러 툴로 뭉개 놓은 것 같았다.

우연은 천천히 다가가 그 등을 가만히 어루만졌다. 이마를 벽에 대고 눈물을 참는 아저씨의 심연에서 시작된 거대한 진동이 우연의 등과 어깨로 전해졌다. 우연은 그의 등에 뺨을 대고 가만히 끌어안았다. 꿈틀대는 진동은 이제 파도처럼 어깨와 등으로, 허리로 물결치며 걷잡을 수 없이 퍼져 나간다.

하아. 하아아. 우둘투둘한 상처가 뺨에, 손끝에 느껴진다. 날숨이 깊고 편안해진다.

미안하다 해야 할까, 고맙다 해야 할까, 왜 이러냐고 해야 할까, 혹은…….

사랑한다 해야 할까.

하지만 아저씨의 흉터에는 그 어떤 말도 어울리지 않았다. 그 모든 것을 아우르고 뛰어넘은 거대한 감정에 어울리는 말을, 우연은 여전히 알지 못했다.

그래서 우연은 그깟 하찮은 말들을 입에 담는 대신, 그곳에 입술을 가져다 대고 차근차근 눌렀다.

형식은 이원이 돌아간 날부터 말을 잃었다. 입맛도 잃었다. 가끔 거울을 보고 넋을 잃었고, 가끔 창밖을 보며 또 넋을 잃었다. 팔다리를 움직일 때마다 고통스럽게 비명을 지르고, 거울을 보며 펭귄처럼 끽끽꺽꺽 울기도 했다. 그의 얼굴을 감은 붕대가 축축하게 젖어 있는 날이 점점 늘었다.

한 달 후, 형식은 4층 야외 휴게실 난간에서 뛰어내려 스스로 목숨을 끊었다.

39

아저씨, 괜찮아요

아저씨는 오지 않을 것이다.

하지만 가끔 전화는 할지도 모른다. 사람을 마음에서 완전히 잘라 내는 것은 쉬운 일이 아니니까. 아무리 단단한 땅이라도 가끔 지진이 날 수도 있고, 조금은 갈라질 수도 있으니까. 그러면 그 갈라진 틈으로 마그마가 몇 방울쯤 튀어 오를 수도 있으니까.

어쩌면 그게 오늘일지도 모른다.

한참 전화기를 내려다보던 우연은 어깨를 늘어뜨리며 고개를 돌렸다. 눈이 시고 뻑뻑했다. 얼마나 오랫동안 전화기만 들여다보고 있었는지 감이 잡히지 않는다. 점점 시간 감각이 없어지는 것 같다. 이 방은 너무 조용해서, 시간마저 살금살금 피해 지나가는 듯했다.

일상은 평화롭고 조용했다. 방해하는 것은 아무것도 없었고, 종일 말을 안 해도 이상하다고 하는 사람이 없었다. 텔레비전조차 켜지 않았다. 생각해 보면 세상은 너무 시끄럽고 난폭했다.

침묵이 지배하는 시공은 이렇게 조용하고 평화로웠다. 말이 사라지자 아픔도 사라진 것 같았다. 감정은 증류수처럼 투명하고 아무것도 존재하지 않는 것처럼 고요했다. 알툼 실렌티움(Altum Silentium), 대침묵이라 했던가. 아저씨가 어둠에 잠긴 대침묵 시간을 사랑한 이유를 드디어 알 것 같았다.

우연은 과천에 있는 '이원 아트빌리지'에 들어와 살고 있었다. 아트빌리지는 한적한 변두리에 자리한 7층짜리 건물 두 동이었는데 예쁜 정원과 앤티크 소품이 많은 카페, 그리고 피트니스 센터와 무료 상담실도 같이 있었다. 우연에게는 천장이 높고 볕이 잘 드는 작은 작업실과 그곳에 딸린 방 하나가 주어졌다.

찾아오는 사람이라곤 도우미 아주머니 한 분, 슈퍼마켓, 택배 기사들뿐이었다. 도우미 아주머니는 우렁각시처럼 나타나서 청소와 빨래와 반찬을 해 놓고 사라졌다. 불편한 것은 전혀 없었다. 가끔 도우미 아주머니가 불편한 것이 있느냐 물었지만, 대답을 안 해도 전혀 상관없었다.

이곳에서의 하루는 이상하게 흘러갔다. 한 시간 한 시간은 너무나 길고 지루한데, 어느새 저녁이고, 어느새 아침이고, 어느새 주말이었다. 이런 식으로 시간이 흘러가면, 순식간에 환갑과 백 살 잔치를 할지도 모르겠다. 그리 살다 죽으면 머리에 남은 것은 이 집의 흰 벽과 화이트보드처럼 말갛게 지워진 기억뿐이겠지만, 그것도 썩 나쁠 것 같지는 않았다. 첩첩이 저장된 기억들은 끌려 나올 때마다 하나같이 아파, 아파, 아파 죽겠다고 소리를 질렀던 것이다.

우연은 이제 시끄러운 것이 싫었다. 저장된 모든 장면이 싫었다. 반짝이는 빛 조각들이 굵은 소금처럼 뿌려진 검푸른 한강과, 이상한 글자들이 춤을 추는 하얀 난간과, 그곳을 배경으로 한 어떤 장면이 특히 싫었다. 그곳에서부터 길게 이어지는 무수한 장면은 더더욱 싫었다. 그것들은 유난히 시끄러웠고, 잘 지워지지도 않았다.

우연은 시끄러움을 견디지 못하면 그림을 그렸다. 작은 스케치북을 한 권 들고 아무 곳에나 앉아 그림을 그렸다. 세목 아르쉬의 표면은 항상 매끈하고 고요했다. 아트빌리지 안의 세상도 그랬다. 스케치북 속의 시간은 늘 한 지점에 멈춰 있었고, 아트빌리지 안의 시간도 그랬다.

우연은 그곳에 색을 빼곡하게 채웠다. 사각의 틀 안에 그려진 일그러진 색 덩어리들이 무엇인지, 도우미 아주머니는 전혀 알아보지 못했다. 그림이 열 장, 스무 장, 백 장이 될 때까지 앞뒤 좌우조차 분간하지 못했다.

오늘은 아침부터 특별했다. 침대에서 일어나다가 미끄러져 바닥에 넘어졌던 것이다. 아, 입이 커다랗게 벌어지며 비명이 나올 뻔했다. 선명한 아픔은 이 고요하고 정지된 시간을 순간 깨뜨렸다.

물을 마시다가 유리컵을 놓쳤다. 떨어진 유리컵은 챙, 소리와 함께 박살이 났다. 잠시 후, 총각김치를 먹다가 볼살을 씹었다. 휴지에 묻어나오는 붉은 피를 보며, 머리가 천천히 시끄러워지기 시작했다.

오늘 아저씨에게 전화가 올지도 모르겠다.

달력을 보았다. 5월 15일. 아저씨가 결혼하기로 한 날이었다. 내가 끼어들지 않았으면 아저씨는 오늘 카탈로그에서 보았던, 깃에 은빛 자수가 놓이고 긴 꼬리가 달린 옷을 입고 있었을지도 모른다. 어쩌면 지금 아저씨는 화려한 드레스가 어울리는 그 언니에게 알이 커다란 다이아몬드 반지를 끼워 주고 있을지도 모른다. 과거의 장면들은 상상마저 너무나 시끄럽고 악착스러웠다.

"잘 지냈니, 우연아."

인터폰에 비친 아저씨의 모습에 우연은 멀거니 눈만 깜박거렸다.

이건 아닌데.

아저씨가 이곳에 직접 나타나는 건 예정에 없었다. 여긴 어떻게 왔을까, 하는 생각이 들자마자 아저씨가 웃으며 말을 덧댄다.

"……내가 여기 운영자라 들어올 수 있었던 거야. 보안에는 지장 없어."

아. 우연은 저도 모르게 멍하니 고개를 끄덕였다. 아저씨가 이곳 운영자라는 사실이 아저씨가 눈앞에 보이는 마땅한 이유라도 된 것 같았다.

"괜찮다면 문 좀 열어 주겠니?"

"……."

"그래. 이야기하는 게 힘들면, 여기서 용건만 얘기하고 갈게."

다른 사람 같으면 짜증스러워할 법한데 아저씨는 우연이 말을 잃어버린 것을 의외로 담담하게 받아들이고 있었다.

덜컹.

우연은 아저씨를 물끄러미 올려다보았다. 다리 위에서 처음 만났을 때 한참 올려다봤는데, 지금도 같은 각도로 올려다봐야 하는 건 여전했다.

아저씨의 옷도 마찬가지였다. 아저씨는 처음 만났을 때처럼 아래위로 티 하나 없이 새까만 옷을 입고, 검은 민무늬 실크 넥타이를 매고 있었다. 그리고 처음 만났을 때처럼 홍연 아저씨도 없이 혼자였다.

아저씨가 무슨 일로 이곳에 나타났는지 천천히 감이 온다. 짙은 갈색 눈동자에 깊은 그늘이 내려앉는다.

"아버지가 돌아가셨어."

우연은 가만히 아저씨의 눈만 바라보았다. 아저씨는 조용조용 설명을 계속했다.

"어제 오후에 간병인한테 4층 야외 휴게소로 데려다 달라고 했다더구나. 꽃을 보고 싶다면서."

"……."

"그래서 휠체어로 데려다주었는데, 갑자기 벌떡 일어나더니 난간을 넘어서 뛰어내렸어. 붙잡을 틈도 없었다고 해."

"……."

"아마 고통 없이 단번에 죽었을 거야. 병원은 발칵 뒤집혔지만."

우연은 이 말을 태연하게 듣고 있는 자신을 믿을 수 없었다. 지나치게 차분하고 담백한 저 말투 탓일까. 혹은 지나치게 오래 기다렸던 소식이어서일까. 알 수 없었다.

"유서는 없어. 유산도 없고."

다행이다. 몸뚱이와 몸뚱이를 채운 유전자 말고 또 뭔가를 물려받아야 했다면 얼마나 끔찍했을까.

"장례식 갈 생각 있니?"

가만히 눈만 깜박거렸다. 머릿속에서 시끄럽게 윙윙대던 소리가 서서히 멎는다. 장례식. 장례식. 장. 례. 식. 그렇다. 죽은 사람이 누운 관이 있고, 국화를 놓고, 향도 피우고, 절도 하고, 그 영혼을 천국으로든 지옥으로든 빨리 쫓아내고, 다시는 세상에 돌아오지 못하도록 기도도 하고 염불도 해 주는 일. 장례식.

그런데 ······정말 죽었을까?

"정말 돌아가셨어."

아저씨는 입 밖으로 나오지도 않은 말을 잘 알아들었다.

고개를 갸웃했다. 이상하다. 꿈 같다. 아빠는 전지전능의 불사신 같은 존재였다. 그래서 아주 믿을 수 없는 일이 벌어진 것 같았다. 그토록 간절히 원했지만, 절대 일어날 것 같지 않던 일, 바라서도 안 되었던 일은 너무 어이없게 일어났다.

놀랍게도 놀랍지 않았다. 우연은 그 일에 대해 어떤 감정도 들지 않았다. 더 이상한 것은, 아빠에 대한 기억이 잘 나지 않는다는 것이었다. 사고가 난 지 얼마 지나지도 않았는데, 뭔가를 너무 많이 잊어버린 것 같다.

우연의 혼란한 얼굴을 보며 이원이 다시 물었다.

"가기 힘들면 안 가도 돼. 가고 싶으면 가는 거고. 어떡할래?"

우연은 가늘게 한숨을 쉬며 고개를 끄덕였고, 아저씨는 조심스럽게 손을 내밀었다.

"그럼 같이 가자."

장례를 누가 준비했는지는 알 수 없었다. 저렇게 멋지고 젊은 아빠의 사진을 어떤 경로로 구했는지도 알 수 없었다. 이 사흘간의 행사에 대한 것은 먼지만큼도 궁금하지도 않아서, 우연은 아무것도 묻지 않았다.

엄마의 장례식과 달리, 아빠의 장례식에는 친가 쪽 친척들이 적잖이 찾아왔다. 누가 어떻게 알아서 이렇게 부지런히 연락했는지, 사람들은 왜 이렇게 쫀쫀한 그물처럼 엮여서 서로를 궁금해하고 챙기고 쫓아다니고 떠들어 대는지 모르겠다. 태평양 한가운데서 표류하는 빈 배처럼, 둥실둥실 조용히 떠다니는 삶은 얼마나 평화로운가.

"장례식이 이게 뭐야. 상주도 없이 뭐가 이리 썰렁해?"

"형식이 딸 어디 있어? 걔 혼자 남았다며."

"우연이? 지금 엄마 아빠 한꺼번에 죽고 제정신이겠어?"

"걔 원래도 나사 살짝 나가지 않았어? 죽은 형식이가 걱정이 많았었는데."

촌수도 알 수 없는 먼 친척이 손가락을 관자놀이에 대고 빙빙 돌려 보인다. 혀 차는 소리도 희미하게 들렸다.

"쉿, 저기."

누군가 우연을 향해 손가락질하자 일순 시선이 쏠렸다. 입을 슬쩍 가리고 수군대는 소리는 딱히 조심스럽지도 않았다.

"아까 들어오면서 보기는 봤는데, 정말 제정신 아닌 것 같아. 말 걸지 마."

"에이그, 형식이가 딸을 얼마나 끔찍하게 아꼈는데. 애가 좀 이상해서 그렇게 고생을 하면서도."

"그거 형수 닮아서 그렇겠지. 형수가 신경이 더럽게 예민하고 정신머리가 좀 이상했었다 하데. 아니나 달라, 형이 갇혀 있을 때 바로 이혼 소송 하고 아파트 팔아서 들고 튄 거 봐."

"붙잡힌 형수가 라이터로 불 질렀다잖아. 미친 거 맞지. 천벌받을 년. 형님은 여자 하나 잘못 만나서 이게 무슨 날벼락이야."

"형님, 서울에 아파트 있던 거, 그거 몽땅 저 애한테 가는 거야?"

"쟤 몇 살이었지? 상속받으려면 보호자 필요한 거 아니야? 촌수로 제일 가까운 친척이 누구지?"

"꿈 깨요, 꿈 깨. 걔 저래 쪼끄마해도 올해 스물둘일걸?"

"그래도 살짝 이상하다며. 그럼 친척 중에 보호자 필요한 거 아니야⋯⋯?"

우연은 그들과 섞여 인사를 하는 대신, 눈에 띄지 않는 구석 자리에 앉아 햇볕을 쬐며 시간을 보냈다. 세상은 여전히 지나치게 시끄러웠지만, 뺨 위로 떨어지는 햇볕은 너무나 따스하고 간지러웠다.

아저씨는 이틀 내내 자리를 지켰다. 하는 일은 없었다. 그냥 우연의 옆에서 말없이 앉아 있을 뿐이었다. 우연이 햇빛을 받으며 눈을 가늘게 하고 웃으면 같이 웃어 주고, 함께 밥을 먹고, 함께 졸았다.

어쩌면 이렇게 아무런 느낌이 없을 수가 있을까. 기쁘지도 않고, 슬프지도 않고, 심지어 놀랍지도 않았다.

이 순간이 오기를 늘 꿈꾸었지만, 이 장면에서의 자신이 어떤 마음일지는 한 번도 상상하지 못했다. 아빠의 죽음을 기다리며 매일 병실 문 밖에서 아빠의 상태를 확인하면서도 만약 아빠가 죽으면 어떤 기분일지 전혀 상상하지 못했다.

다만 적어도 이것보다는 강렬한 감정일 거라고 생각했었다.

아빠의 망가진 시신을 확인했으면 좀 더 슬프거나 놀랍기는 했을까?

하지만 그조차 별로 보고 싶지도 않았다. 무서워서도 아니고, 몸서리나게 싫어서도 아니었다. 그냥 관심이 없었다.

사람의 마음이 어떻게 되면 이 지경이 되는 걸까. 조금만 시간이 더 지나면 자신도 뫼르소처럼 아빠의 나이를 잊을 수 있을 것 같다. 조금 더 지나면 진형식이라는 이름도 잊을 테고, 조금 더 가면 아마 아빠가 존재했었다는 사실조차 잊을 수 있을 것 같았다.

아빠의 분골은 양평의 어느 수목장 공원에 갖다 버렸다. 양평에 딱히 연고가 있는 것은 아니었다. 엄마를 서쪽 인천에 뿌렸으니, 아빠는 동쪽에 뿌리는 것이 좋으리라는 단순한 생각이었다. 아빠는 저승의 8대 지옥에 떨어져서도 엄마를 스토킹할 위인이기 때문에, 최대한 멀리 떨어뜨리는 게 좋을 것 같았다. 그렇다고 엄마를 위해 속초나 강릉까지 갈 만큼 시간을 쓰고 싶지는 않았다.

아빠는 이제 부피가 몹시 작아졌으며, 뽀얗고, 공기를 타고 훌훌 날아다닐 만큼 가벼워져서 꽤 선량하게 느껴졌다. 우연의 마음도 물기가 완전히 빠져나간 분골만큼이나 건조해져서 눈물은 한 방울도 나오지 않았다.

따라온 친척들은 그 모습을 보고 혀를 찼다. 이럴 때 눈물이 나오면 좀 번듯해 보일까, 생각하던 우연은 조금 웃었다. 저 사람들에게 번듯해 보이면 또 무슨 상관일까. 여기서 춤을 추고 노래한다 한들 그건 또 무슨 상관일까.

순간 우연은 잠시 움직임을 멈췄다.

맞다. 어머니가 죽었을 때 눈물을 흘리지 않는다고 사형 선고를 받은 사람이 있었댔다.

'아빠 장례식 날 울어야 하나요? 눈물이 안 나오면 어떡하죠? 관 앞에서 노래하고 춤추고 싶으면 어떡하죠?'

'아빠가 죽은 날, 뫼르소처럼 밤새 파티를 하고 싶으면 어떡하죠? 섹스가 미친 듯이 하고 싶으면 어떡하죠? 아빠가 지랄하던 대로 채팅 앱에서 아무 남자나 만나고 싶으면?'

'그러고 싶어?'

'그럴 것 같아요. 그리고 만약에 제가 진짜로 양극성 장애 환자가 맞고 조증 상태라면 그럴 가능성이 아주 크겠죠.'

머리 위로 크고 따뜻한 손이 가만히 얹히는 것 같다. 아저씨가 그때 뭐라고 대답했었더라. 부드럽지만 어딘가 아픈 듯하던 목소리가 수면 위로 천천히 떠오른다.

'그날, 너를 깊이 위로하고 따뜻하게 안아 줄 수 있는 사람이 네 곁에 있기를 기도

하마'

우연은 사방을 한 바퀴 빙 둘러보았다.

아저씨는 조금 떨어진 나무 아래서, 양손을 주머니에 넣고 서 있었다. 우연은 그가 약속을 기억하고 있었으며, 그것을 지키기 위해 와 주었다는 것을 뒤늦게 알아차렸다.

……오고 싶진 않았겠지만.

아저씨와 시선이 마주 닿는다. 우연은 웃고 노래하고 춤을 추는 대신 그를 향해 빙그레 웃어 보였다. 망자에 대한 예의처럼 적절하게 우울한 표정을 짓고 있던 아저씨의 표정이 잠시 흩어진다. 우연은 조금 더 선명하게 웃었고, 이제 아저씨의 붉은 입술 선도 부드럽게 웃음을 머금는다. 왜인지 그 눈이 습기를 잔뜩 먹은 것처럼 느껴진다.

아저씨와 자신이 서 있는 공간이 둥실 떠오른다. 세상에 속한 풍경에서 이 공간만 덜렁 분리되는 것 같다. 주변 사람들은 침침하고 탁한 흑백의 장면으로 가라앉는 것 같고, 세상의 공기와 바람은 아저씨와 자신 사이를 비껴 흘러가는 것 같았다. 두 사람 사이를 채우고 있는 시간도, 공간도, 공간을 채우고 있는 색깔들도 주변과 분리되어 이질적으로 느껴졌다. 오로지 강렬하고 따뜻한 햇볕만 이 공간 안으로 밀려들어 온다.

우연은 천천히 고개를 흔들었다. 이것을 비현실감이라고 부른다는 것을 이제는 안다. 공포는 느껴지지 않는다.

아저씨와 다시 시선이 닿는다. 우연은 문득, 아저씨도 지금 자신과 같은 장면을 보고 있다는 것을 알았다. 그냥 알았다. 우연이 알고 있다는 것을 아저씨도 안다.

5월의 햇살은 기이하리만큼 강렬했다. 살인, 사랑, 혹은 그 어떤 감정이라도 유발할 정도로 충분히.

장례식이 끝난 후, 아저씨는 우연을 과천 아트빌리지까지 태워 주었다. 예정대로라면 아저씨는 며칠 전에 결혼해서 그 언니와 꿀 같은 신혼여행을 즐기고 있었을 텐데. 세상엔 별 이상한 일이 너무 많이 일어난다.

창문을 열고 고개를 조금 내밀었다. 바람은 시원하고 햇볕은 따사로웠다. 만물은 행복하고 사랑스러워 보였다.

늘 꼬리처럼 달고 다니는 최 실장 아저씨가 없는 것은 이상했다. 우연을 아끼는 민정 언니나 송 할머니도 없었다. 세 사람 모두 장례식에 참석하지 않았다.

어쩌면 아저씨에게 하고 싶은 말이 한마디쯤 남아 있을지도 모르겠다, 그래서 굳이 혼자 온 걸지도 모른다, 생각하는 순간, 옆에서 조용한 목소리가 들렸다.

"우연아."

"……"

우연은 입술을 떼고 입을 벌려 보았다. 네, 하고 대답이라도 하고 싶은데, 대답은 나오지 않는다. 이제는 의지에 반하는 몸이 문제인지, 의지 자체가 문제인지 따지는 것도 부질없었다.

"하고 싶은 얘기가 있는데."

네. 우연은 살그머니 고개를 끄덕였다.

"별로 듣고 싶은 말은 아닐 거야."

그럼 하지 마요. 우연은 바로 고개를 저었다.

"……그래. 안 할게."

아저씨가 눈을 돌려 웃는다. 눈꼬리로 가늘고 긴 주름이 잡힌다. 안 할게. 아저씨는 웃음기 어린 목소리로 되풀이하더니 새로운 요구 사항을 끄집어냈다.

"대신, 듣고 싶은 얘기가 있는데."

우연의 입이 저절로 빼끔거려졌다. 무슨 말인가요? 무슨 말을 듣고 싶으세요? 말 대신 하악, 하악, 고양이가 쌕쌕대는 듯 높고 날카로운 소리가 났다. 아저씨는 한참 말을 아꼈다. 그 상태로 적어도 100만 킬로미터는 달린 것 같다.

"'이젠 괜찮아요.' 하고 한마디만 해 줄래?"

아저씨는 여전히 웃으며 전방을 주시하고 있었다. 하지만 간신히 끌어 올린 입술 끝이 가늘게 떨리는 것이 보였다.

그 정도면 얼마든지 말해 줄 수 있다. 실제로 괜찮으니까. 믿을 수 없을 만큼 아무렇지도 않으니까. 아저씨, 괜찮아. 난 이제 괜찮아요. 난 슬프지 않아, 아프지 않아, 아무 감정도 느낌도 없어. 조금 이상하긴 하지만 괜찮아요.

하지만 함묵증은 주인의 의지마저 묵살했다. 입술이 떨어지고 소리를 내는 것이 쉽지 않았다. 우연이 하악하악, 고양이처럼 할딱이며 애를 쓰자 아저씨의 얼굴에서 천천히 웃음이 사라진다.

"말 안 해도 괜찮아."

아저씨는 음악을 틀었다. 침묵이 대답을 독촉하는 것처럼 느껴질까 봐 배려한 것임은 알았지만, 그래도 우연은 원하는 대답을 해 주고 싶었다. 해 주기 어려운 말도 아니었는데.

이젠 괜찮아. 괜찮아요.

아저씨, 난 이제 괜찮아요.

하지만 어느 순간, 우연은 자신이 뭔가 잘못 생각하고 있다는 것을 깨달았다.

이젠 괜찮아.

……지금 그 말이 필요한 진짜 주인공은 누구지?

우연은 운전대를 잡은 사람을 멍하니 쳐다보았다. 이상하게도, 그 말이 가장 필요한 사람이 아저씨가 아닐까, 하는 느낌이 들었다.

……왜?

순간 머리가 띵, 울리며 낯선 고함이 머릿속을 가로지른다.

'아저씨, 도망가요. 얼른…… 도망가라고!'

'소화기는, 잠만만, 저기 멀찍이 있는 집이 주인집인가……?'

'아 씨, 이딴 시골집에 그딴 게 있을 거 같아요? 얼른 가요, 제발 나가서 신고나 좀 해 주세요!'

자신의 입에서 튀어 나가던 유리 파편 같은 고함. 억지로 묻어 버리려던 장면, 말갛게 지워져 가던 기억이 꼬리를 잡고 줄줄 튀어나온다.

펑, 펑, 펄럭펄럭, 아저씨는 슈트 상의를 벗어 들고 자신의 앞에서 불길을 후려치고 있다. 기름 위에 얹힌 붉은 불꽃은 들꽃처럼 여기저기 피어나고 나비처럼 팔락팔락 날아다닌다.

옆의 탁자 다리에는 엄마와 아빠가 한 덩이로 얽혀 있다. 하지만 아저씨는 오로지 나를 구하는 일에만 신경을 쓴다. 불길이 더 빠르게 번져 가는 그쪽은 보이지도 않는 것처럼, 아빠의 고함이 들리지도 않는 것처럼.

물을 한 통 들고 들어온 아저씨의 얼굴에선 이제 초조한 기색이 고스란히 드러난다. 물을 받는 건 생각보다 시간이 걸렸고, 불은 생각보다 빠르게 번졌다. 아저씨의 눈이 힐끗, 엄마와 아빠를 향한다. 신경도 안 쓴다 생각했지만, 아저씨는 분명히 엄마와 아빠의 존재를 신경 쓰고 있었고, 어느 쪽이 더 급한 상황인지도 알고 있었다. 그 물이 더 급한 쪽에 뿌려져야 한다면 그것은 엄마와 아빠 쪽이었을 것이다.

하지만 아저씨는 그렇게 하지 않았다. 우연 앞으로 번지는 불에 직접 물을 붓지도 않았다. 아저씨는 누구를 먼저 구할 것인지 결정하고, 이불 위에 물을 붓고 젖은 이불을 뒤집어 다가오는 불을 죽일 만큼 침착했다.

'기름에 붙은 불은 물로 끄면 더 번진다. 이렇게 해 놨지만 얼마 못 가. 서두르자.'

……하지만 아저씨는 그 이불을 더 다급한 상태의 아빠에게 덮어 주지는 않았다.

탁자의 다리를 부러뜨린 다음, 점점 걷잡을 수 없이 커지는 불길을 잡는 대신, 아저씨는 우연을 들쳐 메고 방에서 그대로 빠져나왔다. 우, 우연아, 괜찮아? 괜찮아? 아저씨의 다급한 목소리가 귓가에 질기게 달라붙었다.

그 뒤로…….

그래. 그 뒤로 무슨 일이 있었다.

잊혔다 생각했던 기억들이 희미하게 깜박이다가 점점 선명해진다.

마당에 세워져 있는 차가 낯이 익다. 유난히 검고, 유난히 크고, 항상 먼지 하나 없이 매끄러운 차. 아저씨는 축 늘어진 우연을 조수석에 앉히고 빙 돌아 운전석으로 향했다.

아저씨의 등이 보인다. 셔츠는 너덜대며 타 버렸고, 등은 시뻘겋게 변해 있었다. 아저씨는 이를 악물고 헐떡대며 운전대를 잡는다.

아저씨가 시동을 걸기 전, 뒤를 돌아 두 사람이 남아 있는 집을 보고, 우연을 내려다본다. 다시 한번 뒤를 보고, 다시 내려다본다. 의식이 자꾸 끊어지는 것을, 우연은 버텨 냈다.

아저씨가 전화기를 꺼낸다. 아마도 소방서에 전화를 하려는 것이겠지. 하지만 번호를 누르지는 못한다. 몹시 고통스러워하는 얼굴을 보며, 아저씨가 등이 많이 아픈 걸까, 하는 생각이 희미하게 들었다.

아저씨가 창문을 연다. 가늘게 떨리는 손가락이 이상할 정도로 기억에 남는다.

아저씨, 지금…… 뭐 하시는 거예요?

전화기가 창문 밖으로 툭 떨어진다. 우연은 이를 악물었다. 몸을 움직여야 했다. 정신을 차려야 했다. 아저씨에게 무슨 말이라도 해야 했다. 그러지 마요. 그러지 마세요. 아저씨 제발 그러지 마세요.

부르릉. 끼익.

아저씨가 차의 시동을 걸고 차를 출발시킨다. 뒷바퀴 쪽에서 빠그작, 쩍, 하고 휴대 전화가 부서지는 소리가 났다. 허으, 흑, 으윽, 흐으. 아저씨는 멈추는 대신 운전대를 잡은 채 눈을 부릅뜨고 헐떡이며 차를 몰고 나간다.

얼마만큼 갔는지 기억나지 않는다. 울퉁불퉁한 길. 그 집 근처는 도로가 나빴다. 아저씨가 길 한가운데 차를 멈춘다. 핸들에 이마를 댄다. 고개를 들고 뒤를 돌아본다. 우연은 그곳이 어디인지 알 수 없었다. 아저씨는 다시 조금 더 가다가 차를 멈추고 다시 뒤를 돌아본다. 신음인지 흐느낌인지 알 수 없는 소리만 계속 들렸다.

부우우, 끼이익.

아저씨는 다시 차를 돌린다. 울퉁불퉁한 돌이 바퀴에 깔리는 소리가 짜그르르르 요란하게 들린다. 아저씨는 오던 길을 되돌아간다.

차가 멈춘다. 아저씨는 차 문을 열고 무언가를 주워 올린다. 아까 바퀴로 깔아 버린 아저씨의 전화기일 거라 짐작했다. 그것은 켜지지 않는다. 아저씨는 그것을 옆에 내려놓고 우연에게 묻는다.

'우연아, 저 집이 주인집이니?'
'지금 저 집에 사람이 있니? 우연아.'

무슨 대답을 했는지 기억나지 않는다. 입이 움직이기는 했는지, 그것도 기억나지 않는다. 아저씨는 더 묻는 대신 주인집 쪽으로 차를 몰고 간다.

쾅쾅쾅, 쾅쾅. 쾅쾅쾅.

'아주머니, 할머니, 소방서에 전화 좀 해 주세요. 저쪽 방에 불이 났습니다.'
'제가 전화기가 고장 나서, 얼른 좀 부탁합니다. 안에 사람이 있어요.'
'저는 지금 이 아이를 데리고 병원에 먼저 가 봐야 할 것 같습니다. 제발, 얼른 전화 좀 부탁드립니다.'

아저씨의 목소리는 끔찍하게 고통스럽게 들렸다.

눈앞으로 아트빌리지의 야트막한 담장이 보인다. 햇살이 눈부시게 비추는 예쁜 정원이 눈에 들어온다. 입술이 벌벌 떨렸다. 아저씨, 아저씨, 아저씨. 우연은 이제 아저씨의 저 담담한 웃음이 왜 이렇게 고통스럽게 느껴졌는지 드디어 이해했다.

대체 왜 그랬느냐고 묻지 못한다. 이유는 너무 잘 알고 있다.

이젠 괜찮아, 라는 말이 필요한 건, 내가 아니었다.

앞장선 아저씨가 건물 비밀번호를 누른다. 그리고 4층까지 올라와 우연의 방 현관문 앞까지 데려다준다. 하지만 건물의 주인이기도 한 아저씨는 딱 현관문 앞에서 멈춰 선다. 아저씨는 그대로 몸을 돌리더니 우연을 향해 가만히 웃어 보였다.

"많이 힘들었지. 이제 들어가서 쉬어."

입을 열었다. 말을 해 주고 싶었다. 말해 주어야 했다. 아저씨, 괜찮아요. 아저씨, 괜찮아요. 괜찮아. 하악, 하아, 하, 흡. 아저씨가 그때 어떤 마음으로 그랬고, 지금은 또 어떤 마음일지 우연은 너무 늦게 알았다. 하악, 아저씨, 괜찮아, 미안해, 고마워, 아저씨 괜찮아.

"힘들게 애쓸 필요 없다. 괜찮아. 어서 들어가렴."

우연은 어깨를 툭툭 치고 몸을 돌리는 아저씨의 옷깃을 황급히 붙잡았다.

"……왜?"

아저씨는 뿌리치지 않고 가만히 내려다본다. 우연의 이런 반응에 놀라지도 않고 이상하게 여기지도 않는다.

다만 기다릴 뿐이다. 지금까지 대답을 독촉하는 일이 한 번도 없었던 아저씨는, 이번에도 조용히 기다린다.

"하악, 아, 아, 하, 개, 갠, 아즈……."

말하는 법을 잊어버린 입이 극렬히 반항한다. 말하고 싶지 않다고, 이제는 세상에 어떤 말도 입 밖으로 내고 싶지 않다고, 시끄러운 것을 나는 더 이상 못 견딘다고.

아저씨 괜찮아요.

우연은 두 손으로 슈트의 앞자락을 움켜잡고 바짝 끌어당겼다. 아저씨는 손을 내밀어서 우연의 뺨을 가만히 쓸어내린다. 긴 속눈썹이 어두운 갈색 홍채를 천천히 덮으며 그곳에 깊은 그늘을 드리운다.

"……미안해. 네가 울면 나는 뭘 어떻게 해야 할지 모르겠어."

우연은 자신이 울고 있다는 것조차 몰랐다. 입에서, 입속에서 뭔가 폭발할 것처럼 들끓었다.

"아, 아저, 아저씨……."

드디어, 드디어 튀어 나간 말에 아저씨의 눈이 커진다. 아저씨, 아저씨, 더듬더듬, 다급하게 부르는 말에 아저씨의 속눈썹이 파르르 경련하듯 떨린다. 우연은 슈트의 깃을 꽉 붙잡고 필사적으로 말했다.

"괘, 괜, 아저, 괜찮……."

"우연아. 천천히 말해. 숨 편히 쉬고, 옳지. 우연아."

"아저씨, 괘, 괜찮아. 괜……찮아. 아저씨, 괜……찮아. 미안, 미안해, 미안, 괜찮아. 다 알아. 괜찮아."

아저씨의 눈동자가 살짝 커진다. 숨 막히는 침묵이 한 뼘쯤 지나간 후, 아저씨는 천천히 물었다.

"다…… 알아? 뭘…… 다 알아?"

우연이 무슨 말을 덧대기도 전에 아저씨의 목소리가 튕기듯 한 계단 뛰어오른다.

"대체 지금 무슨 소릴 하는 거니? 우연아. 대체 뭘, 뭘 안다는 거니. 대체 뭘!"

우연은 설명할 수 없었다. 지금 반드시 해야 할 말만 하기도 벅찼다. 아저씨가 가기 전에, 반드시 해야 할 말만 하기에도 너무 빠듯했다.

"고마워, 아저씨, 미, 미안해요. 아저씨, 괜……찮아."

"……봤니? 그날?"

이제 아저씨의 목소리는 아주 낮고 부드럽게 바닥에 깔린다. 우연은 고개를 끄덕이며 필사적으로 말했다.

"괜찮아요, 미안해, 고마, 고마……."

눈물이 폭포처럼 넘쳐 말이 연결되지 않는다. 아저씨 얼굴에선 웃음기가 완전히 걷혔다. 그저 지글지글 들끓는 눈으로 우연의 달싹대는 입술만 노려보고 있었다.

"아저씨, 사랑해."

"……."

"아저씨, 사랑해, 사랑해. 내가, 아저씨…… 사랑해!"

단 한마디의 그 말은 다른 모든 말을 집어삼켰다. 우연에게는 그 말이 세상의 모든 감정을 합쳐 뭉뚱그린 낱말처럼 느껴졌다. 우연은 있는 힘껏 똑같은 말을 되풀이했다.

사랑해, 아저씨, 사랑해. 사랑해.

"……흐으."

이원이 우연을 끌어안은 채 그대로 허물어진다. 우연은 그를 부둥켜안고 함께 주저앉았다. 흐윽, 윽, 흐으윽. 으으. 우연의 울부짖음 사이로, 그의 억눌린 흐느낌이 자분자분 스며들었다.

40

온전한 자유

현관문이 닫힘과 동시에 현관에서부터 격렬한 입맞춤이 시작됐다. 누가 먼저 입맞춤을 시작했는지는 기억나지 않는다. 그냥 현관 앞에서 두 사람이 동시에 나동그라지며 팔다리를 단단히 얽었고, 서로의 입술에 달라붙었다.

이원은 우연의 입술과 혀를 집어삼킬 듯 빨아들였다. 입 밖으로 나가지 못한 두 사람의 말이 두 사람의 혀 속에서 맹렬하게 소용돌이쳤다.

혀가 엉키고 뒤틀리고 이가 부딪쳤다. 그동안 필사적으로 버텨 주던 울타리가 산더미 같은 파도에 순식간에 휩쓸려 나간다. 온 세계가 홍수로 가득 차는 판에, 집을 둘러싼 작은 울타리 따위가 무슨 의미가 있을까.

바닥에 누운 우연이 숨을 헐떡이며 이원의 넥타이를 잡아당긴다. 새까맣고 긴 천이 바로 옆에 뱀처럼 늘어진다. 가는 손가락이 단추를 하나씩 풀어 나가며 와이셔츠 안의 피부를 더듬는다.

이원도 우연의 검은 블라우스를 걷어 올렸다. 희고 얇은 브래지어 가장 위쪽으로 동그랗게 솟은 젖꼭지가 도드라져 보인다. 이원은 블라우스를 벗겨 팽개치고 브래지어 밑으로 두 손을 넣어 가슴을 와락 움켜쥐었다. 예전처럼 조심스

354

러워하거나 주춤대는 것도 없었다. 목이 졸리는 것처럼 갈급했다. 우유로 만든 젤리처럼 말랑하고 새하얀 젖가슴이 짓이겨질 듯 손안으로 쓸려 들어온다.

하반신으로 피가 몰렸다. 페니스는 순식간에 발기해서 빳빳하게 올라가고 예민한 귀두가 포피를 뚫고 치밀어 올랐다. 이 감각은 늘 낯설다. 이원은 우연의 입속을 미친 듯이 휘저으며 손에서 이리저리 일그러지는 젖가슴을 있는 힘껏 주물렀다. 젖꼭지를 비틀고 피가 쏠려 쑤시고 아픈 성기를, 우연의 아랫배와 샅에 대고 문질렀다.

"아윽, 흡!"

가슴에서 뭔가 뜯겨 나가는 듯한 격렬한 통증이 일었다. 우연이 이원의 유두를 손가락 끝으로 잡아당기고 있었다. 우연은 손가락으로 그 부분만 꽉 움켜쥔 채 그곳을 가슴에서 뜯어 낼 것처럼 흔들어 댄다.

이원은 이를 악문 채 고개를 흔들며 신음했다. 우연이 자극하는 통각은 쾌감이었다. 살점이 떨어져 나간대도 내버려 두고 싶었다. 으윽, 다른 쪽에서도 생살이 비틀리고 찢기는 것 같은 자극이 올라온다. 손가락이, 손톱이 그곳을 짓이겨 대고 있었다.

우연이 제공하는 아픔과 쾌감은 이제 구별 짓는 것이 무의미했다. 이원에게 유의미했던 감각은 통증 단 한 가지뿐이었고, 그것은 우연의 손에 의해 쾌감으로 전이된다. 이원은 다시 격렬하게 몸부림쳤다. 이원은 우연의 치마를 걷어 올리고 자신의 하반신을 바짝 붙인 후 힘껏 비벼 댔다.

우연은 자신의 다리 사이를 짓누르고 있는 거대한 살덩어리를 인식했다. 무시하기에는 그 욕망의 덩어리가 너무 크고 뜨겁고 싱싱했다. 이렇게 아프게 하는데도 이미 쾌감에 휩쓸려 성기를 부풀리고 허리를 꿈틀대는 이 모습은 너무나도 아저씨답지 않았다.

하지만 우연은 이 모습 역시 가장 한이원다운 모습이라는 걸 알고 있었다. 위장하지 않은, 위장할 수 없는, 날것 그대로일 수밖에 없는 모습이라는 점에서, 이 모습은 그가 만들어 낸 많은 이미지보다 가장 진실하고 가장 그다운 모습이라 할 수 있었다.

우연은 바지의 지퍼를 열고 그의 거대한 페니스를 지퍼 틈으로 끄집어냈다. 우연의 손이 그것을 움켜쥐고 밖으로 끌어내는 순간, 아저씨의 고개가 아래로 확 꺾이며 헐떡대는 소리가 화살처럼 튕겨 나온다.

그는 붉게 달아오른 얼굴로 고개를 깊이 숙이고 우연의 젖꼭지를 찾아 입에 문다. 흐읍, 흐음. 으음. 신음하며, 애무하며, 그는 유두와 유륜을 입안에 가득 물고 혀와 입술로 게걸스럽게 빨았다.

섹스할 때의 아저씨는 늘 다른 사람처럼 보였다. 정결하고 경건한 삶을 지향하며 금욕으로 자신을 다스리던 한이원과, 욕망에 시달리며 짐승처럼 여자의 몸을 탐욕하는 한이원은 완전히 다른 사람으로 보였다.

생각해 보면, 아저씨에게는 정반대의 이미지와 극도로 상반된 평가들이 늘 따라다녔다. 도저히 한 사람에 대한 평가라고 믿을 수 없을 정도였다.

사람들이 보는 아저씨의 이미지는 너무 단편적이며 파편처럼 잘게 흩어져 있다. 그 파편 하나하나는 모두 아저씨의 모습이기는 하지만 너무 많이 왜곡되어 있다. 그 모든 단면은 아저씨의 모습이지만, 아저씨를 온전히 나타내는 것은 아니었다.

생각이 툭 끊어진다. 아저씨의 한 손이 아래를 더듬기 시작한다. 배꼽 위로 꾸깃꾸깃 말려 올라간 검은 치마와 스타킹 그리고 팬티까지 한꺼번에 벗겨 내더니 손가락으로 다리 사이를 헤집는다. 아, 아앗, 아! 소름이 오싹오싹 끼친다.

"하앗!"

날카로운 신음이 튕겨 나간다. 아저씨의 살덩어리가 우연의 가랑이 사이를 가르고 들어와 클리토리스 위에 힘껏 문질러진다.

다리 사이에 숨은 그 은밀한 지점이 후끈후끈 덥다. 뾰족하게 성이 난 그곳으로만 온통 피가 쏠려 욱신대고 근질거린다. 축축하고 뜨겁고 미친 듯이 가렵다. 다리 사이로, 아랫배로, 가슴으로, 팔다리, 머리로 열이 훅훅 번진다. 하아, 하아, 입에서 달뜬 소리가 흘러나왔다. 아저씨, 아저씨, 아아, 아저씨. 철커덕,

달각, 벨트를 푸는 소리, 뒤늦게 옷을 벗어 던지는 소리는 이상할 정도로 날카롭고 또렷했다.

아저씨가 무릎으로 우연의 두 다리를 벌린다. 우연은 자신의 다리 사이에 무릎을 꿇고 앉은 아저씨를 멍하니 올려다보았다.

후우. 후. 하아아.

아저씨는 눈을 감은 채 깊이 숨을 고르고 있었다. 땀에 젖은 이마에 머리카락이 달라붙었고, 우연이 손톱으로 잡아 뜯은 두 개의 유두는 금방이라도 핏방울이 떨어질 것처럼 시뻘겋다.

그는 허리 아래 치솟은 자신의 욕구를 숨기는 대신, 허리를 곧추세우고 위로 바짝 올라붙은 페니스를 환한 빛에 그대로 드러냈다. 검고 윤기가 흐르는 무성한 음모 한가운데 검붉고 거대한 기둥이 단단히 틀어박혔다. 껍질이 밀려난 붉고 매끈한 머리는 이미 번질번질한 점액으로 뒤덮여 있었다.

우연은 두 손을 내밀어 그것을 감싸 안았다. 손안의 살덩이가 크게 꿈틀거린다. 그것은 뜨겁고 단단하며 질금질금 새 나오는 투명한 액으로 미끌미끌했다. 그가 눈을 질끈 감는 것이 보인다. 그는 만류하지 않는다. 하아, 하아. 아아. 자신이 쾌감을 느끼고 있음도 숨기지 않는다. 끌어 내리고, 밀어 올리고, 다시 끌어 내리고, 가는 혈관이 툭툭 튀어나온 길고 거대한 살덩이는 우연의 손안에서 아래위로 몸부림치듯 꺼떡이며 뒤틀렸다.

대리석을 깎아서 만든 듯 깨끗하고 아름다운 얼굴이 일그러진다. 입이 점점 벌어진다. 고개가 뒤로 꺾이며 길고 격렬한 신음이 계속 터진다. 페니스를 쥔 손에 힘이 잔뜩 들어가면서 움직임이 점점 빨라진다. 욕망으로 채워진 살덩어리는 순식간에 커지고 뜨거워진다. 한가운데 뚫린 그의 작은 구멍이 움찔대며 미끈대는 점액을 조금씩 토해 낸다. 그의 고개가 뒤로 꺾이고 허리가 튕기는 것처럼 뒤틀린다. 숨이 다급해진다.

"하앗, 하, 아, 아아. 우⋯⋯연, 아아!"

우연은 처참할 정도로 일그러진 아저씨의 얼굴이 말할 수 없이 아름답게 느껴졌다. 저 아름다운 얼굴과 이 조각 같은 몸에는, 손안에 쥐어진 이 짐승 같은 욕망 덩어리가 너무 잘 어울렸다. 신이 생각하는 가장 완벽한 밸런스가 이런 형태였는지도 모른다.

난 왜 지금까지 이 모습을 가장 아저씨답지 않은 모습이라 생각했을까. 왜 이 모습을 이질적이라고, 어울리지 않는다고 생각했을까. 저것이야말로 가장 아저씨다우며, 가장 완벽하게 조화를 이루는 모습인데.

지금까지 나 외에는 아무도 보지 못했을 모습. 그 정도로 철저하게 숨겨 왔을 모습. 그래서 의지로 숨기거나 가공할 수조차 없게 된, 날것 그대로의 모습.

"아, 잠깐, 조금…… 천천히."

결국 견디지 못한 아저씨가 헐떡대며 우연의 손을 빼낸다. 우연의 손에서 믿을 수 없을 만큼 크게 부풀어 오른 그것은, 이미 벌겋게 달아올라 금방이라도 터질 것처럼 아래위로 크게 허청거린다.

그는 뒤로 몸을 물리더니, 우연의 다리를 활짝 벌리고 깊이 고개를 숙인다. 우연의 음부에 더운 날숨이 느껴진다. 한껏 더워진 다리 사이로 얼굴을 바짝 갖다 댄 그는, 혀를 내밀어 그곳을 정성껏 핥기 시작했다. 개처럼, 늑대처럼, 혹은 세상에 존재하는 가장 비루한 들짐승처럼, 우연의 배꼽과 허벅지와 성근 수풀과 그 아래 위치한 두 개의 작은 언덕, 그리고 그 사이로 깊이 파묻힌 계곡과 볼록 튀어나온 샘을 샅샅이 핥아 올린다.

아아, 아저씨, 좋아. 아아! 좋아, 좋아.

머리가 점점 희어진다. 우연은 입을 벌린 채 입에서 나오는 대로 마음껏 소리를 질렀다. 아아, 아저씨, 사랑해. 아저씨, 사랑해. 할 말은 그것 말고는 없었다. 아무것도 없었다. 그리고 그것으로 충분한 것 같기도 했다.

아저씨가 잠시 입술을 뗀다. 그러더니 두덩을 양쪽으로 활짝 당겨 새빨갛게 피가 몰린 클리토리스를 공기 중에 드러냈다. 숨결만 닿아도 화끈거리며 몸이 꼬일 정도로 피가 몰린 조그만 살덩어리, 그곳에 다시 아저씨의 입술이 닿는 순간 온몸이 오그라들었다. 몸의 모든 감각이 혀와 두 개의 젖꼭지, 그리고 음핵과 질로만 집중되어 있고, 나머지 감각은 모조리 죽어 버린 것 같았다.

아저씨가 그것을 입에 물고 빨기 시작했다. 달게, 맛있게, 핥고 빨고 물고 입술을 비볐다. 핥는 시간이 길어질수록 쾌감에 눈앞이 새하얗게 되는데 아저씨는 멈추지 않는다.

"아아아아아! 흐아아앗!"

쾌감의 끝에 다다른 우연은 온몸을 발작하듯 비틀며 손발을 벌벌 떨었다. 눈물이 줄줄 흘러나왔다. 이제 그 작고 은밀한 곳에서 오는 자극이 너무너무 지독해 끔찍해졌다. 쾌감을 지나쳐 못 견딜 고통이 되어 가지만, 우연은 그래도 버텼다. 아저씨가 주는 이 감각의 끝이 어디까지인지, 아니 끝을 넘어서 더, 더 더 멀리멀리 가 보고 싶었다.

아저씨가 고개를 든다. 우연이 지독한 자극을 견디지 못해 가슴을 쥐어뜯으며 몸부림치는 것을 보며 하아, 흡족하게 웃는다.

"······예뻐."

푹, 아래쪽에서 거대한 충격이 일었다. 뜨겁고 거대한 욕구가 우연의 밑을 무작하게 파헤치기 시작한다. 작은 입구를 힘겹게 밀어젖히고, 조밀한 속살을 헤치며 안으로 안으로 꾸역꾸역 밀려들어 온다.

도저히 다 들어갈 것 같지 않아, 우연이 이를 악문 채 고개를 흔들었다. 다리를 아무리 활짝 벌려도, 어떻게든 더 깊은 곳까지 받아들여 보려고 기를 써도, 아저씨의 페니스는 여전히 반 이상 밖에 남아 있었다. 우격다짐으로 밀려들어 오는 살덩어리는 이제 숫제 코끼리나 공룡 다리를 끝도 없이 쑤셔 넣는 것처럼 느껴졌다.

하아아.

아저씨는 우연의 비명 같은 신음에 들어오는 것을 멈추고 연결된 부분을 가만히 내려다본다. 괴롭게 찌푸린 얼굴로, 하지만 낮게 가라앉은 목소리로 그가 묻는다.

"더 해도······ 괜찮겠어?"

우연은 망설임 없이 고개를 끄덕였다. 아저씨에게서 온 것이라면 아픔이든 쾌감이든 손톱만큼도 놓치지 않을 것이다. 그가 주는 것이면 극한의 아픔이든 미친 쾌감이든 모두 의미가 있다.

해요, 해. 더 힘껏 해요, 아저씨.

죽을 만큼 아프게 해 주세요. 정신이 나갈 만큼 극렬한 쾌감을 주세요.

내 몸이 반쪽으로 쪼개지고 완전히 망가져도 좋아요. 더 힘껏, 더 세게, 더 난폭하게, 더 깊이 들어오란 말이에요.

우연의 소리 없는 대답을 들은 아저씨는 땀에 젖은 얼굴로, 가만히 웃음을 머금는다.

쿵.

도끼로 나무를 내리찍듯이, 아저씨가 다리 사이를 내리찍는다. 두 개의 다리가 양쪽으로 쪼개지고 좁은 구멍이, 그 속살이 완전히 뭉개지는 것 같았다. 그의 몸이 진입할 때의 버거움은 그의 허릿짓이 점점 과격해져도 쉽게 줄어들지 않는다. 쿵, 쿵, 쿵, 쩍, 쩍. 느릿하고 힘 있게 몸을 달구던 그는 점점 빠르고 과격하게 허리를 쳐올리기 시작했다.

"하윽, 흐읏, 흑!"

우연의 입에서는 비명 같은 신음이 화살처럼 튀어 나갔다. 찍히는 속도가 빨라지면서, 튀어나오는 신음도 받아지고, 아래는 점점 뜨겁고 미칠 듯이 가려워졌다.

아, 제발, 이것 좀, 어떻게 해 줘, 이것 좀.

우연은, 눈을 감고 힘껏 허리를 치대는 아저씨의 등을 움켜잡고 매달렸다. 그의 살덩어리가 자신의 몸에 파묻힌 채 미친 듯이 펄떡대는 것이 느껴진다. 다리 사이에 숨은 은밀한 그곳이 가렵고 화끈거려 미칠 지경이었다. 심지에 불이라도 붙인 것처럼 화닥화닥한다. 그 뜨겁고 근지러운 느낌이 이제 온몸으로 작신작신 퍼져 나간다. 시간이 지날수록 가려움이 너무 커져서 그곳을 가위로 잘라 내고 싶을 지경이었다.

다시 쾌감의 파도가 밀려온다. 조금 전 애무로 올라왔던 짤막한 오르가슴과

는 비교할 수 없을 정도로 깊고 무겁고 강렬한 자극의 파장이, 여러 층 겹친 것
처럼, 한꺼번에 무시무시한 기세로 몰려온다.

속수무책이다. 자신의 몸인데 아무것도 통제할 수 없다. 속이 울렁거린다.

"아저씨, ……사랑해. 흐으……."

움직임이 잠시 멎는다. 내가 이 말을 입 밖으로 냈던가. 우연은 자신이 왜 이
런 말을 하는지 영 이해가 되지 않았다. 아저씨가 그리 좋아하는 것 같지도 않
다. 쾌감에 잠식되어 일그러진 그의 얼굴엔 웃음기조차 전혀 없었다. 하지만 우
연은 그 말을 되풀이했다. 그냥, 그래야 할 것 같았다.

"아저씨, 사……랑해. 흑, 으흑, 흐……."

쾅, 쾅, 쾅, 콱!

아저씨의 거대한 몸이 무시무시한 기세로, 끝까지 몸에 처박혔다. 우연은 다
리 사이가 찢어지는 것 같은 통증과 거대한 해머로 하반신을 후려갈기는 듯한
쾌감에 사로잡혔다.

그는 몸을 박아 넣으면서, 활짝 만개하듯 솟아오른 음핵을 손가락으로 짓이
기기 시작했다. 질 속에서, 그리고 클리토리스에서 동시에 치솟는 쾌감은 몇 배
나 거대한 상승 작용을 일으켰다. 우연은 더 이상 버티지 못했다. 아악, 아아
아, 아악! 고개가 미친 듯이 흔들리며 비명이 저절로 튀어나왔다.

쾅 쾅 쾅, 쾅쾅쾅.

오르가슴 후의 과민해진 하반신에 새로 가해진 자극은 끔찍한 후폭풍을 불
러일으켰다. 격렬하고 세찬 쾌감이 연속해서 밀려왔다. 끝이 보이지 않는 극한
쾌감은 무서웠다. 하아, 아아, 하아앗! 우연은 소리조차 내지 못하고, 눈을 뒤집
고 허리를 뒤틀며 몸을 달달 떨었다. 전신을 짓뭉개는 듯 지나치게 강렬한 자
극을, 우연의 몸과 정신은 제대로 감당하지 못했다. 손끝부터 발가락 끝까지 돌
돌 곱아들고 발작이라도 온 것처럼 떨었다. 벼락이라도 맞은 것처럼 머릿속이
완전히 새하얗게 표백된다.

하아. 흡.

아저씨가 몸을 박은 채 몸을 굳힌다. 우연의 음부를 활짝 벌려 자신의 아랫배에 단단히 붙이고 허리를 발작처럼 꿈틀거린다. 눈을 꽉 감은 채, 고개를 위로 꺾고, 입을 크게 벌려 숨을 헐떡이며, 그는 오래오래 사정했다.

"하아, 아아, 흐으…… 훗."

이제 그의 표정은 뭐라 설명할 수 없었다. 우연과 마찬가지로 극심한 쾌감에 완전히 잠식된 그 얼굴은, 칠정오욕의 모든 감정을 담고 있었다.

"아저씨……. 사랑해."

우연은 이제 명료한 발음으로 또렷이 말했다.

눈을 감고 토정하던 사내의 눈이 번쩍 뜨인다. 그는 그 상태로 한참 우연을 내려다본다. 몸속에 묻힌 그의 성기가 맥박을 따라 꿈틀꿈틀 요동하는 것이 느껴진다. 다리 사이, 깊은 안쪽부터 질척질척해지면서 움직임이 미끄러워진다. 아저씨의 사정은 늘 길고, 우연의 몸에 정액을 폭포처럼 쏟아 내곤 했다.

"……흐으."

얼마나 오랜 시간이 흘렀는지 모르겠다. 우연은 간헐적으로 몸을 부들부들 떨었다. 몸을 후려친 쾌감이 너무 지독해, 파도가 물러난 후에도 여전히 몸에 경련을 일으켰다.

의식이 깜박깜박한다. 그의 얼굴이 가까이 다가온다. 우연은 눈을 감았고, 그의 입술이 자신의 이마에 가만히 와 닿는 것을 느꼈다. 톡, 톡, 톡, 톡. 그는 조심조심 손가락으로 두들기듯, 우연의 이마에, 뺨에, 눈에, 입술 위에 입을 맞췄다. 우연은 그의 날숨 자락으로 그가 부드럽게 웃고 있다는 것을 알았다.

"우연아, 너는."

아저씨의 목소리는 이제 가뭄의 논처럼 쩍쩍 갈라진다.

"이제 자유야."

"……."

"넌 이제 자유야."

"……아저씨."

"나도 널 붙잡지 않을 거야. 원하는 대로 살아."

우연은 그의 목을 끌어안았다. 눈물이 눈꼬리를 타고 흘러내린다.

아저씨는 자신이 해 줄 수 있는 것을 다 해 주었다. 아니, 자신이 할 수 있는 것 이상으로 해 주었다. 아저씨는 대체 전생에 나에게 무슨 빚을 져서 이러는지 모르겠다. 이게 무슨 빌어먹을 인연일까. 감히 헤아릴 엄두조차 나지 않는 이 엄청난 빚을, 나는 대체 어떻게 갚으면 좋을까.

아저씨는 우연을 안은 채 조용히 말을 이었다.

"나도…… 이제 자유로워지고 싶어."

"……?"

"검찰 진술서에 내가 했던 일 그대로 써서 냈어. 증거 자료도 다 제출했고. 조만간 출두 명령이 올 거고 그때는 가 볼 생각이야."

"……아."

"그 일로 값을 치러야 한다면 치르고, 대표이사에서 물러나야 하면 전문 경영인 세우고 물러날 거야. 그리고……."

자신의 몸 안에서 숨을 죽이고 있던 그의 몸이 다시 팽창하는 것이 느껴졌다. 그가 맑은 목소리로 웃는다.

"그다음엔, 정원사를 하면서 조용히 숨어 살래. 어느 집 마당이든 정글로 만들어 줄 자신 있어. 아, 마당에 강아지도 101마리쯤 기르고."

"……하하."

갑작스럽게 튀어나온 달마시안 떼에 우연은 얼굴을 일그러뜨린 채 웃었다. 아저씨는 그 웃음이 새삼스러운 듯, 고개를 기웃하며 내려다본다.

"심심하면 놀러 와도 돼……. 아, 부담 주려는 건 아니야. 미안."

우연은 그의 울퉁불퉁한 등을 가만히 쓰다듬었다. 그의 웃음소리가 들렸다. 그는 자신이 포기한 일에 대해 더는 비통해하지 않는다. 아니, 비통함을 내색하지 않는다.

우연은 눈을 꽉 감았다. 이럴 때 뭐라고 대답해야 할지 알 수 없었다. 아저씨는 자신의 모든 것을 나에게 내어 준 후에, 아무 대가도 요구하지 않고 나를 놓아주는 것이다.

……완벽하게 자유롭게.

그 앞에선, 세상의 어떤 말도 감히 갖다 붙일 수 없다. 고맙다, 미안하다, 라는 말만 백만 번 되풀이한다 해도, 그가 베푼 일에 비하면 너무 하잘것없을 것이다.

그래서 우연은 더듬더듬 다른 말을 했다.

"……심심하면 ……동물들 데리고 ……여기 놀러 오세요."

아저씨의 눈이 잠시 깜박거린다. 우연이 무슨 말을 하는 건지 의도를 살피는 듯, 갈색 홍채가 좌우로 살짝 움직인다.

잠시 후 아저씨는 가볍게 웃으며 입을 맞췄다.

"그런 말 하지 마. ……아트빌리지는 애완동물 출입 금지야. 그리고 여긴 5년밖에 못 산다고."

우연은 입을 비쭉했다.

"그럼, 쫓겨나기 전에, 라면……이라도 먹으러 와요. 너구리 맛……있다고 했잖아요. 무스케이크도."

아저씨의 미소가 흐릿하게 뭉개진다. 애매한 대답이 귓가에 내려앉는다.

"음. 너구리는 맵고 짜고, 딸기 무스케이크는 달더라."

이건 또 무슨 뜬금없는 말일까. 달지 않은 케이크가 있던가. 짜지 않은 라면이 있던가. 아저씨는 별다른 설명을 하는 대신 천천히 되풀이하며 웃었다.

"그래. 그때 그 케이크가…… 참 달았지. 그냥, 너하고 먹었던 건 다 맛있었어. 좋더라."

우연은 자신을 몸으로 지그시 누르고 있는 사내를 말끄러미 올려다보았다. 그 케이크가 달다는 게 그렇게 감탄할 만한 일이었던가.

아니, 나와 케이크를 먹던 그 순간이 그렇게나 달았을까.

혹은, 지금까지 이어지는 나와의 기억이 그렇게나 달았을까.

우연은 생각을 접고 그의 가슴에 얼굴을 파묻었다. 땀으로 젖은 아저씨의 피부, 그 축축한 맨살의 느낌이 정말 좋았다. 심지어 땀에서도 향기가 나는 것처럼 느껴질 지경이었다.

두 팔을 벌려서 아저씨의 등을 찬찬히 어루만졌다. 울퉁불퉁한 흔적이 손끝에 감긴다. 화상 흉터 전문가가 치료 중이라 했지만, 아마 이 상처는 오래 남을 것이다. 어쩌면 죽을 때까지 남아 있을지도 모른다. 미안하다, 고맙다는 말로 무마하기에 이 흔적 역시 너무 크고 깊고 길다. 우연은 그것을 과연 메울 수 있을지, 아니, 조금이라도 메우는 게 가능하기는 한지 의심스러웠다.

"……가려워, 우연아."

아저씨가 허리를 비틀며 웃는다.

"거기, 새로 올라오는 피부, 감각이 이상해. 이상하게 예민해졌어. 아……."

그래도 만지지 말라는 말은 끝내 나오지 않는다. 그래서 우연은 바닥에 누운 채 계속 아저씨의 등을 어루만졌다.

아저씨는 새로 돋은 살을 만질 때마다 가끔 소스라치고, 가끔 허리를 비틀고, 가끔은 신음했다. 그러고는 낯선 얼굴로 멋쩍게 웃었다. 그는 새로 발기한 것을 구태여 숨기지는 않았지만, 큰 폭풍이 잦아든 후라서 느긋하고 여유로웠다.

"조금 더 하고 싶은데."

아저씨는 부드럽게 웃으며 우연의 가슴을 가만히 쓰다듬었다.

"괜찮아?"

부드러운 목소리에 가슴이 뛴다. 손에 잡힌 가슴에서, 손가락으로 잡아 이리저리 비트는 젖꼭지 부근에서 저릿저릿 작열감이 올라온다. 심장이 그의 손에 폭 안겨 있는 것 같다. 아저씨가 가슴을 꼭 쥐면 심장도 함께 꼭 눌리는 것 같다.

후우. 흠, 후우우.

아저씨는 이번에는 천천히 들어왔다. 눈을 뜨고, 미소를 머금고, 부드럽게 애무하고, 아래를 천천히, 아주 천천히 달구며 들어온다. 우연의 몸속으로 연결된 긴 지하 통로를 꽉 채워 막아 놓고, 그는 움직임을 멈춘 채 조금 웃었다.

"……이렇게 좋은데."

우연은 두 손으로 그 뺨을 감쌌다.

아저씨는 느릿느릿 허리를 움직였다. 오르가슴과 사정을 위해 내달리는 것이 아니라, 두 사람이 연결된 그 순간, 그 자체를 오롯이 누리려는 것 같았다. 우연의 몸은 느릿한 움직임을 기꺼이 받아들인다. 아래에서 애액이 넘칠 듯이 흘러나오고, 거대한 성기가 밀려들어 오고, 천천히 빠져나오고, 다시 밀려들어오며 허리를 잘근잘근 쳐 댈 때, 하반신 전체가 전류에 감전된 것처럼 찌르르 울렸다.

아저씨는 사정할 생각조차 없는 듯, 몸이 따뜻하게 달아오른 상태 그대로 천천히 왕복 운동만 계속했다. 가늘게 몸을 떨기도 하고 멈추기도 하고 천천히 나갔다 들어왔다, 혹은 그 속에 성기를 파묻은 채, 가슴을 애무하거나, 젖꼭지를 번갈아 빨거나, 클리토리스를 가볍게 간질이거나 입이나 목덜미에 입을 맞추기도 했다.

"이 상태로 몸이 붙어 버렸으면 좋겠다. 내 몸조차 없어지고 네가 되었으면……."

아저씨는 허리를 천천히 움직이며 중얼거리다가 풀썩 웃었다.

"사랑이라는 감정은 왜 이렇게 파괴적일까."

머리가 징, 울리며 아저씨의 다른 목소리가 분수처럼 솟아오른다.

'너하고 같이 있으면, 나는…… 내가 아니더라.'

……내가 아니더라.

한없이 따뜻하고 다정하면서도, 차고 단호한 경영인으로 불려야 했던 사람. 남의 상처를 그리도 못 견디면서, 상대의 숨통을 끊는 일에 익숙해져야만 했던 사람. 그래서 강철의 울타리를 두르고 붕괴 직전의 내면을 지켜야만 했던 사람.

그리고 나는, 그곳에 처음으로 들어간 사람이었다. 달의 뒷면이나 마리아나

해구 바닥처럼, 누구도 발을 디디지 못했던 어둡고 깊은 그의 심연에, 고작 다섯 개의 그림으로, 고작 붓 한 자루로, 나는 그 견고한 담장을 허물고 기어이 발을 디뎠다.

그래, 맞다. 나는 지금까지 아저씨를 깨뜨리는 사람이었다.

"너는, 나를 나답게 만드는 것들을 모조리 부수고 내 속에 들어앉은 첫 번째 사람이었어."

우연의 생각을 읽은 것처럼, 아저씨는 낮은 목소리로 속삭였다.

아저씨의 고백이 불현듯 두려워졌다. 그가 여전히 바라는 것은, 사랑하는 여자와 아이들로 구성된 따뜻하고 안정적인 가정이었다. 그것은 우연이 노력해서 줄 수 있는 게 아니었다. 우연이 더듬더듬 말했다.

"아저씨, 의사 선생님이……."

"응."

"나 아기 못 낳을지도 모른대요."

담백하게 말할 수 있을 줄 알았는데, 목이 울컥 잠긴다.

"의, 사 선생님이, 아빠가, 거, 걷어차서, 자, 자궁인지, 난소인지, 뭐가 잘못 됐대요."

"……그래."

"아저씨도 들으셨어요?"

"……그래."

우연은 의사 선생님의 조심스러운 위로를 입에 담지 않았다. '의학의 도움을 받는다면, 아기를 갖는 것이 아주 불가능하진 않을 겁니다. 번거롭긴 하겠지만요.' 아저씨 역시 그 말을 들었을 테지만, 일언반구도 하지 않는다. 그것을 핑계로 매달리지도 않는다. 우연은 눈을 감고 속삭였다.

"잘됐어요. 엄마 아빠의 유전자는 저를 끝으로 멸종될 거예요. 유전병이 작렬했던 합스부르크 사람들, 로마노프 사람들처럼…… 윽."

순간 아저씨는 우연의 몸을 힘껏 파고들었다. 우연은 눈을 크게 뜨고 몸을 비틀었다. 의외로 아저씨는 희미하게 웃음을 머금고 있었다.

"아니, 넌 아기를 안 낳겠다고 전부터 결정했었잖아. 그것뿐이야. 거기서 달라진 건 아무것도 없어."

"……."

"어차피 지금은 대멸종의 시대야. 멸종의 시대에는 최고로 번성한 종이 반드시 멸종당하게 돼 있지. 신생대 인류세 최고 지배자인 인간도 조만간 멸종할거란 말이야."

아저씨는 중2병 소년처럼 시크하게 덧붙였다.

그 '조만간'이 몇만 년인지, 몇십만 년인지는 정확히 모르지만, 어쨌든 아저씨는 쓸데없이 이상한 상식을 많이 갖고 있었다. 아저씨는 성기를 장난스럽게 툭툭 밀어 넣으며 말했다.

"그렇게 생각하니까, 나도 내 후손에게 그 재앙을 겪게 하느니 잘 먹고 잘 살다가 개인적인 멸종을 선택하는 것도 괜찮겠다는 생각이 들더라."

사랑하는 아내와 귀여운 아이들, 예쁜 정원, 반려동물들로 구성된 따뜻한 가정을 간절하게 꿈꾸던 아저씨는 이제 아무렇지도 않게 그런 말을 하며 허리를 숙이고 누워 있는 우연의 이마에 입을 맞추었다.

"그래도 그림 몇 장은 남겠지. 남는 장사야."

가만히 눈을 감았다. 아저씨의 모습을 볼 자신이 없었다.

그 이후부터 이어진 섹스는 이상했다. 쾌감을 좇는 것도 아니고 쾌감을 포기한 것도 아니었다. 아저씨는 우연의 몸속에 오래오래 머물렀다. 발기는 했지만 사정은 하지 않은 상태로, 함께 연결되어 있다는 느낌 자체를 온전히 누리려는 것처럼 느리게 움직였다가 쉬었다가 움직이는 것을 반복했다.

두 사람은 마루의 소파로 자리를 옮겼고, 다시 바닥으로 내려앉았다가 침대로 이동했다. 몸이 깊이 결합한 상태 그대로 안겨서 움직이는 느낌은 몹시 낯설었다. 한 걸음, 한 걸음 옮길 때마다 거대한 살덩어리가 움찔대며 질 속으로 치밀고 올라오는데, 그때마다 저도 모르게 짤막한 신음이 흘러나왔다.

뜨겁지도 않고 차갑지도 않은, 은은하게 따뜻한 상태가 계속 이어졌다. 아저씨는 눈이 마주치면 서글프거나 다정한 얼굴로 웃어 주었고, 입을 맞춰 주었고, 뺨을 어루만졌고, 눈썹을 핥았고, 가슴을 애무했다. 성욕이 이끄는 대로 행동하는 게 아니라, 두 사람이 함께하고 있다는 것을 증명하기 위한 움직임 같았다.

우연은 느릿하게, 서서히 오르가슴에 올랐고, 이원은 우연이 절정에 오를 때까지 기다렸다가 눈을 감은 채 함께 사정했다. 그는 부드럽고 조심스럽게 움직였고, 받아들이는 몸도 허리와 엉덩이, 아랫배가 잘게 떨리는 것처럼 경련했다. 몸이 버터처럼 흐물흐물 녹아 버리는 것 같다. 이 오르가슴은 너무 길고 부드럽고 풍족해서 영원히 이어질 것처럼 느껴졌다.

사정이 끝나면 다정한 후희가 이어졌다. 깊이 끌어안고 더 구석구석을 핥고 달래고 애무했다. 다시 발기하면 처음부터 그 과정이 두 번, 세 번 되풀이되었다. 힘들다는 생각은 들지 않았다. 따뜻한 물속에 들어앉아 팔다리를 찰방대는 것처럼 편안하고 안온했다.

이런 안락함을 누리고 있는 자신이 이상했다. 이런 것은 내 인생에서 허락된 적이 없었다. 한 번도 없었다.

……너는 이제 자유야.

아저씨가 했던 말을 가만히 되풀이해 보았다. 눈을 감고 다시 되풀이해 보았다.

너는 이제 자유야.

……자유야.

천천히 눈물이 흘러내렸다.

〈№.5 비아 돌로로사〉

이원은 자리에서 일어나 좌우를 두리번거렸다. 작은 침대, 빛이 들어오는 작은 창문이 보이고, 뒤이어 옆에서 이불을 돌돌 말고 자는 우연이 눈에 들어왔다.

잠시 멍하니 앉아 있던 이원은 한 박자 늦게 풀썩 웃었다. 어제 장례식을 마치고 우연과 함께 밤을 보냈던 것이 한 조각씩 떠올랐다. 기억은 빛이 바랜 것처럼 허여스름했고, 조각조각 흩어져서 파편화되어 있었다.

왜 일이 이렇게 되었는지 반성도 부질없고, 그럴 생각이 없었다는 변명도 의미 없었다. 우연이라는 아이에 관한 한, 자신의 의지는 아무런 가치가 없었다.

쓴웃음을 지으며 몸을 일으켰다. 끙, 하는 신음이 흘러나오며 손이 저절로 허리로 향했다. 체력이 안 좋다고 생각한 적은 없는데, 우연과 밤을 보내면 다음 날 아침에 허리와 허벅지가 녹아내리는 것 같다.

두세 번 정도로 적당히 끝을 냈어야 말이지. 이원은 머리를 헤집으며 숨죽여 웃었다.

어제 몇 시에 잠들었는지 모르겠다. 몇 번이나 사정을 했는지도 기억나지 않는다. 다만 첫 번째의 과격하고 파괴적인 정사가 지나간 후엔, 모든 것이 느릿하게 이어졌다. 애무도, 쾌감도, 아니 사정에 이르는 모든 과정이 느리고 은은하고 부드럽고 길었다. 오후 내내, 그리고 밤새 그렇게 간질간질한 흥분과 오른 가슴 상태를 유지했던 것 같다.

고개가 절로 수그러들며 손이 얼굴로 올라간다. 감미롭고 황홀했다. 이런 밤이 이번 생에서 다시 올 수 있을까 싶을 정도로.

이원은 색색대며 단잠에 빠진 우연을 내려다보다가, 손을 내밀어 이마와 뺨을 덮은 머리카락을 가만히 걷어 올렸다. 희고, 붉고, 새까맣다. 뺨을 가만가만 어루만졌다. 깨지 않는다. 달게 잔다. 색색, 색색, 가벼운 숨소리조차 달았다. 으응, 신음 소리도 달았다. 이원의 손을 더듬어서 꼭 움켜쥐는 이 촉감마저도 달다.

눈이 시다. 목이 욱신거린다.

예전에 우연과 주고받았던 대화가, 겁도 없이 서원했던 말들이 토막토막 떠오른다.

'그날, 너를 깊이 위로하고 따뜻하게 안아 줄 수 있는 사람이 네 곁에 있기를 기도하마.'

'부모님이든 누구든, 이 세상 어떤 것이든, 너를 괴롭히지 못하기를.'

'더 이상 네가 아픈 일이 없기를. 차, 차라리…… 내가, 대신 아프기를…….'

'프란치스코 너 이놈, 서원 기도 함부로 하는 거 아니야.'

순간 짓궂은 목소리가 꼬리를 물고 펑, 튀어 오른다. 이원의 어머니와 약속 한번 잘못했다가, 이원의 유아 세례와 견진 성사 때 대부 노릇까지 해 주어야 했던, 류경서 아우구스티노 노(老)신부님의 쩌렁쩌렁한 목소리였다.

'서원이 어떤 방식으로 이루어질지 네놈이 어떻게 알아? 잘하면 뒤통수 작렬하는 수가 있어.'

'그분께서는 기억력이 대단하신 데다 유머 감각과 연출력도 뛰어나시거든.'

대부님 말씀이 맞다. 그런 기도는 함부로 하는 게 아니었다.

네 고통을 대신 감당해 줄 수 있다고 믿었다니, 오만해도 너무 오만했다.

하지만 아무리 생각해도 결론은 달라지지 않는다. 우연에게 첩첩이 쌓인 고통 중에서도, 아버지를 죽게 했다는 가책만큼은 네가 아닌 내가 감당하는 게 맞다. 이미 온몸과 마음이 상처로 뒤덮인 너보다는 내가 끌어안는 게 백번 옳다.

이원은 무릎을 끌어안고 고개를 숙였다. 그래도 어깨의 떨림은 멈추지 않았다.

조용히 거실로 나온 이원은 주방을 둘러보았다.

"후우……."

한숨이 저절로 나왔다. 음식 찌꺼기가 말라붙은 레토르트 용기가 싱크대에 쌓여 있고, 냉장고에선 도우미가 만들어 놓고 간 반찬이 얌전하게 쉬어 가고 있었다. 밥솥의 밥은 노랗게 말라비틀어져 있었다.

거실 역시 엉망이었다. 대체 빨래를 하기는 한 건지, 여기저기 널린 옷가지와 양말, 수건에선 냄새가 났고 바닥에는 먼지가 뽀 다.

대체…… 넌 혼자 살 수는 있을까?

바로 고개를 저었다. 지금 저 아이의 생활 능력을 따지고 판단하는 자신이 더 한심했다. 지금 우연이 숨 쉬고 살아 있어 준 것만도 고마운 일이었다.

이원은 그릇과 음식을 대충 정리한 후, 빨랫감을 세탁기에 넣어 작동시키고, 청소기 대신 걸레를 들었다.

이원메세나재단에서 '넓은 아틀리에'라고 자랑하는 작업용 거실이었지만 사실 썩 넓지는 않았다. 기껏해야 일고여덟 평 정도밖에 되지 않아, 걸레질은 금방 끝났다. 흰색에 가깝던 걸레가 고동색으로 변한 것을 보며, 이원은 다시 한숨을 쉬었다.

하지만 정리할 것은 그것뿐이 아니었다. 거실 한구석에 흉하게 널브러진 채 먼지를 뒤집어쓰고 있는 이젤, 말라붙은 페이퍼 팔레트와 물감 상자, 물통이 보였다.

"이건…… 뭐지?"

이원은 이젤 옆에서 뒹구는 작은 수채 패드를 들고 고개를 갸웃했다. B4 사이즈 정도는 되려나 싶은 작은 사이즈였다. 그러고 보니 도우미가 이상한 말을 한 적이 있었다.

'스케치북에 그림을 그리고 있었어요. 그런데 좀 이해는 안 되는 게…….'

머뭇머뭇 말을 돌리려던 도우미는 결국 속의 말을 토해 내고 말았다.

'무슨 그림인 줄 전혀 알아보지 못하겠어요. 사람을 그린 건지, 물건을 그린 건지, 색칠 공부를 하는 건지.'

저절로 실소가 터졌다. 우연은 이미 최고 수준의 하이퍼리얼리즘 화가였다. 극도로 정밀한 테크닉, 초현실적인 분위기를 풍기는 독특한 감성, 거기에 인간의 내면을 깊이 파헤치는 통찰력까지, 그녀의 작품들은 당장 뉴욕 시장에 내놔도 찬사를 받기에 부족함이 없었다. 그런데 뭐? 색칠 공부?

하지만 그녀의 이어지는 말에서는 웃음기가 싹 사라졌다.

'그냥, 정신병자가 제멋대로 맡겨 놓은 것 같아요…….'

이원은 그림을 펼친 채 가만히 내려다보았다.

제기랄.

도우미의 말은 틀리지 않았다. 이원은 이 작은 화면에 그려진 게 무엇인지 알 수 없었다. 아무 형태도 보이지 않는다. 몇 개의 뭉그러진 사각형으로 나뉜 화면에는 기이하게 휘고 찌그러진 선과 색깔들만 있었다. 검은색, 흰색, 혹은 옅은 붉은색, 회색, 색깔은 두서없었다.

뒷장의 그림도 차례차례 넘겨 보았다. 열 장짜리 수채 패드를 한 장씩 떼어 가며 그림을 그리고 한 권으로 모아 둔 것 같았다.

……이게 대체 뭐야.

눈썹이 점점 이상하게 찌푸려진다. 뒤의 그림들도 다 비슷했다. 가장자리가 일그러진 사각형의 틀이 있고, 틀 안에는 물결처럼 일그러진 색들이 빼곡했다. 특히 현실에 존재하지 않는 것처럼 화려하고 이질적인 형광색도 여기저기서 일렁거렸다.

스케치북을 내려놓고 이젤 옆을 더 찾아보았다. 혹시 환각이라도 본 걸까. 증세가 많이 안 좋은가. 지금 당장이라도 입원을 시켜야 할까. 대체 이것들은 뭘 그린 걸까.

이원은 마루를 샅샅이 뒤져 동일한 크기의 스케치북 아홉 권을 더 찾아냈다. 그곳에 있는 그림들도 마찬가지였다. 앞장과 연결된 뒷장 사이에는 어느 정도 색의 연결성이 있는 것 같은데, 첫 장과 마지막 장의 그림은 전혀 다른 색으로 채워져 있었다. 하나같이 귀퉁이가 일그러진 사각형에 갇힌 기이한 그림이었지만 모양과 색깔은 조금씩 다 달랐다. 점점 소름이 돋는다.

대체 넌 뭘 그린 거니, 우연아?

"이, 이건……?"

어떤 그림의 맨 아랫단에 낯익은 글자가 보인다. 우연의 서명이었다. 서명은 찌그러지지도 뒤틀리지도 않았고, 쉽게 알아볼 수 있을 만큼 큼직하고 또렷했다. 이원은 황급히 그 그림의 앞뒤를 뒤적여 보았다. 다른 글자가 있을까? 이 그림에 대한 무슨 힌트라도?

……있다!

다른 스케치북에서 글자를 찾아낸 이원은 다시 아연해졌다.

「VIA DOLOROSA」

……비아 돌로로사.

고통의 길, 슬픔의 길, 비아 돌로로사.

입으로 천천히 뇌어 보던 이원은 다시 눈을 크게 떴다. 이 글자의 모습은 익숙하다. 자신의 등에 그려 놓았던 그림 속에 적혀 있던 서체와 꼭 빼닮았다. 그러고 보니 두 개의 그림이 비슷한 색으로 연결된 듯한 느낌이 든다.

어떤 생각이 번개처럼 머리를 치고 지나간다.

이원은 급히 이전의 스케치북을 뒤적였다. 맞다. 요란한 형광색의 그림. 이색감을 기억한다. 반짝이는 펄이 잔뜩 들어간 화려한 그림.

오, 이런 맙소사.

알 것 같다. 이게 무엇을 그렸는지 이제 알겠다.

손이 덜덜 떨렸다. 이건 구체적인 형태가 없는 비구상화가 아니다. 정신이 오락가락해서 그린 그림도 아니고 환각으로 그린 그림도 아니다.

……게다가 이건, 단 한 장의 그림이 틀림없다.

같은 스케치북에서 나온 그림은 가로로 긴 한 줄이었다. 죽 늘어놓고 보니 색의 연결성이 뚜렷이 느껴진다. 이원은 다른 스케치북에서 나온 그림들도 길게 연결해 보았다. 비아 돌로로사와 서명이 있는 조각은 전체 그림 중 아랫단에 위치할 것이다.

가로로 맞추기는 쉬웠다. 그냥 앞에서부터 순서대로 늘어놓으면 한 줄로 연결된 그림이 나왔다. 아래위를 맞추는 것은 약간 까다로웠지만, 가장 아래에서부터 비슷하게 연결되는 색을 찾아 나갔다.

거대한 그림이 서서히 윤곽을 드러낸다. 가로 26센티, 세로 36센티의 그림이 열 장씩 아래위로 연결되니 그 크기가 어마어마했다. 이마에서 땀이 줄줄 흘러내리는 것을, 이원은 짜증스럽게 문질렀다. 이 대작에 더러운 얼룩을 만들 수는 없었다. 그림이 완성되어 감에 따라 점점 숨이 막히기 시작했다. 목이 졸린다.

……맙소사.

마지막 한 줄의 아귀가 맞아 들어간다. 이원은 가장 오른쪽 윗부분의 조각을 맞춰 넣은 후 천천히 몸을 일으켰다. 한 걸음, 두 걸음, 세 걸음……. 거실의 끝까지 뒤로 물러선 이원의 눈앞으로 거대하고 아름다운 그림이 확 펼쳐진다.

……하느님. 어떻게 이런…….

두 손이 입으로 천천히 올라간다. 일그러진 사각과 출렁대는 이상한 색으로 가득한 100개의 그림은 하나의 거대한 초상화로 완성이 되었다.

그림의 주인공은 이원 자신이었다.

자신은 지금 사각 무늬를 가진 유리문 너머에서 등을 돌린 채 앉아 있다. 깊은 고뇌에 잠겨, 오열을 필사적으로 감추며 두 팔로 등을 감싸고 있다.

그리고 그 등에는 우연이 그렸던 보디 페인팅, 첫 번째 '비아 돌로로사'가 생생하게 살아 있었다.

이원은 거칠게 숨을 몰아쉬었다. 놀람과 충격을 넘어선 이 감정은 차라리 공포에 가까웠다.

……너는, 인간이 아닌 거지, 우연아?

딱 백 장의 조각으로 이루어진 그림. 열 장이 한 권인 스케치북에서 단 한 장도 버린 것 없이 고스란히 사용된 그림. 전체 스케치도 없고 거대한 밑그림도 없고, 보고 그릴 사진조차 없이, 오직 머릿속에 저장된 이미지만으로, 앞에서 차례차례 순서대로 이어서 그려 낸 단 한 번에 그려 낸 그림이었다.

백 장의 그림을, 단 한 장의 실패도 없이, 컴퓨터로 분할 출력 하듯이 이루어진 작업.

너는, 천재다.

……역사상 너 같은 재능을 가진 화가는 지금까지 없었고, 앞으로도 없을 것이다.

이원은 이 압도적이고 거대한 초상화 앞에서 도저히 말을 이을 수 없었다. 이 앞에서 감히 무슨 말을 입에 담을 수 있을까. 생각 자체가 멈춘 것 같았다.

「VIA DOLOROSA」

제목은 말할 나위 없이 맞춤했다. 끝없이 이어지는 고통의 길을 걷고 있는 연약하고 상처 입은 소녀의 손을 잡아 주고, 대신 상처를 입고, 대신 아파하는 누군가의 모습을, 우연은 이렇게 그린 것이다.

자신을 바둑판 유리를 투과한 형태로 파편화해서 그린 이유도 알 것 같다.

이원에 대한 사람들의 평은 늘 극도로 엇갈렸다. 반듯하다, 따스하다, 신뢰할 만하다, 거룩하다, 합리적이다, 상호 상생, 잔혹하다, 앞뒤가 다르다, 비열하다, 가증한 위선자, 제로섬, 파멸.

사람들은 그런 말들을 참 쉽게도 내뱉었다. 그들은 늘 멋대로 기대치를 높인 후, 조금이라도 예상에 어긋나면 멋대로 실망하며 '당신답지 않다.'라는 말로 비난하곤 했다.

우연의 목소리가 총소리처럼 그림 밖으로 탕, 튕겨 나오는 것 같다.

웃기시네, 아저씨다운 게 뭔데요?

그게 다 아저씨잖아요! 전부 다 아저씨잖아요!

이원은 홀린 듯 그림을 살펴보았다. 우연의 목소리가 점점 또렷이 들리는 것 같다.

이 그림 조각들은 모두 아저씨예요. 아저씨처럼 보이지 않지만, 모두 아저씨의 모습을 담고 있어요.

거북이를 살린 것도 아저씨고, 달팽이 떼를 몰살시킨 것도 아저씨예요. 동물을 사랑하는 것도 아저씨고, 다시는 동물을 기르지 않겠다고 결심한 것도 아저씨예요.

모든 소유를 내려놓고 사제로 헌신하려 했던 것도 아저씨고, 업계를 흔들 만큼 탐욕스럽게 사세를 확장한 기업가도 아저씨예요. 정우건설을 파멸로 이끈 것도 아저씨고, 아기의 고통을 나에게 옮겨 달라고 울부짖던 것도 아저씨예요.

사랑하는 사람과 행복한 결혼을 꿈꾸었던 것도 아저씨고, 사랑하지 않는 사람과 불행한 결혼을 결정한 것도 아저씨예요. 이성적이고 합리적인 것도 아저씨고, 충동적이고 감성적인 것도 아저씨예요.

나에게 손을 내밀어 생명을 준 것도 아저씨고, 그 뒤에서 내 그림의 가치를 계산하던 것도 아저씨예요. 나를 사랑한 것도 아저씨고, 나를 밀어낸 것도 아저씨예요. 빙하처럼 금욕적이고 정결한 것도 아저씨고, 음란한 욕정이 화산처럼 끓어오르는 것도 아저씨예요.

……그 모든 것이, 내가 사랑하는 한이원이에요.

이원은 그 그림을 사진으로 찍은 후, 메모를 남겨 놓고 문을 나섰다. 머리가 얼얼하고 심장이 터져 나갈 것 같았다. 아니, 그녀의 목소리가 목을 조르는 것 같아, 도저히 그 자리에서 더 버티고 있을 수 없었다.

그림을 가지고 나올 수도 없었다. 우연이 자신에게 줄 마지막 계약 작품이란 건 알았지만, 감히 손을 댈 수 없었다. 자신이 할 수 있는 일은 그림을 원래 순서대로 정리해서 그 자리에 고스란히 돌려놓는 일뿐이었다.

하느님께서 한낱 인간에게 저 정도까지 재능을 허락하신 이유를 이해할 수 없었다. 저건 인간이 감당할 만한 범위를 넘어선 작품이었다. 하물며 저렇게 연약한 육신과 불안정한 정신을 가진 아이에게.

아니, 이런 말은 다 의미 없다. 이제는 신이 내린 엄청난 재능을 질투하거나 부러워하는 마음조차 들지 않는다. 정신이 짓눌릴 정도의 압도적인 위압감만 느껴질 뿐이다.

한때 이 재능을 등에 업고 이름을 남기고자 했던 자신이 벌레처럼 느껴진다.

너는, 애초에 내 손에 잡힐 수 없는 존재였다.

……나는 너를 감히 감당하지 못할 것이다.

이원은 운전석에 앉아 핸들에 이마를 기댔다.

□ ■ □

김포 방화 사건의 담당 검사실에서 연락이 온 것은 열흘 후였다. 고소한 사람은 이미 망자가 된 진형식이었다. 이원은 두말없이 출두해 조사에 응했다.

"가끔, 피의자 조사에서 이해할 수 없는 사람들을 만납니다."

사건 당일 정황을 몇 시간에 걸쳐 시시콜콜 확인하던 검사는, 갑자기 서류철을 덮더니 엉뚱한 말을 하기 시작했다.

"한이원 씨, 인간에게 양심이라는 게 실제로 존재한다고 믿으십니까?"

"존재한다고 믿고 있습니다."

"저도 한때는 그랬는데, 이 일을 시작한 지 1년 만에 그 믿음을 버렸습니다."

젊은 검사는 등을 뒤로 기대며 조금 웃었다.

"이곳에 오는 사람 중에, 자기가 잘못했다고 진심으로 뉘우치는 사람을 못 봤습니다. 겁을 잔뜩 먹은 학생부터 극악무도한 사이코패스까지, 한결같이 '억울하다'고 우겨 댑니다."

"양심보다는 자기 보호 본능이 더 강력하니 그렇겠지요. 그래도 잘못을 반성하는 사람들도 있기는 있잖습니까?"

"그건 형량 딜을 하려고 변호사가 시켰을 때뿐이죠."

검사의 냉소에 이원은 거연히 고개를 끄덕였다. 실제로 법무팀장인 박 이사는 예상 질문을 한 뭉치나 뽑아 주고, 준비 좀 하고 가시라고 야단야단을 했었다.

하지만 이원은 깨끗이 거절하고 혼자 출두했다. 애초에 숨길 일도 없고, 숨길 생각도 없고, 피할 생각도 없으니 검사와 머리싸움을 할 이유조차 없었다.

"그런데 한이원 씨 같은 분을 보면 기분이 좀 그래요. ……내 결론이 흔들린단 말이죠."

검사는 팔짱을 풀고 상체를 앞으로 내밀었다. 신영원이라는 이름표가 넥타이 위에서 달랑거린다. 이원은 고개를 갸웃했다. 어쩐지 이름이 좀 낯익긴 한데, 영 기억이 나지 않는다.

"일단 피해자 보호를 위해 취재 금지와 보도 제한을 요청했다는 건 알려 드리겠습니다. 지금 진술 내용이 외부로 나갈 일은 없을 겁니다."

"……배려해 주셔서 감사합니다."

이원이 고개를 숙이며 사의를 표하자, 신 검사가 어깨를 으쓱하며 심드렁하게 말했다.

"뭐, 한이원 씨 좋으라고 한 일은 아닙니다. 사건이 사건이다 보니 기자들이 벌 떼처럼 달려들 기미를 보이기에, 피해자 보호 차원에서 미리 약 좀 친 것뿐입니다."

이원의 눈이 살짝 커지자 그가 입술 끝을 비틀며 줄줄 읊어 대기 시작한다.

"'치정 살인인가, 일가족 동반 자살인가?', '불륜, 이혼, 배신으로 점철된 김포 방화 사건의 전말', '가정 폭력, 이혼, 스토킹의 비극적 결말', '친부 엄벌을 탄원한 딸, 알고 보니 조현병?' 이것들이 포털 메인에 올라가려고 대기 중이던 기사 제목이었습니다. 이따위 개소리들이 기사로 나가게 내버려 둘 순 없지 않습니까."

어이가 없어 말이 나오지 않았다.

"검사님. 이 건은 치정도 불륜도 아니고, 딸도 조현병이 아닙니다. 피해자에겐 그런 가짜 뉴스가 훨씬 큰 폭력입니다."

"제가 막았는데도 그 정도인데, 진형식 씨의 진술이 원문 그대로 퍼졌으면 어땠을 것 같습니까? 딸은 둘째 치고 한이원 씨 입장이 아주 골 때리게 돌아갔을걸요?"

하긴. 이원은 쓰게 웃으며 잠자코 수긍했다.

'아내가 바람이 나서, 나를 무고해 감옥에 넣었단 말입니다! 남편 가둬 놓고 이혼 소송을 하더니 내 아파트를 팔아서 외국으로 튀었다고! 눈 안 돌아가게 생겼습니까!'

'딸년은 에미를 닮아서 살짝 부족하고 정신병도 있어. 엄마에게 세뇌돼서 아빠에게 엄벌을 탄원하더니, 나중에 제 잘못을 알고 도망을 친 거요.'

'검사님, 놀라운 뉴스를 하나 알려 드릴까요? 세경그룹 있잖소? 거기 대표가 말이요, 진짜 인간 말종이에요. 그 새끼가 채팅 앱으로 내 딸을 만나서 돈으로 꾀더니 나중엔 집에 가둬 두고 별 더러운 짓을 다 했어요! 고등학생 때부터! 금수만도 못한 새끼가!'

'이번 화재도 그 새끼하고 마누라하고 딸년 셋이 합작해서 저지른 짓이야. 정신 나간 딸년이 나한테 기름을 붓고, 그 말종 새끼가 와서 나한테 주먹질을 하고, 마누라한테 라이터를 던진 겁니다. 마누라는 그걸 받아서는, 내 바짓가랑이를 잡고 나한테 불을 질렀던 거요.'

'난 피해자야! 몸이 이 지경이 된 것도 억장이 무너지는데, 그것도 모자라서 가해자 살인자 소리까지 들어야 해? 난 억울해! 억울하다고!'

진형식은 자신의 결백과 억울함을 진심으로 호소했다. 그러니, 이런 호소를 매일 들어야 하는 검사들이 '인간의 양심'에 냉소적으로 변하는 건 당연한 듯했다.

"저 헛소리가 기자들에게 털렸다고 생각해 보세요. 무슨 일이 벌어질 것 같습니까?"

이원은 지끈대는 머리를 누르고 간신히 대답했다.

"……검사님도 그게 진실이 아니라는 건 아시지 않습니까."

"그들에게 진실이 뭐가 그리 중요하겠습니까? 재미없는 진실보다 자극적인 거짓말이 훨씬 신뢰도가 높은데요. 요새는 돈 많고 인기 있는 사람들을 찍은 다음에 여론 조성해서 우르르 몰려가서 까고 패서 매장시키는 스포츠가 굉장한 유행입니다. 다들 대리 만족이 엄청난 모양이에요."

"……."

"어차피 책임지는 사람은 없어요. 나중에 진실이 밝혀져도 '아님 말고.' 발 빼면 그만이죠. 피해자가 억울하다고 자살해도 사과문 하나, 석 줄짜리 정정 기 사조차 안 내고 덮는 게 그쪽 바닥 아닙니까."

이원은 씁쓸하게 웃었다. 눈앞의 검사 역시 언론과 익명 대중의 생리를 소름 돋도록 혐오하고 있었다. 이게 과연 기꺼워해야 할 일인지는 모르겠지만 어쨌 든 반가웠고, 문제의 소지를 미리 차단해 준 것은 고마웠다.

"그것도 그렇고, 한이원 씨의 자필 진술서도 신경이 쓰였습니다. 이렇게 자 기 방어 본능이 없는 진술서는 또 처음이라서."

"있는 사실 그대로 쓴 것뿐입니다."

"담당 변호사한테 자문 안 구했죠? 봤으면 이런 진술서를 내버려 뒀을 리가 없거든요."

신 검사는 코로 웃으며 툭툭 말을 잇는다.

"그래도 기자들의 막장 드라마를 막은 제 성의를 봐서라도 '그 상황에서 어 쩔 수 없었다.' 하고 변명하는 시늉이라도 해야 할 거 아닙니까? 세경의 그 유 명한 법무팀장님은 어쩌고 이렇게 덜렁덜렁 혼자 오신 겁니까?"

박원주 이사는 이제 전관예우를 바랄 정도까지는 아니었지만, 여전히 법조 계에서 위세가 등등하니 남아 있는 사람이었다. 그리고 그는 지금 이원의 신임 을 회복하기 위해서 '살과 뼈를 갈아 넣으며' 고군분투하는 중이었다.

"그러잖아도 혼자 가겠다고 했더니 어찌나 잔소리를 했는지 모르겠습니다."

"태평하시네요. 제가 진형식 씨 진술을 토대로 당신을 기소하면 어쩌려고."

"죄를 지은 부분이 있으면 받고, 금고 이상이 떨어지면 전문 경영인을 두고 물러날 생각입니다."

"아, 진짜……."

신 검사는 짜증스럽게 고개를 저었다.

"당신이 지은 죄가 뭔데요? 기소거리가 있으면 나한테 좀 알려 줘 봐요."

이원은 어이없는 얼굴로 웃었다.

"검사님. 그걸 저에게 물으시면 어떡합니까? 기소거리가 없으면 저는 대체 왜 부르신 겁니까?"

"그래도 꽤 시끄러운 사건이었는데 마무리는 확실하게 해야 할 거 아닙니까. 기자들한테 제대로 된 보도 자료라도 돌려야 입막음이 되죠."

이원은 기가 막혀 헛웃음을 지었다. 검사가 이렇게 나오면 어쩌자는 건지 모르겠다.

"저희가 복원한 녹음 자료 45분을 아무리 돌려서 들어 봐도, 가해자는 진형식, 그리고 방화 당사자는 김현주예요. 그리고 당신과 진우연 씨의 진술은 그 녹음 자료와 한 치의 어긋남도 없이 일치합니다."

이원은 움직임을 멈췄다. 뭔가 이상한 말을 들은 것 같다.

"……우연……이가 참고인 진술을 했습니까?"

그는 잠시 팔짱을 끼고 대답을 미루더니 내키지 않는 목소리로 대답했다.

"며칠 전에 저한테 갑자기 찾아와서 다섯 시간 동안 자세하게 진술을 하고 갔습니다. 덕분에 현장에서 있었던 일을 확실하게 확인할 수 있었고요."

눈이 저절로 커졌다. 얼마 전까지 말도 못 하고, 반응도 제대로 보이지 않던 아이가 다섯 시간 진술이라고? 이게 대체 무슨 말이지?

"진형식 씨가 당신에게 얼마나 비열하게 무고를 했는지 바로 나오더군요. 망자에게 이런 말 하긴 미안하지만, 내가 그런 사람들 때문에 인류애를 뭉텅뭉텅 잃어요, 진짜."

신 검사의 긴 한숨 소리가 들린다.

"그런데 진우연 씨가 재미있는 말을 하더군요."

"무슨 말입니까?"

"그날 당신은, 아버지와 자신 중에서 한 명밖에 살릴 수 없는 상황이었다……라고.”

한 명밖에 살릴 수 없었다? 고개를 갸웃하던 이원은 문득 움직임을 멈췄다.

……아하.

'두 명 중 한 명밖에 살릴 수 없는 상황'이었다는 말은, 화재 현장에서 생명을 건지는 것만 이야기하는 것은 아니었다. 직접 불을 붙인 어머니는 단단히 결박된 상황이라 구출 자체가 어려웠고, 삶을 이미 포기한 상황이기도 했다.

그래도 아버지는, 어쩌면 구할 수도 있었다.

하지만 아버지가 살아나면, 대신 우연이 죽을 수밖에 없었다. 그 말인즉, 우연은 목숨이 붙어 있지만 남은 생을 살아 있는 시체로 살아가야 한다는 뜻이었다. 그 아버지와 딸의 삶은 이미 제로섬으로 고착하여, 같은 세상에서 더 이상 공존할 수 없는 상황이었다.

“진우연 씨에게 행해진 가정 폭력에 관해서도 전부 조사했습니다.”

신 검사가 팔짱을 끼며 툭 던진다. 그 역시 우연의 진술에 깔린 이중적인 의미를 알아들은 듯했다.

“당신은 진우연 씨를 살리는 걸 택한 것뿐이고.”

“하지만 제가 그때 의도적으로 신고를 늦게 했던 건 사실입니다. 전화기도…….”

검사는 어이없다는 듯 고개를 흔들며 픽 웃었다.

“블랙박스 보니까 딱 200미터 운전했다가 돌아와서는, 주인을 깨워서 신고해 달라고 하셨던데요. 그러니 그런 얘기는 고해실에 가셔서 신부님에게나 하세요. 아, 물론 당신이라면 벌써 하셨겠지만, 보속 내용까지는 제가 알 바 아니고.”

이원은 고개를 숙이고 쓰게 웃었다.

200미터라. 그 정도밖에 안 되었던가?

당시 이원은 시간 감각과 거리 감각이 전혀 없었다. 그 짧은 시간이 10분, 20분, 한 시간, 아니 영원처럼 길게 느껴질 만큼 끔찍하게 고통스러웠다.

“……그래도 우연이만큼 적극적으로 구조하려 했던 건 아닙니다.”

"진우연 씨 한 명만 구조하는 데도 그렇게 큰 화상을 입었는데, 진형식 씨까지 구조요? 그랬다간 두 사람이 나란히 장례식을 치렀을 텐데?"

"……."

"자기 목숨까지 끊어 가며 남을 구조하지 않은 게 죄는 아니죠. 소방대원도 붕괴 위험이 있는 현장에선 빠져나오는 게 원칙인데 하물며 당신은 한 사람을 이미 구한 상태였잖습니까. 심한 화상까지 당해 가면서요."

"……별로 심하지는 않습니다."

"거참, 등껍질이 몽땅 벗겨진 게 심하지 않은 겁니까? 제가 인천까지 내려가서 당신 진료 기록도 전부 찾아보고 왔으니까, 딴소리 좀 하지 마세요."

그가 짜증스러운 어조로 툭툭 덧붙였다.

이원은 젊은 검사의 얼굴을 물끄러미 바라보았다. 캐고 변명하는 주체가 뒤바뀐 이 상황이 너무 어색했다. 검사도 이 상황이 영 마음에 들지 않는 듯 입술을 비죽이고 안경까지 고쳐 쓰더니 칼칼한 목소리로 묻는다.

"아, 그런데 한이원 씨 꿈이 정원사라면서요?"

"예? 그게 무슨……."

"마당을 정글로 만들고 강아지 101마리를 키우는 게 꿈이라고 들었는데……. 맞습니까?"

눈썹이 저절로 꿈틀거렸다. 표정 관리가 되지 않는다. 그 아이는 무슨 생각으로 그런 말까지 했을까? 이런 쓸데없는 이야기까지 다 떠들고 가느라 다섯 시간이나 걸린 거였나?

"전무님은 금고형 이상이 떨어지면 전문 경영인에게 뒤를 넘기고 발 빼는 꿈을 야무지게 꾸신 모양인데."

"……."

"협조해 드리지 못해 유감입니다. 국민의 귀한 세금으로 당신 같은 사람한테까지 공짜 밥을 먹일 생각은 없어서요."

불기소 처분, 혐의 없음, 사건 종료. 실감 나지 않는 낱말들이 눈앞으로 툭툭 떨어진다. 하지만 이원은 이런 결과보다 우연이가 직접 찾아와서 증언을 하고, 자신과의 이야기를 시시콜콜 늘어놓고 갔다는 게 더욱 실감이 나지 않았다.

"기억나실지 모르겠지만……."

할 말이 남은 듯, 볼펜을 돌리며 잠시 머뭇대던 신 검사는 한참 후 입을 열었다.

"몇 년 전, 정우건설 대표 일가 동반 자살 때, 저는 담당 천용걸 검사님 밑에서 일을 배우던 신입 중 한 명이었습니다."

아아. 그래서였나. 이원은 속으로 나직하게 한숨을 쉬었다. 어쩐지. 이름이 조금 낯익은 듯도 했다.

"그 덕에 전 당신이 아기 침대 옆에 매달려서 우는 모습을 거의 매일 CCTV로 봐야 했죠. 처음엔 연극이라 생각해서 엄청 짜증이 났는데, 시간이 갈수록 뭔가 아닌 것 같더군요."

"……."

"그때 손연정 원장에게 요청했던 진료 기록이 입수됐죠. 열람하면서, 당신의 눈물을 연극이라 생각했던 게 미안해졌습니다. 아, 이런 사람이 실제로 존재하기도 하는구나, 싶었어요."

인간의 양심이 실존하지 않는다고 믿던 사내는 여러 가지 감정이 뒤얽힌 눈으로 이원을 응시했다.

이원은 조용히 고개를 숙였다. 오래전의 치부가 다시 들추어진 기분에 얼굴이 홧홧해졌지만, 한편으로는 저 퉁명스러운 말투 뒤에 숨어 있는 호의도 또렷하게 느껴졌다.

"그 후로도 당신을 오랫동안 지켜보았습니다. 업계에서 승승장구하고 있지만, 그 일로 오랫동안 치료를 받으며 괴로워한다고 들었습니다. 그래서 당신이 그때의 고통에서 벗어날 수 있기를 가끔 기도했습니다. ……뭐, 사반세기째 냉담 중인 신도이긴 하지만."

의외의 말에 이원은 고개를 들었다. 25년째 냉담이라는 말이 제 생각에도 좀 심하다 싶었는지, 신 검사가 멋쩍은 얼굴로 말을 돌린다.

"정원사가 되고 싶다는 꿈은 충분히 이해하지만, 경영자로서의 성과가 너무 좋은 편이라 앞으로도 꿈을 이루기는 쉽지 않을 거라 생각합니다. 개인적으로 매우 안타깝게 생각합니다."

그는 위로하는 건지 비아냥대는 건지 모를 소릴 하더니, 이내 자리에서 일어나 악수를 청한다. 굉장히 뜬금없는 사람이다, 생각하면서 따라 일어나 손을 맞잡았다.

"가도 됩니까?"

"무혐의에, 불기소에, 사건 다 끝났고, 진술서 서명도 하셨으니 볼일도 없는데, 안 가고 여기서 뭐 하시게요? 제가 밥이라도 사 드려야 합니까?"

말버릇도 어지간히 까칠하다. 하, 하하하. 이원은 대놓고 웃었다. 아참, 신 검사는 잠시 눈썹을 찌푸리더니 생각난 듯 덧붙였다.

"증거 자료로 제출하신 휴대 전화의 복원 데이터는 메일로 보내 드렸으니, 한번 확인해 보시죠. 전화기는 다 부서져서 못 쓸 것 같지만, 연락처나 사진, 업무 자료 같은 건 필요하실 것 같아서요."

이원은 푸스스 웃으며 전화기를 열었다. 어지간한 자료들은 그때그때 백업을 해 두지만 까칠한 것 같으면서도 은근 잘 챙겨 주는 젊은 검사가 고맙기도 했다.

"바쁘실 텐데 배려해 주셔서 감사하……."

하지만, 도착한 파일을 열어 보던 이원은 순간 말을 잇지 못하고 돌처럼 굳어 버렸다.

복원된 사진 중, 있어서는 안 될 사진이 하나 들어 있었다. 우연의 집에서 얼마 전에 찍어 온 비아 돌로로사, 보디 페인팅이 된 자신의 뒷모습을 그린 거대한 그림이었다.

이 사진이 어떻게 예전 전화기에 들어 있지? 불가능한 일이잖아. 전화기는 이 그림이 나오기 전에 부서졌는데?

크게 몸을 떨며 눈을 깜박이던 이원은, 잠시 후 그것이 며칠 전에 봤던 우연의 그림이 아니라는 것을 알아차렸다. 각도도 다르고, 묘사도 달랐다. 우연의 그림은 사각 물결 유리를 투과한 형태였고 이것은 매끈한 형태였다.

……아, 이런.

이원은 이 사진이, 예전에 자신이 욕실에서 찍었다가 삭제한 것임을 뒤늦게 알았다. 이상한 기색을 눈치챈 신 검사가 묻는다.

"무슨 문제가 있습니까?"

"아, 아닙니다. 제가 삭제했던 사진이 있어서."

"그야, 당연하죠. 삭제 데이터까지 모두 복원해서 샅샅이 조사했으니까요. 야한 사진이나 야동 하나 없던데, 뭘 그렇게 식겁하십니까."

검사의 싱거운 웃음소리에 크게 펄떡이던 심장이 천천히 진정된다.

이원은 우연이 그린 거대한 그림 사진과 복원된 보디 페인팅 사진을 나란히 놓았다. 그것들은, 같은 시간에 같은 대상을, 다른 각도에서 다른 필터로 찍은 두 장의 사진처럼 보였다.

이원은 홀린 듯 같은 이름을 가진 두 개의 사진을 바라보았다. 왜인지 이 작은 우연이 기적처럼 느껴진다.

Via Dolorosa, 각자 힘겹게 걸어가던 두 개의 길이 드디어 한곳에서 만난 것이다.

전혀 예상치 못한 곳에서, 전혀 예상치 못한 방법으로.

……혹은 운명처럼.

천천히 1층으로 내려와 유리문을 열고 밖으로 나섰다. 아침에는 전혀 느끼지 못했던 6월 초여름의 햇볕이 쨍, 하니 얼굴로 쏟아진다.

이원은 불현듯 생각했다.

너를 만나러 가기에 딱 좋은 날이다.

42

더 누드 — 디 엔드 오브 에로스
(The Nude — The End of Eros)

우연은 집에 없었다. 이원을 따라온 최 실장이 관리인에게 우연의 행방을 물었다. CCTV를 확인한 관리인이 별일 아닌 것처럼 말했다.

"글쎄요. 요 앞에 편의점에 간 것 같은데요. 요새 하루 한두 번씩 편의점에서 아이스크림이나 라면 같은 걸 잔뜩 사 들고 들어오더라고요. 인사도 꼬박꼬박 하는데, 손녀딸 같아서 얼마나 귀여운지."

최 실장이 입을 떡 벌린 채 굳어 버리는 게 보인다. 그간 극도로 불안정했던 심리 상태를 접어 두고라도, 우연은 애초에 그렇게 붙임성 있는 인종이 아니었다. 하지만 이어지는 말은 더욱 가관이었다.

"가끔 컵라면을 하나씩 나눠 주기도 하는데, 걔는 왜 그렇게 매운 것만 먹는지 모르겠어. 그렇게 맛있다면서 꼭 먹으라고 야단인데, 나는 걔가 준 불닭면만 먹으면 설사를 해서 아주 미치겠어요."

최 실장이 입술을 실룩대며 웃음을 참느라 진땀을 뺀다. 이원도 고개를 돌리고 손수건으로 입을 가렸지만, 어깨가 들썩대는 건 들킨 것 같다.

너는 이제 혼자서 일상을 살아 나가고 있는 거니?

네 삶은, 이제 제대로 자리를 잡아 가는 거니?

이원은 혼자서 자리를 잡아 가는 우연을 받아들이기 힘들었다. 더욱이 가사 도우미에게도 '이제 안 오셔도 된다.' 했다는 걸 보면, 그동안 뭔가 많이 달라진 것 같기도 하다.

이원은 혼자 4층으로 올라가서 비밀번호를 눌렀다. 오늘은 원래 도우미가 마지막으로 방문하는 날이었는데, 도우미에게 대신 가겠다고 말해 둔 참이었다. 종이 가방 안에는 송 여사가 싸 준 반찬 찬합과 도시락, 수제 쿠키와 케이크도 바리바리 들려 있었다. 밥이나 제대로 챙겨 먹는지 걱정이 되어, 송 여사에게 부탁해서 우연이 좋아할 만한 반찬으로 싸 온 참이었는데, 관리인의 '불닭라면' 이야기를 들으니 영 헛수고를 한 게 아닐까 싶다.

"아⋯⋯."

이원은 현관에 들어서자마자 깊게 탄식했다.

⋯⋯이럴 줄 알았다.

문제는 반찬이나 끼니가 아니었다. 문을 열자마자 마루 가득히 널려 있는 옷가지와 양말, 수건들이 눈에 들어왔다. 여기저기 나동그라진 책들은 나름 가상하다 할 것인데, 싱크대는 도무지 답이 없었다. 밥알이 말라붙은 그릇과 컵, 일회용 용기가 12층 석탑처럼 여기저기 쌓였고, 컵 대신 사용된 밥그릇 국그릇 간장 종지가 커피 얼룩을 묻힌 채 탁자 위에서 굴러다녔다. 집이 이 지경인데도 벌레가 없다면 그것은 순전히 이곳의 방역을 책임지고 있는 세스코의 공로일 것이다.

이원은 가방을 내려놓고 잠시 웃었다. 이 난장판을 보는데도 왜 이렇게 안심이 되고 웃음이 나는지 모르겠다. 너무너무 그 아이다워서, 이제 제대로 그 아이다운 일상으로 돌아온 것 같아서, 가슴이 뻐근할 정도로 안심이 되었다.

이원은 반찬을 정리하고 설거지를 한 후, 냉장고도 청소했다. 엉망으로 흐트러진 침구도 반듯하게 각을 잡아 정돈하고, 빨랫감을 모조리 모아 세탁기에 넣어 돌리고, 현관의 신발도 신발장에 반듯하게 각을 맞춰 넣었다. 대문과 창문을 활짝 열어 환기도 시키고, 청소기도 빡빡 돌렸다. 가사 도우미 대신 오겠다고 한 대가를 톡톡히 치르는 셈 싶었다.

거실 청소를 시작한 이원은 탁자에 이리저리 굴러다니는 아크릴 물감과 물통, 붓을 정리하며 고개를 갸웃했다.

혹시 새 그림을 그리고 있었나?

자신과의 계약 그림은 끝났다. 아직 받지는 못했지만, 이원은 다섯 번째 그림이 이미 완성되었음을 알고 있었다. 우연은 그 그림에 더는 손대지 않으리라. 하지만 여기저기 굴러다니는 페이퍼 팔레트의 잔해와 붓, 목구멍까지 바짝 눌려 비틀어진 물감들을 보면 뭔가 작업 중인 것은 확실해 보였다.

그런데 왜 그림은 안 보이지?

거대한 캔버스도 보이지 않고, 지난번과 같은 작은 스케치북 더미도 없다. 이젤도 얌전하게 접혀 구석에 박혀 있었다.

대체 어디에서 무슨 그림을 그리고 있는 걸까?

이원은 사방을 둘러보다가 한쪽 벽을 덮고 있는 커다란 커튼을 향해 걸음을 옮겼다. 전면을 채운 책장과 선반을 가리기 위해 쳐 둔 커튼이었다.

촤르르. 커튼을 젖힌 이원은 그대로 숨을 멈췄다.

"……이런."

그곳에 있던 책장과 선반은 깨끗하게 사라졌고, 대신 그곳을 채우고 있는 것은, 두 개의 거대한 그림이었다.

하나는 이원에게 주기로 했던 다섯 번째 계약작이었다. 백 장의 조각 그림으로 구성된 한 점의 그림, 〈비아 돌로로사〉였다.

길이 3미터가 넘는 거대한 그림이 한쪽 벽면을 꽉 채우며 붙어 있었다. 아틀리에 용도로 설계된 아트빌리지는 일반 아파트보다 천장이 훨씬 높았지만, 이 그림의 높이까지 감당할 수는 없어서, 마지막 한 줄은 바닥에 깔려 있었다. 이렇게 작은 방에서 가까이 보아도 각 장의 형체가 합쳐져서 나오는 어마어마한 형태에 숨을 쉴 수 없는데, 만약 이게 제대로 갤러리에 걸리면 그 반응이 어떨지 짐작도 할 수 없었다.

그리고 두 번째 그림은, 그 그림 바로 옆에 걸려 있었다.

이원은 천천히 뒤로 걸음을 옮겼다. 한 걸음, 두 걸음, 모자랐다. 세 걸음, 다섯 걸음. 벽에 등을 기댔다.

벽의 나머지 절반을 꽉 채우고 있는 걸 보면, 신작은 〈비아 돌로로사〉와 비슷한 크기인 듯했다. 나무틀을 주문 제작 하기 곤란할 정도로 큰 사이즈여서 그랬는지, 우연은 커다란 캔버스 천 여러 폭을 이어 타카로 나무 벽에 박고 그 위에 그림을 그렸다.

이원의 누드였다.

그림 속에서 이원은 완전한 나신으로 침대 위에 앉아 있다. 한쪽 무릎만 세우고 몸을 느슨하게 풀어 버린 채, 가만히 아래를 내려다보고 있다. 살짝 내리깐 눈, 풍성하고 짙은 속눈썹, 속눈썹 그늘 아래 반쯤 감춰진 짙은 갈색 눈동자는 옆에 누워 있는, 이불에 폭 파묻혀 있는 작은 체구의 여자를 응시하고 있었다.

이게 언제 있었던 일인지는 바로 알 수 있었다. 우연 아버지의 장례식을 치른 다음 날 새벽. 과격한 흥분도, 성급함도, 들끓는 성욕조차 완전히 연소해 희고 깨끗한 재만 남았던, 바로 그 순간이었다.

이원은 그림을 보며 멍하니 생각에 잠겼다.

우연아, 너 혹시 그때 깨어 있었니?

내가 정말 ……이런 얼굴로 너를 바라봤었니?

흐트러진 머리, 실오라기 하나 걸치지 않은 나신, 위장하지 않은 그대로의 표정. 그곳에는 자신의 몸과 마음을 가려 줄 어떤 것도 없었다. 우연이 물어뜯어 놓은 가슴은 새빨갛게 부어 있었고, 우연이 여기저기 할퀴고 긁어 놓은 핏자국도 선명했다. 다리 사이에서 축 늘어진 검붉은 성기와 쭈그러든 고환, 그 주변으로 이리저리 엉킨 음모 뭉치, 그리고 그곳에 허옇게 말라붙은 정액 자국도 전혀 감춰지지 않았다.

이원은 눈도 깜박이지 않고 그 세세한 묘사를 바라보았다. 지금까지 많은 화가들이 인간의 육체와 남녀의 사랑을 찬미하는 누드를 숱하게 그려 왔지만, 이렇게 끔찍할 정도로 적나라하게 치부를 묘사한 그림은 본 적이 없었다.

하지만 놀랍게도 이 그림에선 지저분하거나 역겹거나 음심을 자극한다는 느낌이 전혀 없다. 에로틱한 느낌조차 완전히 소거된 화면은 고아하고 정결한 분위기로 꽉 차 있었다.

그림 속 사내는 아래에 누운 작은 여자의 머리카락을 가만히 만지고 있었다. 불그스름한 눈가, 모든 것을 해탈한 듯한 은은한 웃음, 부드러운 시선, 다정한 손길, 그 모든 것은 주변의 복잡한 일을 모조리 덮어 버리고, 오로지 사랑하는 여자만 바라보고 있음을 말하고 있다.

……후우.

저도 모르게 깊은 한숨이 흘러나왔다. 이 그림을 보고 있으니, 우연을 처음 만난 후부터, 그녀로 인해 겪었던 무수한 사건과 극단의 감정들이 하나씩 떠오르기 시작했다.

우연이 자신의 가장 밑바닥까지 치고 들어온 과정은 기껍고 반갑기만 한 것만은 아니었다. 그 과정에서 느낀 감정도 결코 단일하지 않았다. 사랑, 행복 같은 낱말부터 자괴감, 좌절, 증오 따위의 낱말까지, 세상에 존재하는 모든 감정을 한계까지 맛보아야 했다. 우연을 사랑하는 과정은 자신의 내면이 끊임없이 무너지고 깨지는 과정이기도 했다.

하지만 이 그림의 주인공은 이제 해탈이라도 한 듯, 초연하고 평화로이 웃고 있었다.

난 ……어떻게 저렇게 웃고 있을 수 있었을까?

그때 무슨 생각을 하고 있었는지 잘 기억나지 않는다. 며칠 전의 일인데 아주 오래전의 일처럼 희미하다. 다만 새로 생명을 얻어 다시 태어난 것처럼, 마음이 몹시 평화로웠던 것만은 기억난다.

"……혹시?"

이원은 천천히 눈을 깜박였다.

그래. 네가 어떤 생각을 하고 이 그림을 그렸는지 ……이제 알 것 같다.

생각해 보면 우리의 사랑은 기쁨과 행복이라는 달콤한 말로 포장된 적이 없었다. 처음부터 끝까지 상처와 고통, 혼돈, 상실, 부서짐으로 점철된 여정이었다.

우리가 지나온 길에는 감정이 부서지고 깨진 사금파리 무더기밖에 남아 있지 않았다. 그것을 보기만 해도 너무 고통스러워서, 땅속 깊이 파묻고 잊으려 애썼다. 마그마처럼 끓어오르던 고통이, 깊이 파묻은 감정의 파편들을 완전히 녹여 버릴 거라고 애처롭게 믿으면서.

그래서, 원하던 대로, 잠시는 잊은 것도 같았고, 마그마에 녹아서 한때 사라진 듯도 했다.

하지만, 그때는 몰랐다. 마그마에 녹은 돌과 사금파리들은, 결국 새로운 광물로 다시 태어난다는 것을.

……더욱 견고하고 아름답고 눈부신 결정으로.

이 그림 속에서 평온하게 웃는 사내는, 눈부시고 투명하며 단단한, 새로 만들어진 결정체였다. 자신은 이제 예전과 동일할 수 없었다. 이미 우연이 없이는 온전한 삶이 불가능한 상태가 되어 버린 것이다.

그동안 자신을 어지럽혔던 것들은 그 단순한 명제 앞에서 힘을 잃었다. 유언, 유산, 나이 차이, 가족, 구설, 오해, 불안정, 화가로서의 가치 따위의 걱정이나 계산은 이제 아무 의미가 없다. 결혼이든 비혼 동거든, 혹은 그저 '연인'으로 평생을 살아가든, 아이를 낳든 낳지 않든, 미래 계획이 있든 없든, 모두 부차적인 것이었다. 심지어 본능적으로 끓어오르는 성적인 욕구마저 아주 작은 것으로 느껴진다.

그저, 두 사람은 서로를 필요로 했고, 지금 현재 서로의 곁에 있어 주기를 원한다. 그림 속의 이원은 그 순간, 이미 그 사실을 무의식적으로 받아들였던 모양이다.

내가 이런 형태의 사랑을 품게 되리라고는 한 번도 상상한 적이 없는데.

"……너는, 그걸 나보다 먼저 알았구나……"

하지만, 차마 말하지 못했었구나. 감히 말하지 못했었구나.

나에게 빚진 것이 너무 많아서.

그까짓 것들이 ……너무 ……많아서.

가슴이 무너지는 듯 아팠다. 이원은 미지근한 무언가가 뺨을 타고 천천히 흘러내리는 것을 내버려 두었다. 눈물로 일그러진 거대한 그림에서는 자신을 파괴하고 재구성하는 격렬한 고통과, 그 고통에서 추출된 단 하나의 감정만 오롯이 보인다.

이원은 그것이 사랑의 본질일지도 모른다고 생각했다.

"네? 누가 왔다고요?"

아이스크림이 가득한 비닐봉지를 들고 오던 우연은 관리인의 말을 듣자마자 미친 듯이 4층으로 뛰어 올라갔다. 엘리베이터를 기다릴 경황조차 없었다.

"아……"

우연은 문 앞에서 잠시 심호흡을 했다. 청소라도 하는 중이었는지 현관문이 열려 있다.

현관에는 검은 구두가 얌전히 놓여 있었다. 낯익은 구두였다. 우연은 그 구두의 끈 묶은 모습과 뒷굽만 봐도 아저씨의 것임을 바로 알 수 있었다.

살금살금 거실로 들어서니 아저씨의 뒷모습이 보인다. 아저씨는 그림 앞에 서 있었다. 대리석 조각처럼 움직임이 없다.

우연은 아저씨가 눈치채지 못하게 뒤에서 조용히 기다렸다. 그녀는 아저씨가 자신의 그림을 처음 보았을 때의 감상을 한 번도 들어 본 적이 없었다. 그림을 본 직후의 생생한 소감을 단 한 번이라도 듣고 싶었다.

아저씨가 왜 왔는지는 모른다. 그것까지 알고 싶지는 않다.

초조하고 긴장이 된다. 점점 호흡이 가빠진다. 몸 상태가 많이 좋아졌다고 생각했지만, 아직 완전히 나은 건 아닌 것 같다. 가슴이 죄어들고 숨이 막히는 것 같다. 하지만 놀랍게도 몸은 이 순간을 버텨 주었다. 우연은 난생처음으로 자신의 몸이 기특하게 느껴졌다.

"……우연아."

아저씨의 목소리는 담담했지만, 우연은 화들짝 놀라 주저앉을 뻔했다.

"네가 집에 놔두고 간 〈재의 수요일〉이 네 번째 계약작이고, 이 〈비아 돌로로사〉가 다섯 번째, 마지막 계약작이니?"

"네."

"그리고 이건 계약과 상관없는 새 그림이고?"

"……네."

기대했던 감탄이나 놀라움, 찬사는 나오지 않는다. 아저씨는 여전히 등을 돌린 채 조용조용 물어볼 뿐이었다.

"네가 나를 그리는 진짜 이유를 알고 싶구나."

아저씨는 알고 있었다. 우연이 아저씨를 그렸던 이유는, 계약 때문이었지만, 사실 그건 핑계였다. 첫 번째 그림부터 계약은 큰 의미가 없었다.

그리고 우연 역시, 언젠가 아저씨에게 이것을 이야기해야 할 때가 오리라 예상하고 있었다.

〈붉은 수국과 분홍색 딸기 무스케이크〉, 〈뫼르소〉, 〈재의 수요일〉, 〈비아 돌로로사〉. 이 초상화들에서 이원 아저씨는 아름답고 색기 넘치는 모습이기도 했고, 금욕적인 동시에 탐욕하는 야누스의 얼굴이기도 했으며, 정욕에 넋이 나간 꽤 적나라한 그림이기도 했다. 〈재의 수요일〉 같은 경우는, 같이 본 사람이 있으면 수치스러우셨을 것이고, 당혹감을 느끼셨을 것이며, 어쩌면 신성 모독이라 느끼고 격분하셨을 수도 있다.

그런데 난 왜 기어이 그 그림들을 그리고야 말았을까?

우연은 고개를 숙이고 눈을 가만히 내리깔았다.

모르겠다. 정말 모르겠다. 그냥, 그게 우연이 발견한 아저씨의 모습이었다. 남들이 잘 보지 못하는, 하지만 우연의 눈에는 너무나 또렷하게 보였던 아저씨의 모습. '한이원'이라는 인간의 내면을 선명하게 주장하는 장면이었다.

그냥 그 장면을 그려야 한다고 느꼈다. 그에게 수치를 주려는 것도 아니고 신성 모독을 하려는 건 더더욱 아니었다. 그저 의무감처럼, 열병처럼, 본능처럼, 혹은 거룩한 사명처럼 그 모습을 그려야만 했다. 그게 자신이 본 아저씨의 진짜 모습이었기 때문에.

그 그림들은 진우연이라는 인간이 한이원이라는 인간의 심연에 어느 깊이까지 도달했었는가에 대한 기록이었다. 달에 처음 도착한 우주 비행사들이 월면에 발자국을 남기고 온 것처럼, 우연은 아무도 들어가 본 적이 없는 한이원이라는 사람의 내면에 자신의 방식으로 발자국을 찍은 것이다. 공기와 바람이 없는 달의 표면에 찍힌 발자국이 영원히 지워지지 않고 남아 있는 것처럼, 우연은 자신의 발자국이 그의 깊은 심연에, 그리고 자신의 그림에 고스란히 남아 있기를 부질없이 소원했다.

더듬더듬 이어지는 긴 설명에도, 아저씨는 여전히 등을 돌린 채 꼼짝하지 않고 조용히 듣기만 했다. 얼굴도 볼 수 없고, 움직임조차 전혀 없어, 우연은 아저씨가 어떤 생각을 하는지 전혀 짐작할 수 없었다.

우연은 조용히 덧붙였다.

"전 아무래도 초상화 화가로는 글러 먹은 것 같아요. 아저씨같이 멋진 사람을 더 멋지게 포장해서 그리는 데 전혀 재주가 없는 걸 보면……."

하, 하하. 드디어 아저씨의 반응이 돌아온다. 그가 뒷짐을 진 채 웃는다. 짧막하지만 맑은 웃음소리 끝자락에, 그가 담담한 목소리로 묻는다.

"이 마지막 누드화 제목이 뭔지 물어도 될까?"

"아직 안 정했어요. 아저씨."

아직 이름이 없는 새 그림에는 아름다움도 추함도 없었다. 돈도 없고, 나이도 없고, 권력도 없고, 기억도 없고, 지식도 없고, 과거도 없고, 미래도 없다. 오로지 깨지고 부서진 상처를 나누어 가진 남자, 여자, 현재, 그리고 사랑만 있었다.

자신이 절절히 느꼈던 것을, 아저씨는 그림에서 읽을 수 있었을까. 우연은 조심스럽게 물었다.

"제목, 아저씨가 붙여 주시면 안 돼요?"

"내가 붙여 줘도 되겠니?"

"네."

제목은, 아마도 저 그림에 대한 아저씨의 첫 번째 감상이 될 것이다. 우연은 조마조마한 마음으로 손을 꼭 움켜쥐었다. 그 부탁을 기다리기라도 한 듯, 아저씨는 뒤도 돌아보지 않고 바로 대답했다.

"디 엔드 오브 에로스."

우연은 멍하니 눈을 깜박거렸다. 아저씨는 똑같은 어조로, 담담하게 되풀이했다.

"에로스의 끝, The End of Eros."

우연은 아저씨가 자신의 그림을 제대로 읽었음을 알았다. 그는 우연으로 인한 고통과 아픔을 기꺼이 끌어안고, 그로 인해 모질게 부서지고 깨어진 마음도 깊이 품에 안고, 이제 사랑의 가장 강력하고 최종적인 욕구인 성적인 욕구마저 넘어선 곳에 초연히 서 있었다. 우연은 떨리는 목소리로, 조심스럽게 물었다.

"그림 마음에 드세요?"

그는 대답하지 않았다. 하지만 우연은 초조하거나 불안하지 않았다. 아저씨의 침묵은 마음에 들지 않음을 말하는 것이 아니었다. 아마 대답하지 못하리라. 우연 역시 대답하지 못했으리라. 이 그림은 단순히 마음에 든다, 안 든다로 판단할 수 없는 많은 것을 담고 있었다.

역시 호불호 대신 다른 대답이 흘러나온다.

"……우연아, 너와 새로운 계약을 하고 싶은데."

"이 그림을 사시려고요? 아니에요. 드릴게요. 그냥 드릴게요! 전 당연히……."

우연은 순간적으로 목이 막혀 말을 멈췄다.

내가 어떻게 감히 이 그림의 소유권을 주장할 수 있을까. 아니, 앞으로 그리게 될 그림들도 모두 아저씨의 몫으로 돌아가야 마땅할 것이다.

우연의 재능은 그의 호의로 개화되었고, 우연의 목숨은 그의 희생으로 이어질 수 있었다. 그의 도움이 아니었으면 그녀는 스무 살의 겨울에, 제대로 된 흔적 하나 남기지 못한 채 세상에서 자취를 감추고 말았을 것이다. 병들고 불안정하던 마음은 그의 헌신으로 치유되는 중이고, 영혼을 짓누르던 속박과 공포는 그의 손으로 끊어졌다. 그리고 우연이 자유롭게 하늘을 날도록 자신의 품에서 놓아주기까지 했다. 그에게 갚아야 할 것은, 이미 인간의 계산으로 헤아릴 수 없는 지경이 되어 버렸다.

이것이, 나의 모든 재능과, 나의 모든 사랑과, 나의 모든 영감과, 나의 모든 작품이 그에게 바쳐져야 할 이유였다.

하지만 아저씨의 생각은 좀 다른 것 같았다.

"그러면 안 되지, 진우연 씨. 이런 건 제대로 계약을 해야지."

"계약이요? 아, 아니, 굳이 그럴 필요가……."

"내가 나이 많다고 무시하나? 내가 가끔 꼰대 아재 소리는 좀 듣지만, 그래도 너하고 똑같은 성인인데?"

우연은 저도 모르게 어이없는 표정을 짓다가 쌕 웃으며 눈을 깜박거렸다. 아저씨와 처음 만났던 그날, 그들을 하나의 운명으로 묶었던 마법의 언어는 이제 너무나도 친숙하고 그립게 느껴졌다.

새로운 계약이라면 정식으로 응해야 도리지, 당연히.

"하, 참. 그럼 파릇파릇한 한이원 씨가 써서 주시죠. 계약서."

우연은 웃음을 참으며 근엄한 목소리로 대답했다. 하지만 누가 협상의 달인 아니랄까 봐, 아저씨는 새로운 딜을 시도한다.

"음, 이 그림뿐 아니고, 저번처럼 몇 점 묶어서 계약을 하고 싶어."

"이번에는 무슨 그림이요?"

"초상화."

"또요? 음……. 몇 개요?"

"1년에 몇 점 정도 계약이 가능할까?"

우연은 계산을 해 보다가 스무 살부터 스물두 살 된 지금까지 아저씨에게 고작 다섯 점의 초상화밖에 주지 못했다는 것을 알고 화들짝 놀랐다. 그나마 자신의 초상화를 빼면 네 점, 그래도 계약한 햇수로 따지면 벌써 3년 차인데 고작 네 점이라니. 손이 빠르다고 생각했는데, 계산 결과는 전혀 아니었다. 기복이 심하고 공백이 길어지면 장담할 수 없었다.

"1년에…… 한 점 정도는 어떻게든 가능할 것 같아요."

고개가 갸웃한다. 뒷모습만 봐도 '그 엄청난 속도로 1년에 한 점?' 하는 것 같다. 우연은 황급히 변명했다.

"저, 저도 아저씨 초상화만 그려 줄 순 없잖아요? 먹고살려면 다른 그림도 그려야 할 거고."

아저씨가 고개를 옆으로 돌리며 들릴락 말락 코웃음을 친다. 눈은 벌그레한 주제에 코웃음을 치니 너무 같잖고 어울리지 않았다. 우연은 눈가를 실룩대며 웃음을 참았다.

"몇 개 정도 계약할까요, 그럼?"

"100개. 네가 처음에 제안했던 대로."

우연의 턱이 아래로 덜렁 떨어졌다. 단돈 500만 원에 그림 100점을 팔아 치우려던 패기를 아저씨는 기억하고 있었다. 아저씨는 여전히 근엄하고 진지한 얼굴로, '이것은 비즈니스다.' 하는 태도로 엄숙하게 되풀이한다.

"내 초상화, 1년에 한 점씩, 100개."

"……아, 아저씨, 그럼 우리는 결사적으로 무병장수해야 할 거예요."

"결사적으로 무병장수하면 되지. 넌 120살까지 산다면서."

"아저씨는 남자고, 저보다 열두 살이나 많아서 엄청 불리하신데요."

"인스턴트 음식 안 먹어서 내가 더 유리해. 너보다 20살 이상 더 살 거야."

우연은 멍하니 눈앞의 아저씨를 보았다. 반박할 수 없었지만 슬프지는 않았다. 라면과 불닭과 콜라도 못 먹고, 아저씨처럼 무미건조한 시래기나 먹으면서 20년이나 더 살 생각은 없었다.

"……물론 마음이 떠나면 얼마든지 계약을 파기하고 튀어도 돼."

"제 신용도가 그렇게 바닥은 아니었을 텐데요."

대답하던 우연은 잠시 말을 멈췄다. 저 말은 마음이 떠난 채 몸만 옆에 묶여 있는 관계의 부질없음, 그 공허함을 받아들였다는 뜻이다.

아저씨는 우연에게 완전히 자유를 주었고, 우연의 사랑에도 자유로운 선택권을 준 것이다. 심지어 그동안 우연이 갖고 있던 경제적, 심리적인 부채 의식에서도 완벽하게 자유로운 선택권이었다. 우연은 쓰라린 통증이 번지는 목을 손가락으로 누르며 헛기침을 했다.

"그럼 대가는요? 이번에는 하나에 100만 원씩은 싫은데요. 그땐 확실히 제가 뭘 몰라서."

아저씨의 얼굴에 살짝 당혹스러운 빛이 감돈다. 처음에는 그 계약이 엄청난 호의라고 생각했지만, 까고 보니 우연이 호구 잡혔다고 해도 될 만큼 손해나는 계약이 되어 버렸다.

"원하는 금액이 얼마야? 호당……."

"호당 얼마 그런 건 됐고요."

우연은 들고 있던 비닐봉지를 내려놓았다. 바닥에 닿을 때 철버덕, 소리가 나는 것을 들으며, 우연은 아이스크림이 다 녹았다는 것을 뒤늦게 깨달았다. 아아, 망했다. 우연은 아이스크림은 포기하고 딜을 시작했다.

"일단 이 집을 장기 임대 해 주셔야 하고요."

"여기선 5년 후에 나가야 하는 게 규칙인데?"

"여기 운영자라면서요. 권력 남용 좀 해 보세요."

"그게 다야?"

"그럴 리가요. 저도 시세라는 걸 알고 호구도 아니거든요. 자주 오셔서 맛있는 것도 사 주셔야 해요."

"또?"

"저하고 수다도 떨어야 하고 고민도 들어 주셔야 해요."

아저씨는 점점 어이없다는 표정으로, 입가를 실룩실룩하며 계속 물었다.

"또?"

"저랑 섹스도 자주 해 주셔야 해요. 제가 욕정이 좀 만발하와……."

그 말에 아저씨의 얼굴이 갑자기 얼빠진 표정으로 변했다.

"얼마나 자주?"

"경우에 따라 다른데, 제가 뭔가 삐끗해서 가벼운 조증이 되어 버리거나 호르몬이 날뛰는 날에는 매일 와서 밤새 달려 주셔야 할지도 몰라요."

아저씨의 표정이 다시 변한다. 점점 진지해지다가 무겁게 가라앉는다.

"우연아. 섹스를 원하는 건 사랑하는 사람 사이에선 당연히 따라오는 반응이야. 경조증이나 호르몬 때문이라고 매도할 거 없어."

우연은 동의하지 않았다. 인터넷에서 찾은 자료, 상담 선생님이 아저씨에게 했던 말, 모두 가벼운 조증 상태의 지나친 성욕과 변덕스러운 애정에 대해 말하고 있었다. 우연의 눈을 물끄러미 바라보던 아저씨가 몸을 우연 쪽으로 완전히 돌리더니 주머니에 손을 넣고 잠시 말을 고른다.

"우연아. 고흐나 로스코, 잭슨 폴록, 살바도르 달리, 모차르트, 베토벤, 슈만, 헨델 같은 예술가들은 정신이 불안정했던 것으로 알려져 있어. 경조증 증세가 있었다고 짐작되는 예술가들은 그 사람들 말고도 많아."

"그런데요?"

"그러면, 그 그림과 음악들은 인간 정신의 위대함을 나타내는 예술품이 아니라 정신병자의 경조 증세를 나타내는 임상 기록일까? 압생트 중독자들은 노란색에 열광적으로 반응한다는 견해가 있는데, 그럼 고흐의 강렬한 해바라기 그림들이 예술품이 아니라 압생트 중독자의 임상 증거가 되는 걸까?"

"아……."

"네가 만에 하나 경조증 상태가 돼서 나와 맹렬히 섹스를 하고 싶으면, 그건 가짜 사랑일까? 그 기간이 영원히 지속되지 않는다고 해서 그 감정이 가짜는 아니잖아."

"……"

"내 초상화를 그려 줘. 너를 사랑하는 내 모습을 그려 줘."

"……네."

"네 마음이 내 옆에 남아 있는 한, 우리가 서로 사랑하는 한, 해마다 한 점씩. 그게 조건이야."

"네."

우연의 목소리가 점점 가라앉고 젖어 든다. 아저씨의 목소리는 점차 담백하고 명료해진다.

"우리 사랑에는 과거도 미래도 없고 현재밖에 없어. 아이도 없고, 가정도 없고, 법적인 인정도 없고, 사랑만 있어. 하지만 그거면 충분해."

"흐, 흐으, 네."

대답하는 사이로 가슴에서 치미는 거센 날숨이 스며들었다. 아저씨는 여전히 조용조용 말을 이었다.

"네 그림들은, 우리의 유전자로 이어지는 후손 대신, 우리가 언제까지, 어디까지 사랑했느냐를 입증하는 증거로 영원히 남게 될 거야."

"……네."

"먼 훗날 사람들은, 열 장, 스무 장, 혹은 백 장의 내 초상화를 보면서, 우리가 10년, 20년, 혹은 100년 동안 쉼 없이 사랑했다는 걸 알게 될 거야. 아니, 오직 '사랑한다는 이유'만으로 서로 곁을 지켰다는 걸 알게 될 거야."

우리가 상륙한 곳은, 깨어진 감정의 파편이 녹아서 만들어진, 작고 불안정한 땅이었다. 우리는, 결혼이나 자식과 같은 법적인 보호 장치나 구속이 없는 불확실한 관계로 살아가게 될 것이다.

그러나 그 작고 불안정한 땅은 사랑이라는 단 하나의 명제를 놓고 보면 놀랍도록 단단하고 아름다운 결정(結晶)으로 화한다. 그리고 그 불확실한 관계 역시 오로지 사랑 하나만으로 존재하고 정의될 것이다.

네 그림들은, 그 작고 아름다운 땅에 대한 기록이며, 사랑 하나만으로 정의되는 우리의 관계에 대한 기나긴 연대기가 될 것이다.

"우리 사랑은 그렇게 불멸의 생명을 얻게 될 거야."

"……나쁘지 않네요."

우연은 쩍쩍 갈라진 목소리로 간신히 대답했다.

이원은 천천히 걸음을 옮겨 우연의 앞에 와서 섰다. 우연은 고개를 들어 올렸지만, 그의 얼굴을 보지는 못했다. 그가 손수건을 꺼내 폭포처럼 눈물을 쏟아 내는 눈을 가만히 눌러 주었던 것이다.

새로운 계약의 성립이었다.

43

하이퍼리얼, 내 삶의 아이덴티티를 묻다

"하이퍼리얼리즘은, 현대 미술에서 참 특이한 사조인 것 같습니다."

이원은 미술관 입구를 장식하고 있는 거대한 간판을 보며 입을 열었다. '이원미술관 개관 15주년 특별 기획전'이라는 글자 아래, '하이퍼리얼, 현대 미술의 아이덴티티를 묻다'라는 제목이 큼직하게 박혀 있었다.

극사실주의 회화 특별 기획전이라는 이름값에 걸맞게, 외국의 명망 있는 화가들의 작품을 152점이나 들여왔고, 국내 화가들의 대표작과 신작도 적지 않았다. 전시실 어딘가에 걸려 있을 우연의 신작들을 상상하며, 이원은 조금 상기된 표정을 지었다.

"사진의 등장 이후로 대상을 사진처럼 똑같이 그릴 이유가 없어졌는데, 난데없이 사진보다 더 사진 같은 그림들이 쏟아져 나와서 미술계를 휩쓸고 있으니 말입니다."

이원의 말에 뒤에 서 있던 홍연이 가슴을 내밀며 자랑스러운 표정을 지었다.

"그런 의미에서 전무님, 이번 전시회 주제가 정말 멋지지 않습니까?"

"음, 실장님, 이번 전시회 테마 제안은 제가 했는데요."

"주제 카피는 제가 뽑았습니다, 전무님! 하이퍼리얼리즘으로 가자고, 분명 대박 칠 거라고 관장님한테 소맥을 말아 가며 열심히 로비를 한 것도 바로 접니다!"

이원은 어깨 너머로 최 실장을 슬쩍 내려다보며 비죽 웃었다. 이번 전시회의 카피 문구가 채택되어 전 상사에게 50만 원의 특별 수당을 부득부득 받아 낸 최 실장은 의기양양하게 웃으며 잠시 학예사 모드로 돌아선다.

"현대 미술이 대상의 재현만으로는 존재 가치를 찾을 수 없게 되었으니, '인간 사고의 지평을 넓히는 역할'에서 자신의 정체성을 찾았던 건 당연한 수순일 겁니다. 현대 미술은 이제 완전히 철학의 영역으로 넘어갔다고 볼 수 있지요."

이원은 바람 빠지는 소리를 내며 웃었다. 말이 좋아 철학이지. 기존의 무언가를 깨뜨려야 한다는 현대 미술가들의 강박은, 점점 그들을 실험 정신, 도전 정신을 넘어선 특이점으로 몰아가는 것 같았다.

"그런 의미에서 극사실주의 사조는 현대 미술의 정체성을 한 번쯤 생각하게 만드는 기회가 될 것 같습니다. 관람객들도 사진과 똑같은 그림을 보며 현대 미술의 존재 가치를 자문자답하게 되겠죠."

"……음."

"존재할 이유와 필요가 없는 무언가를 기꺼이 만들어 내는 것이야말로 예술의 고유한 속성 중 하나 아닙니까. 하이퍼리얼리즘에 대한 열광도 그런 맥락과 궤를 같이하고 있는 것 같지 않습니까?"

"……아하."

이원은 적당히 추임새를 넣으며 주머니에 손을 넣었다. 아무래도 설명이 길어질 듯했다.

대부분의 학자가 그렇듯, 홍연 역시 쉬운 작품을 어렵게 만드는 탁월한 재주가 있었다. 이원은 이럴 때마다 자신은 죽었다 깨어나도 큐레이터나 화가는 못 되었겠다는 생각이 들었다. 자신은 이 미술관의 이사장이었지만, 접근 방식은 속물적이기 짝이 없었다.

"실장님. 너무 난해한 그들만의 리그에 일반 관객들이 지친 거라는 생각은 안 드십니까?"

"아…… 뭐. 일단 그런 면이 없잖아 있죠."

"홀딩스 본사 로비나 우리 집 거실에 작품을 하나 전시해야 한다 치면, 실장님은 여기서 뭘 고르시겠습니까. 같은 값이라는 가정하에, 뒤샹의 '샘' 하고 앵그르의 '샘' 중에서."

홍연은 얼빠진 얼굴로 그를 바라본다. 이건 물어볼 것도 없다. 뒤샹의 작품이 아무리 미술사적 가치가 크고 현대 미술의 새로운 지평을 열었다 해도, 백년 묵은 변기를 사 와서 회사 로비나 집에 전시하지는 않는다. 차라리 이발소 달력 그림이라는 오해를 살망정 나신으로 서 있는 샘의 요정 그림이 백만 배는 더 적절하다.

홍연의 당황한 얼굴에 이원이 빙긋 웃으며 말을 덧댄다.

"안목 높으신 분들이 이원미술관의 컬렉팅 방향을 마땅찮아 하신다고 알고 있습니다. 대중의 입맛에만 맞춘다, 수준이 낮다, 철학적 함의가 부족하다. 심지어 강 관장님도 그런 불만이 살짝 있는 것 같고."

이사장님의 가시 박힌 농담에 홍연이 난감한 얼굴을 했다.

미술계에서 '노가리깨나 깐다.'는 명사들 중 홍연에게 공공연히 그런 불만을 말하는 이들이 있었다. 이원미술관은 패기 넘치는 신인 화가들의 가장 유명한 등용문 역할을 하지만, 현대 미술다운 실험 정신이 넘치는 작품을 적극적으로 지원하지는 않는다는 것이다.

흥, 돈이라도 한 푼이나 내고 그따위 소릴 하지. 꽃구름 속에 사는 노인네들 같으니.

홍연은 한 귀로 듣고 한 귀로 흘리고 말았지만, 이원은 그걸 속에 담아 놓고 있었던 모양이다. 이원은 냉소적으로 웃으며 말을 이었다.

"하지만 실장님, 전 장사꾼이라 장터에 내놓으면 팔릴 만한 그림을 먼저 수집하게 되네요. 아무리 인간 사고의 지평을 넓히는 작품이라고 해도, 구매력 있는 일반인이나 기업이 사서 걸어 둘 만한가를 먼저 따지게 되거든요."

"아, 예."

"대중의 직관적 이해 수준보다 딱 한 걸음만 앞서 나가는 그림이 돈 벌긴 제일 좋죠. 저는 예술 애호가라기보다 말 그대로 장사꾼이라 그런 쪽이 끌리네요."

홍연은 속으로 비죽 웃었다. 정말 스스로 저렇게 생각하고 있는 건 맞는데, 겸양도 저 정도면 얄밉다.

이원은 훌륭한 예술 후원자라 불리기에 조금도 부족함이 없었다. 그림의 가치를 알아보는 혜안, 다음 세대를 이끌 화가를 발굴하는 능력과 사명감, 용기 있는 시설 투자까지, 뭐 하나 부족함이 없었다. 후기 인상파와 피카소, 마티스를 키워 냈던 위대한 컬렉터 세르게이 슈킨이나 그가 부러워하는 메디치와 비견해도 결코 부족하지 않았다.

그가 빙긋 웃으며 말을 잇는다.

"극사실주의 회화도 그런 영역에 놓여 있는 것 같습니다. 그게 제가 이번 전시회 테마를 하이퍼리얼리즘으로 택한 이유죠. ……우연이 때문이 아니라."

"아무렴요, 전무님."

홍연의 참하고 예의 바른 반응에 이원은 그가 속으로 콧방귀를 뀌고 있다는 것을 알아차렸다. 이원은 좀 더 강력하게 주장하려다 그만두었다. 사실 자신도 자신의 말이 별로 신뢰가 가지 않았다.

그나마 다행인 건 우연에게 '이원미술관 특혜' 따위 소리를 씨불일 사람은 미술계에서 한 명도 없다는 점이었다.—아니, 솔직히 말하면 일이십 년 후면 이원미술관이 우연의 작품 덕을 본다는 말을 들을 수도 있을 듯했다.—

그런 주제에 이원은 이번에 출품한 우연의 신작을 아직 보지 못했다. 해외 화가들의 전시작들은 미술관으로 옮겨 온 날 바로 확인할 수 있었지만, 우연의 신작은 어림도 없었다. 우연이 아예 출품할 때부터 관장에게 단단히 못을 박았다는 것이다.

'혹시 한이원 이사장님이 얼쩡대면서 먼저 보겠다고 하거나 그림을 떼겠다고 하면 절대 참가 안 할 거예요! 영원히 참가 안 할 거예요! 얼굴도 안 볼 거예요! 정말이에요!'

우연의 출품작을 전시회 중간에 억지로 떼어 낸 전적이 있는 이원으로서는 입이 열 개라도 할 말이 없었다. 이원이 이 전시회 오픈을 손꼽아 기다렸던 데에는 그런 마음 아픈 이유가 있었다.

이원은 입구를 확인하고, 모인 사람들을 하나하나 훑고, 시계를 보고, 전화기를 확인하고, 주머니에 손을 넣고 오락가락하다가 다시 입구를 본다.

"테이프 커팅에 참석할 사람들은 다 왔습니까?"

"거의 다 온 것 같습니다……만 진우연 화백께서는 아직인 것 같습니다."

기다리는 사람이 누군지 눈치챈 홍연은 얼른 앞질러 대답했다.

우연은 테이프 커팅을 할 화가 중 한 명이었다. 이원은 테이프 커팅 명단에서 우연을 빼고 싶었지만, 도저히 그럴 수 없었다. 우연은 이원미술관이 배출한 신예 화가 중 가장 어리면서, 가장 유명세가 높았고, 하이퍼리얼리즘 화가로는 한국에서 벌써 세 손가락 안에 꼽히고 있었던 것이다. 낭중지추, 도저히 감춰지지 않는 재능과 불우한 개인사, 이원과의 인연 때문에 전시회 때마다 화제를 불러 모으는 화가이기도 했다. 지금 여기 포진하고 있는 기자들은, 대부분 진우연을 취재하기 위해 온 것이 틀림없다.

강 관장이 난감한 얼굴로 와서 작은 목소리로 보고한다.

"전무님. 도착이 늦을 것 같다고 합니다. 공동 과제 작업 중에 도망 나오다가 4학년 조장한테 걸렸답니다. 지금 '대차게 깨지는 중'이라고 합니다."

이원의 얼굴이 주글주글 구겨진다. 그는 사람들 눈에 띄지 않는 곳에 들어가 머리를 거칠게 헤집었다.

"깨지기는 왜 깨져. 그동안 그만큼 호구 짓을 해 줬으면, 오늘 같은 날엔 좀 보내 줘야 하는 거 아닌가?"

"조장 누구야. 4학년이라고? 아직 졸작 전시회도 안 한 생초보 주제에 감히 누구를 구박해."

"이원 신인 공모전에 그림 내기만 해 봐라. 예심에서 바로 떨어뜨려 줄 테다."

"괜히 복학하라고 했어. 그냥 자퇴하게 내버려 둘걸."

우연을 학교로 돌려보내는 과정은 만만치 않았다. 복학을 위해 학교에 간 우연은 학점의 반격이 시작되었다는 것을 알았다. 한때 전과목 F를 두려워 않던 용감한 학생은 순식간에 학업에 대한 열의를 잃고 비굴해졌다.

'아저씨, 이참에 그냥 자퇴하면 안 될까요? 왜 한 학기에 21학점이나 들어 가며 복학을 해야 하는데요?'

'고흐나 피카소가 어느 대학을 졸업했는지 따지는 사람 있나요? 화가는 그림으로 말하는 거예요.'

'아저씨, 어떤 사람이 제 그림을 100년 동안 사 준대요. 그걸로 먹고살면 되지 않을까요?'

'이제 저도 시세 정도는 알거든요? 저는 데뷔 전시회도 했으니까 호당 20만 원은 받을 수 있을걸요? 그럼 50호짜리 1년에 하나만 팔아도 1,000만 원인데 그 정도면 충분히 먹고살 거 같은데요?'

너무 이른 나이에 고정 수입이 생겨 버린 게으른 화가는 경제 감각과 생활감이 바닥이었다. 1,000만 원으로 1년을 살 수 있으리라는 자신감도 그랬고, 자신의 1년 수입을 고작 1,000만 원으로 한정하는 것도 그랬다.

숫자에 극도로 취약한 우연은, '회계사 한이원'에게 재무 관리를 일임하고 카드 한 장만 받은 후, 모든 세상 시름을 잊게 되었다. 그 덕에 자신의 작품에 이미 적잖은 컬렉터들이 달라붙었으며, 뉴욕 화랑가에서도 새로운 블루칩으로 떠오르기 시작했다는 것도 잘 알지 못했다.

하지만 이원은 그녀가 다른 또래들이 차곡차곡 거치는 과정을 제대로 누리지 못하고 뭉텅 날리는 것이 마음 아팠다. 중고등학교 시절도 엉망이었는데, 대학이라도 제대로 졸업시켜서 또래들과 그 나이대에 맞는 사회에서 어울리게 하고 싶었다.

그러잖아도 화가라는 직업 자체가 외롭게 고군분투하는 일 아닌가. 이대로 내버려 뒀다간 평생 제대로 된 친구나 동료 하나 없이 아틀리에에 박혀 고립된 삶을 살게 될지도 모른다.

하지만 막상 졸업을 시키자니 그동안의 학점이, 그게, 막장도 이런 막장이 없었다. 학기가 시작될 때마다 이원은 재수강 과목으로 꽉 찬 테트리스 판을 앞에 두고 머리를 쥐어짜야 했고, 우연은 그의 등에 착 달라붙어 지지재재 떠들어 댄다.

'아저씨, 전공 영어가요, 되게 잘생긴 교수님이었는데, 저한테 32점을 주셨더란 말이에요. 100점 만점에 32점! 아무리 잘생겨도 어떻게 사람이 그럴 수가 있나요? 그건 다트로 찍어도 나오는 점수 아닌가요?'

'자랑이다! 전공 영어 패스 못 하면 졸업 못 하는 건 알아?'

'아이, 누가 자랑이래요? 그냥, 이번 생에 전공 영어 패스하긴 글러 먹은 것 같다 이거죠.'

'왜 해 볼 생각도 안 하고 지레 포기부터 해? 외국인 선생님 붙여 줄 테니까 제대로 해 봐.'

'아저씨이이잉, 그러지 말고 나랑 놀아요, 아저씨, 응?'

아무리 조급증을 내 봐야 헛수고였다. 우연은 헤실헤실 웃으며 목을 답삭 끌어안고 뽀뽀를 하는 것으로 이원의 입을 틀어막곤 했다. 이쯤 되면 그냥 속수무책이었다.

우연은 스트레스에서 벗어나면서 걷잡을 수 없이 애교가 늘었다. 이원은 그녀의 막무가내식 애교와 애정 공세, 선물 공세에 어떻게 대처해야 할지 알 수 없었다. 밸런타인데이 때는 직접 만든 커다란 초콜릿에 이원의 얼굴을 조각도로 새겨서 보냈고—그것도 표정별 포즈별로 12개나. 12면 관음상도 아니고 대체 먹으라는 건지 말라는 건지.—, 생일에는 커다란 꽃다발과 풍선 다발, 송 여사와 함께 만든 딸기 무스케이크를 대표이사실로 직접 배달하는 만행도 서슴지 않았다. 이원은 사무실에 있던 직원들을 모조리 내보낸 후, 토끼 옷, 토끼 모자 차림의 우연이 생일 축하 메들리를 부르고 깡충깡충 춤을 추며 축하 공연을 하는 것을 끝까지 지켜봐야 했다.

우연은 이원과 하고 싶은 것도 많고, 먹고 싶은 것도 많고, 가고 싶은 곳도 많고, 놀고 싶은 것도 많아서, 학점 복구는 난항을 거듭했다.

무엇보다, 우연의 학점 복구를 방해하는 가장 큰 원인은 이거였다.

'나랑 한 번만 해요 아저씨, 네? 이렇게 좋은 날, 섹스 안 하고 공부만 하면 신의 저주를 받을 거예요.'

'한 번만요, 네? 정말 이번엔 딱 한 번으로 끝낼게요.'

'아저씨, 이번엔 야한 장난도 안 칠게요. 아니, 조금만, 아주 조금만 칠게요. 한 번만 해 주면 저녁때는 얌전히 공부할게요. 네?'

이원은 이 거래에 번번이 넘어갔다. 이성은, 그러면 안 된다, 그래선 안 된다, 절대 유혹에 넘어가지 마라, 일장 연설을 하고 있는데, 몸뚱이는 마리오네트라도 된 것처럼, 너무나 무기력하게 끌려가곤 했다.

물론 한 번만으로 끝난 적은 한 번도 없었고, 우연의 '야한 장난' 없이 넘어간 적도 한 번도 없었다. 기본이 서너 번이었고, 이원은 그녀의 '몹시 창의적인' 야한 장난으로 인해 매번 크고 작은 멘탈 붕괴와 초감각 신세계를 만나야 했다.

이원의 서초동 자택에선, 키 작은 화가 아가씨가 놀러 오는 날마다 집주인의 기겁한 고함과 비명 같은 신음, 그리고 손님이 깔깔대는 소리가 울려 퍼지게 되었다. 우연도 우연대로, '뼈와 살을 불태우며' '밤드리 노닐다가' 새벽에 졸도하듯 쓰러지고 나면, 적어도 3일은 쥐약 먹은 병아리처럼 해롱해롱 기어 다녀야 했다.

이원은 어느덧 우연의 논리에 서서히 물들어 가기 시작했다. 그래, 대학을 꼭 4년 만에 졸업해야 할 필요가 뭐 있나? 사람이 살다 보면 공부나 과제보다 섹스가 더 좋을 수도 있는 거고, 대학을 7년이나 8년쯤 다닐 수도 있는 거지. 그게 어때서, 그게 뭐 어때서.

포기하면 세상은 이렇게 평화롭고 편안한 것을.

띵, 문자 알림음이 뜬다.

[♡♡♡♡아저씨♡♡♡]

[무사히 달출햇어요]

[정시 도착 어쩌면 아마도가능! 아저씨돈워리돈워리]

이원의 얼굴에 저절로 미소가 떠올랐다. 글자만 보는데도 도무지 웃음을 감출 수가 없다. 뒤이어 두다다닥 문자가 빠르게 올라온다.

[끝나면 맛있는거사주죠 나 손해가 막심이요]

[무슨 손해?]

답문을 보내자마자 기다렸다는 듯 두두두두 문자가 올라온다. 우연과 이원의 문자 보내는 속도는 거의 대여섯 배쯤 차이가 났다.

[조장이 조별과제 끝나고 맛있는 거 사준댔는뎅.]

[경영대 후배 남자애들이랑 소개팅도 해준대욤ㅋㅋㅋㅋㅋㅋ.]

[2, 3학년 트웨니원트웨니투 완전 풋풋ㅋㅋㅋㅋㅋㅋ.]

[사진 보니 다 연예인이에요. 다 눈돌아감.]

[나도 맛있는거 먹고 더늙기전에 소개팅하고 싶은데.]

얼굴이 확 우그러들었다. 장난이야, 넘어가면 안 돼. 한두 번 겪어 보나. 흼

쓸리면 안 돼. 아무리 심호흡을 해도 속이 가라앉지 않는다. 우연이 자신을 살살 찔러 대며 수작을 거는 것이 뻔히 보이는데, 마냥 진지하기만 한 이원은 그것을 알면서도 도무지 표정 관리가 되지 않았다.

……나잇값도 못 하고, 한심하게.

이놈의 연애에는 나잇값이 전혀 의미가 없었다.

행사 진행 요원이 입장이 얼마 안 남았음을 알린다. 이원이 오프닝 인사를 해야 할 것이고, 강 관장의 전시회 설명과 감사 인사가 있을 것이고, 몇몇 유명 인사들의 축하와 이원의 축사가 이어진 후, 테이프 커팅이 있을 것이다.

예쁘게 장식된 리본이 늘어져 있는 정문께를 흘낏 살펴보았다. 우연은 여전히 오지 않는다. 정장 차림을 한 사람들이 야외 행사장 이곳저곳에 모여 담소를 나누고 있다가 행사 진행 요원의 안내에 따라 의자에 앉는다. 오픈 행사에 참석하기 위해 모인 문화 예술계 인사들이었다. 여기저기 카메라를 든 기자들이 부지런히 오간다. 4대 일간지와 3대 포털에 대대적으로 광고를 한 덕에 벌써 많은 사람이 이 전시회에 관심을 갖고 있었다.

옆에서 홍연이 조그맣게 속삭인다.

"도착할 때까지 오픈을 조금 미루라고 할까요?"

"아뇨. 그럴 일은 아닙니다. 커팅을 할 사람이 열두 명이나 되잖습니까."

식이 진행되고 짤막한 축사들이 이어질 때까지 우연은 도착하지 않았다. 이원은 단상에 올라 간단하게 환영 인사를 하고, 작품 전시를 허락한 화가와 미술관, 수고한 직원들과 참가해 주신 내외 관객들에게 고맙다는 인사를 이어 나갔다.

"……아?"

이원은 말을 잇다 말고 얼빠진 소리를 냈다. 미술관 정문으로 체구가 자그마한 누군가가 들어선다. 흰 티셔츠에 청바지를 입고 커다란 배낭을 멘 사람이 달려오고 있다. 이원은 축사를 잠시 멈췄다.

저 가느다란 팔다리의 엉성한 움직임이나 엄지공주만 한 체구만 봐도 누군지 단번에 알 수 있었다. 크고 무거운 가방에 매달린 작은 몸뚱이가 가방이 흔들릴 때마다 기우뚱기우뚱한다. 뛰지 마! 소리가 튀어나오려는 것을, 이원은 간신히 집어삼켰다.

힘껏 달리는 와중에 머리에 헐렁하게 얹힌 야구 모자가 휭 하니 뒤로 날아간다. 모자로 고정해 놓은 긴 머리카락이 등 뒤로 촥 흩어진다. 우연은 급하게 뒤를 돌아 모자를 주우려 쪼그려 앉다가 가방의 무게 때문인지 뒤로 벌렁 자빠진다.

"우연⋯⋯!"

⋯⋯우연아, 까지 튀어 나가려던 것을 끄트머리에서 간신히 붙잡은 이원은 자신이 제정신이 아니라고 생각했다. 사람들의 의아한 시선을 느끼며 그는 황급히 말을 덧붙여 어물쩍 넘겼다.

"진우연 씨, 괜찮으십니까. 담당자님, 얼른 부축해서 모시고 오세요."

그는 등으로는 폭포처럼 진땀을 쏟으며, 관람객들을 둘러본 후 여유 있는 척 우연을 소개했다.

"이번 전시회에 다섯 점의 작품을 출품하신 진우연 화백입니다. 국내에선 아직 저변이 넓지 않은 하이퍼리얼리즘 회화 쪽에서 최근 눈부신 행보를 보여주고 계시죠. 천천히 오십시오."

기자들의 카메라 플래시가 터지는 소리가 요란하게 들렸다.

⋯⋯맙소사.

이틀간 밤샘 작업을 했다는 말을 입증이라도 하듯, 우연의 흰 티셔츠는 아크릴 얼룩이 묻어 있었고 눈가는 시커멓고 얼굴은 퀭했다. 그녀는 뒤늦게 자신의 얼룩진 티셔츠가 다른 사람들의 슈트와 성장 사이에서 몹시 튄다는 것을 알아차렸지만, 이미 때는 늦었다.

우연은 눈치를 슬슬 보며 커팅용 가위를 받아 들더니 한가운데에 서 있는 이원 옆으로 가지는 못하고 제일 가장자리 꼬랑지에 가서 선다. 그러면서도 이원의 움직임을 힐끗힐끗 엿보며 조심스럽게 리본 뭉치를 자른다. 이원은 포기하고 한숨만 삼켰다. 이번 기념사진은 역대급 화제를 불러일으키겠구나.

커팅이 끝난 후 우연은 이원 쪽은 돌아보지도 않고, 도망치듯 전시실 안으로 뛰어 들어간다. 오픈 행사에는 기자들이 워낙 많이 오기 때문에 따로 다니자고 합의를 본 참이었다. 기자들은 백번 조심해서 나쁠 일이 없는 족속들이었고, 우연도 비장하게 고개를 끄덕였다.

이원은 우연과 거리를 두고 다른 관객들을 따라 천천히 안으로 들어갔다. 다른 작품들은 도착했을 때 확인차 보았기 때문에 크게 궁금하지는 않았다.

하지만 우연의 출품작 다섯 점 중 세 점은 미공개 신작이었다. 이원이 아는 것은 〈뫼르소〉와 〈비아 돌로로사〉 두 점뿐이었고, 세 점의 신작은 구경도 하지 못했다. 궁금함이 턱 끝까지 치밀었다. 제일 먼저 보고 싶어 속이 자근자근 달아오르는 것 같다.

물론 도록 정도는 볼 수 있었지만, 일부러 보지 않았다. 전시장에서 제대로 첫 대면을 하고 싶었다. 대형 작품일수록, 도록만으로는 원작의 압도적인 힘과 위광을 느낄 수 없다.

"아……."

이원은 사람들이 동그랗게 모여 있는 그림 앞에 걸음을 멈췄다.

……역시나 〈비아 돌로로사〉가 사람을 끌어모을 것 같았다.

26×36, 스케치북 사이즈의 그림 백 장으로 이루어진 초대형 초상화. 하나하나는 전혀 형체를 알 수 없지만, 전체가 모였을 때, 거대한 반신상이 사각 무늬 유리를 투과한 모습으로 드러난다. 사진도 없이 순전히 기억만으로, 그것도 전체 스케치를 해서 나눈 것도 아니고 컴퓨터 출력하듯 그려 낸 작품이라는 큐레이터의 설명에 관람객들은 다들 멍하니 입을 벌린 채 그림을 구경하다가 앞다투어 카메라 셔터를 누른다.

〈뫼르소〉에 매혹된 사람들도 적지 않았다. 우연의 작품 세계를 설명할 출품

작으로 〈비아 돌로로사〉와 〈뫼르소〉를 택한 듯, 그 앞에 선 강 관장의 설명이
길었다.

"실제 모델의 열 배가 넘는 크기의 극도로 사실적인 인물화 앞에 서면 그 자
체가 초현실적으로 느껴집니다. 보시죠. 극도로 사실적이며 충분히 초현실적인
분위기를 띠고 있습니다. 익숙한 것을 낯설게 하는 것은 현대 미술에서 자주
사용되는 장치라 할 수 있습니다."

찰칵, 찰칵. 찰칵.

극도로 엇갈리는 내면과 외면을 고스란히 드러낸 한 사내의 무섭도록 매혹
적인 모습에, 다들 넋 잃은 표정을 짓는다. 이 그림의 모델이 누구인지, 화가와
어떤 관계인지 아는 사람도 적지 않은 눈치였다. 다만 이원의 위치가 위치이다
보니, 대놓고 힐끔대거나 의아한 표정을 짓지는 않는다. 한 걸음 옮길 때마다
뒤통수가 근질근질 따끔거릴 뿐이었다.

강 관장의 목소리가 점점 열기를 띠어 간다.

"……진우연 화백의 초상화들은 보시는 바와 같이 극도로 사실적인 동시
에 현실에서 벗어난 듯한 독특한 분위기를 제공합니다. 더 놀라운 것은 피사
체의 가장 깊은 내면을 밖으로 적나라하게 끌어낸다는 점입니다. 그런 점에서
진 화백의 작품들은 조선 초상화의 전통도 충실하게 잇고 있다고 볼 수 있습니
다……."

사람들 뒤로 멀찍이 걷던 이원은, 낯선 그림 앞에서 걸음을 멈췄다. 그렇게
도 궁금해하던 우연의 신작이었다.

눈앞에 있는 그림은 두 개의 동그라미로 구성된 단순한 형태로, 〈세상에서
가장 아름다운 색〉이라는 제목을 갖고 있었다.

정사각형의 캔버스에는—우연의 키보다 살짝 커 보이는 걸 보면 100호 정도
가 되지 않나 싶었다.— 그것을 꽉 채울 정도로 거대한 갈색 원이 그려져 있었
다. 갈색의 스펙트럼은 다양했다. 어두운 갈색을 베이스로 해서 밝은 갈색, 짙

은 고동색, 갈색이라 이름 붙일 수 있는 모든 색이 오묘한 물결무늬를 그리며 사방으로 파도치며 뻗어 나가고 있었다.

그리고 그 한가운데 새까만 동그라미가 박혀 있었다. 아무 무늬도 장식도 없는 새까만 동그라미는 보는 사람을 깊은 지하, 심연, 미지의 공간으로 안내하는 통로나, 모든 것을 빨아들여 삼키는 블랙홀처럼 보였다.

풍부한 갈색과 검은색, 두 개의 원이라는 형태만으로 구성된 그림.

이건 실재하는 형상이 아니라 비구상화인데……?

물론 우연이 꼭 극사실화만 그려야 한다는 건 아니지만, 지금은 하이퍼리얼리즘 전시회 아닌가? 강 관장은 왜 이걸 극사실화라고 인정했지?

잠시 고개를 갸웃하던 이원은 멀찍이서 얼쩡얼쩡 자신을 훔쳐보던 우연과 눈이 마주쳤다. 우연이 배시시 웃으며 눈을 찡긋하는 순간, 이원은 눈앞의 그림 역시 극사실주의 회화가 맞다는 것을 알아차렸다.

관객들을 이끌고 그림 앞으로 온 강 관장이 관객들에게 "이 그림의 정체가 무엇일까요?" 하고 퀴즈를 내는 소리가 들린다. 이원은 그 자리에서 정답을 듣고 있을 수 없어서 황급히 다음 그림으로 걸음을 옮겼다. 모여 있는 관람객의 침묵을 뚫고, 강 관장의 목소리가 껑충 뛰어오른다.

"……사람의 홍채입니다!"

우연의 두 번째 신작은 〈Happy Birthday 1〉이라는 제목의 풍경화였다.

어느 한적한 시골 마을, 아니 잘 정돈된 모양새를 보면 공원이 아닐까 싶은 곳이었다.

봄, 아니, 초여름일까. 살짝 따가울 것 같은 햇살이 느껴진다. 나무와 풀, 노랗고 빨갛고 하얀 꽃들이 바닥에 구름처럼 깔렸고 그 뒤로 야트막한 구릉이 부드럽게 펼쳐져 있었다.

그곳의 풀과 잎들은 돋은 지 며칠 되지 않은 듯, 옅고 부드러운 녹색을 띠고 있었다. 포커스가 정확하게 맞춰진 앞쪽의 꽃과 풀, 잎사귀들은 눈부시게 반짝이며 광원을 향해 한껏 손을 내뻗고 있었는데, 잎사귀, 꽃잎, 풀잎 하나하나가 새로 얻은 생명의 환희에 가득 차 함성을 지르며 춤을 추고 있는 것처럼 보였다.

이원은 앞에서 잠시 고개를 기웃하며 생각에 잠겼다. 약간 의외였다.

"왜 하필 풍경화를……?"

물론 생생하고 살아 있는 듯한 묘사는 여전했지만, 사실 전체적인 분위기를 보면 우연만의 독특한 스타일은 보이지 않았다. 원래 그녀의 그림은 정물화라 해도 잎사귀 하나하나가 맹렬한 적의를 불러일으킬 만큼 날 선 분위기가 있었다.

게다가 작품의 제목과도 바로 연결이 되지 않는다. 생일 축하? 생일 축하 파티에서 본 창밖의 풍경인가? 꽃다발도 아니고 공원 풍경이?

약간 당혹스러운 기분으로 그림의 이곳저곳을 살피던 이원은 고개를 갸웃했다. 바닥에 길쭉한 그림자가 하나 깔려 있다. 이원은 생뚱한 그림자를 한참 살피며 중얼거렸다.

"저건 무엇의 그림자일까. 나뭇가지……인가?"

"나뭇가지는 아닌 듯합니다. 굵기도 뻗은 형태도 나뭇가지와 다르고, 모서리도 둥글고요."

뒤에 서 있는 최 실장이 끼어든다. 이원은 슬쩍 고개를 돌려 뒤를 보았다. 그 역시 우연답지 않은 화풍에 살짝 의아한 모양이었다.

"그건 그렇지만, 허공에 이 그림자의 형태로 길게 뻗어 나온 거라면……."

이원은 말을 하다 말고 멈췄다. 머리가 갑자기 멍해지는 것 같다.

"팔하고 손가락……인가?"

그렇게 생각하니 바로 확실하게 보였다. 팔을 쭉 뻗고 손을 허공에 느슨하게 펼친 상태에서 나온 그림자가 틀림없었다. 쥐면 부러질 것처럼 느껴지던 가는 손목과 긴 손가락. 손의 주인이 누구인지 이원은 바로 짐작할 수 있었다.

아트빌리지 인근의 어느 공원에라도 갔던 걸까? 팔을 활짝 펼쳐서 약동하는 봄의 기운을 느끼고 있던 걸까? 그건 〈Happy Birthday〉라는 제목과 무슨 관계가 있을까? 봄기운에 돋아나는 풀과 나무, 식물에서 새로운 생명의 탄생을 느꼈다는 건가?

그건 너무 우연이답지 않은 해석인데……?

〈비아 돌로로사〉와 〈뫼르소〉에 충격을 받은 관객들은 같은 작가가 그린 풍경화에는 큰 감흥 없는 얼굴로 지나가고 있다. 하지만 이원은 멀찍이 서서 그림을 계속 관찰했다. 이상한 것은 계속해서 발견되었다.

「3.19. 진우연」

점점 오리무중이 되어 간다. 저 숫자는 뭘까? 그림을 그린 날짜는 3월이 아니었다. 〈해피 버스데이〉가 제목이니 생일을 적은 건가? 아닌데. 우연의 생일은 3월 19일이 아니라 6월 9일이다.

이원은 눈썹을 찡그리며 꼬리에 꼬리를 무는 생각을 잡으려 애를 썼다. 순간 홍연의 조심스러운 목소리가 들렸다.

"그런데 전무님. 그림 위에 펄을 뿌려 놓은 것 같지 않습니까? 이쪽 부분이 좀 하얗고 밝은 느낌이 납니다."

역시 전직 큐레이터의 눈이 날카롭기는 했다. 하지만 그렇게 뿌려 놓은 이유까지는 알 수 없었다. 풍경화에 반짝임 효과를 주고 싶었던 걸까? 가까이 다가가 그림을 자세히 본 이원은 그 무수히 반짝이는 흰 점들이 반짝이 가루를 뿌린 것이 아니라 펄이 들어간 흰색 물감으로 먼지만큼이나 작은 점을 일일이 찍어서 그린 것임을 알게 되었다.

"……이건."

한번 인식하니, 화면 일부를 채우고 있는 하얀 가루의 흐름이 한눈에 들어온다. 가루는 위에서, 정확히 말하면 우연의 손에서 흘러나오고 있는 듯했다. 하얀 가루는 바람을 타고 나무와 꽃과 풀 사이를 휘저으며 허공을 유영하는 중이다.

순간, 이원의 머릿속으로 한 문장이 번개처럼 내리꽂힌다.

'너는 먼지이니 먼지로 돌아가리라.'

……너는 먼지이니 먼지로 돌아가리라.

창세기 3장 19절. 재의 수요일, 이런, 맙소사. 이원은 드디어 그림의 정체를
깨닫게 되었다.

그곳은 우연의 아버지를 수목장한 양평의 장례 공원이었다. 그림 속의 우연
은 지금 아버지의 분골을 나무에, 허공에 휘휘 흩뿌리는 중이었다. 가루는 허공
에서 춤추듯 흩어지고, 풀과 꽃과 나무, 산과 구름, 태양, 그림자까지 모두 기뻐
서 춤을 추고 있는 것 같았다.

목구멍에서 쥐어짜는 듯한, 축축하게 젖은 목소리가 겹쳐진다.

'아빠 장례식 날 ……관 앞에서 노래하고 춤추고 싶으면 어떡하죠?'
'그러고 싶어?'
'그럴 것 같아요……'

이원은 천천히 고개를 들어 그림을 바라보았다. 그림이 말하고자 하는 것은
이제 이 독특한 광채로 인해 명징해진다.

눈부시게 반짝이는 아버지의 뼛가루를 투과해 그려진 봄의 풍경은 생명력이
폭발하는 환희 그 자체였다. 그 눈부심으로 인해 눈물이 나올 지경이었다. 해피
버스데이, 그녀는 자신이 새로 삶을 얻은 그 순간을 이런 형태로 자축하고 있
던 거였다.

……나는 너에게 뭐라고 해야 할까.

'아버지가 어떤 짓을 했든, 자식은 아버지의 죽음을 기뻐해서는 안 된다.'라
는, 인간으로서의 당연한 도리와 명제마저도 우연은 받아들이지 않았다. 어쩌

면 받아들일 수 없었던 건지도 모른다. 그녀와 아버지의 삶은 제로섬의 형태였기 때문에.

아버지가 죽지 않았으면 우연이 죽었을 것이다. 한국에 존재하는 수많은 우연들은 어른이 되어서도 아버지에게서 벗어나지 못한다. 아니, 죽을 때까지 자유로워지지 못한다. 우연을 아버지에게서 떼어 내기 위해 가정 폭력 피해자들의 삶에 대해 알아본 결과는 그랬다.

법과 공권력은 그들을 보호하지 못했다. 가장이자 친부인 가해자에게 법은 너무나도 우호적이어서 정상 참작도 많고 금고형이 떨어지는 경우는 극히 적었으며 형기마저 극단적으로 짧았다.

무엇보다 출소 후, 피해자에 대한 보호가 전혀 이루어지지 않았다. 그것은 신고한 피해자들을 죽으라고 방치하는 것과 마찬가지였다.

아무리 숨어 살아도 개인 정보는 너무 쉽게 털렸다. 그들은 평생 숨 막히는 공포에 시달리며 도망 다녀야 했다. 사회에서 완전히 단절된 상태로 숨어 살지 않는 한 그 공포에서 영원히 벗어날 수 없었다. 극단적인 경제적 궁핍을 감수해야 하는 것도 가해자가 아닌 피해자였다. 피해자들의 악에 받친 반항은 오히려 정상 참작이 쉽게 되지 않았다.

대한민국에서 살아가는 수많은 진우연이 공포에서 벗어나는 유일하고도 절대적인 조건은 가해자의 죽음뿐이었지만, 모두가 그것을 알고 있고 간절히 바라고 있지만, 누구도 그것을 입 밖으로 내서 말하지 못했다. 그것을 입 밖에 내서 말하는 순간, 세상 사람들은 그들에게 일제히 돌을 던질 것이기 때문에.

사회는 가해자 대신 피해자들에게 돌을 던지는 데 너무 익숙했고, '강자의 권리'로 인한 피해보다 '약자의 도리'에서 어긋나는 일에 더 무자비한 잣대를 들이댔다. 사회의 잣대는 부조리하기 짝이 없었다. 알베르 카뮈도 말하지 않았던가. 우리는 어머니의 장례식에 눈물을 흘리지 않았다는 이유로 사형을 당하는 사회에 살고 있다고.

이원은 천천히 고개를 끄덕였다. 자신의 작은 연인은 생각보다 용감하고 단

422

단했다. 그 모든 것을 알고도, 위선을 부려 슬퍼하지 않기로 결심한 것이다. 나는 이길 수 없다, 최대한 도망칠 것이다, 라고 울부짖던 아이였지만, 결국 새로 얻은 삶을 기꺼이 기뻐하고 감사하며 누리기로 결심한 것이다.

이것이 우연이 아버지의 죽음을 받아들인 모습이고, 후들거리는 다리를 딛고 일어나 새로운 삶을 맞아들인 방식이었다. 그래서 우연은 이원이 다시 찾아갔을 때, 그렇게 놀랍게 달라진 모습을 보여 줄 수 있었던 모양이다.

이 그림의 의미는, 나와 너 말고는 영원히 이해하지 못할 것이다. 아무도.

그리고 누군가 알아차린다 해도, 결코 너를 비난할 수 없을 것이다.

너를 비난할 자격을 가진 사람은, 세상에 아무도, 아무도 없을 것이다.

사박, 사박사박, 누군가 뒤로 걸어오는 소리가 들린다. 강 관장이 관람객들을 이끌고 옆방으로 가 버리는 통에, 우연의 그림 앞은 잠시 한적해졌다. 이원은 여전히 그림을 보고 있고, 우연은 그의 옆에 와서 얌전히 선다.

말없이 그림을 보던 우연이 고개를 기울여 이원의 팔에 툭 기댄다.

"에이 심심해. 테이프 자를 사람들이 그렇게 많이 올 줄 알았으면 난 안 와도 됐을 텐데."

"왜? 여기 안 오고 어디 가게? 소개팅 나가서 맛있는 거 얻어먹으려고?"

이원은 입을 비죽이며 말했다. 아까 우연이 도발하고 콕콕 찔러 댔던 게 꽁하니 남아 있었다. 우연은 히죽 웃으며 말했다.

"그러니까요. 아주 손해가 막심했다니까요. 그러니까 아저씨가 대신 맛있는 것 사 주시고 소개팅도 한 건 해 주셔야 해요."

이원은 미간을 조금 구기며 말을 되받았다.

"음……, 소개팅이라. 괜찮은 사람이 하나 있긴 한데."

"어떤 사람이요? 일단 제가 외모를 좀 보는데."

"일단, 얼굴은 괜찮……. 나쁘진 않아. 키도 크고. 187 정도 돼. 몸도 나름 건강하고 몸매도 비율이 나쁘지 않아. 학벌도 나쁘지 않고."

우연의 입이 살짝 벌어지는 게 보인다. 하지만 잠시 후 시큰둥한 얼굴로 다시 묻는다.

"음……, 또요?"

"비혼주의자고 아이 생각도 없대."

우연의 코끝이 씰룩씰룩한다. 하지만 별다른 내색도 없이 통, 되받는다.

"그건 괜찮네요. 또요?"

"집도 있고, 차도 있고, 우리나라 50대 기업에 다녀. 연봉도 많고. 올해 서른여섯이야."

"우와, 서른여섯이면 완전히 중년이잖아요!"

"무슨 말을 그렇게 하니. 사십 대까지는 중년 아니라고 대한민국 헌법에 정해져 있어."

이원은 펑, 하고 튀어 나가려는 목소리를 간신히 누르고 차분하게 말했다.

"그리고 네 그림을 아주 좋아하는 컬렉터야. 그림 팔러 가면 분명 잘 사 줄 거야. 바가지 좀 씌워도 어지간하면 다 사 줄걸?"

"아저씨. 어떤 남잔지 몰라도 호구 중의 상호구가 되겠다는 말을 그렇게 자랑스럽게 할 건 없잖아요."

"호의와 호구는 다른 거야. 하늘하고 땅만큼이나 다르지."

"그런데 이상하네요. 그렇게 좋은 조건의 사나이가 왜 여전히 혼자인지 모르겠네요? 어디에 무슨 결함이 있는 거 아니에요?"

"그럴 리가 있어? 성격도 젠틀하고 매너 좋아. 다정하고 로맨틱하고 스윗하지."

이제 우연은 인정사정없이 코웃음을 친다.

"그거 말고요. 제일 결정적이고 중요한 정보가 안 나왔잖아요."

"결정적인 거? 어떤 거?"

"야간 능력이 제일 중요한 거 아닌가요? 밤일은 어떻대요?"

우연의 공격에 이원은 단번에 수세에 몰렸다. 저도 모르게 어깨를 움츠리고 사방을 둘러본 그는 주변에 사람이 없는 것을 확인하고도 목소리를 한껏 낮춰 대답했다.

"그, 그게, 개인마다 기준은 다…… 다르겠지만, 못하지는 않는 것 같아."

뭐가 어째?

우연은 눈을 가늘게 뜨고 아저씨를 아래위로 훑어보았다. 그는 모르는 척, 못 본 척, 그림만 들여다보고 있다. 저거 가소로운 겸양일까? 아니면 정말 자기가 어떤 수준인지 몰라서 저러는 걸까? 물론 어느 쪽이든 도저히 그냥 넘길 수는 없는 발언이었다.

"못하지는 않는 정도면 곤란한데요? 확실치는 않지만 제가 기분에 따라 좀 심하게 밝힐 수도 있는데. 그때는 애인이 엄청 분발해야 할 것 같아서 말이죠."

"어, 음…… 노력하면 하루에 일고여덟 번 정도까지는 가능할 것 같아."

푸핫, 우연은 큰 소리로 웃음을 터뜨렸다.

아저씨가 천천히 몸을 돌린다. 눈가가 불그레하긴 했지만, 여전히 조각처럼 아름답고 수려한 얼굴이 반역광으로 드러났다. 그는 웃고 있었다. 자신이 그린 초상화 속의 얼굴과 똑같은 얼굴로, 자신을 내려다보며 미소 짓고 있었다.

"일고여덟 번이면 나쁘지 않을 것 같네요. 그럼 오늘 소개팅 한번 해 볼까요?"

우연은 말을 하며 손을 내밀었다. 이원은 조금 머뭇거리다가 손을 잡았다. 화가와 모델, 혹은 화가와 미술관의 주인이 나란히 서서 손을 잡고 있는 것이 다른 사람에게 어떻게 보일지 알고 있었지만, 이 순간은 이 그림 앞에서 함께 손을 잡아야만 할 것 같았다, 운명적으로 정해진 것처럼.

두 사람은 손을 잡고 나란히 서서 눈앞의 〈Happy Birthday 1〉을 바라보았다.

기시감이 느껴진다. 많은 사람이 좌우로 흐르듯 지나가고, 두 사람만의 시간은 따로, 느릿하게 혹은 빠르게 흘렀다. 두 사람만 존재하는 시공에서, 우연이 말했다.

"아저씨."

"응."

"나, 그래도 잘 살았죠?"

이원은 잠시 숨을 멈췄다. 가슴이 막혀 말이 잘 나오지 않는다. 우연은 조용히, 맑게 웃으며 소리 없이 다시 묻는다.

……나, 잘 살았죠?

물론, 고통을 꿋꿋이 이겨 내서 자랑스럽게 타인의 귀감이 되지는 못했어요. 도망치고, 외면하고, 납작 엎드리고, 비굴하게 숨어 울면서 버티기만 했어요. 그래도 아저씨, 그것뿐이라도, 여기까지 버티고 살아온 그 하나만으로도, 그냥 잘했다, 괜찮다, 한마디만 해 주세요.

맞잡은 손에 힘이 꽉 들어간다. 힘을 주는 것이 자신인지, 우연인지 구별조차 되지 않는다. 이원은 천천히 입을 떼었다.

"그럼. 잘 살았고말고. 이렇게 잘 살아 줘서 고마워."

"정말, 잘 살았죠, 나……."

우연의 질문은 눈물과 웃음에 함께 흡수되어 버렸다. 이원은 대답 대신 우연의 어깨를 가만히 끌어안았다.

이원은 가끔 궁금했었다. 사랑이란 정말로 종족 보존을 위해서만 존재하는 감정일까. 하느님께서 완벽한 타인인 두 사람을 끌리게 하는 도구로, 성욕 외에도 굳이 사랑이라는 감정을 심어 준 이유가 무엇이었을까.

이제는 알 것 같다. 사람에게는, 아무 조건도 계산도 없이 '그래, 잘 살아 줘서 고마워.' 하고 대답해 줄 수 있는 누군가가 필요하기 때문에.

누구든 인생을 살면서 그런 대답이 절실하게 필요한 시기가 있다. 오래전 누군가가 노래했던 것처럼, 깊고 어두운 죽음의 골짜기를 통과해야 할 때. 그곳에 홀로 서서, "나 잘 살고 있죠? 나는 이렇게 구질구질하고 형편없고 벌레 같지만, 이렇게라도 버티고 살아가는 게 그래도 잘하는 거죠?"라고 허공을 향해 물어보고 싶을 때.

그 순간을 위해 사랑은 존재한다. "그래, 잘 살고 있어. 이렇게 살아 줘서 고마워. 이렇게라도 버텨 줘서 고마워." 하고, 기꺼이, 단호하게 말해 줄 수 있는 사람이 필요하기 때문에. 상처를 극복하고 이겨 내지 못하더라도, 고통을 있는 그대로 받아들이고, 함께 끌어안고 살아갈 누군가도 필요하기 때문에. 알려진 것과 달리 세월은 만병통치약이 아니며, 영원히 치유되지 못하는 깊은 상처도 존재하기 때문에.

어쩌면 그것이야말로 사랑의 정체성이며, 존재 이유일지도 모른다.

"그래. 잘 살았어. 이렇게 살아서, 내 옆에 있어 줘서 고마워."

이원은 빙그레 웃으며 천천히 되풀이했다.

이원이 우연과 함께 본 세 번째 그림은 〈Happy Birthday 2〉였다.

그 그림에서는 새파란 잔디가 깔린 넓은 정원이 보였다. 이원은 그곳이 어디인지 바로 알아차렸다.

집의 마당, 아마도 여름인 것 같다. 새파란 잔디 위, 끈 달린 작업복 차림의 할아버지가 밀짚모자를 쓰고 웃통을 벗은 채 누워 있다. 깊은 주름이 팬 입가엔 기분 좋은 미소가 가득하다. 옆에는 전지가위와 작은 부삽, 그리고 호미 따위가 굴러다닌다.

할아버지 옆으로 긴 그림자 두 개가 늘어져 있다. 아마도 그 할아버지의 사진을 찍는 듯, 팔을 올린 원피스 차림의 여자의 실루엣, 그리고 몸집이 크고 꼬리가 풍성한 개로 보이는 듯한 동물의 그림자였다.

이원은 그것이 자신의 먼 훗날 모습임을 알았다.

두 번째 생일 축하 장면은, 첫 번째 생일 축하 장면만큼이나 밝고 눈부셨다.

에필로그

뮤즈
(Muse)

출근 준비를 하며, 나는 깊이 잠든 네 얼굴을 보며 시간을 잊는다.

천진하게 깊은 잠에 빠진 너는, 지난 주말의 과격하고 파격적인 정사에 대해 이렇게 말간 얼굴로 시치미를 뗀다.

떠나기 전, 나는 너를 깨우지 않는다. 월요일에 일부러 오후 수업만 잡은 너는, 아마 점심때까지 곤하게 자고서야 일어날 것이고, 그때까지 아무도 너를 깨우지 않을 것이다.

네가 달게 자는 모습에, 나는 늘 숨이 가쁘다. 다른 이들처럼 아름다운 옷을 갖춰 입고 다정히 웃으며 손을 흔들어 배웅하는 것보다, 이렇게 무방비한 표정으로 나를 배웅하는 것이 나는 더욱 기껍다.

나는 이제 사랑이라는 감정의 기반이 불안정함을 안다. 사랑은 단독으로 존재하지 않으며, 한 개인만의 의지는 의미가 없다는 것을 안다. 사랑은 두 자아가 깨어진 곳에서만 탄생할 수 있는 감정이므로, 본질적으로 안정성과 영속성을 획득하지 못하고, 오로지 현재형만 남게 된다.

그리하여 나는, 너를 사랑하는 순간순간이 눈부시게 소중하며, 그리하여 매

순간 타성 없는 순수한 행복을 느낀다.

나는 조용히 침실 문을 닫고 나와, 1층으로 내려가기 전 서재에 잠시 들른다. 그곳에는 네가 그렸던 나의 그림, 혹은 너의 그림들이 있다.

〈붉은 수국과 분홍색 딸기 무스케이크〉
〈사랑〉
〈뫼르소〉
〈재의 수요일〉
〈비아 돌로로사〉
〈The End of Eros〉
〈세상에서 가장 아름다운 색〉
〈Happy Birthday 1〉
〈Happy Birthday 2〉

나는 매일 치러야 하는 의식처럼 그림을 천천히 둘러본다. 나의 그림 안에는 늘 네가 있어, 나는 그림에 있는 네게 매일 새로이 인사를 한다. 나의 그림 속에 숨은 너는, 화사하게, 비장하게, 요부처럼, 천진한 아이처럼, 혹은 거룩하고 초탈한 얼굴로 내게 인사한다.

아저씨, 사랑해.

아저씨, 사랑해.

사랑해, 사랑해, 사랑해.

아저씨, 사랑해요.

이제 그림들 사이에 서 있으면, 너의 고백이 폭포처럼 쏟아져 내리는 것 같다. 나는 맑고 시원한 샘에 깊이 몸을 담그는 것처럼 너의 고백에 깊이 잠기는 것으로 하루를 시작한다.

나는 너를 삶에 받아들인 만큼 불안정해졌고, 불안정해진 만큼 나의 삶은 더 생생하고 다채로워졌다.

나의 오감은 이제 축제처럼 풍성하고 드라마틱하다. 입에 들어오는 음식은 예전보다 더 맵고, 더 짜고, 더 시고, 더 쓰며, 훨씬 고소하고 한껏 달콤하다. 귀에 들어오는 소리는 예전보다 훨씬 날카롭거나 간지럽고, 손끝, 혀, 입술에 닿는 감각은 갓난아기처럼 예민하고 섬세해져서, 세상을 처음 배우는 것처럼 모든 것이 싱싱하고 자극적으로 느껴진다. 태양빛은 더욱 뜨겁고 강렬하며, 몸에 감기는 바닷물은 시원하고, 맨발에 밟히는 풀은 시원하고 싱그럽다.

이제 나는 예전보다 크게 웃고, 추하게 울며, 드러나게 분노하고, 심하게 아파한다. 예전과 달리 게으름과 나태함에 잠식되기도 하며, 네가 주는 쾌락에 미친 듯이 탐닉하여 일상의 의무를 잊기도 한다.

너와 함께할 때, 나의 삶은 축제가 되고, 신비가 되며, 기적이 된다.

나는, 이제야 내가 살아 있다는 것을 실감한다.

□　■　□

"좋은 아침입니다. 전무님. 차가 준비되었습니다."

홍연이 들어와 갈 시간이 되었음을 알린다. 그는 내가 하루를 시작하는 의식처럼 그곳에 서 있는 것을 보고 잠시 기다린다. 나는 나의 온갖 치부가 드러난 그림을 그에게 숨길 이유를 딱히 알지 못해, 그것을 커튼으로 가리는 대신 그대로 둔다.

"실장님. 우연이 오늘 상담 스케줄이 있습니다. 일정 확인 부탁합니다."

"예. 그러잖아도 방금 김민정 씨에게 드롭 오프와 픽업 스케줄 알려 두었습니다."

그가 빙긋 웃으며 대답한다.

우연의 상담 치료는 당뇨 환자들이 음식을 조절하거나 고혈압 환자들이 운동으로 몸을 관리하는 것처럼 일상의 일부였다. 예전에 비하면 심리 상태가 꽤 안정적이지만, 그래도 조심해서 나쁠 것은 없었다.

손 원장은, 아버지가 죽은 후 우연이 몹시 안정적인 상태로 접어들었고, 양극성 장애라고 진단하기 어려운 상태가 되었다고 조심스럽게 입을 열었다. 물론 호르몬의 영향대로 가끔 울증이 두드러질 때도 있고, 경조증 증세를 보일 때도 있기는 했다. 손 원장은 그때마다 울증이 극단적인 무기력증이 되지 않도록, 혹은 경조증이 조증으로 치닫지 않도록 적절한 치료를 통해 그녀의 감정이 극단으로 흐르지 않도록 세심하게 조정한다.

속을 잘 헤아리는 비서실장이 조심스러운 목소리로 위로의 말을 덧붙인다.

"생각보다 예후가 좋아서 다행입니다. 마음이 점점 안정을 찾고 있으니, 앞으로는 훨씬 좋아지지 않을까 싶습니다."

그의 말이 고마워서 잠시 웃었다.

사실 나는 외과 수술처럼 드라마틱하게 그녀의 병이 완치되리라 기대하지 않았다. 몸의 흉터가 평생 가듯, 마음의 흉터도 평생 갈 수 있다는 것을 나는 진작 받아들였다.

그녀는 힘들 때 힘들다고, 아플 때 아프다고 울 수 있게 되기까지 20년이 넘는 세월을 기다려야 했다. 힘들다, 아프다고 마음껏 울 수 있는 것도 축복이며 좋은 일이라는 것을 아는 이들은 많지 않다.

게다가, 그녀의 자유분방하게 뻗어 가는 사고와 어떤 틀에도 구속되지 않으려는 기질, 그 기질에서 파생되는 창조적 영감은, 타고난 것임이 틀림없었다. 그것은 한 시대를 뒤로 밀어내고, 다음 시대를 이끌어 낸 예술가들이 지니고 있던 공통적인 특징이었다. 나는 그녀의 기질이 잘 보존되고, 그녀의 삶의 족적을 따라 활짝 만개하기를 진심으로 바랐다.

"홍연 씨, 많은 천재형 예술가들이 과잉 감각이나 불안정한 마음의 소유자였다는 걸 보면, 그게 재능에 따라오는 마이너스 옵션이 아닌가 하는 생각까지 듭니다. 물론 기꺼이 감수한다 할 사람도 많겠지만……."

"글쎄요. 저라면 포기할 것 같습니다, 전무님. 마이너스 옵션이 너무 강력하잖습니까? 마음이라는 게, 적절한 치료를 받는다고 뚝딱뚝딱 수리돼서 강철 멘탈 만렙이 되는 것도 아니고 평생 고생해야 하는 건데요."

이원은 벽을 가득 채우고 있는 그림들을 훑어보며 고개를 갸웃한다.

"대신 그 재능을 알아보고 지지해 주는 사람들이 또 생기지 않습니까. 저도 한때 진우연이라는 화가의 메디치로 이름을 남기고 싶어 했고요."

"메디치요? 음, 글쎄요."

한때 '패트런의 조건은 돈'이라고 단언하던 홍연이 영 동의할 수 없다는 표정을 짓는다. 아니 그래도 나 정도면 충분히 좋은 후원자 소리 들을 만하지 않나? 내심 동의를 기대하던 이원은 홍연의 표정에 조금 빈정이 상했다. 홍연은 짓궂은 미소를 띠며 말을 이었다.

"제 생각에, 전무님은 메디치보다는 다른 이름으로 불리실 것 같습니다."

"……?"

"미술사에는 수많은 천재 화가들에게 물질적으로 도움을 주며 후원했던 패트런도 많지만, 불안정한 정신을 흔들리지 않게 받쳐 주고, 예술혼을 자극하며, 깊은 영감의 원천으로 존재했던 이들도 많이 있습니다. 인류는 그들에게 꽤 많은 빚을 지고 있는 셈이죠. 그래서 후대 사람들은 그들에게 '패트런'이나 '메디치'라는 호칭보다 훨씬 낭만적이고 아름다운 이름을 붙여 주었죠."

"낭만적이고 아름다운 이름이라. 그게 뭡니까?"

"모우사(Μοῦσα) ……뮤즈, 라고 합니다."

확, 얼굴로 열이 치받는 것이 느껴진다. 이원이 헛기침을 하며 시선을 돌렸지만, 그의 목소리는 끈덕지게 따라온다.

"전무님은 유명한 화가 진우연의 이름에 기생하는 패트런 메디치가 아닌, 21세기의 위대한 예술가 진우연의 매혹적인 모델이자 뮤즈로 길게 이름이 남을 것입니다."

비서실장은 유쾌하면서도 진지한 목소리로 결론을 내렸다.

"그 이해할 수 없는 사랑도 같이요."

□ ■ □

    '그림은 대상의 재현'이라는 패러다임이 깨진 곳에서 현대 미술의 지평이 열렸고,

    '그림의 역할은 대상의 재현이 아니다.'라는 패러다임이 깨진 곳에서 하이퍼리얼리즘이 나타났다.

    나를 나답게 만드는 에고와, 너를 너답게 만들던 에고가 깨진 곳에서 견고한 사랑이 나타났고,

    그 사랑의 종말을 전제함으로, 우리의 사랑은 영원한 생명을 얻게 되었다.

    사랑은, 존재의 새로운 지평이었다.

— *Fin*

작가 후기

　더 누드를 재미있게 읽어 주시고 아껴 주신 독자님들께 이렇게 지면으로나마 인사드립니다.

　책이 나오고, 생각 밖으로 많은 관심과 사랑을 받게 되어 한동안 얼떨떨하게 지냈습니다. 몇 달이라는 시간이 순식간에 삭제된 것 같은 기분입니다.

　작가 후기를 넣어도 괜찮을까 고민을 많이 했습니다. 제 후기가 혹여나 독자님들의 자유로운 감상을 방해하게 되면 어쩌나 조심스러웠거든요. 그러니, 모쪼록 이 후기는 그저 이 책이 어떻게 나오게 되었는지에 대한, 영양가 없고 쓰잘데없는 작가의 잡담 정도로만 생각해 주시면 고맙겠습니다.

정말 잡담입니다.

　4년 전쯤이던가, 지인분께서 한병철 교수님의 '에로스의 종말' 이라는 책을 소개해 주신 적이 있습니다. 나름 쉽고 재밌다면서 저를 꾀시더라고요?(에로스라는 말에 낚인 제가 바보…. 당연히 어려웠습니다. 사랑에 대한 고전적 테마를 헤겔의 변증법에 입각해서, 현대 사회의 소외 문제로 풀어 나간 철학 논문입니다. 라는 건 제 생각이고, 진실은 저도 모릅니다.)

저는 그걸 읽으며 깊은 영감을 받았습니다. 그리고 어느 순간, 그곳에서 언급된 사랑의 고전적 테마, 그러니까 타인인 두 사람이 사랑을 위해 자신의 울타리를 파괴한다는 내용으로 진짜 사랑 이야기를 하나 만들어 보면 어떨까 하는 난데없는 망상—정확히 말하면 취향과 사심이 듬뿍 들어간 망상—에 빠지게 되었죠. 아주 많이 다른, 양극단의 대척점에 홀로 서 있던 두 사람의 이야기, 하지만 자신의 아이덴티티를 깨고 상대를 온전히 받아들임으로 새로운 존재의 지평을 열고, 서로를 구원하게 되는 두 사람의 이야기를요.

순간, 제 눈앞으로 삭막한 한강의 겨울 풍경과 마포 대교, 그리고 그곳에 두 사람이 서 있는 장면이 또렷이 펼쳐졌습니다. 온몸이 새파랗게 얼어붙은 채 강으로 뛰어들려는 교복 차림의 여자아이, 그리고 긴 외투를 입고 강을 바라보다가 그 아이에게 시선을 돌리게 된 키 큰 남자. 그들 사이를 잇고 있는 희고 긴 난간과 그곳의 아름다운 글귀들. 검게 얼어붙어 있는 강물. 양쪽으로 포진한 빌딩 숲. 정말 벼락이라도 맞은 것처럼, 영화의 한 장면 같은 이미지가 눈앞에 길게 펼쳐지더라고요.

그렇게, 두 사람의 이야기는 몇 년 동안 머릿속에서 굴러다니며 한 장면, 한 장면씩 구체적으로 형상화되기 시작했고, 그것이 차곡차곡 모여서 결국 이렇게 세상 밖으로 나오게 되었습니다.

둘의 이야기는 이 책의 마지막 페이지에서 끝나지만, 저는 두 사람이 페이지 밖에서도 오래오래 사랑하며 행복하게 살아가리라 믿어 마지않습니다. 일반적인 기대치와는 꽤 다른 형태이지만, 그들의 사랑 역시 온전한 사랑이고, 그들의 행복 역시 온전한 행복일 수 있다고 저는 여전히, 굳세게 믿고 있습니다.

양해를 구합니다.

내용에 등장하는 특정 종교를 다루면서 걱정이 많았습니다. 최대한 신경 쓰고 조심하긴 했지만, 혹여 실수로, 부주의해서 그분들의 이미지에 누를 끼친 건 아닐까, 언짢게 느끼시는 분이 계시진 않을까.

결국 제가 할 수 있는 최선의 방법은, 정확하게 조사해서 오류를 최소화하는 것, 그리고 제가 그 종교에 대해 갖고 있는 존경과 존중의 마음을 최대한 행간에 살리는 것이라는 결론을 내렸습니다.

그럼에도, 부족하고 덜된 부분이 여기저기 남아 있었을 것입니다. 부디 넓은 마음으로 이해해 주시길 부탁드리며, 혹여 언짢으셨던 부분이 있으면 이 자리를 통해 죄송하다는 말씀을 올립니다.

감사드립니다.

지인 J 님께 먼저 감사 인사를 드립니다. 늘 좋은 책이나 자료들을 소개해 주시고, 종교 파트의 내용 확인도 맡아 주셨으며, 제가 게을러지거나 늘어질 때면 번거로움을 마다않으시고 제 작업 스케줄을 매일 체크해 주시기도 했습니다.

그리고 초고를 읽고 귀한 조언도 나누어 주셨고, 책이 나왔을 때 당신의 일처럼 기뻐하시면서 그간의 고생을 위로하고 축하해 주셨습니다. 작업하는 내내 얼마나 큰 위로와 힘이 되었는지 모릅니다. 다시 한번 깊이 감사드립니다.

'더 누드'는 한병철 교수님의 귀한 노작에 빚을 지고 있습니다. 원래 우연이가 그린 그림 중 다섯 번째 작품의 본래 제목은 '더 누드—비욘드 에로스(The Nude—Beyond Eros)'였고, 그게 내용 흐름에 더 부합하긴 합니다. '디 엔드 오브 에로스'라는 부제를 달게 된 것은 순전히 작가의 개인적인 덕심 팬심 때문이었음을 이 자리를 빌어 실토합니다.

전자책 표지 일러스트 작업을 해 주신 진사 님께 뭐라 감사드려야 할지 모르 겠습니다. 제가 보내 드린 뭔가 종잡을 수 없는 제안서와 책의 본문 내용만으 로 제가 원하는 것을 훌쩍 넘어서는 최고의 이미지를 만들어 주셨습니다. 받아 보는 순간 감격해서 눈물이 나올 지경이었습니다. 이원이의 야누스적 이미지를 강렬하고 멋지게 형상화시켜 주셔서, 이 책의 내용에 최고의 시너지를 선사해 주신 진사 님께 다시 한번 깊은 감사를 드립니다.

이 책을 출판해 주신 필프리미엄에디션, 특히 담당이신 이영은 과장님께 진 심으로 감사드립니다. 제가 쓰면서 몇 번이나 전체를 뒤집어엎고 고치고 미루 고 또 고치고 또 미루고 하면서 속을 푹푹 태웠는데, 친절하게 배려해 주시고, 기다려 주시고, 꼬인 일정을 일일이 조정해 가며 맞춰 주셨습니다. 분량을 조절 해야 할 부분과 감정 완급 조절할 부분도 세심하게 알려 주시고, 적절한 가이 드라인으로 방향을 잡아 주신 덕에 제 능력 이상의 좋은 결과물이 나오게 되었 습니다.

그리고 꼼꼼하게 교정을 봐 주시고 오류를 잡아 주셨던 배지은 편집자님, 구 름 잡는 애매한 설명만 들으시고도 찰떡같이 이해해 주시고, 이렇게 깊고 고아 한, 매력적인 표지를 제작해 주신 디자이너 우물 님께도 진심으로 감사드립니다.

마지막으로, 우연이와 이원이의 이야기에 함께 분노하고 함께 울고 웃으며 읽어 주셨던 사랑하는 모든 독자님들께 지면으로나마 고마운 마음을 바칩니다. 감사합니다!

외전

외전 1

누가 더 변태일까

"넌 변태야."

아저씨가 눈을 질끈 감고 중얼거린다. 저 점잖고 수줍음 많은 아저씨가, 실오라기 한 올 두르지 않은 몸으로, 환한 불빛 아래서, 움직이지도 못하고 누워 있으려니 얼마나 창피할까. 속옷 한 장이라도 주워 입고 싶어 죽겠지. 이불자락으로 그곳만이라도 가리고 싶겠지.

아저씨가 붉게 물든 얼굴을 베개에 파묻으며 나직하게 항의한다.

"우연이 넌, 정말…… 취향이…… 이상해."

우연은 억울한 표정으로 항변했다.

"아저씨. 저는 창의력을 조금 발휘했을 뿐이에요. 섹스에도 이노베이션이 필요하다는 생각 안 해 보셨어요?"

"그런 말 좀 아무 데나 갖다 붙이지 마…… 아윽!"

아저씨의 말끝은 목구멍에서 끓어오르는 신음에 묻혀서 뭉개진다. 우연이 그의 배 위로 답삭 올라가 유두를 이로 야작 깨물어 버린 것이다.

아저씨가 눈을 꽉 감으며 신음을 삼킨다. 눈에는 눈, 이에는 이. 자신이 미리 저질러 놓은 짓이 있으니, 보복도 감수해야죠? 우연의 양쪽 젖꼭지와 그 주변은 이미 빨갛게 팅팅 부어서 차마 만지지도 못할 지경이었다. 우연은 아저씨가 제 몸에 무슨 짓을 하든 말리지 않았고, 그건 이원 역시 마찬가지였다. 우연은 입속에 든 것을 자그시 깨문 채 종알종알 말을 이었다.

"아저씨도 임원 회의 들어갈 때마다 그런 얘기 하실 거 아니에요. 여러분, 급변하는 시대에 기업의 생존을 위해 필요한 것은 기술 혁신입니다! 발상의 전환입니다! 창의력! 참신한 기획! 혁신적 사고! 패러다임의 전환!"

쫄깃한 살덩어리가 살강살강 씹힐 때마다, 아저씨의 몸이 전기라도 통한 것처럼 꿈틀거렸다.

"안…… 해, 그런 말……. 아, 우연, 아파, 으…….."

"회사만 해도 한 해 한 해 생존을 위해 기술 혁신에 매달리는데, 적어도 100년은 지속되어야 할 우리의 섹스 시스템을 위해서는 이노베이션이 더더욱 필요하지 않겠어요?"

"넌 대체 그런 말은, 흐, 어디서 배운 거야……. 구, 구별도 못 하던 주제에, 아, 제발…….."

"제가 세경 CEO 덕질을 몇 년을 했는데요. 이노베이션 마스터베이션 구별도 못 하던 예전의 진우연은 잊으시라고요, 좀."

우연이 귓바퀴를 핥으며 속삭이는 순간, 아저씨가 신음하며 부르르 몸서리를 친다. 가슴 근육과 복근도 순간적으로 요동친다. 우연은 터질 듯이 꿈틀대는 가슴과 배의 근육을 살살 간질이며 속삭였다.

"생각해 보세요. 우리가 이 짓을 하루 이틀 하고 말 것도 아니고, 약속대로라면 100년, 36500일에 윤년 추가해서 25일인데, 장기적인 섹스 플랜에 대해제대로 고민해야 할 때가 되지 않았어요? 지속 가능한 동반 성장을 이루기 위한 혁신적 성교 시스템, 아 좋다! 달나라 토끼도 아니고, 천년만년 같은 포즈로 위아래 위위아래아래 절구질만 하고 있으면 그런 재앙이 어디 있어요?"

"왜 그게 재앙이니? 그게 제일 기본이고 중요한 거 아니야? 클래식은 영원해."

아저씨는 쉬어 빠진 목소리로 더듬더듬, 하지만 최대한 침착하게 반박하려 노력했다. 우연은 가차 없이 콧방귀를 뀌었다.

"100년 동안 똑같은 물건을 똑같은 방식으로만 만드는 회사가 업계에서 살아남겠어요? 그랬다간 세경건설은 지금도 클래식한 초가집 토담집만 짓고 있겠죠. 대표이사님, 동참해 보세요, 섹스 이노베이션!"

"대표이사라고 하, 지······."

아저씨가 신음을 참기 위해 이를 악문다. 이건 너무 심하잖아, 이런 식으로 도발하는 건 반칙이야, 아저씨가 항의하는 소리가 다 들린다.

아저씨는 우연이 주는 새로운 자극을 감당하는 것을 종종 버거워했다. 이런저런 야한 장난들을 여유 있게 받아들이려면 천년쯤 도를 닦아서 연륜과 관록이 쌓여야 가능하려나. 아저씨의 허리가 크게 꿈틀대는 순간, 우연은 단호한 목소리로 제지했다.

"아저씨, 말씀하시는 건 자유지만요, 몸은 움직이시면 안 돼요. 제가 무슨 짓을 하든지요. 체스를 세 번이나 내리 져서 벌칙받으시는 거잖아요. 실패할 때마다 벌칙은 자꾸 세질 수밖에 없어요. 움직이지 못하게 손발 묶이고, 그런 건 싫으실 거 아니에요."

"이건 불공평해, 우연아. 네 벌칙이 너무 변태····· 아니, 어려운 거야. 왜 점점 이상한 벌칙만 만들어 내는 거야? 이런 자극을 받고 사람이 어떻게 안 움직여? 너 같으면 버티겠어? 생각해 봐."

아저씨가 쉬어 갈라진 목소리로, 하지만 여전히 침착하려 애쓰며 반론을 펼친다. 하지만 창백하게 질린 얼굴색까지는 감출 수 없었다.

"억울하시면 다음번 게임에선 좀 이겨 보세요. 사람이 공부만 잘하면 뭐 하나요? 잡기에도 골고루 능해야 하는 거예요. 게임을 하는 족족 이렇게 지면 평소에 뭐라도 노력을 하셔야 할 거 아니에요, 노오력!"

"내가 이겼을 때는······ 너한테 이렇게 어려운 벌칙 안 줬잖아."

"그럼 아저씨도 이런 심한 벌칙 주시면 되잖아요. 손목 때리기, 이마 딱밤 그런 시시한 벌칙 말고. 그런 데서는 배려심을 발휘하실 필요 없다고요."

우연은 생글생글 웃으며 아저씨의 다리 사이로 고개를 숙이고는, 축 널브러진 길죽한 살덩어리를 사르르 핥아 올렸다. 한 번, 딱 한 번이었다. 그것도 머리 부분만, 살짝, 감질나게.

후읏. 그가 짧게 신음을 뱉으며 후드득 몸부림을 친다. 아랫배와 옆구리, 허벅지와 가슴으로 날카롭게 근육이 튀어 오르는 것이 보인다. 피부를 찢고 튀어나올 듯, 순간적으로 날이 서는 근육은 볼 때마다 경이롭고 아름다웠다.

"어머나, 이런!"

방금 전까지 무겁게 늘어져 있던 페니스가 눈 깜짝할 사이에 빳빳하게 튕겨 올라가는 것이 보인다. 한 뼘 반은 될 정도로 길고, 굵고, 돌덩어리처럼 딱딱한 것이 수직으로 서서 자신을 도발하듯 흔들리고 있다. 이미 이런저런 벌칙으로 세 번이나 사정을 했으면서 단 한 번의 애무에 다시 발기한 이 장대한 살덩어리는 진심으로 신비로웠다.

우연은 얼른 몸을 일으키며 명랑한 목소리로 선언했다.

"아저씨, 또 실패요. 세상에, 벌써 몇 번째인가요? 새로운 벌칙 정하기도 바쁘잖아요."

"……정말 이게 무슨……."

아저씨가 몸을 일으키며 좌절에 찬 신음을 내뱉었다.

성실한 원칙주의자인 아저씨는 이런 애들 장난 같은 게임 벌칙마저 곧이곧대로 수행하곤 했다. 이게 참 성실하고 반듯하다 칭찬을 해야 할지, 답답하고 융통성이 없다 한탄해야 할지 모르겠다. 자포자기한 듯, 몸을 축 늘어뜨린 아저씨가 한숨을 쉬며 묻는다.

"……그래, 새로운 벌칙이 뭔데?"

우연은 아저씨를 가만히 내려다보았다. 목에서부터 발가락까지, 대리석처럼 매끈한 그의 피부는 자신이 새겨 둔 딥 키스 자국과 손자국으로 가득했다. 내 몸도 상황은 비슷하니 할 말은 없겠지. 붉고 매끈한 머리를 드러낸 채 빳빳하게 몸을 세우고 꺼덕대는 저놈은, 어쩐지 우연을 사납게 노려보고 있는 것 같다. 점잖고 음전하신 본체와는 기어이 따로 놀겠다는 놈의 흉흉한 기세를 보니 저절로 웃음이 나온다.

"아저씨, 잠깐만 그대로 계셔 보세요. 새로운 게 생각났어요."

우연은 탁자 옆에 놔둔 에코 백을 뒤적거렸다. 아 여기 있다. 절반쯤 먹다 남긴 비닐봉지에는 대왕 꿈틀이 콜라맛, 이라는 글자가 커다랗게 새겨져 있었고, 주둥이는 자그마한 아기 고무 밴드로 묶여 있었다.

"역시 대왕 꿈틀이를 아껴 놓고 안 먹기를 잘한 것 같아요."

"그…… 또 무슨 이상한 짓을 하려고?"

"이상한 짓이라뇨, 야하고 재미있는…… 아우 씨, 모자라잖아……."

대왕 꿈틀이로 이원의 성기를 한 바퀴 둘러 보려던 우연은 짜증스럽게 한숨을 쉬었다. 그냥 왕꿈틀이도 아니고, 자그마치 한 뼘이 훌쩍 넘는 '특대형 왕꿈틀이'였음에도 완전히 발기한 그의 페니스를 묶어 놓기엔 역부족이었다.

"아, 됐다……."

우연이 대왕 꿈틀이의 허리를 잡아당겨 늘인 후 귀두 아래쪽으로 한 바퀴 빙 둘러 양 끝을 고무 밴드로 묶는 동안, 아저씨는 사형을 기다리는 죄수처럼 비장하게 침묵하고 있었다.

"제가 이걸 다 빨아 먹을 동안……."

"뭐? 빨…… 우연아, 우연…… 잠깐만, 그건, 우연아."

예상보다 센 벌칙이었는지, 갑자기 목소리가 다급해진다. 경악과 공포로 물드는 아저씨의 얼굴을 보며, 우연은 다정하게 웃었다.

"사정하시면 안 돼요."

□ ■ □

우연이 섹스 라이프에 온갖 종류의 게임과 벌칙을 도입한 지 어언 넉 달이

되어 간다.

원래 우연은 자신의 호를 '음란마구니'로 하면 어떨까 고민할 정도로 야한 망상이 샘솟았고, 이원과의 섹스도 환장할 정도로 좋아했다. 그리고 자신이 음란마구니인 걸 그에게 딱히 감출 생각도 하지 않았다. 매번 정신이 나갈 정도로 몰아치는 쾌감은 섹스 중독이 되지 않을까 싶을 정도로 황홀했고, 그 순간 느껴지는 합일감은 말로 표현할 수 없을 만큼 깊은 충족감을 가져다주었다. 그러니 그의 입장에서도 충분히 자랑스러운 일일 것이고, 그래서 굳이 숨길 필요는 없다고 생각했다.

하지만, 문제가 없는 것은 아니었다.

일단, 이원의 미친 성욕을 감당하기가 역부족이라는 것이 첫 번째였다.

체력 차이가 심해도 너무 심했다. 저놈의 중년 아재는 나이가 열두 살이나 많은 주제에 체력—의 탈을 쓴 성욕—이 무시무시했다. 아무리 주말이라도, 하루 일곱 번이 말이 되냐! 인간적으로 그게 사람이 할 짓이냐 싶은 것이다. 지금까지 저 짐승 같은 분신을 어떻게 누르면서 살았는지, 미스터리를 넘어 공포스러울 정도였다.

그에 반해 우연의 체력은 겸손하고 소박하기 짝이 없었다. 그녀의 저질 체력은, 자신의 야한 상상도, 아저씨의 짐승 체력도, 심지어 조금이라도 활동적인 데이트조차도 감당할 수 없었다.

혹시 아저씨 말대로 인스턴트 편식을 없애면 체력이 조금이라도 나아지려나?

우연은 눈물을 머금고 '잠시' 식단을 바꾸는 데 동의했다. 그녀는 오로지 섹스를 위해 라면 대신 현미밥을 먹기 시작했다. 채소, 고기, 과일도 가끔 먹고, 콜라 대신 우유와 주스도 마시고, 주 1회 PT까지 끊었다.

그럼에도 불구하고, 중년 아재의 체력—의 탈을 쓴 성욕—은 여전히 감당이 되지 않았다. 게다가 아저씨는 사정할 때까지 시간도 긴 편이라 한 판만 해도 생명력이 바닥까지 고갈되는 기분이었다. 두세 번만 하면 의식이 날아가서 온갖 헛소리는 다 씨불댔고. 대여섯 번으로 넘어가면 두 발로 걷지도 못해 엉금엉금 다녀야 했고, 다음 날 아침부터 다시 시작하면 '아, 이러다 정말 죽겠구나.' 하는 생각이 들곤 했다. 물론 복상사라는 게, 당사자에게야 꽤 행복한 죽음이겠지만, 남은 자의 쇼크와 고통과 창피함도 생각은 해 줘야 하지 않겠는가.

아저씨는 조금만 살이 닿아도 시동이 걸리고, 무슨 말만 해도 발동이 걸렸다. 피곤할 때는 싫다고 튕길까도 싶은데, 그러자니 '제가 욕정이 좀 만발하와' 운운하며 섹스 거절 불가를 그에게 강요한 흑역사가 발목을 잡았다. 한 치 앞을 몰랐던 요놈의 조동아리, 요놈의 대가리.

그러다 보니 그의 성욕에 불을 지르는 트리거라도 미리 알아내서 적당히 피해 볼까 싶은데, 아무리 관찰해도 트리거가 뭔지 도저히 감을 잡을 수가 없었다.

사실, "오늘 트레이너 언니한테 체스트 프레스하고 체스트 플라이 하는 거 배웠는데, 근육 좀 생긴 거 같지 않아요?" 하고 노브라로 가슴 내미는 포즈를 취했던 건, 트리거 테스트라기보다 조금 도발한 게 맞다. 물론, 다음 날 모유 수유용 연고를 사다가 열흘이나 발라야 하는 사태까지 벌어질 줄 알았으면, 절대 그런 도발은 안 했을 것이다. 그가 가슴에 집착하는 건 어느 정도 눈치채고 있었지만, 그 정도일 줄은 몰랐다.

하지만 나머지 트리거들은 정말 일관성이 없었다. 어떤 날은 '아저씨 사랑해.' 하는 잠꼬대에 자다가 일어나서 덤벼들었고, 어떤 날은 '아저씨 담주에 나랑 왁싱하러 가는 건 어때요?' 하는 말에 핀이 나갔고, 어떤 날은 '아저씨 배고파.' 하는 말에 자다가 눈을 비비고 일어나서 덤벼들었다. 허리를 굽히고 발톱을 깎고 있을 때 '어쩜 발톱 조각까지 이렇게 예쁘지?' 하고 중얼거렸는데, 대체 그 말에 왜 발기가 되는 건지, 우연도 모르고 당사자도 몰랐다. 오밤중에 술집으로 데리러 온 아저씨 등에 업혀서 '아저씨, 나 오늘 맥주 먹었어! 두 개! 끅.' 하는 술주정에 갑툭튀 반응하는 페니스는 그저 불가사의할 뿐이었다. 집으로 오는 내내, 아니 집에 와서도 침대머리에 이마를 박고 애국가 가사와 용

비어천가와 기미독립선언문을 외우다가 결국 기도실에 박혀서 라틴어로 된 기도문까지 줄줄 외우는 비장한 모습을 보면, 그의 트리거를 찾는 게 무의미하게 느껴질 지경이었다.

우연이 음란마구니 섹스 정책을 게임과 야한 벌칙 노선으로 변경하기로 한 데에는 이렇게 목숨이 달린 절박한 이유가 있었다.

그리고 두 번째 이유는,

……아저씨는 그런 미친 성욕을 갖고 있으면서도 믿을 수 없을 만큼 점잖고 단순한 섹스 패턴을 갖고 있었다.

평상시의 섹스는 매우 규칙적이고 상식적인 루틴으로 진행되었다. 그는 환한 낮에 섹스하는 걸 많이 멋쩍어했고—낮에 안 한다는 건 아니다.—, 차분하고 정중하게 허락을 구했고—거절을 염두에 둔 건 아니다.—, 어지간하면 따로 씻고—같이 샤워를 안 한다는 건 아니다.—, 우연이 침대에 들어가면 꼭 끌어안고 입을 맞춘 후 가슴에 파묻혀서 핥고 빨고 볼을 비비는 습관이 있었다.—점잖다고 할 짓을 안 하는 건 아니다.—

아저씨는 그렇게 꼭 달라붙은 상태로, 다정하고 길게, 꼼꼼하다 싶도록 살살이 애무를 하고서야 삽입을 시작했다.—이게 싫다는 건 아니다.— 그리고 그의 성격대로 무진장 부드럽고 다정하게 왕복 운동을 반복했고, 사정까지 발군의 인내심을 발휘해서 우연에게 몇 번의 오르가슴을 선사했다.

물론 거듭 말하건대, 이게 싫다는 건 절대 아니다. 하지만 그렇게 훌륭한 기능을 갖고 있으면서, 이렇게 단순한 방법으로만 써먹으면 기능의 낭비라고 할 수밖에 없다. 아인슈타인이 초등학생들에게 더하기 빼기를 가르친다고 생각해 봐라. 얼마나 복장이 터질지. 그러니 그 훌륭한 기능을 만들어 준 분이 이 가성비 떨어지는 짓거리를 보시면 얼마나 복장이 터지시겠는가.

그리고 사람이란 게, 고급 레스토랑의 스테이크와 랍스터만 계속 먹다 보면, 가끔 라면과 치킨과 콜라와 불닭면이 당기는 게 인지상정이다. 평생 라면을 안 먹은 사람은 있어도, 한 번만 먹은 사람은 없는 법이니, 유기농 저염 건강식만 먹다 보면, 어느 날 갑자기 하늘을 우러러 그 쨍하고 자극적인 맛이 맹렬하게 당기는 날이 오지 않겠는가.

섹스도, 그렇지 않겠는가.

'아저씨, 뭔가 재미있는 게임 같은 거 같이해 보실래요?'

'그럴까? 집에 체스도 있고 카드도 있고 모노폴리도 있고……. 아니면 윷놀이 같은 거 하고 싶어?'

'아하……. 아저씨가 생각하는 '재미있는 게임'은 그런 거예요?'

하긴. 아저씨는 컴퓨터 게임을 전혀 하지 않는다. 게임 용어나 파생 유행어도 모른다. 담배나 거짓말처럼, 하지 않겠다고 정해 놓은 많은 것들 중에 컴퓨터 게임도 들어가 있는 듯했다. 인생의 재미를 너무 어린 나이에 걷어차 버린 아저씨. 나이는 열두 살 차이인데 노는 방법은 120년쯤 벌어진 것 같다.

뭐 괜찮아. 내가 재미있게 만들어 주면 되지. 우연은 생글생글 웃으며 고개를 끄덕였다.

'재미있겠네요. 아저씨가 하는 방법 좀 가르쳐 주세요.'

자고로 게임을 재미있게 만드는 방법은 돈을 거는 것이다. 더 재미있게 만들려면 더 큰 돈을 거는 것이고, 최고로 재미있게 만드는 방법은, 제정신으로는 도저히 수행할 수 없는 야한 벌칙을 거는 것이다. 그러면 윷놀이나 팽이치기, 가위바위보에도 목숨을 걸게 되어 있다.

그리하여, 보드게임 대장정이 시작되었다.

아저씨의 집에 박혀 있던 오래된 보드게임들이 줄줄이 소환되어 나왔다. 체스를 둘 줄 모르던 우연은 아저씨에게 말의 이름과 운용법부터 하나하나 배웠고, 카드 게임을 전혀 할 줄 모르던 우연은 보름에 걸쳐 포커와 원카드와 블랙잭도 배웠다. 루미큐브, 젠가 블록, 모노폴리, 윷놀이, 오목, 스도쿠……. 같이 놀 사람도 없으면서 보드게임 종류는 엄청 많았다. 심지어 화투도 있었다. 아저씨가 고스톱과 섯다를 칠 줄 안다는 것이 좀 충격이긴 했지만, 이 모든 것을 가르쳐 준 사람이 아저씨의 대부인 아우구스티노 신부님이었다는 말에 우연은 난생처음으로 깊은 은혜를 받았다.

처음에는, 당연히 가르쳐 주는 아저씨가 이겼다. 아저씨가 제시하는 벌칙은 시시했다. 손목 맞기나 이마 딱밤, 발바닥 간질이기, 뽀뽀 한 번, 어깨 주물러 주기 따위로는 게임이 재미있어질 리가 없다. 하지만 우연이 옷 하나씩 벗기기를 벌칙으로 처음 도입하면서, 드디어 보드게임은 본격 공포물의 물살을 타기 시작했다.

손바닥이나 발바닥에 손가락으로 글자를 쓰고 맞히는 게임을 할 때, 벌칙이 손목 맞기나 딱밤 정도가 되면 딱히 이겨야 한다는 생각은 들지 않는다. 하지만 귀두나 클리토리스에 0호 붓으로 글자를 쓰고, 못 맞힐 때 짱짱한 고무 밴드로 그곳에 딱밤을 날리는 벌칙으로 약간의 변화만 주면, 사정이 완전히 달라진다. 자극도 자극이고, 아픈 것도 아픈 것이지만 아저씨는 그 창피한 것을 도저히 견디지 못했다.

아저씨는 더 이상 대인배처럼 여유로운 표정으로 게임에 임하지 못하게 되었다. 한 수, 한 수 눈에 핏발을 세우고 승부에 몰입했다. 벌칙으로 파푸아 사나이들의 거시기 보호대인 꼬데까만 착용하고 주말 보내기 따위가 들어가면서, 아저씨의 태도는 가위바위보 한 판에 집 한 채도 걸 만큼 심각해졌다.

하지만 아이러니하게도, 우연은 그때부터 게임에서 승기를 잡기 시작했다. 아저씨는 게임 규칙들은 잘 알고 있었지만, 실전에서 허를 찌르고 공격하는 것에는 상당히 서투른 듯했다. 정공법밖에 모르고 타이밍을 놓치는 일도 많았다. 걸린 벌칙이 야하고 과격하고 셀수록 아저씨는 당황해서 어쩔 줄 몰랐고, 그럴수록 실수가 늘어서 승률은 갈수록 바닥으로 처박혔다.

그는 패배는 정정당당히 받아들였지만, 우연이 개발한 온갖 야하고 저질스럽고 창의적인 미션에는 늘 멘탈 붕괴를 일으켰다. 벌칙을 제대로 수행하기 위해 최선을 다하기는 하지만, 벌칙의 변태력이 너무 강력하다 보니 실패할 때도 많았다. 그러면 벌칙은 점점 더 창의적이고 변태적인 미션으로 이어졌고, 결국 자극을 견디다 못한 아저씨가 중간에 우연의 손을 빌려서 사정을 하는 사태도 종종 벌어졌다.

하여, 게임 서너 판을 야한 벌칙까지 돌리며 끝내고 나면 아저씨는 대략 서너 번 정도 사정을 하게 된다. 그리고 그때쯤이면 같이 씻고, 한두 번쯤 같이하고 꿀잠을 자면 딱 적당한 상태가 된다.

그 정도면 좋다. 딱 좋다. 재미있게 놀고, 두뇌도 개발되고, 아저씨도 충분히 욕구를 풀 수 있고, 나도 복상사의 위험에서 벗어나고, 26세 꽃다운 나이에 변태라는 오명을 쓰게 된 것만 감수한다면, 그야말로 윈윈윈 아니겠냐고?―물론 변태로 불리게 된 것을 부끄러워하는 것은 아니다.―

그것이 우연의 장대한 마스터플랜이었다.

그리고 어느 정도는 성공을 거둔 것 같기도 하다. 지금까지는, 오늘까지는, 뭐 나름나름.

□ ■ □

"……으음."

아저씨가 눈을 감고 나직하게 한숨을 쉰다. 우연은 손을 뻗어 이원의 몸을 미끄러지듯 쓰다듬기 시작했다. 아아, 음……. 억눌린 듯, 혹은 달콤한 듯, 낮고 부드러운 신음이 새어 나온다.

촉, 촉, 촉, ……츕.

가볍고 경쾌하던 입맞춤 소리에 어느덧 습기가 가득 들어찬다. 우연은 그의 가슴과 아랫배와 옆구리, 그리고 사타구니로 이어지는 예민한 고랑을 살살 훑아 내려가기 시작했다. 허리와 허벅지 근육으로 뻐근하게 힘이 들어가는 것이 보인다. 드디어 우연은 자신에게 반항이라도 하듯, 뻣뻣하게 고개를 치켜든 녀석을 향해 입을 크게 벌렸다.

"흡."

짧은 숨소리가 튀어나오더니 이내 조용해진다. 우연은 붉게 솟아오른 매끈한 머리를 한입 가득 물었다가 윗니로 지이익 긁어 올렸다. 핫, 거대한 몸이 채찍에 맞은 것처럼 크게 꿈틀거린다. 귀두 바로 아래 감긴 새콤한 젤리가 혀에 걸린다. 젤리를 혀로 빙그르르 휘어 감고 힘껏 빨았다. 하이악, 미처 걸러지지 못한 거친 비명이 다시 치솟으며 온몸의 근육이 발작하듯 튀어 올랐다. 우연을 감싸듯 벌어져 있던 그의 굵은 허벅지가 우연의 허리를 확 짓누른다.

특대형 대왕 꿈틀이는 길고, 굵고, 쫄깃하고, 혀로 힘껏 빨아도 잘 녹지 않았다. 자신의 허리를 휘감은 허벅지가, 정강이가 크게 휘청대는 것이 느껴진다. 신음은 흘러나오지 않는다. 입에 문 채 위를 올려다보니 아저씨는 두 손으로 입을 틀어막은 채, 상반신을 뒤틀고 있었다.

……아, 이번엔 좀 셌나 보다.

물론, 이 상태에서 아저씨가 파정하는 일은 없을 것이다. 지금까지 우연이 입으로 애무를 해 준 적은 셀 수 없이 많았지만, 아저씨는 절대 사정하지 않았다. 한번 해 보라고 우연이 부추겨도, 그곳을 잘라 내면 잘라 냈지 네 입에 사정하는 일은 없을 거라고 단언하는 걸 보면, 아저씨는 그 짓을 아주 더럽고 몹쓸 짓으로 여기는 게 틀림없었다.

"하, 으, 음…… 윽!"

아저씨의 몸부림이 과격해진다. 젤리는 이제야 조금씩, 아주 조금씩 녹아내린다. 입안이 새콤하고 달콤한 콜라맛, 그 불량스러운 자극으로 가득해진다. 읍, 윽, 아저씨의 손가락 사이로 다급하고 괴로운 신음이 샌다. 하지만 그는 여전히 입을 틀어막은 채 고스란히 견디기만 한다.

온몸에 땀이 쫙 솟아오르는 것이 보인다. 이마에서부터 가슴, 배, 옆구리, 퍼득, 푸득, 경련하듯 뒤틀리는 다리에서도 땀방울이 든다.

괴로우면 나를 밀어내고 끝내면 된다. 같잖은 게임의 벌칙 따윈 싫으면 언제든 그만두면 되는 것이다. 하지만 아저씨는 늘 버티는 쪽을 택한다.

그래서, 우연은 계속했다. 이 달고 시고 불량한 대왕 미꾸라지가 모조리 녹을 때까지, 힘껏, 아주 힘껏, 볼이 쏙 패어 들어가고 혓바닥이 아릴 때까지 핥고, 휘감고, 빨고, 당겼다.

'아저씨, 그냥, 해요. 해도 괜찮아요.'

말 없는 말을 알아들은 그가 대답 없이 고개를 젓는다. 이를 악문 그의 턱에 자잘한 무늬가 도드라진다. 터질 것처럼 부푼 근육과 손등, 목덜미, 그리고 이마에 치솟은 굵고 푸른 핏줄을 보며, 우연은 그가 한계를 넘겨 가며 욕구를 참고 있다는 것을 짐작한다. 우연은 이제야 겨우 반쯤 녹아 몰랑몰랑해진 젤리를 이로 긁으며 다시 말했다. 아저씨, 괜찮아, 정말 괜찮다니까요.

하지만 그는 사정하지 않고 버틴다. 이제 겨우 10분이나 지났나. 15분인가. 대왕 꿈틀이는 많이 물렁하고, 조금 시고, 많이 달았지만, 여전히 질기고 천천히 녹았다.

툭.

결국 꿈틀이의 허리가 끊어진다. 그것을 느낀 아저씨가 고개를 번쩍 든다. 그 짧은 시간에, 눈에 핏줄이 터지고 얼굴은 땀으로 번질번질 젖었다. 줄줄 흘러내린 땀이 턱 끝에 모여 툭툭 떨어진다.

우연은 고무줄을 혀로 밀어 낸 후, 잘린 젤리를 혀로 휘감아 천천히 씹었다. 아저씨는 입술을 꽉 깨물고 한 손으로 입을 막았다. 부들부들 떨리는 다리, 흐, 흐읍, 흐, 고통에 겨운 신음. 우연은 아저씨가 대체 왜 이렇게 버티는지 이해가 가지 않았다. 두 손이 입을 틀어막는다. 고개가 푹 수그러든다. 빳빳하게 힘이 들어간 어깨는, 역도 선수가 마지막으로 바벨을 들어 올렸을 때처럼 아슬아슬, 터질 듯 보였다.

조각난 젤리의 잔해들이 입속으로 천천히 스며든다. 목구멍으로 마지막 조각까지 넘긴 후, 우연은 끈적해진 그의 페니스를 혀로 깨끗하게 빨아올렸다. 고개를 들어 올린 우연은 아저씨의 얼굴을 가만히 응시하며 아주 천천히, 혀로 입술을 핥았다.

터질 듯한 시선과 마주 닿았다. 아저씨의 울대뼈가 꿀럭, 아래위로 움직인다. 한 번, 그리고 또 한 번. 숨 막힐 듯한 침묵이 흘렀다.

"다 먹었어요."

"아……, 다 됐어?"

아저씨가 희미하게 웃으며, 침착한 표정으로, 하지만 떨리는 목소리로 묻는다. 안도의 한숨 따위는 흘러나오지 나오지 않는다. 지금 아저씨에겐 한숨 한 자락 쉴 여력조차 없다. 얼굴은 붉고, 눈의 실핏줄은 터졌으며, 헐떡임만 간신히 눌러둔 무거운 날숨은 숨겨지지 않는다. 온몸의 근육과 혈관이 바짝 도드라진 상태로, 아저씨가 나직하게 묻는다.

"……지금 너 좀 안아도 되겠니?"

"물론이에요."

우연은 활짝 웃으며 두 팔을 벌렸다. 이 시간을 오래 기다렸다는 듯.

이원은 그 상태 그대로 우연을 덮쳤다. 입맞춤도 부드러운 애무도 없이, 그대로 우연의 다리를 벌리고 단번에 페니스를 박아 넣었다.

"아, 악, 아저씨! 처, 천천히!"

우연은 날카롭게 고함치며 발버둥을 쳤다. 물론 그 고함이 그에게 들리지 않으리라는 것은 안다. 아저씨는 두 손으로 양쪽 허벅지를 꽉 움켜잡더니, 좌우로 활짝 벌린 채 미친 듯이 허리를 쳐 대기 시작했다.

……아 이런, 제기랄.

이원은 드디어 자신이 정신을 놓아 버린 것을 스스로 인지했다. 아무것도 보이지 않고, 오로지 우연의 몸만 보였다. 그 은밀하고 이상하고 자신을 미치게 하는 그 부분만 보였다. 악, 악, 아, 아아, 뭐라고 하는지 소리도 잘 들리지 않는다.

이원은 오늘도 자신의 안에 있는 짐승을 기어이 끄집어낸 우연에게 당황했고, 그보다 몇 배나 고마웠다. 한편으로는 자신이 우연이라는 존재에 중독된 건 아닐까 하는 생각도 들었다. 마약을 해 본 적은 없지만, 세상의 어떤 마약이라도 우연보다 더한 쾌감을 줄 수 있을 것 같지 않았다. 그녀가 보여 주고, 이끌어 가고, 매번 확장해 가는 감각의 지평선은 끝이 보이지 않았다. 자신이 할 수 있는 일은 노예처럼 속수무책 끌려가 이성도 수치심도 다 잃은 채 이 절대적인 희락에 휩쓸리는 것뿐이었다.

허리와 허벅지가 부들부들 떨린다. 하반신이 터져 버릴 듯하다. 몸의 감각도, 시간 감각도 이상해진 것 같다. 온 우주가 짝짓기의 시간으로만 이루어져 있는 것 같고, 이 무시무시한 쾌락의 시간이 영원히 이어질 것 같다.

"아, 흑, 으응, 아, 아저씨, 아학, 조, 좋아! 아아, 좋아! 나 어떡해! 더, 더 세게!"

우연의 첫 번째 오르가슴이 느껴진다. 이원은 터질 것 같은 분출 욕구를 버텨 냈다. 첫 번째 파도가 지나가고 두 번째 파도가 오면, 우연의 몸은 더욱 크게 반응할 것이다. 겪을 때마다 여전히 새롭고 두려운, 신경이 갈려 나갈 정도로 자극적인, 아마 영원히 익숙해지지 못할 쾌감이 올 것이다.

이원은 베개를 쥐어뜯으며 몸부림치는 우연을 꽉 끌어안았다. 이 몸은, 너무 작다. 이렇게 안을 때마다 어떻게 손댈 수 없을 만큼 여리고 가냘프다는 걸 실감한다. 이 작은 몸 사이로 나를 기어이 밀어 넣어야 하는 상황이 항상 버겁고 두렵다. 속살을 헤치고 들어갈 때마다 위에서 빠듯하게 갈라지는 두 개의 볼록한 두덩과 그 사이에서 저절로 드러나는 작고 붉은 클리토리스를 보면, 저것을 핥고 빨고 손으로 짓눌러서 비명을 지르게 만들고 싶어 정신이 어찔어찔해진다.

너무 좁고, 너무 뜨거운 속살이 하반신을 극렬히 짓누르며 죄어 댄다. 이렇게 점점 죄어들다가 아예 페니스가 터져 버리면 그 느낌이 어떨까. 끔찍하게 고통스럽겠지만, 왜인지 끔찍하게 황홀할지도 모른다는 망상이 치고 올라온다. 나는 이 좁고 뜨거운 속살이 그 정도로 나의 몸을 힘껏 주무르고 짓누르고 격렬하게 애무해 주기를 바란다. 입 밖으로는 절대 내지 못할 추잡하고 괴상한 욕망을 인지할 때마다, 이원은 심한 수치심과 기이한 해방감, 그리고 맹렬한 성욕을 동시에 느꼈다.

퍽, 퍽, 퍽.

하아, 학, 하아, 학, 학, 하아, 하아아.

우연이 숨을 가쁘게 쉬며 몸을 이리저리 비튼다. 단발 머리카락이 베개 위로 온통 흐트러지고 얼굴은 복숭앗빛으로 물든다. 가녀린 턱과 가는 쇄골과 하얗고 작은 가슴이 발딱발딱 오르내린다.

이원은 두 손으로 양쪽 가슴을 움켜쥐었다. 엄지와 검지 사이로 튀어나온 젖꼭지는 늘 지나치게 붉고 야했다. 허겁지겁 우연을 끌어 올려 그것을 입으로 물었다. 그녀가 이원의 성기에 내려앉아 날카롭게 비명을 지른다.

"아 아저씨, 어떡해, 아, 너, 너무, 깊어, 지독, 아, 악."

이원은 젖을 먹는 아기처럼 필사적으로 가슴에 매달렸다. 작은 젖꼭지를 필사적으로 삼키고, 핥고, 짓무르도록 힘껏 빨았다. 그럴 때마다 발작적으로 이어지는 우연의 격렬한 몸부림으로 삽입이 깊어진다. 아랫배가, 딱딱하게 충혈된 살덩어리가, 극도로 예민해진 끝부분이 터질 것처럼 가렵고 고통스러웠다.

으윽.

아래에서 열기가 터져 나간다. 이원이 어깨를 굳히며 허리를 가늘게 떠는 순간, 우연의 속살이 이원의 성기를 물결처럼 짓누르며 끌어당기기 시작했다.

"……아!"

마지막 파도가 두 사람을 한꺼번에 후려친다. 두 사람의 고개가 동시에 뒤로 꺾인다. 아랫배와 허벅지와 엉덩이, 종아리, 발가락 끝까지 의지와 상관없이 꿈틀거리며 몸부림을 친다. 쩔꺽쩔꺽 쩍, 쩍. 물기 어린 마찰 소리의 농도가 짙어진다. 애무를 견뎠던 시간만큼이나, 파정의 쾌락도 지나치게 길었다.

아아, 하아, 아아아.

절정의 쾌감은, 길고 아득한 추락 같았다. 검은 우주에서 벌거벗은 채 푸른 지구로 뛰어내리는 것처럼 늘 무섭고 신비로웠다. 눈앞이 점점 하얗게 변하며 번쩍번쩍 빛이 점멸한다. 수천 갈래의 바람이 손톱처럼 전신을 긁는 듯, 대기의 마찰열이 온몸을 태워 버리는 듯, 길고 짜릿하고 뜨거운 쾌감이었다. 피부와 내장과 근육과 생식기와 뇌 속을 오로지 자극 하나로 지져 버리는 듯했다.

두 사람이 절정을 맞이하는 시간은 늘 비슷했다. 우연의 속살은, 몇 번의 오르가슴 파도가 지나갈 때마다 난폭하게 이원을 끌어당겼고, 그가 그 끔찍한 쾌감에 완전히 잠식되도록 강제했다. 이원은 노예처럼, 혹은 길든 짐승처럼 속절없이 굴복했다. 이원의 사정은 대체로 우연이 최고로 절정을 느낀 직후에 이루어졌다. 그 순간은 서로에 대한 완벽한 종속과 온전한 해방감, 그리고 그것을 모두 넘어선 깊은 합일의 느낌을 가져다주었다.

"하아, 아, 후우, 후우."

오르가슴이 지나간 우연의 몸은 연체동물처럼 완전히 풀어지곤 한다. 이원은 우연의 이런 모습이 미칠 정도로 사랑스러웠다. 축 늘어진 가녀린 몸을 으스러질 듯이 끌어안고 입술이 맞닿는 곳마다 정신없이 입을 맞췄다. 이 순간은, 늘 눈물이 난다. 아저씨, 사랑해. 우연의 가느다란 팔이 목을 끌어안으며, 입맞춤이 깊어진다.

하느님이 우리에게 허락하신 희락의 시간, 나를 잃고, 너를 통해 새로운 나를 만드는 시간이었다.

□ ■ □

"아가씨? 일찍 내려오셨네요? 출출하세요?"

"아, 네. 목도 조금 마르고 배도 좀 고프고……."

간식과 음료수를 가지러 내려왔더니 식당에서는 벌써 송 할머니가 식사 준비를 하고 계셨다. 당연히 밤새 한 짓이 있어 놓으니 배가 고픕니다. 무진장 고픕니다. 아침부터 삼겹살 통갈비 치킨 피자 라면 곱빼기 다 먹고 싶습니다. 하지만 그런 말을 했다간 괜히 아저씨까지 창피해질 테니, 최대한 조신하게 대답할 수밖에 없었다. 송 할머니는 얼른 바나나와 우유를 꺼내 믹서에 갈기 시작했다.

"요새 전무님하고 보드게임 자주 하시는 것 같던데, 어제는 어떤 게임 하셨어요?"

"히히. 어제는 체스 뒀어요."

물론 '체스는 거들 뿐'이라는 건 빤히 아실 테지만, 매너 좋고 배려심 깊은 송 할머니는 해맑게 웃으며 말을 받아 주신다.

"어머나, 아가씨. 체스 잘 두세요? 원래 보드게임 같은 거 좋아하세요?"

"배운 지는 얼마 안 됐는데, 굉장히 재미있어요."

자그마치 대왕 꿈틀이 펠라가 걸려 있는데, 재미없을 수가 없죠. 우연은 어깨를 으쓱하며 속으로 웃었다. 송 할머니가 무척 반가워하는 목소리로 말했다.

"아이고 재미있으시다니 너무 잘됐네요. 전무님도 체스 무척 좋아하시거든요. 배운 지 얼마 안 되셨으면 전무님이 좀 봐주셔야 할 텐데."

에이, 할머니가 뭘 모르시네. 현재는 제가 파죽의 연전연승 중인데요?

물론 아저씨가 머리가 상당히 좋은 건 우연도 알고 있고, 송 할머니가 아저씨를 무척 자랑스러워하시는 것도 알고 있지만, 공부 머리와 게임 머리는 따로 있는 법이다. 안타깝게도 송 할머니의 자랑은 계속되었다.

"전무님이 어릴 때 보드게임 마니아였답니다. 간신히 걸음마 떼실 때부터 아우구스티노 대부님한테 온갖 종류의 게임은 다 배웠는데, 글쎄 대부님이 '사나이들의 비정한 승부의 세계를 미리 맛보여 주겠다.' 하면서 얼마나 골탕을 먹이셨는지. 글쎄 그 착하고 마음도 여린 전무님이, 피도 눈물도 없는 보드게임 승부사가 돼 버리셨지 뭐예요."

아, 하, 아하하하. 눈앞에서 영상이 재생된다.

아저씨의 괴짜 대부님은 과천 아트빌리지 가까이 살고 계셔서 몇 번 뵌 적이 있다. 아저씨의 외가 쪽 먼 친척으로, 자그마치 은퇴 신부님이었다. 아저씨의 어머니가 불임으로 고생하고 이혼당하고 다시 재혼하고 아저씨를 갖기까지 울며불며 힘들게 고생하는 것을 보고, 짠한 마음에 공수표를 몇 번 날렸다고 했다.

'세상에서 젤 예쁜 아기 좀 보내 달라고 하느님께 졸라 보마. 그러니 고만 울어.'
'네가 아기를 낳으면, 내가 꼭 대부가 되어 줄게. 그러니 고만 울어.'
'그 아기가 결혼하면 혼배 성사도 내가 집전해 주마. 그러니 고만 울……'

문제는, 그러다가 정말 아저씨가 태어났다는 사실이었다. 대부님은 아저씨를 볼 때마다 "약속 한번 함부로 했다가 코가 꿰었어. 내가 은퇴한 지 오삼 년인데, 네놈이 장가갈 때까지 죽지도 못하게 됐잖아." 하며 투덜대곤 하셨다.

우연이 킬킬 웃으며 송 할머니의 옆구리를 팔꿈치로 찔렀다.

"아이 참, 콩깍지가 너무 심하신 거 아니에요? 게임 머리는 공부 머리하고 다르다고요."

송 할머니의 표정이 엄숙하고 진지해진다.

"아니에요. 전무님은요, 제대로 룰을 아는 게임이면 거의 지는 법이 없으세요. 체스, 루미큐브, 큐브, 윷놀이, 포커, 고스톱, 가위바위보까지요."

"가위바위보도요?"

"네. 가위바위보도요."

송 할머니는 확신에 찬 목소리로 고개를 끄덕였다. 아니 가위바위보 잘하는 게 이렇게나 자랑스러워할 일이던가. 우연은 다시 웃음을 참았다. 늘 침착하고 신중한 송 할머니지만, 어린 시절의 아저씨에 대해 자랑이라도 할 참이면 늘 품위와 이성을 잃곤 했다.

"가위바위보 하실 때 열 번 중에 여덟아홉 번은 이기세요. 열 번 다 이길 때도 있었고요. 그나마 상대가 기분 안 좋은 것 같으면 끝판에 몇 번 져 주는 것 같아요. 감이 상당히 좋으신데, 티를 잘 안 내시는 게 틀림없어요."

우연은 맹한 표정으로 고개를 갸웃했다. 들을수록 뭔가 좀 이상하다. 가위바위보를 지는 법이 별로 없다? 그거야말로 진짜 확률 싸움 아닌가? 그 말대로라면 아저씨의 진짜 적성은 신부님이나 정원사가 아니라 타짜 아니겠냐고.

그리고 그 얼치기 타짜는 현재 진우연이라는 초짜에게 쪽팔릴 정도의 패배를 거듭하고 있는데? 특히 야한 벌칙이 점점 강화되면서, 특유의 침착함마저 잃고 광란의 연패 중이다. 그렇게 잘하신다는 가위바위보는 물론이고 어제 체스 게임도 저한테 줄줄이 3연패를 하셨는데요오오……?

멍하니 올려다보는 우연을 향해, 송 할머니는 자부심이 가득한 표정으로 덧붙였다.

"글쎄 미국에서 학교 다니실 때요, 주에서 하는 체스 대회에 나가서 우승 트로피를 두 번이나 받아 오셨다니까요? 어른들도 다 참가하는 대회에서요."

"아, 아하아……?"

순간, 푸른 하늘의 날벼락과도 같이, 거대한 깨달음이 도래했다.

그래. 나의 촉은 이미 오래전부터 말하고 있었어! 쎄하다고! 구리다고! 뭔가 이상하다고!

……진짜 변태는 아저씨라고.

□　■　□

"짜잔!"

우연이 송 할머니가 만들어 주신 바나나 우유와 생수, 전채 요리 몇 가지를 들고 들어가니 이불에 파묻혀 있던 아저씨가 부스스한 머리를 내밀고 멋쩍게 웃는다. 침대에서 내려올 생각도 안 하고, 이불을 둘러쓴 채 생수 한 병을 다 마시고 전채 요리를 주섬주섬 집어 먹더니 바나나 우유도 단숨에 비운다.

예전 같으면 상상도 하지 못할 일이었지만, 요새는 이런 아저씨의 모습에 완전히 익숙해졌다. 식욕이 몹시 좋아진 아저씨는 이제 음식을 먹을 때 진심으로 즐겁고 활력이 넘쳐 보였다.

"아저씨, 벨기에 브뤼셀에 가 보신 적 있으세요?"

"있어."

"거기 시내에 가면 소변보는 아이 동상도 있다면서요? 보셨어요?"

"응. ……왜?"

아저씨의 눈빛에 긴장감이 서린다. 대체 또 무슨 황당한 말을 하려고 이럴까, 싶은 눈치다. 하지만 우연은 그 눈빛 뒤로 저도 모르게 스며 나오는 옅은 호기심과 흥분을 감지한다.

"저는 그 아기를 생각할 때마다 걱정이 돼요. 한 방울 한 방울 떨어지는 물로도 단단한 돌에 구멍이 난다는데, 그 아기의 고추는 4백 년 동안 물을 쏟아내고 있으니 닳아요 안 닳아요, 그러니 구멍이 커져요, 안 커져요?"

"……뭐?"

아저씨의 입이 멍하니 벌어진다. 우연은 점점 열렬하게 주장을 펼쳤다.

"저는 그 사진을 볼 때마다 그 불쌍한 아기의 요도 구멍이 걱정돼 죽겠고, 그 아이가 자라면 고자가 될 거라는 생각밖에 안 들고, 그때마다 저놈의 구멍을 얼른 좁게 땜질 좀 해서 불쌍한 아기를 구해 줘야 한다는 조바심에 시달린다고요."

"그게 무슨 변태 같은 생각이야! 그 동상을 보면서 그런 생각을 하는 건 너밖에 없을 거야. 그리고 그건 복제품이라 네가 그런 걱정 안 해도 돼."

"아, 그건 다행이네요. 그런데 아저씨는 그 동상 보면서 한 번도 그런 생각안 해 보셨어요?"

"안 해 봤어. 그렇게 귀여운 아기 동상을 보면서 누가 그런 이상한 생각을 해?"

엥? 우연은 눈을 동그랗게 떴다.

"귀여워요? 대놓고 야릇하라고 만든 것 같은데요? 그걸 보면서 단순히 귀엽다는 생각만 하는 게 오히려 비정상 아닌가요? 얼마나 욕구를 억압했으면 당연히 들어야 할 야릇한 생각조차 안 들겠어요? 저는 뭐 대놓고 변태지만요, 그걸 보고 전혀 야릇하다고 생각 안 하는 사람도 분명 변태일 거예요!"

아저씨가 기가 막힌 듯이 웃으며 머리에 딱밤을 날린다.

"주일날 아침부터 자꾸 이런 말만 할 거야? 그래서 나한테 진짜 하고 싶은 말이 뭔데? '대놓고 변태' 아가씨."

"아저씨가 소변보는 걸 보고 싶어요."

아저씨의 입이 떡 벌어진다. 1초도 되지 않아 아저씨답지 않게 커다란 목소리가 펑 터져 나온다.

"그게 무슨 말이야! 대체 왜 그런 결론이 나와!"

"왜요? 그 정도면 합리적이고 합당한 결론 아니에요?"

"……그러니까, 그게 왜 보고 싶냐고!"

아저씨가 기겁을 하며 되물었다. 우연은 그의 얼굴을 올려다보다가 생긋 웃었다.

"호기심에 이유가 어디 있어요? 그냥 궁금하니까 보고 싶은 거죠. 아, 창피하면 저도 보여 드릴게요. 아저씨도 궁금하시죠?"

"나는 안 궁금해!"

아저씨는 정말로 멘탈이 빠져나간 것처럼 큰 소리로 고함친다. 이성은 온몸으로 거부 의사를 드러낸다. 저렇게 온몸을 부르르 떨며 진저리를 치는 것은, 아저씨의 이성의 부분이고, 아저씨의 진짜 반응이다.

하지만 우연은 아저씨가 자신의 청을 딱 잘라 거절하지 않는 것을 보고 속으로 비죽이 웃었다. 그의 이성도 힘이 세지만, 그의 본능도 만만찮은 저력과 한 방을 갖고 있었다.

그리고 지금 그 무의식은, 눈을 지글지글 빛내며 기대에 찬 시선으로 우연을 내려다본다. 그 강렬한 눈빛은 기대를 넘어, 탐욕을 넘어, 애원에 가깝다. 아저씨는 지금 자신이 어떤 표정으로 나를 내려다보는지 절대 알지 못할 것이다.

저 표정이야말로, 아저씨의 내면에 있는, 이 황당한 제안에 귀를 쫑긋 세우고 수치심에 자신을 풍덩 던지고 싶어 하는 한이원의 진짜 얼굴일 것이다. 우연은 이 새로운 깨달음에 자신의 모든 패를 걸 수 있었다.

이제 우연이 할 일은 아저씨를 두르고 있는 마지막 한 꺼풀을 손가락으로 톡 쳐서 걷어 내는 일이다. 우연은 이원의 허리에 대롱대롱 매달리며 고양이처럼 얼굴을 비볐다.

"정말정말 궁금해서 그래요. 어차피 서로 볼 거 다 봤으니까 숨길 것도 없잖아요. 이건 죽어도 안 그럴게요. 정말로."

"그따위 짓을 했다간 창피해서 내가 먼저 죽어 버릴 거야. 볼 거 다 봤으면서 대체 뭐가 더 궁금한데."

"아저씨 몸에서 나오는 신비하고 놀라운 황금빛 물줄기가 궁금해서 미칠 것 같다니까요."

"우연아, 그런 말 하면 정말…… 변태…… 같아. 정말이야."

아저씨는 아주 몹쓸 욕이라도 하는 것처럼 더듬더듬 비난했다. 하지만 우연은 자랑스럽게 턱을 들고 말했다.

"그럼요. 상변태 맞죠. 전 제가 변태인 게 자랑스러워요. 아저씨는 왜 안 궁금하세요? 브뤼셀에 오줌 누는 소녀 동상도 있다던데, 그건 안 보셨어요?"

"안 봤어. 그 앞을 지나가긴 했는데 안 보고 그냥 지나갔어. 별로 보고 싶지 않아서. 정말 보고 싶지 않……. 정말이니까 웃지 마."

우연은 키득키득 웃으며 아저씨를 올려다보았다. 이놈의 아재가 참말로 워싱턴처럼 정직한 것은 사실일지 모른다. 하지만, 그게 진실이라 하기도 애매한 것이, 아저씨는 자신을 속이는 것으로 남까지 속이는 스킬이 꽤 탁월하기 때문이었다.

"그러면 아저씨 가위바위보로 정하는 건 어때요? 이긴 사람 마음대로."

"……대체 이걸 왜 가위바위보로 정해야 하는데?"

"가위바위보는 뭔가 하늘의 뜻 같지 않아요? 완전히 예측 불가능하니까요."

"하늘의 뜻이라기엔 너무 우연으로만 이루어지는 승부 아니니?"

"한두 번이면 우연일 수도 있겠죠. 하지만 다섯 번이나 열 번 했을 때, 스무 번 했을 때, 백 번 했을 때 전부 다 이기거나 전부 다 지면, 그건 하늘의 뜻이거나 운명이라고 할 수 있지 않겠어요?"

"이런 일에 운명을 낭비하고 싶지 않아."

아저씨는 여전히 내키지 않는 목소리로 말했다. 하지만, 우연은 확신했다. 아저씨는 거절하지 못할 것이다.

"그럼, 가위바위보 열 판 정도만 해 볼까요? 제가 열 판을 다 이기면, 그 정도 확률이면, 제 부탁을 들어줘야 한다는 하늘의 뜻으로 봐도 되지 않겠어요?"

"그 확률이 얼마인지 알기나 해? 59049분의 1이야. 가능할 것 같아?"

계산이 빠른 아저씨가 잠시 후 반박했다. 우연은 대답하는 대신 주먹을 귀 뒤로 빼며 씩 웃었다. 가위바위……, 우연이 운을 떼자 아저씨도 얼결에 가위바위보 준비 자세를 취한다.

"보!"

우연은 가위, 아저씨는 보. 1승을 기록한 우연은 숨 쉴 새도 없이 바로 연속 승부로 들어갔다.

"가위바위보, 가위바위보, 보, 보, 보, 보, 보……!"

아저씨는 엉겁결에 우연과 속도를 맞춰서 가위바위보를 했다. 가위, 바위, 바위, 보, 가위, 보, 바위, 보, 보. 정말 대중없이, 생각조차 없이 냈다.

승부는 순식간에 끝났다. 아저씨가 낸 것은 보, 가위, 가위, 바위, 보, 바위, 가위, 바위, 바위. 순식간에 10연패를 해치운 운명의 사나이가 몹시 당황한 얼굴로 우연을 바라본다. 대체 왜 이런 사태가 벌어졌는지 모르겠다는 듯이.

우연은 이원을 바라보며 씨익 웃었다.

"아저씨 타짜인가요?"

"10연패를…… 했는데…… 무슨 타짜야."

아저씨가 얼빠진 목소리로 더듬더듬 반박한다.

"아, 그렇죠. 타짜가 되시긴 어렵겠네요. 하지만 59049분의 1을 성공시켰으니, 제 부탁을 들어주시는 건 하늘의 뜻이라고 볼 수도 있겠네요."

"……정 그러면……."

이원은 암담하고 괴로운 얼굴로, 하지만 고분고분 자리에서 일어나 주섬주섬 속옷을 입고 가운을 걸친 후 화장실로 향한다.

이것이 늘 재미있는 부분이었다. 이런 말도 안 되는 장난질은 응하지 않아도 되고, 그냥 웃어넘겨도 상관없는데, 아저씨는 절대 그렇게 하지 않는다. 그 이유가 고지식하고 곧이곧대로 약속을 지키는 성격 때문이라고 생각했는데─아마 아저씨는 여전히 스스로 그렇게 믿고 있을지도 모르지만─, 사실은 그게 아닌 듯했다.

이제 진실에 거의 접근한 듯한 느낌이 든다.

한 가지만 더 확인한다면 말이지.

이원이 내키지 않는 얼굴로 변기 앞에 선다. 우연은 졸랑졸랑 따라가 그 옆에 쪼그리고 앉아 위를 빤히 올려다보았다.

"……꼭 봐야겠어?"

"아, 정 내키지 않으시면 대신 자위하는 걸 보여 주셔도……."

"알았어, 알았어. 할게. 해."

아저씨가 황급히 말을 끊으며 가운 허리띠를 풀었다.

하지만 창피한 걸 이겨 내기까지는 한참 더 걸렸다. 한동안 꾸물대던 아저씨는 열 번쯤 한숨을 쉰 다음, 속옷을 끌어 내리고 페니스를 한 손으로 끄집어냈다.

투르르르르.

자신이 어젯밤에 그렇게 괴롭혀 댔던 붉고 작은 구멍 끝에서 황금색 물방울이 길게 미끄러져 내려왔다. 우연은 자칭 상변태답게 눈을 반짝이며 주먹을 꼭 쥐고 그것을 지켜보았다. 그는 물줄기가 가늘어지다가 툭 끊어지고 남은 것들이 방울방울 떨어질 때까지, 입을 꽉 다물고 눈도 질끈 감고 있었다. 마지막 방울이 떨어질 때쯤, 그가 나직하게 신음을 삼키며 짧게 허리를 떨었다. 화장실에 들어설 때부터 붉어지기 시작한 얼굴은, 이 짧은 시간 동안 물러 터지기 직전의 토마토처럼 시뻘겋게 익어 버렸다.

그리고, 어젯밤 수도 없이 시달려서 정말 흐느적흐느적하던 성기는 순식간에, 정말 그 몇 초도 안 되는 시간 동안 터질 듯이 부풀었다. 달라붙는 속옷 안에 얌전히 수납되어 있던 그것은 속옷으로 밀어 넣어도 허리 밴드 위로 삐져나올 만큼 무섭게 부풀었다.

드디어 결론이 났다. 우연은 그가 물을 내리고 손을 씻고 자신을 향해 몸을 돌릴 때까지 기다렸다가 생긋 웃으며 물었다.

"아저씨, 이딴 걸 구경하고 싶은 게 더 변태인가요, 구경당하면서 발기하는 게 더 변태인가요?"

"……."

"아저씨, 야한 벌칙을 열심히 개발해 내는 게 더 변태인가요, 야한 벌칙을 당하고 싶어서 승부사의 기질을 총동원해서 게임마다 지는 게 더 변태인가요?"

"……."

"체스 챔피언이 저 같은 개초보한테 연전연패하는 것도 무지 힘드셨을 텐데요, 네? 5만 9천분의 1의 확률로 연패를 거머쥐기도 정말 쉽지 않으셨을 텐데요, 네? 이야. 이 정도면 진짜 세기의 타짜 아니신가요?"

후우. 아저씨가 손등으로 시뻘게진 뺨을 힘껏 문지른다. 우연은 그 모습이 미칠 듯이 사랑스럽고 섹시해서 죽어 버릴 것 같았다.

"아저씨, 창피하면 서죠? 엄청나게 쪽팔리면 엄청나게 서죠?"

"……응."

"아파도 서죠? 간지러워도 서죠?"

"응."

"아저씨도 변태 맞죠?"

"……맞는 거 같아."

길고 암담한 한숨과 함께, 이원이 시인했다. 우연은 쪼그리고 앉은 채 미친 듯이 웃기 시작했다.

역시나, 고수는 재야에 숨어 있는 법이라더니. 진짜 변태력이 높은 건 자신이 아니라 아저씨였다. 이 아재에 비하면 자신은 그냥 호기심이 많고 창의력을 발휘해 이것저것 해 보고 싶은 게 많은 초급 변태일 뿐이었다.

아저씨는 자신과 달리, 아주 뿌리 깊은 진성 변태이며 점잖은 척하지만 말할 수 없이 밝히는 내추럴 본 짐승 같은 남자였다. 그동안 엄하게 자신을 다스리며 수줍게, 아니 점잖게 살아온 세월이 너무 길어서, 이성으로는 그런 모습을 인정하기 싫어할 뿐이다. 그래서 게임의 벌칙이라는 수단으로 그것을 한껏 누리게 된 순간부터, 아저씨의 본능은 너무너무 고마워하며, 이성 몰래 열일하는…… 아니 폭주하는 중이었다.

그리고 그런 자신을 깨닫고 이렇게 당황하며 어쩔 줄 모르는 것이다. 이 또한 얼마나 변태답고 사랑스러운가. 우연은 눈가에 매달린 눈물을 손끝으로 문지르며 사르르 웃었다.

"다행이네요. 우린 정말 천생연분이에요. 다른 여자를 만났으면 이 엄청난 변태력을 꽃피우지도 못하고 어쩔 뻔했어요."

이원은 고개를 숙인 채 주먹만 쥐었다 폈다 한다. 입가와 미간이 묘하게 꼼틀꼼틀한다. 몹시 수치스럽고 암담해하는 것 같으면서도 기대감과 흥분이 눈가와 입가로 스멀스멀 스며 나오는 것을 감출 수 없었다.

우연은 이원의 속옷 허리 밴드 사이로 비죽 튀어나온 반항아의 머리를 손가락으로 가만히 쓰다듬은 후, 통 튕겼다. 그러자 불룩하게 부푼 살덩어리가 이 순간만을 기다렸다는 듯, 부르르 요동친다.

"걱정 마세요. 제가 남은 99년 동안 아저씨의 엄청난 재능을 찬란하게 꽃피워 드릴게요."

외전 2

눈꼴시다 그들의 연애 행각

[오빠오빠~♡ 점심시간이지?]

지잉, 지잉, 하는 진동음이 어째 불길하게 들린다 했더니, 아니나 다를까. 머리에 벚꽃을 잔뜩 뿌리고 찍은 광년이 프로필 사진이 맨 위로 떠오른다.

채팅방 이름: 티라노홍시

홍연은 속으로 길게 탄식했다. 저놈의 하트를 보니 두 배로 불길하다. 짠빵맨, 홍빵맨, 뚱땅배 따위 온갖 모욕적인 별명을 다 갖다 붙인 원흉이자 30년째 자신의 주적 1호인 동생 최홍시다. 특히 그 인간이 '사랑하는 오빠' 나 '오빠~♡', '오빵' 하고 불렀을 때, 홍연에게 좋은 일이 일어났던 적은 거의 없었다. 가히 오빠 징크스라고 할 만했다.

[티라노홍시: 사랑하는 동생에게 밥 좀 사 줘라~♡ 배고프다.

최홍연: 내가 왜? '박봉 직장인' 어쩌고 디스가 만발할 땐 언제고?

최홍연: 나보다 두 배는 잘 버신다는 늬네 ♡남치니♡한테 사 달라구 해.

티라노홍시: 뭐래 그건 님이 사랑스런 동생 남친을 백수 취급 하니깐 그랬지.

티라노홍시: 그리고 나 쫌 전에 그 ♪♫♪랑 헤어져서 그건 좀 곤란.

최홍연: 뭐뭐뭐뭐? 왜!

티라노홍시: 양다리.]

역시나 날벼락. 순식간에 맹렬한 동료애와 전투 본능이 차오른 홍연은 두다 다다 자판을 두들겼다.

[최홍연: 왓ㅂ. 그새끼 주제도모르고 아주꼴갑지랄 그걸갱내뒀어? 갯소양아치같은색기

최홍연: 야 똥시 너 지금 어디야?

티라노홍시: 마포 대교.]

머리가 띵, 울렸다. 오 마이 갓. 얘가 답지 않게 왜 이래. 거기서 마포 대교가 왜 나와? 손가락이 타키온 입자처럼 빨라진다.

[최홍연: 야! 홍시, 홍시야. 너 거기서 질질 짜지 말고 당장 나한테 와.

최홍연: 딴생각하지 말고 일단 전화부터⋯⋯.

티라노홍시: 짜긴 뭘 짜 여드름을 짜냐ㅋㅋㅋㅋㅋㅋ 여드름은 짜면 시원하기나 하지.

티라노홍시: 근처 온 김에 오빠랑 밥이나 먹게.]

손가락이 딱 멈춘다.

에효, 그래, 오늘도 생쥐가 고양이 걱정을 했다. 헤어진 건 핑계고 근처에 온 김에 밥이나 얻어먹겠다는 거군그래.

홍시는 자신과 마찬가지로 '연애에 적극적인 비혼족'이었다. 그런데 자신과 달리 만남이나 헤어짐이나 얼마나 쿨하신지 모른다.

'마음이 없어졌다는데 어쩔 건데? 매달리고 노력한다고 좋아하는 마음이 생기냐?'

'그리고 그건 나도 마찬가지야. 맘 떠났는데 안달복달 들러붙으면 짜증만 나. 피차 빨리 놔주는 게 삼생의 덕이야.'

동생의 평소 지론은 살벌할 정도로 쿨내가 났다. 여자 친구와 헤어질 때마다

지질지질 울고 퍼마시고 이틀쯤 병가 월차를 내야 하는 자신과 달리, 동생은 애인과 헤어질 때 큰 상실감을 느끼는 것 같지는 않았다. 아니, 상실감을 느낄 정도로 푹 빠져서 허우적대는 일 자체가 없었다. 사랑한다는 이유로 동생을 입맛대로 휘둘러 보려다 반나절 동안 개욕을 먹어 가며 정신 개조를 당한 후 걷어차인 놈도 있었다.

동생은 어릴 때부터 똘똘하고 단호해서 '센 언니' 소리 좀 듣고 살았는데, 그 기질은 어른이 돼서도 잘 변하지 않는 것 같았다. 그래서 홍연은 가끔 동생이 무서웠다.

[티라노홍시: 점심시간 12시 맞지? 회사 앞에 그쯤 도착할 거야.]

시계를 힐끗 보니 벌써 12시가 되어 가고 있었다. 안타깝게도 이 인간은 역지사지 능력이 모기 날개만큼 얄팍하야, 비서실장이라는 직업의 애환을 잘 모른다. 명색 수행 비서가 '전무님, 점심시간 됐으니 전 이만 식사 좀 하고 들어오겠습니다. 한 시간 후에 뵈어용.' 하고 나갔다가 1시 15분쯤 커피 쭐쭐 빨면서 들어가면 되는 줄 안다.

[최홍연: 야, 난 전무님이랑 식사해야 해서 안…….]

부다다다 핑계를 대려고 하는데 앞에서 차분하게 산통 깨는 목소리가 들린다.

"최 실장님, 오늘은 제가 늦게 점심 약속이 있으니까, 먼저 식사하고 오세요."

"아, 약속이 있으십니까? 식당 예약을 해 둘까요?"

"아뇨, 괜찮습니다. 오후에 좀 늦게 들어올 텐데, 연락 오는 것 중에서 급한 것만 문자로 알려 주세요."

"예, 전무님."

오호, 우연 씨하고 약속이 있군그래.

거래처와 미팅이 있는 경우, 이원은 으레 홍연이나 황창희 과장 혹은 실무 담당자들을 데리고 다녔다.

그런데 지금처럼 혼자서 나가고, 늦게 들어올 거고, 전화도 안 받겠다는 건, 오후 근무를 땡땡이치고 데이트를 즐기겠다는 거다. 아무리 대표이사라도 책정

된 연봉이란 게 있으니, 땡땡이라고 보는 것이 백번 옳지 않겠는가.

그래애, 바야흐로 춘풍이 살랑살랑 꽃향기 말씬말씬, 물오른 봄날이 아니더냐. 이런 날, 애인이 있으면 당연히 연애를 하고 싶겠지.

물론 애인님께서 여의도까지 행차하기는 좀 만만찮겠지만.

아, 우연 씨 수업 없는 날이니 별 상관 없으려나? 어휴.

인간 진우연의 학교생활에 생각이 닿는 순간 조건 반사처럼 한숨이 흘러나온다.

……그나저나 그놈의 학교는 대체 언제나 졸업한대?

풋풋하던 그녀가 설레는 마음으로 서림예대에 입학한 지 어언 7년, 입학 동기들도, 군대 갔다 온 동기들도 모조리 졸업하고, 바야흐로 8학년 고지를 눈앞에 두고 있으니 참 감개무량, 아니 비분강개할 따름이다. 올해도 영어와 제2외국어와 펑크 난 교양 필수 과목을 패스 못 하면 서림예대 최초의 8학년생이 될지도 모른다고 했다.

잠깐만, 그런데 대학을 8년쯤 다니면 제적 아닌가?

아닌가? 연속 학고 4회만 아니면 괜찮은가? 학교마다 다 다른가?

홍연은 머리를 긁으며 한숨을 쉬었다. 모르겠다. 대학 8학년이라는 게, 엄친아 엄친딸처럼 흔한 건 아니니까. 그나마 졸업장이라도 받겠다고 껌딱지처럼 붙어 있는 게 나름 대단하다 싶다.―……기특하다는 의미는 아니다.―

한이원 이사장 역시 대단하기는 마찬가지다. 이원메세나재단은 학사 경고를 쿠폰처럼 적립하는 학생들까지 장학금을 줄 만큼 너그럽지는 아니하여, 결국 이사장님께서 친히 사비로 학비 땜질을 하는 중인데, 8학년 고지를 코앞에 둔 상황에서도 잔소리 한마디 없다. 이쯤 되면 대인배를 넘어 도인이나 산신령으로 보인다.

두 사람의 관계는 다소 의외의 형태로 이어지고 있었다. 홍연은 우연이 바로 이원의 집에 들어와 살게 될 거라 생각했다.

하지만 아니었다. 두 사람은 자신만의 공간을 남겨 두었고, 평소에는 각자의 공간에서 각자의 삶을 각자의 방식대로 조용히, 혹은 요란하게 살아 나갔다.

홍연은 두 사람의 관계를 가장 가까이서 지켜본 사람이었고, 삶과 영혼까지 깊이 결속한 그들의 관계를 어느 정도는 이해하고 있다고 생각해 왔다. 그래서 이렇게 '독립 영역을 남겨 두는 관계'를 선택한 두 사람이 좀 대단하고, 신기하게 느껴지기도 했다.

이원의 주중 일과는 여전히 규칙적이었다. 아침 일찍 일어나 집 근처에 있는 성당에 가서 새벽 미사에 참석하고, 집에 와서 식사하고, 출근해서 일하고, 오후에 일찍 퇴근해서 운동하고, 집에 와서 저녁을 먹고, 2층에 올라가 자신만의 시간을 조용히 즐기다가 정해진 시간에 기도하고 잠자리에 들었다.

우연과 통화는 자주 하는 편이었지만, 두 사람 모두 전화기를 몇 시간씩 붙잡고 있는 스타일은 아니었다. 일하는 틈틈이 메신저로 수다를 떠는 일도 별로 없었다. 이원은 멀티태스킹이라는 미명하에 이루어지는 주의력 분산에 몹시 취약했고, 우연 역시 노는 데 집중하거나, 자는 데 집중하거나, 일에 집중하는 상황이면 메신저의 존재조차 까먹곤 해서, 대화 문제로 별다른 마찰은 없는 듯했다.

대신 이원은 주말이나 쉬는 날이면 늘 우연과 함께 시간을 보냈다. 주로 서초동에서, 가끔은 과천에서. 아트빌리지는 1인 1실 입주가 원칙이지만 주말에 가끔 찾아와 연애 행각을 벌이는 애인, 아니 건물주까지 막지는 않았다.

우연의 일정은 대중없었다. 일주일 스케줄은 고사하고 내일 일정, 아니 한 시간 후에 뭘 하고 있을지조차 알 수 없었다. 홍연도 모르고 이원도 모르고 당사자도 몰랐다.

고정적으로 정해진 일정은 몇 가지 되지 않았다. 일주일에 3학점 수업이 두 번 있었고, 세 번 정도 과외 아르바이트를 했다. 손연정 원장과의 상담은 2주일에 한 번이지만, 그나마 두 번에 한 번은 전화 상담으로 때우는 것 같았다.

남은 시간은 규칙적으로 작품 활동을 한다? 그런 아름다운 질서 따위는 없었다. 열흘 동안 작품을 하나 해야 한다면 9일하고 반나절까지는 먹고 마시고 춤추며 놀다가 마지막 날, 밤샘 작업을 해서 해치우는 게 일상이었다.

반대로 그 작업에 무척 흥미가 돋으면, 첫날부터 며칠간 눈깔이 뽑히게 작업을 해서 흡족할 만한 뭔가를 만들어 놓은 후, 이틀 정도 시체처럼 퍼질러 자곤 했다. 그러다 정신을 차리면 체력이 회복될 때까지 빈둥빈둥 웹 서핑에 몰두하거나, 창가에서 햇볕을 받으며 꼬박꼬박 졸거나, 비슬비슬 일어나 수업을 들으러 가거나 아르바이트를 하러 나갔다.

국내외 화랑가나 경매 시장에서 조금씩 '잘나가는 화가' 소리를 듣게 된 우연이 여전히 아르바이트를 하는 이유는 그냥 미스터리였다. 하긴, 우연이 벌이는 일 중에서 이해 가능한 게 얼마나 되는진 모르겠지만.

"아! 그러고 보니…… 어제가 과외 월급날이었네?"

홍연은 그제야 자신의 오류를 발견했다. 우연은 오늘 수업이 없어서, 혹은 봄바람이 좋아서 놀러 오는 게 아니다.

우연은 월급을 받은 다음 날이면 반드시 여의도에 올라와서 이원에게 밥을 사 주곤 했다. 물론 과외 비용이라야 작품 가격에 비하면 푼돈에 불과했지만, 어쨌든 그 돈을 모조리 '예쁜 커플 아이템'이나 '맛있는 밥', '환상적인 디저트', '화려한 꽃다발' 따위에 탕진하곤 했다.

이원도 이원대로 사양 한번 없이 넙죽넙죽 잘 받아먹고 잘 받아 쓴다. 이제 식욕과 잠의 축복이 쏟아지게 된 이원은 카모마일 대신 커피와 홍차를 마시기 시작했는데, 그 예민하고 섬세한 미각으로 카페별 차종별 브랜드별 블렌딩별 품평을 꽤 자세하게 기록해 두고 가끔 홍연에게 소개해 주기도 했다.

최근 이원은 회의까지 미뤄 가며 늦게까지 농땡이를 친 후, 커다란 꽃다발이나 간식용 케이크를 들고 태연하게 돌아올 만큼 뻔뻔해졌다. 서브마리너 스포츠 시계나 핸드메이드 파시미나 목도리 등 좀 '센 물건'들을 커플 아이템으로 선물받고 개선장군 포스로 돌아온 적도 있었다. 물론 1년 넘게 솔로 상태인 홍연에게 대놓고 자랑질은 안 했지만, 뜬금없이 소매를 걷어붙이고 일을 하거나, 실내에서 계속 목도리를 휘날리며 돌아다니는 걸 보면 속이 너무 빤히 보였다. 홍연이 예의 바르게 알은척해 주면 '디자인이 확실히 괜찮죠?' 하면서 반색하다가, 이내 심드렁한 목소리로 '색깔 고르는 안목이 좀 유니크하긴 하죠.' 어쩌고 하는데, 그럴 때마다 아주 가소롭기 짝이 없었다.

오늘은 식사하시고 영화나 한 편 때린 후에 팝콘 냄새를 풍기며 돌아오시려나. 아니면 지금 한창 벚꽃이 좋은 시즌이니 봄바람 꽃향기 살랑대는 윤중로를 슬렁슬렁 돌아다닐 수도 있겠다.

띠잇, 띠잇.

이런저런 생각을 하는 동안 12시를 알리는 알람음이 들린다. 홍연은 자리에서 일어나 슈트를 걸치며 말했다.

"전무님, 그럼 저 먼저 식사하러 다녀오겠습니다."

"아, 예, 다녀오세요……. 여보세요? 우연아? 응? 주차장에 있다고? 파킹이 안 돼? 그게 무슨 소리야?"

……뭔가 뒤통수가 싸르르 하다. 홍연은 못 들은 척 그대로 나갈까 말까 아주 잠시 망설였다.

"뭐? 차를 몰고 왔다고? 네가? 누구 차를?"

홍연의 발이 덜컥 바닥에 붙잡힌다. 사무실에 적막이 흐르면서 팽팽한 긴장감이 차오른다. 잠시 후 이원의 턱이 덜렁 아래로 내려앉는다.

"뭐……? 차를 사? 오늘 인도받았다고?"

이제 홍연의 턱도 덜렁 아래로 떨어진다. 이게 무슨 마른하늘에 날벼락이냐.

"우연아, 너 거기 꼼짝하지 말고 있어! 주차하지 말고, 그냥 그대로 있어!"

쾅당, 소리가 나더니 이원이 빛의 속도로 뛰어나간다. 아, 역시, 오늘도 한 건. 홍연은 허둥지둥 주차장으로 따라 내려가며 급하게 문자를 넣었다.

[최홍연: 홍시야 아무 데나 들어가서 먼저 시켜 먹고 있어. 나 좀 늦을ㄷ슈ㅠㅠㅠㅠㅠ]

□ ■ □

우연이 면허를 따기로 결심한 건 몇 달 전이었다. '쾌속 연애'를 위해서라고 했다. 사람이 누군가를 좋아하다 보면, 그것도 좀 많이많이 좋아하다 보면, 문득 푸른 하늘에 그 사람의 얼굴이 아롱아롱 어릴 때도 있지 않느냐는 것이다.

물론 그럴 때는 당연히 호로록 가서 실물을 보면 되는데, 그 '호로록'이라는 게, 차가 있고 없고의 차이가 너무 크다고 했다.

서림예대는 여전히 두 시간에 버스가 한 대 다니는, 흙먼지 폴폴 날리는 깡촌이며, 과천 아트빌리지도 대중교통이 결코 좋은 편은 아니었다. 과천과 서초동은 차로는 20분 정도지만, 버스와 전철로는 한 시간이 훌쩍 넘고, 과천과 여의도쯤 되면 두세 시간은 껌이었다. 출퇴근 러시아워에 걸리면 아트빌리지와 여의도까지는 달나라만큼이나 멀어지고, 서림예대에서 여의도쯤 되면 지구와 안드로메다만큼이나 아련해진다. 스피드 대한민국의 자랑스러운 국민 진우연은 그런 사태를 도저히 용납할 수 없었다.

물론 말만 하면 광속으로 차를 보내 주겠지만, 우연은 그것도 마음에 들지 않는 듯했다.

'아저씨를 보고 싶을 때마다 제삼자의 도움을 받아야 하면 그것도 문제죠. 미안하니까 안 보고 말지, 귀찮으니까 다음에 보지, 그렇게 될 수도 있잖아요.'

그 정도 이유까지는 이해할 만했고, 설득할 만했고, 말려 볼 만했다. 하지만……

'제가 회사 앞으로 아저씨 픽업하러 가는 게 로망이거든요. 길고 미끈하게 쭉 빠진 스포츠카나 몬스터 트럭에서 운전대를 딱 잡고 기다리다가, 아저씨가 퇴근하고 나올 때 창문을 짜르르 내리면서 부르는 거죠. "어머, 거기 잘생긴 아저씨, 여자 친구 있어요? 전화번호가 어떻게 돼요?" 어때요? 멋지겠죠?'

홍연은, 우연이 설득당하지도, 포기하지도 않으리라는 것을 알았다.

'그러니까 우연아, 어머 ……정말 네가 시험 봐서 딴 거 맞아?'

상사께서는 미더워하지 않았다. 불신을 예의 바르게 숨길 생각조차 하지 않았다. 우연은 자신의 운동 신경이 그래도 차상위 계층쯤은 된다고 자신하는 모양이었지만, 그녀를 아는 사람들은 모두 진실을 알고 있었다. 그녀는 운동 신경이 전혀, 전혀, 전혀 없었다. 그래서 그녀가 면허를 딴 날, 주변에 모인 사람들은 모두 대한민국 운전면허 시스템을 불신하게 되었다.

그리하여, 우연이 도로 연수를 받는다고 하는 날마다, 이원을 비롯한 송 여사, 민정 대리 등, 서초동 본가의 고용인들은 오줌 마려운 강아지처럼 사방 빙빙 돌며 안절부절못하는 사태가 벌어지게 되었다.

우연아, 오늘 연수받는 날이니? 뭐? 오늘 고속도로를 타 보겠다고? 자, 잠깐, 잠깐만 기다려 봐, 우리 침착하게 잘 좀 생각해 보자. 아가씨, 언제든지 그냥 전화만 하세요. 제가 모시러 갈게요. 우연아, 언젠간 자율 주행차가 나올 거야. 너 마흔 되기 전에는 나오지 않겠니? 아예 운전대가 없는 것도 나올 거라고. 아가씨, 요새는 콜택시도 나쁘지 않아요. 집 앞에서 집 앞으로 오고, 차 번호도 찍히고, 과천에서 여기까지는 할증 꺾어도 2만 원도 안 나올 거예요. 우연아, 수행 기사 한 명을 고용할까? 그게 더 편하지 않을까?

물론 우연의 자유 의지를 존중하는 인격자 한이원은, 속이 새까맣게 타는 것을 내색하지도 않았고, 우연이 연수 차량의 범퍼와 사이드 미러를 세 번이나 긁어 버린 것을 듣고도 그것 보라거나, 그만두라거나 하는 말도 하지 않았다. 하지만 연수를 나가는 날만 되면 책상에 앉아 손수건을 쥐어뜯는 상사를 보기란, 참으로 괴롭기 그지없는 일이었다.

"차 사러 가기 전에 같이 가자고 전화 좀 하지 그랬어. 왜 이렇게 갑자기 산 거야?"

"어? 도로 연수 시간 채우면 바로 차 살 거라고 몇 번이나 얘기했는데……요?"

홍연이 슬금슬금 이원을 따라가 보니 벌써 주차장 가득 살얼음판이 펼쳐져 있었다. 아이고야. 차를 보니 전무님 반응이 저 모양인 이유가 이해가 됐다. '예쁘고' '깜찍하고' '귀엽고' '아기자기한', 그야말로 장난감 같은 빨간색 승용차 한 대가 주차선을 사선으로 가로막으며 서 있다. 그것도 경차만큼이나 좁고, 경차보다도 짤막하고, 전무님이 허리 펴고 탈 수나 있을까 싶게 납작한 놈으로.

그리고 그 작은 차를 가지고도 주차에 실패하셨고요?

"물론 나한테 허락받고 사야 한다는 건 아니지만, 그래도 같이 의논해서 고르는 게 더 낫지 않았을까? 처음 사는 차인데, 어떻게 겁도 없이 혼자 갔어?"

"혼자 간 건 아니에요. 혜진이랑 미연이도 가고, 인터넷도 찾아봤어요."

"혜진이랑 미연이가 차에 대해 잘 알아?"

"어……, 둘 다 면허는 있어요."

"둘 다 장롱면허잖아."

"그래도 연수는 다 받았어요. 그래서 셋이 시승도 해 보고, 제일 예쁘고 귀여운 디자인으로 고른 거라고요."

"그래도 차는 옷이나 가구처럼 디자인만으로 결정할 순 없지. 안전하고 성능이 훨씬 중요한 요소인데……."

대화가 이어질 때마다 이원의 목소리가 한 계단씩 올라가는 것 같다. 다른 사람이 듣기엔 여전히 차분한 듯하지만, 홍연은 알 수 있었다. 저건 인내심 발군의 상사께서 심기가 꽤나 불편하시다는 시그널이다.

우연이 푹 쭈그러진 목소리로 묻는다.

"……이거 잘못 산 거예요?"

"아니, 딱히 잘못 샀다기보다, 음, 그게……."

이원은 당황한 듯 얼더듬다가 결국 한숨을 쉬며 털어놓았다.

"너무 작은 차라서 그래. 4인승만 됐어도 좀 나았을 텐데. 왜 하필 2인승을 고른 거니?"

"그야, 아저씨랑 저랑 딱 둘이서만 타고 다니려고……. 아, 그, 작은 차가 기름도 적게 든대요. 환경 문제가 있어서."

아무렴, 환경 문제 중요하죠. 나 같은 사람이 운전대 잡고 중간에 끼어 있는 환경이니 문제가 아주 많았겠죠. 홍연이 기둥 뒤에서 입을 비죽이는 동안, 이원은 차종이나마 바꿔 보려 협상을 시작했다.

"그럼, 좀 큰 차로 바꿔서 둘만 타고 다니는 건? 작고 저렴하고 기름 덜 먹는다고 무조건 좋은 건 아니니까. 경차 같은 건 작은 사고가 나도 크게 다칠 수 있거든. 그러니 차라리 가격이 좀 나가도……."

아이고 전무님, 거기서 그렇게 말씀하시면 에러십니다.

홍연은 전화기를 꺼내 들고 부다다닥 문자를 보내기 시작했다.

물론, 저 차가 귀요미 장난감처럼 보이는 건 인정하지만, 경차는 아니고 저렴이 차도 아니다. 오히려 대형 승용차만큼이나 비싼 놈이다. 어지간한 세단보다 단단하고, 코너링이나 고속 안정감도 탁월해서 상대적으로 안전하기도 한데다, 몹시 빠르고 힘도 좋은 4륜 구동 차량 되시겠다. 다만, 초보자가 처음 몰기에 순한 차라고는 할 수 없었고, 승차감도 좋다고는 할 수 없었다.

차에 관심이 별로 없는 전무님은 잘 모르시겠지만, 저 라인의 자동차를 사기 위해 적금까지 붓고 있는 홍연은 차의 가격은 물론이고 연비와 제로백과 안전 장치 따위에 대해서도 환하게 꿰고 있어서 신속 정확한 정보 제공이 가능했다.

이원은 주머니에서 띵띵대는 전화기를 끄려고 꺼냈다가, 홍연의 문자들을 보고는 움직임을 멈췄다. 홍연은 재빨리 마지막 문장을 입력했다.

[전무님, 결론을 말씀드리자면, 그 차는 스포츠카입니다.]

마지막 문장을 확인한 이원이 손수건을 꺼내 이마의 땀을 닦는다. 그사이 우연이 처량한 목소리로 변명을 늘어놓는다.

"차가 크면 주차를 못 한단 말이에요. 연수받을 때 범퍼랑 백미러를 세 번씩 긁은 거 아시잖아요. 그래서 제일 작은 거로 고른 건데요."

……차주가 그걸 알고 산 것 같지는 않지만요.

"우연아, 그래, 이게 안전한 차라고 치자. 성능도 괜찮다고 하자. 그래도, 이게, 승차감이 좀 안 좋다는데……. 음, 승차감이 왜 중요하냐 하면, 오래 운전하다 보면, 허리가, 그래, 네 허리가 많이 피곤하고 아플 거야. 그게……."

당황한 이원이 그답지 않게 급조한 정보로 반박을 시도한다. 하지만 말이 떨어지기가 무섭게 우연이 입을 비죽이며 콧방귀를 뀐다.

"제 허리를 걱정해 주시기엔 ……좀 양심 없으신 거 아니에요?"

……전무님, 건투를 빕니다.

홍연은 얼른 몸을 돌려 뺑소니를 쳤다. 인간 최홍연, 그래도 그 정도 예의와 매너와 눈치는 있으니까.

□ ■ □

"어휴, 됐다 됐어, 잠시나마 너를 위해 울어 주려고 했던 내가 바보다. 아주 히드라 지렁이 똥파리다 내가."

홍연은 뻑뻑해진 파스타를 숟가락으로 퍽퍽 퍼먹으며 구시렁거렸다. 동생이 미리 주문해 놓은 마카로니는 이제 손가락만큼이나 불어 터지고 찹쌀떡만큼이나 찐득찐득한 무언가로 바뀌어 있었다.

"아니 누가 울어 달랬나, 복수를 해 달랬나. 밥이나 좀 사 달랬지."

"아무렴 그러시겠지. 울어도 네가 울고 복수를 해도 네가 하니까 나는 밥이나 사고?"

"울기는 개뿔, 눈물 속 소금 한 알갱이도 아깝다. 그나마 두 사람 주변에 언플 싹 돌려서 자근자근 밟아 줬고, 놈이 불법 수입 판매 하는 것도 신고 때렸으니 복수도 그 정도면 됐지. 그따위 꼴값 새끼 때문에 길게 신경 쓰기도 귀찮아."

꼴값 사나이의 어장 관리는, 다른 여자한테 보낼 메시지를 동생에게 보내는 순간 끝났다. 다행인지 불행인지, 그 여자는 동생의 학교 후배이기도 해서 발뺌이고 뭐고 할 여지가 없었다.

"뭐, 복수는 알차게 했네. 맘 떠나면 쿨하게 빠이 해 준다는 티라노홍시는 어디 갔는지 모르겠지만."

동생이 픽 웃는다.

"오빠, 난 다른 건 괜찮은데, 양다리가 제일 더러워. 아니, 싫어지면 산뜻하게 헤어지자고까지 했는데, 왜 기어코 양다리 삼다리 어장을 치냐? 내가 아무것도 모른 채 좋다 좋다 하는 거 보면서, 둘이 '아 저 병신.' 하면서 킥킥대고 웃었을 거 아니야. 고건 용서가 안 되지."

홍연은 혀를 차며 고개를 끄덕였다. 차라리 잘됐지 싶다. 아빠 엄마가 손뼉 치고 춤을 추며 독립 만세를 부르는 광경이 눈에 선하다.

변변한 학벌도, 번듯한 직장도 없으면서 말발만 빠드르르한 놈이랬다. 뭔가 정체 모를 것들을 수입해서 인터넷으로 판매하는 사업가라는데, 사무실도 사업자 등록증도 없었다. 막내딸이 그런 놈과 사귀게 됐다는 걸 알고 엄마는 뒷목을 잡고 뒤로 넘어갔다. 어차피 결혼할 거 아니니까 조건은 상관없지 않느냐는 말에는 아빠까지 뒤로 넘어갔다. 거품까지 물었다.

"이럴 줄 알았으면 홍시 너도 중간중간 좋은 선 자리나 나갈 걸 그랬네. 네가 그동안 거절한 선이랑 소개팅이 한두 개냐."

"……."

"뭐, 잘됐다. 너 헤어진 거 알면 엄마가 그보다 백배는 괜찮은 남자들 프로필 한 트럭은 가져올걸?"

"진짜. 이 감수성 제로의 위로는 뭐야?"

"위로 아니야. 축하하는 거지. 그런 문어발 새끼 산뜻하게 도끼질하기가 쉬운 줄 아냐?"

이럴 때라도 좀 다정다감하게 대해 줘야 할 것 같은데, 안타깝게도 홍연은 동생과 그런 아름답고 우애 넘치는 남매간의 대화를 나눠 본 적이 없었다. 위로라는 것도 늘 통탕통탕 이 모양 이 꼴이다.

"어쨌든 조상신 비혼신께서 적극 도우신 거니까, 홍시 너, 담달 할아버지 제사 때 네가 첫 잔 올리고, 오늘 밥도 네가 사."

"와 저 막가는 인류애 좀 봐라. 그래도 명색 '방금 실연하고 온 가련하고도 비련에 찬 여동생'이니까 예의상 밥은 좀 사 줘도 되지 않냐? 커피하고 디저트는 내가 사면 되잖아."

"뭐래. 악어 죠스 티라노의 화신 같은 게, 어디 함부로 가련 비련 같은 말을 갖다 붙이고 앉았어. 국어사전의 불타오르는 진노가 안 느껴지냐! 그리고 너 말야, 지금 2시 다 돼 가는 거 알고 후식 사 준다는 거지? 인간아, 내가 못 먹을 줄 아냐? 시말서를 백 장을 쓰는 한이 있어도……."

"오빠, 인간적으로 내가 그렇게 사악하진 않다. 커피하고 후식은 포장해 달라고 할 테니까 갖고 들어가서 황 과장님하고 나눠 먹어. 근데 2시 다 돼 가는데 안 들어가도 괜찮아?"

"오늘 조금 늦게 들어가도 돼. 전무님 자리에 안 계셔."

"엥? 갑자기 웬 땡땡이 분위기? 전무님은 껌딱지 수행 비서 떼 놓고 어디 가셨어?"

"우연 씨가 새 차 몰고 올라왔거든. 늦게 오신댔어. 뭐 바로 퇴근하실지도 모르고."

"아하. 진우연 화백이랑 데이트 나가신 거야? 역시 대표이사님쯤 되면 그런 게 좋네?"

동생은 두 사람의 얼굴을 알고는 있었는데─물론 두 사람은 동생의 얼굴을 모른다.—, 대화할 때 호칭이 좀 애매했는지, 우연을 꼬박꼬박 '진우연 화백' 혹은 '진 화백'이라고 높여 불렀다.

홍연은 그럴 때마다 우연의 유명세를 실감했다. 그렇게 격식 있는 호칭으로 불릴 때의 우연은, 충분히 어른스럽고 능력 있는 사회인, 혹은 젊은 나이에 당당하게 성공한 전문가로 느껴져서 조금 낯설었다.

그러고 보면, 누군가의 어린 시절 혹은 힘든 과거에 대해 많이 안다는 것은, 그 사람을 깊이 이해하는 방편도 되지만, 선입견과 고정 관념의 원인이 되는 듯도 했다. 이원도 그렇고 우연도 그렇고, 둘 다 많이 변했으나, 홍연은 여전히 그들이 연인이 되기 전의 힘들던 모습을 투영할 때가 있었다.

"그럼 진 화백은 면허 따고 바로 차 산 거야? 멋진데! 하긴, 스물여섯인가? 그쯤이면 슬슬 운전하고 다닐 나이도 됐네. 한 몇 달 고생 좀 하겠지만."

흠. 확실히 저렇게 들으니 그녀가 운전할 때마다 다들 야단야단하며 걱정했던 것이 좀 과잉 반응이었던 것 같아서, 좀 뻘쭘하게 느껴진다.

사실, 우연은 운전대를 잡기에 어리지 않다. 자신도 그렇지만, 홍시도 대학에 입학하자마자 바로 면허부터 땄고, 아빠 차를 살금살금 몰고 다니기 시작한 것도 이십 대 초반이었다. 홍연은 군대에 다녀와서부터는 거의 엄마의 대리 기사 역할을 도맡았고, 동생이 스물다섯 살이 되면서부터 바통을 이어받은 상태였다.

지금 우연은 당시의 동생과 나이가 비슷하고, 운동 신경 극빈층이라는 점도 비슷하다. 그래도 동생은 지금까지 나름 드라이버(?)로 잘 살아 나가고 있지 않은가. 작고 소중한 질주 본능을 모락모락 키워 가며, '오빠, 이 정도면 F1에 나가도 되겠지?' 하는 헛소리까지 찍찍 해 가며어어어……?

왓 더!

떨그렁, 포크가 바닥으로 떨어진다. 홍연은 그걸 주울 생각도 못 하고 서너 뼘쯤 되는 기둥 뒤 구석 자리로 황급히 몸을 날렸다.

"왜 왜, 왜 그래? 무슨 일이야?"

눈을 동그랗게 뜬 홍시는 유리문을 열고 들어오려는 키 큰 남자를 보자마자 풉 웃음을 터뜨렸다. 미슐랭 별 식당 같은 곳에서 우아하게 데이트를 즐기셔야 마땅할 오빠의 직속 상사 아니신가.

"오빠, 벽으로 더 바짝 붙어. 아우, 팔이랑 다리랑 다 튀어 나갔잖아. 좀 더 구겨 넣어 봐. 와 이거 어떡하냐. 흐, 흐, 흐흐히히히."

멘붕에 빠진 오라버니께서 입을 뻐끔대며 야단을 해 댄다.

'야, 홍시야 나 어떡해? 아우, 전무님 시간 안 지키는 거 되게 싫어하시는데.'

"그러게 농땡이도 평소에 치던 놈이나 치는 거야."

'아니 둘 다 돈도 잘 벌면서 뭐 맛있는 걸 먹겠다고 이런 싼마이 파스타집에 오는 거야? 미치겠네.'

"설마 여길 지금 맛집이라고 찾아온 거겠어? 그냥 눈에 띄니 들어왔겠지. 누가 전무님한테 맛집이라고 구라 친 게 아니고서야."

'미친, 그런 놈 있으면 내 손에 죽었어. 와 씨 어떡하지. 야 홍시야, 홍시 님, 지금 사무실로 텔레포트할 방법 좀 생각해 봐. 엉?'

"아니 내가 그런 신박한 능력이 있으면 CIA에서 연봉 10억에 모셔 갔겠지!"

"아저씨, 우리 밖에서 먹는 건 어때요? 여기 테라스 자리 너무 좋은데요? 햇볕 잘 들고, 바람 좋고, 꽃들도 잘 보이고."

밖에서 들린 여자 목소리에 두 사람은 말싸움을 멈추고 안도의 한숨부터 쉬었다. 후아아, 우연 씨, 우연 님, 감사합니다. 생명의 은인이십니다.

두 사람이 안으로 들어오지는 않았다는 것은 그나마 다행이었다. 하지만, 이원이 홍연과 홍시가 앉은 창가 앞 테라스의 테이블에 덜컥 앉아 버리는 순간, '그나마 다행'도 빛이 바랬다. 내부가 안 보이도록 유리에 짙은 선팅이 되어 있었지만, 촉이 좋은 인간들이니 목소리 한 조각만 듣거나 머리통의 실루엣만 봐도 누군지 바로 알아차릴 것이다.

무엇보다 가장 큰 불행은, 출입문이 단 하나라는 점이었다.

웨이터가 우연과 이원 앞에 물과 메뉴판을 놓아 주고 간다. 홍시는 척후병처럼 테라스의 연인들을 염탐하기 시작했다. 안에서는 밖의 풍경이 환하게 보여서 두 사람의 동정을 살피는 것은 쉬웠다. 쫄보 오라버니께서는 구석에 필사적으로 몸을 붙인 채 진땀만 쫄쫄 흘리고 앉았다.

"와, 오빠, 저 여자가 진우연 화백이야? 전무님만 잘생긴 줄 알았는데 진 화백도 만만찮은데?"

'넌 이런 위급 상황에 그런 게 눈에 들어오냐. ……어, 둘 다 선남선녀는 맞아.'

"사진은 꽤 봤는데 실물이 저렇게 예쁜 줄은 몰랐네. 기업 대표쯤 되는 사람이 왜 동업자랑 파혼까지 해 가면서 새파란 신예 화가랑 사귀게 됐나 했더니. 한눈에 반했던 거구나?"

'야. 전무님이 그렇게 앞뒤 없는 얼빠는 아니야.'

웬일로 오빠에게서 단호한 반박이 튀어나온다. 아, 하긴. 한 전무님 당사자도 저렇게 잘생겼으니, 어지간한 외모가 눈에 들어오기나 했겠냐. 홍시는 고개를 끄덕이며 물었다.

"그럼 어떤 점에 반하신 거래? 남자가 저 정도 레벨이면 여자 보는 눈도 엄청 높았을 텐데. 성격? 아님 재능인가?"

꽤 좋아하던 놈에게 뒤통수를 맞은 끝이라 그런지, 말투가 심드렁하게 흘러나간다. 오빠는 몸을 구겨 넣은 상태로 용케 팔짱을 끼고 생각에 잠기더니, 진지하게 대답했다.

'……그것은 바로 운명이지. 저 둘은, 그냥 사랑하게 될 팔자였던 거야.'

"풉!"

듣자마자 폭소가 튀어나왔다. 고리타분하고 촌스러운 것을 넘어 황당했다. 오빠의 수준이 저 정도로 낙후되어 있을 줄이야. 하지만 오빠는 아주 엄숙한 얼굴로 되풀이했다.

'홍시야, 네가 불가항력의 운명적 사랑이 뭔지나 아냐. 거대한 운명의 수레 바퀴가 돌아간다는 게 뭔지나 아냐. 왜 유명한 오페라에 그런 노래도 있잖아. O Fortuna, ……rota tu volubilis(운명의 여신이여, 당신이 돌리는 수레바퀴여)……'

이거 큰일 났다. 오빠가 1년 넘게 솔로 상태라 어디에 뭔 문제가 생겼나 했 는데, 뇌 속에 저런 중병이 생겼을 줄은 몰랐다. 홍시는 식탁 밑으로 오빠의 정 강이를 사정없이 걷어찼다.

"앞으로 닥칠 댁의 운명이나 걱정하셔."

그사이 테라스의 두 사람은 머리를 맞대고 태평하게 메뉴를 연구하기 시작 했다.

"아저씨, 콜라 큰 거로 시킬까요? 여기 리필은 안 되나 보네? 나는 파인애플 피자하고 치즈라자냐! 아저씨는요?"

"음, 나는 연어샐러드하고 토마토토르텔리니 이거. 그리고 여기 야채수프 매콤하고 맛있대."

"와, 아저씨, 이거 귀엽게 생겼어요. 이거 아기 만두 같은 거죠? 속에 고기소 든 거? 아닌가? 치즈 들었나? 드셔 보셨어요?"

"이탈리아에선 먹어 봤는데, 이 가게에선 처음이야. 여기 오는 것도 처음. 근데 여기 파스타 맛집이라던데?"

"맛집이래요? 좋다! 누가 소개해 줬어요?"

"홍연 씨. 여의도 맛집은 자기가 제일 빠삭하다네? 그래서 알려 줄 때마다 열심히 적어 놓고 하나씩 도장 깨기 하는 중이야."

"우와! 최 실장님이 그런 것까지 일일이 챙겨 주세요? 이런 고마운 일이! 아 저씨, 실장님 연봉 좀 팍팍 올려 드리세요. 1억이요 1억!"

여자의 밝고 정감 넘치는 목소리와 남자의 따뜻하고 부드러운 목소리가 참 잘 어울렸다.

"네가 로비 안 해도 최 실장 연봉 협상 충분히 잘해. 협상 킹이야. 영업부로 보냈으면 올해의 영업왕 등극해서 성과급만 수억씩 받고 있었을 거야."

"하지만 현실은 아저씨가 바짓가랑이 잡고 안 놔 주고 계시잖아요. 그럼 피해 보전은 해 주셔야죠."

두 사람은 머리를 맞대고 킬킬 웃었고, 하마터면 올해의 영업왕이 될 뻔한, 도끼로 제 발을 찍은 사나이는 모래에 대가리를 파묻은 타조 꼬라지로 탁자에 머리를 박고 쥐어뜯었다.

'와우, 이놈의 주둥이가 미쳤구나. 내가 언제 여길 맛집이라고 했지? 전무님, 여기는 그냥 가성비 맛집이에요. 인당 2만 원도 안 되는 파스타집에서 뭐 그리 경천동지할 맛이 나겠어요. 전무님께서 저를 총애하시는 건 알고 있지만요, 오늘 같은 날은 바짓가랑이 잡고 안 따라오셔도 되는데. 아이고, 홍시 네가 이렇게 말짱할 줄 알았으면 사무실에서 도시락이나 시켜 먹을걸.'

"오빠, 정신 산만하니까 가만 좀 있어 봐. 그럼 화장실에 숨어 있을래? 내가 두 사람 나가면 바로 전화해 줄게."

'그러다가 오후 내내 퍼지고 앉아 있으면? 너 연애하는 사람들 엉덩이가 얼마나 무거워지는지 모르냐?'

"그럼 내가 바바리랑 선글라스랑 스카프 빌려줄 테니까 얼굴 가리고 나갈래?"

'뭐? 그 핑크핑크 바바리에 블링블링 반짝이 선글라스를 나더러 쓰라고? 너 약 먹었냐? 내가 그렇게 밉나?'

"그래도 직속 상사 코앞에서 도망치려면 어쩔 거야. 적어도 전무님이 '설마, 저 이상한 여자가 나의 비서실장일 리가 없어.' 라고 생각하게 만들어야지. 핸드백하고 하이힐도 빌려줄까?"

'그랬다가 진짜 들키면? '여장 취향 모 기업 비서실장, 상사에게 들킨 후 아파트에서 투신' 뭐 그런 기사 보고 싶은 거야?'

"아 씨, 그럼 어쩌라고. 걍 낯짝에 철판 깔고 인사하고 가든가. 설마 한 시간 땡땡이에 시말서 감봉 처분 나오겠냐? 아 그리고 감봉 좀 당하면 어때."

'절대 안 돼, 내 인생에 감…… 아니, 이런 일로 전무님을 실망시키고 싶진

않아.'

"뭐래. 감봉의 감 자도 입 밖에 내기 싫으냐, 인간아."

'왜 이래, 내가 전무님을 얼마나 사랑하고 존경하는지 네가 아냐, 엉?'

"이야, 연봉 6천에 인간 하나 망가지는 거 순식간이네."

또다시 정강이를 걷어차인 홍연은 결국 분홍색 바바리를 얻어 입고 오색 크리스털이 자르르 박힌 선글라스를 썼다. 알록달록한 스카프로 코 밑까지 둘둘 감싸고 나니, 이제 만화에서나 나올 법한 기묘한 모습이 되었다. 하이힐과 핸드백을 사양한 것은 마지막 남은 자존심이었다.

"자, 오빠, 종업원이 주문받으면서 두 사람 시야를 가릴 때, 출입문으로 바로 뛰어. 알았지?"

홍연은 비장하게 고개를 끄덕이며 동생의 어깨를 툭툭 쳤다. 역시 형제애란 위기 상황에서 빛을 발하게 마련이다. 홍시는 이럴 때 유일하게 등을 맡길 수 있는 진정한 전우였다.

"……하나, 둘, 셋! 오빠, 뛰어!"

□ ■ □

홍시는 커피와 조각 케이크를 시켜 놓고 테라스 쪽을 물끄러미 바라보았다. 그나마 오빠가 있을 때는 웃음이 나왔는데 혼자 남게 되자 갑자기 기분이 축 처진다. 오빠는 눈치도 빠르고 요령도 좋아서, 쓸데없이 우울감에 휩쓸리지 않도록 균형을 잘 잡아 주곤 했다.

……아, 정말 고약하다, 이런 느낌.

연애 경험도 꽤 있고, 자신을 먼저 지킬 줄 아는 현명함도 있다고 생각했다. 미련하게 다 퍼 주고 울며불며 매달리는 대신, 공평하고 똑 부러지게 애정을 주고받다가 아니다 싶으면 미련 없이 정리하고 털어 내곤 했다.

물론 그럴 때면, 가슴에 구멍이 뚫린 듯 허전하기는 했다. 마음속의 자그마한 싱크홀은 짧으면 반나절, 길면 하루 이틀 정도 이어졌다.

그런데 문제는, 그 허전함이 뼈아픈 상실감이나 후회라기보다, 어금니 사이에 끼어서 퉁퉁 불어 가던 고기 조각을 반나절 만에 치실로 빼냈을 때의 느낌과 비슷하다는 점이다.

한 사람을 몇 개월, 혹은 몇 년씩 진심으로 사랑했는데, 끝나고 남은 감정이 고작 그따위 후련함이라니. 그것도 한두 번이 아니고 번번이. 구차하고 한심한 걸 넘어 이해할 수 없었고, '그럼 난 그동안 무슨 짓을 하고 있었던 걸까?' 하는 자괴감이 안 들 수가 없다.

홍시는 한숨을 쉬며 다시 옆으로 시선을 옮겼다.

옆의 테라스에서는 오빠의 상사와 젊은 화가가 의자에 기대앉아 이런저런 이야기를 나누고 있었다. 두 사람이 연인이 되기까지 꽤 파란만장한 사건들이 있었다는데, 지금 두 사람 사이에선 그런 드라마틱한 광풍이 전혀 느껴지지 않는다. 그저 따뜻하고 편안한 분위기가 물씬 풍기는, 사랑에 빠진 평범한 연인의 모습이었다.

아, 사실 평범하진 않다. 남자도 눈에 확 띌 정도의 외모지만, 여자 역시 평범하다기엔 미안할 정도의 미인이었다.

귀 바로 아래에서 쳐 낸 짧은 단발은 고개를 움직일 때마다 나풀나풀 찰랑대며 햇빛을 반사했고, 이목구비는 고양이처럼 오목조목 단정하게 모인 귀염상이었다. 말갛고 뽀얀 피부에 선명하게 붉은 입술과 또렷한 눈매도 매력적이었는데, 장난기 가득한 눈으로 눈웃음을 지으며 입꼬리를 생긋 올릴 때는 심장이 덜컹 울릴 정도로 예뻤다. 하얀 티셔츠에 진한 남색 청바지, 굽 낮은 흰색 단화, 파란색 배낭. 산뜻한 청록색의 큼직한 오팔 목걸이가 유일한 장신구였는데, 그것만으로도 반짝반짝 싱그럽고 너무나도 사랑스러웠다.

여자는 그 자체로 환하게 반짝이는 맑은 보석처럼 느껴진다. 여신 같다기보단 요정 같고, 귀엽고 순한 강아지라기보다 요염하게 튕기는 장난꾸러기 고양이 같다. 누구라도 매력적이라고 생각할 수밖에 없을 듯했다.

언론이나 가십 매체에서는 두 사람의 관계를 '재벌—연예인 커플' 프레임에 넣어 해석하곤 했다. 스폰 관계까지는 아니지만, 돈 많은 남자가 매력적이고 젊은 여류 예술가를 돈으로 낚아챘다는 시선이 은연중에 깔려 있었다. 남자가 한때 후원자였다는 과거도 그렇고, 남자 나이도 적지 않은데 결혼 대신 연인 관계로만 지내는 것 역시 그런 프레임을 강화하는 데 한몫한 듯했다.

일반적으로 '재벌—연예인 커플'의 수명은 —결혼이나 자녀 같은 변수가 없는 한— '연예인의 매력'의 유효 기간으로 정해진다. 외모는 가장 강력하면서도 수명이 짧은 매력일 것이고, 성격은 수명이 길지만 상대적으로 약한 매력이 될 것이다. 여자의 천재적인 재능도 명망 있는 예술 후원가인 남자에게 분명 매력으로 작용했을 것이다. 성격에 대해선 잘 모르지만, 여자는 어느 쪽으로든 상당히 매력이 있었다.

그런데 그걸 가장 잘 아는 오빠는, 왜 이 두 사람의 관계를 '포르투나'—운명이라고 했을까.

······그것도 그렇게 진지한 얼굴로. 웃기지도 않게.

홍시는 소파에 등을 기대고 앉아 두 사람을 바라보았다. 두 사람의 대화와 유쾌한 웃음소리가 조용조용 흘러들어 온다. 여자의 목소리는 경쾌하고 밝았고, 남자의 목소리는 부드럽고 낮으며 편안했다. 홍시는 희미하게 웃으며 중얼거렸다.

"참 예쁘다."

······둘이 정말 좋아하는구나.

그들은 연애를 막 시작한 연인처럼 풋풋하게 설레면서도, 어떤 부분에서는 고된 세월을 함께 겪은 부부처럼 단단하고 여유 있으며 편안한 분위기를 풍기고 있었다.

그들의 아주 작고 사소한 일상이, 생활이, 사랑이, 그들의 이야기 속에서 찬찬히 재현되기 시작했다.

□ ■ □

　서초동 본가의 정원에 노란 장미가 한창 물이 오르기 시작했다고 한다. 일어나자마자 커튼을 열고 정원을 내려다보면 초록색 파도 위에 눈부신 황금 알갱이가 깨알같이 흩어져서 반짝거리는 모습이 보인다고 한다. 남자는 그 환상적인 모습을 아침마다 여자에게 보여 주고 싶어 한다. 아마도 둘이서 가지치기도 하고 거름도 주면서 열심히 가꾸었던 모양이다. 남자는 여자가 장갑까지 벗어 치우고 열심히 일하다가 가시에 찔려서 피를 보았던 것을 아직도 속상해하며, 꽃이 활짝 피면 그것으로 예쁜 꽃다발을 만들어 주기로 약속한다.

　여자는 한두 달만 기다리면 기숙사 앞의 수국도 한창 물이 오를 텐데, 그때 한번 오겠느냐 물었고, 남자는 쑥스럽게 웃으며 '그때 노래를 들었던 친구들은 다 졸업했느냐.' 되묻는다. 남은 건 나 혼자라는 여자의 장담에 남자는 그럼 한 번쯤 가 봐도 좋을 것 같다고 대답한다. 아 물론 사감 선생님은 아직 계시긴 하죠, 여자의 짓궂은 덧붙임에, 남자는 그 엄한 사감님이 아직도 계시느냐, 지금도 건강하시느냐 물으며 슬그머니 말을 돌린다.

　이번 생일에는 과천으로 오면 어때요? 퇴근하고 늦게 와도 돼요. 문 잠기면 선녀 두레박을 내려 줄 테니까. 거기는 풍기 문란 죄명은 없으니 진짜 나무 박스 두레박을 준비해도 되지 않을까요. 나 몸무게 80 다 돼 가는데? 너 작은 쌀자루도 못 들잖아, 하는 웃음 섞인 말에 여자도 따라 웃는다. 전동 도르래도 설치하죠. 저도 문명의 힘을 사용할 줄 안다고요. 거긴 내가 아는 사람이 많아서 좀 곤란해. 그래 봬도 내가 거기 건물주란 말이야. 그냥 창가에서 세레나데 부르는 정도로 봐주면 안 될까. 나도 나름 사회적 지위와 체면이라는 게 있는데. 남자가 제법 멋쩍어하며 대답하자, 여자가 턱을 삐죽 내밀며 반박한다. 창가에서 노래를 한다는 발상부터가 사회적 지위와 체면을 다 구긴 거예요. 차라리 두레박을 타고 잠입했다면, 체면은 지킬 수 있었을 텐데요. 저는 그 빌리지에서 쫓겨났을 테니 일석이조였을 거고요. 남자는 여자를 퇴거시킬 수 있는 절호의 기회를 놓쳤다며 아쉬워한다.

아트빌리지가 교통이 편한 곳이 아니니, 졸업하고 서초동 집 근처로 이사를 하는 건 어떨까, 그보다 좀 넓은 작업실을 구해서 마음에 들게 꾸미는 게 낫지 않을까, 남자는 조심스럽게 제안한다. 여자는 딱 잘라 거절하는 대신, 방 세 개짜리 아파트 판 돈으로 방 하나짜리밖에 사지 못하게 만드는 사악한 마을에 대해 한참 불평을 늘어놓는다. 차라리 제가 운전을 열심히 배워서 빛의 속도로 오가면 어떨까요? 최 실장님 대신 제가 아침저녁으로 아저씨 출퇴근을 시켜 드리는 거죠. 차에서 내리기 전에 파워 충전 키스 한 번, 차에 타자마자 피로 회복 키스 또 한 번. 어때요? 듣기만 해도 들뜨고 사랑스러울 법한 제안에, 남자는 왜인지 사색이 된다.

"주문하신 식사 나왔습니다."

두 사람의 앞으로 샐러드와 라자냐, 토르텔리니, 파인애플피자가 차례차례 놓인다. 냅킨과 물, 식기와 양념, 소스 따위를 여자에게 편한 곳으로 놔 주는 남자의 움직임은 물 흐르듯 자연스럽다. 의식하고 챙겨 준다기보다 숨 쉬는 것처럼 편안하게 배려하는 습관이 배어 있는 듯했다.

어때요 아저씨? 한 입 먹어 본 여자가 눈을 사르르 감으며 묻는다. 맛있어요? 음, 생각보다 푸짐한데? 샐러드도 괜찮고. 배려심 깊은 남자는 부하 직원이나 요리사를 나쁘게 말하는 대신 점잖게 에둘러 대답한다. 썰어 담기만 하는 샐러드나 시판 소스로 맛집 소릴 듣는 건 맛집에 대한 예의는 아니겠죠. 별로면 별로라고 말씀을 하세요. 아버지를 아버지라 말하지 못하고 형을 형이라 말하지 못하다니, 한길동이신가. 여자가 키득키득 웃는다. 최 실장님 맛집 추천 성공률은 어느 정도 돼요? 음. 2할 5푼? 와! 네 번에 세 번 실패인데 추천 리스트를 열심히 적고 계셨던 거예요? 무슨 말이야? 야구에서 그 정도면 아주 훌륭한 타자야.

여자는 솔직했지만 입맛이 까다롭지 않았고, 남자는 입맛이 까다로웠지만 배려심이 깊었다. 그래서 식당에 대해서건, 부하 직원에 대해서건, 작은 불평도 함부로 입에 담지 않았다.

지나가던 양복 차림의 남자 한 명이 식당 앞을 지나가다가 남자를 보고 화들짝 놀라며 허리를 굽힌다. 안녕하십니까 전무님, 남자는 빙긋 웃으며 고개를 끄덕하고 인사를 받는다. 예, 안녕하세요. 분홍색 원피스를 입은 여자, 트위드 재킷을 입은 여자도 지나가다가 눈을 동그랗게 뜨더니 인사를 하고 지나간다. 안녕하세요 전무님. 총무과의 이선아 대리입니다. 예 안녕하세요, 이 대리님. 점심 식사 잘 하셨습니까. 예, 전무님. 전무님도 맛있게 드세요! 옆에 진 화백이 앉아 있으니 그들과 긴 이야기가 이어지지는 않는다. 직원들은 그녀가 누군지 빤히 아는 눈치였다. 두 사람은 누가 봐도 봄바람 살랑 꽃향기 솔솔 꿀맛 데이트를 하는 중이었으니.

여자는 이곳이 남자의 구역이라는 것을 새삼스레 깨닫는다. 아, 아는 사람들 많으시네요. 아니지, 저분들은 나를 알지만 나는 잘 몰라. 그런 것치고는 친절하게 인사도 잘하시고? 아니 내 얼굴 알면 우리 회사 사람이 분명한데, 그럼 나는 한 전무가 맞는데 댁은 뉘시오? 그래야 하니? 아 맞다. 아저씨 나와바리에서 이렇게 먹고 있다간 '대기업 대표이사의 흔한 거리 먹방' 사진이 인터넷에 풀리지 않을까요? 여자는 거리 먹방 사진이 아닌 열애 사진으로 뜰 거라는 걱정은 미처 하지 못한다.

하하하, 맘대로 풀리게 해. 남자의 대답에 여자의 눈이 동그래진다. 네? 홍보팀을 들볶는 게 아니라 내버려 둔다고요? 오, 매우 좋아요! 쿨하고 시크한 사나이가 되어 가고 있어요. 아주 바람직해요, 이대로만 무럭무럭 자라 주시면 되겠어요. 여자는 엄지손가락을 위로 들어 보인다.

물론 홍보팀이야 달달 볶겠지만, 신문이랑 인터넷 열 때마다 네 얼굴이 계속 보이면 그것도 나쁘지 않지, 하는 남자의 말에 여자는 '하긴, 저도 뉴스 볼 때마다 아저씨 얼굴이 보이면 그 이상 좋을 순 없네요.' 하며 맞장구를 친다.

그럼 우리 여기 계속 앉아서 사진 찍히기를 기다려 볼까요?

여자가 거리를 향해 반쯤 몸을 돌리더니 기지개를 켜듯 두 팔을 힘껏 위로 올린다. 높직높직 치솟은 빌딩 숲과 새파랗게 트인 하늘을 배경으로 시원한 포즈를 취하고 있는 여자의 옆모습은, 마치 여의도의 봄을 나타내는 한 장의 화보처럼 보인다. 남자는 여자를 보며 빙그레 웃는다. 어쩐지 여자와 입 맞추고 싶어 하는 것처럼 느껴진다.

식사를 하는 동안, 두 사람의 이야기는 조각조각 계속 이어졌다.

연휴가 낀 지난 주말, 두 사람은 서초동 집에서 함께 시간을 보냈다. 그들은 드라마나 가십란에서 종종 볼 수 있는 재벌 및 유명 배우들의 럭셔리 라이프—별장 파티, 요트 선상 파티, 클럽 모임 따위와 꽤 거리가 먼 삶을 살고 있었다. 그들은 4일 내내 집에서 먹고 자고 소파에 껌딱지처럼 붙어서 온갖 게임을 하며 빈둥댄 것에 대해, 무척 환상적이고 알찬 데이트였노라 서로 자화자찬을 한다. 특히 주말 내내 쉬지 않고 제공된 송 여사의 만한전석은 그 만족감의 대미를 장식했다.

여자는 자신을 온갖 자극에 길들여진 인스턴트 순혈주의라 했고, 남자에게는 아침부터 구첩반상을 밥풀 한 알 남기지 않고 다 먹어 치우는 대식가라고 했다. 두 사람은 외식을 자주 즐기지 않았다. 대신, 송 여사, 혹은 송 할머니라 불리는 요리사가 차려 준 굴비 정식과 수제 햄버거와 화덕 피자와 갓 짜낸 오렌지 주스에 몹시 행복해했다.

여자는 요리에 관한 한 마이너스 손이었다. 남자에게 맛있는 무언가를 늘 해 주고 싶어 하는데, 결과물은 늘 세기말 재앙이었다.

요리에서 중요한 것은 모험심이 아니라는 것을, 창의력 넘치는 여자는 쉽게 받아들이지 못했다. 창의력과 용기가 과하게 발휘된 더블불닭발피자나 영양 만점 검은콩피자, 거의 모든 요리에서 나타나는 양념의 선택과 집중 현상, 불 조절 실패, 시간 조절 실패, 항상 새로운 재료를 넣어 보는 모험심에, MSG 폭탄 투하로도 도무지 어떻게 해 볼 수 없는 '손맛 없음' 현상까지, 재앙의 원인이 너무 다양하다 보니 조리사 기능 자격증 4관왕에 빛나는 송 여사라도 어떻게 손쓸 재간이 없었다.

하지만 남자는 허니머스터드소스 대신 카드뮴 옐로를 짜 놓는 모험심만 아니라면 뭐든 먹어 주겠노라고 진지하게 약속한다. 여자는 그 말에서 남자의 절절한 사랑을 느낀다. 하여 여자는 '나도 아저씨가 해 주는 거라면 뭐든지 먹을 수 있다.'고 고백한다. 하지만 남자의 요리를 먹어 주는 것을 사랑의 증표로 삼기에는, 안타깝게도 남자가 요리를 너무 잘했다.

두 사람의 집 데이트 예찬론은 알고 보니 매우 합리적이었다. 서초동 본가는 어지간한 카페나 미술관보다 더 카페나 미술관 같고, 지하에는 작은 홈 시어터도 있고, 잠이 솔솔 오게 만드는 최고급 소파가 있는 서재도 있고, 사계절 풍성한 냉장고도 있고, 무엇보다 말만 하면 육해공 어떤 요리든 척척 대령하는 송 할머니가 있었다. 그분은 남자와 여자가 잘 먹는 것을 인생의 최대 행복으로 여기며 신들린 듯 요리를 해 날랐다. 남자도 그렇지만, 여자도 머리가 하얗고 자그마한 체구를 가진 그 노부인을 진심으로 사랑했다.

과천에서 함께 시간을 보낼 때는, 서초동과 조금 다른 양상이 펼쳐졌다.

아트빌리지는 방음 상태가 그리 좋지 않은 공동 주택이고, 여자의 거주지인 동시에 작업실이기도 해서, 남자는 여자가 그림 그리는 것을 뒤에서 조용히 지켜볼 때가 많았다. 한 시간, 두 시간, 혹은 다섯 시간. 여자는 거슬려 하지 않고 그림을 그렸고, 정신없이 몰두하는 동안 종종 남자의 존재를 잊었다. 남자는 자신의 존재를 잊을 만큼 몰입하는 여자를 보는 것을 무척 좋아했다.

남자는 말을 걸거나 소리를 내는 일도 없이, 그림자처럼 조용히 뒤에서 앉아 있을 뿐이었다. 중간중간 책을 읽기도 하고, 햇볕을 쬐면서 짧게 단잠에 빠지기도 했지만, 여자가 그림 그리는 것을 뒤에서 지켜보는 그 시간을 가장 좋아했다.

그럴 때, 시간은 밀도 높게 흘러서 그 공간에 고여 있는 것처럼 느껴지곤 했다. 높은 천장, 물감이 튄 벽지, 그림 도구와 옷과 잡동사니가 너저분하게 늘어져 있는 바닥, 햇빛이 잘 드는 넓은 창, 뽀얀 햇살 아래서 조금이라도 몸을 움직일 때마다 풀락풀락 춤추는 먼지, 그래도 그곳은 외부와 단절된 결계처럼 신성했다.

남자는 여자에게 허락을 받은 후, 여자의 작업 과정을 영상으로 남기기 시작했다.

네가 그림을 그리는 모습도, 그 자체로 하나의 작품이 될 거야. 나중에, 먼 훗날에, 네 그림이 전시된 옆에, 네가 그 그림을 그리는 영상이 같이 상영될 거야.

그런가요.

여자의 대답은 담담했고, 남자의 설명은 열렬했다.

그래. 네가 사진도 실물도 없이, 오직 상상만으로 사진보다 더 사진 같은 그림을 그리는 것을 보면서, 사람들은 알게 될 거야. 너는 정말 하늘에서 내린 재능을 갖고 있었다고. 네가 그림을 그리는 모든 순간이 그분의 손길과 존재를 증명하는 것이라고.

아니에요. 그렇지 않아요.

여자는 여전히 작업에 몰두하며 고개를 젓는다.

그 영상이 증명하는 건, 나에 대한 아저씨의 사랑일 거예요.

사람들은 내 그림과 그 영상에서 신의 존재가 아니라, 누군가를 자기 목숨보다 사랑했던 한 남자의 존재를 느끼게 될 거예요.

제 그림은 한이원과 그의 사랑에 대한 존재 증명이 될 거예요.

그럴까, 남자의 고요한 반문에 여자는 여전히 뒤도 돌아보지 않고 대답한다.

나는, 그러길 바라요.

물론 두 사람이 늘 실내 데이트만 했던 것은 아니었다. 그들 역시 액티브하고 활동적이며 건강에도 좋은 다목적 데이트를 시도한 적이 있었던 듯했다. 한

때지만.

조용하고 담백해 보이는 이미지와 달리, 남자는 체력 소모가 심하며 격렬한 운동을 많이 했다. 전담 트레이너를 두고 근육 운동과 격투기 레슨을 받고, 수영과 스쿼시와 승마도 즐기는 것 같았다. 6성 호텔인 성일호텔 부대시설 중엔 수영장과 피트니스 센터, 스쿼시 코트가 있었고, 고급 별장형 객실인 로열 오크 하우스에는 소형 승마 코스와 장애물 트랙도 딸려 있었는데, 그곳에는 남자가 소유한 말도 한 필 있었다. 여자의 말에 의하면, 남자는 타고난 성실성으로 비가 오나 눈이 오나 실연을 하나, 그곳에 가서 규칙적으로 운동을 하는 듯했다.

하지만 그런 액티브 데이트에 동참하기엔 여자의 체력이 너무나도 보잘것없었다. 둘이서 손을 잡고 함께 승마장을 방문했던 날, 여자는 작고 소중한 체력의 끝을 보이고 말았다.

남자가 장애물 트랙을 돌 때, 하얀 승마복의 긴 꼬리가 바람에 날리는 모습이나 그 넓은 등판이 땀에 살짝 젖은 모습을 보고는 여자는 저도 모르게 설레발레 콩닥거리는 가슴을 부여잡았다. 어머나, 저 땀 좀 봐. 달리는 건 말인데, 땀은 왜 아저씨가 흘리시나 가슴 떨리게. 점잖고 진중한 남자가 대놓고 저런 장면을 노렸다는 생각은 들지 않았지만, 아니 좀 노렸으면 또 어떤가, 멋지면 그만이지. 여자의 뒤늦은 실토에 남자의 얼굴이 옅게 붉어진다. 하지만 남자는 여자와 달리 진실을 실토하지는 않는다.

물론, 그런 상황에서 여자가 '나도 저렇게 우아하고 섹시한 건강미를 아저씨 앞에서 폴폴 날리고 싶다.'라는 강렬한 열망에 사로잡힌 것은 충분히 이해할 수 있었다. 그리고 그녀의 용감한 도전도 충분히 납득할 수 있었다.

……그리고 그 용감한 도전이 생각보다 짧은 시간 만에 끝난 것도, 충분히 예상할 수 있었다.

여자는 관리인이 고삐를 잡고 세월아 네월아 걷는 말 위에서 균형만 잡고 앉아 있었을 뿐이다. 여자는 그때까지는 알지 못했다. 승마 기구 따위가 아닌, 실제로 움직이는 말 위에서 균형 잡고 버티는 것 자체가 허리와 엉덩이와 허벅지와 종아리 근육의 힘을 엄청나게 요구한다는 것을, 그것도 생전 거의 쓰지 않던 근육들을 저도 모르게 혹사하게 된다는 것을.

자자, 잠깐만요, 아저씨? 선생님? 저 잠깐만 내려 볼게요.

여자는 딱 20분 만에 다리를 바들바들 떨며 땅으로 내려섰다. 그리고 한 걸음도 딛지 못하고 트랙 위에 엎어지고 말았다. 순간 옆의 트랙에서 우아하고도 맹렬하게 장애물을 넘던 남자는 말을 팽개치고 우사인 볼트처럼 달려와 여자를 안아 일으켰다. 사색이 된 그는 여자의 이름만 수백 번씩 부르며, 승마복을 입은 채 집으로 달려와야 했고, 주말 내내 아무 짓도 하지 못하고 전신 마사지만 해 주어야 했다.

두 사람은 두 번 다시 액티브 데이트 따위는 시도하지 않기로 합의했다.

진 화백의 절친, 김혜진이라 하는 여자는 발레 학원 선생님이다. 친구는 발레단 오디션에 몇 번 떨어진 후 학원에 취직해서, 꼬꼬마 꿈나무들을 담당하게 되었다. 토요일 오후, 그녀가 가르친 아이들의 발레 공연이 있었고, 여자는 남자와 손을 잡고 같이 공연에 갔다.

공연이 끝난 후, 그들은 반포에 사는 친구의 집까지 놀러 갔고, 그곳에서 다섯 남매와 그녀의 어머니와 함께 저녁을 먹었다. 여자가 반포 친구의 집에 놀러 가는 것은 꽤 자주 있는 일인 듯했다. 여자는 혜진이라는 친구와 그 집 남매들, 특히 어머니를 몹시 좋아해서, 걸핏하면 놀러 가서 밥과 라면을 축낸다고 했다.

다섯 남매를 물오른 나무처럼 쑥쑥 키워 낸 그녀의 어머니에 대해, 여자는 '패스트푸드 제작의 달인'이라는 말로 추켜세웠다. '맛있게 먹으면 뭐든지 다 보약이야. 햄 소시지 삼겹살 라면 햄버거 피자! 우연이 너도 걱정 말고 먹어! 많이 먹기나 해! 우리 애들 중에 그런 거 많이 먹고도 못난이 된 애 없어. 우연이 너도 콜라 햄버거 많이 먹었어도 이렇게 예쁘게 잘 컸잖아.' 여자는 그 말에 천군만마를 얻은 듯한 표정을 지으며 남자를 돌아본다.

여자는 그동안 친구네 집의 밥과 라면을 축낸 대가로 친구 어머니의 초상화를 그려 주었다. 그녀는 자신의 초상화를 아주 오랫동안 들여다보았다. 그녀는 조금 목이 잠긴 듯한 목소리로 말했다. 왜인지 모르겠지만, 이 그림을 보니까 내가 아이들 키우느라 정신없이 보낸 30년이, 이제 자랑스럽고 행복하게 느껴져.

그녀는 집에 가는 여자를 현관에서 붙잡고, 딸이 듣지 못할 만큼 작은 목소리로 소곤소곤 말한다. 나중에 나 늙어 죽을 때 네 그림으로 영정 사진을 하고 싶어. 그리고 여자에게 고맙다고 말한다. 둘이서 행복하게 잘 살라고도 말한다. 여자는 퉁퉁하고 넉넉한 친구의 엄마를 꼭 끌어안는다.

여자는 다이소에 가는 것을 여전히 좋아한다. 평소에는 전혀 느끼지도 못했던 필요를 절실히 깨닫게 해 주는 물건들을 보며, 이 물건을 사용했을 때, 선물했을 때의 희열을 상상하는 그 짧은 순간을 여자는 사랑했다.

남자는 물건을 사는 데서 행복을 느끼지는 않았다. 그는 여자가 그림이 그려진 투명 테이프를 서너 개씩 사는 이유를 여전히 알지 못한다. 하지만 그는 딱히 필요도 없으면서 구매 의욕을 불 지르는 데 특화된 자잘한 물건들에 대해 진심으로 감탄하곤 했다.

남자에게 있어 그 물건의 효용 가치는, 물건의 본래 쓰임새가 아닌 여자의 행복이었다. 남자는 여자가 행복을 느낄 때, 그 이상으로 행복감을 느꼈다. 그래서 남자는 여자의 다이소 쇼핑을 열심히 따라다닌다.

여자는 남자와 손을 잡고 미사에 참석하는 것을 좋아한다. 무슨 말을 하는지 대부분은 알지 못하지만, 남자가 그곳에서 깊은 평온과 행복을 느끼는 모습을 좋아한다. 여자는 하느님이 확실하게 믿어지는 것은 아니지만, 남자가 사랑하는 분이고, 또 남자를 사랑하는 분이라면, 아마 나도 그분을 사랑하게 되지 않을까, 하고 생각해 보곤 한다.

여자는 남자가 사랑하고 존중하는 것, 그가 소중히 여기는 것들에 대해 많이 알고, 깊이 배우고 싶어 한다. 남자는 몹시 반가워하지만, 자신이 섣불리 가르쳐 주는 대신 근처의 성당에서 차근차근 배우는 것이 어떤가, 조심스럽게 권한다.

만약 세례를 받게 되면 아저씨가 세례명 골라 주실 수 있어요? 하는 여자의 유쾌한 목소리에 남자는 당연히 그러겠다고 약속한다. 네가 원한다면 어머니께서 쓰시던 묵주 팔찌와 묵주 반지, 미사보를 선물하겠다고도 한다. 남자의 목소리는 조금 들뜬 듯도 하고, 떨리는 듯도 하다.

여자는 엉뚱한 것을 걱정하기 시작한다. 세례받을 때 시험 보는 거 있죠? 그 시험 어려워요? 거기서 재수 삼수 하는 사람 많아요? 떨어지면 안 창피해요? 성당 벽에 합격자 불합격자 몇 등 그런 거 막 붙고 그래요? 제가 텍스트 외우는 데 정말 소질이 없어서 말이죠. 나머지 공부나 과외 같은 것도 하고 그래요? 그거 혹시 책 한 권 다 외워서 시험 보는 거예요? 정 안 되면 오픈 북 같은 거 허락 안 해 줘요? 소나기처럼 쏟아지는 질문에 남자는 연달아 웃음을 터뜨린다.

이곳에 오기 전, 그들은 마포 대교를 한 바퀴 둘러보고 오는 길이었다. 차를 몰고 드라이브만 하기에는 날씨도 너무 좋고, 다리 위에서 보는 강변의 풍경이 사시사철 그렇게도 사랑스럽더라 했다.

남자와 여자는 마포 대교 위에서 처음 만났고, 그래서 가끔, 아니 자주 손을 잡고 그곳에 가 본다고 했다. 그들은 유명한 산책 코스인 윤중로 대신, 민트코코라는 촌스러운 이름의 카페에서 핫초콜릿을 마시고 노점상에서 소시지를 두 개씩 사서 양손에 들고 마포 대교를 위를 슬렁슬렁 돌아다니는 이상한 코스를 좋아하는 듯했다.

아저씨, 마포 대교는 갈 때마다 변해 가는 것 같아요.

응. 그렇지?

네. 저번에 갔을 때는 난간 위에 높은 벽이 만들어졌지요.

그랬지.

일전에 갔을 때는 난간에 있던 글자들이 모조리 없어졌고요.

그래, 그랬더라.

붙이는 것보다 떼느라고 더 고생을 했을 텐데요.

그랬을 거야. 원래 새로 만드는 것보다 있던 그대로 원상 복구 하는 게 더 힘
드니까.

남자의 덤덤한 대답에 여자가 웃음기가 걷힌 목소리로 묻는다.

생명의 다리라는 별명은 멋있었는데, 결국 글자 다 떼어 낸 거 보면, 큰 효과
는 없었나 봐요. 돈과 인력만 낭비한 건가 봐요.

남자는 고개를 저으며 바로 대답한다.

천만에. 그건 제값을 백 번이나 하고도 남았어.

왜 그렇게 생각하세요?

네가 살아났잖아.

여자는 잠시 말을 멈춘다. 남자는 비장하지도 드라마틱하지도 않은 표정으
로 덤덤하니 말을 잇는다.

그 문장들이, 짧은 순간이나마 네 발걸음을 붙잡았고, 네가 그걸 읽느라 몇
걸음, 몇 걸음 더 걸어가는 사이에 나를 만났고, 그러다가 결국 살아났잖아. 그
한순간을 위해서라면, 생명의 다리는 열 개라도 만들 가치가 있지.

그건 아저씨만의 생각 아닐까요. 어쨌든 붙였던 글자를 뗐다는 것은, 글자를
붙인 것이 무익했다는 증거 아닐까요?

아니. 나는 무익한 일이라고 생각하지 않아.

왜요?

선한 의도로 행해진 일은, 시행착오는 있을망정 무익할 수는 없어. 반드시
아름다운 물결이 남아.

남자는 단호한 목소리로 말한다.

글자를 붙인 사람이나 뗀 사람이나, 모두 똑같은 마음을 갖고 있었어. 힘든

사람에게 한마디라도 위로를 전해 주고 싶었던 사람들, 그것을 위해 아름다운 문장을 생각한 사람들, 난간에 글자를 일일이 붙인 사람들, 혹시나 더 상처가 될까 봐 글자를 일일이 떼어 낸 사람들, 난간에 담장을 높이 쌓은 사람들, 전화기를 설치한 사람들, 24시간 상담 전화를 받기 위해 대기하는 사람들, 구조선 앞에서 다리 위를 늘 지켜보고 있는 사람들, 그리고 그 앞에서 얼쩡대면서 바람을 쐬다가, 눈물투성이 여학생이 흘린 연습장을 주워 보던 길 가던 행인 한 명까지, 모두 똑같은 마음을.

그것이 어떤 마음이었느냐, 여자는 묻지 않지만 남자는 대답한다.

네가 죽지 않기를 바라는 마음. 한 번만 더 버티고 살아 주기를 바라는 마음.

……그래서, 기어코 행복해지기를 바라는 마음.

여자가 천천히 눈을 깜박인다.

그 많은 사람들이 모두 나의 해피 엔딩을 바랐다는 건가요?

당연하지.

그 사람들이 모두, 언젠가는 내가 기어코 행복해지리라는 걸 믿었다는 건가요?

물론이지.

여자가 웃는다. 남자는 웃지 않는다. 대신 손수건을 꺼내 여자의 뺨에 대고 가만히 눌러 주었다.

□ ■ □

"그래, 안 들키고 무사히 들어갔어?"

"야, 아 진짜. 말도 마. 내가 진짜, 여기서 회사까지 100미터도 안 되는 거리에서, 아는 사람 100명 만났다, 100명! 아니 선글라스 스카프 다 쓰고 뛰는데 어떻게 날 그렇게 잘 알아보지? 안녕하세요 실장님, 안녕하십니까 최홍연 실장님, 최 실장 오늘 패션이 굉장해. 내가 아주 창피해서 고개를 못 들고 다니겠어, 이거 어떡해야 해, 엉?"

뒤에 팽개쳐 두고 온 동생이 자꾸 신경이 쓰였던 홍연은, 결국 금쪽같은 반차를 내고 말았다. 하지만 여전히 똑같은 파스타집에서 똑같은 자리에 앉아 태연하게 저녁 메뉴를 고르고 있던 동생을 보니 기가 막혔다.

"그래도 전무님 눈에만 안 띄면 됐지 뭘 그래."

"안 들키면 뭐 해! 차라리 농땡이를 들키는 게 나았을 거 같아! 나 내일 출근 어떻게 해, 최홍시!"

"오빠가 언제부터 그렇게 낯짝이 얄팍했다고 그래."

"그으래, 나 입사 면접부터 작년 연봉 협상 때까지 해마다 철가면 전설을 찍고 있다, 왜."

한참 투덜대던 홍연은 토마토토르텔리니로 이른 저녁을 먹고 있는 동생을 보며 입을 비죽거렸다.

"근데 너는 왜 바로 집에 안 가고 여기서 혼자 죽치고 앉아 있는 거야? 옆에서 남들이 연애하는 것만 구경한 거야?"

"그렇게 대놓고 꿀 떨어지게 연애 행각을 벌이면 눈꼴셔도 봐 줘야지 어떡해? 내가 헤어졌다고 질투라도 해야 해?"

"질투? 눈꼴셔? 뭘 모르는 소리 한다. 네가 그 둘의 파란만장한 연애사를 몰라서 그런다. 아이고, 전무님 시체처럼 죽어 가던 거 생각하면 지금도 식겁하네."

홍연은 진저리를 내며 몸을 떨었다. 동생은 생각이 많은 얼굴로 천천히 고개를 끄덕였다.

"파란만장인지 뭔지는 모르지만, 그 두 사람 좀 특별해 보이긴 하더라."

뭔가 이상하다.

홍시는 가만히 눈을 깜박이며 밖에서 이야기를 나누는 두 사람을 바라보았다. 보면 볼수록, 들으면 들을수록 기분이 이상했다.

별다른 이야기를 들은 것도 아니었다. 기쁘면 웃고, 슬프면 울고, 배고프면 먹고, 피곤하면 자고. 그저 매일 주어진 일과를 열심히 살아가는 평범한 모습뿐이었다. 특별히 화려한 것도 없었고 별스럽게 재미있는 일도 없었다.

그런데 두 사람의 모습이 자꾸 낯설고 신기하게 느껴진다. 자신과 동떨어진 특별한 세상에 사는 사람들처럼.

다르게 느껴지는 이유도 어렴풋이 짐작은 된다. 저들은, 철갑을 두르고 방어적인 연애만 하던 자신과 달리, 스스로를 지키기 위한 방어막을 모조리 깨뜨리고 서로를 자신의 안으로 깊이 받아들인 사람들이었다. 미련하다면 미련할 것이고, 용감하다면 용감할 것이다.

다만, 저 사랑에서 느끼는 감정의 깊이는, 나로서는 감히 상상조차 할 수 없다.

저들의 관계는 이제 분리되지 않는다. 분리되지 못한다. 여자의 뺨을 손수건으로 닦아 주는 남자의 손길이나, 그 손을 꼭 감싸 잡는 여자의 손길이나, 호들갑스럽지 않게 조용히 웃어 보이는 남자의 얼굴에서 그것을 자연스럽게 느낄 수 있었다.

저런 관계를 그저 연애, 혹은 사랑이라는 말로만 부르기는 어려울 것 같다. 그것은 '사랑'이라는 낱말 너머, 더 깊고, 더 높은 곳에, 더욱 너르게 존재할 듯했다.

오빠는 이 사실을 이미 알고서, 그런 우스꽝스럽고 촌스러운 대답을 했던 건지도 모른다.

두 사람은 내일도, 내년도, 10년 후에도, 20년 후에도, 아니, 삶의 끝자락까지 여전히 서로의 곁을 지키며 그 우스꽝스럽고 이상한 이름의 사랑을, 사랑으로 엮인 일상을 차근차근 이어 가고 있을 것이다. 이유를 설명할 순 없는데 그냥 그렇게 되겠구나 싶은 확신이 들었다.

"오빠, 아까 그 사람들을 보니까……."

홍시는 머릿속에서 계속 맴돌던 생각을 천천히 입 밖으로 냈다.

"나는, 그 사람을 사랑하진 않았었구나 싶더라."

"……."

"저 사람들처럼 사랑하진 못했었구나 싶더라."

내가 만약 저들처럼 깊이, 진심으로, 두려움 없이 사랑했다면, 헤어질 때 적어도 이런 느낌은 아니었겠지. 죽을 만큼 고통스러울망정, 내 사랑이 이렇게 허탈하고 추레하게 느껴지지는 않을 것이다. 물론 뭘 선택하고 뭘 감수했느냐의 문제이긴 하지만, 저들이 대단해 보이는 것은 어쩔 수가 없다.

홍시는 드디어 속이 후련해진 듯한 기분이 들었다.

"오빠, 주변에 좋은 남자 있으면 나 소개팅이나 한번 해 줘."

홍연이 눈을 둥그렇게 뜨고 동생의 얼굴을 이리저리 뜯어본다. 애가 뭘 잘못 먹었나, 싶은 표정이다.

"갑자기 소개팅은 왜?"

"봄이잖아? 나도 살면서 그런 연애 한 번쯤 해 보고 싶네."

홍시는 배시시 웃으며 어깨를 으쓱했다. 난생처음으로, 저렇게 깊고 넓고 풍부한, 혹은 운명적인, 혹은 아주아주 눈꼴신 연애 행각을 벌여 보고 싶다는 생각이 들었다.

□ ■ □

카운터에서 계산을 하려던 홍시는, 한 전무가 자신과 오빠의 점심값을 대신 지불하고 간 것을 알게 되었다.

그녀는 그 사실을 오빠에게 알리지 않기로 마음먹었다.

외전 3

150억 광년의 우주

"야야, 우연아. 이거 이놈들 좀 봐라. 이걸 어쩌냐 그래."

우연을 보자마자 발밑을 가리키며 앓는 소리를 하는 이 대머리 할아버지는 아저씨의 외재종조부, 그러니까 '아저씨의 외할아버지의 사촌 동생'이자 아저씨의 대부님이기도 한 류경서 아우구스티노 신부님이시다. 물론 지금은 은퇴하셨고, 집에서는 이렇게 낡은 체육복만 입고 계실 때가 많아서 뭐 그리 엄숙해 보이지는 않는다.

우연은 물끄러미 아래를 내려다보았다. '예쁜 강쥐들 데려가세요.'라는 글자가 씌어 있는 라면 상자가 현관 옆 마룻바닥에 놓여 있고, 그 안에는 새까맣고 조그만 강아지 세 마리가 몸을 동그랗게 구부리고 있었다.

등과 꼬리와 머리는 새까맣고 짧은 털로 덮여 있고, 코끝과 가슴팍, 발과 엉덩이만 황토색이다. 코는 길고 귀는 스누피처럼 축 늘어졌는데, 꼬리는 회초리처럼 가늘고 길었다.

아하. 무슨 개인지 알겠다. 닥스훈트, 다리가 장롱 다리처럼 짤막하고 허리가 소시지처럼 길어 핫도그라는 별명으로 불린다는 녀석과 인상착의가 비슷하

505

다. 다만 다리가 장롱 다리보단 길어 보이는 걸 보면 믹스견 같기는 했다.

"그저께였나? 요 앞에 중국집 담벼락에 어떤 고얀 놈이 이 상자를 놔두고 갔더라고."

대부님은 비분강개했다. 처음에 몇 마리였는지는 모르겠지만, 대부님이 보셨을 때는 요 세 마리가 남아 있었다고 했다. 예쁘다 예쁘다 쓰다듬으며 구경하는 사람은 있었지만, 데려가는 사람은 없었고, 책임지고 키우겠다는 사람도 없었다.

"털도 짧따란 놈들이 칼바람에 바들바들 죽어 가는데 어쩌냐? 응? 냅둘 수도 없고."

결국 급한 대로 집에 데려와서 보일러를 밤새 돌리고 우유를 먹여 살려 내긴 했다.

하지만 문제는 대부님이 애들을 키울 상황이 못 된다는 점이었다.

"내가 지금 팔십이 코앞이야. 다른 가족도 없어. 그럼 나 죽으면 애들 누가 키워? 나이 먹은 애들은 이렇게 상자에 내놔도 아무도 안 데려가. 그러니까 애초에 끝까지 데리고 살 가족을 찾아 줘야지."

"신부님이 오래오래 사시는 방법도 있죠."

"……내가 이놈들 때문에 100살까지 살아야겠냐, 엉?"

"어머나, 그것도 나쁘지 않네요."

"우연아. 내가 좀 멋지고 젊어 보여서 네가 자꾸 까먹는 모양인데, 내가 낼모레면 팔십이라니까? 한번 바닥에 앉았다가 일어나려면 20분 걸려, 20분! 것도 관절 주사 뼈 주사 골고루 맞아서 20분으로 줄어든 거야!"

"에이, 20분은 좀 너무 나가셨네요."

"야가 내 말을 안 믿네. 네가 삐그덕삐그덕하는 관절 한 짝에 10분씩 경건하게 돌려 봤어? 워밍업 찬찬, 스트레칭 찬찬, 바닥 짚고, 지팡이 잡고, 무릎 짚고, 단계별로 나눠서 일어나 봤어? 20분은 껌이야."

"아, 네……."

"이거 이빨도 봐라? 말짱해 보이지? 사실 이거 틀니야. 그리고 내가 정수리 대머리이긴 하지만 옆에 주변머리는 꽤 남은 것 같지? 실은 이것도 500만 원이나 주고 심은 거야. 주님 죄송합니다. 그 돈으로 어려운 이웃을 도왔어야 했는데요. 그게 말이다, 몇 년 전에 이원이가 생일 선물로 심어 준다고 했는데 내가 그만 유혹에 넘어가고 말았지 뭐냐. 나쁜 자식, 나의 약점을 공격했어. 아, 그리고 내가 작년에 적금 깨서 쌍꺼풀 수술을 한 거 말이다, 그 나이에 무슨 주책이냐고 다들 속으로 흉봤지? 왜 한 건지 알아? 눈꺼풀에 주름이 너무 늘어지니까 속눈썹이 자꾸 눈알을 찔러서 한 거야. 이거 생존용 수술이었다고. 아, 이런 비밀까지 공개해야 하다니. 이렇게 멋지고 멀쩡해 보여도 혈압 약 당뇨 약 글루코사민 칼슘 비타민을 한 주먹씩 먹고 사는 인생이야. 그런데 개 오줌 개똥 개털 치우려고 쫓아다니다 엎어지기라도 하면 어떻게 되겠어? 바로 골절이야 골절. 것두 그냥 부러지는 게 아니고 폭삭 가루가 돼요. 10년 동안 붙지도 않는다구. 이렇게 갈 데까지 간 인간이 키우긴 뭘 키워."

저 말발 여전하신 거 보면 100살이 아니라 200살까지도 충분히 사실 것 같은데.

우연은 상자 앞에 쪼그리고 앉아서 유난히 버르적대는 놈을 하나 안아 올렸다. 그러자 놈이 꼬리와 다리를 맹렬하게 버둥거리더니 우연의 손가락에 입질을 하며 앙알거린다. 우연이 손을 빼자 입을 빠끔빠끔하더니 몸을 동그라니 말고 낑낑거린다. 꼭 병아리가 삐악거리는 소리 같다.

어……, 이거 어떡하지.

갑자기 가슴이 뜨끔하면서 진땀이 찌르르 흐른다. 요 꼬물대는 놈에게 뭔가 애정 어린 행동을 해 줘야 할 것 같다는 마음이 뜬금없이 솟아오른다. 하지만 동물을 길러 본 적도 없고 예뻐해 본 적도 없어서 손을 대자니 덜컥 겁이 났다.

"이, 이, 이럴 때는 어떻게 해 주는 거예요?"

"뭘 어떻게 해, 그냥 꼭 안아 주고 예쁘다 예쁘다 쓰다듬으면 되겠지."

우연은 녀석을 엉거주춤 안고 다시 물었다.

"애 여자예요, 남자예요?"

"셋 다 남자애. 암놈이 있었대도 먼저 본 사람이 가져갔겠지. 훨씬 비싸니까."

우연은 녀석을 팔에 안은 채 가만히 내려다보았다. 팔에 폭 파묻혀서 고 조그만 다리를 꼼틀꼼틀, 긴 꼬리를 열심히 팔락거리는데, 그때마다 팔이, 아니, 마음속 어딘가가 자꾸 간지러워지는 것 같았다.

"현관에 서서 뭐 하냐. 어여 들어와서 분양 공고나 좀 올려 줘."

대부님은 아트빌리지에서 차로 10분 정도 더 들어가는, 한적한 시골 마을 단독 주택에서 살고 계셨다. 하얀 벽돌로 지어진 아담한 집이었는데, 정남향이라 종일 빛도 잘 들고, 나무 담장도 철제 대문도 아기자기 멋스러웠다. 정원은 넓지 않았지만 잘 가꿔져 있었고, 곁에 딸린 손바닥만 한 과수원에서는 몇 가지 과일나무들이 설렁설렁 자라고 있었다. 몇 해 전에 은퇴하실 때 아저씨가 지어 드린 집이라는데, 크기는 작아도 이것저것 신경 쓴 티가 역력했다.

대부님은 그곳에서 소소하게 과일 농사도 지으시고, 은퇴하신 본당에서 가끔 미사도 한 대씩 봉헌하시고, 집에 들르는 제자나 손님들을 맞아 몇 시간씩 수다를 떨거나 직접 만든 과일잼이나 감말랭이 따위를 나누어 주시기도 했다.

이원과 우연은 그 집의 단골손님 중 한 명이었다. 특히 우연은 '오너 드라이버'가 된 후부터 그야말로 뻔질나게 놀러 다니며 온갖 종류의 과일잼과 말린 과일들을 실어 나르기 시작했다. 라면 물을 끓이다가 김치가 떨어진 것을 발견하고 호르륵 차를 타고 가서 애지중지하는 김장 김치 한 포기를 약탈해 온 적도 있었다.

우연은 이 할아버지를 처음 소개받을 때부터 첫눈에 뭔가 통한다고 느꼈다. 대부님은 대부님대로, 귀한 손자며느리라도 맞이한 양 어화둥둥 둥개둥개 난리도 아니었다. 설상가상으로 두 사람은 취향도 성격도 비슷했다. 고수는 고수를 알아보고, 타짜는 타짜를 알아보는 법이라 했다. 대부님은 자신과 동류였다. 손발이 착착, 호흡도 척척, 죽이 그렇게 잘 맞을 수 없었다.

우연으로서는 로또 당첨급의 횡재라 할 수 있었다. 이렇게 가까운 곳에 아저씨의 과거사를 잘 아는 산증인이 계실 줄 누가 알았겠나. 손 원장님은 아저씨의 비밀에 대해 일언반구 말하는 법이 없고, 송 할머니는 아저씨의 어린 시절 중에 예쁘고 자랑스러운 일만 이야기해 주었던 것이다.

하지만 대부님은 그렇지 않았다. 어리고 순진무구했던 아저씨를 놀려 먹는데 거침이 없었던 이분은 아저씨의 무궁무진한 흑역사를 누설하는 데도 거침이 없었다. 아저씨가 대부님을 얼른 소개해 주지 않았던 것이 그제야 이해가 갔다.

피도 눈물도 없는 승부의 세계에서 살아가는 아저씨가 오히려 신부님 같았고, 평생 사목과 강의를 하다 은퇴하셨다는 대부님은 영화에 나오는 껄렁한 부패 형사 같았다. 동네 이장님한테 들은 소문, 미장원 원장님께 들은 가십, 텔레비전에 나오는 연예인 스캔들은 다 꿰고 있으며, 온갖 잡기에 능하고, 유행어의 첨단을 달렸다. 신학교에서 강의도 오래 하셨다더니 말발도 필리버스터다. 아저씨 말로는, "하느님께 받은 은혜와 감격이 넘쳐서 주체할 수 없을 때 만나면 도로 평온을 찾게 해 주시는 은사가 있다."고 할 정도였다.

어쨌든 우연은 이 괴짜 할아버지가 몹시 마음에 들었다.

"내가 컴퓨터나 스마트폰을 처음부터 못 했던 건 아니야."

대부님은 당당한 목소리로 변명을 늘어놓았다.

"내가 요새 요놈의 화면을 오래 들여다보질 못해. 너 여기서 나오는 불빛이 얼마나 독한지 아냐. 물론 나도 눈에 힘을 빡 줘서 노려보기만 해도 시계가 멈추고 쇠숟가락이 저절로 꼬부라지던 시절이 있었다고. 그런데 그때 안력을 너무 낭비해서 그런지 이제는 요놈의 조막만 한 화면을 10분만 들여다보면 은혜나 감동이 없어도 눈물이 좔좔 쏟아지니 낸들 어쩌겠니."

그러구러, 우연은 오후 내내 대부님과 분양 사이트를 찾아 헤매고 분양 관련 용어를 속성으로 배워야 했다. 대부님의 뇌는 관절과 달리 총기가 여전하여 새로운 용어를 빠르게 배워 나갔다.

"자, 됐다. 이제 내가 불러 주는 대로 글 올려 봐라. '닥스훈트 롱다리 믹스견 3형제 분양합니다.'"

잠시 후 우연은 키보드에서 손을 떼고 진지하게 말했다.

"저, 인간적으로 이렇게 올리면 안 될 것 같은데요. 그래도 명색 홍보하는 건데, 귀엽고 예쁜 점만 써서 올려야 하지 않을까요?"

「과천 짜짜마루 중국집 앞에서 발견한 닥스훈트 블랙탄 단모 3형제입니다.
유기견이라 나이는 잘 모르고, 품종은 닥스훈트 믹스견입니다. 다리가 깁니다.
건강 상태 — 세 마리 모두 피부병이 있는 듯합니다. 엉덩이와 등에 비듬이 많은 상태입니다.
입양하셔서 사랑으로 길러 주실 분을 찾습니다.」

"우연아, 자고로 사람은 정직해야 하는 거야."

"그래도 피부병 얘기는 좀 빼야 하지 않을까요? 저러면 누가 데려가겠어요?"

"기껏 보냈는데 병 있다고 다시 쫓겨 오는 것보단 낫지."

"롱다리를 너무 강조하신 거 아니에요? 닥스는 다리가 짧을수록 좋은 건데요?"

"그래도 데려갈 사람들은 다 데려가. 내가 장담하는데, 며칠 안 돼서 바로 입양될 거야."

저 놀라운 믿음이 어디서 오는지 모르겠지만, 우연은 고개를 끄덕이며 확인 버튼을 눌렀다. 끝까지 입양이 안 된대도 그 역시 대부님 소관이니까.

깜박. 분양 게시판 화면이 바뀌며, 지저분해 보이는 깜장 강아지 3형제가 꼬물꼬물 뭉쳐 있는 사진이 둥실 떠오른다.

「닥스훈트 롱다리 믹스견 3형제 분양합니다.」

"예? 그게 무슨 말씀이십니까? 아트빌리지에서 애완견을 기르는 사람이 있는 것 같다고요?"

— 예. 이사장님. 그게 말입니다…….

이원은 눈썹을 찌푸린 채 전화에 귀를 기울였다. 아트빌리지 관리인은 몹시 어려워하면서도 개 짖는 소리가 밤새 들려서 민원이 폭주하고 있다며 주인이 개를 교육시키지 않고 방치하는 것 같다는 하소연을 시작했다.

들을수록 어이가 없고 이상하다. 아니, 이게 이사장한테까지 전화가 올라올 일인가? 건물 관리인이 빨리 범인(?)을 찾아내서 사무장이 쫓아내면 되는 거잖아. 예, 무슨 말씀이신지 잘 알겠습니다만, 이원은 한숨을 쉬며 말을 끊었다.

"방치가 관건이 아니고 입주자가 규칙을 어긴 게 문제죠. 아트빌리지는 실내 흡연과 애완동물 절대 금지 아닙니까. 다시 짖는 소리가 들리는 대로 당장 벨 누르고 확인하시고, 저 말고 사무장님께 말씀드려서 퇴거 수속 하게 하십시오."

— 저, 이사장님, 그런데, 그게 말입니다…….

한참 머뭇대던 관리인이 조그만 목소리로 말했다.

"그게…… 407호…… 진 화백님 계시는 방 같습니다."

"이런…… 맙소사."

이원은 현관문을 열자마자 돌처럼 굳어 버렸다.

틀림없다. 냄새가 난다. 지린내가 섞인 비릿한 냄새. 바닥을 보니 굴러다니던 먼지의 양상도 달라졌다. 새까맣고 짤막한 털들이 기존의 먼지에 고명처럼 얹혀서 산지사방에 흩어져 있다.

"아, 아, 아저씨, 어떻게 이렇게 갑자기 오셨어요? 연락도 없이?"

우연이 침실 문을 급하게 닫으며 허둥지둥 거실로 나온다. 이원은 팔짱을 낀 채 몸을 앞으로 내밀며 물었다.

"아니, 진 화백께서는 저희 집에 오실 때 언제 말하고 오셨습니까? 퇴근하고 방에 들어갔더니 내 침대에서 큰대자로 주무시고 계셨던 게 과연 몇 번이시더라."

"아, 그, 그게, 제 집이 조금 더럽사와 미리 말해 주셨으면 청소라도 해 놨을까 싶어서, 호, 호, 오호호흥."

"아니 진 화백님이 언제 저 온다고 미리 청소를 해 놓으셨던 적이 있으셨나요? 설마 그게 청소가 된 상태였던 건가요, 네?"

이원은 대놓고 입을 비죽거렸다.

3주 가까이 외국 출장을 다녀왔는데, 기껏 귀국했더니 시험이니 과제니 일이 많다느니 하면서 과천엔 내려오지도 못하게 하고, 서초동에 잘 올라오지도 않고, 주말인데 자고 가지도 않고, 오밤중에도 포로롱 내려가던 이유가 드디어 밝혀지는 순간이었다. 귀국하고도 한 달 가까이 애면글면 벽을 긁으며 독수공방했던 것이 생각나니 착한 건물주고 나발이고 좋은 소리가 안 나간다. 설상가상, 우연이 몸으로 가리고 있는 방문 뒤에서 우렁찬 소리가 뻗어 나온다.

"왕, 왕, 왕왕왕왕!"

"깡, 깡, 껑껑, 깡깡깡!"

우연은 화들짝 어깨를 움츠렸다. 망할. 건물주에게 현행범으로 걸렸다.

□ ■ □

……모르면 용감해질 수 있어. 그래.

이원은 자신의 다리에 달라붙어 맹렬히 꼬리를 흔드는 강아지들을 보고 할 말을 잃었다. 기가 막혀서 말이 안 나온다. 한 마리도 아니고 세 마리나 된다. 게다가 개 한번 키워 보지 않은 초보자가 겁도 없이 이런 품종을 데려왔단 말이지.

역시나 옛 어른들의 말씀은 옳다. 무식하면 용감하다.

"진우연 씨, 아트빌리지에 실내 흡연과 애완동물이 금지라는 건 알고 계십니까."

"아, 그게, ……네."

"그럼 이게 대체 어떻게 된 사태인지 설명을 좀 해 주시죠."

건물주님이 친히 출두하셔서 팔짱을 끼고 땍땍거리기 시작했다. 잔뜩 어깨를 쭈그린 세입자는 건물주의 다리에 달라붙어 온갖 애교를 떨어 대는 배신자들을 흘겨보며 변명을 늘어놓기 시작했다.

"대부님이 너무 힘드실 것 같아서, 입양될 때까지 '딱 며칠만' 임시 보호를 해 주기로 했거든요. 진짜 딱 며칠이면 입양이 될 줄 알고……. 이상하게, 얘들을 놓고 가자니 발걸음이 안 떨어지는 거예요……."

'내가 이렇게 젊어 보이지만 낼모레가 팔십이여.' 부터 시작해 관절 주사, 뼈 주사, 틀니, 보청기, 대머리, 성인병, 뼈다귀가 부러지면 붙는 데만 10년, 기나긴 한탄을 줄줄 들어 놓고도 대부님한테 아이들을 맡기고 오는 것도 참 못할 짓인 것 같았다.

"정말 개똥 치우시다 넘어지기라도 하면 어떡해요. 정말 뼈가 부러져서 입원이라도 하시면? 애들 쫓아다니다가 관절이 다 나가면? 대부님도 그렇지만 아저씨는 또 얼마나 속상하고 노심초사하겠어요. 물론 아저씨가 대부님한테 쌓인 게 조금, 아니 좀 많이 있다는 건 알고 있지만요……."

"아 진짜, 그놈의 레퍼토리를 몇 년이나 우려먹고 계시는 거야……."

이원은 이마를 짚은 채 풀풀 웃다가 얼른 웃음을 멈췄다. 벽지에 원목 마루에 가구들까지 싹 갈아야 할 판인데 명색 건물주께서 해맑게 웃어 줄 수는 없는 노릇이었다. 점입가경, 눈치 없는 세입자께서는 건물주 앞에서 '나는 속은 거다.' 를 시전하기 시작했다.

"대부님이 배변 패드만 치워 주면 냄새 안 난다고 했는데, 하루 종일 방향제를 뿌려도 냄새가 안 없어지지 뭐예요."

"그야 배변 훈련이 되었을 때의 일이지. 이렇게 구석구석 사방에 싸고 다니는데 방향제가 무슨 소용이야. 이 마루 나무 색깔 변한 것 봐."

"아기 때면 짖지도 않고, 말썽도 안 부리고, 잘 잘 거라고 그러셨거든요."

"그걸 믿었어? 얘들이 얼마나 에너지 넘치는 아이들인데. 종일 짖고, 종일 싸고, 종일 물어뜯었을 텐데?"

"뭐 쪼끄만 품종이니 저지레해 봤자, 싸 봤자, 했죠."

"아니, 어떻게 이 품종을 소형견이라고 생각할 수 있어?"

"처음엔 소형견인 줄 알았거든요. 두 손에 쏙 들어왔다고요."

"원래 아기 때는 다 작아."

이원은 한숨을 쉬며 사방을 둘러보았다.

현재 아트빌리지 407호는 개춘기에 접어든 강아지 세 마리의 폐해를 여실히 보여 주고 있었다. 죄다 물어뜯긴 식탁 다리, 아작아작 씹힌 이젤 다리, 커버가 찢어지고 벗겨져서 사방으로 솜이 날리는 소파, 아랫단이 처참하게 뜯긴 커튼, 너덜너덜한 벽지와 시멘트가 훤히 드러난 벽, 잘근잘근 씹힌 장판. 원래도 청소가 썩 잘되어 있다는 생각이 든 적은 없었지만, 현재 상태는 기존의 더러움과는 차원이 달랐다.

"근데 아저씨, 원래 닥스훈트들이 이렇게 고집이 세요? 주인 말을 원래 이렇게 안 듣나요?"

"뭐⋯⋯? 그게 무슨 소리? 얘들은⋯⋯."

이원은 바로 반박하려다 저도 모르게 입을 다물었다. 우연이 잔뜩 풀이 죽은 얼굴로 자신을 올려다보고 있었다.

"아니면 얘들이 바보든지⋯⋯, 내가 바보든지."

데리고 올 때만 해도 꿈은 장하기 그지없었다.

입양되기 전에 부지런히 챙겨 먹여서 포동포동 살을 찌워 놔야지. 지금도 귀엽지만 살이 붙으면 얼마나 또랑또랑하고 예뻐질까.

선행 교육도 잘 시켜 놔야지. 잠만 자고 있어도 이렇게 예쁘니, 대소변 잘 가리고 '일어나.' '앉아.' '악수.' '안 돼.' 정도만 할 줄 알아도 얼마나 숨 막히게 귀여울까. 어느 집에 가든 평생 사랑받을 수 있을 것이다. 우연은 저 아이들을 꼭 그렇게 만들어 주고 싶었다.

어쩌면 보상 심리일지도 모른다. 우연은 해맑고 철없는 저 강아지들을 볼 때마다 자신의 어린 시절이 떠올라서 자꾸 걱정이 되었다. 적어도 이 아이들만큼은 자신처럼 멍청해서, 눈치 없어서, 엄마 아빠 말 안 들어서 죽어라 얻어맞고 쫓겨나는 일이 없기를 간절히 바랐다.

하지만 안타깝게도 교육은 전혀 진전이 없었다. 데려온 지 한 달 반이 넘어가는데도 강아지들은 제 이름도 구별하지 못하는 것 같았다. 뭉그적대기 잘하고 제일 꾸물대지만 먹을 것 앞에서는 가장 동작이 빠른 진뭉뭉, 맹하니 해맑은 표정으로 고개를 갸웃하는 습관이 있는 진맹맹, 콩알만 한 주제에 목통 하나는 우렁차서 대장 노릇을 하는 사건 사고 메이커 진망망.

이름이 마음에 안 드는 걸까? 대체 왜……?

도저히 헷갈릴 것 같지 않은 이름인데, 한 놈만 불러도 세 놈이 모조리 엉켜서 달려 나왔다. 진뭉뭉, 진맹맹, 진망망, 하나씩 불러도 셋이 동시에 고개를 들고 망망대며 대답했다. 여전히 아무 곳에나 오줌을 싸 대고, 아무 때나 짖어 대고, '기다려.' 따위는 아랑곳없이 점프를 해서 우연의 손에 든 간식을 낚아챘다. 자랄수록 다리만 길어지는 이상한 닥스훈트들은 식탐과 근육의 힘이 문자 그대로 무시무시했다.

두 달도 안 되는 사이에 덩치가 얼마나 커졌는지, 세 마리가 한꺼번에 달려들면 우연은 힘에 부쳐 뒤로 넘어갈 지경이었다. 온몸이 근육으로 만들어진 듯, 아직 강아지인데도 엄청난 파워가 느껴졌다. 셋이 한꺼번에 달려들 기미를 보이면 저도 모르게 뒷걸음질을 치고, 셋이 한꺼번에 자신을 깔아뭉갤 때면, 놈들이 자신을 깔보는 게 아닐까 하는 생각도 들었다. 기본 명령은 한마디도 통하지 않았지만, '밥 먹자.' 하는 소리에는 빛의 속도로 달려와 캥거루처럼 들뛰었다. 조금만 더 크면 우연의 키만큼이나 뛰어오를 기세였다.

밥 한번 먹일 때마다 전쟁이었는데, 그릇을 따로 놔 줘도 자꾸 옆의 것을 먹으려고 기웃대며 주둥이를 들이대다가 밥그릇을 뒤엎기 일쑤였고, 그러면 바닥에 엉망으로 흩어진 사료를 서로 먹겠다며 아르릉아르릉 몸싸움을 벌였다. 심지어 우연이 과자라도 몰래 먹으려고 조심스럽게 봉지를 뜯으면—정말 소리 안 나게 조심해서 뜯었는데도— 어느새 세 녀석이 번개처럼 달려와서 우연을 포위하고는 '그 손에 든 것을 얌전히 내놓는다면 목숨만은 살려 드리겠습니다.' 하는 표정으로 위를 올려다보곤 했다.

우연은 시간이 갈수록 심한 좌절감을 느꼈다. '과연 이 아이들은 머리가 좋은 건가, 나쁜 건가.' 하는 합리적인 의심과, '나는 왜 강아지 교육 하나 야무지게 못 시키나.' 하는 자괴감이 동시에 들었다.

이제, 난생처음 보는 아저씨 앞에서 긴 꼬리를 풍차처럼 돌리며, 앞발을 아저씨 무릎에 얹고 할딱할딱 애교 부리는 꼴을 보고 있노라니, 처절한 배신감마저 든다.

아저씨는 기묘한 표정으로 우연과 강아지를 번갈아 내려다본다.

"얘들 이름이 뭐라고?"

"얘가 진뭉뭉, 얘가 진맹맹, 얘가 진망망이요."

처음에는 다 똑같아 보였는데 이제 꼬리 치는 모습만 봐도 구별이 된다. 아저씨의 표정이 점점 더 이상해진다.

"한 달 반을 데리고 있었다고."

"한 달 하고 3주요."

"그동안 많이 힘들었겠구나."

"……네. 정말 힘들었어요."

정말 고난과 좌절의 시기였다. 사는 게 사는 게 아니었다. 이건 농담이 아니다.

"그런데 우연아, 너한테 말해 줄 게 몇 가지 있어."

"네."

아저씨는 실룩실룩 경련하는 입술을 꾹 다물고 잠시 헛기침을 한다.

"첫째, 애들은 고집이 세지도 않고 머리가 나쁜 품종도 아니야. 오히려 난도 높은 교육도 상당히 잘 소화하는 아이들이야."

"아, 네."

우연은 시무룩하게 대답했다. 아저씨답지 않게 처음부터 강력한 한 방을 날리신다. 그래. 결론은 내가 교육을 못 시켰다 이거지. 응, 그럴 것 같았어. 하지만 아저씨, 나는 정말 최선을 다했어요. 나는 동물들과 대화를 나누는 프란치스코 성인이 아니라고요.

"둘째, 애들은 롱다리 닥스훈트가 아니라 도베르만이야."

"뭐뭐뭐라구요?"

입이 떡그렁 벌어진다. 도베르만이라고? 맹견의 대표 주자, 경찰견, 군견, 경비견으로 단골 출연 하는 카리스마 작렬인 그 개? 날카롭게 빛나는 눈매, 뾰족한 귀, 쿨 시크 절제미의 상징인 짧은 꼬리, 우아하게 쭉 뻗은 허리와 미끈한 롱다리 근육맨인 그 개라고? 이것들이?

우연은 멍한 눈으로 아저씨 옆에 달라붙은 세 마리 개린이들을 내려다보았다. 팔랑팔랑 부채처럼 흔들리는 스누피 귀, 헤이 반가워요 아저씨, 저를 예뻐해 주세요, 떼창이라도 부르듯 맹렬하게 흔들리는 긴 꼬리, 해맑게 반짝반짝 빛나는 동그랗고 귀여운 눈. 말도 안 돼, 이것들이 맹견 도베르만이라니! 늬들이 맹견이면 무서워서 맹견이 아니라 맹해서 맹견이겠지, 엉!

"귀하고 꼬리를 안 잘라서 못 알아본 거야. 도베르만의 원래 모습은 이래."

"귀를 왜 잘라요?"

우연이 기겁하자 아저씨가 씁쓸하게 대답했다.

"그렇게 자른 모습이 더 멋지고 강해 보인다고들 하네. 아무래도 경비견이니까 날카로운 분위기가 필요하다면서."

"헉, 미친 거 아니에요? 원래 모습이 이렇게 예쁘고 귀여운데요?"

아저씨가 고개를 끄덕이며 빙긋 웃는다. 아마 우연과 똑같은 생각을 하는 듯했다.

"그러게. 나도 원래 모습이 훨씬 예쁘다고 생각해. 사람이든 동물이든, 타고 난 대로 사는 게 제일 자연스럽고 예쁜 것 같아. 아, 그리고……."

아저씨는 여전히 웃음기 어린 목소리로 덧붙였다.

"셋째, 너 여기서 나가야 해."

□ ■ □

강아지들은 그날 바로 대부님 댁으로 쫓겨났다. 우연은 녀석들을 보내면서 조금 울었다. 그렇게 강짜를 부리고 말도 안 들어 먹던 놈들이, 깜짝 놀란 얼굴로 그제야 우연의 다리에 달라붙어 깽깽대는 걸 보니 눈물이 왈칵 쏟아졌다. 돌아 나오는데 세 마리가 한꺼번에 엄청난 목청으로 울어 댔다. 낑낑, 깡깡, 왕왕왕, 망망망망!

이 멍청한 놈들아, 있을 때 잘하지. 조용히 있었으면 들키지 않았을 텐데, 그럼 쫓겨나지도 않았을 텐데. 그럼 입양할 때까지 며칠이라도 더 같이 보낼 수 있었잖아. 우연은 자꾸 쫓아와서 다리에 달라붙는 놈들한테 마구 화를 내며 떼어 냈다.

"빨리 들어가! 난 너희들 안 키워, 너희처럼 말 안 듣는 놈들, 난 싫다니까!"

오는 내내 녀석들이 깽깽대며 우는 소리가 들리는 것 같았다. 빨리 보내고 나면 속이 시원할 줄 알았는데, 집으로 오는 동안 계속 눈물만 나왔다.

"벌써 이렇게 정을 붙였어그래, 겁도 없이……."

옆에서 운전을 하던 아저씨가 한 손으로 가만히 어깨를 토닥여 주었다.

다음 날 대부님께 연락을 받았다. 다른 임시 보호자를 찾아서 보냈으니 염려 하지 말란다. 우연은 다행이라고 생각하면서도 속이 쓰렸다. 제대로 교육도 못

시키고 보낸 주제에 아이들이 자꾸 보고 싶었다.

하지만 그 말은 입 밖에 내지 않았다. 다시 데리고 와서 돌볼 것도 아니면서 보고 싶다고 떠들어 대는 건 무책임한 일이라는 생각이 들었다.

시간이 지나도, 문득문득 아이들이 궁금하고 보고 싶었다. 걱정도 되고 한숨도 나왔다. 거기서도 아무 데나 오줌을 싸고 있으려나. 벽지나 장판을 온통 물어뜯다가 혼나거나 매를 맞는 건 아닐까. 난 그래도 애들한테 화도 안 내고 때리지도 않는데.

아저씨가 동물을 기르지 않겠다고 하는 것이 조금 이해가 되었다.

아마, 아저씨는 이런 상실감을 도저히 견디지 못할 것이다.

□　■　□

새집을 구하는 일은 빛의 속도로 진행되었다. 우연은 퇴거 명령을 받은 지 딱 3일 만에 매매 계약서에 도장을 찍게 되었다. 때마침 아저씨의 집에서 두 골목 정도 옆에 작은 단독 주택이 나왔다고 했다.

더럽게 낡아 빠진 그 집은 우연의 예상과 달리 무섭게 비쌌다. 평생 게으름 부리지 말고 열심히 그림을 그려야겠다는, 경건하고도 숙연한 마음을 저절로 불러일으킬 정도였다. 마음에 드는 점이라곤, 아저씨의 집까지 살랑살랑 걸어갈 수 있다는 점과 이 집이 지어진 지 38년 되었다는 점, 그러니까 아저씨와 동갑이라는 사실뿐이었다.

어쨌든 선택의 여지 따윈 없었다. 사람이 많이 오가는 아파트나 오피스텔 엘리베이터에 아저씨를 노출시킬 순 없지 않은가. 아저씨는 이웃에 함부로 노출시키기엔 너무나 잘생기고 능력 있고 세심하고 유명하며 스윗하니까.

아트빌리지의 너그러운(?) 건물주는 권력을 조금 남용해서 우연의 퇴거를 한동안 유예해 주었다. 계약은 빨랐지만, 리노베이션 때문에 서너 달 기다려야 했던 것이다.

아저씨는 그 낡은 집을 뼈대만 남겨 놓고 싹 깨부순 후에 지하실부터 지붕까지 낱낱이 뜯어고치기 시작했다. 우연은 시간이 날 때마다 공사 현장에 들렀는데, 그곳에서 근무를 땡땡이치고 나와 있는 아저씨를 자주 만나곤 했다.

아저씨는 이런 기회를 기다리기라도 한 것처럼 도무지 웃음을 숨기지 못했다. "어, 우연아, 남자 친구가 건설 회사 다니니까 이럴 때 편하지 않아?" 할 때는 뭔가 같잖았지만, 위대할사 사랑의 힘으로 얌전하게 고개를 끄덕여 주었다.

공사가 끝난 집에 들어갈 때는 감탄사가 저절로 나왔다. 해마다 수백 억 수천 억 공사를 턱턱 수주하는 인간이, 코딱지만 한 집 하나 리모델링하는 데 아주 혼을 갈아 넣은 게 틀림없었다.

중간중간 색깔 포인트가 박힌 하얀 돌벽집이었다. 재질이 뭔지는 몰라도 아주 반들반들 윤기가 도는 게 때도 안 타게 생겼다. 하얗고 높은 돌담에 새파란 대문은 솔직히 눈에 띄긴 했지만 산뜻하고 예쁘다는 건 부정할 수 없었다.

전체적인 콘셉트는 아틀리에였다. 2층에 통창이 난 넓은 작업실이 있는데, 그곳이 이 건물의 메인 공간이었다. 코르크로 마감한 벽과 바닥은 보드랍고 편안하며 조용했다. 그리고 한쪽에 넓은 욕실이 딸린 작은 침실이 있었는데, 아늑하고 따뜻한 분위기였다.

작업실 한쪽 구석에는 다락과 옥상으로 연결된 계단이 있었다. 다락의 천장은 선팅 유리로 마감이 되어 있어서 고개를 들면 새파란 하늘이 보였다.

옥상으로 연결된 문을 열면, 좌우로 아담한 옥상 정원이 펼쳐진다. 식물 킬러로 소문난 마이너스의 손 우연의 특성을 감안한 듯, 자동 스프링클러까지 설치되어 있었다.

노란 방부목이 깔린 바닥도 마음에 들었고, 널찍한 평상도 좋고, 열 명이 둘러앉아도 넉넉할 나무 탁자와 벤치, 파라솔도 있었다. 옥상 난간을 한껏 높여 놓은 건, 외부 시선을 차단하기 위해서인 듯했다. 난간 너머로는 넓은 공원이 시원하게 내려다보였다.

하얀 대리석과 블랙과 골드 소품으로 깔아 버린 1층에는 조그만 벽난로가 있는 홀, 두 개의 손님방, 팬트리, 툭 트인 주방, 넓은 편백 욕조가 있는 욕실, 그리고 널찍한 개방형 발코니가 있었다.

그리고 그곳에서 한 층 더 내려가면 반지하 공간이 나온다. 지면에서 한두 계단 정도 내려가서 딱히 지하 같지도 않았는데, 어쨌든 그곳은 창고와 서재, 보조 주방과 와인 바가 딸린 작은 연회실과 피트니스 룸이 있었다.

다시 말하건대, 아저씨는 이 아틀리에를 만들기 위해 영혼을 갈아 넣으셨다. 이 집을 산 가격보다 리노베이션 비용에 더 많은 것을 때려 부었다고 장담할 수 있었다.

이원은 이사한 날부터 짐이 완전히 정리될 때까지 우연의 집에서 출퇴근을 했다. 청소도 하고, 짐 정리도 대신 하고, 필요한 가구와 자그마한 소품들도 머리를 맞대고 골라 가며 새로 주문했다. 배가 고프면 트레이닝복 차림으로 집까지 슬렁슬렁 걸어가서, 먹을 것을 몇 가지 챙겨 와 침대에 나란히 앉아 나누어 먹기도 했다.

이원이 아침에 출근하러 내려가면 우연은 눈을 비비적대며 일어나 2층 창문을 열고 손을 흔들었다. 잘 갔다 와요. 응, 회식 같은 거 안 하고 빨리 올게. 차를 타려던 이원이 위를 올려다보며 손을 흔들어 준다. 저 싱긋 웃는 얼굴이, 저 넓은 어깨가, 아름답고 우아하게 움직이는 팔다리의 선이 여전히 기가 막히게 아름다워, 우연은 마냥 홀릴 것 같다. 지나가던 아주머니 한 분이 두 사람을 보고 피시시 웃는다.

우연은 창가에서 팔을 괴고 이원이 출근하는 모습을 오래오래 지켜보았다. 참 좋았다.

□ ■ □

"강아지들을 입양할 사람이 나타났다고요?"

목소리가 저절로 껑충 올라갔다. 대부님이 수화기 너머에서 껄껄 웃는다.

— 그래. 그동안 임시 보호 하던 사람이 자기가 그냥 기르기로 했대. 그래서 너한테 제일 먼저 알려 주려고.

"아……. 잘됐네요."

우연은 잠시 눈을 깜박거렸다. 잘됐다. 참 잘됐는데, 갑자기 가슴에 커다란 구멍이 뻥 뚫린 것 같다.

— 이번 주말에 우리 집으로 한번 데리고 와 달라고 부탁했어. 얼마나 컸나 좀 궁금하더라고.

우연은 잠시 입술을 달싹거렸다. 할 말이 많을 것 같은데 말이 나오지 않았다. 그렇게 말 안 듣고 말썽만 부리다가 막판에 떼 놓으려니까 낑낑대면서 결사적으로 다리에 매달리던 모습이 자꾸 눈에 밟혔다.

이제 오줌은 잘 가리려나. 못 가려도 할 수 없지만, 그래도 임시 보호자가 입양하는 거니 오줌을 아무 데나 싼대도 특별히 더 구박하지는 않겠지. 얼마나 컸을까. 새로운 이름이 생겼을까. 내가 지어 준 이름은 까먹었을까.

참 부질없다. 어차피 내가 부르는 이름 따위 하나도 알아듣지 못했는데.

갑자기 눈물이 툭 떨어진다. 눈치 빠른 대부님이 당황한 목소리로 묻는다.

— 어? 우연아? 우냐? 아이고, 왜 그래. 우연아? 무슨 일이야!

"신부님, 저도 주말에 가서 한 번만 같이 보면 안 돼요?"

— 왜 갑자기? 네가 키우려고?

"아뇨. 누가 기르든 저보다는 잘 기를 거예요. 그냥, 딱 한 번만 더 보고 싶어서요. 얼마나 컸는지."

— …….

"안 되면 말고요."

— 안 될 거 뭐 있냐? 그냥 와서 보면 되지.

잠시 망설이던 대부님이 결국 승낙했다. 우연은 전화를 끊고서도 한참 동안 코를 훌쩍거렸다.

"넉 달 동안 얼마나 컸을지 궁금해요. 그때도 세 마리 한꺼번에 안으면 좀 무거웠었는데."

"허허. 더 무거워졌겠지. 이제 나이가 7개월쯤 됐을 텐데."

"대소변이나 잘 가리면 좋을 텐데요."

"못 가리면 그걸 또 어쩔 거야. 그냥 찬찬히 가르치는 게지."

"저를 기억하기나 할까요?"

"글쎄. 돌대가리가 아니라면 그렇겠지?"

"……그럼 까먹었겠네요."

우연은 과수원 벤치에 앉아 시무룩하게 중얼거렸다. 여름이 거의 지나가고 있었는데, 한낮의 땡볕은 여전히 따가웠고, 그나마 감나무 그늘이 시원했다. 작년에 감이 별로 많이 열리지 않았다더니 올해는 무슨 스프레이로 뿌려 놓은 것처럼 아주 닥지닥지 **빽빽하다**. 기다리는 녀석들은 영 오지 않고, 엉성하게 쳐놓은 울타리 앞의 비포장도로에선 먼지만 폴폴 날리고 있다.

아저씨한테 토요일 오후에 약속이 있냐고 물으니 미안하지만 선약이 있고, 저녁 늦게라도 어디 있는지 알려 주면 데리러 가겠다고 한다. 아저씨는 우연이 차가 있다는 사실을 자주 잊어버리는 것 같다.

혼자 오길 잘했지 뭐.

한참을 더 기다리고서야 저쪽 길모퉁이에서 자동차가 한 대 나타난다. 저 차인가? 9인승 정도로 보이는 흰색 승합차 한 대가 포장이 안 된 길을 덜컹대며 달려온다. 우연은 고개를 길게 **빼고** 안에 강아지들이 있는지 살폈다. 선팅이 짙게 된 차라서 안에 강아지들이 있는지 확인하기가 어려웠다.

부르르르릉, 끼이이.

천천히 속도를 줄인 차가 우연이 앉아 있는 벤치 앞에 멈춰 선다. 우연은 저도 모르게 자리에서 일어섰다. 맞는 것 같다. 맞는 것 같은데, 어째 기분이……

운전석이 덜컹 열리면서, 꽤 낯익은 얼굴이 나타난다. 굉장히 어리둥절한 표정으로.

"……우연이 네가 왜 여기 와 있니? 오늘 약속 있다며."

월월월! 월월! 컹컹컹! 컹컹컹컹컹!

넓게 터놓은 뒷좌석에서 튀어나온 것은 새까만 강아지 세 마리였다. 아니, 강아지가 아니다. 이미 머리가 허리에 닿을 만큼 커 버린 도베르만 세 마리였다. 우연은 전혀 엉뚱한 개가 온 것 같아 멍하니 녀석들을 내려다보았다.

우연의 주변을 정신없이 돌며 한참 냄새를 맡던 녀석들이 고개를 번쩍 든다. 월, 월, 컹컹컹컹! 그중 한 놈이 입이 째져라 웃으며 큰 소리로 짖는다. 우연은 이 목청 좋은 녀석이 누군지 단번에 알아챘다.

"진망망! 야, 너!"

반가움은 1초도 가지 않았다. 뒤에 있던 다른 녀석이 맹렬히 돌진하더니 우연을 향해 껑충 몸을 날렸다. 녀석의 앞발이 어깨에 얹히며 폭 안기는 순간, 우연은 그대로 뒤로 자빠졌다. 하필 제일 덩치 큰 진뭉뭉. 대포에서 쌀 한 가마니가 날아와 정면으로 부딪친 것 같았다.

왕왕왕, 컹컹컹! 월월월월!

다른 두 녀석들도 우연에게 달라붙었다. 덩치가 송아지처럼 커진 강아지 세 마리가 우연의 주변을 정신없이 돌아다니며 냄새를 맡고, 핥고, 얼굴을 비비고, 두 발을 번쩍 들고 우연의 목과 어깨에 매달린다. 왕왕, 월월, 컹컹컹컹! 우연은 바닥에 철퍼덕 주저앉은 채 놈들의 목을 끌어안고 울기 시작했다.

"야, 이것들아, 너희들 왜 이렇게 컸어!"

컹컹, 멍멍멍, 컹컹, 월월!

"누나 허락도 안 받고 언제 이렇게 컸어! 이 배신자들아! 이 나쁜 놈들아!"

"대부님이 아무래도 힘드실 것 같아서…… 입양될 때까지 며칠 정도만 내가 봐 주기로 했었어."

"아 네에…… 그러셨군요? 야, 너 저리 가. 무거워."

우연은 자신의 어깨에 함부로 발을 턱턱 얹어 대는 놈들을 걷어차며 같잖은 표정으로 코를 실룩거렸다. 눈앞의 사나이는 상당히 멋쩍은 얼굴로, 그래도 최대한 위엄을 유지하며 변명을 이어 나갔다.

"금방 입양이 될 줄 알았거든. 대부님이 며칠 만에 입양될 거라고 장담을 하시기에."

"아, 네에, 그러셨겠죠."

"네가 애들 대소변도 못 가린다고 해도 걱정해서, 그거나마 가르쳐서 보내려고."

"아 네. 아무렴요. 그래서 대소변은 잘 가리게 됐나요?"

"어, 음. 그럭저럭."

"그런데 왜 저한테 말 안 하신 거예요?"

"네가 자꾸 보면 입양 보낼 때 정 못 뗄까 봐. 그때 대부님 댁에 놔두고 올 때도 그렇게 울었잖아."

아하, 또 울까 봐 걱정이 되셨다? 하긴, 아저씨는 자신이 우는 일에 상당히 과민했다. 우연은 시큰둥한 목소리로 물었다.

"그럼 제가 아저씨 집에 갈 때 애들은 어디 있었던 거예요?"

"별채에 있었어. 다시 말하지만, 네가 자꾸 보면 나중에 정 못 뗄까 봐."

대답은 따박따박 잘하시네. 진짜 기가 막혀서. 우연은 팔짱을 끼고 물었다.

"그럼 대체 왜 갑자기 기르겠다고 하시는 거예요?"

"아 우연아. 그건 말이다, 얼마 전에 입양을 하겠다는 사람이 나타났거든. 피정의 집에서 봉사하시는 은퇴한 노부부가 기르겠다고 하더라고."

뒤에서 툭 치고 들어온 사람은 대부님이었다.

"그래 이원이한테 바로 전화를 했지. 그런데……."

"아 잠깐만요. 제가 말할게요, 신부님. 제가, 잠깐만요."

아저씨가 당황한 목소리로 다급하게 끼어들었다. 하지만 대부님은 가차 없었다.

"아 근데 저 자식이 통화하다 말고 갑자기 질질 울더라고. 못 보내겠다면서."

□ ■ □

"그렇게 모조리 까발리시면 제 체면이 뭐가 됩니까."

이원이 우연이 앉아 있던 벤치에 앉아 투덜거린다. 크고 작은 과일나무 수십 그루가 설렁설렁 얽혀 있는 작은 과수원에 오후 해가 들어서 그림자들이 길게 늘어졌다. 날이 꽤 더워서 이원은 재킷을 벗고 넥타이도 풀고 와이셔츠 단추까지 두어 개 열어 놓고는 펄럭펄럭 부채질을 하고 있었다. 그의 시선은 과수원에서 사방팔방 돌아다니는 강아지 세 마리와, 녀석들을 열심히 쫓아다니는 우연을 열심히 따라다닌다.

경서는 콧방귀를 뀌며 대답했다.

"야야, 네놈이 우연이 앞에서 무게 잡는 거 보면 아주 같잖다. 너나 우연이나 내가 보기엔 똑같이 꼬맹이 아기들이야. 하는 짓도 둘이 아주 똑같잖아."

"열두 살 띠동갑이 똑같아 보이다니, 문제가 좀 심각하다는 생각은 안 드십니까. 저를 아직도 아기 취급 하는 사람은 신부님밖에 없습니다."

"너도 여든 살쯤 나이 먹어 봐. 다들 아기 같고 풋풋하고 예쁘고 귀여우니라."

"나이 자랑이 제일 유치한 거 아시죠?"

"네놈이 한 짓이 더 유치해. 그래 건물주랍시고 우연이를 아트빌리지에서 쫓아냈단 말이야? 이 피도 눈물도 없는 놈 같으니!"

이원은 어깨를 으쓱하며 실쭉 웃었다.

"규칙은 지키라고 있는 겁니다. 입주자 컴플레인이 너무 많이 접수돼서 건물주 파워로도 커버가 안 됐어요."

"아무리 그래도 매정하게 쫓아내네! 솔직히 말해 봐. 걔가 여기 와서 네놈의 흑역사를 자꾸 주워듣는 게 싫었던 거지? 네놈 나와바리로 끌고 들어갈 기회는 이때다 싶었던 거지, 응?"

"나와바리가 뭐예요. 신부님 언어생활이 대체 왜 이러십니까."

투덜대던 이원이 비죽 눈웃음을 치더니 시원하게 인정했다.

"그럼요. 이런 기회 잡기가 쉬운가요. 덕분에 무사히 이사를 마쳤으니 신부님께는 그저 감사할 따름입니다."

이원이 등을 뒤로 쭉 빼며 싱긋 웃는다. 경서는 기가 막혀서 콧방귀도 나오지 않았다.

"내 언어생활이 어때서? 속은 시커먼 주제에 말만 반질반질 곱게 하는 놈에 비하면 내 마음은 완전히 새하얀 비단결이다 이놈아."

"어, 신부님이 비단결인 건 모르겠고, 제 속이 시커먼 건 맞는 것 같습니다."

역시나 순순하게 인정한다. 경서는 콧방귀를 뀌는 대신 킬킬 웃었다.

"야, 진맹맹, 이 바보 멍충아! 거기 안 서!"

빽빽대는 고함 소리가 들린다. 나무들 사이로 강아지라기에는 너무 자라 버린 시커먼 개 세 마리가 정신없이 뛰어다니고, 줄을 놓친 우연은 빽빽대며 쫓아다니기 바쁘다. 야, 진뭉뭉, 망망! 이 멍충아! 뛰지 마, 뛰지 마라고오, 누나 말 좀 들어! 쪼오옴! 눈물의 재회를 한 지 30분도 안 되어, 상황은 다시 넉 달 전으로 돌아가 버렸다. 강아지 세 마리는 여전히 '누나'의 말을 귓등으로도 듣지 않았다.

"그래, 우연이는 새로 이사한 집 마음에 든대?"

"예. 굉장히 좋아합니다."

"너는?"

"저도 좋죠. 신혼집 같습니다. 어, 음."

우연과의 일상에 대해 말을 아끼던 이원이 저도 모르게 한마디 하다가 입을 다문다. 하긴. 혼인 성사도 안 치른 채 함께 살 맞대고 지내는 이야기를 사제

앞에서 편히 털어놓긴 쉽지 않을 것이다. 경서는 시큰둥하게 툭 내뱉었다.

"그냥 계속 그러고 살 거야?"

"……."

"혼인 신고는 그렇다 쳐도, 혼배 성사도 생각이 없는 거냐?"

경서는 우연과 이원이 왜 그런 형태로 지내고 있는지 꽤 정확하게 이해하고 있었다. 그래서 이원에게 구구절절 조언을 하거나 나무라는 대신 계속 말을 아껴 왔다.

하지만 자신이 아는 이원이라면, 법적으로 실질적인 구속력이 생기는 혼인 신고나 결혼식은 접어 둔다 하더라도 해도, 하느님 앞에서의 서약인 혼인 성사 만큼은 포기하지 못할 거라고 생각했다.

한참 기다려도 대답이 나오지 않는다. 힐끗 곁눈질을 하자, 고개를 수그린 채 덤덤하니 웃고만 있는 이원의 모습이 눈에 들어왔다. 경서는 새파란 하늘을 응시하며 펄그러펄그럭 부채질을 했다.

"혼인 성사가 별거냐. 신부님 한 분 모시고, 그냥 둘이 손 꼭 잡고서, 하느님, 이 사람을 저한테 보내 주셔서 고맙습니다, 저희들 싸우지 않고 서로 사랑하면서 행복하게 잘 살겠습니다, 그렇게 약속하면 되는 게지."

가정의 신학적인 의미라든가, 정체성이라든가, 가치라든가 하는 것을 접어 놓고 보면, 혼인 성사는 결국 하느님 앞에서 두 사람이 인생의 동반자로 살아가겠다는 약속이다. 함께 살아가는 형태는 시대와 상황에 따라 달라도 '하느님이 저 사람을 나에게 인도하시고 짝으로 맺어 주셨다'는 믿음이 혼인 성사의 가장 중요한 요소라는 것만큼은 변함이 없었다. 영원한 사랑에 대한 이원의 믿음은, 그분에 대한 신뢰를 기반으로 하고 있다. 적어도 경서는 그렇게 생각했다.

"하, 하하. 그건 그렇죠."

이원이 소리 내서 웃는 것으로 대답을 얼버무린다. 경서는 다시 시선을 돌리고 혀를 끌끌 찼다. 끄트머리에 가는 한숨이 딸려 나오는 것을, 경서는 굳이 숨기지 않았다.

"네가 어련히 숙고해서 내린 결정일까만, ……지금 너를 나무라려고 하는 말은 아니야. 다만, 다른 사람도 아니고 너라면 하느님 앞에서 이렇게 떳떳하지 못한 상태로 지내는 것이 얼마나 괴롭고 힘들까 싶어서 그런다. 미사도 그렇게 꼬박꼬박 나가면서, 성체도 못 모시고……."

이원이 빙그레 웃으며 대답한다.

"염려 끼쳐 드려서 죄송합니다. 저는 정말 괜찮습니다."

"나한테야 미안할 게 뭐 있누."

두 사람이 펄럭펄럭 부채질하는 손이 느릿해진다. 해는 천천히 내려가고 있었고, 주변으로 눅진하고 부드러운 침묵이 내려앉는다. 우연은 저쪽 과수원 끄트머리까지 달려가더니 나무에 기대서 주저앉는다. 컹컹, 웡웡, 왕왕, 개들이 신나게 꼬리치며 짖는 모습이 자그마하게 보인다. 이원이 다시 입을 연 것은 한참 후였다.

"다른 사람의 상처를 끌어안고 같이 살아가는 건 어떤 모습일까, 오랫동안 생각해 봤습니다. 당연히 낭만적이고 멋진 일은 아닐 거고, 오히려 길고 지루한 투병 생활에 동참하는 것과 비슷할 것 같았어요. 나만 믿어, 하는 말 한마디로 낫는 상처면 좋겠지만, 죽을 때까지 낫지 않는 상처도 있을 테니까요."

"그렇겠지."

경서는 속으로 아프게 한숨을 쉬었다. 두 사람이 사랑이 모자라서, 이기적이고 자기 실속 계산을 굴리느라 이런 관계를 선택한 것이 아니란 건 경서도 잘 알고 있었다.

천천히 바람이 불어서 두 사람의 옷깃 사이로 시원하게 스며들었다.

"우연이는 제 청혼을 거절한 일에 대해서 큰 부채 의식을 갖고 있어요. 저보다 우연이가 훨씬 더 괴로워하고 미안해하고 있습니다. 안 그랬으면 좋겠는데. 전 우연이가 부채 의식으로 결혼해 주길 바라는 건 정말 아닙니다."

경서는 천천히 고개를 끄덕였다. 그가 말을 아끼자 이원은 속에 깊이 감춰

두었던 말을 점점 더 풀어내기 시작했다.

"우연이가 청혼을 거절했던 건, 저를 사랑하지 않아서가 아니고, 자기 스스로를 믿지 못하기 때문이에요. 그것 때문에 나중에 저에게 큰 고통을 주게 될까 봐 극도로 두려워합니다. 아직 치유되지 못한 상처겠죠. 거기에 대고 '왜 상처가 빨리 낫지 않아서 나를 불편하게 하냐'고 따지면 안 될 거라고 생각했습니다."

"세월이 지나면 덜 아파질 날도 올 게고, 어쩌면 안 아파질 날도 올 게야."

"그럴 수도 있고, 아닐 수도 있겠죠. 저는 어느 쪽이든 괜찮습니다."

"……그러냐."

"만일 먼 훗날에라도, 감사하게도 그런 날이 온다면, 그때는 신부님 말씀대로 우연이랑 나란히 손잡고 혼인 성사를 드릴 수도 있고, 더 나가서 결혼식이나 혼인 신고를 할 수도 있겠지요. 하지만 그때에도 저는 우리가 떳떳하게 부부가 되었다는 사실보다……."

경서는 대거리를 하는 대신 말을 아끼며 느릿하게 고개만 끄덕였다. 이 일에 대해 마음을 털어놓기가 쉽지 않았을 텐데, 이원은 의외로 차분하고 담백하게 이야기를 이어 나갔다.

"우연이가 아픈 상처에서 온전히 벗어났다는 사실 자체를 훨씬 기뻐할 것 같습니다."

"……"

"그리고 그분도 똑같은 마음이 아니실까, 감히 그렇게 믿고 있습니다."

허, 이놈 말하는 것 보게. 경서는 혀를 차면서도 이원의 말을 트집 잡을 생각이 들지 않았다.

"이원아, 나도 이 나이가 먹도록 그분의 뜻을 헤아리기가 어렵구나. 어떻게 너 같은 녀석 옆에 우연이를 데려다 놓으실 생각을 하셨을까. 허우대만 멀쩡한 쫌생이가 멘탈 다 깨져 나갈 게 뻔히 보였을 텐데."

"하, 하, 하하하. 맞습니다. 개박살 났죠."

이원이 시원스럽게 웃으며 덧붙였다.

"그리고, 박살 난 멘탈 뒤로 새로운 세상이 보였구요."

속도 좋은 놈. 잘도 웃네. 경서는 옷깃까지 들춰 가며 다시 부채질에 몰두했다. 이원의 시선이 우연을 떠나 아득하게 먼 곳을 향한다.

"코페르니쿠스의 발칙한 이론은 당시엔 파문에 해당하는 죄였잖습니까. 옛날 사람들이 믿던 하늘이란, 땅을 감싸고 있는 둥그런 바가지 형태였는데 그걸 박살 냈으니까요. 둥그런 바가지를 부정하는 것은 그 하늘과 땅을 만드신 하느님도 함께 부정하는 거라고 생각했겠죠."

팔락팔락, 부채질 사이사이로 시원한 바람이 흘러 나간다.

"그런데 결과는 달랐죠. 그 작고 동그란 하늘이 깨졌을 때, 사람들은 하느님을 잃어버린 게 아니라, 150억 광년의 우주를 창조하신, 광대하고 능력 있는 하느님을 새로 만나게 되었으니까요."

"허허."

"그분께서는 저한테도 더 넓고 광대한 우주를 보여 주고 싶으셨던 거겠죠."

진우연, 내가 갇혀 살아가던 둥글고 작은 하늘을 깨뜨리고 나타난 새로운 하늘. 더욱 넓고, 더욱 눈부시고, 더욱 새롭고, 더욱 아름답고, 삶의 환희가 무한하게 넘치는, 150억 광년의 광대한 우주.

이원은 고개를 위로 쳐들고 눈을 감았다. 나무 사이로 들어오는 햇살 가닥이 팔뚝에서 따끔따끔하고, 뺨을 스치고 지나가는 보드라운 바람도 느껴진다. 멀리서 들리는 우연의 깔깔대는 웃음소리가 전신을 간질인다. 허허, 이놈 보게. 기가 막힌 듯이 비죽대며 웃는 소리가 들린다.

"이것 참. 네놈이 신부님 안 된 게 천만다행이네. 이런 소리를 강론 시간에 떠들고 다녔으면 어쩔 뻔했누. 그래, 그분이 또 다른 말씀은 안 하시든?"

"자, 어떠냐, 내가 주선한 소개팅이 마음에 드느냐, 하시죠."

"얼씨구, 그래서 뭐라고 대답했어?"

"고맙습니다, 라고 하지 뭐라고 합니까? 우연이를 저한테 보내 주셔서 감사

531

합니다. 저희들 싸우지 않고 서로 사랑하면서 행복하게 잘 살겠습니다, 그렇게 말씀드렸죠."

"너 혼자?"

"예."

"이런 멍충한 놈을 봤나. 그런 약속을 혼자 하는 게 무슨 소용이냐. 둘이 나란히 손잡고 해야 맞는 거지. 확인 키스도 하고."

"아, 그러네요."

이원이 눈을 감은 채 무심하게 웃는다. 경서 역시 심드렁하게 웃으며 물었다.

"이놈아, 제대로 들은 게 맞냐. 정말 그분이 소개팅을 주선하셨으면 두 사람에게 똑같이 물어보셨겠지, 너한테만 물어보셨겠냐."

"아, 듣고 보니 그도 그러네요."

"아이구 이런 싱거운 놈 같으니. 역시 신부님 되었으면 큰일 날 뻔했다니까. 그래, 내가 네 승부사 기질을 개화시켜서 CEO로 만들었던 게 정말 신의 한 수였어!"

두 사람은 시답지 않은 농담을 주고받으며 더위를 식혔다. 해가 이윽히 기울어져 산마루에 느직하니 걸린다. 세 마리 강아지와 넘치도록 회포를 풀었는지, 나무 아래 앉아 있던 우연이 세 놈의 리드줄을 잡고 나무 아래서 일어난다. 이원이 손을 흔들며 큰 소리로 외쳤다.

"이제 그만 놀고 이리 와! 더위 먹는다!"

이원이 부르는 소리를 듣자마자, 세 녀석이 왕왕대며 이원 쪽으로 달려온다. 우연은 녀석들의 힘을 당해 낼 수 없었다. 팔다리를 허우적대며, 꽥꽥 고함을 질러 대며 줄줄 끌려온다.

어머나, 이거 야단났다.

녀석들을 만나서 반가운 건 반가운 건데, 도무지 통제를 할 수가 없다. 힘이 세도 너무 세다. 예전에는 세 녀석이 한꺼번에 달려들면 버티기 버겁다 싶을 정도였는데, 이제는 한 놈만 뛰어올라 안기면 그대로 뒤로 자빠졌다.

멈춰, 기다려, 따위 자신의 명령은 한마디도 먹히지 않는데, 아저씨가 저 멀리서 오라는 말 한마디에 세 마리가 경주마처럼 한꺼번에 달려 나간다. 혼신의 힘으로 당겨도 멈추는 건 고사하고 질질 끌려갈 뿐이다. 이 정도 힘이면 차라리 전차를 끄는 게 낫겠다. 대체 뭘 먹었는지, 무슨 지옥 훈련을 받았는지, 온몸이 강철 같은 근육 덩어리로 바뀐 듯했다.

나무 그늘에 놓인 벤치에 앉아 편안히 담소를 나누고 있는 두 사람이 보인다. 이 작은 과수원은 인적이 드물고 조용한 편이라 두 사람의 웃음소리만 간간이 들렸다. 아니 나는 이렇게 정신없이 휘둘리고 있는데, 명색 멍멍이들의 주인장께서는 무슨 수다를 저렇게 떨고 계시나.

"뭉뭉이, 맹맹이, 망망이, 앉아."

아저씨의 발치까지 신나게 달려간 세 녀석이 그의 가벼운 손짓 하나에 바로 땅바닥에 엉덩이를 붙인다. "엎드려." 하는 부드러운 한마디에 녀석들이 동시에 고개를 폭 박는다. 상당히 배신감을 느낄 법도 하지만, 아저씨라면 봐줄 수도 있을 것 같다. 아저씨야 뭐, 유기묘 동아리 집사모의 전설이 아니던가. 무려 고양이에게 서커스를 가르칠 수 있다는 괴담까지 돌 정도니까.

아저씨가 빙그레 웃더니 한쪽으로 비켜 앉으며 자리를 내어 준다. 아저씨가 앉았던 자리는 따끈따끈했지만 괜찮았다.

세 사람 모두 말이 없었다. 이마에 땀이 송골송골 맺힌 대부님은 옷깃까지 펄럭이며 부채질하고, 아저씨는 우연에게 슬렁슬렁 부채질을 해 주고 있다. 개들은 앞에 앉아 꼬리를 흔들고, 햇볕은 많이 누그러졌고, 살랑살랑 바람이 불었다. 감나무 잎사귀 사이로 뾰족하니 파고든 햇빛 조각이 세 사람 위에서 잘게 잘게 부서진다. 주변으로 내려앉은 온화한 침묵은 기이할 정도로 포근했다.

뭔가 이상하다. 부드러운 공기가 주변을 둥글게 감싸고 있는 것 같은데, 뭐라고 표현하기가 어려웠다. 어떤 보이지 않는 거대하고 따뜻한 기운이 이 과수원을, 아니 이곳에 앉아 있는 세 사람을 포옥 끌어안고 도닥여 주는 느낌이었다.

······정말 좋구나.

옆을 돌아보았다. 혹시 두 사람도 비슷한 걸 느끼고 있는 걸까? 대부님은 먼 산을 바라보며 태평하게 웃고 계셨다. 느릿느릿 합죽선만 흔들고 있는데, 그 주름진 얼굴이 그렇게 평화롭고 편안해 보일 수가 없었다.

아저씨는 부채질마저 그만둔 채 고개를 위로 들고 있다. 눈을 반쯤 감은 상태로, 엷은 미소만 머금은 채 느릿하게 숨을 쉬고 있다.

세 사람 사이로 자연스럽게 침묵이 내려앉는다. 우연도 몇 번 접해 본 적 있는, 위화감 하나 없는 편안한 침묵이었다.

붉게 물들어 가는 낙조를 배경으로 먼 하늘을 응시하는 그의 모습은, 특유의 고결하고 경건한 분위기와 어우러져 한 폭의 그림을 만들었다. 그 아름다운 장면은 그들을 둘러싼 고요함과 어우러져 신비하게, 아니, 장엄하게 느껴지기까지 했다.

우연은 천천히 생각을 더듬었다.

그래. 신학교에는 대침묵이라는 시간이 있다고 했다. 아저씨가 그렇게도 사랑하고 귀히 여겼던 시간. 세상의 시끄러운 소리를 잠잠히 잠재우고, 내면으로 깊이 침잠해 누군가를 깊이 만난다는 시간.

그 침묵 시간이 바로 이런 분위기 아니었을까.

우연은 조심스럽게 입을 열었다.

"아저씨, 대침묵 시간에는 정말 하느님과 대화를 하나요?"

"음, 그분이 나에게 주시는 말씀에 귀를 기울이고, 깊은 뜻을 깨닫기 위해서 노력하지."

우연은 이원처럼 뒤로 등을 기대고 가만히 눈을 감았다. 두 사람이 이곳에서 정말 하느님과 이야기를 나누고 있었는지는 모르겠지만, 지금 이곳을 감싸고 있는 분위기에 함께 젖어 드는 느낌은 결코 나쁘지 않았다.

갑자기 대부님이 툭, 끼어들어 묻는다.

"왜, 우연이 너한테도 하느님이 무슨 말씀을 해 주시는 것 같으냐?"

우연은 난처하게 웃었다. 아저씨를 이렇게 보고 있노라니, 새삼 가슴이 두근 거리고, 얼굴로 화닥화닥 열이 오르고, 저도 모르게 어떤 열렬한 마음이 솟아오르긴 한다.

물론, 다른 사람 앞에서 대놓고 말하기엔 꽤 쑥스러운 내용이었다. 아저씨는 몹시 창피해할 거고, 대부님은 인정사정없이 놀릴 게 틀림없었다.

하지만 속에서 솟구치는 목소리가 너무 강렬해서, 우연은 우물쭈물하다가 결국 실토하고 말았다.

"어, 그게 말이죠……, '어떠냐, 옆에 있는 저놈 꽤 괜찮지 않냐? 내가 소개 해 준 저 녀석이 마음에 드냐?' 하시는 것 같은데요."

두 사람은 한참 동안 대답이 없었다. 우연은 멋쩍게 웃었고, 강아지 세 마리 는 헥헥거리며 열심히 꼬리를 흔들었다. 한참 후, 아저씨 대신 대부님이 물었 다.

"허허, 참. 그래서 넌 뭐라고 대답했냐?"

"뭘 뭐라고 대답해요. 네, 최고로 마음에 들어요. 고맙습니다. 저희 늙어 죽 을 때까지 싸우지 않고, 서로 사랑하면서 행복하게 잘 살겠습니다, 하고 약속드 렸죠."

허허허. 대부님은 부채질을 멈추고 소리 내서 웃고, 아저씨는 그저 눈을 감 은 채 빙그레 웃었다.

잠시 후 대부님이 웃음기가 걷힌 목소리로 자분자분 말했다.

"우연아, 하느님께는 약속 같은 거 함부로 하는 거 아니야. 법적인 강제력이 나 구속은 없지만, 그분 앞에서 한 약속에는 허언이 없어. 혹시라도 장난이나 농담을 한 거면……."

"농담한 거 아닌데요."

우연은 눈을 내리깔고 진지하게 대답했다.

그동안 내색은 안 하고 있었지만, 우연은 이원에게 늘 미안했다. 이원은 현재만 존재하는 사랑, 사랑만으로 정의되는 관계를, 오로지 우연을 위해 감수하고 받아들였다. 우연은 그것이 이원에게 얼마나 큰 희생이며 양보인지 너무나 잘 알고 있었다.

사실 우연은 그가 원하는 것이라면 그게 무슨 일이든, 어떤 것이든, 수단 방법 가리지 않고 모두 이루어 주고 싶었다.

하지만 장래를 약속하는 일에 대한 두려움은 사라지지 않았다. 자신이 엄마 아빠처럼 될 수도 있다는 걱정, 그래서 사랑하는 사람을 망가뜨릴 수도 있다는 공포는 노력으로 없애거나 의지로 잊을 수 있는 게 아닌 듯했다.

……만에 하나 그런 날이 오면, 아저씨를 바로 놓아드리는 게 옳지 않을까.

그것이 우연이 생각할 수 있는 최선의 배려였다.

하지만 법적으로 보호되는 관계라면 아저씨는 끝까지 그 관계를 포기하지 않을 것이다. 그러면 우연은 그가 긴 세월 동안 처참하게 부서지고 무너지는 모습을 속수무책 바라보아야만 할 것이다.

걷잡을 수 없이 망가진 관계란 죽음보다 끔찍했지만, 겪어 보지 않은 아저씨는 그걸 모른다. 우연은 그 끔찍한 고통을 아저씨가 조금이라도 알아서는 안 된다고 생각했다. 적어도 상실의 고통은 그보다는 견디기 쉬울 것이라고, 우연은 여전히 애처롭게 믿었다.

다만, 그에게는 늘 말해 주고 싶었다.

사실 나야말로 당신과 함께 죽을 때까지 사랑하며 살아가고 싶었다고.

연인이라는 이름으로든, 반려자라는 이름으로든, 혹은 삶의 동반자라는 이름으로든.

당신과 함께, 죽을 때까지, 변함없이, 사랑하면서, 행복하게.

두려워서, 혹은 나 자신을 믿지 못해서 차마 입 밖에 낸 적은 없지만, 당신을 볼 때마다 그렇게 고백하고 싶었다고.

우연은 대부님이 한 말을 찬찬히 되뇌었다.

법적인 강제력이나 구속은 없지만, 허언이 없는 약속.

나쁘지 않다. 더욱이 아저씨가 가장 사랑하는 분의 이름을 걸고 하는 약속이라면, 그동안 아저씨에게 품고 있던 이 마음을 솔직하게 보여 주어도 괜찮지 않겠는가.

우연은 발끝을 내려다보며 천천히 되풀이했다.

"장난으로 말한 거 아니에요. 저, 정말로 앞으로 늙어 죽을 때까지…… 아저씨만 사랑하면서 행복하게 살겠다고 했어요."

"흠. 그렇구나. 그럼 이원이 넌 할 말 없냐."

"저도 늙어 죽을 때까지 우연이만 사랑하면서 행복하게 잘 살겠습니다."

아저씨가 덤덤한 목소리로 우연이 한 말을 되풀이한다. 대부님이 다시 허허롭게 웃더니, 부채로 아저씨 등짝을 짝 소리가 나도록 후려갈기며 투덜거렸다.

"이놈아, 그렇게 약속을 하고 난 다음엔 확인 키스도 해야 한다니까."

우연은 눈을 데구르르 굴려 대부님을 곁눈질했다. 뭐지, 이 뜬금없고 이상한 말은?

"……어?"

더 뜬금없는 것은 아저씨였다. 아저씨가 자리에서 일어나더니 우연 앞으로 와서 허리를 굽힌다.

어? 어? 어?

우연은 얼이 빠진 채 점점 가까워지는 아저씨의 얼굴을 올려다보았다. 이제 아저씨의 얼굴에는 웃음기가 별로 남아 있지 않다. 아저씨? 농담이죠? 장난이죠? 나, 나야 원래 발라당 까지고 가리는 거 없는 인간이라 상관없지만, 아저씨처럼 음전하고 수줍음 많은 사람이 대부님 앞에서 이런 짓을 할 리가아……?

우연이 기가 막혀 꼼짝 못 하는 사이, 그가 두 손으로 우연의 뺨을 잡고 입술을 가져다 댔다.

……엄마야 세상에, 이게 무슨……?

입술이 맞닿았다. 우연은 머리가 휑하니 비어 버린 채 그의 입맞춤을 받았다.

입맞춤은 깊지 않았지만 오래 이어졌고, 달콤하다기보다 경건하고 엄숙했다.

아저씨는 잠시 후 다시 옆자리에 앉아 우연의 손을 잡았다. 아저씨의 얼굴에는 이제 웃음기가 전혀 없었다. 옆에 계시던 대부님이 부채를 내려놓고 무릎 위에 두 손을 포개 얹더니 눈을 감고 천천히 말을 잇기 시작했다.

"당신께서 맺으신 것은 인간의 힘으로 풀 수 없으리니, 이원이하고 우연이가 당신 앞에서 맺은 약속도 일평생 굳건히 지켜 나가리라 믿나이다. 저는 성부와 성자와 성령의 이름으로 이 두 사람을 축복합니다."

강복기도라도 해 주신 걸까? 우연이 눈만 깜박거리며 이어지는 말을 기다리자, 잠시 머뭇거리던 대부님이 결국 입속에 남은 말을 중얼중얼 쏟아 놓고야 말았다.

"만약 이 아이들이 약속을 지키지 않고 쌈박질이나 해 대면, 제가 올라가서 등짝을 한 대씩 때려 줄 권리를 허락하소서."

아, 그럼 그렇지. 우연이 쿡쿡 웃음을 삼키자, 대부님도 곁눈으로 우연을 바라보며 씩 웃는다. 그러더니 다시 시선을 산마루로 돌리고 느릿느릿 부채질을 시작했다.

우연도 대부님을 따라 산마루로 시선을 옮겼다. 시간이 흘러갈수록 이 순간의 깊이가, 약속의 무게가 점점 크게 느껴진다. 아저씨의 얼굴을 볼 용기가 나지 않는다. 이 분위기는 뭔가 이상했지만, 싫지는 않았다. 지금까지 가슴에 꼭꼭 눌러놓고 있던 말을 겁도 없이 해 버린 건데, 후회는커녕 속이 후련하고 안심이 된다.

……계속 미뤄 둔 어려운 숙제를 해치운 것처럼.

옆으로 천천히 시선을 돌렸다. 아저씨는 여전히 덤덤한 얼굴로 눈을 감은 채 고개를 숙이고 있었다.

"……?"

우연의 손을 쥐고 있는 그의 커다란 손에 지그시 힘이 들어간다. 동시에 그의 허리가 천천히, 천천히 아래로 구부러진다. 깊이 내려간 상반신이 허벅지에 바짝 붙는다. 무릎 위로 고개가 맞닿아 그의 얼굴이 제대로 보이지 않는다.

사방은 여전히 고요하고 평온했다. 우연은 그의 손을 두 손으로 꼭 감싸 안았다. 그의 둥글게 구부러진 등이 느리게 오르내리며, 푸석푸석한 흙 위로 물방울이 연이어 떨어지기 시작했다. 후우, 후으, 흐으, 후우. 그는 깊은 날숨을 쉬는 것처럼 그렇게 조용히, 오랫동안 흐느꼈다.

□ ■ □

"사모님, 오셨습니까."

"아우우, 할머니! 쪼오옴!"

"어머나, 뭘 그렇게 놀라세요. 이제는 좀 익숙해지셔야죠, 호호호호."

우연은 은근슬쩍 바뀐 호칭에 적응하느라 한동안 애를 먹었다. 송 할머니는 물론이고 민정 언니, 심지어 믿었던 홍빵맨 실장님까지 진 화백님, 사모님, 하면서 꼬박꼬박 존댓말을 쓰기 시작했다. 최 실장님은 이원메세나재단에서 후원받는 학생들과 형 동생 하며 격의 없이 지내는 터라 우연에게도 처음에 말을 놓았다고 했는데, 그분마저 배신을 해 버렸다. 어느 날 갑자기, 너무나도 태연하게, 위화감 하나 없이 극존칭으로 갈아타 버렸다. "제가 원래 낯이 좀 두꺼운 편이죠." 하면서 싸르르 눈웃음치는 것까지 완벽하다. 아 진짜, 최 실장님은 영업부로 가셨어야 했는데.

"익숙해질 때까지 조금만 참아 줘. 네가 언제까지나 스물여섯 스물여덟은 아닐 텐데, 계속 아가씨로 불러 달랄 수는 없잖아."

아저씨 역시 어깨를 토닥이며 달래기는 하지만, 양보는 해 주지 않는다. 그걸 보면 아저씨가 직접 호칭에 대한 언질을 했던 모양이다.

대체 언제부터 바뀌었더라. 아저씨네 집 근처로 이사 온 후부터? 대부님 집에서 돌아온 다음부터? 세례받고 아저씨네 어머니가 쓰시던 미사보와 묵주 반지를 물려받은 다음부터? 아니면 내가 답례로 똑같은 묵주 반지를 선물해 준

다음부터? 영 애매하긴 하다.

이원은 우연이 선물해 준 백금으로 된 묵주 반지를 죽으나 사나 끼고 다녔는데, 심지어 운동할 때나 목욕할 때도 절대 빼놓지 않아서 가끔 장식 사이에 때가 끼었다. 그래서 우연이 몇 달에 한 번씩 억지로 뺏어서 치간 칫솔로 구석구석 낀 때를 벗겨 주어야 했다.

두 사람은 각자의 영역과 일상을 유지하면서도, 보고 싶거나 볼일이 있으면 별도의 연락 없이 무시로 서로의 집을 드나들었다. 서로를 인생의 동반자로 받아들인 것은 틀림없지만, 개인의 영역도 남겨 두는 것으로 무언의 결론이 난 듯했다.

적절한 거리감은 서로의 삶에 대한 존중을 유지하게 해 주었고, 사랑하기 때문에 곁에 머무른다는 가장 기본적인 명제를 끊임없이 확인하게 해 주었다. 완벽하진 않지만, 썩 나쁘지도 않은 모습이란 생각이 들었다.

송 할머니는 며칠에 한 번씩 도우미들을 달고 홀연히 나타나서는 냉장고 내용물 교체 및 분리수거와 청소를 해 주고 표표히 사라지곤 했다. 본가와 우연의 집을 사랑채와 안채 정도로 생각하시는 듯했다. 우연의 아틀리에를 방문하는 손님이 있는 날이면 아침부터 도우미를 보내 주기도 했다.

이원의 집에 갈 때마다 그녀를 가장 열렬하게 맞아 주는 것은, 맹할 맹 자를 쓰는 맹견 삼형제였다. 대체 놈들의 성장기는 언제 끝나려는지, 볼 때마다 무섭게 자라는 것 같았다. 가장 마른 망망이조차도 우연보다 몸무게가 많이 나가고, 번쩍 몸을 일으키면 우연보다 키가 커졌다.

우연이 대문을 열고 들어서면 현관 옆 그늘에서 빈둥대던 세 녀석이 커다란 소리로 짖으며 엄청난 속도로 마당을 가로질러 달려온다. 한 번 도약할 때마다 1미터씩 위로 튀어 오르는 것 같다. 저건 개가 아니라 아주 말이다. 말. 우연은 저걸 그대로 안아 주면 뼈가 부러질까 안 부러질까 짧은 고민에 빠진다. 고민은 1초 이상 이어지지 않는다. 우연은 문손잡이를 부여잡은 채 코앞으로 들이닥친 맹견 삼형제를 향해 기다려어! 앉아아아! 목이 터져라 외친다.

맹견 삼형제는 우연과 이원을 개족보로 만들었다. 우연은 놈들의 '누나'인데 이원은 놈들의 '아빠'였다. 이원은 사회적 체면상 도저히 '얘들아, 형한테 와.'라고 할 순 없다고 버텼고, 우연은 도저히 '엄마' 소리가 나오지 않았다. 그래서 '아빠'와 '누나'와 세 아이들은 여전히 개족보 상태로 사이좋게 살았다.

한때 누님의 말을 껌처럼 씹어 대던 삼형제는, 아빠의 말에는 껌벅 죽었다. 안 돼, 기다려, 손, 앉아, 엎드려, 누워, 돌아, 가져와, 뛰어, 멈춰, 굴러 정도는 신기한 축에도 들지 않았다. 녀석들은 현관문을 앞발로 열고 마당에 나가서 놀 줄 알았고, 들어올 때는 비밀번호 대신 초인종을 눌러서 사람을 부를 줄도 알았다. 아침에 신문을 가져오고, 배고프면 간식 봉지를 물고 와서 뜯어 달라고 하고, 로봇 청소기를 돌리고, 서재에 책을 갖다 놓고, 빈 과자 봉지를 쓰레기통에 버려 주고, 냉장고를 앞발로 열어서 생수 한 병을 갖다 주었다. 그들이 할 수 있는 일은 그야말로 무궁무진했다.

더 놀라운 것은, 우연과 있을 때는 그렇게 대소변을 못 가리던 놈들이, 무려 수세식 화장실을 사용하고 있다는 점이었다. 아저씨는 1층 테라스 한구석에 강아지 전용 수세식 화장실을 하나 만들었는데, 녀석들이 그곳에 들어가서 볼일을 보고 물 내리는 줄을 입으로 잡아당기는 모습을 보니 기가 막혀서 말이 나오지 않았다.

"잘 알아듣게 얘기하고 강아지 인형으로 시범도 보여 주고 몇 번 시켜 보니까 잘하던데?"

아저씨는 이렇게 말 잘 듣는 아이들을 왜 그렇게 구박했는지 의아해하는 눈치였다. 이제 아저씨는 그 아이들에게 숫자를 가르칠 생각인 듯했다.

아, 이제 알겠다. 눈앞에 있는 저 잘생긴 남자는 전생에 프란치스코 성인이고 둘리틀 박사였을 것이다. 그렇게 생각하니 모든 것이 이해가 되며, 모든 것이 편안해졌다.

"야, 이 자식들아! 감히 어디에 기어 올라와, 안 내려가?"

우연이 아침 일찍 이원의 집에 가서 침실 문을 활짝 열면, 늘 똑같은 광경이 펼쳐져 있다. 침대에 엉겨서 꿀잠을 자고 있는 시커먼 멍멍이 세 마리와, 놈들에게 밀려서 한쪽에서 찌그러져 자고 있는 침대 주인의 모습이다.

우연이 달려가 녀석들에게 등짝 스매싱이라도 날릴라치면 아저씨가 눈을 비비며 일어나 황급히 녀석들을 발로 밀어 낸다.

"얘들아, 튀어, 얼른 튀어."

말이 떨어지기 무섭게, 말썽꾸러기 세 녀석은 번개처럼 도망친다. 놈들은 도망을 칠 때도 캥거루처럼 뛰고 치타처럼 달려서, 우연은 도저히 잡을 수가 없다. 우연이 함께 자고 있을 때는 침대 근처에 얼씬도 못 하는 놈들이, 조금이라도 방심했다 하면 귀신같이 기어 올라와서 아저씨와 자고 앉았다.

녀석들의 피부병은 오간 데 없이 사라졌다. 아니, 아저씨 말로는 피부병이 아니라 영양 부족이랬다. 그동안 영양 관리, 스킨케어, 모질 관리와 빗질을 얼마나 빡세게 했는지, 세상에 까만 털에 기름이 반지르르해서 하루살이가 앉아도 미끄러지게 생겼다.

정식으로 입양이 된 후, 녀석들은 우연의 말도 제법 잘 듣게 되었다. 아저씨 말처럼 절대복종하는 것은 아니었지만, '누나'가 '아빠'의 짝이라는 것을 대충 눈치챈 듯했다. 아니, 머리가 좋은 녀석들이니, 누님 말을 안 들으면 아빠가 단호하게 응징한다는 것을 알게 되어서 그럴지도 모른다. 어휴 영악한 것들. 권력의 이동에 이리도 민감하고 줄서기에도 이렇게나 탁월하니, 장차 정치판에 나가면 크게 출세할 것이다.

2층 작업실에서 일을 하던 우연은, 날이 어둑어둑해지면 일을 잠시 멈추고 거리를 내려다본다. 아저씨는 개 세 마리를 데리고 저녁마다 이 앞을 지나간다. 칸트의 지팡이 소리처럼, 항상 똑같은 시간이다. 개들은 기운차게 달리고, 아저씨도 힘껏 달린다. 다리가 긴 아저씨는 넓은 보폭으로 개들보다 앞서 달린다.

우연은 창문을 열고 내려다본다. 아저씨, 이따 가는 길에 올라와요. 수박 사 났어요. 냉장고에 있어서 시원해요. 아저씨는 달려가면서 손을 흔든다. 알았어. 조금 이따 올라갈게! 세 마리 개들이 좋아라고 짖어 댄다. 누나누나 나도 줘, 나도 수박 줘, 웡웡웡. 아빠만 입이고 나는 주둥이냐 웡웡웡, 주둥이래도 좋으니 한 입만 줘, 왕왕왕.

30분 정도 지나면 대문과 현관문이 열리는 소리가 들린다. "얘들아, 발 닦고 들어가! 뭉뭉아! 발!" 현관에서 아저씨가 녀석들에게 잔소리를 해 댄다.

"우연아, 나 왔어. 샤워 좀 하고 올라갈게."

우연은 냉장고에 넣어 두었던 수박을 꺼낸다. 칼질은 여전히 서툴러서 비뚤비뚤하지만, 어쨌든 수박 반 통을 모조리 썰어 커다란 쟁반에 푸짐하게 담아 옥상으로 올라간다.

샤워를 마친 아저씨가 민소매 셔츠와 짧은 바지만 입고 슬렁슬렁 계단을 올라온다. 여기 속옷을 갖다 둔 게 떨어졌을 텐데, 아저씨가 지금 팬티를 입었을까, 노팬티일까. 우연은 그의 사회적 체면을 고려해서 대놓고 물어보는 대신 혼자 즐겁게 상상만 하기로 한다.

한때 수영할 때도 전신 수영복을 입는다던 사나이는 이제, 민소매와 반바지의 신세계 앞에서 자신의 신념과 아이덴티티 따위는 가뿐하게 날려 버린다. 젖은 머리를 수건으로 후드드후드드 털면서 올라오는 사나이 옆으로 맹하고 어여쁜 맹견 세 마리가 경호원처럼 왈왈대며 따라붙는다.

시원한 바람이 드는 평상에 앉아, 우연과 이원은 수박을 먹었다. 목이 무척 말랐던 이원은 말도 없이 한참 동안 먹는 데만 열중했다. 운동량이 엄청나다 보니, 먹는 양도 엄청났다.

다리에 달라붙은 세 녀석은 수박 쪼가리를 얻어먹느라 부산하다. 우연은 껍질에 가까운 쪽을 주려 하는데, 이원은 제일 맛있는 빨간 부분을 아낌없이 나눠 준다. 많이 주면 애들 설사해, 서로 잔소리를 하면서도 둘 다 떼어 주는 손을 멈출 수 없다. 눈망울이 초롱초롱한 강아지들 코앞에서 간식을 나눠 주지 않고 버티는 건 그 누구라도 불가능할 것이다. 심지어 예수님도 멍멍이들이 상 밑에서 간식을 얻어먹는 것이 옳다고 하셨다잖은가. 그 말을 한 게 누군지는 잊어버렸지만.

썰어 놓은 수박이 모조리 없어졌다. 우연은 두 사람이 수박 반 통을 모조리 먹었다는 것을 말하지 않기로 한다. 산더미 같은 껍질은 쓰레기봉투에 담아 대충 치워 놓고, 다락으로 기어 들어가 벌러덩 눕는다. 바닥엔 아직 열기가 남아 미지근했고, 활짝 열어 놓은 창으로 들어오는 밤바람은 시원했다.

아저씨가 옆에 누워 한쪽 팔을 내미는 것을, 우연은 사양하지 않는다. 팔베개를 베고 나란히 누워 위를 보자, 유리로 된 천장을 통해 눈매가 고운 초승달과 천천히 먹빛으로 물들어 가는 창대한 하늘이 보였다. 아저씨의 한쪽 손이 우연의 뺨을 부드럽게 쓰다듬는다. 좋다, 아 좋다. 정말 좋다. 졸음에 겨운지 그의 목소리가 눅진눅진 초콜릿처럼 녹아내린다.

"150억 광년, ⋯⋯나의 광대한 우주⋯⋯."

아저씨가 설핏 잠에 빠지며 잠꼬대를 한다. 그의 잠꼬대는 가끔은 우스웠고, 가끔은 난해했다. 우연은 그의 가슴에 바짝 달라붙었다. 심장 소리가 들렸다. 그의 심장 소리는 여전히 따뜻하고 사랑스러웠다.